EDIÇÕES BESTBOLSO

O céu está caindo

O escritor norte-americano Sidney Sheldon (1917-2007) era um adolescente pobre na Chicago dos anos 1930 quando decidiu participar de um programa de calouros que acabou conduzindo-o a Hollywood, onde passou a revisar roteiros. Depois de prestar serviço militar durante a Segunda Guerra Mundial, Sheldon começou a escrever musicais para a Broadway e roteiros cinematográficos. O sucesso das peças possibilitou o acesso aos estúdios de cinema e o aproximou de astros como Frank Sinatra, Marilyn Monroe e Cary Grant. Na TV, os seriados *Nancy*, *Casal 20* e *Jeannie é um gênio* levaram a sua assinatura. Em 1969, Sidney Sheldon publicou seu primeiro romance, *A outra face*, e a partir de então seu nome se tornou sinônimo de best-seller. Foi o único escritor que recebeu três dos mais cobiçados prêmios da indústria cultural norte-americana: o Oscar, do cinema, o Tony, do teatro e o Edgar Allan Poe, da literatura de suspense.

SIDNEY SHELDON

O CÉU ESTÁ CAINDO

LIVRO VIRA-VIRA 2

Tradução de
ALDA PORTO

3ª edição

EDIÇÕES
BestBolso
RIO DE JANEIRO – 2010

CIP-BRASIL. CATALOGAÇÃO-NA-FONTE
SINDICATO NACIONAL DOS EDITORES DE LIVROS, RJ

Sheldon, Sidney, 1917-2007
S548c O céu está caindo – Livro vira-vira 2 / Sidney Sheldon;
3ª ed. tradução Alda Porto. – 3ª ed. – Rio de Janeiro: BestBolso, 2010.

Tradução de: The Sky Is Falling
Obras publicadas juntas em sentido contrário
Com: Conte-me seus sonhos / Sidney Sheldon; tradução de Ricardo Silveira. – Rio de Janeiro: BestBolso, 2010
ISBN 978-85-7799-263-8

1. Romance norte-americano. I. Porto, Alda. II. Silveira, Ricardo. III. Título. IV. Título: Conte-me seus sonhos.

10-2128 CDD: 813
CDU: 821.111(73)-3

O céu está caindo, de autoria de Sidney Sheldon.
Título número 182 das Edições BestBolso.
Terceira edição vira-vira impressa em outubro de 2010.
Texto revisado conforme o Acordo Ortográfico da Língua Portuguesa.

Título original norte-americano:
THE SKY IS FALLING

www.edicoesbestbolso.com.br

Design de capa: Simone Villas-Boas sobre fotos intituladas "Big Fire" (Dinostock, Fotolia) e "Mystical" (Coka, Fotolia).

Impresso no Brasil

ISBN 978-85-7799-263-8

Para Alexandra,
o anjo sobre meu ombro

"O céu está caindo! O céu está caindo!"

Chicken Little

"Mostre-me um herói, que lhe escrevo uma tragédia."

F. Scott Fitzgerald

Prólogo

ATA CONFIDENCIAL DA REUNIÃO: PARA SER DESTRUÍDA LOGO APÓS O RECEBIMENTO

LOCAÇÃO: CONFIDENCIAL

DATA: CONFIDENCIAL

Havia 12 homens no gabinete subterrâneo fortemente vigiado, representando 12 países. Sentavam-se em poltronas confortáveis, dispostas em seis fileiras e separadas quase 1 metro umas das outras. Estavam muito atentos quando o orador lhes dirigiu a palavra.

– Tenho a grata satisfação de informar a vocês que a ameaça com que todos andamos profundamente preocupados está prestes a ser eliminada. Não preciso entrar em detalhes, porque o mundo todo tomará conhecimento disso dentro das próximas 24 horas. Estejam certos de que nada nos deterá. Os portões continuarão abertos. Começaremos agora o leilão do silêncio. Alguém dá um primeiro lance? Sim Um bilhão de dólares. Alguém dá dois? Dois bilhões. Alguém dá três?

1

Ela apertava o passo pela Pennsylvania Avenue, a um quarteirão da Casa Branca, tiritando sob o vento frio de dezembro, quando ouviu o apavorante e ensurdecedor grito das sirenes de ataque aéreo, e logo depois o barulho de um bombardeiro, pronto para despejar sua carga mortal. Parou, imóvel, engolida por um intenso nevoeiro de terror.

De repente, viu-se de volta a Sarajevo e ouvia o estridente assobio de bombas caindo. Cerrou com força os olhos, mas era impossível tapar a visão do que acontecia à sua volta. O céu estava em chamas, e ela ensurdecida pelo barulho do tiroteio de armas automáticas, aviões rugindo e letais granadas de morteiros. Os prédios próximos desmoronavam e cuspiam saraivadas de cimento, tijolos e poeira. Pessoas apavoradas corriam para todos os lados, tentando vencer a morte.

De longe, muito longe, uma voz masculina perguntava:

– Está tudo bem com você?

Devagar, cautelosa, ela abriu os olhos. Tinha voltado à Pennsylvania Avenue, à fria luz do sol de inverno, prestando atenção aos ruídos que se extinguiam do jato e da sirene de ambulância que lhe haviam desencadeado as lembranças.

– Senhorita... *está tudo bem* com *você?*

Ela se esforçou para voltar ao presente.

– Sim. Está... estou bem, obrigada.

Ele fitava-a.

– Espere um instante! Você é Dana Evans. Sou um grande fã seu. Vejo você toda noite na WTN, e vi todas as suas transmissões da Iugoslávia – disse, a voz cheia de entusiasmo. – Deve ter sido mesmo emocionante cobrir aquela guerra, hein?

– É, foi.

Dana Evans sentia a garganta seca. *Emocionante ver pessoas indo pelos ares estraçalhadas, ver os corpos de bebês atirados dentro de poços, pedaços de seres humanos flutuando corrente abaixo por um rio de sangue.*

De repente, sentiu náuseas.

– Com licença. – Virou-se e afastou-se apressada.

DANA EVANS TINHA voltado da Iugoslávia havia três meses. As lembranças continuavam muito frescas. Parecia irreal andar sem medo pelas ruas em plena luz do dia, ouvir pássaros gorjeando e pessoas rindo. Não havia risadas em Sarajevo, só o barulho de morteiros explodindo, seguido de gritos angustiados.

John Donne tinha razão, pensou Dana. *Nenhum homem é uma ilha. O que acontece a um, acontece a todos nós, pois somos todos feitos de barro e poeira de estrelas. Partilhamos os mesmos momentos do tempo. O segundo ponteiro universal começa seu imperdoável e inexorável avanço para o minuto seguinte:*

Em Santiago, menina de 10 anos vem sendo estuprada pelo avô...

Na cidade de Nova York, dois jovens apaixonados beijam-se à luz de velas...

Em Flandres, jovem de 17 anos dá à luz um bebê deficiente físico...

Em Chicago, um bombeiro arrisca a vida para salvar um gato de um prédio em chamas...

Em São Paulo, centenas de torcedores são mortos pisoteados numa partida de futebol quando a arquibancada desaba...

Em Pisa, mãe chora de alegria ao ver seu bebê dar os primeiros passos...

Tudo isso e infinitamente mais no espaço de sessenta segundos, pensava Dana. *E depois o tempo tiquetaqueia até acabar nos mergulhando na mesma eternidade desconhecida.*

DANA EVANS, AOS 27 anos, era linda, o físico esbelto, cabelos negros, olhos cinzentos grandes e inteligentes, o rosto em forma de coração e uma risada simpática, contagiante. Tinha sido criada na rotina do exército, filha de um coronel que viajava de uma base para outra como instrutor de armamento, e esse tipo de vida tinha lhe dado um gostinho pela aventura. Era vulnerável e ao mesmo tempo destemida, e a combinação se fazia irresistível. Durante o ano que cobriu a guerra na Iugoslávia, pessoas de todas as partes do mundo haviam ficado fascinadas pela jovem linda, passional, que transmitia notícias em meio à guerra, arriscando a vida para informar o que ocorria à sua volta. Agora, aonde quer que fosse, percebia sinais e sussurros de reconhecimento. Dana Evans sentia-se constrangida por sua celebridade.

Apertando o passo pela avenida, ao passar pela Casa Branca, Dana conferiu as horas no relógio de pulso e pensou: *Vou chegar atrasada para a reunião.*

A SEDE DA WASHINGTON Tribune Enterprises ocupava todo o quarteirão da rua 6, com quatro prédios separados: a gráfica dos jornais, as salas da redação separadas por divisórias, uma torre executiva e um complexo de transmissão de TV. Os estúdios da televisão WTE ocupavam o 6º andar do Prédio 4. O lugar vivia carregado de energia, as baias zumbindo com pessoas trabalhando em computadores. Cinco agências lançavam o tempo todo notícias atualizadas do mundo inteiro. A imensidão da operação jamais cessava, para assombro e emoção de Dana.

Foi ali que ela conheceu Jeff Connors. Famoso jogador de beisebol antes de ferir o braço num acidente de esqui, ele agora era repórter esportivo da WTN e também escrevia uma coluna diária para a agência de notícias do *Washington Tribune.* Na faixa dos 30 anos, alto e magro, tinha uma aparência de garoto e um encanto natural, descontraído, que atraía as pessoas. Jeff e Dana haviam se apaixonado e falado de casamento.

Nos três meses desde que ela retornara de Sarajevo, os acontecimentos em Washington mudaram rapidamente. Leslie Stewart, ex-proprietário da Washington Tribune Enterprises, vendeu a empresa e desapareceu, e o conglomerado foi comprado por um magnata da mídia internacional, Elliot Cromwell.

A REUNIÃO DE PRODUÇÃO da manhã com Matt Baker e Elliot Cromwell ia começar. Quando chegou, Dana foi recebida por Abbe Lasmann, a assistente ruiva e sensual de Matt.

– O pessoal está esperando você – disse Abbe.

– Obrigada, Abbe. – Dana entrou no escritório. – Matt, Elliot...

– Está atrasada – grunhiu Matt Baker.

Era um homem baixo, de seus 50 e poucos anos, grisalho, com um jeito carrancudo, impaciente, alimentado por uma mente brilhante e agitada. Usava ternos amarrotados que davam a impressão de que dormia vestido neles, e Dana desconfiava que dormia mesmo. Dirigia a operação televisiva da Washington Tribune Enterprises.

Elliot Cromwell tinha 60 e poucos anos, uma atitude amistosa, aberta, e um sorriso imediato. Era bilionário, mas havia dezenas de versões diferentes de como adquirira sua imensa fortuna, algumas delas nada lisonjeiras. No ramo da mídia, onde o objeto era disseminar informação, Elliot Cromwell era um enigma.

Ele olhou para Dana e disse:

– Matt me disse que estamos mais uma vez batendo a concorrência. Seus índices continuam subindo.

– Fico feliz em saber, Elliot.

– Dana, assisto a meia dúzia de noticiários toda noite, mas o seu é diferente de todos os outros. Não sei ao certo por que, mas gosto dele.

Dana podia ter-lhe dito o motivo. Os outros repórteres falavam *para* – e não *com* – audiências de milhões, anunciando as notícias. Ela decidira fazer isso de maneira pessoal. Em sua mente, falaria numa noite com uma viúva solitária, na seguinte com um recluso sem esperanças deitado na cama, e na outra com um vendedor afastado do lar e da família em algum lugar muito distante. As notícias que transmitia pareciam pessoais e íntimas, e os telespectadores as adoravam e davam retorno.

– Soube que vai ter um convidado empolgante para entrevistar esta noite – disse Matt Baker.

Dana confirmou com a cabeça.

– Gary Winthrop.

Gary Winthrop, o príncipe encantado dos Estados Unidos. Membro de uma das famílias mais ilustres do país, era jovem, bonito e carismático.

– Ele não parece uma personalidade pública – disse Cromwell. – Como conseguiu convencê-lo a dar a entrevista?

– A gente tem um hobby em comum – disse-lhe Dana.

Cromwell arqueou as sobrancelhas.

– É mesmo?

– É – sorriu Dana. – Gosto de ver quadros de Monet e Van Gogh, e ele gosta de comprá-los. Falando sério, já o entrevistei antes e ficamos amigos. Vamos exibir a coletiva de imprensa dele que cobriremos esta tarde. Minha entrevista vai ser num outro bloco.

– Maravilha – sorriu Cromwell, radiante.

Passaram a hora seguinte conversando sobre o novo programa que a rede planejava, *Linha do crime*, uma hora de investigação que Dana ia produzir e apresentar. O objetivo era duplo: corrigir injustiças cometidas e estimular o interesse pela solução de crimes esquecidos.

– Há muitos outros reality shows no ar – advertiu Matt –, por isso temos de ser melhores que eles. Quero que comecemos com um arrebatador. Que capturc a atenção da audiência e...

A campainha do interfone tocou. Matt Baker apertou uma tecla.

– Eu disse a vocês, nada de telefonemas. Por que...?

A voz de Abbe surgiu do interfone.

– É para a Srta. Evans. Um telefonema da escola de Kemal. Parece urgente.

Matt Baker olhou para Dana.

– Linha 1.

Ela pegou o telefone, o coração acelerado.

– Alô... Kemal está bem? – Escutou por um momento. – Entendo... Entendo... Sim, vou já para aí.

– Qual o problema? – perguntou Matt.

– Eles gostariam que eu fosse à escola pegar Kemal.

Elliot Cromwell franziu o cenho.

– É o garoto que trouxe de Sarajevo?

– É.

– Uma matéria e tanto, aquela.

– É – disse Dana, relutante.

– Não o encontrou num terreno baldio?

– Isso mesmo – disse Dana.

– Tinha alguma doença, ou coisa assim?

– Não – disse ela com firmeza, não gostando sequer de falar daquela época. – Kemal perdeu um braço. Foi arrancado por uma bomba.

– E você o adotou?

– Ainda não oficialmente, Elliot. Mas vou adotar. Por enquanto, ele é meu filho postiço.

– Bem, vá então buscá-lo. A gente discute o *Linha do crime* depois.

QUANDO DANA CHEGOU à Escola Theodore Roosevelt, foi direto para a sala da assistente do diretor, Vera Kostoff, uma mulher de aparência atormentada, prematuramente grisalha, de seus 50 e poucos anos. Encontrou-a sentada à escrivaninha, e Kemal do outro lado da mesa. Com 12 anos, ele era pequeno para a idade. Magro, amarelado, tinha os cabelos louros desgrenhados e um queixo obstinado. Via-se a manga vazia onde deveria estar o braço direito. Seu corpo franzino parecia engolido pelo espaço em volta.

Quando Dana entrou, a atmosfera na sala era lúgubre.

– Como vai, Sra. Kostoff? – disse Dana, sorrindo. – Kemal.

Ele fitava os sapatos.

– Pelo que entendi, há algum problema – continuou Dana.

– Sim, sem a menor dúvida, Srta. Evans. – Vera estendeu a Dana uma folha de papel.

Dana fitou-a, intrigada. Liam-se *Vodja, pizda, zbosti, fukati, nezakonski otrok, umreti, tepec.* Ela ergueu os olhos.

– Eu... Eu não entendo. São palavras sérvias, não?

A Sra. Kostoff disse, enfática:

– Na verdade, são. É uma infelicidade de Kemal o fato de eu por acaso ser sérvia. São palavras que ele tem usado na escola. – O rosto enrubesceu. – Nem motoristas de caminhão sérvios falam desse jeito, Srta. Evans, e não vou tolerar isso vindo da boca desse garoto. Kemal me chamou de *pizda.*

Dana perguntou:

– *Pi...?*

– Entendo que Kemal acabou de chegar ao nosso país, e tentei fazer concessões, mas o... o comportamento dele é péssimo, vive se metendo em brigas. E quando o repreendi esta manhã, ele... ele me insultou. Já passou dos limites.

Dana disse, com tato:

– Tenho certeza que entende como deve ser difícil para ele, Sra. Kostoff, e...

– Como lhe disse antes, tenho feito concessões, mas ele está abusando de minha paciência.

– Compreendo. – Dana olhou para Kemal. Ele continuava cabisbaixo, os olhos fixos no chão, a fisionomia carrancuda.

– Espero que este seja realmente o último incidente – disse a Sra. Kostoff.

– Eu também. – Dana levantou-se.

– Tenho o boletim de Kemal para lhe entregar. – A Sra. Kostoff abriu uma gaveta, tirou um cartão e entregou-o a Dana.

– Obrigada – disse ela.

A CAMINHO DE CASA, Kemal ficou calado.

– Que vou fazer com você? – perguntou Dana. – Por que está sempre se metendo em brigas, e por que usa palavras como aquelas?

– Eu não sabia que ela falava sérvio.

Quando chegaram ao apartamento de Dana, ela disse:

– Tenho de voltar para o estúdio, Kemal. Você vai ficar bem aqui sozinho?

– Isso aí.

A primeira vez em que Kemal lhe disse isso, Dana achou que o garoto não entendera a pergunta, mas logo aprendeu que a expressão era parte do idioma misterioso falado pelos jovens. "Isso aí" queria dizer "sim". "*Bogote*" descrevia as pessoas do sexo oposto: *b*onita, *go*stosa e *t*entadora. Tudo era maneiro, sinistro ou legal. Quando não gostavam de alguma coisa, era um "saco".

Dana pegou o boletim que a Sra. Kostoff lhe dera. Examinou-o e franziu os lábios. História, D. Inglês, D. Ciências, D. Estudos Sociais, E. Matemática, A.

Olhando o boletim, Dana pensava: *Ai, meu Deus, que vou fazer?*

– A gente conversa sobre isso depois, Kemal – disse. – Estou atrasada.

KEMAL ERA UM ENIGMA para Dana. Quando estavam juntos, ele se comportava muito bem. Era amoroso, solícito e carinhoso. Nos fins de semana, ela e Jeff transformavam Washington num playground para ele. Iam ao Zoológico Nacional, com sua espetacular variedade de animais selvagens, estrelada por dois gigantescos e exóticos pandas. Visitavam o Museu Nacional Aeroespacial, onde Kemal viu o primeiro avião dos irmãos Wright pendendo do teto, depois percorriam a Estação Espacial e tocavam em pedras lunares. Levaram-no para conhecer o Kennedy Center e a Arena Stage. Apresentaram Kemal à pizza do Tom Tom, aos *tacos* do Mextec e ao frango frito à moda do Sul do Georgia Brown's. Ele adorou cada momento. Adorava ficar com Dana e Jeff.

Mas... quando Dana tinha de sair para o trabalho, ele se transformava. Ficava hostil e belicoso. Era impossível Dana conservar uma governanta, e as babás contavam histórias terríveis sobre uma noite passada com Kemal.

Jeff e Dana tentavam argumentar com ele, mas isso não exercia influência alguma. *Talvez Kemal precise de ajuda profissional,* pensou Dana, sem a mínima ideia dos terríveis medos que o atormentavam.

O NOTICIÁRIO DA NOITE da rede WTN entrou no ar. Sentados ao lado de Dana, seus bonitos e atraentes coapresentadores, Richard Melton e Jeff Connors.

Dana Evans dizia:

– ... e no noticiário internacional, França e Inglaterra continuam batendo de frente sobre a doença da vaca louca. Com vocês, René Linaud, falando de Rheims.

Na cabine de controle, a diretora, Anastasia Mann, ordenou:

– Passem para o telecomando...

Uma paisagem no campo francês surgiu nas telas de televisão.

A porta do estúdio abriu-se, um grupo de homens entrou e aproximou-se da mesa dos âncoras.

Todos ergueram os olhos. Tom Hawkins, o jovem e ambicioso produtor do noticiário da noite, disse:

– Dana, você conhece Gary Winthrop.

– Claro.

Pessoalmente, Gary Winthrop era ainda mais bonito que nas fotos. Tinha 40 e poucos anos; olhos azul-claros, um sorriso cativante e um enorme encanto.

Mais uma vez nos encontramos, Dana. Obrigado por me convidar.

– Eu que lhe agradeço por ter vindo.

Ela olhou em volta. Meia dúzia de secretárias haviam de repente arranjado motivos urgentes para ficarem no estúdio. *Gary Winthrop deve estar acostumado a isso,* pensou Dana, achando divertido.

– Seu bloco vai ser dentro de alguns minutos. Por que não se senta aqui do meu lado? Este é Richard Melton. – Os dois se cumprimentaram com um aperto de mãos. – Conhece Jeff Connors, não?

– Pode apostar que sim. Devia estar lá arremessando, Jeff, em vez de comentando o jogo.

– Quem dera eu pudesse — disse Jeff, pesaroso.

Enquanto o telecomando da França chegava ao fim e eles passavam para um comercial, Gary Winthrop sentou-se e assistiu ao fim do intervalo.

Da cabine de controle, Anastasia Mann avisou:

– Fiquem a postos. Vamos gravar. – Silenciosa, contou com o indicador apontado. – Três... dois... um...

No monitor, a fachada do Museu de Arte de Georgetown. Um comentarista, com o microfone na mão, enfrentava o vento frio.

– Estamos diante do Museu de Arte de Georgetown, no interior do qual se encontra o Sr. Gary Winthrop, numa cerimônia que comemora sua doação de 50 milhões de dólares ao museu. Agora, vamos até lá dentro...

A cena na tela mudou para o interior do museu de arte. Várias autoridades municipais, dignitários e equipes de televisão reunidos em volta de Gary Winthrop. O diretor, Morgan Ormond, entregava-lhe uma grande placa.

– Sr. Winthrop, em nome do museu, dos muitos visitantes que o frequentam e dos curadores, queremos agradecer-lhe por essa generosíssima contribuição.

As luzes das câmeras se acenderam.

Gary Winthrop disse:

– Espero que isso dê aos jovens artistas americanos uma oportunidade melhor não apenas de se expressarem, mas de terem seu talento reconhecido em todo o mundo.

O grupo aplaudiu.

O repórter dizia:

– Aqui, Bill Toland, no Museu de Arte de Georgetown. De volta ao estúdio. Dana...

A luz vermelha da câmera acendeu-se.

– Obrigada, Bill. Temos muita sorte por ter o Sr. Gary Winthrop conosco para discutir o propósito de sua grande doação.

A câmera recuou, abriu um ângulo maior, revelando Gary Winthrop no estúdio.

Dana perguntou:

– Essa doação de 50 milhões de dólares, Sr. Winthrop, será usada para comprar quadros para o museu?

– Não. É para uma nova ala que será dedicada a jovens artistas plásticos americanos, que talvez de outro modo não teriam uma oportunidade de mostrar o que sabem fazer. Parte do fundo será usada em bolsas de estudo para crianças talentosas em cidades do interior. Numerosos jovens crescem sem saber nada de arte. Podem ouvir falar dos grandes impressionistas franceses, mas quero que conheçam sua própria herança. Pintores americanos como Sargent, Homer e Remington. Esse dinheiro será usado para incentivar jovens artistas plásticos a realizarem seu potencial artístico e fazer com que todos os jovens adquiram um interesse pela arte.

– Há um rumor de que o senhor planeja candidatar-se ao Senado, Sr. Winthrop. Isso é verdade? – perguntou Dana.

Gary Winthrop sorriu.

– Estou testando as águas.

– Elas são muito convidativas. Nas pesquisas, vimos que o senhor saiu na frente.

Gary Winthrop fez que sim com a cabeça.

– Minha família tem um longo histórico de serviço governamental. Se eu puder ser útil a este país, farei tudo o que for convocado a fazer.

– Obrigada por sua presença aqui conosco, Sr. Winthrop.

– *Eu* é que agradeço a *vocês*.

No intervalo comercial, Gary Winthrop despediu-se e saiu do estúdio.

Jeff Connors, sentado ao lado de Dana, comentou:

– Precisamos de mais gente como ele no Congresso.

– Amém.

– Talvez pudéssemos cloná-lo. Por falar nisso, como vai Kemal?

Dana contraiu-se.

– Jeff, por favor, não mencione Kemal e clonagem numa mesma frase. Não sei mais como lidar com isso.

– O problema na escola esta manhã foi resolvido?

– Sim, mas isso foi hoje. Amanhã é...

– De volta ao ar. Três... dois... um... – avisou Anastasia Mann.

A luz vermelha piscou. Dana olhou para o teleprompter.

– Agora é hora dos esportes, com Jeff Connors.

Jeff fixou o olhar na câmera.

– O Mago Medin fez falta esta noite nos Wizards de Washington. Reggie Jordan tentou sua magia e Mitch Raymond e Ishdi White ajudaram a mexer a poção no caldeirão, mas ela ficou amarga, e eles acabaram tendo de engoli-la junto com seu orgulho...

ÀS 2 HORAS, NA CASA de campo de Gary Winthrop, na seção noroeste da elite de Washington, dois homens retiravam quadros das paredes da sala de visitas. Um deles usava a máscara do Zorro, o outro a do Capitão

Meia-noite. Trabalhavam num ritmo sem pressa, arrancando as pinturas das molduras e colocando-as em grandes sacos de aniagem grossa.

– A que horas a patrulha vai passar de novo? – perguntou o Zorro.

O Capitão Meia-noite respondeu:

– Às 4 horas.

– Simpático da parte deles cumprir um horário que nos dá tempo, não?

– É isso aí.

O Capitão Meia-noite retirou um quadro da parede e jogou-o com força no chão de mármore, fazendo um grande barulho. Os dois pararam o que faziam e prestaram atenção. Silêncio.

O Zorro disse:

– Tente de novo. Mais alto.

O Capitão Meia-noite pegou outro quadro e atirou-o no chão.

– Agora vamos ver o que acontece.

Em seu quarto no andar de cima, Gary Winthrop foi acordado pelo barulho. Sentou-se na cama. Ouvira um ruído, ou sonhara? Prestou atenção por um momento mais longo. Silêncio. Sem saber ao certo, levantou-se, foi até o corredor e apertou o interruptor da luz. O corredor continuou escuro.

– Ei! Tem alguém aí embaixo?

Não houve resposta. No andar de baixo, ele atravessou o longo corredor até chegar à porta da sala de visitas. Parou e fitou incrédulo os dois mascarados.

– Que diabo estão fazendo?

O Zorro voltou-se para ele e disse:

– Oi, Gary. Desculpe por termos acordado você. Volte para a cama e vá dormir. – Uma Beretta com um silenciador apareceu em sua mão.

Ele apertou o gatilho duas vezes e viu o peito de Gary Winthrop explodir numa chuvarada vermelha. O Zorro e o Capitão Meia-noite viram-no cair no chão. Satisfeitos, viraram-se e continuaram a retirar as pinturas.

2

Dana Evans foi acordada pela incessante campainha do telefone. Esforçou-se para sentar-se na cama e olhou para o relógio na mesinha de cabeceira, os olhos injetados. Eram 5 horas. Ela atendeu.

– Alô?

– Dana...

– Matt?

– Veja se dá um jeito de chegar o mais rápido possível ao estúdio.

– Que foi que houve?

– Passo tudo para você quando chegar aqui.

– Já estou indo.

Quinze minutos depois, vestida às pressas, Dana batia na porta do apartamento dos Wharton, os vizinhos do lado.

Doroty Wharton abriu a porta vestindo um robe. Olhou assustada para Dana.

– Dana, qual é o problema?

– Detesto fazer isso com você, Doroty, mas fui chamada ao estúdio numa emergência. Se incomodaria de levar Kemal à escola?

– Ora, claro que não. Será um prazer.

– Muitíssimo obrigada. Ele tem de estar lá às 7h45 e vai precisar de café da manhã.

– Não se preocupe. Cuido de tudo. Pode ir correndo.

– Obrigada – disse Dana, agradecida.

ABBE LASMANN JÁ ESTAVA no escritório, parecendo sonolenta.

– Ele está a sua espera.

Dana entrou na sala de Matt.

– Tenho algumas notícias terríveis – disse ele. – Gary Winthrop foi assassinado no início da madrugada.

Dana afundou numa poltrona, aturdida.

– *Como?* Quem...?

– Aparentemente, a casa estava sendo roubada. Quando enfrentou os ladrões, eles o assassinaram.

– Oh, não! Ele era tão maravilhoso! – Dana lembrou-se da amizade e do calor humano do atraente filantropo e sentiu-se muito mal.

Matt balançava a cabeça, incrédulo.

– Com essa... meu Deus... é a quinta tragédia.

– O que quer dizer... a quinta tragédia?

Matt olhou para ela surpreso, e então, de repente, compreendeu.

– Claro... você estava em Sarajevo. Imagino que lá, com a guerra comendo feio, o que aconteceu com os Winthrop no ano passado não devia ser notícia de primeira página. Ouviu falar de Taylor Winthrop, o pai de Gary?

– Sim. Era senador. Ele e a mulher não morreram num incêndio no ano passado?

– Isso mesmo. Dois meses depois, o filho mais velho deles morreu num acidente de carro. E um mês e meio depois foi a filha Julie, num acidente de esqui. – Matt fez uma pausa. – E agora, nesta madrugada, Gary, o último da família.

Dana calou-se, aturdida.

– Dana, os Winthrop são uma lenda. Se este país tivesse uma família real, eles é que usariam a coroa. Inventaram o carisma. Ficaram famosos em âmbito mundial por sua filantropia e serviços prestados ao governo. Gary planejava seguir os passos do pai e concorrer ao Senado, e era encarado como o vencedor certo. Agora, ele se foi. Em menos de um ano, uma das mais ilustres famílias do mundo foi totalmente dizimada.

– Eu... eu não sei o que dizer.

– É melhor pensar em alguma coisa – disse Matt, ríspido. – Você entra no ar em vinte minutos.

A NOTÍCIA DA MORTE de Gary Winthrop transmitiu ondas de choque pelo mundo todo. Comentários de líderes governamentais lampejaram nas telas de televisão em todo o planeta.

– É como uma tragédia grega...

– Inacreditável...

– Uma irônica reviravolta do destino...

– O mundo sofreu uma grande perda...

– Os mais brilhantes e os melhores, e agora se foram todos...

Parecia que todo mundo não falava de outro assunto senão do assassinato de Gary Winthrop. Uma onda de tristeza inundou o país. A morte de Gary Winthrop trouxera de volta a lembrança das outras mortes trágicas na família.

– É tão irreal – disse Dana a Jeff. – Toda a família devia ser tão maravilhosa.

– E eram. Gary era um verdadeiro fã de esportes, e um grande patrocinador. – Jeff balançou a cabeça. – É difícil acreditar que dois ladrõezinhos liquidaram uma pessoa tão maravilhosa.

AO VOLANTE, A CAMINHO do estúdio na manhã seguinte, Jeff disse:

– Ah, a propósito, Rachel está aqui na cidade.

A propósito? Mas como ele é natural. Natural demais, pensou Dana.

Jeff tinha sido casado com Rachel Stevens, uma modelo. Dana vira o retrato dela em anúncios de televisão e capas de revistas. Era difícil acreditar que uma mulher pudesse ser tão linda. *Mas na certa não tem um neurônio funcionando na cabeça,* decidiu Dana. *Em compensação, com aquele rosto e corpo, não precisa de cérebro.*

Dana conversara sobre Rachel com Jeff.

– Que aconteceu com o casamento?

– No início foi fantástico – disse-lhe Jeff. – Rachel me dava um grande apoio, era muito compreensiva. Embora odiasse beisebol, ia aos jogos me ver jogar. Além disso, tínhamos muita coisa em comum.

Aposto que tinham.

– Ela é mesmo uma mulher maravilhosa, completamente autêntica. Adorava cozinhar. Quando estava numa filmagem, cozinhava para as outras modelos.

Grande jogada para livrar-se da competição. Na certa, elas caíam como moscas.

– Como?

– Eu não disse nada.

– Em todo caso, ficamos casados cinco anos.

– E aí?

– Rachel fazia o maior sucesso. Era sempre requisitada, e seu trabalho a levou ao mundo inteiro. Itália... Inglaterra... Jamaica... Tailândia... Japão... Diga qualquer lugar que queira. Enquanto isso, eu jogava em todos os cantos do país. Não nos encontrávamos, nem ficávamos juntos com muita frequência. Aos poucos, a magia foi desaparecendo.

A pergunta seguinte parecia lógica, pois Jeff adorava crianças.

– Por que vocês não tiveram filhos?

Ele deu um sorriso forçado.

– Não é bom para a forma física de uma modelo. Aí, um dia, Roderick Marshall, um dos maiores diretores de Hollywood, mandou chamá-la. Rachel foi para Hollywood. – Jeff hesitou. – Ela me ligou uma semana depois para dizer que queria o divórcio. Achava que tínhamos ficado muito afastados um do outro. Tive de concordar. Dei o divórcio. Logo depois, quebrei o braço.

– E se tornou um comentarista esportivo. E Rachel? Não estourou no cinema?

Jeff fez que não com a cabeça.

– Não, ela não se dedicava. Mas está se saindo bem.

– Vocês continuam amigos?

– Sim. Para falar a verdade, quando ela me telefonou contei sobre nós. Ela quer conhecê-la.

Dana franziu a testa.

– Jeff, não acho que...

– Ela é muito simpática mesmo, querida. Vamos almoçar todos juntos amanhã. Você vai gostar de Rachel.

– Com certeza eu vou – concordou Dana.

Como uma bola de neve no inferno, pensou Dana. *Mas afinal não tenho hábito de falar com muitas cabeças ocas.*

A CABEÇA OCA ACABOU se mostrando ainda muito mais bonita do que Dana temia. Rachel Stevens era alta e esguia, com longos e luminosos cabelos louros, a cútis bronzeada, perfeita, e traços faciais impressionantes. Dana detestou-a à primeira vista.

– Dana Evans, esta é Rachel Stevens.

Não devia ser: Rachel Stevens; esta é Dana Evans?, pensou Dana.

A supermodelo dizia:

– ... via suas transmissões de Sarajevo sempre que eu podia. Eram incríveis. Dava pra todos nós sentirmos seu coração partido e partilhar de sua dor.

Como a gente responde a um elogio sincero?

– Obrigada – disse Dana, sem muita emoção.

– Onde gostariam de almoçar? – perguntou Jeff.

Rachel sugeriu:

– Tem um restaurante maravilhoso chamado Estreitos da Malásia. Fica a dois quarteirões de Dupont Circle. – Virou-se para Dana e perguntou: – Você gosta de comida tailandesa?

Como se ela realmente se importasse.

– Gosto.

Jeff sorriu.

– Ótimo. Vamos experimentar.

– Fica só a alguns quarteirões daqui. Vamos a pé?

Nesse frio congelante?

– Claro – disse Dana, disposta a enfrentar qualquer parada. *Ela na certa anda nua na neve.*

Os três dirigiram-se para Dupont Circle. Dana sentia-se em segundo plano. Arrependia-se amargamente de ter aceitado o convite.

O restaurante estava lotado, com uma dezena de pessoas no bar, à espera de mesas. O *maître* apressou-se a recebê-los.

– Uma mesa para três – disse Jeff.

– Vocês fizeram reserva?

– Não, mas...

– Lamento, mas... – Reconheceu Jeff. – Sr. Connors, é um prazer vê-lo. – Olhou para Dana. – Srta. Evans, é uma honra. – Fez um muxoxo. – Receio que haja uma pequena demora. – Desviou o olhar para Rachel, e a expressão no rosto iluminou-se. – Srta. Stevens! Li que ia fazer um trabalho na China.

– Fiz, mas já voltei.

– Maravilha. – Voltou-se para Dana e Jeff. – Claro que temos uma mesa pra vocês. – Levou-os a uma no centro do restaurante.

Odeio ela, pensou Dana. *Odeio mesmo.*

Já sentados, Jeff disse:

– Você está fantástica, Rachel. Seja lá o que anda fazendo, tem-lhe feito bem.

E podemos todos adivinhar o *quê.*

– Tenho viajado muito. Acho que vou moderar um pouco o ritmo por algum tempo. – Olhou fundo nos olhos de Jeff. – Lembra aquela noite em que eu e você...

Dana ergueu os olhos do cardápio.

– O que é *udang goreng?*

Rachel olhou para Dana.

– É camarão com leite de coco. Muito bem feito aqui. – Voltou-se para Jeff. – A noite em que eu e você decidimos que queríamos...

– O que é *laksa?*

Rachel respondeu, paciente:

– Sopa apimentada com talharim. – Voltou-se mais uma vez para Jeff. – Você disse que queria...

– E *poh pia?*

Rachel desviou o olhar para Dana e disse, com calma.

– É refogado de *jicama* frita com legumes.

– É mesmo? – Dana decidiu não perguntar o que queria dizer *jicama.*

Mas no decorrer da refeição ela surpreendeu-se, porque, embora a contragosto, começava a gostar de Rachel Stevens. A ex-mulher de Jeff tinha uma personalidade atraente e encantadora. Ao contrário das maiores beldades de categoria mundial, Rachel parecia inteiramente desligada de sua linda aparência, além de não exibir ego inflado algum. Inteligente e articulada, quando fez o pedido do almoço ao garçom em tailandês, não deixou transparecer nenhuma insinuação de superioridade. Dana se perguntava: *Como Jeff deixou esta mulher escapar?*

– Quanto tempo vai ficar em Washington? – perguntou Dana.

– Tenho de ir embora amanhã.

– Para onde, desta vez? – Jeff quis saber.

Rachel hesitou.

– Havaí. Mas estou me sentindo muito cansada mesmo, Jeff. Cheguei até a pensar em cancelar a viagem.

– Mas não vai – disse Jeff.

Rachel deu um suspiro.

– Não, não vou.

– Quando vai voltar? – perguntou Dana.

Rachel olhou-a por um longo momento e disse, calma:

– Acho que não vou voltar para Washington, Dana. Desejo que você e Jeff sejam muito felizes. – Suas palavras pareceram dizer algo mais.

FORA DO RESTAURANTE, após o almoço, Dana disse:

– Tenho algumas coisas para fazer. Vão na frente vocês dois.

Rachel pegou nas mãos de Dana.

– Fiquei muito feliz por nos conhecermos.

– Eu também – disse Dana e, para sua surpresa, dissera isso com sinceridade.

Dana olhou Jeff e Rachel seguirem pela rua. *Um casal impressionante*, pensou.

Como era início de dezembro, Washington preparava-se para a temporada das festividades natalinas. As ruas estavam decoradas com luzes e guirlandas de azevinho; em quase toda esquina, viam-se Papais Noéis do Exército da Salvação a repicar seus sinos, pedindo moedas para caridade. As calçadas apinhavam-se de compradores que enfrentavam sem medo o vento glacial.

Chegou a hora, pensou Dana. *Preciso começar a fazer minhas compras.* Fez uma lista mental das pessoas a quem ia dar presentes. Sua mãe, Kemal, Matt, seu patrão e, claro, o maravilhoso Jeff. Entrou num táxi e seguiu para a Hetcht's, uma das maiores lojas de departamento de Washington. O lugar estava abarrotado de pessoas que celebravam o espírito natalino dando rudes encontrões em outros compradores para tirá-los do caminho.

Quando terminou as compras, Dana voltou para o apartamento a fim de deixar os presentes. O prédio ficava na Calvert Street, num tranquilo bairro residencial. Com uma decoração atraente, consistia em um quarto, uma sala de estar, uma cozinha e um escritório adaptado para quarto, onde dormia Kemal.

Dana pôs os presentes num armário, olhou o apartamento em volta e pensou, satisfeita: *Vamos ter* de *arranjar um lugar maior quando Jeff* e *eu nos casarmos.* Ao dirigir-se à porta para voltar ao estúdio, o telefone tocou.

– Alô.

– Dana, querida.

Era sua mãe.

– Oi, mãe. Eu já estava sain...

– Eu e meus amigos assistimos ao seu programa ontem à noite. Você estava ótima.

– Obrigada.

– Embora a gente tivesse achado que você podia transmitir notícias um pouco mais animadoras.

Dana suspirou.

– Notícias um pouco mais animadoras?

– É. Todos os assuntos de que você fala são tão deprimentes. Não pode arranjar alguma coisa mais alegre para discutir?

– Sem dúvida, mãe, vou ver o que posso fazer.

– Seria muito simpático. Aliás, estou meio sem dinheiro este mês. Será que dá para você me ajudar mais uma vez?

Desde que a mãe de Dana se divorciara do pai e mudara-se para Las Vegas, parecia sempre estar sem dinheiro. A mesada que Dana lhe dava nunca bastava.

– Você joga, mãe?

– Claro que não – disse a Sra. Evans, com indignação. – Las Vegas é uma cidade muito cara. Por falar nisso, você não vai aparecer? Gostaria de conhecer Kimbal. Devia trazê-lo aqui.

– O nome dele é Kemal, mãe. No momento não tenho como sair daqui.

Houve uma ligeira hesitação na outra ponta da linha.

– Não tem? Meus amigos vivem dizendo que você é uma grande felizarda por ter um emprego em que só precisa trabalhar uma ou duas horas por dia.

– É, acho que sou mesmo uma grande felizarda.

Como âncora de dois jornais, Dana chegava ao estúdio da televisão às 9 horas, passava a maior parte do dia em telefonemas para coletivas de imprensa internacionais, pegando as últimas notícias de Londres, Paris, Itália e outras localidades estrangeiras. O resto do dia era dedicado a reuniões de produção, à pauta, à compilação das notícias, decidindo em que ordem seriam editadas e transmitidas as matérias quando ela entrasse no ar. Dana apresentava dois noticiários noturnos.

– É ótimo que tenha um emprego tão fácil, querida.

– Obrigada, mãe.

– Você vem me visitar logo, não vem?

– Vou, sim.

– Estou louca pra conhecer esse menino lindo.

Seria bom também para Kemal conhecê-la, pensou Dana. *Assim, terá uma avó. E quando eu e Jeff nos casarmos, ele mais uma vez terá uma família* de *verdade.*

Quando Dana pisou no corredor, saindo do prédio de seu apartamento, surgiu a Sra. Wharton.

– Quero lhe agradecer por ter tomado conta de Kemal ontem de manhã, Dorothy. Fico realmente muito grata.

– Foi um prazer.

Dorothy Wharton e o marido, Howard, haviam se mudado para o prédio um ano antes. Eram canadenses, um encantador casal de meia-idade. Howard Wharton era engenheiro especializado em restauração de monumentos.

Certa noite, o Sr. Whanton explicara a Dana no jantar:

– Não há cidade melhor no mundo que Washington para o meu tipo de trabalho. Onde mais eu ia encontrar oportunidades assim? – perguntou Howard Wharton. E ele mesmo respondeu: – Em lugar nenhum.

– Howard e eu adoramos Washington – confidenciou a Sra. Wharton. – Nunca vamos sair daqui.

AO VOLTAR PARA seu escritório, Dana encontrou a última edição do *Washington Tribune* na mesa. A primeira página continuava cheia de matérias e fotos da família Winthrop. Dana olhou atenta as fotos durante um longo tempo, a mente disparada. *Cinco deles mortos* em *menos* de *um ano. Incrível.*

O TELEFONEMA FOI dado para um aparelho privado na torre executiva da Washington Tribune Enterprises.

– Acabei de receber o telefonema.

– Bom. Eles estavam à espera. Que quer que façam com as pinturas?

– Queime-as.

– Todas? São valiosas...

– Tudo saiu às mil maravilhas. Não podemos deixar pontas soltas. Queime todas agora.

A SECRETÁRIA DE DANA, Olivia Watkins, avisou-a pelo interfone.

– Telefonema para você na linha três. Ele já ligou duas vezes.

– Quem é, Olivia?

– O Sr. Henry.

Thomas Henry, diretor da Escola Intermediária Theodore Roosevelt.

Dana levou a mão à testa e comprimiu-a para expulsar a dor de cabeça que ia começar. Pegou o telefone.

– Boa tarde, Sr. Henry.

– Boa tarde, Srta. Evans. Será que poderia dar uma passada aqui para me ver?

– Sem dúvida. Daqui a uma ou duas horas, estar...

– Eu gostaria de sugerir *já,* se for possível.

– Já estou indo.

3

A escola era uma provação insuportável para Kemal. Ele era menor que os outros garotos da sala e, para sua profunda vergonha, isso incluía as meninas. Apelidaram-no de "nanico", "camarão" e "peixinho". No que se referia aos estudos, o único interesse de Kemal era por matemática e computadores, onde invariavelmente tirava as melhores notas de toda a turma. Uma das atividades secundárias da escola era o clube de xadrez, e Kemal dominava-o. Antes do acidente, gostava de futebol, mas quando foi inscrever-se para o time da escola, o treinador olhou para a manga vazia de Kemal e disse: "Lamento, não podemos aproveitar você." Disse isso com delicadeza, embora para o garoto tivesse sido um golpe arrasador.

O inimigo número um de Kemal era Ricky Underwood. Na hora do almoço, alguns dos alunos comiam no pátio coberto em vez de na lanchonete. Ricky Underwood esperou para ver onde Kemal ia almoçar e juntou-se então a ele.

– Escute, aqui, seu órfão. Quando é que sua madrasta má vai mandar você de volta ao lugar de onde veio?

Kemal ignorou-o.

– Estou falando com você, sua aberração. Não acha mesmo que ela vai ficar com você, acha? Todo mundo sabe por que ela trouxe você pra cá, seu cara de camelo. Porque era uma famosa correspondente de guerra, e salvar um aleijado ia fazê-la parecer uma pessoa boazinha.

– *Fukat!* – gritou Kemal. Levantou-se e saltou para cima de Underwood.

O primeiro golpe de Underwood atingiu a barriga de Kemal e depois, com força, o rosto. Kemal caiu, contorcendo-se de dor.

Underwood disse:

– Toda vez que quiser mais é só me avisar. E é melhor fazer isso rápido porque, pelo que eu soube, você já é história.

Kemal vivia em agonia por causa de suas dúvidas. Não acreditou nas coisas que Ricky Underwood lhe dissera, no entanto... E se fossem verdade? *E se Dana me mandar mesmo* de *volta? Underwood tem razão,* pensou Kemal. *Eu sou uma aberração. Por que uma pessoa tão maravilhosa* como *Dana ia me querer?*

KEMAL ACHOU QUE sua vida chegara ao fim quando os pais e as irmãs foram mortos em Sarajevo. Fora mandado para a Instituição dos Órfãos nos arredores de Paris, o que passou a ser um pesadelo.

Todas as sextas-feiras, os meninos e meninas faziam fila no orfanato, quando chegavam possíveis pais adotivos para avaliá-los e escolher um que levariam para casa. Com a aproximação das sextas-feiras, a excitação e a tensão entre as crianças intensificavam-se a um nível quase insuportável. Tomavam banho, vestiam-se com aprumo e, enquanto os adultos percorriam a fila, cada criança rezava intimamente para ser escolhida.

Invariavelmente, quando os pais em potencial viam Kemal, sussurravam:

– Veja, ele só tem um braço – e seguiam adiante.

Todas as sextas-feiras era a mesma coisa, mas Kemal continuava esperando, esperançoso, enquanto os adultos examinavam a fila de candidatos. Porém, sempre escolhiam outras crianças. Parado ali, ignorado, Kemal sentia-se tomado de humilhação. *Sempre será outro,* pensava, afligindo-se. *Ninguém me quer.*

Desejava desesperadamente fazer parte de uma família. Tentava de tudo para fazer com que isso acontecesse. Numa sexta-feira, sorria com muita alegria para os adultos, a fim de fazê-los sentir que era um menino simpático e amistoso. Em outra, fingia-se ocupado com alguma coisa, mostrando-lhes que não ligava a mínima se fosse ou não escolhido, eles é que seriam os felizardos se o tivessem. De outras vezes, olhava intensamente para eles, suplicando-lhes em silêncio que o levassem para casa. Mas, semana após semana, era sempre outra criança a escolhida e levada para lares maravilhosos e famílias felizes.

Como por milagre, Dana mudou tudo isso. Ela o encontrou vivendo nas ruas de Sarajevo. Depois que foi embarcado de avião pela Cruz Vermelha para um orfanato nos arredores de Paris, ele lhe escreveu uma carta. Para seu espanto, Dana telefonou para o orfanato e disse que queria que Kemal fosse morar com ela nos Estados Unidos. Foi o momento mais feliz da vida do garoto. Um sonho impossível que se tornou realidade e que acabou sendo uma alegria ainda muito maior do que até então imaginara.

Sua vida mudou por completo. Ele agora agradecia que ninguém o tivesse escolhido antes. Não se sentia mais sozinho no mundo. Alguém se interessava por ele. Kemal amava Dana de todo o coração e alma, mas no íntimo afligia-o o terrível medo que Ricky Underwood lhe infundira, de que algum dia ela mudasse de ideia e o mandasse de volta para o orfanato, para a vida no inferno de que escapara. Ele tinha um sonho recorrente: via-se mais uma vez no asilo de órfãos, e era sexta-feira. Uma fila de adultos inspecionava as crianças, entre eles Dana. Ela olhava para Kemal e dizia: *Esse garoto medonho só tem um braço,* passava adiante e escolhia o menino a seu lado; Kemal acordava aos prantos.

Ele sabia que Dana detestava que se metesse em brigas na escola e fazia tudo para evitá-las, mas não podia suportar que Ricky Underwood e seus amigos a insultassem. Assim que perceberam isso, passaram a intensificar os insultos a Dana e, em consequência, também as brigas.

Underwood cumprimentava Kemal assim:

– E aí, já arrumou a mala, camarão? No noticiário desta manhã, disseram que a megera da sua madrasta vai mandar você de volta para a Iugoslávia.

– *Zbosti!* – berrava Kemal.

E a luta começava. Ele voltava para casa de olho roxo e com hematomas, mas, quando Dana lhe perguntava o que acontecera, não lhe dizia a verdade, pois o apavorava o que poderia acontecer se exprimisse em palavras o que Ricky Underwood dissera.

Agora, à espera de Dana no gabinete do diretor, Kemal pensava: *Quando ela souber* o *que fiz desta vez, vai me mandar embora.* Ficou ali sentado, o coração disparado.

QUANDO DANA ENTROU no gabinete de Thomas Henry, viu o diretor andando de um lado para o outro na sala, com a fisionomia sinistra. Kemal estava sentado numa cadeira do outro lado do escritório.

– Bom dia, Srta. Evans. Por favor, sente-se – disse ele. Pegou então uma grande faca de açougueiro na escrivaninha. – Um dos professores tirou isto dele.

Dana girou e olhou para Kemal, furiosa.

– *Por quê?* – perguntou, zangada. – Por que trouxe isso para a escola?

Kemal olhou para ela e disse, carrancudo:

– Porque eu não tinha um revólver.

– Kemal!

Dana virou-se para o diretor.

– Posso conversar com o senhor a sós, Sr. Henry?

– Sim. – Ele olhou para Kemal, o queixo endurecido. – Espere no corredor.

Kemal levantou-se, deu uma última olhada na faca e saiu.

Dana começou:

– Sr. Henry, Kemal tem 12 anos. Viveu a maior parte desses anos adormecendo com o som de bombas explodindo nos ouvidos, as mesmas bombas que mataram a mãe, o pai e a irmã dele. Uma delas lhe arrancou o braço. Quando o encontrei em Sarajevo, ele morava numa caixa de papelão num terreno baldio. Com centenas de outros meninos e meninas sem lar, vivendo ali como animais. – Lembrava-se Dana, tentando manter a voz firme. – As bombas pararam, mas os meninos e meninas continuaram sem lar e sem esperança. A única maneira que têm para se defender dos inimigos é uma faca, uma pedra ou uma arma, se tiverem muita sorte de pôr as mãos numa. – Cerrou os olhos por um instante e respirou fundo. – Essas crianças vivem apavoradas. Kemal vive apavorado, mas é um garoto decente. Só precisa aprender que está seguro aqui. Que nenhum de nós é seu inimigo. Prometo-lhe que isso não se repetirá.

Houve um longo silêncio. Thomas Henry então disse:

– Se algum dia eu precisar de advogado, Srta. Evans, gostaria que me defendesse.

Ela conseguiu dar um sorriso de alívio.

– Prometo.

Thomas Henry exalou um suspiro.

– Está bem. Converse com Kemal. Se ele fizer mais uma vez alguma coisa semelhante, receio que terei de...

– Vou falar com ele. Obrigada, Sr. Henry.

Kemal esperava no corredor.

– Vamos para casa – disse Dana, ríspida.

– Eles vão ficar com a minha faca?

Ela não se deu o trabalho de responder.

No trajeto para casa, Kemal disse:

– Me desculpe por ter-lhe causado esse problema, Dana.

– Oh, por nada, bobagem. Só porque eles decidiram não expulsá-lo da escola? Escute, Kemal...

– Tudo bem. Nada mais de facas.

Quando chegaram ao apartamento, ela disse:

– Tenho de voltar ao estúdio, Kemal, mas esta noite vamos ter uma longa conversa.

AO TERMINAR a transmissão do noticiário da noite, Jeff virou-se para Dana:

– Você parece preocupada, meu bem.

– E estou. É o Kemal. Não sei o que fazer com ele, Jeff. Tive de ir à escola conversar com o diretor esta manhã, e mais duas governantas se demitiram por causa dele.

– Ele é um garoto maravilhoso – disse Jeff. – Só precisa de tempo.

– Talvez. Jeff?

– Sim?

– Espero não ter cometido um erro terrível trazendo Kemal pra cá.

QUANDO DANA RETORNOU ao apartamento, encontrou Kemal à espera.

– Sente-se – ordenou. – Precisamos conversar. Você precisa começar a obedecer às ordens, e essas brigas na escola têm de acabar. Sei que os outros garotos estão tornando as coisas difíceis para você, Kemal, mas precisa chegar a um entendimento com eles. Se continuar se metendo em brigas, o Sr. Henry vai expulsá-lo da escola.

– Não me importa.

– *Tem* de se importar. Quero que você tenha um futuro maravilhoso, e isso não pode acontecer sem uma boa formação escolar. O Sr. Henry está lhe dando uma nova oportunidade, mas...

– Ele que se foda.

– Kemal! – Sem pensar, Dana deu-lhe um tapa no rosto. Arrependeu-se no mesmo instante.

Ele olhou fixo para ela, uma expressão de descrença no rosto, correu para o escritório e bateu a porta.

O telefone tocou. Dana atendeu. Era Jeff.

– Dana...

– Querido, eu... eu não posso falar no momento. Estou muito perturbada.

– Que foi que houve?

– Kemal. Ele é impossível!

– Dana...

– Sim?

– Ponha-se no lugar dele.

– Como?

– Pense nisso. Lamento, estou entrando no ar. Falamos depois. – Desligou.

Ponha-se no lugar dele? Isso não faz o menor sentido, pensou Dana. *Como posso saber o que Kemal sente? Não sou órfã de guerra de 12 anos com um só braço, nem sofri o que ele sofreu.* Dana ficou ali sentada, durante um longo tempo, pensando. *Ponha-se no lugar dele.* Levantou-se, foi para o quarto, fechou a porta e abriu a do armário. Antes da chegada de Kemal, Jeff passava várias noites por semana no apartamento dela e tinha deixado algumas roupas ali. No armário havia calças, camisas, gravatas, um suéter e um paletó.

Ela pegou algumas roupas e pôs na cama. Foi até a gaveta da cômoda e escolheu um calção e um par de meias de Jeff. Depois despiu-se completamente. Pegou o calção de Jeff com a mão esquerda e começou a vesti-lo. Desequilibrou-se e caiu. Foram necessárias mais duas tentativas até conseguir vesti-lo. Em seguida, pegou uma das camisas. Só com a mão esquerda, levou três frustrantes minutos para pô-la e abotoá-la.

Precisou sentar-se na cama para enfiar a calça, e foi difícil puxar o zíper. Levou mais dois minutos para vestir o suéter de Jeff.

Quando acabou afinal de vestir-se, sentou-se para recuperar o fôlego. Era aquilo que Kemal tinha de aguentar todas as manhãs. E era só o começo. Ainda precisava tomar banho, escovar os dentes e pentear os cabelos. E isso agora. E antes? Vivendo no horror da guerra, vendo a mãe, o pai, a irmã e os amigos assassinados.

Jeff tem razão, ela pensou. *Estou esperando muito dele e cedo demais. Kemal precisa de tempo para se ajustar. Jamais o abandonarei. Minha mãe abandonou meu pai e nunca a perdoarei por isso. Devia existir um oitavo pecado mortal: Não abandonareis aqueles que vos amam.*

Devagar, enquanto tirava as roupas de Jeff e punha as suas, Dana pensou nos títulos das músicas que Kemal ouvia repetidas vezes no aparelho de CD. "Não quero perdê-la", "Preciso de você esta noite", "Contanto que me ame", "Eu só quero ficar com você", "Preciso de amor".

Todas as letras falavam de solidão e carência.

Dana pegou o boletim de Kemal. Era verdade que ele ia mal na maioria das matérias, mas tinha um "A" em matemática. *O "A" que é importante,* pensou Dana. *É onde ele se supera. Aí é que tem um futuro. Vamos trabalhar nos outros conceitos.*

Quando ela abriu a porta do escritório, Kemal estava deitado na cama, os olhos muito cerrados, o rosto pálido coberto de lágrimas. Ela olhou-o por um momento, depois curvou-se e beijou-lhe a face.

– Lamento tanto, Kemal – sussurrou ela. – Me perdoe.

Amanhã será um dia melhor.

NA MANHÃ SEGUINTE, Dana levou Kemal a um famoso cirurgião-ortopedista, o Dr. William Wilcox. Após examiná-lo, o Dr. Wilcox conversou com Dana a sós.

– Srta. Evans, muni-lo de uma prótese custaria 20 mil dólares e...

Mal houve uma pausa.

– Estou disposta a pagar.

– Bem, há um problema em relação a isso – continuou o Dr. Wilcox. – Kemal só tem 12 anos. Seu corpo não vai parar de crescer até os 17 ou 18. O braço poderia crescer mais que a prótese no espaço de poucos meses. Receio que não seja prático.

Dana teve a sensação de que afundava.

– Entendo. Obrigada, doutor!

Já na rua, tranquilizou Kemal.

– Não se preocupe, querido. A gente vai encontrar um meio de resolver isso.

Deixou Kemal na escola e foi para o estúdio. A uns cinco quarteirões, o celular tocou. Ela pegou-o.

– Alô?

– É Matt. Vai haver uma coletiva sobre o assassinato de Winthrop ao meio-dia na sede da polícia. Quero que a cubra. Estou mandando uma equipe de câmera. A polícia está com o rabo preso na ratoeira. A matéria está crescendo a cada minuto e os policiais não têm a mínima pista.

– Estarei lá, Matt.

O CHEFE DE POLÍCIA, Dan Burnett, falava ao telefone em seu escritório quando a secretária lhe avisou:

– O prefeito está na linha dois.

Burnett respondeu, irritado:

– Diga a ele que estou falando com o governador na linha um. – E voltou para o telefone. – Sim, governador. Sei disso... Sim, senhor. Acho que... Tenho certeza de que podemos... Logo que tivermos... Certo. Até logo, senhor. – Bateu o telefone.

– A secretária da assessoria de imprensa da Casa Branca na linha quatro – avisou-lhe a secretária.

Toda a manhã transcorreu assim.

Ao meio-dia, na sala de conferência do Centro Municipal, na Indiana Avenue, 300, centro de Washington, apinhava-se o pessoal da mídia. O chefe de polícia Burnett entrou e dirigiu-se para a frente da sala.

– Vamos fazer silêncio, por favor. – Esperou até que todos se calassem. – Antes de ouvir suas perguntas, tenho uma declaração a fazer. O brutal assassinato de Gary Winthrop é uma grande perda, não apenas para esta comunidade, mas para o mundo, e nossa investigação continuará até prendermos os responsáveis por esse crime hediondo. Podem fazer suas perguntas.

Um repórter levantou-se.

– Chefe Burnett, a polícia tem alguma pista?

– Por volta das 3 horas, uma testemunha viu dois homens carregando uma caminhonete branca na entrada da garagem da casa de Gary Winthrop. Os movimentos deles lhe pareceram suspeitos, e a testemunha anotou o número da placa. Era de um caminhão roubado.

– A polícia sabe o que foi tirado da casa?

– Desapareceu uma dezena de quadros valiosos.

– Além dos quadros, mais alguma coisa foi roubada?

– Não.

– E dinheiro, joias?

– As joias e o dinheiro ficaram intocados. Os ladrões só estavam atrás das pinturas.

– Chefe Burnett, a casa não tinha um sistema de alarme? E se tinha, estava ligado?

– Tinha. Segundo o mordomo, ficava sempre ligado à noite. Os assaltantes descobriram um meio de desativá-lo. Ainda não sabemos ao certo como.

– Como os assaltantes entraram na casa?

O chefe Burnett hesitou.

– É uma pergunta interessante. Não há sinais de arrombamento. Ainda não temos a resposta.

– Poderia ter sido um trabalho de gente da casa?

– Achamos que não. Os empregados de Gary Winthrop trabalhavam para ele há muitos anos.

– Gary Winthrop estava sozinho em casa?

– Pelo que sabemos, sim. Os empregados estavam fora.

Dana perguntou:

– O senhor tem uma relação das pinturas roubadas?

– Temos, sim. São todas famosas. Já mandamos circular uma relação das obras entre os museus, negociantes de arte e colecionadores. No instante em que aparecer uma dessas pinturas, o caso será resolvido.

Dana sentou-se, aturdida. Os assassinos também devem saber disso, portanto não ousariam vender os quadros. Então, qual o sentido de roubá-los? E de cometer um assassinato? E por que não levaram o dinheiro, nem as joias? Alguma coisa não está se encaixando bem nessa história.

Os serviços religiosos fúnebres para Gary Winthrop realizaram-se na Catedral Nacional, a sexta maior do mundo. As avenidas Wisconsin e Massachusetts foram fechadas ao tráfego. Homens do Serviço Secreto e da polícia de Washington espalhavam-se em peso pelo exterior da igreja. Dentro, à espera do início do serviço, estavam o vice-presidente dos Estados Unidos, uns dez senadores e membros do Congresso, um juiz do Supremo Tribunal, dois oficiais de gabinete e uma hoste de dignitários do mundo inteiro. O barulho dos helicópteros da polícia e da imprensa enchia o céu. Na rua, centenas de espectadores chegavam para oferecer os pêsames ou dar uma olhada nas celebridades presentes. Pessoas prestavam homenagem não apenas a Gary, mas a toda a malfadada dinastia Winthrop.

Dana cobria o funeral com duas equipes de câmera. Dentro, a catedral silenciou.

– Deus se move por caminhos misteriosos – entoou o sacerdote. – Os Winthrops passaram suas vidas construindo esperanças. Doaram bilhões de dólares a escolas, igrejas, e aos destituídos e famintos. Mas, igualmente importante, deram com desprendimento seu tempo e talento. Gary Winthrop continuou a grande tradição da família. O motivo desta família, com todas as suas realizações e generosidade, ter-nos sido arrancada tão cruelmente está além do nosso conhecimento. Em certo aspecto, eles não se foram de fato, pois seu legado viverá para sempre. E o que fizeram para nós sempre nos orgulhará...

Deus não devia deixar pessoas assim terem esses tipos de mortes horríveis, pensou Dana com tristeza.

Era a mãe de Dana ao telefone:

– Meus amigos e eu assistimos à sua cobertura do funeral, Dana. Por um momento ali, quando falava da família Winthrop, achei que você ia chorar.

– Eu também, mãe. Eu também.

DANA TEVE DIFICULDADE para pegar no sono naquela noite. Quando adormeceu, seus sonhos foram um furioso caleidoscópio de incêndios, acidentes de carro e disparos de arma de fogo. No meio da noite, acordou de repente e sentou-se. *Cinco membros da mesma família mortos em menos de um ano? Quais as possibilidades?*

4

— Que está tentando me dizer, Dana?

– Matt, estou dizendo que cinco mortes violentas numa mesma família, em menos de um ano, é coincidência demais.

– Dana, se não a conhecesse melhor, eu chamaria um psiquiatra e lhe diria que Chicken Little* se encontra no meu escritório dizendo que o céu está caindo. Acha que estamos tratando de algum tipo de conspiração? Quem está por trás dela? Fidel Castro? A CIA? Oliver Stone? Pelo amor de Deus, não sabe que toda vez que alguém importante é assassinado há uma centena de teorias da conspiração? Um cara veio aqui na semana passada e disse que podia provar que Lyndon Johnson assassinou Abraham Lincoln. Washington está sempre se afogando em teorias da conspiração.

– Matt, estamos nos preparando para fazer *Linha do Crime.* Quer começar com um assunto arrebatador? Bem, se eu estiver certa, podia ser esse.

Matt Baker ficou ali sentado por um momento, examinando-a.

– Está perdendo seu tempo, Dana.

– Obrigada, Matt.

*Chicken Little – um grande pessimista, especialmente aquele que alerta sobre um desastre iminente (personagem de uma história infantil que, ao ser acertado por uma noz que cai da árvore, acredita que o céu está caindo) – *The American Heritage Dictionary*. (*N.* do *E.*)

O ARQUIVO DA WASHINGTON Tribune Enterprises ficava no porão do prédio, cheio de milhares de fitas de programas de notícias anteriores, todas catalogadas com muito capricho.

Sentada atrás de sua mesa, Laura Lee Hill, uma atraente loura de seus 40 anos, catalogava fitas. Ergueu os olhos quando Dana entrou.

– Oi, Dana. Vi sua apresentação do funeral. Acho que fez um belo trabalho.

– Obrigada.

– Mas que tragédia terrível, não?

– Terrível – concordou Dana.

– A gente simplesmente nunca sabe – disse Laura Lee Hill, sombria. – Bem... que posso fazer por você?

– Quero ver algumas fitas da família Winthrop.

– Alguma coisa em particular?

– Não. Só quero ter uma sensação, sentir como era a família.

– Posso lhe dizer como eles eram. Eram santos.

– É isso o que não paro de ouvir – disse Dana.

Laura Lee Hill levantou-se.

– Espero que tenha muito tempo, meu bem. Pois há toneladas de material sobre eles.

– Ótimo. Não estou com pressa.

Laura Lee Hill levou Dana a uma mesa com um monitor de televisão.

– Volto já – disse. Retornou 5 minutos depois com os braços cheios de fitas. – Pode começar com estas. Há mais vindo aí.

Dana olhou a imensa pilha de fitas e pensou: *Talvez eu seja Chicken Little. Mas se estiver certa...*

Introduziu uma fita, e a imagem de um homem de beleza estonteante iluminou-se de repente na tela. Suas feições eram fortes e esculpidas. Tinha uma juba de cabelos negros, olhos azuis cândidos e um queixo protuberante. A seu lado, um garoto. O locutor disse:

– Taylor Winthrop acrescentou mais um campo de esportes aos que já criou para crianças carentes. Seu filho Paul está aqui com o pai, pronto para juntar-se à diversão. Este é o décimo de uma série de campos semelhantes que Taylor Winthrop tem construído. Planeja construir no mínimo mais uma dezena.

Dana apertou um botão e a cena mudou. Um Taylor Winthrop com aparência mais velha e fios grisalhos nos cabelos cumprimentava um grupo de dignitários.

– ...acabou de confirmar sua nomeação como consultor da OTAN, Organização do Tratado do Atlântico Norte. Taylor Winthrop partirá para Bruxelas nas próximas semanas com a missão de...

Dana mudou a fita. A cena era o jardim da Casa Branca. Taylor Winthrop ao lado do presidente, que dizia:

– ...e eu o nomeei para chefiar a AFP, Agência Federal de Pesquisa. A agência dedica-se a ajudar países em desenvolvimento em todo o mundo, e não consigo pensar em ninguém mais bem qualificado que Taylor Winthrop para presidir a organização...

O monitor tremeluziu e passou para a cena seguinte, o Aeroporto Leonardo Da Vinci em Roma, onde Taylor Winthrop desembarcava de um avião.

– Vários chefes de Estado aqui se encontram para saudar Taylor Winthrop, que acaba de chegar, com a incumbência de negociar acordos comerciais entre a Itália e os Estados Unidos. O fato de o Sr. Winthrop ter sido escolhido pelo presidente para conduzir essas negociações mostra o quanto são importantes...

O homem tinha feito de tudo, pensou Dana.

Ela mudou as fitas. Taylor Winthrop no palácio presidencial em Paris, trocando um aperto de mão com o presidente da França.

– Um acordo comercial com a França que marcará época acabou de ser concluído por Taylor Winthrop.

Outra fita. A mulher de Taylor Winthrop, Madeline, diante de um conglomerado de prédios, com um grupo de meninos e meninas.

– Hoje, Madeline Winthrop inaugurou um novo centro de assistência infantil a crianças vítimas de abuso e...

Havia uma fita dos próprios filhos dos Winthrop brincando na fazenda da família, em Manchester, Vermont.

Dana pôs a fita seguinte. Taylor Winthrop na Casa Branca. Ao fundo, a mulher, os dois belos filhos, Gary e Paul, e a linda filha, Julie. O presidente condecorava Taylor Winthrop com uma Medalha da Liberdade.

– ...e por sua abnegada devoção a este país e suas maravilhosas realizações, tenho o prazer de condecorar Taylor Winthrop com o mais alto prêmio civil que podemos conceder... a Medalha da Liberdade.

Uma fita de Julie esquiando...

Gary inaugurando uma fundação para ajudar jovens artistas plásticos...

Mais uma vez o Salão Oval. Do lado de fora, a imprensa em peso. Ao lado do presidente, Taylor Winthrop, grisalho, e a mulher.

– Acabei de nomear Taylor Winthrop nosso novo embaixador na Rússia. Sei que todos vocês já conhecem os inúmeros serviços prestados ao país por Winthrop e muito me alegra que ele tenha aceitado esse cargo em vez de passar seus dias jogando golfe. – A imprensa riu.

Taylor Winthrop retrucou com uma piada.

– Porque ainda não me viu jogando golfe, Sr. Presidente.

Mais risos...

E depois vinha a série de desastres.

Dana introduziu uma nova fita. A cena externa mostrava uma casa incendiada em Aspen, no Colorado. Uma repórter apontava para a casa destruída.

– O chefe da polícia de Aspen confirmou que o embaixador Winthrop e sua mulher Madeline morreram nesse terrível incêndio. O corpo de bombeiros foi avisado nas primeiras horas da manhã e chegou em 15 minutos, embora tarde demais para salvá-los. Segundo o chefe Nagel, o incêndio foi causado por um problema elétrico. O embaixador e a Sra. Winthrop eram mundialmente conhecidos por sua filantropia e dedicação a serviço do governo.

Dana pôs outra fita. A cena era a Grand Corniche, na Riviera Francesa. Uma repórter disse:

– Aqui fica a curva onde o carro de Paul Winthrop derrapou, saiu da estrada e despencou pela encosta da montanha. Segundo o gabinete do prefeito, ele morreu na hora com o impacto. Não havia passageiros. A polícia está investigando a causa do acidente. A terrível ironia é que, apenas dois meses atrás, a mãe e o pai de Paul Winthrop morreram num incêndio no chalé da família, em Aspen, no Colorado.

Dana pegou outra fita. Uma pista de esqui numa montanha em Juneau, no Alasca. Um repórter coberto de agasalhos:

– ...e esta é a cena do trágico acidente de esqui que ocorreu ontem à noite. As autoridades não sabem ao certo por que Julie Winthrop, uma esquiadora campeã, esquiava sozinha à noite nessa pista em particular que estava fechada, mas estão investigando. Em setembro, apenas seis meses atrás, Paul, irmão de Julie, morreu num acidente de carro na França e, em julho do mesmo ano, seus pais, o embaixador Taylor Winthrop e a mulher, morreram num incêndio. O presidente enviou condolências.

Na fita seguinte, via-se a casa de Gary Winthrop na seção noroeste de Washington. Repórteres enxameavam em volta da propriedade. Diante da fachada, uma repórter dizia:

– Numa trágica e inacreditável reviravolta de acontecimentos, Gary Winthrop, o último remanescente da amada família Winthrop, foi baleado e morto por ladrões. Hoje de manhã cedo, um guarda de segurança percebeu que a luz do alarme estava desligada, entrou na casa e encontrou o corpo do Sr. Winthrop. Ele foi atingido por dois disparos. Aparentemente os ladrões procuravam pinturas valiosas e foram interrompidos. Gary Winthrop foi o quinto e último membro da família a sofrer morte violenta em um ano.

Dana desligou o monitor de televisão e ficou ali sentada por um longo tempo. *Quem ia querer eliminar uma família maravilhosa como aquela? Quem? E seria dinheiro o motivo?*

DANA MARCOU UMA entrevista com o senador Perry Leff, no novo prédio de escritórios do Senado. Leff era um homem sério e entusiasta, de 50 e poucos anos.

Levantou-se quando Dana foi conduzida ao seu escritório.

– Que posso fazer por você, Srta. Evans?

– Senador, pelo que sei, o senhor trabalhou intimamente com Taylor Winthrop, não?

– Sim. Fomos nomeados pelo presidente para servir juntos em vários comitês.

– Conheço a imagem pública dele, senador Leff, mas como ele era como pessoa?

O senador Leff examinou Dana por um momento.

– Muito me alegra lhe dizer. Taylor Winthrop foi um dos melhores homens que já conheci na vida. O mais admirável nele era a maneira como se relacionava com as pessoas. Importava-se mesmo com elas. Desviou-se de seu caminho para tornar este um mundo melhor. Sempre sentirei sua falta, e o que aconteceu com sua família é simplesmente terrível demais só em pensar.

DANA CONVERSAVA com Nancy Patchin, uma das secretárias de Taylor Winthrop, de seus 60 anos, com um rosto enrugado e olhos tristes.

– Trabalhou muito tempo para o Sr. Winthrop?

– Quinze anos.

– Nesse período, imagino que passou a conhecer bem o Sr. Winthrop.

– Sim, claro.

– Estou tentando obter uma imagem do tipo de homem que ele era na convivência diária. Era...

Nancy Patchin interrompeu-a.

– Posso lhe dizer exatamente que tipo de homem ele era, Srta. Evans. Quando descobrimos que meu filho tinha a doença de Lou Gehrig, Taylor Winthrop levou-o aos seus próprios médicos e pagou todas as despesas. Quando meu filho morreu, o Sr. Winthrop arcou com os gastos do enterro e me mandou à Europa para me recuperar. – Os olhos encheram-se de lágrimas. – Ele foi o cavalheiro mais maravilhoso, mais generoso, que já conheci.

DANA CONSEGUIU marcar uma entrevista com o general Victor Booster, diretor da AFP, a Agência Federal de Pesquisa que Taylor presidira. A princípio, Booster se recusara a falar com ela, mas quando lhe disse sobre quem queria conversar concordou em recebê-la.

No meio da manhã, Dana pegou o carro e foi dirigindo para a Agência Federal de Pesquisa, perto de Fort Mead, Maryland.

Os prédios da sede da agência ocupavam 32 hectares fortemente guardados. Não se via sinal algum da floresta de discos de satélite ocultos atrás da área densamente arborizada.

Dana seguiu por uma cerca anticiclone de 2,50m de altura, encimada por arame farpado. Deu seu nome ao chegar, mostrou a carteira de motorista a um guarda armado na guarita e recebeu permissão para entrar. Um minuto depois, aproximou-se de um portão eletrificado fechado, com uma câmera de vigilância. Disse mais uma vez seu nome e o portão abriu-se automaticamente. Seguiu pela entrada de carros até o enorme prédio branco da diretoria.

Um homem à paisana recebeu-a do lado de fora.

– Eu a levarei ao escritório do general Booster, Srta. Evans.

Eles tomaram um elevador, subiram cinco andares e atravessaram um longo corredor até um conjunto de escritórios no fim do pavimento.

Entraram num grande escritório de recepção mobiliado com duas escrivaninhas para as secretárias. Uma delas disse:

– O general está à espera, Srta. Evans. Queira entrar, por favor. – Apertou um botão e, com um estalido, a porta de acesso ao escritório interno abriu-se.

Dana viu-se num escritório espaçoso, os tetos e as paredes com pesado revestimento à prova de som. Foi recebida por um homem alto, magro, atraente, de seus 40 anos. Ele estendeu a mão para Dana e disse, cordial:

– Sou o major Jack Stone, ajudante de ordens do general Booster. – Indicou o homem sentado atrás de uma escrivaninha. – Este é o general Booster.

Victor Booster era um negro com rosto talhado a cinzel e olhos duros de obsidiana. A cabeça raspada brilhava sob as luzes do teto.

– Sente-se – disse ele. Tinha a voz grossa e grave.

Dana sentou-se.

– Obrigada por me receber, general.

– Você disse que era sobre Taylor Winthrop?

– Sim. Eu queria...

– Vai fazer uma matéria sobre ele, Srta. Evans?

– Bem, eu...

Booster endureceu a voz.

– Vocês, porras de jornalistas, não podem deixar os mortos em paz? São todos um bando de coiotes, que vivem investigando e denunciando corrupção política e administrativa, roendo cadáveres...

Dana ficou sentada ali, absorvendo o choque.

Jack Stone parecia sem graça.

Dana controlou seu temperamento.

– General Booster, garanto-lhe que não estou interessada em investigar nem denunciar alguma corrupção. Conheço a lenda de Taylor Winthrop. Estou tentando obter uma imagem do homem. Ficarei muito grata por qualquer coisa que possa me dizer.

O general Booster curvou-se à frente.

– Não sei de que diabo você está atrás, mas posso lhe dizer uma coisa. A lenda *era* o homem. Quando Taylor Winthrop presidiu a AFP, trabalhei sob sua chefia. Foi o melhor diretor que essa organização já teve. Todo mundo o admirava. O que aconteceu a ele e à sua família é uma tragédia que não consigo nem sequer compreender. – A fisionomia ficou carregada. – Com toda franqueza, não gosto da imprensa, Srta. Evans. Acho que seu pessoal passou a perder o controle. Assisti à cobertura que fez em Sarajevo. Suas transmissões lacrimosas e floreadas não nos ajudaram em nada.

Dana tentava com esforço controlar a raiva.

– Eu não estava lá para ajudá-lo, general. Estava lá para noticiar o que acontecia com a população civil inocente...

– Seja o que for. Para sua informação Taylor Winthrop foi o melhor e maior estadista que este país já teve. – Cravou os olhos nos dela. - Se pretende esfrangalhar a memória dele, vai arranjar um monte de inimigos. Estou lhe avisando para ficar longe disso. Até logo, Srta. Evans.

Dana fitou-o por um momento e levantou-se em seguida.

– Muito obrigada, general. – Ela saiu do escritório.

Jack Stone apressou-se atrás dela.

– Vou acompanhá-la para mostrar a saída.

No corredor, Dana respirou fundo e perguntou, furiosa:

– Ele é sempre assim?

Jack Stone deu um suspiro.

– Peço desculpas por ele. Às vezes, é um pouco bruto. Ele fala por falar, não sente nada daquilo.

– É mesmo? – perguntou Dana, firme. – Tive a sensação de que sentia.

– De qualquer modo, do fundo do coração, me desculpe – disse Jack Stone. Virou-se, começando a afastar-se.

Dana tocou-lhe a manga.

– Espere. Eu gostaria de conversar com você. É meio-dia. Poderíamos almoçar em algum lugar?

Jack Stone deu uma olhada na porta do general.

– Está bem. No restaurante Sholl's Colonial, na rua K, em uma hora?

– Ótimo. Obrigada.

– Não me agradeça cedo demais, Srta. Evans.

DANA ESPERAVA-O quando ele entrou no self-service semideserto. Jack Stone parou na porta por um momento, certificando-se de que não havia ninguém conhecido dentro, depois juntou-se a Dana na mesa.

– O general Booster me esfolaria vivo se soubesse que estou conversando com você. Ele é um excelente homem. Seu trabalho é duro, sensível, e ele é muito, muito bom mesmo no que faz. – Hesitou. – Receio, porém, que não goste muito da imprensa.

– Deu para perceber – disse Dana, forçando um sorriso.

– Tenho de deixar uma coisa bem clara, Srta. Evans. Esta conversa é completamente em caráter não oficial.

– Entendo.

Eles pegaram bandejas, escolheram a comida e serviram-se. Quando voltaram a se sentar, Jack Stone explicou:

– Não quero que tenha uma impressão errada da nossa organização. Nós somos os mocinhos. Por isso é que entramos nela, para começar. Estamos trabalhando para ajudar os países subdesenvolvidos.

– Aprecio isso – disse Dana.

– Que posso lhe dizer sobre Taylor Winthrop?

– Tudo que consegui até agora são histórias de santidade. O homem devia ter *alguns* defeitos.

– E tinha – admitiu Jack Stone. – Deixe-me lhe contar primeiro as coisas boas. Mais que qualquer outro homem que conheci, Taylor Winthrop se preocupava com as pessoas. – Fez uma pausa. – Quer dizer, se preocupava *mesmo*. Prestava atenção nos nascimentos e casamentos, e todo mundo que trabalhava para ele o adorava. Tinha uma mente perspicaz, incisiva, e era um solucionador de problemas. E embora se envolvesse muito em tudo que fazia, no íntimo era um homem de família. Adorava a mulher e os filhos. – Interrompeu-se.

– Qual a parte ruim? – perguntou Dana.

Jack Stone disse, relutante:

– Taylor Winthrop era um ímã para mulheres. Era carismático, bonitão, rico e poderoso. As mulheres achavam difícil resistir. – Continuou: – Por isso, de vez em quando, Taylor... dava uma escapada. Tinha alguns casos amorosos, mas posso lhe garantir que nenhum deles era sério, e ele os mantinha com muita discrição. Jamais faria nada que pudesse magoar a família.

– Major Stone, pode imaginar se alguém teria tido um motivo para matar Taylor Winthrop e sua família?

Jack Stone largou o garfo.

– *Como?*

– Alguém com esse perfil tão elevado deve ter feito *alguns inimigos* ao longo da trajetória.

– Srta. Evans... está insinuando que os Winthrop foram *assassinados?*

– Só estou perguntando – disse Dana.

Jack Stone pensou por um momento. Depois balançou a cabeça.

– Não – disse. – Não faz sentido. Taylor Winthrop nunca feriu ninguém na vida. E se você falasse com qualquer um de seus amigos ou sócios, não faria sequer essa pergunta.

– Deixe-me lhe dizer o que soube até agora – disse Dana. – Taylor Winthrop era...

Jack Stone ergueu a mão.

– Srta. Evans, quanto menos eu souber, melhor. Estou tentando ficar fora do circuito. Posso ajudá-la melhor assim, se entende o que quero dizer.

Dana fitou-o, aturdida.

– Acho que não, para falar a verdade.

– Honestamente, pelo seu bem, espero que abandone toda essa matéria. Se não o fizer, seja cuidadosa. – Levantou-se e desapareceu do restaurante.

Ela ficou ali sentada, pensando no que acabara de ouvir. *Então Taylor Winthrop não tinha inimigos. Talvez eu esteja cercando o assunto pelo ângulo errado. E se não foi ele quem fez um inimigo mortal? E se foi um dos filhos? Ou a mulher?*

DANA CONTOU A JEFF sobre o almoço com o major Stone.

– Interessante. E agora?

– Quero falar com algumas das pessoas que conheceram os filhos. Paul Winthrop era noivo de uma moça chamada Harriet Berk. Estavam juntos há quase um ano.

– Lembro-me de ter lido sobre os dois – disse Jeff. Hesitou. – Querida, você sabe que lhe dou cem por cento de apoio...

– Claro, Jeff.

– Mas e se estiver enganada? Acidentes às vezes acontecem. Quanto tempo mais vai levar nisso?

– Não muito mais – prometeu Dana. – Vou fazer só mais algumas sondagens.

HARRIET BERK morava num elegante apartamento dúplex na parte noroeste de Washington. Era uma loura magra de 30 e poucos anos, com um sorriso nervoso e cativante.

– Obrigada por me receber – disse Dana.

– Ainda não sei exatamente *por que* a recebo, Srta. Evans. Disse que era alguma coisa relacionada a Paul.

– Sim. – Dana escolheu as palavras com cuidado. – Não quero me intrometer em sua vida pessoal, mas quando você e Paul eram noivos e iam se casar, tenho certeza que, talvez mais que ninguém, você fosse a pessoa que o conhecia melhor.

– Gosto de imaginar que sim.

– Eu adoraria saber um pouco mais sobre ele, como Paul era realmente.

Harriet Berk ficou calada por um momento. Quando falou, a voz saiu tranquila.

– Paul era diferente de todos os outros homens que já conheci. Tinha um grande entusiasmo pela vida. Era gentil e pensava muito nos outros. Às vezes, era muito engraçado. Não se levava muito a sério. Era uma grande diversão tê-lo por perto. Planejávamos nos casar em outubro. – Ela parou. – Quando Paul morreu no acidente, eu... eu senti que minha vida tinha acabado. – Olhou para Dana e disse, em voz baixa: – Continuo me sentindo assim.

– Lamento muitíssimo – disse Dana. – Detesto ter de pressioná-la, mas sabe se ele tinha algum inimigo, alguém que tivesse um motivo para assassiná-lo?

Harriet Berk olhou para ela e os olhos encheram-se de lágrimas.

– Assassinar Paul? – perguntou com a voz chocada. – Se você o tivesse conhecido, não teria sequer feito essa pergunta.

A CONVERSA SEGUINTE de Dana foi com Steve Rexford, o mordomo que trabalhara para Julie Winthrop. Era um inglês de meia-idade com aparência elegante.

– Como posso ajudá-la, Srta. Evans?

– Eu queria lhe perguntar sobre Julie Winthrop.

– Pois não, senhorita.

– Quanto tempo trabalhou para ela?

– Quatro anos e nove meses.

– Como ela era como patroa?

Ele sorriu, lembrando-se.

– Ela era uma dama extremamente agradável, linda, em todos os sentidos. Eu... não pude acreditar quando ouvi a notícia do seu acidente.

– Julie Winthrop tinha algum inimigo?

Ele franziu as sobrancelhas.

– Como? Não entendi.

– A Srta. Winthrop estava envolvida com alguém a quem pudesse ter... dado um fora? Ou alguém que pudesse querer feri-la, ou à sua família?

Steve Rexford balançou a cabeça, devagar.

– A Srta. Julie não era esse tipo de pessoa. Jamais poderia magoar alguém. Não. Era muito generosa com seu tempo e sua saúde. Todo mundo a adorava.

Dana examinou-o por um momento. Ele parecia sincero. Todos pareciam sinceros. *Que diabo estou fazendo? Sinto-me como Dana Quixote. Só que não há moinhos de vento.*

O ENCONTRO SEGUINTE de Dana foi com Morgan Ormond, diretor do Museu de Arte de Georgetown.

– Queria me perguntar sobre Gary Winthrop?

– Sim. Imaginei...

– A morte dele foi uma terrível perda. Nosso país perdeu seu maior patrono das artes.

– Sr. Ormond, há muita competição no mundo das artes?

– Competição?

– Acontece às vezes, quando várias pessoas estão interessadas na mesma obra de arte e entram em...

– Claro. Mas nunca com o Sr. Winthrop. Ele tinha uma coleção particular fabulosa, mas ao mesmo tempo era muito generoso com os museus. Não com este, em especial, mas com outros em todo o mundo. Sua ambição era tornar a arte acessível a todos.

– Conheceu algum inimigo que ele...

– Gary Winthrop? Nunca, nunca, nunca.

A ÚLTIMA ENTREVISTA de Dana foi com Rosalind Lopez, que trabalhara quinze anos como criada pessoal de Madeline Winthrop. Agora ajudava na administração de uma empresa dela e do marido que fornecia refeições congeladas.

– Obrigada por me receber, Srta. Lopez – disse Dana. – Gostaria de conversar sobre Madeline Winthrop.

– Aquela pobre senhora. Ela... ela foi a pessoa mais bondosa que já conheci.

Está começando a parecer um disco arranhado, pensou Dana.

– Foi simplesmente terrível o modo como ela morreu.

– Foi, sim – concordou Dana. – Estava com ela há um longo tempo, não?

– Oh, sim, senhora.

– Sabe de alguma coisa que ela poderia ter feito que talvez tivesse ofendido alguém ou criado algum inimigo da família?

Rosalind Lopez olhou para Dana, surpresa.

– Inimigos? Não, senhora. Todo mundo a adorava.

É um disco arranhado mesmo, decidiu Dana.

VOLTANDO PARA O ESCRITÓRIO, Dana pensava: *Acho que estou errada. Apesar das probabilidades, as mortes devem* ter *sido coincidências.*

Dana entrou para falar com Matt Baker. Foi recebida por Abbe Lasmann.

– Oi, Dana.

– Matt está pronto pra mim?

– Sim. Pode entrar.

Matt Baker ergueu os olhos quando Dana entrou no escritório.

– Como vai Sherlock Holmes hoje?

– É elementar, meu caro Watson. Eu estava errada. Não há matéria alguma ali.

5

O telefonema de Eileen, mãe de Dana, chegou de modo muito inesperado.

– Dana, querida, tenho a notícia mais emocionante para lhe dar.

– É, mãe?

– Vou me casar.

Dana ficou aturdida.

– O quê?

– É. Fui a Westport, em Connecticut, visitar uma amiga, e ela me apresentou a esse homem lindo, adorável.

– Eu... eu estou encantada por você, mãe. É maravilhoso.

– Ele é... ele é tão... – Deu risadinhas. – Não dá para descrevê-lo, mas é um amor. Você vai gostar dele.

Dana perguntou, cautelosa:

– Há quanto tempo o conhece?

– O suficiente, querida. Somos perfeitos um para o outro. Tenho tanta sorte.

– Ele tem um emprego? – perguntou Dana.

– Pare de agir como seu pai. Claro que tem um emprego. É um corretor de seguros muito bem-sucedido. Chama-se Peter Tomkins. Tem uma linda casa em Westport, e estou louca para que você e Kimbal venham aqui conhecê-lo. Vocês vêm?

– Claro que vamos.

– Peter está tão ansioso por conhecer você. Contou a todo mundo que minha filha é muito famosa. Tem certeza que vai poder vir?

– Claro que sim. – Dana não ia ao ar nos fins de semana, portanto não haveria problema algum. – Kemal e eu aguardamos com impaciência a hora de chegar aí.

QUANDO PEGOU Kemal na escola, Dana disse-lhe:

– Você vai conhecer sua avó. Agora vamos ser uma família de verdade, querido.

– Maneiro.

Dana sorriu.

– Maneiro é legal.

BEM CEDO, NA MANHÃ de sábado, Dana e Kemal pegaram o carro e foram para Connecticut. Aguardavam a viagem para Westport com grande impaciência e expectativa.

– Vai ser maravilhoso para todo mundo – ela tranquilizou Kemal. – Todos os avós precisam de netos para mimar. Esta é a melhor parte de ter filhos. E você poderá passar algum tempo com eles.

Kemal perguntou, nervoso:

– Você também vai ficar lá?

Dana apertou-lhe a mão.

– Vou, sim.

A CASA DE PETER Tomkins era um encantador chalé antigo na Blind Brook Road, com um pequeno riacho correndo ao lado.

– Ei, é maneira – disse Kemal.

Dana assanhou-lhe os cabelos.

– Que bom que você gostou. Vamos vir aqui muitas vezes.

A porta da frente do chalé abriu-se e Eileen Evans parou diante dela. Ainda restavam vagos traços de beleza em seu rosto, como indicações do que fora outrora, mas a amargura sobrepusera-se ao passado com ásperas pinceladas. Era Dorian Gray. A beleza da mãe desaparecera e passara para Dana. Ao lado de Eileen, via-se um homem de meia-idade, com uma aparência bonachona e um largo sorriso.

Eileen avançou às pressas e tomou Dana nos braços.

– Dana, querida! E este é Kimbal!

– Mãe...

– Então esta é a famosa Dana Evans, hein? – exclamou Peter Tomkins. – Falei de você a todos os meus clientes. – Virou-se para Kemal. – E este é o garoto. – Percebeu o braço que faltava em Kemal. – Ei, você não me disse que ele era aleijado.

Dana sentiu o sangue congelar. Viu o choque na expressão de Kemal.

Peter Tomkins balançou a cabeça, pesaroso.

– Se ele tivesse feito um seguro com a nossa companhia antes disso acontecer, hoje seria um garoto rico. – Virou-se em direção à porta. – Entrem. Vocês devem estar com fome.

– Não mais – disse Dana, categórica. Virou-se para Eileen. – Desculpe, mãe. Kemal e eu vamos voltar para Washington.

– Lamento, Dana. Eu...

– Eu também. Espero que não esteja cometendo um grande erro. Tenha um ótimo casamento.

A mãe de Dana, consternada, observou a filha e Kemal entrarem no carro e afastarem-se.

Peter Tomkins procurou-os com o olhar, espantado.

– Ei, que foi que eu disse?

Eileen Evans respondeu, com um suspiro.

– Nada, Peter. Nada.

KEMAL FICOU CALADO no trajeto de volta para casa. Dana lançava-lhe um olhar de vez em quando.

– Sinto muito, querido. Algumas pessoas são simplesmente ignorantes.

– Ele tem razão – disse Kemal, ressentido. – Eu sou um aleijado.

– Você não é um aleijado – disse Dana, com ferocidade na voz. – Você não julga as pessoas por quantos braços ou pernas têm. Você as julga pelo que são.

– Ah, é? E então o que sou?

– É um sobrevivente. E sinto orgulho de você. Sabe, o Sr. Encantador tinha razão numa coisa... estou morrendo de fome. Acho que não vai lhe interessar, mas estou vendo um McDonald's logo ali adiante.

Kemal sorriu.

– Assombroso.

DEPOIS QUE KEMAL foi para a cama, Dana entrou na sala de estar e sentou-se para pensar. Ligou a televisão e pôs-se a surfar pelos canais de notícias. Todos apresentavam matérias sobre o assassinato de Gary Winthrop.

– ...esperando que a caminhonete roubada pudesse oferecer algumas pistas para a identidade dos assassinos...

– ...duas balas de uma Beretta. A polícia está investigando todas as lojas de armas para...

– ...e o brutal assassinato de Gary Winthrop na exclusiva área noroeste provou que ninguém está...

Alguma coisa no fundo da mente de Dana a inquietava, sem parar. Levou horas para adormecer. De manhã, quando acordou, compreendeu o que andara lhe tirando o sossego. *Dinheiro e joias guardados em lugar acessível, não trancado. Por que os ladrões não os levaram?*

Dana levantou-se e fez um bule de café enquanto repassava o que o chefe Burnett dissera.

Têm uma relação das pinturas roubadas? Temos, sim. São todas famosas. Já mandamos circular uma relação das obras entre os museus, negociantes de *arte* e *colecionadores. No instante que aparecer uma dessas pinturas, o caso será resolvido.*

Os ladrões deviam saber que os quadros não podiam ser vendidos com facilidade, pensou Dana, *o que talvez signifique que o roubo tenha sido arquitetado por um rico colecionador que pretende guardá-los para si. Mas por que um homem assim se entregaria nas mãos* de *dois marginais assassinos?*

NA SEGUNDA-FEIRA de manhã, quando Kemal se levantou, Dana fez o café e deixou o filho adotivo na escola.

– Tenha um bom dia, querido.

– Até mais, Dana.

Ela esperou Kemal entrar no portão da frente da escola e então seguiu para a delegacia de polícia na Indiana Avenue.

Nevava mais uma vez, e um vento sádico arrancava tudo por onde passava.

O DETETIVE PHOENIX Wilson, encarregado do assassinato de Gary Winthrop, era um misantropo cheio de malandragem, com algumas cicatrizes para mostrar como tinha ficado daquele jeito. Ergueu os olhos quando Dana entrou em seu gabinete.

– Nada de entrevistas – grunhiu Wilson. – Quando houver alguma informação nova sobre o assassinato de Winthrop, você saberá na coletiva, junto com todos os demais.

– Não vim falar disso – respondeu Dana.

Ele lançou-lhe um olhar cético.

– Oh, verdade?

– Verdade. Estou interessada nas pinturas roubadas. Imagino que tenha uma relação delas, não?

– E daí?

– Poderia me dar uma cópia?

O detetive Wilson perguntou, desconfiado.

– Para quê? O que tem em mente?

– Gostaria de saber que obras os assassinos levaram. Poderia fazer uma entrada ao vivo.

O detetive Wilson examinou Dana por um momento.

– Não é má ideia. Quanto mais publicidade tiverem esses quadros, menos chance os assassinos terão de vendê-los. – Levantou-se. – Eles levaram cerca da metade dos quadros e deixaram a outra metade. Acho que eram preguiçosos demais para transportar todos. Boa ajuda é coisa rara atualmente. Vou pegar uma cópia desse relatório para você.

Voltou em poucos minutos com duas fotocópias. Entregou-as a Dana.

– Aqui está a relação das obras roubadas. E aqui, a outra.

Dana olhou-o, sem entender.

– Que outra?

– Todas as obras de arte que Gary Winthrop possuía, inclusive as que os assassinos deixaram.

– Oh. Obrigada. Fico muito grata mesmo.

Já no corredor, Dana examinou as duas listas. O que via era confuso. Saiu para o ar frio e dirigiu-se à Christie's, a famosa casa de leilões. Nevava ainda mais pesado, e as multidões apressavam-se para terminar as compras de Natal e voltar logo aos lares e escritórios aquecidos.

QUANDO DANA chegou à Christie's, a gerente logo a reconheceu.

– Vejam só! É uma honra, Srta. Evans. O que podemos fazer por você?

Dana explicou:

– Tenho duas relações de quadros aqui. Ficaria grata se alguém pudesse me dizer quais das pinturas são valiosas.

– Mas é claro. Teremos o maior prazer. Venha por aqui, por favor...

Duas horas depois, Dana achava-se no escritório de Matt Baker.

– Alguma coisa muito estranha está acontecendo – começou Dana.

– Não voltamos mais uma vez à teoria da conspiração, voltamos?

– Me diga você. – Entregou a relação mais longa dos quadros. – Esta tem *todas* as obras de arte que Gary Winthrop possuía. Acabei de mandar avaliar os quadros na Christie's.

Matt Baker passou os olhos pela lista.

– Espere aí, vejo alguns medalhões de peso aqui. Vincent van Gogh, Hals, Matisse, Monet, Picasso, Manet. – Ergueu os olhos. – E aí?

– Agora olhe *esta* lista – disse Dana. Entregou a Matt a relação mais curta das obras, com os quadros roubados.

Matt leu-as em voz alta.

– Camille Pissaro, Marie Laurencin, Paul Klee, Maurice Utrillo, Henry Lebasque. Então, aonde quer chegar?

Dana explicou devagar:

– Muitas das pinturas da relação completa valem mais de 10 milhões de dólares, cada uma. – Fez uma pausa. – A maioria das constantes na lista menor, as roubadas, valem 200 mil ou menos, cada.

Matt Baker piscou os olhos.

– Os arrombadores levaram as pinturas menos valiosas?

– Isso mesmo. – Dana curvou-se à frente. – Matt, se fossem ladrões profissionais também teriam levado o dinheiro vivo e as joias, que estavam logo ali, à mão. Devemos supor que alguém os contratou para roubar apenas as pinturas mais valiosas. Mas, segundo essas relações, eles não entendiam patavina de arte. Então, para que foram contratados realmente? Gary Winthrop não estava armado. Por que o assassinaram?

– Está dizendo que o roubo foi um encobrimento, e o assassinato o verdadeiro motivo da invasão da casa?

– Essa é a única explicação em que posso pensar.

Matt engoliu em seco.

– Vamos examinar o seguinte. Suponha que Taylor Winthrop tivesse *de fato* arranjado um inimigo e sido assassinado... Por que alguém ia querer aniquilar toda a família dele?

– Não sei – disse Dana. – É isso o que quero descobrir.

O Dr. Armand Deutsch era um dos mais respeitados psiquiatras de Washington, um homem com uma aparência imponente, de seus 70 anos, testa larga e olhos inquisidoramente azuis. Deu uma olhada em Dana quando ela entrou.

– Srta. Evans?

– Sim. Agradeço-lhe por me receber, doutor. Eu precisava vê-lo por um motivo muito importante mesmo.

– E que motivo tão importante é esse?

– O senhor leu sobre as mortes na família Winthrop?

– Claro. Tragédias terríveis. Tantos acidentes.

– E se não foram acidentes? – perguntou Dana.

– Como? O que está dizendo?

– Que há uma possibilidade de que todos tenham sido assassinados.

– Os Winthrop, *assassinados?* Isso parece uma grande apelação, Srta. Evans. – *Forçado demais.*

– Mas possível.

– Por que acha que talvez tenham sido assassinados?

– É... é só um palpite – reconheceu Dana.

– Entendo. Um palpite. – O Dr. Deutsch ficou ali, examinando-a. – Assisti às suas transmissões de Sarajevo. É uma excelente repórter.

– Obrigada.

O psiquiatra curvou-se à frente, apoiado nos ombros, os olhos azuis fixos nos dela.

– Portanto, não faz muito tempo, você estava em meio a uma terrível guerra. Correto?

– Sim.

– Fazendo reportagens sobre pessoas sendo estupradas, mortas, bebês assassinados...

Dana ouvia, cautelosa.

– Estava, é óbvio, sob grande estresse.

– Sim – concordou Dana.

– Há quanto tempo voltou... cinco, seis meses?

– Há três meses – disse Dana.

Ele fez que sim com a cabeça, satisfeito.

– Não muito tempo para se ajustar mais uma vez à vida civil, não é? Deve ter pesadelos com os terríveis assassinatos que testemunhou, e agora sua mente inconsciente imagina...

Dana interrompeu-o.

– Doutor, não sou paranoica. Não tenho prova alguma, mas tenho motivos para acreditar que as mortes dos Winthrop não foram acidentais. Vim vê-lo porque esperava que pudesse me ajudar.

– Ajudá-la? De que maneira?

– Preciso de uma motivação. Que motivação alguém poderia ter para aniquilar uma família inteira?

O Dr. Deutsch olhou para Dana e cruzou os dedos.

– Há precedentes, claro, de agressões violentas como essa. Uma *vendetta*... vingança. Na Itália, a máfia ficou famosa por matar famílias inteiras. Os assassinatos também poderiam envolver drogas. Poderiam ser vingança por alguma tragédia terrível causada pela família. Ou talvez o assassino fosse um maníaco que poderia não ter motivação racional alguma para...

– Não creio que seja esse o caso aqui – disse Dana.

– E também, claro, há sempre uma das mais antigas motivações do mundo... dinheiro.

Dinheiro. Dana já tinha pensado nisso.

CHEFE DO ESCRITÓRIO de advocacia Calkin, Taylor & Anderson, Walter Calkin foi o advogado da família Winthrop por mais de 25 anos. Embora fosse um homem muito idoso, com o corpo frágil e paralisado por artrite, continuava com a mente aguçada.

Examinou Dana por um momento.

– Disse para minha secretária que queria conversar comigo sobre os bens da família Winthrop?

– Sim.

Ele deu um suspiro.

– Para mim, é incrível o que aconteceu com aquela família maravilhosa. Incrível.

– Soube que o senhor cuidava das questões jurídicas e financeiras deles – disse Dana.

– Sim.

– Sr. Calkin, no ano passado, ocorreu alguma coisa fora do comum com essas questões?

Ele olhava para Dana, curioso.

– Fora do comum em que sentido? – perguntou.

Dana respondeu, com cuidado:

– É meio embaraçoso, mas o senhor ficaria sabendo se algum membro da família estivesse sendo chantageado?

Houve um silêncio momentâneo.

– Quer dizer, se eu saberia se estavam pagando regularmente grandes somas a alguém?

– É.

– Acho que saberia, sim.

– E *houve* alguma coisa semelhante? – continuou Dana.

– Nada. Suponho que esteja insinuando algum tipo de jogo sujo. Devo lhe dizer que considero isso totalmente ridículo.

– Mas estão todos mortos – insistiu Dana. – Os bens devem valer muitos bilhões de dólares. Eu ficaria muito grata se o senhor pudesse me dizer quem receberia todo esse dinheiro.

Ela viu o advogado abrir um frasco de pílulas, tirar uma e engolí-la com um gole d'água.

– Srta. Evans, nunca discutimos as questões dos nossos clientes. – Hesitou. – Nesse caso, contudo, não vejo mal algum, pois amanhã será distribuído um comunicado à imprensa.

E também, claro, há sempre uma das mais antigas motivações do *mundo... dinheiro.*

Walter Calkin fitou Dana.

– Com a morte do último sobrevivente da família, Gary Winthrop...

– Sim? – Dana prendia a respiração.

– Todos os bens da família Winthrop vão para instituições de caridade.

6

A equipe aprontava-se para o noticiário da noite.

Dana estava no Estúdio A, à mesa do âncora, terminando as mudanças de última hora para a transmissão. Os boletins de notícias que haviam chegado durante todo o dia eram examinados, selecionados ou rejeitados.

Sentados à mesa do âncora junto a Dana, Jeff Connors e Richard Melton. Anastasia Mann começou e terminou a contagem regressiva, com o dedo indicador estendido. Três... dois... um... A luz vermelha da câmera piscou.

Ouviu-se a estrondosa voz do locutor:

– Este é o jornal das 23 horas ao vivo na WTN com Dana Evans... – Dana sorriu para a câmera. – ... e Richard Melton. – Melton olhou para a câmera e acenou com a cabeça. – Jeff Connors com os esportes e Marvin Greer com a meteorologia. Começa nesse instante o jornal das 23 horas.

Dana encarou a câmera.

– Boa noite. Dana Evans.

Richard Melton sorriu.

– Richard Melton.

Dana leu do teleprompter.

– Temos uma matéria exclusiva. Uma caçada policial terminou mais cedo esta noite, após um assalto à mão armada numa loja de bebidas no centro.

– Rode a fita um.

A tela abriu-se para o interior de um helicóptero. Nos controles do helicóptero da WTN estava Norman Bronson, um ex-fuzileiro e piloto da marinha. A seu lado, Alyce Barker. O ângulo da câmera mudou. Em terra, abaixo, viam-se três carros da polícia cercando um sedã que tinha batido numa árvore.

Alyce Barker entrou:

– A perseguição teve início quando dois homens entraram na loja de bebidas Haley, na Pennsylvania Avenue, e tentaram render o balconista. Ele resistiu e apertou o botão de alarme para chamar a polícia. Os ladrões fugiram, mas a foram perseguidos por quase 8 quilômetros pelos policiais, até que o carro dos suspeitos chocou-se contra uma árvore. Os dois foram detidos e levados para a delegacia.

Seguiram-se mais três reportagens, e o diretor deu o sinal para um intervalo.

– Voltaremos logo após os comerciais – disse Dana.

Rodaram um comercial.

Richard Melton virou-se para Dana.

– Já deu uma olhada lá fora? O tempo está uma merda.

– Eu sei – riu Dana. – Nosso pobre homem da meteorologia vai receber um monte de cartas odiosas.

A luz vermelha piscou e acendeu. O teleprompter ficou vazio por um momento e pôs-se mais uma vez a deslizar. Dana iniciou a leitura:

– Na véspera do ano-novo, eu gostaria de... – Parou de repente, aturdida, ao ler o resto da frase. Dizia: *...que nos casássemos. Temos um duplo motivo para comemorar toda véspera de ano-novo.*

Parado junto ao teleprompter, Jeff dava-lhe um sorriso escancarado.

Dana olhou para a câmera e disse, sem graça:

– Faremos uma pausa para um breve comercial. – A luz vermelha apagou-se.

Dana levantou-se.

– Jeff!

Os dois aproximaram-se um do outro e se abraçaram.

– Que é que você diz?

– Digo... aceito.

Os aplausos da equipe ecoaram no estúdio.

QUANDO TERMINOU a transmissão e os dois ficaram sozinhos, Jeff perguntou:

– O que você prefere, meu bem? Um casamento grande, pequeno ou médio?

Dana pensava em seu casamento desde menininha. Via-se num lindo vestido comprido de renda branca, com uma longa, longuíssima, cauda. Nos filmes a que assistira, sempre havia a excitação frenética de aprontar-se para a cerimônia... preparar a lista de convidados... escolher o bufê... as damas de honra... a igreja... Todos os amigos estariam lá, e a mãe. Seria o dia mais lindo de sua vida. E agora era uma realidade.

– Dana? – perguntou mais uma vez Jeff, à espera da resposta.

Se eu fizer um grande casamento, pensou Dana, *terei de convidar mamãe e seu marido. Não posso jazer isso com Kemal.*

– Vamos fugir para nos casar – disse ela.

Jeff concordou com a cabeça, surpreso.

– Se é isso o que quer, então é o que eu quero.

KEMAL FICOU entusiasmado ao saber da notícia.

– Quer dizer que Jeff vai morar com a gente?

– Isso mesmo. Vamos ficar todos juntos. Você vai ter uma família de verdade, querido.

Sentada na cama ao lado de Kemal durante a hora seguinte, Dana discutia, animada, o futuro deles. Os três iam viver juntos, passar férias juntos, simplesmente ficar juntos. *Esta palavra mágica.*

QUANDO KEMAL adormeceu, Dana entrou no quarto e ligou o computador. *Apartamentos. Apartamentos. Vamos precisar de dois quartos, dois banheiros, uma sala de visitas, cozinha, área de jantar* e *talvez um escritório e um estúdio. Isso não deve ser difícil demais.* Dana pensou na casa vazia de Gary Winthrop, na cidade, e sua mente pôs-se a divagar. *O que realmente tinha acontecido naquela noite? E quem desligou o alarme? Se não havia quaisquer sinais de arrombamento, então como os ladrões entraram?* Quase sem querer, seus dedos digitaram "Winthrop" no teclado.

Que diabo de problema está acontecendo comigo? Dana recebeu a mesma informação que vira antes.

Regional > Estados Unidos > Washington, capital > Governo > Política> Agência Federal de Pesquisa
Winthrop, Taylor – serviu como embaixador da Rússia e negociou um importante acordo comercial com a Itália...
Winthrop, Taylor – bilionário que se fez por si mesmo, Taylor Winthrop, dedicou-se a servir seu país...
Winthrop, Taylor – a família Winthrop criou fundações filantrópicas para ajudar escolas, bibliotecas e programas internos da cidade...

Havia 54 sites para a família Winthrop. Dana já ia mudar a busca para *apartamentos,* quando uma entrada ao acaso captou-lhe o olhar.

Winthrop, Taylor – Processo judicial. Joan Sinisi, ex-secretária de Taylor Winthrop, entrou com uma ação judicial e depois a abandonou.

Dana leu mais uma vez. *Que tipo de processo judicial?,* perguntou-se.

Mudou para vários outros sites que referiam-se a Winthrop, mas não encontrou nenhuma outra menção a ação judicial. Digitou então o nome Joan Sinisi. Nada apareceu.

– ESTA É UMA linha segura?

– Sim.

– Quero um relatório sobre os sites que o alvo tem verificado.

– Cuidaremos imediatamente disso.

NA MANHÃ SEGUINTE, chegando ao seu escritório na redação, após deixar Kemal na escola, Dana procurou no catálogo de telefones de Washington. Nenhuma Joan Sinisi. Tentou o de Maryland... Virgínia... Sem sorte. *Ela na certa se mudou,* decidiu Dana.

Tom Hawkins, o produtor do programa, entrou no escritório de Dana.

– Batemos mais uma vez a concorrência ontem à noite.

– Maravilha. – Dana ficou pensativa por um momento. Tom, conhece alguém na companhia telefônica?

– Claro. Você precisa de um telefone?

– Não. Quero saber se alguém tem um número não listado. Acha que poderia verificar isso?

– Qual é o nome?

– Sinisi. Joan Sinisi.

Ele franziu as sobrancelhas.

– Por que este nome me parece conhecido?

– Ela se envolveu num processo judicial com Taylor Winthrop.

– Ah, é. Agora me lembro. Foi mais ou menos há um ano. Você estava na Iugoslávia. Achei que seria uma matéria suculenta, mas silenciou muito rápido. Ela na certa está morando em algum lugar na Europa, mas vou tentar descobrir.

Quinze minutos depois, Olivia Watkins comunicou:

– Tom na linha para você.

– Tom?

– Joan Sinisi continua morando em Washington. Tenho um número que não consta da lista telefônica para você, se quiser.

– Fantástico – exclamou Dana, pegando uma caneta. – Diga logo.

– 555-2690.

– Obrigada.

– Esqueça os agradecimentos. Transforme-os num almoço.

– Combinado.

A porta do escritório abriu-se e Dean Ulrich, Robert Fenwick e Maria Toboso, três redatores que trabalhavam no jornal da televisão, entraram.

Robert Fenwick disse:

– Vai ser um noticiário sangrento esta noite. Temos duas colisões de trem, um desastre aéreo e um grande deslizamento.

Os quatro puseram-se a ler os boletins informativos que chegavam. Duas horas depois, terminada a reunião, Dana pegou o pedaço de papel com o número de Joan Sinisi e telefonou.

Uma mulher respondeu:

– Residência da Srta. Sinisi.

– Eu poderia falar com a Srta. Sinisi, por favor? Aqui é Dana Evans.

– Vou ver se ela pode atender. Só um minuto – respondeu a mulher.

Dana esperou. Outra voz de mulher chegou ao telefone, baixa e hesitante.

– Alô...

– Srta. Sinisi?

– Sim.

– Aqui é Dana Evans. Eu gostaria de saber se...

– A Dana Evans?

– Hã... sim.

– Oh! Vejo seu programa toda noite. Sou uma tremenda fã sua.

– Obrigada – disse Dana. – Fico muito feliz. Eu queria saber se tem algum tempo de sobra para mim, Srta. Sinisi. Eu gostaria de conversar com você.

– Você gostaria? – Transpareceu um tom de alegre surpresa em sua voz.

– Sim. Podemos nos encontrar em algum lugar?

– Bem, sem dúvida. Gostaria de vir aqui?

– Seria ótimo. Quando é conveniente para você?

Houve uma breve hesitação.

– A qualquer hora. Fico em casa o dia todo.

– Que tal amanhã à tarde, digamos às duas horas?

– Tudo bem. – Deu o endereço.

– Vejo você amanhã – disse Dana, e desligou o telefone. *Por que continuo nisso? Bem, o encontro com Joan Sinisi irá desvendar tudo.*

ÀS 14 HORAS, Dana parou o carro diante do luxuoso prédio de Joan Sinisi, na Prince Street. Um porteiro uniformizado aguardava na fachada do edifício. Dana olhou a imponente construção e pensou: *Como uma secretária tem meios para morar aqui?* No saguão, uma recepcionista à mesa.

– Posso ajudá-la?

– Combinei um encontro com a Srta. Sinisi. Sou Dana Evans.

– Sim, Srta. Evans. Ela está à espera. É só tomar o elevador para a cobertura. É o apartamento A.

A cobertura?

Quando Dana chegou ao último andar, saiu do elevador e tocou a campainha do apartamento A. Uma empregada uniformizada abriu a porta.

– Srta. Evans? – Sim.

– Entre, por favor.

Joan Sinisi morava num apartamento de doze cômodos com um imenso terraço, que dominava de cima a cidade. A empregada levou Dana por um longo corredor até uma sala de visitas toda em branco e belamente decorada. Sentada no sofá, uma mulher pequena e magra levantou-se ao ver Dana.

Joan Sinisi foi uma surpresa. Dana não soubera o que esperar, mas a mulher que se levantara para cumprimentá-la era a última coisa que pensaria ver. Além de baixa, Joan Sinisi tinha um rosto comum, os olhos castanhos ocultos sob grossos óculos. A voz era tímida e quase inaudível.

– É um verdadeiro prazer conhecê-la, Srta. Evans.

– Obrigada por me receber – disse Dana. Juntou-se a Joan Sinisi num grande sofá branco perto do terraço.

– Eu ia tomar um pouco de chá. Aceitaria um pouco?

– Obrigada.

Joan Sinisi voltou-se para a empregada e disse, quase com acanhamento:

– Greta, poderia fazer o favor de nos trazer um pouco de chá?

– Sim, senhora.

– Obrigada, Greta.

Pairava uma sensação de irrealidade naquilo. *Joan Sinisi e a cobertura não se encaixavam de modo algum.* Como *ela poderia ter meios para morar aqui? Que tipo* de *acordo fizera Taylor Winthrop? E de que* se *tratara a ação judicial?*

– ...e nunca perco suas apresentações – dizia Joan Sinisi, em voz baixa. – Acho você maravilhosa.

– Obrigada.

– Lembro quando você transmitia as notícias de Sarajevo, com todas aquelas bombas e armas explodindo. Sempre temia que alguma coisa pudesse lhe acontecer.

– Para ser sincera, eu também.

– Deve ter sido uma experiência terrível.

– Sim, em certo aspecto foi.

Greta chegou com uma bandeja de chá e bolos. Arrumou-a na mesa de centro, diante das duas.

– Eu sirvo – disse Joan Sinisi.

Dana ficou vendo-a servir o chá.

– Aceita um bolo?

– Não, obrigada.

Joan Sinisi passou a Dana a xícara de chá e serviu outra para si.

– Como disse, fico realmente muito feliz por conhecê-la, mas eu... eu não posso imaginar sobre o que quer conversar comigo.

– Eu queria falar de Taylor Winthrop.

Joan Sinisi teve um sobressalto e derramou um pouco de chá no colo.

O rosto empalideceu.

– Está tudo bem com você?

– Sim, estou... estou ótima. – Pressionou levemente a saia com o guardanapo. – Eu... eu não sabia que você queria... – A voz extinguiu-se.

A atmosfera mudara de repente. Dana disse:

– Você foi secretária de Taylor Winthrop, não foi?

Joan Sinisi respondeu, cuidadosa:

– Fui. Mas deixei o emprego do Sr. Winthrop um ano atrás. Lamento não poder ajudá-la. – A mulher quase tremia.

Dana disse, tranquilizando-a:

– Ouvi tantas coisas boas sobre Taylor Winthrop. Simplesmente imaginei que talvez pudesse acrescentar mais alguma informação.

Joan Sinisi pareceu aliviada.

– Oh, sim, claro que posso. O Sr. Winthrop era um grande homem.

– Quanto tempo trabalhou pra ele?

– Quase três anos.

Dana sorriu.

– Deve ter sido uma experiência maravilhosa.

– Sim, sim, foi, Srta. Evans. – Parecia muito mais relaxada.

– Mas você moveu um processo judicial contra ele.

O medo voltara aos olhos de Joan Sinisi.

– Não... quer dizer, sim. Mas foi um erro, entende? Cometi um erro.

– Que tipo de erro?

Joan Sinisi engoliu em seco.

– Eu... eu entendi errado uma coisa que o Sr. Winthrop disse a uma pessoa. Comportei-me muito tolamente. Sinto vergonha de mim mesma.

– Você entrou com o processo, mas não o levou ao tribunal?

– Não. Ele... nós resolvemos o processo em comum acordo. Não foi nada.

Dana olhou o apartamento em volta.

– Entendo. Pode me dizer que acordo foi?

– Não, receio que não – disse Joan Sinisi. – Tudo é muito confidencial.

Dana se perguntava o que teria feito aquela mulher tímida mover um processo judicial contra um titã como Taylor Winthrop, e por que se mostrava tão apavorada ao falar daquilo. De que tinha medo?

Houve um longo silêncio. Joan Sinisi observava Dana, o que lhe dava a sensação de que ela queria lhe dizer alguma coisa.

– Srta. Sinisi...

Joan Sinisi levantou-se.

– Se não há mais nada de que precise, Srta. Evans... lamento, não posso ficar mais.

– Entendo – disse Dana.

Ou pelos menos gostaria de entender.

ELE PÔS A FITA na máquina e apertou o botão *start.*

Eu... eu entendi errado uma coisa que o Sr. Winthrop disse a uma pessoa. Comportei-me muito tolamente. Sinto vergonha de mim mesma.
Você entrou com o processo, mas não o levou ao tribunal.
Não. Ele... nós resolvemos o processo em comum acordo. Não foi nada.
Entendo. Pode me dizer que acordo foi?
Não, receio que não. Tudo é muito confidencial.

Fim da fita.

TINHA COMEÇADO.

DANA TOMOU providências para um corretor de imóveis mostrar-lhe apartamentos, mas foi uma manhã desperdiçada. Os dois cobriram Georgetown, Dupont Circle e o bairro de Adams-Morgan. Os apartamentos eram pequenos, grandes ou caros demais. Ao meio-dia, resolveu desistir.

– Não se preocupe – disse o corretor, tranquilizando-a. – Encontraremos exatamente o que está procurando.

– Espero – disse ela. *E logo.*

DANA NÃO CONSEGUIA tirar Joan Sinisi da cabeça. Que informação tinha ela sobre Taylor Winthrop que faria com que ele lhe pagasse uma cobertura e Deus sabe mais o quê? *Ela queria me dizer alguma coisa,* pensou Dana. *Tenho certeza disso. Preciso falar de novo com ela.*

Telefonou para o apartamento de Joan Sinisi.

– Boa tarde – respondeu Greta.

– Greta, aqui é Dana Evans. Por favor, eu gostaria de falar com a Srta. Sinisi.

– Lamento. A Srta. Sinisi não está atendendo a telefonemas.

– Bem, poderia lhe dizer que é Dana Evans, e que preciso...

– Lamento, Srta. Evans. A Srta. Sinisi não está disponível. – A linha interrompeu-se.

NA MANHÃ SEGUINTE, Dana deixou Kemal na escola. No céu congelado, um pálido sol tentava sair. Nas esquinas das ruas em toda a cidade, os mesmos Papais Noéis falsos tocavam seus sinos pedindo doações para obras de caridade.

Preciso encontrar um apartamento para nós três antes da véspera do ano-novo, pensou.

Após chegar ao estúdio, Dana passou a manhã em reunião com o pessoal do noticiário, discutindo as matérias que iam entrar e as locações que ela precisava ter gravadas. Uma notícia era sobre um assassinato particularmente brutal, não desvendado, e Dana pensou nos Winthrop.

Telefonou mais uma vez para o número de Joan Sinisi.

– Boa tarde.

– Greta, é muito importante que eu fale com a Srta. Sinisi. Diga a ela que Dana Evans...

– Ela não vai falar com você, Srta. Evans. – A linha interrompeu-se.

O que está acontecendo?, perguntou-se Dana e foi até a sala de Matt Baker. Abbe Lasmann cumprimentou-a.

– Parabéns! Soube que a data do casamento foi marcada.

Dana sorriu.

– É.

Abbe deu um suspiro.

– Que pedido romântico.

– É o estilo do meu companheiro.

– Dana, nossa colunista da Conselho aos Perdidos de Amor disse que após as bodas você devia ir ao supermercado, comprar duas sacolas de enlatados e esconder na mala do seu carro.

– Por que diabos...?

– Ela disse que um dia, pela estrada afora, você poderia decidir ter uma pequena diversão extracurricular e chegar tarde em casa. Assim, quando Jeff perguntasse onde esteve, você simplesmente lhe mostraria as sacolas e diria: "Fazendo compras." Ele iria...

– Obrigada, Abbe querida. Matt pode me receber?

– Vou avisá-lo de que está aqui.

Momentos depois, Dana entrava no escritório de Matt Baker.

– Sente-se, Dana. Boas notícias. Acabamos de receber os resultados das pesquisas de audiência. Arrasamos mais uma vez com a concorrência ontem à noite.

– Ótimo. Matt, conversei com uma ex-secretária de Taylor Winthrop e ela...

Ele deu-lhe um largo sorriso.

– Vocês, nativas de Virgem, não desistem, não é? Não me disse que...

– Eu sei, mas escute isto. Quando ela trabalhava para Taylor Winthrop, moveu uma ação judicial contra ele. Nunca foi a julgamento, porque Taylor fez um acordo com ela. Hoje ela mora numa enorme cobertura que por certo não poderia pagar com o salário de secretária, por isso o acordo deve ter sido realmente polpudo. Quando falei no nome Winthrop, a mulher ficou apavorada, absolutamente apavorada. Agia como se temesse pela própria vida.

Matt Baker perguntou, paciente:

– Ela temia perder a própria vida?

– Não.

– Temia Taylor Winthrop?

– Não, mas...

– Então, por tudo que você sabe, ela poderia estar com medo de um namorado que a espanca ou de arrombadores debaixo da cama. Você não tem absolutamente nada com que continuar, tem?

– Bem, eu... – Dana viu a expressão no rosto dele. – Nada concreto.

– Certo. Quanto às pesquisas de audiência...

JOAN SINISI ASSISTIA ao noticiário da noite na WTN. Dana dizia:

– E nas notícias locais, segundo o último relatório, o índice de crime nos Estados Unidos caiu 27 por cento nos últimos doze meses. As maiores baixas na criminalidade foram em Los Angeles, São Francisco e Detroit...

Joan Sinisi examinava o rosto de Dana, com os olhos fixos nos dela, tentando chegar a uma decisão. Viu todo o noticiário e, quando terminou, tinha se decidido.

7

Quando Dana entrou em seu escritório na manhã seguinte, Olivia disse:

– Bom dia. Você recebeu três telefonemas de uma mulher que não quis deixar o nome.

– Mas ela deixou algum número?

– Não. Disse que ligaria de novo.

Trinta minutos depois, Olivia avisou.

– É aquela mulher mais uma vez na linha. Quer falar com ela?

– Pode ligar. – Dana pegou o telefone. – Alô, aqui é Dana Evans. Quem fala?

– Aqui é Joan Sinisi.

Dana sentiu o coração acelerar.

– Sim, Srta. Sinisi...

– Ainda quer conversar comigo? – Parecia nervosa.

– Quero. Muitíssimo.

– Tudo bem.

– Posso estar no seu apartamento em...

– Não! – Transparecia pânico em sua voz. – Precisamos nos encontrar em outro lugar. Acho que estou sendo vigiada.

– Como quiser. Onde...?

– Na seção de aves do Zoológico no parque. Pode estar lá em uma hora?

– Estarei lá.

O PARQUE ESTAVA praticamente deserto. Os gélidos ventos de dezembro que varriam a cidade mantinham longe os frequentadores habituais. Tiritando de frio, Dana parou em frente ao aviário à espera de Joan Sinisi. Conferiu as horas no relógio de pulso. Já havia passado mais de uma hora. *Vou dar mais 15 minutos.*

Quinze minutos depois, disse a si mesma: *Mais meia hora e chega.* Trinta minutos depois, pensou: *Droga! Ela mudou de ideia.*

Voltou para o escritório, congelada e molhada.

– Algum telefonema?

– Meia dúzia. Estão na sua mesa.

Dana olhou a lista. Não constava o nome de Joan Sinisi. Discou então o número dela. Ouviu o telefone tocar uma dezena de vezes antes de desligar. *Talvez tenha mais uma vez mudado de ideia.* Tentou mais duas vezes, sem resposta. Debatia-se, perguntando-se se devia voltar ao apartamento de Joan Sinisi, mas decidiu que não. *Tenho de esperar que ela me procure.*

Não ouviu mais falar de Joan Sinisi.

ÀS 6 HORAS DO DIA seguinte, Dana assistia ao jornal enquanto se vestia.

– ... e a situação na Chechênia piorou. Foram encontrados mais 12 corpos e, apesar da garantia do governo russo de que os rebeldes haviam sido derrotados, a luta continua... No noticiário local, uma mulher jogou-se para a morte de seu apartamento de cobertura no 30º andar. A vítima, Joan Sinisi, era ex-secretária do embaixador Taylor Winthrop. A polícia está investigando o acidente.

Dana ficou ali parada, imóvel.

– MATT, LEMBRA a mulher que eu lhe disse que ia encontrar, Joan Sinisi, a ex-secretária de Taylor Winthrop?

– Sim. Que tem ela?

– Apareceu no noticiário esta amanhã. Está morta.

– *Quê?!*

– Ontem de manhã, ela me telefonou e combinou um encontro urgente comigo. Disse que tinha alguma coisa muito importante para me dizer. Esperei por ela no Zoológico mais de uma hora. Ela não apareceu.

Matt encarava-a.

– Quando falei com ela ao telefone, ela me disse que achava que estava sendo vigiada.

Sentado ali, Matt acariciava o queixo.

– Deus do céu! Que diabo temos aí?

– Não sei. Quero falar com a empregada de Joan Sinisi.

– Dana...

– Que foi?

– Tenha cuidado. Muito cuidado.

QUANDO DANA ENTROU no saguão do prédio residencial, encontrou um outro porteiro de serviço.

– Posso ajudá-la?

– Sou Dana Evans. Vim por causa da morte da Srta. Sinisi. Foi uma terrível tragédia.

A expressão do porteiro entristeceu-se.

– Foi, sim. Ela era uma senhora adorável. Sempre calada e contida.

– Ela recebia muitos visitantes? – perguntou Dana, casualmente.

– Não, na verdade, não. Era muito discreta.

– Estava de serviço quando o... – a língua de Dana tropeçou na palavra – ... *o acidente* aconteceu?

– Não, senhora.

– Então não sabe se tinha alguém com ela?

– Não, senhora.

– Mas tinha *alguém* de serviço aqui?

– Ah, sim. Dennis. A polícia já o interrogou. Ele tinha saído para dar um recado quando a Srta. Sinisi caiu.

– Eu gostaria de falar com Greta, a empregada da Srta. Sinisi.

– Receio que seja impossível.

– Impossível? Por quê?

– Ela foi embora.

– Para onde?

– Disse que ia para casa. Ficou terrivelmente consternada.

– Onde ela mora?

O porteiro balançou a cabeça.

– Não faço a mínima ideia.

– Tem alguém no apartamento agora?

– Não, senhora.

Dana pensou rápido.

– Meu chefe gostaria que eu fizesse uma matéria para a WTN sobre a morte da Srta. Sinisi. Será que dava para eu ver mais uma vez o apartamento? Estive aqui faz poucos dias.

Ele pensou por um momento e encolheu os ombros.

– Não vejo problema algum. Só que vou ter de subir com você.

– Ótimo – disse Dana.

Subiram até a cobertura em silêncio. Quando chegaram ao trigésimo andar, o porteiro pegou uma chave mestra e abriu a porta da Suíte A.

Dana entrou. O apartamento estava exatamente como vira na última vez. *Só que sem a Srta. Sinisi.*

– Quer ver alguma coisa em particular, Srta. Evans?

– Não – mentiu Dana. – Só quero refrescar minha memória.

Ela atravessou o corredor até a sala de visitas e dirigiu-se ao terraço.

– Foi dali que a pobre senhora caiu – disse o porteiro.

Dana saiu para o terraço e aproximou-se da borda. Um muro de 1,20m percorria todo o contorno do terraço. Era impossível alguém ter caído acidentalmente por cima dele.

Dana olhou a rua embaixo, movimentada com o tráfego de Natal, e pensou: *Quem poderia ser implacável o bastante para uma coisa dessas?* Sentiu calafrios.

O porteiro viera ficar a seu lado.

– Está tudo bem com você?

Dana respirou fundo.

– Sim, tudo bem. Obrigada.

– Quer ver mais alguma coisa?

– Já vi o bastante.

A ENTRADA DO departamento da polícia central apinhava-se de delinquentes, prostitutas e turistas desesperados, cujas carteiras haviam misteriosamente desaparecido.

– Vim ver o detetive Abrams – disse Dana ao sargento da recepção.

– Terceira porta à direita.

– Obrigada. – Dana atravessou o corredor.

A porta do detetive Abrams estava aberta.

– Detetive Abrams?

Ele estava em pé diante do armário de arquivos, um homem grandalhão com uma enorme pança e cansados olhos castanhos. Voltou-se e viu Dana.

– Sim? – Reconheceu-a. – Dana Evans. O que posso fazer por você?

– Soube que é o encarregado do... – mais uma vez aquela palavra – ... acidente da Srta. Sinisi.

– Isso mesmo.

– Pode me dizer alguma coisa sobre o caso?

Ele aproximou-se de sua escrivaninha com um punhado de papéis e sentou-se.

– Não há muito o que dizer. Foi um acidente ou um suicídio. Sente-se.

Dana pegou uma cadeira.

– Tinha alguém com ela quando aconteceu?

– Só a empregada. Na hora estava na cozinha. Disse que não havia mais ninguém lá.

– Tem alguma ideia de onde posso encontrar a empregada? – perguntou Dana.

Ele pensou por um momento.

– Ela vai aparecer no jornal esta noite, hein?

Dana sorriu-lhe.

– Certo.

O detetive Abrams levantou-se e voltou ao armário do arquivo. Procurou por algumas pastas. Retirou um cartão.

– Aqui vamos nós. Greta Miller. Connecticut Avenue, 1.180. Isso resolve?

– Resolve. Obrigada, detetive Abrams.

Vinte minutos depois, Dana seguia ao volante pela Connecticut, verificando os números das casas. 1.270... 1.172... 1.174... 1.176... 1.178...

O 1.180 era um estacionamento.

– ACREDITA MESMO que a tal Sinisi foi atirada do terraço? – perguntou Jeff.

– Jeff, a gente não dá um telefonema para marcar um encontro importante e depois se suicida. É frustrante. É como o cão dos Baskervilles. Ninguém ouviu o cão latir. Ninguém sabe de nada.

Jeff disse:

– Isso está ficando assustador. Acho que você não devia levar a coisa adiante.

– Não posso parar agora. Tenho de descobrir.

– Se estiver certa, Dana, seis pessoas foram assassinadas.

Dana engoliu em seco.

– Eu sei.

– ...E A EMPREGADA deu à polícia um endereço falso e desapareceu – dizia Dana a Matt Baker. – Quando falei com Joan Sinisi, ela parecia nervosa, mas certamente não me pareceu suicida. Alguém a ajudou a pular daquela varanda.

– Mas não temos prova alguma.

– Não. Mas sei que estou certa. Quando a conheci, Joan Sinisi estava ótima até o momento em que mencionei o nome de Taylor Winthrop. Foi aí que ela entrou em pânico. Essa é a primeira vez em que vi uma fenda na deslumbrante lenda que Taylor Winthrop construiu. Um homem como ele não ajustaria contas tão altas com uma secretária, a não ser que ela soubesse alguma coisa realmente grande sobre ele. Matt, conhece alguém que trabalhou com Taylor Winthrop que poderia ter tido um problema com ele, alguém que não tenha medo de abrir o bico?

Matt Baker ficou pensativo por um momento.

– Você poderia procurar Roger Hudson.

Era um nome familiar, mas ela não soube situá-lo.

– Hudson foi o líder da maioria no Senado antes de se aposentar e trabalhou com Taylor Winthrop em um ou dois comitês. Talvez saiba de alguma coisa. É um homem que não tem medo de ninguém.

– Poderia conseguir um encontro para mim, Matt?

– Verei o que posso fazer.

Uma hora depois, Matt Baker ligava para ela.

– Marquei um encontro para você com Roger Hudson na quinta-feira ao meio-dia, na casa dele em Georgetown.

– Obrigada, Matt. Valeu.

– Devo lhe avisar uma coisa, Dana...

– O quê?

– Hudson pode ser muito espinhoso.

– Vou tentar não chegar perto demais.

MATT BAKER ia saindo do escritório, quando Elliot Cromwell entrou.

– Quero conversar com você sobre Dana.

– Algum problema?

– Não, e não quero que haja, Matt. Esse negócio de Taylor Winthrop que ela anda investigando...

– Sim.

– Ela anda levantando muita poeira, e acho que está perdendo tempo à toa. Conheci Taylor Winthrop e sua família. Eram todos pessoas maravilhosas.

– Ótimo – disse Matt Baker. – Então não tem problema se ela continuar.

Elliot Cromwell olhou Matt por um momento e encolheu os ombros.

– Mantenha-me informado.

– ESTA É UMA linha segura?

– Sim, senhor.

– Bom. Estamos dependendo muitíssimo da informação que vem da WTN. Tem certeza que seu informante é confiável?

– Absoluta. A informação vem direto da torre executiva.

8

Preparando o café na manhã de segunda-feira, Dana ouviu fortes ruídos do lado de fora. Olhou pela janela e surpreendeu-se ao ver um caminhão de mudança diante de seu prédio, com homens transportando móveis.

Quem poderia estar se mudando?, perguntou-se. Todos os apartamentos estavam ocupados, e todos eram aluguéis de longo prazo.

Dana punha o cereal na mesa quando ouviu uma batida na porta. Era Dorothy Wharton.

– Dana, tenho uma notícia para lhe dar – disse ela, empolgada. – Howard e eu estamos nos mudando hoje para Roma.

Dana olhou para ela, atônita.

– *Roma? Hoje?*

– Não é *incrível?* Semana passada um homem veio ver Howard. Tudo muito em segredo. Howard me pediu que eu não dissesse nada a ninguém. Bem, ontem à noite, o homem telefonou e ofereceu a Howard um emprego na empresa dele, na Itália, pagando três vezes o salário atual de Howard. – Dorothy sorria, radiante.

– Bem, isso é... isso é maravilhoso – disse Dana. – Vamos sentir sua falta.

– Nós também vamos sentir sua falta.

Howard aproximou-se da porta.

– Imagino que Dorothy já lhe contou a novidade, não?

– Contou. Estou felicíssima por vocês. Mas não iam ficar aqui pelo resto da vida?

Howard continuou falando.

– Não dá para acreditar nisso. Assim, saído do nada. E também é uma grande empresa. Italiano Ripristino. Um dos maiores conglomerados da Itália. Eles têm uma subsidiária que se dedica à restauração de ruínas. Não sei como souberam de mim, mas mandaram um homem de avião até aqui só para me fazer uma proposta. Há muitos monumentos em Roma que precisam de restauração. Vão até pagar o resto do nosso aluguel aqui até o fim do ano, e recebemos de volta nosso depósito. O único problema é que temos de estar em Roma amanhã. Ou seja, precisamos sair do apartamento hoje.

Dana perguntou, hesitante:

– É uma coisa muito fora do comum, não acha?

– Acho que estão com muita pressa.

– Precisam de ajuda para fazer as malas?

Dorothy balançou a cabeça.

– Não. Ficamos acordados a noite toda. A maior parte das coisas vai para uma instituição de caridade. Com o novo salário de Howard, podemos comprar coisas muito melhores.

Dana riu.

– Dê notícias, Dorothy.

Uma hora depois, os Wharton haviam deixado o apartamento e seguiam a caminho de Roma.

QUANDO DANA chegou ao escritório, pediu a Olivia:

– Por favor, dá para você verificar uma empresa para mim?

– Claro.

– Italiano Ripristino. Acho que sua sede fica em Roma.

– Certo.

Meia hora depois, Olivia entregava-lhe um papel.

– Aqui está. É uma das maiores empresas da Europa.

Dana teve uma sensação de profundo alívio.

– Ótimo. Fico feliz em ouvir.

– Aliás – disse Olivia –, não é uma empresa privada.

– Não?

– Não. É uma estatal do governo italiano.

QUANDO DANA chegou com Kemal da escola naquela tarde, um homem de meia-idade, usando óculos, mudava-se para o apartamento dos Wharton.

QUINTA-FEIRA, o dia do encontro de Dana com Roger Hudson, começou infernal.

Na primeira reunião para a preparação do jornal, Robert Fenwick disse:

– Parece que temos problemas para a transmissão do programa desta noite.

– Desembuche – disse Dana.

– Sabe aquela equipe que mandamos para a Irlanda? De quem íamos usar o filme esta noite?

– Sim?

– Eles foram presos. E todo o equipamento confiscado.

– Fala sério?

– Nunca brinco com irlandeses. – Estendeu uma folha de papel a Dana. – E aqui está nossa matéria principal sobre o banqueiro de Washington que está sendo acusado de fraude.

– É uma boa matéria – disse Dana. – É a nossa exclusiva.

– Nosso departamento jurídico simplesmente acabou com ela.

– *Quê?!*

– Têm medo de ser processados.

– Maravilha – disse Dana, com amargura.

– Ainda não terminei. A testemunha do caso de assassinato que marcamos para uma entrevista ao vivo esta noite...

– Sim...

– Ela mudou de ideia. É avessa a aparecer na televisão.

Dana gemeu. Ainda não eram nem 10 horas. A única coisa que aguardava com impaciência naquele dia era seu encontro com Roger Hudson.

QUANDO DANA VOLTOU da reunião, Olivia disse:

– São 11 horas, Srta. Evans. Com este tempo, talvez fosse melhor sair agora para seu encontro com o Sr. Hudson.

– Obrigada, Olivia. Devo estar de volta daqui a umas duas ou três horas.

Dana olhou pela janela. Recomeçara a nevar. Ela vestiu o casaco, pôs o cachecol e dirigiu-se para a porta. O telefone tocou.

– Srta. Evans...

Dana voltou.

– Telefonema para você na linha três.

– Agora não – disse Dana. – Tenho de sair.

– É alguém da escola de Kemal.

– Quê?! – ela correu para sua mesa. – Alô...

– Srta. Evans?

– Sim.

– Aqui é Thomas Henry.

– Olá, Sr. Henry. Está tudo bem com Kemal?

– Realmente não sei como responder a essa pergunta. Lamento muito ter de lhe dizer isso, mas Kemal está sendo expulso.

Dana imobilizou-se, chocada.

– *Expulso*. Por quê? O que foi que ele fez?

– Talvez seja melhor discutirmos pessoalmente. Eu lhe agradeceria se viesse pegá-lo.

– Sr. Henry...

– Eu explico quando chegar aqui, Srta. Evans. Obrigado.

Dana repôs o receptor no lugar, aturdida. *O que poderia ter acontecido*?

– Está tudo bem? – perguntou Olivia.

– Fantástico – gemeu Dana. – Só faltava essa para a manhã ficar simplesmente perfeita.

– Posso fazer alguma coisa?
– Reze uma oração extra para mim.

Mais cedo naquela manhã, quando Dana deixou Kemal na escola, acenou-lhe adeus com a mão e foi embora, Ricky Underwood observava a cena.

Quando Kemal passou por ele, Underwood disse:

– Ei, seu herói de guerra. Sua mãe deve estar realmente frustrada. Você só tem um braço, então quando brinca de sacanagem com ela...

Os movimentos de Kemal foram quase rápidos demais para serem vistos. Lançou a perna à frente e o pé atingiu em cheio e com muita força a virilha de Underwood; quando ele gritou e começou a curvar-se, Kemal levantou o joelho com força e quebrou-lhe o nariz. Sangue esguichou no ar.

Kemal curvou-se sobre o garoto que gemia no chão.

– Da próxima vez, eu acabo com você.

Ao volante, Dana dirigiu-se o mais rápido que pôde para a Escola Intermediária Theodore Roosevelt, imaginando o que teria acontecido. *Seja o que for, tenho de convencer Henry a manter Kemal na escola.*

Thomas Henry esperava Dana em seu gabinete com Kemal sentado na cadeira defronte. Ao entrar, ela teve uma sensação de *déjà vu.*

– Srta. Evans.

– O que aconteceu? – perguntou Dana.

– Seu filho quebrou o nariz e o malar de um garoto. Ele teve de ser levado de ambulância para o pronto-socorro.

Dana olhou para ele, descrente.

– Como... como pôde acontecer isso? Kemal só tem um braço.

– Sim – disse Thomas Henry, sisudo. – Mas tem duas pernas. Ele quebrou o nariz do garoto com o joelho.

Kemal examinava o teto.

Dana voltou-se para ele.

– Como pôde fazer isso?

Ela baixou o rosto.

– Foi fácil.

– Vê o que digo, Srta. Evans? – perguntou Thomas Henry. – Toda a atitude de Kemal é... eu... eu não sei como descrevê-la. Receio que não podemos mais suportar o comportamento de Kemal. Sugiro que encontre uma escola mais adequada para ele.

Dana disse, séria:

– Sr. Henry, Kemal não provoca brigas. Tenho certeza que, se entrou numa, teve um bom motivo para isso. O senhor não pode...

O Sr. Henry interrompeu-a, com firmeza.

– Já tomamos nossa decisão, Srta. Evans – disse, com um tom irrevogável.

Dana respirou fundo.

– Está bem. Vamos procurar uma escola que seja mais compreensiva. Vamos, Kemal.

Kemal levantou-se, lançou um olhar furioso ao Sr. Henry e saiu do gabinete atrás de Dana. Foram para o pátio em silêncio. Dana conferiu as horas no relógio de pulso. Já estava atrasada para o encontro e não tinha onde deixar Kemal. *Vou ter de levá-lo comigo.*

Quando entraram no carro, ela disse:

– Tudo bem, Kemal. O que aconteceu?

Em hipótese alguma, ele lhe contaria o que Ricky Underwood disse.

– Peço muitas desculpas a você, Dana. A culpa foi minha.

Legal.

A PROPRIEDADE DE HUDSON aninhava-se em 2 mil hectares de terreno numa área exclusiva de Georgetown. A casa era uma mansão de três andares em estilo georgiano, invisível da rua. Tinha o exterior branco e uma longa e sinuosa entrada para carros levando até a fachada da frente.

Dana parou o carro diante da casa. Olhou para Kemal.

– Você vem comigo.

– Por quê?

– Porque está frio aqui fora. Venha.

Dana foi até a porta da frente e Kemal seguiu-a, relutante. Ao chegar, virou-se para ele.

– Kemal, estou aqui para fazer uma entrevista muito importante. Quero que fique calado e seja educado. Certo?

– Certo.

Dana tocou a campainha. A porta foi aberta por um homem gigantesco com uniforme de mordomo e uma expressão sorridente.

– Srta. Evans?

– Sim.

– Sou Cesar. O Sr. Hudson está esperando. – Olhou para Kemal e depois para Dana. – Queiram me dar seus casacos, por favor. – Um momento depois, pendurava-os no armário de visitas do saguão. Kemal continuou olhando para Cesar, que se elevava bem acima dele.

– Qual a sua altura?

– Kemal! – censurou Dana. – Não seja grosseiro.

– Oh, está tudo bem, Srta. Evans. Já estou acostumado.

– Você é mais alto do que Michael Jordan? – perguntou Kemal.

– Receio que não – disse o mordomo. – Só tenho 2,15m. Venham por aqui, por favor.

A entrada era enorme, um corredor comprido com piso de madeira maciça, espelhos antigos e mesas de mármore. Ao longo das paredes viam-se prateleiras com valiosas estatuetas de cerâmica da dinastia Ming e estátuas de opalina Chihuly.

Dana e Kemal seguiram Cesar pelo longo corredor até uma sala de estar um degrau abaixo, com paredes amarelo-claras e madeiramento branco. O cômodo era decorado com sofás confortáveis, mesas de canto Queen Anne e *bergères* Sheraton forradas de seda amarelo-clara.

O senador Roger Hudson e a mulher Pamela estavam sentados a um tabuleiro de gamão no fundo da sala. Levantaram-se quando Dana e Kemal foram anunciados por Cesar.

Roger Hudson era um homem de 50 e tantos anos, aparência severa, frios olhos cinzentos e um sorriso cauteloso. Tinha uma atitude reservada e distante.

Pamela Hudson era uma beldade, um pouco mais moça que o marido. Parecia afetuosa, aberta e realista. Tinha os cabelos louros e um traço de grisalho que ela não se dera o trabalho de disfarçar.

– Lamento muitíssimo o atraso – desculpou-se Dana. – Sou Dana Evans. Este é meu filho, Kemal.

– Sou Roger Hudson. Esta é minha mulher, Pamela.

Dana pesquisara sobre Roger Hudson na internet. Seu pai tinha sido dono de uma pequena siderurgia, as Indústrias Hudson. Roger Hudson a ampliou e transformou num conglomerado mundial. Era bilionário, foi o líder da maioria no Senado e, durante um período, chefiara a Comissão das Forças Armadas. Afastara-se dos negócios, aposentara-se e hoje era conselheiro político da Casa Branca. Vinte e cinco anos antes, tinha se casado com uma beldade da alta-roda, Pamela Donnely. Os dois eram figuras de destaque na sociedade e influentes na política de Washington.

– Kemal, estes são o Sr. e a Sra. Hudson – disse Dana. Olhou para Roger. – Desculpe-me por trazê-lo, mas...

– Fez muitíssimo bem – disse Pamela Hudson. – Sabemos tudo sobre Kemal.

Dana olhou para ela, surpresa.

– É mesmo?

– Sim. Muita coisa foi escrita sobre vocês, Srta. Evans. Você resgatou Kemal de Sarajevo. Fez uma coisa maravilhosa.

Ainda em pé, Roger Hudson permaneceu calado.

– O que posso servir a vocês? – perguntou Pamela Hudson.

– Para mim, nada, obrigada – disse Dana.

Olharam para Kemal. Ele fez que não com a cabeça.

– Sentem-se, por favor. – Roger Hudson e a mulher acomodaram-se no sofá. Dana e Kemal escolheram duas poltronas diante dos anfitriões.

Roger Hudson disse, sem rodeios:

– Não sei ao certo por que está aqui, Srta. Evans. Matt Baker me pediu que a recebesse. O que posso fazer por você?

– Eu gostaria de conversar com o senhor sobre Taylor Winthrop.

Roger Hudson franziu as sobrancelhas.

– Sobre o quê?

– Sei que o senhor trabalhou com ele, não foi?

– Sim. Conheci Taylor quando era nosso embaixador na Rússia. Na época eu chefiava a Comissão das Forças Armadas. Fui para a Rússia avaliar a capacidade de armamento deles. Taylor passou dois ou três dias com nosso comitê.

– O que achou dele, Sr. Hudson?

Ele fez uma pausa, pensativo.

– Para falar com toda a sinceridade, Srta. Evans, não fiquei muito impressionado com todo aquele charme. Mas é preciso que lhe diga: achei o homem muito competente.

Kemal, entediado, olhou em volta, levantou-se e entrou na sala contígua.

– Sabe se o embaixador Winthrop envolveu-se em algum problema quando estava na Rússia?

Roger Hudson lançou-lhe um olhar perplexo.

– Acho que não entendi bem. Que tipo de problema?

– Alguma coisa... alguma coisa em que teria feito inimigos. Quer dizer, inimigos realmente mortais.

Roger Hudson balançou a cabeça, devagar.

– Srta. Evans, se alguma coisa como essa tivesse acontecido, não apenas eu, mas o mundo inteiro teria sabido. Taylor Winthrop levava uma vida muito pública. Permita-me perguntar: aonde pretende chegar com essas perguntas?

Dana respondeu, sem graça:

– Achei que talvez Taylor Winthrop pudesse ter feito alguma coisa ruim o bastante a alguém para dar motivo de quererem assassiná-lo e à sua família.

Os Hudsons arregalaram os olhos para ela.

Dana apressou-se em continuar:

– Sei que parece meio improvável, mas as mortes violentas de todos na família, em menos de um ano, também são muito estranhas.

Roger Hudson replicou, brusco:

– Srta. Evans, já vivi tempo suficiente para saber que *tudo* é possível, mas isso... em que se baseia?

– Se está se referindo a provas, não tenho nenhuma.

– Não estou surpreso. – Ele hesitou. – Ouvi dizer que... – Sua voz extinguiu-se. – Esqueça.

As duas mulheres olhavam para ele.

Pamela disse, suavemente:

– Não está sendo gentil com a Srta. Evans, querido. O que é que ia dizer?

Ele deu de ombros.

– Não é nada de importante. – Virou-se para Dana. – Quando estive em Moscou, havia um boato de que Winthrop andava envolvido em algum tipo de acordo secreto com os russos. Mas não dou ouvidos a rumores, e estou certo de que você também não, Srta. Evans. – Seu tom era quase de reprovação.

Antes que Dana pudesse responder, houve um barulho estrondoso de queda vindo da biblioteca contígua.

Pamela Hudson levantou-se e correu em direção ao barulho. Roger e Dana seguiram atrás. Pararam diante da porta. Na biblioteca, um vaso Ming azul caíra no chão e espatifara-se. Kemal estava ao lado.

– Oh, meu Deus – disse Dana, horrorizada. – Me desculpem. Kemal, como você...?

– Foi um acidente.

Dana virou-se para os Hudsons, o rosto vermelho de embaraço.

– Lamento muitíssimo. Claro, faço questão de pagar. Eu...

– Por favor, não se preocupe com isso – disse Pamela Hudson com um sorriso simpático. – Nossos cachorros fazem muito pior.

A expressão de Roger Hudson ficou sinistra. Ele pôs-se a dizer alguma coisa, mas o olhar da esposa o deteve.

Dana baixou os olhos para os restos do vaso. *Na certa valia uns dez anos de meu salário,* pensou.

– Por que não voltamos para a sala de estar? – sugeriu Pamela Hudson.

Dana seguiu os Hudsons, com Kemal ao lado.

– Não saia de junto de mim – resmungou ela, furiosa. Os quatro tornaram a sentar-se.

Roger Hudson olhou para Kemal.

– Como perdeu seu braço, filho?

Dana surpreendeu-se com a franqueza da pergunta, mas Kemal respondeu, prontamente:

– Uma bomba.

– Entendo. E seus pais, Kemal?

Desta vez, houve uma ligeira hesitação.

– Os dois foram mortos num ataque aéreo junto com minha irmã.

Roger Hudson grunhiu.

– Malditas guerras.

Nesse momento, Cesar entrou na sala.

– O almoço está servido.

O ALMOÇO FOI delicioso. Dana achou Pamela simpática e encantadora e Roger Hudson fechado e retraído.

– Em que está trabalhando agora? – perguntou Pamela Hudson a Dana.

– Estamos em fase de preparação de um novo programa chamado *Linha do Crime*. Vamos denunciar algumas pessoas que saíram impunes de crimes cometidos e tentar ajudar pessoas na prisão que são inocentes.

Roger Hudson disse:

– Washington é um grande lugar para se começar. Está cheia de hipócritas metidos a íntegros em cargos elevados que já se safaram de todo tipo de crime que se possa imaginar.

– Roger faz parte de vários comitês de reforma governamental – disse Pamela Hudson, orgulhosa.

– E são muitos os que se dão bem – grunhiu o marido. – A diferença entre certo e errado parece que passou a ser indistinta. Devia ser ensinada em casa. Nossas escolas, sem dúvida, não a ensinam.

Pamela Hudson olhou para Dana.

– Por falar nisso, Roger e eu vamos dar um jantar sábado à noite. Você estará livre para juntar-se a nós?

Dana sorriu.

– Ah, sim, obrigada. Eu adoraria.

– Tem namorado?

– Sim. Jeff Connors.

Roger Hudson perguntou:

– O repórter esportivo na sua estação?

– É.

– Ele não é nada mau. Assisto ao jornal às vezes – disse. – Eu gostaria de conhecê-lo.

Dana sorriu.

– Tenho certeza que Jeff também adoraria vir.

QUANDO DANA e Kemal iam saindo, Roger Hudson chamou a jornalista à parte.

– Com todo respeito, Srta. Evans, acho que a sua teoria da conspiração acerca de Winthrop não passa de fantasia. Mas, em consideração a Matt Baker, estou disposto a verificar por aí e ver se descubro algo que talvez possa dar substância a isso.

– Obrigada.

Com todo respeito, Srta. Evans, acho que a sua teoria da conspiração acerca de Winthrop não passa de fantasia. Mas, em consideração a Matt Baker, estou disposto a verificar por aí e ver se descubro algo que talvez possa dar substância a isso.
Obrigada.

Fim da fita.

9

Eles estavam no meio da reunião da manhã sobre o *Linha do Crime* e Dana ficara na sala de conferência, às voltas com meia dúzia de repórteres e pesquisadores da casa.

Olivia enfiou a cabeça pela fresta da porta.

– O Sr. Baker gostaria de ver você.

– Diga a ele que irei num minuto.

– O CHEFE ESTÁ à espera.

– Obrigada, Abbe. Você está com uma aparência super saudável.

Abbe confirmou com a cabeça.

– Finalmente tive uma boa noite de sono. Nos últimos...

– Dana? Venha cá – gritou Matt.

– Falo depois – disse Abbe.

Dana entrou no escritório de Matt.

– Como foi o encontro com Roger Hudson?

– Tive a sensação de que ele não ficou interessado. Acha que minha teoria é maluca.

– Eu disse que ele não era o Sr. Calor Humano.

– Parece não se impressionar mais com nada. A mulher dele é um amor. Você precisava ouvi-la sobre o tema da loucura da sociedade de Washington. Falando da maldade das pessoas.

– Eu sei. Ela é uma senhora maravilhosa.

DANA ENTROU correndo na sala de jantar executiva de Elliot Cromwell.

– Junte-se a mim.

– Obrigada. – Dana sentou-se.

– Como vai Kemal?

Dana hesitou.

– No momento, receio que eu esteja com um problema.

– É? Que tipo de problema?

– Kemal foi expulso da escola.

– Por quê?

– Se meteu numa briga e mandou um garoto para o hospital.

– Bem, ele fez por merecer.

– Tenho certeza que a briga não foi culpa de Kemal – disse Dana, defensiva. – Os garotos vivem provocando-o porque só tem um braço.

– Acho que deve ser muito difícil mesmo para ele – disse Elliot Cromwell.

– É, sim. Estou tentando arranjar-lhe uma prótese. Mas parece que há problemas.

– Em que ano Kemal está?

– Oitavo.

Elliot Cromwell ficou pensativo.

– Conhece a Escola Preparatória Lincoln?

– Oh, sim. Mas sei que é muito difícil entrar nela. – Acrescentou: – E meu medo é que as notas de Kemal não sejam muito boas.

– Tenho alguns contatos lá. Quer que eu fale com alguém?

– Eu... é muito gentil da sua parte.

– Será um prazer.

NO DIA SEGUINTE, Elliot Cromwell mandou chamar Dana.

– Tenho boas notícias para você. Falei com a diretora da Escola Preparatória Lincoln e ela aceitou matricular Kemal numa base experimental. Pode levá-lo lá amanhã?

– Claro. Eu... – Dana levou algum tempo para absorver a notícia. – Oh, isso é maravilhoso! Estou tão feliz. Muitíssimo obrigada. Realmente, fico muito grata.

– Quero que saiba que aprecio *você,* Dana. Acho que foi maravilhoso ter trazido Kemal para este país. Você é uma pessoa muito especial.

– Eu... obrigada.

Quando Dana saiu do escritório, pensou: *Isso exigiu muita influência. E muita bondade.*

A ESCOLA PREPARATÓRIA Lincoln era um imponente complexo que consistia num grande prédio eduardiano, três anexos menores, jardins espaçosos e bem-cuidados e campos de esporte extensos com uma grande variedade de equipamentos.

Ao pararem diante da entrada, Dana disse:

– Kemal, esta é a melhor escola de Washington. Você pode aprender um montão de coisas aqui, mas precisa ter uma atitude positiva nela. Entende?

– Moleza.

– E não pode se meter em brigas.

Kemal não respondeu.

Os dois foram conduzidos ao escritório de Rowana Trott, diretora da escola, uma mulher com uma aparência atraente e um jeito muito amistoso.

– Bem-vindos – disse ela. Virou-se para Kemal. – Já ouvi muito falar de você, rapaz. Estávamos todos aguardando com impaciência tê-lo aqui conosco.

Dana esperou Kemal dizer alguma coisa. Como ele ficou calado, ela disse:

– Kemal também não vê a hora de começar a estudar aqui.

Ele ficou ali, imóvel, sem nada responder.

Uma senhora idosa entrou no escritório. A Sra. Trott apresentou-os:

– Esta é Becky. Becky, este é Kemal. Por que não lhe mostra a escola? Leve-o para conhecer alguns dos seus futuros professores.

– Claro. Venha por aqui, Kemal.

Kemal lançou um olhar suplicante a Dana e virou-se em seguida, saindo atrás de Becky.

– Quero explicar a situação de Kemal – começou Dana. – Ele...

A Sra. Trott interrompeu-a.

– Não precisa, Srta. Evans. Elliot Cromwell me falou da situação, dos antecedentes e de tudo por que ele passou. Sei que sofreu mais que qualquer criança deveria sofrer em toda a vida, e estamos dispostos a fazer concessões por causa disso.

– Obrigada – disse Dana.

– Pedi uma transcrição das notas dele à Escola Intermediária Theodore Roosevelt. Vamos ver se conseguimos melhorá-las.

Dana fez que sim com a cabeça.

– Kemal é um menino muito inteligente.

– Tenho certeza que sim. As notas em matemática provam isso. Vamos tentar dar-lhe um incentivo para que se destaque em todas as outras matérias.

– O fato de só ter um braço é muito traumático para ele – disse Dana. – Espero conseguir resolver isso.

A Sra. Trott concordou com a cabeça, compreensiva.

– Claro.

Quando Kemal terminou o passeio pela escola e voltava com Dana para o carro, ela disse:

– Sei que você vai gostar daqui.

Ele ficou calado.

– É uma escola linda, não é?

– É um pé no saco.

Dana parou.

– Por quê?

A voz de Kemal saiu engasgada.

– Eles têm um monte de quadras de tênis e um campo de futebol e eu não posso... – Os olhos encheram-se de lágrimas.

Dana abraçou-o.

– Lamento, querido. – E pensou consigo: *Tenho de fazer alguma coisa em relação a isso.*

O JANTAR NA CASA dos Hudson na noite de sábado foi uma festa deslumbrante, em *black tie.* As belas salas estavam cheias dos poderosos e badaladores da capital do país, entre eles o secretário de defesa, vários membros do Congresso, o presidente do Federal Reserve e o embaixador da Alemanha.

Roger e Pamela esperavam na porta quando Dana e Jeff chegaram. Dana apresentou-lhes Jeff.

– Gosto da sua coluna de esportes e das suas transmissões na TV – disse Roger Hudson.

– Obrigado.

– Quero apresentar a vocês alguns dos nossos convidados – disse Pamela.

Muitos dos rostos eram conhecidos, e os cumprimentos foram cordiais. Parecia que a maioria dos convidados era fã de Dana ou de Jeff, ou dos dois.

Quando ficaram a sós por um momento, Dana disse:

– Meu Deus. A lista de convidados parece o *Who's Who.*

Jeff pegou-lhe a mão.

– *Você* é a maior celebridade aqui, querida.

– De jeito nenhum – disse Dana. – Sou apenas...

Nesse momento, Dana viu o general Victor Booster e Jack Stone vindo na direção dos dois.

– Boa noite, general – disse Dana.

Booster olhou para ela e disse, com rudeza:

– Que diabos está fazendo aqui?

Dana enrubesceu.

– Isto é um acontecimento social – disse o general, irritado. – Não sabia que a mídia tinha sido convidada.

Jeff olhou furioso para o general Booster.

– Espere aí! Temos tanto direito...

Victor Booster ignorou-o. Curvou-se para perto de Dana.

– Lembra do que prometi se você continuasse procurando problema? – Afastou-se.

Jeff lançou-lhe um olhar, incrédulo.

– Nossa. O que foi que deu nele?

Jack Stone ficou ali, imóvel, a cara vermelha.

– Eu... eu lamento terrivelmente. O general fica assim de vez em quando. Nem sempre tem muito tato.

– Nós notamos – disse Jeff, gélido.

O JANTAR PROPRIAMENTE dito foi fantástico. Diante de cada casal, havia um cardápio com uma linda caligrafia.

Blinis russo com caviar Beluga e queijo cremoso light temperado com vodca

Sopa de faisão à embaixador com essência de trufa branca e aspargos verdes

Fois gras à Bismarck com alface de Boston, pimenta em grão e molho de vinagre de xerez

Lagosta do Maine à termidor caramelada, com molho de champanhe de Mornay

Filé à Wellington com batata assada e legumes refogadas à Orlaff

Suflê de chocolate quente com licor de raspas de casca de laranja e flocos de chocolate, servidas com molho de caramelo

Um banquete luculiano.

PARA SUA SURPRESA, Dana viu-se sentada ao lado de Roger Hudson. *Coisa de Pamela*, pensou.

– Pamela me disse que Kemal está matriculado na Escola Preparatória Lincoln.

Dana sorriu.

– É, está. Elliot Cromwell conseguiu isso. Ele é um homem admirável.

Roger Hudson confirmou com a cabeça.

– Foi o que ouvi dizer.

Ele hesitou por um momento.

– Pode não significar nada, mas parece que pouco antes de Taylor Winthrop tornar-se nosso embaixador na Rússia, ele disse a alguns amigos que tinha se retirado em definitivo da vida pública.

Dana franziu o cenho.

– E depois aceitou o posto de embaixador na Rússia?

– Sim.

Estranho.

NO CAMINHO DE VOLTA para casa, Jeff perguntou a Dana:

– O que foi que você fez para arranjar um fã tão ardoroso quanto o general Booster?

– Ele não quer que eu investigue as mortes na família Winthrop.

– Por que não?

– Não explicou. Só ladrou.

Jeff disse, devagar:

– A mordida dele é pior que o latido, Dana. Ele é um péssimo inimigo de se ter.

Ela lançou um olhar curioso a Jeff.

– Por quê?

– É chefe da AFP, a Agência Federal de Pesquisa.

– Eu sei. Eles desenvolvem tecnologia para ajudar os países subdesenvolvidos a aprenderem produção moderna e...

Jeff disse, fazendo uma careta:

– E não é que existe mesmo Papai Noel?

Dana olhou para ele, sem entender.

– Do que está falando?

– A agência é uma fachada. A verdadeira função da AFP é espionar os serviços secretos estrangeiros e interceptar suas comunicações. É irônico. "*Frater*" quer dizer irmão, em latim... só que esse é o Grande Irmão e, certo como o diabo, o Grande Irmão está de olho em todo mundo. São mais dissimulados até que a NSA.

Dana disse, pensativa:

– Taylor Winthrop também já foi chefe da AFP. Interessante.

– Se eu fosse você, ficaria o mais longe possível do general Booster.

– É o que pretendo.

– Sei que você tem um problema com a babá esta noite, meu bem, por isso se tiver de ir para casa...

Dana aconchegou-se em Jeff.

– De jeito nenhum. A babá pode esperar. Eu não. Vamos para a sua casa.

Ele abriu um largo sorriso.

– Achei que você nunca ia me pedir isso.

JEFF MORAVA NUM pequeno apartamento num prédio de quatro andares, na Madison Street. Levou Dana para o quarto.

– Vai ser ótimo quando nos mudarmos para um apartamento maior – disse. – Kemal precisa ter seu próprio quarto. Por que não...

– Por que a gente não para de falar? – sugeriu Dana.

Jeff abraçou-a.

– Grande ideia. – Chegou por trás dela e curvou as mãos em seu quadril, acariciando-a devagar com movimentos suaves. Começou a despi-la. – Sabe que você tem um corpo lindo?

– Todos os homens me dizem isso – brincou Dana. – É o falatório da cidade. Está planejando tirar suas roupas?

– Vou pensar no assunto.

Dana virou-se de frente para ele e começou a desabotoar-lhe a camisa.

– Sabe que você é uma imoral?

Ela sorriu.

– Pode apostar.

Quando Jeff terminou de despir-se, Dana esperava por ele na cama. Aconchegou-se no verão quente de seus braços. Ele era um amante sensacional, sensual e carinhoso.

– Eu te amo muito – sussurrou ela.

– Eu te amo, minha querida.

Quando ele ia puxá-la para junto de si, tocou um celular.

– É o seu ou o meu?

Eles riram. Tocou mais uma vez.

– O meu – disse Jeff. – Deixe tocar.

– Talvez seja importante.

– Oh, está bem.

Jeff sentou-se, descontente. Pegou o telefone.

– Alô... – A voz mudou. – Não, tudo bem... Fale... Claro... Tenho certeza que não há nada com que se preocupar. Na certa é só estresse.

A conversa continuou por mais cinco minutos.

– Certo... Vá com calma... Ótimo... Boa noite, Rachel. – Desligou o telefone.

Não é terrivelmente tarde para Rachel telefonar para Jeff?

– Algum problema, Jeff?

– Não, acho que não. Rachel está trabalhando demais. Só precisa de um descanso. Vai ficar bem. – Tomou Dana nos braços e perguntou, carinhoso: – Onde estávamos? – Puxou seu corpo nu para junto de si e a magia começou.

Ela esqueceu os problemas com os Winthrop, Joan Sinisi, generais, governantas, Kemal e escolas, e a vida tornou-se uma alegre e apaixonante comemoração. Mais tarde, disse, relutante:

– Receio que esteja na hora de Cinderela transformar-se numa abóbora, querido.

– E que abóbora! Vou preparar minha carruagem.

Ela baixou os olhos e correu-os pelo corpo dele.

– Acho que já está pronta. Mais uma vez?

QUANDO DANA chegou em casa, a babá esperava impaciente para ir embora.

– Uma e meia da manhã! – disse, acusadora.

– Desculpe. Fiquei presa. – Dana deu-lhe um dinheiro extra. – Tome um táxi – disse. – É perigoso sair a essa hora. Vejo-a amanhã.

A babá disse:

– Srta. Evans, acho que devia saber...

– Sim?

– Toda noite, Kemal fica me atormentando, querendo saber quando você vai voltar. Essa criança é muito insegura.

– Obrigada. Boa noite.

Dana entrou no quarto de Kemal. Acordado, jogava no computador.

– Oi, Dana.

– Você já devia estar dormindo, meu chapa.

– Eu estava esperando você. E aí, se divertiu?

– Foi ótimo, querido, mas senti sua falta.

Kemal desligou o computador.

– Você vai sair toda noite?

Dana pensou em todas as emoções por trás da pergunta.

– Vou tentar passar mais tempo com você, querido.

10

O telefonema chegou inesperadamente.

– Dana Evans?

– Sim.

– Aqui é o Dr. Joel Hirschberg. Trabalho na Fundação Infantil.

Dana ouvia, intrigada.

– Sim?

– Elliot Cromwell me contou que você lhe disse que estava tendo problemas para conseguir um implante de braço para seu filho.

Dana pensou por um momento.

– Sim, acho que disse.

– O Sr. Cromwell me explicou o histórico. Esta fundação foi criada para ajudar crianças de países arrasados por guerras. Pelo que ele me disse, seu filho se inclui no programa. Será que não gostaria de trazê-lo aqui para eu examiná-lo?

– Bem, eu... bem, sim, claro. – Marcaram o encontro para o dia seguinte.

Quando Kemal chegou da escola, Dana disse, animada:

– Amanhã vamos a um médico para conseguir um novo braço para você. O que acha?

Kemal pensou.

– Não sei. Não vai ser um braço de verdade.

– Vai ser o mais parecido com um braço de verdade que podemos conseguir. Está bem, meu chapa?

– Legal.

O DR. JOEL HIRSCHBERG era um homem de seus 40 e tantos anos, atraente, com a fisionomia séria e uma aparência de tranquila competência.

Depois que ela e Kemal o cumprimentaram, Dana disse:

– Doutor, quero deixar claro que teremos de combinar algum tipo de acordo financeiro, porque eu...

O Dr. Hirschberg interrompeu-a.

– Como lhe disse ao telefone, a Fundação Infantil foi criada para ajudar crianças de países arrasados por guerras. As despesas são por nossa conta.

Dana sentiu uma onda de alívio.

– Isso é maravilhoso. – *Deus abençoe Elliot Cromwell.*

O Dr. Hirschberg voltou-se mais uma vez para Kemal.

– Agora, vamos dar uma olhada em você, rapaz.

Meia hora depois, disse a Dana:

– Acho que podemos reconstituir o braço e deixá-lo quase novo. – Tirou um gráfico da parede. – Temos dois tipos de prótese, a mioelétrica, que é a tecnologia mais avançada e sofisticada, e um braço movido por cabo. Como podem ver aqui, o braço mioelétrico é feito de plástico e revestido por uma luva igual a uma mão. – Sorriu para Kemal. – Parece tão boa quanto a original.

Kemal perguntou:

– Ela se mexe?

O Dr. Hirschberg respondeu:

– Kemal, você em algum momento pensa em mover sua mão? Quer dizer, a mão que não está mais aí?

– Penso – disse Kemal.

O Dr. Hirschberg curvou-se à frente.

– Bem, agora, sempre que pensar nessa mão fantasma, os músculos que funcionavam ali vão se contrair e gerar automaticamente um sinal mioelétrico. Em outras palavras, você vai poder abrir e fechá-la apenas pensando nisso.

O rosto de Kemal iluminou-se.

– Vou? Como... como é que vou botar e tirar o braço?

– Isso é muito simples mesmo, Kemal. Basta apoiar o braço novo. É um encaixe de sucção. Há uma fina meia de náilon sobre o braço. Você não pode nadar com ele, mas pode fazer quase tudo mais. É como um par de sapatos. Você tira à noite e calça de manhã.

– Quanto pesa? – perguntou Dana.

– De 170 a 450 gramas.

Dana voltou-se para Kemal.

– O que acha, desportista? Vamos experimentar?

Kemal tentava esconder a emoção.

– Vai parecer de verdade?

O Dr. Hirschberg sorriu.

– Vai parecer de verdade.

– Parece maneiro.

– Você se tornou canhoto, portanto vai ter de desaprender isso. Leva tempo, Kemal. Podemos fazê-lo adaptar-se imediatamente, mas você vai precisar de terapia durante algum tempo para aprender a tornar o braço parte de si mesmo e se habituar a controlar os sinais mioelétricos.

Kemal respirou fundo.

– Legal.

Dana abraçou-o com força.

– Vai ser maravilhoso – disse, contendo as lágrimas.

O Dr. Hirschberg ficou observando os dois por algum tempo, depois sorriu.

– Vamos ao trabalho.

QUANDO DANA VOLTOU para o escritório, foi falar com Elliot Cromwell.

– Elliot, acabamos de vir do Dr. Hirschberg.

– Que bom. Espero que ele possa ajudar Kemal.

– Parece que pode. Não tenho como lhe dizer o quanto, muito mesmo, lhe sou grata por isso.

– Dana, não há o que agradecer. Fico feliz por poder ser útil. Só gostaria que me informasse do andamento das coisas.

– Eu informarei. *Deus o abençoe.*

– FLORES! – Olivia entrou no escritório com um imenso buquê de flores.

– Mas que lindas! – exclamou Dana. Abriu o envelope e leu o cartão. *Cara Srta. Evans, o latido de nosso amigo é pior que a mordida. Espero que se alegre com as flores. Jack Stone.*

Dana examinou o cartão por um momento. *Interessante,* pensou. *Jeff disse que a mordida dele é pior que o latido. Qual dos dois está certo?* Ela teve a sensação de que Jack Stone detestava seu emprego na AFP. E seu chefe. *Vou me lembrar disso.*

DANA TELEFONOU para Jack Stone na AFP.

– Sr. Stone? Só queria lhe agradecer as lindas...

– Você está no escritório?

– Sim. Eu...

– Telefono para você. – Apertou a tecla *tone.*

Três minutos depois, Jack Stone telefonou.

– Srta. Evans, seria melhor para nós dois que um amigo comum não saiba que estamos conversando. Tentei mudar a atitude dele, mas é um homem obstinado. Se algum dia precisar de mim... quer dizer, *se precisar mesmo...* vou lhe dar o número do meu celular particular. Poderá me encontrar a qualquer hora.

– Obrigada. – Ela anotou o número.

– Srta. Evans...

– Sim.

– Deixe pra lá. Tome cuidado.

QUANDO JACK STONE chegou naquela manhã, o general Booster esperava-o.

– Jack, alguma coisa me diz que aquela cadela Evans é uma criadora de caso. Quero que comece um arquivo sobre ela. E me mantenha no circuito.

– Deixe que eu cuido disso. – *Só que não haveria circuito algum. E ele lhe enviara flores.*

Na sala de jantar executiva do estúdio televisivo, Dana e Jeff conversavam sobre a prótese de Kemal.

– Estou tão emocionada, querido. Isso vai fazer toda a diferença no mundo. Ele tem sido agressivo porque se sente inferior. O braço vai mudar tudo isso.

– Ele deve estar entusiasmadíssimo – disse Jeff. – Eu pelo menos estou.

– E a maravilha é que a Fundação Infantil vai pagar tudo. Se pudermos...

O telefone celular de Jeff tocou.

– Com licença, meu bem. – Apertou um botão e falou. – Alô... Oh... – Deu uma olhada em Dana. – Não... Está tudo bem... Fale...

Dana ficou ali sentada, tentando não ouvir.

– Sim... Entendo... Certo... Provavelmente não é nada sério, mas você devia procurar um médico. Onde está agora? Brasil? Tem muito médico bom aí. Claro... Entendo... Não... – A conversa parecia não terminar nunca. Jeff acabou dizendo: – Se cuida. Até logo. – Desligou.

– Rachel? – perguntou Dana.

– É. Anda tendo uns problemas físicos. Cancelou a filmagem de um curta no Rio de Janeiro. Nunca fez nada semelhante antes.

– Por que está ligando para você, Jeff?

– Ela não tem mais ninguém, meu bem. Está totalmente sozinha.

– ATÉ LOGO, Jeff.

Rachel desligou com relutância, odiando interromper a conversa. Olhou pela janela o Pão de Açúcar a distância e a Praia de Ipanema muito embaixo. Entrou no quarto e deitou-se, exausta, o dia passando meio embriagado pela cabeça. Tinha começado muito bem. Naquela manhã, filmara um comercial para a American Express, posando na praia.

Por volta do meio-dia, o diretor disse:

– Este último ficou fantástico, Rachel. Mas vamos fazer mais um.

Ela ia dizer sim, mas ouviu-se dizendo:

– Não, desculpe. Não posso.

Ele a olhara, surpreso.

– Como?

– Estou muito cansada. Você vai ter de me liberar. – Voltou-se e correu para o hotel, atravessando o saguão e indo direto para a segurança do quarto. Tremia e sentia-se nauseada. *O que é que está havendo comigo?* Tinha a testa febril.

Pegou o telefone e ligou para Jeff. O próprio som da voz dele a fez sentir-se melhor. *Abençoado. Ele está sempre ali para mim, minha linha da vida.* Quando a conversa terminou, Rachel deitou-se na cama, pensando. *Nós dois tivemos bons momentos. Ele era sempre divertido. Gostávamos de fazer as mesmas coisas e adorávamos partilhar tudo. Como pude deixá-lo ir embora?* Forçou-se a lembrar de como o casamento tinha terminado.

Tudo começou com um telefonema.

– Rachel Stevens?

– Sim.

– Roderick Marshall ao telefone. – *Um dos mais importantes diretores de Hollywood.*

Um momento depois, ele dizia na linha:

– Srta. Stevens?

– Sim?

– Roderick Marshall. Sabe quem sou?

Ela vira vários de seus filmes.

– Claro que sim, Sr. Marshall.

– Andei olhando umas fotos suas. Precisamos de você aqui na Fox. Gostaria de vir a Hollywood fazer um teste para tela grande?

Rachel hesitou por um momento.

– Não sei. Quer dizer, não sei se tenho jeito para representar. Eu nunca...

– Não se preocupe. Cuidarei disso. Pagaremos todas as suas despesas, claro. Eu mesmo vou dirigir o teste. Quando é que pode chegar aqui o mais rápido?

Rachel pensou nos compromissos.

– Em três semanas.

– Bom. O estúdio tomará todas as providências.

Após desligar, Rachel se deu conta de que não tinha consultado Jeff. *Ele não vai se importar,* pensou. *De qualquer modo, raras vezes estamos juntos.*

– HOLLYWOOD? – repetiu Jeff.

– Vai ser uma moleza, Jeff.

Ele fez que sim com a cabeça.

– Está bem. Vá, sim. Na certa você vai causar o maior furor.

– Não pode ir comigo?

– Meu bem, vamos jogar em Cleveland na segunda-feira, em seguida partimos para Washington e depois Chicago. Resta ainda um monte de jogos que não foram programados. Acho que o time perceberia se um de seus principais lançadores desaparecesse.

– É uma grande pena. – Ela tentou parecer descontraída. – Parece que nossas vidas nunca andam juntas, não é, Jeff?

– Não com suficiente frequência.

Rachel ia dizer mais alguma coisa, mas pensou: *Não é a hora ideal.*

RACHEL FOI RECEBIDA no aeroporto de Los Angeles por um empregado do estúdio que buscou-a numa enorme limusine.

– Meu nome é Henry Ford. – Deu uma risadinha. – Nenhuma relação. O pessoal me chama de Hank.

A limusine entrou deslizando pelo tráfego. No caminho, ele puxou conversa com Rachel.

– Primeira vez em Hollywood, Srta. Stevens?

– Não. Já estive lá muitas vezes. A última foi dois anos atrás.

– Bem, com certeza mudou muito. Está maior e melhor que nunca. Se você curte glamour, vai adorar.

Se eu curto glamour.

– O estúdio fez uma reserva para você no Chateau Marmont. É onde ficam todas as celebridades.

Rachel fingiu ficar impressionada.

– *É mesmo?*

– Oh, sim. John Belushi morreu ali, você sabe, após uma overdose.

– Nossa!

– Gable se hospedava lá, Paul Newman e Marilyn Monroe também. – A relação de nomes continuou, ininterrupta. Rachel deixara de ouvir.

O Chateau Marmont ficava logo ao norte da Sunset Strip, parecendo o castelo de um cenário de filmagem.

Henry Ford disse:

– Venho pegá-la às 14 horas para levá-la ao estúdio. Vai se encontrar com Roderick Marshall lá.

– Estarei pronta.

DUAS HORAS DEPOIS, Rachel entrava no escritório de Roderick Marshall. Era um homem de seus 40 anos, pequeno e compacto, com a energia de um dínamo.

– Vai se alegrar por ter vindo – disse ele. – Vou fazer de você uma grande estrela. Rodaremos seu teste amanhã. Pedirei a minha assistente que a leve ao guarda-roupa para escolher alguma coisa bonita para você usar. Vai fazer o teste de uma cena de um de nossos grandes filmes, *Fim de um sonho.* Amanhã de manhã, às 7 horas, faremos a maquiagem e o penteado. Imagino que nada disso seja novo para você, hein?

Rachel disse, sem emoção:

– Não.

– Está sozinha aqui, Rachel?

– Sim.

– Então por que não jantamos juntos esta noite?

Rachel pensou por um momento.

– Ótimo.

– Passo para pegá-la no hotel às 20 horas.

O JANTAR ACABOU sendo um acontecimento vertiginoso na cidade.

– Se você souber aonde ir... e puder entrar... – disse-lhe Roderick Marshall – ... Hollywood tem algumas das boates mais quentes do mundo.

As rodadas noturnas começaram em The Standard, um bar, restaurante e hotel da moda, no Sunset Boulevard. Quando passaram pela mesa da recepção, Rachel parou para apreciar. Junto ao balcão, atrás de uma janela de vidro fosco, tinha uma pintura humana, um modelo nu.

– Não é fantástico?

– Incrível – disse Rachel.

Em seguida, passaram por uma sequência barulhenta de bares lotados. Ao final da noite, Rachel sentia-se exausta.

Roderick Marshall deixou-a no hotel.

– Durma bem. O dia de amanhã vai mudar sua vida.

ÀS 7 HORAS, Rachel estava na sala de maquiagem. O maquiador, Bob van Dusen, examinou-a cheio de admiração e exclamou:

– E ainda vão me pagar por isso!

Ela riu.

– Você não precisa de muita maquiagem. A natureza se encarregou disso.

– Obrigada.

Quando Rachel ficou pronta, uma mulher do figurino ajudou-a a pôr o vestido que haviam ajustado na tarde do dia anterior. Um diretor assistente levou-a para o imenso palco de som.

Roderick Marshall e a equipe técnica a esperavam. O diretor examinou Rachel por um momento e disse:

– Perfeita. Vamos fazer um teste de duas partes, Rachel. Sente-se nesta cadeira que vou lhe fazer umas perguntas fora da câmera. Seja apenas você mesma.

– Certo. E a segunda parte?

– O pequeno teste de cena de que lhe falei.

Rachel sentou-se e o cinegrafista acertou o foco. Roderick Marshall ficou ao lado da câmera.

– Está pronta?

– Sim.

– Bom. Fique apenas relaxada. Vai se sair às mil maravilhas. Câmera. Ação. Bom dia.

– Bom dia.

– Sei que é modelo.

Rachel sorriu.

– Sou.

– Como começou sua carreira?

– Eu tinha 15 anos. O dono de uma agência de modelos me viu num restaurante com minha mãe, levantou-se e foi falar com ela; poucos dias depois, eu me tornava modelo.

A entrevista continuou por 15 minutos descontraídos, com a inteligência e a postura de Rachel brilhando até o fim.

– Corta! Maravilhoso! – Roderick Marshall entregou-lhe uma cena curta de teste. – Vamos fazer um intervalo. Leia isto. Quando estiver pronta, me avise, para rodarmos. Vai tirar de letra, Rachel.

Rachel leu a cena. Era sobre uma mulher pedindo o divórcio ao marido. Leu-a mais uma vez.

– Estou pronta.

Rachel foi apresentada a Kevin Webster, que ia contracenar com ela – um belo rapaz nos moldes de Hollywood.

– Tudo pronto – disse Roderick Marshall. – Vamos rodar. Câmera. Ação.

Rachel olhou para Kevin Webster.

– Falei esta manhã com um advogado especializado em divórcio, Cliff.

– Já me disseram. Não podia ter falado comigo primeiro?

– Mas eu falei com você. Falei de divórcio o ano passado. Não temos mais um casamento. Só que você não me ouvia, Jeff.

– Corta – disse Roderick. – Rachel, o nome dele é Cliff.

– Desculpe – disse Rachel, sem graça.

– Vamos refazer a cena. Tomada Dois.

A cena é realmente sobre mim e Jeff, pensou Rachel. *Não temos mais um casamento. Como poderíamos? Levamos vidas separadas. Mal nos vemos. Encontramos pessoas atraentes, mas não podemos nos envolver por causa de um contrato que nada mais significa.*

– Rachel!

– Desculpe.

A cena recomeçou.

QUANDO RACHEL terminou o teste, havia tomado duas decisões. Hollywood não era o seu lugar.

E ela queria o divórcio...

DEITADA AGORA numa cama no Rio de Janeiro, sentindo-se adoentada e exausta, pensou: *Cometi um erro. Jamais devia ter me divorciado de Jeff.*

NA TERÇA-FEIRA, após a escola, Dana levou Kemal ao terapeuta com quem ele trabalhava para adaptar-se ao novo braço. Embora artificial, o braço parecia verdadeiro e funcionava bem, mas Kemal achava difícil acostumar-se com a prótese, física e psicologicamente.

– O braço vai lhe dar a sensação de que está preso a um objeto estranho – explicou o terapeuta a Dana. – Nosso trabalho é fazer com que ele o aceite como parte do seu próprio corpo. Kemal precisa se habituar a ser mais uma vez ambidestro. A adaptação leva, em geral, um período de dois a três meses. Preciso lhe avisar que às vezes esse período é muito difícil.

– A gente pode dar conta disso – tranquilizou-o Dana.

NÃO FOI TÃO fácil assim. Na manhã seguinte, Kemal saiu do quarto sem a prótese.

– Estou pronto.

Dana lançou-lhe um olhar surpreso.

– Cadê o braço, Kemal?

Ele levantou a mão esquerda, desafiante.

– Está aqui.

– Você sabe a que me refiro. Cadê sua prótese?

– É uma aberração. Não vou mais usar.

– Você vai se acostumar a ele, querido. Prometo. Precisa dar uma chance. Eu vou ajudá-lo a...

– Ninguém pode me ajudar. Sou um aleijado *fukati*...

DANA FOI MAIS uma vez procurar o detetive Marcus Abrams e encontrou-o muito ocupado, sentado à escrivaninha, preenchendo relatórios. Ele ergueu os olhos, carrancudo.

– Sabe o que odeio neste maldito trabalho? – Indicou a pilha de papéis. – *Isto.* Eu podia estar na rua me divertindo, atirando em criminosos. Oh, esqueci. Você é repórter, não é? Não me cite.

– Tarde demais.

– E que posso fazer por você hoje, Srta. Evans?

– Vim para saber do caso Sinisi. Fizeram uma autópsia?

– *Pro forma.* – Ele pegou alguns papéis na gaveta da escrivaninha.

– Encontrou alguma coisa suspeita no relatório?

Ela viu o detetive Abrams passar os olhos pelo relatório.

– Sem álcool... sem drogas... Não. – Ergueu os olhos. – Parece que a senhora estava deprimida e simplesmente decidiu acabar com tudo. É só isso?

– Só isso – respondeu Dana.

A PARADA SEGUINTE de Dana foi no escritório do detetive Phoenix Wilson.

– Bom dia, detetive Wilson.

– O que a traz ao meu humilde escritório?

– Eu gostaria de saber se tem alguma notícia sobre o assassinato de Gary Winthrop.

O detetive Wilson deu um suspiro e esfregou o lado do nariz.

– Nem uma única maldita coisa. Eu imaginava que a essa altura aquelas pinturas já teriam aparecido. Era com o que contávamos.

Dana quis dizer: *Se eu fosse você, não imaginaria,* mas segurou a língua.

– Sem nenhuma pista de qualquer tipo?

– Nada. Os bandidos se safaram limpos como um assobio. Não temos muitos ladrões de obras de arte, mas o modo de operação é quase sempre o mesmo. Mas esse foi muito surpreendente.

– Surpreendente?

– É. Esse foi diferente.

– Diferente... Como?

– Ladrões de obras de arte não matam pessoas desarmadas, e não havia motivo algum para aqueles caras atirarem em Gary Winthrop a sangue-frio. – Interrompeu-se. – Você tem algum interesse especial nesse caso?

– Não – mentiu Dana. – De jeito nenhum. Só curiosidade. Eu...

– Certo – disse o detetive Wilson. – Eu a manterei informada.

AO TERMINAR A REUNIÃO no escritório do general Booster, na isolada sede da AFP, o general virou-se para Jack Stone e perguntou:

– O que está acontecendo com a tal da Dana Evans?

– Anda por aí fazendo perguntas, mas acho que é inofensiva. Não está chegando a lugar algum.

– Não gosto que ela fique bisbilhotando por aí. Chute-a para o código três.

– Quando quer que eu comece?

– Ontem.

DANA ESTAVA no meio da preparação para sua próxima transmissão quando Matt Baker entrou no escritório dela e afundou numa poltrona.

– Acabei de receber um telefonema sobre você.

– Meus fãs nunca se cansam de mim, não é? – disse Dana, sorrindo.

– Esse já ficou farto de você.

– É?

– O telefonema era da AFP. Pedem que pare sua investigação sobre Taylor Winthrop. Nada oficial. Apenas o que chamam de sugestão amistosa. Parece que querem que você cuide de sua própria vida.

– É mesmo? – exclamou Dana, encarando Matt. – Isso faz você se perguntar por que, não faz? Não vou me afastar da matéria só porque uma agência do governo quer. Tudo começou em Aspen, quando Taylor e a mulher morreram no incêndio. Vou ser a primeira a chegar lá. E se eu descobrir alguma coisa, vai dar um grande pontapé inicial para o *Linha do Crime*.

– De quanto tempo precisa?

– Não devo levar mais que um ou dois dias.

– Vá atrás dela.

11

Rachel precisou de um enorme esforço para mover-se. A simples locomoção de um cômodo ao outro em sua casa na Flórida era exaustiva. Não se lembrava de quando se sentira tão cansada. *Na certa peguei uma gripe. Jeff tinha razão. Eu devia ir a um médico. Um banho quente vai me relaxar...*

Foi enquanto se alongava na reconfortante água quente que ela levou a mão ao seio e sentiu o caroço.

A primeira reação foi de choque. Depois de negação. *Não é nada. Não é câncer. Não fumo. Faço exercícios e cuido do meu corpo. Não há histórico de câncer em minha família. Estou ótima. Vou pedir a um médico que dê uma olhada, mas não é câncer.*

Rachel saiu da banheira, enxugou-se e deu um telefonema.

– Agência de Modelos Betty Richman.

– Eu gostaria de falar com Betty Richman. Por favor, diga a ela que é Rachel Stevens.

Um momento depois, Betty Richman estava na linha.

– Rachel! Que bom ouvir sua voz. Está tudo bem com você?

– Claro que sim. Por que pergunta?

– Bem, você cancelou a filmagem do curta no Rio, e achei que talvez...

Rachel riu.

– Não, não. Eu só estava cansada, Betty. Estou louca para voltar a trabalhar.

– Que ótima notícia. Todo mundo tem tentado requisitar você.

– Bem, estou pronta. Que tem na agenda?

– Espere um minuto.

Um instante depois, Betty Richman voltava à linha.

– A próxima filmagem é em Aruba. Começa semana que vem. Você tem muito tempo até lá. Eles pediram você.

– Adoro Aruba. Pode marcar para mim.

– Já marquei. Fico muito feliz por estar se sentindo melhor.

– Sinto-me esplêndida.

– Vou lhe mandar todos os detalhes.

ÀS 14 HORAS do dia seguinte, Rachel tinha uma consulta marcada com o Dr. Graham Elgin.

– Boa tarde, Dr. Elgin.

– O que posso fazer por você?

– Estou com um pequeno cisto no seio direito e...

– Oh, já esteve no médico?

– Não, mas sei o que é. É só um pequeno cisto. Conheço meu corpo. Gostaria de fazer uma microcirurgia para tirá-lo. – Sorriu. – Sou modelo. Não posso me permitir ter uma cicatriz. Se ficar só uma mancha pequena, eu poderia tapá-la com maquiagem. Vou viajar semana que vem para Aruba, portanto seria possível marcar a operação para amanhã ou depois de amanhã?

O Dr. Elgin examinava-a. Considerando-se a situação, ela parecia absurdamente calma.

– Primeiro me deixe examiná-la, depois vou ter de fazer uma biópsia. Mas, sim, podemos marcar a operação ainda nesta semana, se necessário.

Rachel sorria, radiante:

– Maravilha.

O Dr. Elgin levantou-se.

– Vamos para a outra sala, sim? Vou pedir à enfermeira que lhe traga uma bata de hospital.

Quinze minutos depois, com a enfermeira presente, o Dr. Elgin apalpava o caroço na mama de Rachel.

– Eu lhe disse, doutor, é só um cisto.

– Bem, para ter certeza, Srta. Stevens, eu gostaria de fazer a biópsia. Posso fazê-la aqui mesmo.

Rachel tentou não se contrair quando o Dr. Elgin inseriu uma fina agulha no lado do seio para retirar tecido.

– Pronto. Não foi tão ruim assim, foi?

– Não. Quanto tempo...

– Vou mandar este material para o laboratório, e amanhã mesmo posso ter um relatório preliminar.

Rachel sorriu.

– Que bom. Vou para casa arrumar a mala para Aruba.

QUANDO CHEGOU em casa, a primeira coisa que Rachel fez foi pegar duas maletas e estendê-las na cama. Foi até o armário e pôs-se a escolher roupas para levar para Aruba.

Jeanette Rhodes, a faxineira, entrou no quarto.

– Srta. Stevens, vai viajar de novo?

– Vou.

– Para onde vai desta vez?

– Aruba.

– Onde fica isso?

– É uma ilha linda no mar do Caribe, logo ao norte da Venezuela. Um paraíso. Com praias fantásticas, hotéis lindos e comida maravilhosa.

– Parece deslumbrante.

– Por falar nisso, Jeanette, quando eu estiver fora gostaria que você viesse três vezes por semana.

– Claro.

ÀS 9 HORAS da manhã seguinte, o telefone tocou.

– Srta. Stevens?

– Sim.

– Aqui é o Dr. Elgin.

– Como vai, doutor? Conseguiu marcar a operação?

– Srta. Stevens, acabei de receber o relatório citológico. Eu gostaria que viesse ao meu consultório para podermos...

– Não. Eu quero saber agora.

Houve uma ligeira hesitação.

– Não gosto de discutir esse tipo de coisa ao telefone, mas lamento lhe dizer que o relatório preliminar mostra que você tem um câncer.

JEFF ESTAVA NO MEIO da redação de sua coluna esportiva quando o telefone tocou. Ele atendeu.

– Alô...

– Jeff... – Ela chorava.

– Rachel, é você? Qual o problema? O que foi que houve?

– Eu... eu estou com câncer.

– Oh, meu Deus. Qual a gravidade?

– Não sei ainda. Tenho de fazer uma mamografia. Jeff, não posso enfrentar isso sozinha. Sei que estou lhe pedindo muito, mas você poderia vir até aqui?

– Rachel, eu... Lamento, mas...

– Só por um dia. Só até... eu saber. – Chorava de novo.

– Rachel... – Ele se sentiu arrasado. – Vou tentar. Telefono para você depois.

Ela soluçava demais para falar.

QUANDO DANA VOLTOU de uma reunião de produção, disse à secretária:

– Olivia, me faça uma reserva num avião amanhã para Aspen, no Colorado. E me arranje um hotel. Oh, e vou querer um aluguel de carro.

– Certo. O Sr. Connors a está esperando na sua sala.

– Obrigada. – Dana entrou. Jeff estava ali, olhando pela janela. – Oi, querido.

Ele virou-se.

– Oi, Dana.

Tinha no rosto uma expressão estranha. Ela olhou para ele, preocupada.

– Está tudo bem com você?

– É uma pergunta com duas respostas – disse ele, a voz pesada. – Sim e não.

– Sente-se – disse Dana. Puxou uma cadeira defronte da dele. – O que foi que houve?

Ele exalou um suspiro profundo.

– Rachel está com câncer de mama.

Ela sentiu um pequeno choque.

– Eu... lamento muito. Ela vai ficar bem?

– Telefonou esta manhã. Vão lhe informar a gravidade do caso. Rachel está em pânico. Quer que eu vá à Flórida ajudá-la a enfrentar a notícia. Eu quis primeiro falar com você.

Dana aproximou-se de Jeff e abraçou-o.

– Claro que precisa ir, Jeff. – Ela lembrou-se do almoço com Rachel e de como ela tinha sido maravilhosa. – Eu volto dentro de um ou dois dias.

JEFF FOI ATÉ o escritório de Matt Baker.

– Tenho uma situação de emergência, Matt. Preciso me ausentar por alguns dias.

– Você está bem, Jeff?

– Sim, estou. É Rachel.

– Sua ex?

Jeff fez que sim com a cabeça.

– Ela acabou de saber que tem câncer.

– Sinto muito.

– De qualquer modo, ela precisa de um pouco de apoio moral. Quero pegar um avião para a Flórida esta tarde.

– Vá em frente. Vou pedir a Larry que o substitua. Mande notícias.

– Pode deixar. Obrigado, Matt.

Duas horas depois, Jeff partia num avião para Miami.

O PROBLEMA IMEDIATO de Dana era Kemal. *Não posso ir para Aspen sem ter alguém de confiança para tomar conta dele,* pensou Dana. *Mas quem vai poder cuidar da limpeza, lavagem de roupa e do garoto mais turrão do mundo?*

Decidiu telefonar para Pamela Hudson.

– Sinto muitíssimo pelo incômodo, Pamela, mas tenho de sair da cidade por uns dias e preciso de alguém pra ficar com Kemal. Por acaso conhece uma boa governanta com paciência de santa?

Houve um momento de silêncio.

– Por acaso conheço, sim. O nome dela é Mary Rowane Daley, trabalhou para nós anos atrás. É um tesouro. Vou falar com ela e pedir que telefone para você.

– Obrigada – disse Dana.

UMA HORA DEPOIS, Olivia disse:

– Dana, tem uma tal de Mary Daley ao telefone querendo falar com você.

Dana pegou o telefone.

– Sra. Daley?

– Sim. Ela mesma. – A voz simpática tinha um forte sotaque irlandês. – A Sra. Hudson disse que talvez precisasse de alguém para tomar conta do seu filho.

– Isso mesmo – disse Dana. – Tenho de sair da cidade por um ou dois dias. Será que poderia dar um pulo em minha casa amanhã bem cedo, digamos às 7 horas, para conversarmos?

– Claro que sim. Como quis a sorte, estou livre no momento.

Ela deu o endereço à Sra. Daley.

– Estarei lá, Srta. Evans.

NA MANHÃ SEGUINTE, Mary Daley chegou pontualmente às 7 horas. Aparentando estar na faixa dos 50 anos, era uma mulher atarracada com uma aparência jovial e um sorriso luminoso. Apertou a mão de Dana.

– Muito prazer em conhecê-la, Srta. Evans. Sempre que posso, vejo você na televisão.

– Obrigada.

– E cadê o rapazinho da casa?

– Kemal! – chamou Dana.

Um momento depois, ele saiu do quarto. Olhou para a Sra. Daley, a expressão do rosto dizendo: *Aberração.*

A Sra. Daley sorriu.

– Kemal, não é? Nunca conheci alguém chamado Kemal. Você parece um diabinho. – Aproximou-se dele. – Quero que me diga quais são todos os seus pratos favoritos. Sou uma grande cozinheira. Vamos nos divertir muito juntos, Kemal.

Espero, pensou Dana, orando.

– Sra. Daley, poderia ficar aqui com Kemal enquanto eu estiver fora?

– Claro, Srta. Evans.

– Que maravilha – disse Dana, agradecida. – Receio que não tenha muito espaço. As acomodações para dormir são...

A Sra. Daley sorriu.

– Não se preocupe. Aquele sofá-cama servirá muito bem.

Dana exalou um suspiro de alívio. Conferiu as horas no relógio.

– Por que não vem comigo deixar Kemal na escola? Depois pode pegá-lo à 13h45.

– Ótima ideia.

Kemal virou-se para Dana.

– Você vai voltar, não vai, Dana?

Dana abraçou-o.

– Claro que vou voltar para você, querido.

– Quando?

– Daqui a poucos dias. – *Com algumas respostas.*

AO CHEGAR AO estúdio, Dana encontrou na escrivaninha um pacote lindamente embrulhado. Olhou-o, curiosa, e abriu-o. Dentro, uma linda caneta de ouro. No cartão, lia-se: "Querida Dana, tenha uma viagem segura." Assinado: *A Turma.*

Que amor. Pôs a caneta na bolsa.

NA MESMA HORA em que Dana embarcava no avião, um homem de macacão profissional tocava a campainha do antigo apartamento dos Wharton. A porta abriu-se e o novo inquilino olhou para ele, fez que sim com a cabeça e fechou a porta. O homem foi até o apartamento de Dana e tocou a campainha.

A Sra. Daley abriu a porta.

– Sim?

– A Srta. Evans me mandou consertar o aparelho de TV.

– Pois bem. Entre.

A Sra. Daley viu o homem ir até o aparelho de televisão e começar a trabalhar.

12

Rachel Stevens estava no Aeroporto Internacional de Miami à espera de Jeff quando o avião chegou.

Meu Deus, ela é tão linda, pensou Jeff. *Não dá para acreditar que esteja doente.*

Rachel lançou os braços em volta do pescoço do ex-marido.

– Oh, Jeff! Obrigada por vir.

– Você está deslumbrante – tranquilizou-a Jeff. Os dois seguiram para uma limusine que os esperava na saída do aeroporto. – Tudo isso vai acabar não sendo nada. Você vai ver.

– Claro.

A caminho de casa, Rachel perguntou:

– Como vai Dana?

Ele hesitou. Não queria alardear sua própria felicidade.

– Está ótima.

– Você é um homem de sorte por tê-la. Sabia que fui agendada para fazer uma filmagem em Aruba semana que vem?

– *Aruba?*

– É. – Continuou: – Sabe por que aceitei esse trabalho? Porque passamos nossa lua de mel lá. Como era o nome do hotel onde ficamos?

– Oranjestad.

– Era lindo, não? E qual o nome daquela montanha que subimos?

– Hooiberg.

Rachel sorriu e disse, baixinho:

– Você não esqueceu, não é?

– Em geral, as pessoas não esquecem sua lua de mel, Rachel.

Ela pôs a mão no braço de Jeff.

– Foi celestial, não foi? Nunca vi praias tão incrivelmente brancas como aquelas.

Jeff sorriu.

– E você com medo de pegar um bronzeado. Enrolou-se toda como uma múmia.

Fez-se um momento de silêncio.

– Um dos meus arrependimentos mais profundos, Jeff.

Ele olhou para ela, sem entender.

– Como?

– Foi a gente não ter tido um... Esqueça. – Olhou para ele e disse, em voz baixa: – Adorei ficar com você em Aruba.

– É um lugar fantástico. Pesca, windsurf, mergulho, tênis, golfe – disse Jeff, esquivando-se.

– E não tivemos tempo para fazer nada disso, não foi?

Jeff riu.

– Foi.

– Vou fazer uma mamografia amanhã de manhã. Não quero ficar sozinha durante o exame. Você vai comigo?

– Claro, Rachel.

Quando chegaram à casa de Rachel, Jeff levou as malas para a espaçosa sala de estar e olhou em volta.

– Lindo. Muito bonito.

Ela abraçou-o.

– Obrigada, Jeff.

Ele sentiu-a tremendo.

A MAMOGRAFIA foi feita na Torre de Radiologia, no centro de Miami. Jeff ficou na antessala enquanto uma enfermeira levava Rachel para trocar de roupa e pôr uma bata de hospital. Depois acompanhou-a até uma sala de raios X.

– Isso vai levar 15 minutos, Srta. Stevens. Está pronta?

– Sim. Quando posso pegar os resultados?

– Terão de vir de seu oncologista. Ele vai receber as radiografias amanhã.

Amanhã.

O ONCOLOGISTA chamava-se Scott Young. Jeff e Rachel entraram no consultório do Dr. Young e sentaram-se.

O médico olhou para Rachel por um momento.

– Lamento dizer que tenho más notícias para lhe dar, Srta. Stevens.

Rachel agarrou a mão de Jeff.

– Oh?

– Os resultados da biópsia e da mamografia mostram que você tem um câncer invasivo.

O rosto de Rachel empalideceu.

– Que... que quer dizer isso?

– Lamento dizer que vai precisar fazer uma mastectomia.

– Não! – saiu instintivamente. – Você não pode... quer dizer, deve ter algum outro meio.

– Receio que não – disse o Dr. Young, delicadamente. – Já se espalhou demais.

Rachel ficou calada por um momento.

– Não posso fazer agora. Entende, tenho um compromisso para uma série fotográfica em Aruba semana que vem. Posso fazer depois?

Jeff examinava o semblante preocupado do médico.

– Quando acha que seria indicado fazer, Dr. Young?

Ele voltou-se para Jeff.

– O mais cedo possível.

Jeff olhou para Rachel. Ela tentava não chorar. Quando falou, a voz saiu trêmula.

– Eu gostaria de ouvir uma segunda opinião.

– Claro.

O DR. AARON Cameron disse:

– Lamento lhe dizer, mas cheguei à mesma conclusão que o Dr. Young. Eu recomendaria uma mastectomia.

Rachel tentou manter a voz nivelada.

– Obrigada, doutor. – Tomou a mão de Jeff e apertou-a. – Acho que não tem jeito, é isso mesmo, não é?

O Dr. Young esperava-os.

– Parece que você tinha razão – disse Rachel. – Eu simplesmente não posso... – Houve um longo e triste silêncio. Rachel acabou sussurrando: – Está bem. Se tem certeza de que é... é necessário.

– Vamos deixá-la o mais confortável possível – disse o Dr. Young. – Antes de operá-la, vou trazer um cirurgião plástico para discutir com você a reconstrução de sua mama. Podemos fazer milagres hoje.

Jeff abraçou-a quando ela caiu em prantos.

Não havia nenhum voo direto de Washington para Aspen. Dana embarcou num avião da Delta Airlines para Denver, onde fez uma baldeação para um avião da United Express. Depois, não se lembrou de nada da viagem. Tinha a mente cheia de lembranças de Rachel e do tormento por que ela devia estar passando. *Que bom que Jeff estará lá para tornar tudo mais fácil.* E preocupava-se com Kemal. *E se a Sra. Daley for embora antes de eu voltar? Preciso...*

A voz do comissário chegou pelo alto-falante.

– Vamos aterrissar em Aspen daqui a poucos minutos. Por favor, apertem os cintos e ponham os assentos na posição vertical.

Dana começou a concentrar-se no que tinha a fazer.

Elliot Cromwell entrou no escritório de Matt Baker.

– Soube que Dana não vai apresentar os noticiários desta noite.

– Sim, é verdade. Ela está em Aspen.

– Dando prosseguimento àquela teoria sobre Taylor Winthrop?

– É.

– Quero que me mantenha informado.

– Certo. – Vendo Cromwell sair, Matt pensou: *Ele está realmente interessado em Dana.*

QUANDO DESEMBARCOU, Dana seguiu para o balcão de aluguel de carros. Dentro do terminal, o Dr. Carl Ramsey dizia ao funcionário atrás do balcão:

– Mas reservei um carro há uma semana.

O funcionário disse, desculpando-se.

– Sei, Dr. Ramsey, mas receio ter havido uma confusão. Não temos um único carro disponível. Há um serviço de ônibus do aeroporto lá fora, ou posso chamar um táxi para...

– Esqueça – disse o médico, e saiu enfurecido.

Dana entrou no saguão do aeroporto e foi até o balcão de aluguel de carros.

– Tenho uma reserva – disse. – Dana Evans.

O funcionário sorriu.

– Sim, Srta. Evans. Estávamos à sua espera. – Deu-lhe um formulário para assinar e entregou-lhe umas chaves. – É um Lexus branco estacionado na vaga um.

– Obrigada. Sabe me dizer como chegar ao Hotel Little Nell?

– Não tem como errar. Fica bem no meio da cidade. East Durant Avenue, 675. Tenho certeza que vai adorar.

– Obrigada – disse Dana.

Ele viu-a cruzando a porta.

Que diabo está acontecendo aqui?, perguntou-se.

CONSTRUÍDO NUM ELEGANTE estilo de chalé, o Hotel Little Nell aninhava-se no sopé das pitorescas montanhas Aspen. O saguão tinha uma lareira que se estendia do piso ao teto, com um fogo intenso que ficava sempre aceso no inverno, e enormes vidraças com vista para as Montanhas Rochosas encimadas por neve. Sentados em sofás e confortáveis poltronas por todo o saguão, hóspedes em roupas de esqui relaxavam. Dana olhou em volta e pensou: *Jeff ia adorar isso. Talvez venhamos aqui um dia.*

Após assinar a ficha e registrar-se, Dana perguntou ao recepcionista:

– Por acaso sabe onde fica a casa de Taylor Winthrop?

Ele lançou-lhe um olhar estranho.

– A casa de Taylor Winthrop? Não existe mais. Foi destruída pelo fogo.

– Eu sei. Só queria ver...

– Não tem mais nada lá, a não ser muitas cinzas, mas, se quiser ver, siga à esquerda até o vale Conundrum Creek. Fica a pouco mais de 9 quilômetros daqui.

– Obrigada – disse Dana. – Poderia mandar levar minhas malas para o quarto?

– Claro, Srta. Evans.

Dana saiu e voltou para o carro.

O LOCAL DA CASA de Taylor Winthrop, no vale Conundrum Creek, era cercado por terras da Floresta Nacional. A casa fora uma construção de um andar feita de pedra nativa e sequoia, numa linda e reclusa localização com um enorme lago de castores e um riacho que percorria toda a propriedade. A vista era espetacular. E no meio daquela beleza, como uma cicatriz obscena, viam-se os vestígios do incêndio em que duas pessoas haviam morrido.

Dana passeou pelo terreno, imaginando o que antes existira ali. Sem dúvida, era uma enorme casa de um andar. Devia ter muitas portas e janelas no nível do terreno.

Contudo, os Winthrop não haviam conseguido escapar por nenhuma delas. Acho melhor visitar o corpo de bombeiros.

Quando Dana entrou no prédio do corpo de bombeiros, um homem de seus 30 anos, alto, bronzeado e de porte atlético, aproximou-se dela. *Ele na certa vive nas pistas de esqui,* pensou Dana.

– Posso ajudá-la, senhorita?

– Li que a casa de Taylor Winthrop foi destruída por um incêndio e fiquei curiosa – disse Dana.

– É. Isso aconteceu há um ano. Talvez a pior coisa que já ocorreu nesta cidade.

– A que horas aconteceu?

Se ele achou a pergunta estranha, não deixou transparecer.

– No meio da noite. Recebemos o telefonema às 3 horas. Nossos carros chegaram lá por volta das 3h15, mas era tarde demais. A casa queimava como uma tocha. Só soubemos que tinha alguém dentro depois que extinguimos o fogo e encontramos os dois corpos. Foi um momento muito doloroso, acredite.

– Tem alguma ideia de como o incêndio começou?

Ele fez que sim com a cabeça.

– Oh, sim. Foi um problema elétrico.

– Que tipo de problema elétrico?

– Não sabemos exatamente, mas na véspera do incêndio alguém chamou um eletricista para consertar alguma coisa na casa.

– Mas não sabe qual foi o problema?

– Acho que foi algum defeito no sistema de alarme de incêndio.

Dana tentou parecer desinteressada.

– O eletricista que foi consertá-lo... por acaso tem o nome dele?

– Não. Mas acho que a polícia talvez tenha.

– Obrigada.

Ele olhou para Dana, curioso.

– Por que está tão interessada nisso?

– Estou escrevendo um artigo sobre incêndios em estações de esqui de todo o país – respondeu ela, séria.

A DELEGACIA DE POLÍCIA de Aspen era um prédio de tijolos vermelhos de um andar, situado a dez quarteirões do hotel de Dana.

O policial sentado atrás da escrivaninha ergueu os olhos e perguntou, surpreso:

– Você é Dana Evans, a apresentadora de TV?

– Sou.

– Sou o capitão Turner. O que posso fazer por você, Srta. Evans?

– Estou curiosa sobre o incêndio que matou Taylor Winthrop e sua mulher.

– Meu Deus, que grande tragédia. O pessoal aqui ainda não se refez do choque.

– Dá para entender.

– É. Foi terrível não terem conseguido salvar o casal.

– Soube que o fogo começou por causa de algum tipo de problema elétrico, não foi?

– Isso mesmo.

– Poderia ter sido premeditado?

O capitão Turner franziu a testa.

– Premeditado? Não, não. Foi um defeito elétrico.

– Eu gostaria de conversar com o eletricista que esteve na casa na véspera do incêndio. Tem o nome dele?

– Com certeza está nos nossos arquivos. Quer que eu verifique?

– Eu lhe agradeceria.

O capitão Turner pegou o telefone, trocou algumas palavras e virou-se mais uma vez para Dana.

– É a primeira vez que vem a Aspen?

– É.

– Lugar fantástico. Sabe esquiar?

– Não. – *Mas Jeff sabe. Quando viermos aqui ...*

Uma auxiliar de escritório aproximou-se e entregou ao capitão Turner uma folha de papel. Ele passou-a para Dana. Tinha os seguintes dizeres: *Empresa Elétrica Al Larson. Bill Kelly.*

– Fica logo ali nesta rua.

– Muito obrigada, capitão Turner.

– Foi um prazer.

Quando Dana saiu do prédio, um homem no outro lado da rua afastou-se e falou num telefone celular.

A EMPRESA ELÉTRICA Al Larson ficava num pequeno prédio de cimento cinzento. Sentado a uma escrivaninha, um clone do homem do corpo de bombeiros, bronzeado e de compleição atlética. Levantou-se quando Dana entrou.

– Bom dia.

– Bom dia – disse Dana. – Eu gostaria de falar com Bill Kelly.

O homem grunhiu.

– Eu também.

– Desculpe, o que disse?

– Kelly. Desapareceu faz quase um ano.

– Desapareceu?

– É, simplesmente sumiu. Não disse uma palavra. Nem apareceu para pegar seu pagamento.

Dana perguntou, devagar:

– Você se lembra exatamente quando foi?

– Claro que sim. Na manhã daquele incêndio. O grande. Você sabe, aquele em que morreram os Winthrop.

Dana sentiu um calafrio.

– Entendo. E você tem alguma ideia de onde o Sr. Kelly está?

– Não. Como eu disse, ele simplesmente desapareceu.

A DISTANTE ILHA no extremo da América do Sul fervilhara azafamada durante toda a manhã com a chegada de aviões a jato. Aproximava-se a hora da reunião, e os vinte e tantos participantes já estavam sentados em poltronas na sala de um prédio recém-construído, fortemente vigiado e programado para ser destruído assim que terminasse a reunião. O orador dirigiu-se para a frente da sala.

– Bem-vindos. Muito me alegra ver aqui tantos rostos conhecidos e alguns amigos novos. Antes de começarmos nosso trabalho, sei que alguns de vocês estão preocupados com um problema surgido há pouco. Há um traidor entre nós, ameaçando nos denunciar. Não sabemos ainda quem é. Mas lhes garanto que ele será logo apanhado e sofrerá o destino de todos os traidores. Nada e ninguém pode se interpor em nosso caminho.

Ouviram-se dos presentes murmúrios de aprovação.

– Agora vamos começar nosso leilão silencioso. Hoje há cinco pacotes. Comecemos com dois bilhões. Alguém dá o primeiro lance? Dois bilhões de dólares. Alguém dá 3...?

13

Naquela noite, quando Dana voltou para o quarto, pôs-se a andar de um lado para o outro e parou de repente, alarmada. Tudo parecia igual e no entanto... teve a sensação de que alguma coisa estava diferente. Teriam suas coisas sido vasculhadas? *É a hora do Chicken Little,* pensou, fazendo uma careta. Pegou o telefone e ligou para casa.

A Sra. Daley atendeu.

– Residência da Srta. Evans.

Graças a Deus ela continuava lá.

– Sra. Daley...

– Srta. Evans!

– Boa tarde. Como está Kemal?

– Bem, às vezes ele fica meio endiabrado, mas sei dar conta disso. Meus filhos também eram assim.

– Então, está tudo... bem?

– Oh, sim.

O suspiro de Dana foi de puro alívio.

– Posso falar com ele?

– Claro. – Dana ouviu-a chamando: – Kemal, é sua mãe.

– Oi, Kemal. Como é que vão as coisas, amigão?

– Legal.

– E a escola?

– Maneira.

– E você está se saindo bem com a Sra. Daley?

– Estou, ela é um barato.

É mais que um barato, pensou Dana. *É um milagre.*

– Quando vai voltar para casa, Dana?

– Chegarei aí amanhã. Você já jantou?

– Já. Na verdade, não estava muito ruim.

Dana sentiu-se tentada a dizer: *Esse é você mesmo, Kemal?* Ficou emocionada com a mudança que sentiu nele.

– Está bem, querido. Vejo você amanhã. Boa noite.

– Boa noite, Dana.

QUANDO DANA se aprontava para dormir, seu telefone celular tocou.

– Alô.

– Dana?

Ela sentiu uma onda de alegria.

– Jeff! Oh, Jeff! – Abençoou o dia em que comprou um celular internacional.

– Tive de ligar para dizer que estou morrendo de saudade.

– Eu também. Ainda está na Flórida?

– Estou.

– E como vão as coisas aí?

– Nada bem. – Ela percebeu a hesitação na voz de Jeff. – De fato, muito ruins. Amanhã Rachel vai se submeter a uma mastectomia.

– Oh, não!

– Ela não está reagindo bem a tudo.

– Sinto muito.

– Eu sei. Foi um golpe sujo da sorte. Querida, não aguento de vontade de voltar para você. Já lhe disse que sou louco por você?

– E eu por você, querido.

– Precisa de alguma coisa, Dana?

– Não. – *Só de você.*

– E Kemal, como está?

– Está indo muito bem. Arranjei uma nova empregada da qual ele gosta.

– Que boa notícia. Não vejo a hora de estarmos mais uma vez os três juntos.

– Nem eu.

– Cuide-se bem.

– Pode deixar. E não sei como lhe dizer o quanto sinto por Rachel.

– Direi a ela. Boa noite, boneca.

– Boa noite.

Dana abriu a mala e tirou uma camisa de Jeff que tinha trazido do apartamento. Colocou-a sobre a camisola e abraçou-a. *Boa noite, querido.*

BEM CEDO NA manhã seguinte, Dana tomou o avião de volta para Washington. Passou no apartamento antes de ir para o escritório e foi recebida por uma sorridente e alegre Sra. Daley.

– Que bom vê-la de volta, Srta. Evans. Esse seu filho está me deixando exausta. – Mas disse isso com uma piscadela dos olhos.

– Espero que não esteja lhe dando muito trabalho.

– Trabalho? Nem um pouco. Fico feliz de ver como ele anda se saindo com o novo braço.

Dana lançou-lhe um olhar surpreso.

– Ele está *usando* o braço?

– Claro. Usa-o para ir à escola.

– Isso é maravilhoso. Fico muito feliz. – Conferiu as horas no relógio de pulso. – Preciso ir ao estúdio. Voltarei à tarde para ver Kemal.

– Ele vai ficar muito contente em vê-la. Sente muito a sua falta, você sabe. Ande logo. Vou desfazer suas malas.

– Obrigada, Sra. Daley.

NO ESCRITÓRIO DE Matt, Dana lhe contava o que soubera em Aspen.

Ele olhava para ela, incrédulo.

– No dia seguinte ao do incêndio, o maldito eletricista *desapareceu?*

– Sem sequer buscar seu contracheque.

– E esteve na casa dos Winthrop na véspera de acontecer o incêndio?

– Sim.

Matt balançou a cabeça.

– Parece *Alice no país das maravilhas.* Isso está ficando cada vez mais intrigante.

– Matt, Paul Winthrop foi o seguinte na família a morrer. Morreu na França não muito depois do incêndio. Eu gostaria de ir até lá. Quero ver se houve testemunhas do acidente de carro.

– Certo. – Depois Matt acrescentou: – Elliot Cromwell andou perguntando por você. Quer que se cuide.

– Então somos dois a querer – respondeu Dana.

QUANDO KEMAL CHEGOU em casa da escola, Dana o aguardava. Usava o novo braço e Dana achou que estava muito mais calmo.

– Você voltou. – Ele deu-lhe um abraço.

– Oi, querido. Senti saudade de você. Como foi a escola?

– Não muito ruim. E sua viagem?

– Ótima. Trouxe uma coisa para você. – Entregou a Kemal uma sacola de lã tecida à mão por índios e um par de mocassins de couro que comprou em Aspen. – Kemal, lamento, mas vou ter de me ausentar de novo alguns dias.

Dana preparou-se para a reação dele, mas Kemal disse apenas:

– Tudo bem.

Nenhum sinal de explosão.

– Vou trazer um presente bonito pra você.

– Um por cada dia que passar fora?

Dana sorriu.

– Eu imaginava que você estivesse no oitavo ano, não na faculdade de direito.

INSTALADO CONFORTAVELMENTE numa poltrona, com o aparelho de televisão ligado, ele tomava um uísque escocês. Na tela, Dana e Kemal sentavam-se à mesa de jantar e a Sra. Daley servia o que parecia um ensopado irlandês.

– Huum, mas é delicioso – disse Dana.

– Obrigada. Fico feliz que goste da minha comida.

– Eu falei que ela era uma boa cozinheira – disse Kemal.

Parecia que estava na mesma sala com os três, pensou ele, em vez de vê-los do apartamento ao lado.

– Me fale da escola, Kemal – pediu Dana.

– Gosto dos meus novos professores. A de matemática é legal...

– Que maravilha.

– Os garotos são muito mais simpáticos nessa escola. Acham que meu braço é maneiro.

– Aposto que sim.

– Uma das garotas na minha sala é o maior barato. Acho que ela gosta de mim. O nome dela é Lizzy.

– E você gosta dela, não, querido?

– É. E ela é bonita.

Ele está crescendo, pensou Dana, com uma pontada súbita e inesperada. Quando chegou a hora de dormir, Kemal foi deitar-se e Dana entrou na cozinha para ver a Sra. Daley.

– Kemal está tão... tão tranquilo. Não tenho como lhe dizer como fico grata pelo que tem feito – disse Dana.

– Você é quem está me fazendo um favor – sorriu a Sra. Daley. – É como ter de novo um dos meus filhos de volta. Eles são adultos agora, você sabe. Kemal e eu estamos nos divertindo à beça.

– Que bom.

Dana esperou até meia-noite e, como Jeff ainda não tinha telefonado, foi para a cama. Ficou deitada ali, imaginando o que ele devia estar fazendo, se fazia amor com Rachel, e sentiu-se envergonhada por seus pensamentos.

O HOMEM NO apartamento vizinho informou:

– Tudo tranquilo.

O CELULAR de Dana tocou.

– Jeff, querido. Onde é que você está?

– No hospital do médico de Rachel na Flórida. A mastectomia já terminou. O oncologista continua fazendo exames.

– Oh, Jeff! Espero que não tenha se espalhado.

– Também espero. Rachel quer que eu fique com ela mais alguns dias. Eu queria lhe perguntar se...

– Claro. Você precisa.

– Serão só mais alguns dias. Vou telefonar para o Matt e avisá-lo. Alguma coisa emocionante acontecendo por aí?

Por um instante, Dana sentiu-se tentada a contar a Jeff sobre Aspen e que ela ia continuar com a investigação. *Ele já tem problemas demais na cabeça.*

– Não – disse Dana. – Tudo tranquilo.

– Mande meu amor ao Kemal. O resto é para você.

JEFF DESLIGOU o telefone. Uma enfermeira aproximou-se.

– Sr. Connors? O Dr. Young gostaria de falar com o senhor.

– A operação foi bem – disse o Dr. Young a Jeff –, mas ela vai precisar de muito apoio emocional. Vai se sentir menos mulher e quando acordar vai entrar em pânico. Você tem de fazê-la entender que está tudo bem e que nada tem a temer.

– Entendo – disse Jeff.

– E o medo e a depressão vão mais uma vez voltar quando ela começar os tratamentos de radiação para tentar impedir a disseminação do câncer. Pode ser muito traumático.

Jeff ficou ali sentado, pensando no que aguardava por ele no futuro próximo.

– Rachel tem alguém para cuidar dela?

– Eu. – Ao dizer isso, ele compreendeu que era a única pessoa que Rachel tinha.

O VOO DA AIR FRANCE para Nice foi tranquilo. Dana ligou o laptop para reexaminar a informação que tinha reunido até então. Instigante, mas sem a menor dúvida inconclusiva. *Provas,* pensou. *Não há repor tagem sem provas. Se eu conseguir...*

– Voo agradável, não?

Dana voltou-se para o homem sentado a seu lado. Alto, atraente e com sotaque francês.

– É, sim.

– Já esteve na França antes?

– Não – disse ela. – É a primeira vez.

Ele sorriu.

– Ah, você vai ficar encantada. É um país mágico. – Sorriu cheio de sentimento e curvou-se para perto dela. – Tem amigos para lhe mostrar as belezas?

– Vou me encontrar com meu marido e três filhos – respondeu Dana.

– *Dommage.* – Assentiu com a cabeça, afastou-se e pegou seu exemplar do *France-Soir.*

Ela retornou ao computador. Um artigo chamou-lhe a atenção. Paul Winthrop, que morrera num acidente, tinha um passatempo.

Corrida de automóveis.

QUANDO O AVIÃO da Air France pousou no aeroporto de Nice, Dana entrou no movimentado terminal e dirigiu-se ao balcão de aluguel de carros.

– Meu nome é Dana Evans. Tenho uma...

O recepcionista ergueu os olhos.

– Ah! Srta. Evans. Seu carro está pronto. – Entregou-lhe um formulário. – Basta assinar aqui.

Isso é que é um verdadeiro serviço, pensou ela.

– Vou precisar de um mapa do sul da França. Por acaso...?

– Claro, *mademoiselle*. – Abaixou-se atrás do balcão e escolheu um mapa. – *Voilà*. – Ficou ali olhando atento Dana partir.

NA TORRE EXECUTIVA da WTN, Elliot Cromwell dizia:

– Onde Dana está, Matt?

– Na França.

– Fez algum progresso?

– Ainda é cedo demais.

– Estou preocupado com ela. Acho que talvez ande viajando demais. Hoje em dia viajar pode ser perigoso. – Hesitou. – Muito perigoso.

O AR EM NICE estava frio e seco, e Dana perguntava-se que tempo fazia no dia em que Paul Winthrop morrera. Entrou no Citroën à sua espera e pôs-se a subir a Grande Corniche, passando por pitorescas aldeias ao longo do caminho.

O acidente tinha ocorrido logo ao norte de Beausoleil, na rodovia em Roquebrune-Cap-Martin, um balneário que contemplava do alto o mar Mediterrâneo.

Ao aproximar-se da aldeia, diminuiu a velocidade, observando as curvas fechadas, escarpadas, e imaginando de qual delas Paul Winthrop teria despencado. O que fazia ele ali? Ia encontrar-se com alguém? Participava de uma corrida? Viajava de férias? A negócios?

ROQUEBRUNE-CAP-MARTIN é uma aldeia medieval com um castelo antigo, uma igreja, grutas históricas e *villas* luxuosas que pontilham toda a paisagem. Dana dirigiu-se para o centro, parou o carro e foi à procura da delegacia de polícia. Abordou um homem saindo de uma loja.

– Por favor, pode me dizer onde fica a delegacia de polícia?

– *Je ne parle pas anglais, j'ai peur de ne pouvoir vous aider, mais...*

– *Police. Police.*

– *Ah, oui.* – Apontou. – *La deuxième rue à gauche.*

– *Merci.*

– *De rien.*

A delegacia de polícia era um velho prédio de paredes brancas mal conservadas. Dentro, um homem uniformizado de meia-idade sentava-se atrás de uma escrivaninha. Ergueu os olhos quando ela entrou.

– *Bonjour, madame.*

– *Bonjour.*

– *Comment puis-je vous aider?*

– Fala inglês?

Ele pensou um pouco.

– Sim – disse, relutante.

– Eu gostaria de falar com o responsável pela delegacia.

Ele olhou para ela, uma expressão confusa no rosto. De repente, sorriu.

– Ah, *commandant* Frasier. *Oui.* Um momento. – Pegou um telefone e falou com alguém. Fez que sim com a cabeça e virou-se para Dana. Apontou o corredor. – A primeira porta.

– Obrigada. – Ela atravessou o corredor até encontrar a primeira porta. O escritório do comandante Frasier era pequeno e bem-arrumado. Ele, um homem garboso com um bigodinho e olhos castanhos inquisidores. Levantou-se quando Dana entrou.

– *Bonjour, mademoiselle.* Em que lhe posso ser útil?

– Sou Dana Evans. Estou fazendo uma reportagem para a WTN, de Washington D.C., sobre a família Winthrop. Soube que Paul Winthrop morreu num acidente perto daqui.

– *Oui. Terrible! Terrible!* A gente precisa ter muito cuidado ao dirigir na Grande Comiche. Pode ser *très dangereux.*

– Soube que Paul Winthrop morreu durante uma corrida de automóveis e...

– *Non.* Não houve corrida naquele dia.

– Não houve?

– *Non, mademoiselle.* Eu mesmo estava de plantão quando o acidente ocorreu.

– Entendo. O Sr. Winthrop estava sozinho no carro?

– *Oui.*

– *Commandant* Frasier, eles fizeram uma autópsia?

– *Oui.* Claro.

– Encontraram álcool no sangue de Paul Winthrop?

O comandante Frasier balançou a cabeça.

– *Non.*

– Drogas?

– *Non.*

– O senhor se lembra como estava o tempo naquele dia?

– *Oui. Il pleuvait.* Chovia.

Dana tinha uma última pergunta, mas a fez sem nenhuma esperança.

– Imagino que não houve testemunhas...

– *Mais oui, il y en avait.*

Ela fitava-o, a pulsação se acelerando.

– Houve?

– Uma testemunha. Ele estava dirigindo atrás do carro de Winthrop e viu o acidente acontecer.

Dana teve uma rápida sensação de entusiasmo.

– Eu ficaria muito grata se me desse o nome da pessoa – disse. – Quero falar com ela.

O comandante assentiu com a cabeça.

– Não vejo nenhum mal. – Chamou: – Alexandre! – e um instante depois o assistente entrava às pressas.

– *Oui, commandant?*

– *Apportez-moi le dossier de l'accident Winthrop.*

– *Tout de suite.* – Saiu da sala, apressado.

O comandante Frasier virou-se para Dana.

– Que família desafortunada. A vida *très fragile.* – Olhou para Dana e sorriu. – A gente precisa aproveitar a vida enquanto pode. – Acrescentou, sutilmente: – Ou enquanto *ela* deixa. Está sozinha aqui, *mademoiselle?*

– Não, meu marido e filhos estão me esperando.

– *Dommage.*

O assistente retornou com um maço de papéis e o comandante examinou os documentos, fez que sim com a cabeça e ergueu os olhos para Dana.

– A testemunha do acidente era um turista americano, Ralpph Benjamin. Segundo seu depoimento, ele vinha atrás de Paul Winthrop quando viu *um chien*, um cão, atravessar na frente do carro de Winthrop. Winthrop girou o volante para não atropelá-lo, entrou numa grande derrapagem, mergulhou no despenhadeiro e caiu no mar. Segundo o relatório do legista, Winthrop morreu instantaneamente.

– O senhor tem o endereço do Sr. Benjamin? – perguntou, esperançosa.

– *Oui.* – Deu mais uma olhada no papel. – Ele mora na América. Turk Street, 420, Richfield, Estado de Utah. – Escreveu o endereço e entregou-lhe.

Ela tentava controlar a emoção.

– Muitíssimo obrigada.

– *Avec plaisir.* – Olhou para o dedo anular sem aliança de Dana. – E, *madame?*

– Sim?

– Cumprimente seu marido e filhos por mim.

DANA TELEFONOU para Matt.

– Matt – disse, animada. – Descobri uma testemunha do acidente de Winthrop. Vou entrevistá-lo.

– Mas é fantástico. Onde está ele?

– Em Richfield, no Utah. Devo estar de volta amanhã.

– Tudo bem. Por falar nisso, Jeff telefonou.

– E aí?

– Você sabe que ele está na Flórida com a ex-mulher. – Transparecia de sua voz um tom reprovador.

– Eu sei. Ela está muito doente.

– Se Jeff ficar por muito mais tempo, vou ter de lhe pedir que tire uma licença sem vencimentos.

– Tenho certeza que ele voltará logo. – Quisera ela acreditar nisso.

– Certo. Boa sorte com a testemunha.

– Obrigada, Matt.

O TELEFONEMA SEGUINTE de Dana foi para Kemal. A Sra. Daley atendeu.

– Residência da Srta. Evans.

– Boa tarde, Sra. Daley. Está tudo bem aí? – Dana prendia a respiração.

– Bem, seu filho quase ateou fogo na cozinha me ajudando a preparar o jantar ontem à noite. – Ela riu. – Mas, fora isso, ele está ótimo.

Dana fez uma oração silenciosa de agradecimento.

Mas é incrível! A mulher é realmente uma milagreira, pensou.

– Você vem direto para casa? Posso preparar o jantar e...

– Tenho de fazer mais uma escala. Só chegarei em casa daqui a dois dias. Posso falar com Kemal?

– Ele está dormindo. Quer que o acorde?

– Não, não. – Conferiu as horas no relógio de pulso. Eram só quatro da tarde em Washington. – Ele está tirando um cochilo? – Dana ouviu uma risada calorosa da Sra. Daley.

– É. O rapazinho teve um dia cheio. Está trabalhando e brincando muito.

– Diga a ele que mando meu amor. E que logo o verei.

Tenho de fazer mais uma escala. Só chegarei em casa daqui a dois dias. Posso falar com Kemal?
Ele está dormindo. Quer que o acorde?
Não, não. Ele está tirando um cochilo?
É. O rapazinho teve um dia cheio. Está trabalhando e brincando muito.
Diga a ele que mando meu amor. E que logo o verei.

Fim da fita.

RICHFIELD, NO UTAH, é uma confortável cidade residencial localizada numa depressão de terra no meio da cadeia de montanhas Monroe. Dana parou numa agência de viagens e pegou as direções para o endereço que o comandante Frasier lhe dera.

Ralph Benjamin morava numa casa de um andar, gasta pelas intempéries, situada no meio de um quarteirão de casas idênticas.

Ela estacionou o carro alugado, dirigiu-se à porta da frente e tocou a campainha. A porta abriu-se e apareceu uma mulher grisalha de meia-idade, usando avental.

– Em que posso ajudá-la?

– Gostaria de falar com Ralph Benjamin – disse Dana.

A mulher examinou-a, curiosa.

– Ele está à sua espera?

– Não. Eu... eu só passei por acaso, e resolvi dar um pulo até aqui. Ele está?

– Sim. Entre.

– Obrigada. – Dana entrou e seguiu a mulher até a sala de estar.

– Ralph, tem uma visita para você.

Ralph Benjamin levantou-se de uma cadeira de balanço e veio em direção a Dana.

– Como vai? Eu a conheço?

Dana ficou ali parada, imóvel. Ralph Benjamin era cego.

14

Dana e Matt Baker conversavam na sala de reuniões da WTN.

– Ralph Benjamin estava na França visitando o filho – explicava Dana. – Um dia, sua pasta desapareceu do hotel. Reapareceu no dia seguinte, mas faltava o passaporte. Matt, o homem que roubou o passaporte, pegou a identidade de Benjamin e disse à polícia que era uma testemunha do acidente foi quem assassinou Paul Winthrop.

Matt Baker ficou calado por um longo tempo.

– É hora de pôr a polícia nisso, Dana – acabou dizendo. – Se você tiver razão, estamos procurando um homem insensível que assassinou a sangue-frio seis pessoas. Não quero que seja a sétima. Elliot também está preocupado com você. Acha que está indo fundo demais.

– Não podemos pôr a polícia nisso ainda – protestou Dana. – Tudo é circunstancial. Não temos nenhuma prova. Não temos nem sequer a menor ideia de quem é o assassino, e também não sabemos o motivo.

– Estou com um pressentimento muito ruim com toda essa história. Está ficando perigosa demais. Não quero que aconteça alguma coisa com você.

– Nem eu – disse Dana, veemente.

– Qual vai ser seu próximo passo?

– Descobrir o que aconteceu realmente com Julie Winthrop.

– A OPERAÇÃO FOI um sucesso.

Deitada numa cama branca e estéril de hospital, Rachel abriu os olhos, devagar. Tentava focalizar os olhos injetados em Jeff.

– Já tiraram?

– Rachel...

– Tenho medo de apalpar o lugar. – Reprimia as lágrimas. – Não sou mais uma mulher. Nenhum homem jamais vai me amar de novo.

Ele tomou-lhe as mãos trêmulas nas dele.

– Está enganada. Nunca amei você por causa dos seus seios, Rachel. Amei pelo que você é, um ser humano afetuoso, maravilhoso.

Rachel esboçou um pequeno sorriso.

– Nós nos amamos de verdade, não, Jeff?

– É.

– Eu queria... – Ela baixou o olhar para o peito e o rosto contraiu-se.

– Falaremos disso depois.

Ela apertou-lhe a mão com mais força.

– Não quero ficar sozinha, Jeff. Não antes disso acabar. Por favor, não me deixe.

– Rachel, eu tenho de...

– Não vá, ainda não. Não sei o que farei se você for embora.

Uma enfermeira entrou no quarto do hospital.

– Poderia nos dar licença, Sr. Connors?

Rachel não queria soltar a mão de Jeff.

– Não vá.

– Eu volto.

Mais tarde naquela noite, o celular de Dana tocou. Ela atravessou a sala correndo para pegá-lo.

– Dana. – Era Jeff.

Ela sentiu uma pequena emoção ao ouvir sua voz.

– Alô. Como vai você, querido?

– Bem.

– E Rachel?

– A operação correu bem, mas Rachel está com ideias suicidas.

– Jeff... uma mulher não pode julgar a si mesma por seus seios, ou...

– Eu sei, mas Rachel não é uma mulher do seu gabarito. Tem sido julgada pela beleza desde os quinze anos. É uma das modelos mais bem pagas do mundo. Agora acha que tudo acabou para ela. Sente-se como uma aberração. Acha que não tem mais nada por que viver.

– O que é que você vai fazer?

– Vou ficar com ela mais alguns dias e ajudá-la a estabelecer-se em casa. Falei com o médico. Ele ainda está esperando os resultados dos exames para ver se conseguiram tirar tudo. Acham que ela precisa de acompanhamento com tratamentos de quimioterapia.

Não havia nada que Dana pudesse dizer.

– Sinto sua falta – disse Jeff.

– Eu também sinto sua falta, meu querido. Comprei alguns presentes de Natal para você.

– Guarde-os para mim.

– Vou guardar.

– Já se livrou de todas as viagens?

– Ainda não.

– Não esqueça de deixar o celular ligado – disse Jeff. – Pretendo lhe dar alguns telefonemas obscenos.

Dana sorriu.

– Promete?

– Prometo.

– Cuide-se bem, querida.

– Você também. – A conversa terminou. Dana desligou e ficou ali sentada por um longo tempo, pensando em Jeff e Rachel. Depois levantou-se e foi até a cozinha.

A Sra. Daley dizia a Kemal:

– Mais panquecas, querido?

– Quero, obrigado.

Dana ficou olhando os dois. Naquele curto período que a Sra. Daley passara ali, Kemal tinha mudado muito. Estava calmo, relaxado e feliz. Sentiu uma pontada aguda de ciúmes. *Talvez eu seja a pessoa errada para ele.* Culpada, lembrou-se dos longos dias até tarde da noite no estúdio. *Talvez alguém como a Sra. Daley devesse tê-lo adotado. Qual o problema comigo? Kemal me ama.*

Sentou-se à mesa.

– Ainda gostando da nova escola, Kemal? – perguntou.

– É legal.

Dana pegou-lhe a mão.

– Kemal, lamento, mas vou ter de viajar mais uma vez.

Ele disse, indiferente:

– Tudo bem.

A pontada de ciúmes voltou.

– Para onde vai agora, Srta. Evans? – perguntou a Sra. Daley.

– Alasca.

A Sra. Daley ficou pensativa alguns instantes.

– Cuidado com aqueles ursos enormes e ferozes – aconselhou.

O VOO DE WASHINGTON a Juneau, no Alasca, levou nove horas, com uma escala em Seattle. Dentro do aeroporto de Juneau, Dana foi até o balcão de aluguel de carros.

– Meu nome é Dana Evans. Eu...

– Sim, Srta. Evans. Temos um belo Land Rover à sua espera. Vaga dez. Basta assinar aqui.

O funcionário entregou-lhe as chaves e Dana dirigiu-se ao estacionamento atrás do prédio. Havia uma dezena de carros em vagas numeradas. Ela foi até a número dez. Ajoelhado perto da traseira do carro, um homem trabalhava no cano de descarga de um Land Rover branco. Ergueu os olhos quando Dana se aproximou.

– Só ajustando o cano de descarga, senhorita. Já está tudo pronto. – Levantou-se.

– Obrigada – disse Dana.

NO SUBSOLO DE UM prédio do governo, um homem examinava um mapa digital no computador. Viu o Land Rover branco fazer uma curva à direita.

– O alvo está se dirigindo para Starr Hill...

JUNEAU FOI UMA surpresa para Dana. À primeira vista, parecia uma cidade grande, mas as ruas estreitas e sinuosas davam à capital do Alasca a atmosfera de uma cidade pequena aninhada no meio de uma imensidão florestal do período glacial.

Dana registrou-se na popular Pousada do Cais do Porto, que fora antes um bordel, localizada no centro da cidade.

– Chegou na melhor época para esquiar – disse o recepcionista do hotel. – Este ano a temporada de neve está ótima. Trouxe seus esquis?

– Não, eu...

– Bem, tem uma loja de esqui logo aqui ao lado. Tenho certeza que podem equipá-la com tudo que precisar.

– Obrigada – disse Dana. *Um bom lugar para se começar.* Desfez a mala e foi para a loja de esqui.

O vendedor falava sem parar. No momento em que ela entrou, ele disse:

– Oi. Sou Chad Donohoe. Bem, você veio ao lugar certo. – Indicou uma fileira de esquis. – Acabamos de receber esses Freeriders. São uns bebês que dão conta mesmo de solavancos e saltos. – Apontou para outra seção. – Ou... esses são os Salomon X-Scream 9's. Estão tendo uma grande saída. No ano passado ficamos sem e não conseguimos mais repô-los. – Percebeu a expressão impaciente de Dana e apressou-se para o grupo seguinte. – Se preferir, temos o Vocal Vertigo G30 ou o Atomic 10.20. – Olhou para Dana, com expectativa. – Qual deles gosta...

– Vim em busca de informação.

Um olhar de decepção atravessou o rosto do vendedor.

– Informação?

– Sim. Julie Winthrop alugava esquis aqui?

Ele examinou Dana mais de perto.

– Sim. Na verdade, ela usava a linha mais cara de esquis da loja, os Volant Ti Power. Adorava-os. Uma coisa terrível o que aconteceu com ela em Eaglecrest.

– A Srta. Winthrop era uma boa esquiadora?

– Boa? Era a melhor. Tinha um console de lareira cheio de prêmios.

– Sabe se ela estava sozinha aqui?

– Pelo que sei, estava. – Ele balançou a cabeça. – O que é surpreendente é que ela conhecia Eaglecrest como a palma da mão. Esquiava aqui todos os anos. A gente imagina que um acidente como aquele jamais poderia ter acontecido com ela, não é?

– É o que eu imaginava – disse Dana, devagar.

O Departamento de Polícia de Juneau ficava a dois quarteirões da Pousada do Cais do Porto.

Dana entrou num pequeno escritório de recepção com três bandeiras: a do Estado do Alasca, a de Juneau e a dos Estados Unidos. Tinha um tapete azul, um sofá azul e uma poltrona azul.

Um funcionário uniformizado perguntou-lhe:

– Posso ajudá-la?

– Eu gostaria de informação sobre a morte de Julie Winthrop.

Ele franziu as sobrancelhas.

– O homem com quem deve falar é Bruce Bowler. Ele é chefe do Resgate Sea Dog. Tem um escritório aqui no segundo andar, mas não se encontra agora.

– Sabe onde posso encontrá-lo?

O policial olhou para o relógio de pulso.

– Nesse momento, talvez ainda o pegue no Hanger On The Wharf. Fica a dois quarteirões daqui, no Passeio da Marina.

– Muito obrigada.

O Hanger On The Wharf era um restaurante enorme, entupido de gente para almoçar ao meio-dia.

A recepcionista disse a Dana:

– Lamento, mas não temos uma mesa para já. Haverá uma espera de 20 minutos se...

– Estou procurando o Sr. Bruce Bowler. Você o conhe...

A recepcionista fez que sim com a cabeça.

– Bruce? Está ali naquela mesa.

Dana olhou. Era um homem de seus 40 e poucos anos, com a expressão agradável num rosto curtido, sentado sozinho.

– Obrigada. – Ela foi até a mesa. – Sr. Bowler?

Ele ergueu os olhos.

– Sim.

– Sou Dana Evans. Preciso de sua ajuda.

Ele sorriu.

– Você está com sorte. Temos um quarto disponível. Vou telefonar para Judy.

Dana olhou para ele, sem entender.

– Como disse?

– Não é você que queria saber sobre a Cozy Log, nossa pousada com quarto e café da manhã?

– Não. Eu queria conversar com você sobre Julie Winthrop.

– Oh. – Ele ficou sem graça. – Desculpe. Por favor, sente-se. Judy e eu temos uma pequena pousada fora da cidade. Achei que estava procurando um quarto. Já almoçou?

– Não, eu...

– Então me faça companhia. – Tinha um sorriso simpático.

– Obrigada.

Depois que ela pediu a comida, Bruce Bowler perguntou:

– O que quer saber sobre Julie Winthrop?

– É sobre a morte dela. Há alguma chance de não ter sido um acidente?

Bruce Bowler franziu as sobrancelhas.

– Está perguntando se ela pode ter se suicidado?

– Não. Estou perguntando se... se alguém poderia tê-la assassinado.

Ele piscou os olhos.

– Assassinado Julie? Nenhuma chance. Foi um acidente.

– Pode me contar o que aconteceu?

– Claro. – Bruce Bowler ficou pensativo por um momento, perguntando-se por onde começar. – Temos três diferentes conjuntos de pistas aqui. As dos iniciantes, Muskeg, Dolly Varden e Sourdough...

As mais difíceis, Sluice Box, Mother Lode e Sundance... As realmente duras, Insane, Spruce Chute e Hang Ten... E depois as Quedas Vertiginosas, que são mais abruptas.

– E Julie Winthrop esquiava nas...?

– Nas Quedas Vertiginosas.

– Então ela era uma esquiadora tarimbada?

– Claro que era – respondeu Bruce Bowler. Hesitou. – Por isso é que foi tão surpreendente.

– O quê?

– Bem, temos esqui noturno todas as quintas-feiras das 16 horas às 21 horas. Tínhamos muitos esquiadores naquela noite. Todos estavam de volta às 21 horas, com exceção de Julie. Fomos à sua procura. Encontramos o corpo atirado em cheio contra uma árvore. A pancada deve tê-la matado instantaneamente.

Dana fechou os olhos por um instante, sentindo o horror e a dor do choque.

– Então... ela estava sozinha quando aconteceu o acidente?

– É, estava. Os esquiadores em geral esquiam juntos, mas às vezes os melhores gostam de fazer façanhas arriscadas sozinhos. Temos um limite de área demarcado aqui, e todo mundo que esquia fora desse limite o faz por sua própria conta e risco. Julie Winthrop esquiava fora desse limite, numa pista fechada. Levamos muito tempo para encontrar seu corpo.

– Sr. Bowler, qual o procedimento quando um esquiador desaparece?

– Assim que é dada a informação de que alguém desapareceu, começamos uma busca safada.

– Busca safada?

– Telefonamos aos amigos para saber se o esquiador está com eles. Ligamos para alguns bares. É uma busca rápida e improvisada. Isso para poupar às nossas equipes de resgate o problema de fazer uma busca completa de algum bêbado sentado de porre num bar.

– E se alguém estiver realmente perdido? – perguntou Dana.

– Obtemos uma descrição física do esquiador desaparecido, de sua capacidade de esquiar, e do último lugar em que foi visto. Sempre perguntamos se eles levavam uma câmera.

– Por quê?

– Porque, quando eles as levam, as imagens nos dão uma pista para as áreas pitorescas para onde talvez tenham ido. Verificamos quais planos o esquiador poderia ter tido para o transporte de volta à cidade. Se não encontrarmos nada buscando nas pistas, deduzimos que o esquiador desaparecido está fora do limite da área demarcada de esqui. Notificamos os soldados da Busca e Resgate do Estado do Alasca e eles põem um helicóptero no ar. Há quatro pessoas em cada grupo de busca, e a patrulha aérea civil também participa.

– Isso é muito potencial humano.

– Claro que é. Mas lembre-se... aqui, temos uns 200 hectares de área de esqui, e fazemos uma média de quarenta buscas por ano. A maioria é bem-sucedida. – Bruce Bowler olhou pela janela o frio céu de ardósia. – Eu gostaria que aquela também tivesse sido. – Voltou-se para Dana. – De qualquer modo, a patrulha de esqui faz uma busca diária depois que os teleféricos fecham.

– Soube que Julie Winthrop estava acostumada a esquiar no alto de Eaglecrest.

Ele fez que sim com a cabeça.

– É verdade. Mas mesmo assim não há garantia alguma. Nuvens podem surgir, a pessoa às vezes fica desorientada, ou tem apenas falta de sorte.

– Como encontraram o corpo dela?

– SOS a encontrou.

– SOS?

– É o nosso cão especial. A patrulha de esqui trabalha com labradores e pastores pretos. Os cães são mesmo incríveis. Trabalham a favor do vento, captam o cheiro humano, sobem até a borda da zona do cheiro e fazem o gradeamento pra cima e pra baixo. Mandamos um bombardeiro para o local do acidente, e quando...

– Bombardeiro?

– Nossa máquina de limpar neve. Trouxemos de volta o corpo de Julie Winthrop numa liteira motorizada. A equipe da ambulância de três homens examinou-a com um monitor de eletrocardiograma, depois bateu fotos e chamou um legista. Levaram o corpo para o Hospital Regional Bartlett.

– E ninguém sabe como aconteceu o acidente?

Ele encolheu os ombros.

– Só sabemos que ela colidiu com um gigantesco espruce. Eu vi. Não foi uma visão muito agradável.

Dana olhou um momento para Bruce Bowler.

– Seria possível eu ver o topo de Eaglecrest?

– Por que não? Vamos terminar o almoço, que eu mesmo a levo lá.

FORAM DE JIPE até a sede de dois andares da vigilância, na base da montanha.

Bruce Bowler disse a Dana:

– Este prédio é onde nos encontramos para fazer nossos planos de busca e resgate. Alugamos aqui equipamento de esqui e temos instrutores para quem quiser aulas. Vamos pegar esse teleférico até o topo da montanha.

Entraram na cadeira do teleférico Ptarmigan, que se dirigia para o topo de Eaglecrest. Dana tiritava de frio.

– Eu devia tê-la avisado. Para esse tipo de temperatura, você precisa de roupa de propilene, malhas longas coladas ao corpo e tem de se vestir em camadas.

Dana tremeu.

– Vou me lembrar da próxima vez.

– Foi nessa cadeira que Julie Winthrop subiu. Ela levava a mochila de emergência nas costas.

– Mochila de emergência?

– É. Contém uma pá de avalanche, um sinalizador que transmite sinais até 50 metros e um bastão de sondagem. – Deu um suspiro. – Claro, isso não ajuda nada quando a gente bate numa árvore.

Aproximavam-se do cume. Ao chegarem à plataforma e descerem cautelosos da cadeira teleférica, um homem no topo saudou-os.

– Que o traz aqui, Bruce? Alguém perdido?

– Não. Só estou mostrando as paisagens a uma amiga. Esta é a Srta. Evans.

Trocaram cumprimentos. Dana olhou em volta. Havia uma cabana aconchegante quase perdida nas pesadas nuvens. *Teria Julie Winthrop ido lá antes* de *esquiar? E será que alguém a tinha seguido? Alguém que planejava matá-la?*

Bruce Bowler virou-se para Dana.

– Este é o ponto mais alto da montanha. Daqui é só morro abaixo.

Dana virou-se e olhou para o implacável solo distante, muito distante, e estremeceu.

– Você parece estar congelando, Srta. Evans. É melhor eu levá-la para baixo.

– Obrigada.

DANA ACABARA de chegar à Pousada do Cais do Porto, quando ouviu uma batida na porta de seu quarto. Abriu-a. Era um homem de rosto pálido.

– Srta. Evans?

– Sim.

– Oi. Meu nome é Nicholas Verdun. Sou do jornal *Juneau Empire.*

– Sim...?

– Soube que está investigando a morte de Julie Winthrop. Gostaríamos de fazer uma matéria sobre isso.

Um alarme soou na mente de Dana.

– Receio que esteja enganado. Não estou fazendo nenhuma investigação.

O homem olhou para ela, cético.

– Mas me disseram...

– Estamos fazendo um programa sobre esqui em todo o mundo. Esta é apenas uma parada.

Ele ficou ali por um momento.

– Entendo. Desculpe por tê-la incomodado.

Dana ficou observando-o se afastar. *Como soube o que estou fazendo aqui?*

Telefonou logo para o *Juneau Empire.*

– Alô. Queria falar com um dos seus repórteres, Nicholas Verdun... – Ouviu por um momento. – Não tem ninguém com esse nome? Entendo. Obrigada.

Levou dez minutos para arrumar a mala. *Preciso sair daqui e encontrar outro lugar para ficar.* De repente, lembrou-se. *Não era você que queria saber sobre a Cozy Log, nossa pousada* com *quarto* e *café da manhã? Está com sorte. Temos um quarto disponível.* Desceu para o saguão e fechou a conta. O funcionário deu-lhe as direções da pousada e desenhou um pequeno mapa.

NO PORÃO DO PRÉDIO governamental, o homem olhando para o mapa digital no computador disse:

– O alvo está deixando a área do centro, rumando para oeste...

A POUSADA Cozy Log – Cama e Café da Manhã – era uma bem-cuidada casa alasquiana de um andar, de toras de madeira, a meia hora de carro de Juneau. *Perfeito.* Dana tocou a campainha da porta da frente e uma mulher alegre, atraente, de seus 30 e poucos anos, abriu-a.

– Olá. Posso ajudá-la?

– Sim. Conheci seu marido e ele disse que vocês tinham um quarto desocupado.

– De fato, temos, sim. Sou Judy Bowler.

– Dana Evans.

– Entre.

Dana entrou e olhou em volta. A pousada consistia numa sala de estar grande, confortável, com uma lareira de pedra, uma sala de jantar onde comiam os pensionistas e dois quartos com banheiros.

– Eu é que faço toda a comida aqui – disse Judy Bowler. – É muito gostosa.

Dana sorriu, afetuosa.

– Estou louca para provar.

Judy Bowler levou-a para o quarto. Era limpo e com aparência caseira. Dana desfez a mala.

Havia um casal hospedado ali, e a conversa foi informal. Nenhum deles reconheceu Dana.

DEPOIS DO ALMOÇO, ela pegou o carro e voltou para o centro da cidade. Entrou no bar da Cliff House e pediu um drinque. Todos os empregados tinham a pele bronzeada e o ar saudável. *Claro.*

– Belo clima – disse ela ao *barman* jovem e louro.

– É. Um tempo fantástico para a gente esquiar.

– Você esquia muito?

Ele sorriu.

– Sempre que posso tirar uma folga.

– Perigoso demais para mim – suspirou Dana. – Uma amiga minha morreu alguns meses atrás.

Ele pôs no tampo do bar o copo que estava polindo.

– Morreu?

– Sim. Julie Winthrop.

A expressão dele obscureceu.

– Ela vinha sempre aqui. Moça simpática.

Dana curvou-se à frente.

– Eu soube que não foi um acidente.

Ele arregalou os olhos.

– Que quer dizer com isso?

– Soube que ela foi assassinada.

– Assassinada! – exclamou ele, incrédulo. – Impossível. Foi um acidente.

Vinte minutos depois, Dana conversava com o *barman* do Hotel Prospector.

– Que tempo maravilhoso.

– É. Um ótimo tempo para esquiar – disse o *barman.*

– Perigoso demais para mim – suspirou Dana. – Uma amiga minha morreu esquiando alguns meses atrás. Talvez você a conhecesse. Julie Winthrop.

– Oh, claro. Eu gostava muito dela. Quer dizer, não era metida a besta como algumas pessoas. Era muito simples.

Dana curvou-se para a frente.

– Eu soube que a morte dela não foi um acidente.

A expressão do *barman* mudou. Ele baixou a voz.

– Sei muito bem que não foi acidente nenhum.

O coração de Dana acelerou-se.

– Sabe?

– Pode apostar. – Ele curvou-se, com um ar conspirador. – Aqueles malditos marcianos...

Ela estava de esquis no alto da montanha Ptarmigan e sentia o vento frio fustigando. Olhou o vale embaixo, tentando decidir por onde retomar, quando de repente sentiu um empurrão de trás e pôs-se a despencar cada vez mais rápido pela encosta, em direção a uma enorme árvore. Pouco antes de atingir a árvore, acordou, aos gritos.

Dana sentou-se na cama, tremendo. *Foi isso que aconteceu* com *Julie Winthrop? Quem a empurrou para a morte?*

Elliot Cromwell estava impaciente.

– Diabos, Matt, quando é que Jeff Connors vai voltar? Precisamos dele.

– Logo. Ele dá sempre notícias.

– E onde está Dana?

– Está no Alasca, Elliot. Por quê?

– Eu gostaria de vê-la de volta aqui. Os índices de audiência dos nossos noticiários da noite caíram.

Matt Baker olhou para ele, perguntando-se se aquele era o verdadeiro motivo da preocupação de Elliot Cromwell.

Pela manhã, Dana vestiu-se e voltou de carro ao centro da cidade.

No aeroporto, à espera de ser chamada para seu voo, reparou num homem sentado a um canto, lançando-lhe olhares de vez em quando. Pareceu-lhe estranhamente conhecido. Usava um terno cinza-escuro, e lembrava alguém. Um homem diferente do que tinha visto no aeroporto de Aspen. Também de terno cinza-escuro. Mas não foram as roupas que despertaram sua lembrança. Era alguma coisa na aparência dos dois. Ambos tinham uma desagradável aura de arrogância. Ele lançava-lhe um olhar beirando o desprezo que lhe provocava calafrios.

APÓS O EMBARQUE de Dana, o homem falou num telefone celular e saiu do aeroporto.

15

Quando chegou em casa, Dana encontrou uma linda árvore de Natal que a Sra. Daley tinha comprado e decorado.

– Veja esse enfeite – disse a Sra. Daley, orgulhosa. – Foi Kemal quem fez sozinho.

O inquilino do apartamento vizinho assistia à cena no seu aparelho de televisão.

Dana beijou a face da senhora.

– Adoro você, Sra. Daley.

Ela enrubesceu.

– Oh, quanto estardalhaço por uma coisa tão pequena.

– Onde está Kemal?

– No quarto. Tem dois recados para você, Srta. Evans. Telefonar para a Sra. Hudson. Pus o número na sua cômoda. E sua mãe ligou.

– Obrigada.

Quando Dana entrou no quarto de Kemal, encontrou-o no computador. Ergueu os olhos para ela.

– Ei, que bom que está de volta!

– É, estou de volta – disse Dana.

– Legal. Eu estava torcendo para que chegasse antes do Natal.

Dana abraçou-o.

– Claro que ia chegar. Não o perderia por nada neste mundo. Como anda se virando aqui sozinho?

– Joia.

Que bom.

– Você gosta da Sra. Daley?

Ele fez que sim com a cabeça.

– Ela é maneira.

Dana sorriu.

– Eu sei. Tenho que dar uns telefonemas. Volto já.

Primeiro as más notícias, pensou Dana. Ligou para o número da mãe. Não falava com ela desde o incidente em Westport. *Como pôde se casar com um homem daqueles?* Dana ouviu o telefone tocar várias vezes, depois veio a voz gravada da mãe.

– Não estamos em casa no momento, mas se deixar um recado ligaremos logo de volta. Aguarde o sinal.

Dana aguardou.

– Feliz Natal, mãe. – E desligou.

O telefonema seguinte foi para Pamela.

– Dana, que bom que está de volta – exclamou Pamela Hudson. – Vimos no noticiário que Jeff está de licença, mas Roger e eu vamos receber algumas pessoas amanhã para um jantar de Natal, e queremos que você e Kemal venham. Por favor, não me diga que tem outros planos.

– Não. Na verdade, não tenho. E adoraríamos ir. Obrigada, Pamela.

– Maravilha. A gente espera vocês às 17 horas. Informal. – Fez uma pausa. – Como vão as coisas por aí?

– Não sei – disse Dana, com franqueza. – Não sei nem se estão indo a algum lugar.

– Bem, esqueça tudo por ora. Descanse um pouco. A gente se vê amanhã.

QUANDO DANA e Kemal chegaram à casa dos Hudsons no dia de Natal, foram recebidos na porta por Cesar. Seu rosto iluminou-se ao ver Dana.

– Srta. Evans! Que prazer em vê-la. – Sorriu para Kemal. – E Mestre Kemal.

– Oi, Cesar – disse Kemal.

Dana entregou-lhe um pacote com um lindo embrulho colorido.

– Feliz Natal, Cesar.

– Não sei o que... – Ele gaguejava. – Eu não... a senhorita é muito bondosa, Srta. Evans!

O amável gigante, como o julgava Dana, corava. Dana entregou-lhe mais dois pacotes.

– Estes são para o Sr. e a Sra. Hudson.

– Sim, Srta. Evans. Vou pôr debaixo da árvore de Natal. O Sr. e a Sra. Hudson estão na sala de visitas. – Ele acompanhou os dois até lá.

– Vocês chegaram! Estamos tão felizes por terem vindo – disse Pamela.

– Nós também – garantiu-lhe Dana.

Pamela olhava para o braço direito de Kemal.

– Dana, Kemal tem um... que maravilha!

Dana abriu um largo sorriso.

– Mas não é? Cortesia do meu patrão. Ele é um grande camarada. Acho que isso mudou toda a vida de Kemal.

– Não sei como lhe dizer o quanto me sinto feliz.

Roger cumprimentou-a com um aceno de cabeça.

– Parabéns, Kemal.

– Obrigado, Sr. Hudson.

Roger Hudson disse a Dana:

– Antes que os outros convidados cheguem, há uma coisa que eu gostaria de mencionar. Lembra-se de eu ter dito que Taylor Winthrop confidenciou a amigos sua retirada da vida pública e depois tornou-se embaixador na Rússia?

– Sim. Suponho que o presidente o pressionou a...

– Foi o que eu pensei. Mas parece que foi Winthrop quem pressionou o presidente para nomeá-lo embaixador. A pergunta é: por quê?

Os outros convidados começaram a chegar. Eram apenas 12 pessoas no jantar, e a noite foi calorosa e festiva.

Após a sobremesa, todos foram para a sala de visitas. Diante da lareira, via-se uma imensa árvore de Natal. Havia presentes para todo mundo, mas Kemal ficou com a parte do leão. Jogos de computador, patins, skate, suéteres e luvas.

O tempo passou rapidamente. A alegria de estar ali, após a tensão dos últimos dias, era imensa. *Só queria que Jeff também estivesse aqui.*

SENTADA À MESA do âncora, Dana Evans esperava baterem 23 horas para o noticiário começar. A seu lado estavam o coapresentador, Richard Melton, e Maury Falstein, na cadeira em geral ocupada por Jeff. Dana tentava não pensar nisso.

Richard Melton dizia a Dana:

– Senti sua falta quando viajou.

Dana sorriu.

– Obrigada, Richard. Também senti sua falta.

– Ficou fora bastante tempo. Está tudo bem?

– Tudo ótimo.

– Vamos comer alguma coisa juntos, depois do jornal.

– Tenho primeiro de ver se está tudo bem com Kemal.

– A gente pode se encontrar em algum lugar.

Precisamos nos encontrar em algum lugar. Acho que estou sendo vigiada. Na seção de aves do Zoológico.

Melton continuou:

– Disseram que você está pesquisando para fazer uma grande matéria. Quer falar disso?

– Não há nada de que falar ainda, Richard.

– Andam dizendo por aí que Cromwell não estava gostando do fato de você ficar tanto tempo fora. Espero que não se meta em apuros com ele.

Quero dar um conselho a você. Não continue procurando problemas, porque vai acabar encontrando. É uma promessa. Dana achava difícil concentrar-se no que Richard Melton dizia.

Bill Kelly desapareceu no mesmo dia depois do incêndio. Nem sequer pegou o contracheque, simplesmente foi embora.

Richard Melton continuava falando.

– Deus é testemunha, não quero trabalhar com outro âncora.

Houve uma testemunha americana do acidente, Ralph Benjamin. Um cego.

– Cinco... quatro... três... dois... – Anastasia Mann apontou o dedo para Dana. A luz vermelha da câmera lampejou.

A voz do locutor do programa retumbou.

– Este é o jornal das 23 horas na WTN com Dana Evans e Richard Melton.

Dana sorriu para a câmera.

– Boa noite. Dana Evans.

– Boa noite. Richard Melton.

Estavam de volta no ar.

– Hoje em Arlington três estudantes do Ginásio Wilson foram presos depois que a polícia vasculhou seus escaninhos, encontrando 200 gramas de maconha e várias armas, entre elas uma pistola roubada. Holly Rapp tem mais informações para vocês de Arlington.

De volta à fita.

Não temos muitos ladrões de obras de arte, e o método de operar é sempre o mesmo. Esse é diferente.

TERMINADA A TRANSMISSÃO, Richard Melton olhou para Dana.

– A gente se encontra mais tarde?

– Esta noite, não, Richard. Preciso fazer uma coisa.

Ele levantou-se.

– Tudo bem. – Dana teve a sensação de que ele ia perguntar-lhe sobre Jeff. Mas Richard disse apenas: – Te vejo amanhã.

Dana levantou-se.

– Boa noite, todo mundo.

Dana saiu do estúdio e foi para seu escritório. Sentou-se, ligou o computador, acessou a internet e recomeçou a busca pela miríade de artigos sobre Taylor Winthrop. Num dos sites de Taylor Winthrop, bateu os olhos num trecho sobre Marcel Falcon, uma autoridade do governo francês, que fora embaixador da OTAN. O artigo dizia que Marcel Falcon negociava um acordo comercial com Taylor Winthrop. No meio das negociações, Falcon abandonara o posto e aposentara-se. *No meio de uma negociação governamental? O que poderia ter acontecido?*

Dana tentou outros sites, porém não encontrou mais nenhuma informação sobre Marcel Falcon. *Muito estranho. Tenho de examinar isso,* decidiu Dana.

ERA MEIA-NOITE quando terminou a pesquisa. Cedo demais para telefonar para a Europa. Voltou então para o apartamento. A Sra. Daley esperava por ela.

– Desculpe ter chegado tão tarde – disse Dana. – Eu...

– Nenhum problema. Vi sua transmissão desta noite. Achei maravilhosa, como sempre, Srta. Evans.

– Obrigada.

A Sra. Daley suspirou.

– Eu só gostaria que as notícias não fossem tão escabrosas. Em que tipo de mundo estamos vivendo?

– É uma boa pergunta. Como está Kemal?

– O pestinha está ótimo. Deixei ele ganhar de mim nas cartas.

Dana sorriu.

– Bom. Obrigada, Sra. Daley. Se quiser chegar mais tarde amanhã...

– Não, não. Chegarei aqui cedo para despachar vocês para a escola e o trabalho.

Dana esperou na porta a Sra. Daley sair. *Uma pedra preciosa*, pensou, agradecida. O telefone celular tocou. Ela correu para atendê-lo.

– Jeff?

– Feliz Natal, minha querida – A voz dele inundou-lhe o corpo, da cabeça aos pés. – Estou ligando muito tarde?

– Nunca é tarde demais. Fale-me de Rachel.

– Já voltou para casa.

Jeff quer dizer que Rachel voltou para a casa dela.

– Tem uma enfermeira aqui, mas Rachel só vai deixá-la ficar até amanhã.

Dana detestava perguntar.

– E depois?

– Os resultados do exame indicam que o câncer se espalhou. Rachel não quer que eu vá embora ainda.

– Entendo. Não quero parecer egoísta, mas não há mais alguém aí que...

– Ela não tem ninguém, querida. Está sozinha e em pânico. Não quer mais ninguém aqui. Francamente, não sei o que Rachel faria se eu fosse embora.

E eu não sei o *que vou fazer* se *você ficar.*

– Eles querem começar a quimioterapia imediatamente.

– Quanto tempo vai levar?

– Ela vai precisar de um tratamento a cada três semanas durante quatro meses.

Quatro meses.

– Matt me pediu que eu tirasse uma licença sem vencimentos. Lamento muito tudo isso, meu bem.

O que queria dizer com aquilo? Lamenta pelo emprego? Lamenta por Rachel? Ou lamenta por nossas vidas estarem se afastando? Como posso ser tão egoísta?, perguntou-se Dana. *A mulher talvez esteja morrendo.*

– Eu também lamento muito – acabou dizendo Dana. – Espero que tudo acabe bem. – *Acabe bem para quem? Para Rachel e Jeff? Para Jeff e eu?*

QUANDO JEFF DESLIGOU o telefone, ergueu os olhos e viu Rachel parada ao lado dele. Usava camisola e robe longos. Estava linda, com uma luz quase translúcida.

– Era Dana?

– Sim – disse Jeff.

Rachel aproximou-se dele.

– Pobre querido. Sei como toda essa história está machucando vocês dois. Eu... Eu simplesmente não poderia ter passado por tudo isso sem sua ajuda. Eu precisava de você, Jeff. Preciso de você agora.

DANA CHEGOU AO SEU escritório na manhã seguinte e acessou mais uma vez a internet. Dois textos atraíram-lhe a atenção. Separados eram inócuos, mas juntos sugeriam um mistério.

O primeiro dizia: "Vincent Mancino, Ministro do Comércio italiano, renunciou inesperadamente durante as negociações do acordo comercial com Taylor Winthrop, representante dos Estados Unidos. O assistente de Mancino, Ivo Vale, assumiu a pasta."

O segundo texto dizia: "Taylor Winthrop, conselheiro especial da OTAN em Bruxelas, pediu para ser substituído e voltou para casa em Washington."

Marcel Falcon havia renunciado, Vicent Mancino havia renunciado, Taylor Winthrop caíra fora inesperadamente. Estariam em conluio? Coincidência?

Interessante.

O PRIMEIRO TELEFONEMA de Dana foi para Dominick Romano, que trabalhava na Rede Itália-l, em Roma.

– Dana! Que bom ouvir sua voz. O que aconteceu?

– Estou indo para Roma e gostaria de conversar com você.

– *Va bene!* Sobre o quê?

Dana hesitou.

– Prefiro discutir o assunto quando chegar aí.

– Quando você vem?

– Chegarei aí no sábado.

– Vou lhe oferecer uma *pasta* suculenta.

O TELEFONEMA SEGUINTE foi para Jean Somville, que trabalhava em Bruxelas na sede geral da OTAN, na *rue* des Chapeliers.

– Jean? Dana Evans.

– Dana! Não a vejo desde Sarajevo. Que tempos aqueles, hein? Nunca mais vai voltar lá?

Ela fez uma careta.

– Se eu puder evitar, não.

– O que posso fazer por você, *chérie?*

– Vou a Bruxelas nos próximos dias. Vai estar aí?

– Por você? Sem dúvida. Alguma coisa especial acontecendo?

– Não – disse Dana, rápido.

– Certo. Vai só fazer um passeio turístico, hein? – Havia um tom de ceticismo em sua voz.

– Pode-se dizer que é mais ou menos isso – disse Dana.

Ele riu.

– Espero você, ansioso. *Au revoir.*

– *Au revoir.*

– MATT BAKER quer falar com você.

– Diga a ele que já vou, Olivia.

Mais dois telefonemas e Dana seguiu para o escritório de Matt.

Ele disse, sem preâmbulos:

– Talvez tenhamos sorte com alguma coisa. Eu soube ontem à noite de uma coisa que poderia ser uma pista para o que estamos procurando.

Dana sentiu o coração disparar.

– É?

– Tem um homem chamado... – ele consultou um pedaço de papel na escrivaninha. – ... Dieter Zander, em Düsseldorf. Esteve envolvido em algum tipo de negócio com Taylor Winthrop.

Dana ouvia atentamente.

– Não sei de toda a história, mas parece que alguma coisa muito ruim aconteceu entre eles. Tiveram um violento desentendimento e Zander jurou que ia matar Winthrop. Acho que talvez valha a pena você verificar.

– Sem dúvida que vale. Vou pesquisar agora mesmo, Matt.

Conversaram mais alguns minutos e Dana foi embora.

Onde será que posso encontrar mais sobre isso? De repente, lembrou-se de Jack Stone e da Agência Federal de Pesquisa, AFP. *Ele deve saber alguma coisa.* Ela achou o número particular que ele lhe dera e telefonou.

A voz dele surgiu na linha.

– Jack Stone.

– Aqui fala Dana Evans.

– Alô, Srta. Evans. Que posso fazer por você?

– Estou tentando descobrir alguma coisa sobre um homem chamado Zander, em Düsseldorf.

– Dieter Zander?

– Sim. Conhece ele?

– Nós sabemos quem é.

Dana registrou o *nós*.

– Pode me dizer alguma coisa sobre ele?

– Isso tem relação com Taylor Winthrop?

– Sim.

– Taylor Winthrop e Dieter Zander eram sócios numa empresa comercial. Zander foi mandado para a prisão por manipular algumas ações no mercado e, enquanto estava preso, atearam fogo em sua casa, matando a mulher e os três filhos. Ele culpa Taylor Winthrop pelo que aconteceu.

E Taylor Winthrop e a mulher morreram num incêndio. Dana ouvia, chocada.

– Zander continua na prisão?

– Não. Acho que saiu ano passado. Mais alguma coisa?

– Não. Muito, muito obrigada mesmo.

– Isso fica só entre nós.

– Entendo.

A linha caiu.

Agora, há três possibilidades, pensou Dana.

Dieter Zander em Düsseldorf.

Vincent Mancino em Roma.

Marcel Falcon em Bruxelas.

Vou primeiro a Düsseldorf.

– A Sra. Hudson na linha três, Dana – disse Olivia.

– Obrigada. – Dana pegou o telefone. – Pamela?

– Alô, Dana. Sei que é meio em cima da hora, mas um bom amigo nosso acabou de chegar à cidade e Roger e eu vamos lhe oferecer uma festinha na quarta-feira que vem. Sei que Jeff continua fora da cidade, mas adoraríamos que você viesse. Está livre?

– Receio que não, Pamela. Estou de partida amanhã para Düsseldorf.

– Oh. Que pena.

– E, Pamela...

– Sim?

– Jeff talvez fique fora por algum tempo.

Houve um silêncio.

– Espero que esteja tudo bem.

– Sim. Tenho certeza que vai ficar. – *Tinha de ficar.*

16

Na noite seguinte, no Aeroporto Dulles, Dana embarcou num jato da Lufthansa para Düsseldorf. Havia telefonado para Steffan Mueller, que trabalhava na Kabel Network, para dizer-lhe que estava a caminho. Tinha a mente cheia do que Matt Baker lhe dissera. *Se Dieter Zander culpou Taylor Winthrop por...*

– *Guten Abend. Ich heisse Herman Friedrich. Ist es das ersten mal das Sie Deutschland besuchen?...*

Dana virou-se para olhar seu parceiro na poltrona ao lado. Elegante, de seus 50 e poucos anos, tinha um tapa-olho e um basto bigode.

– Boa noite – disse Dana.

– Ah, você é americana?

– Sou.

– Muitos americanos vão a Düsseldorf... É uma linda cidade.

– Foi o que me disseram. – *E sua família morrera num incêndio.*

– É sua primeira visita?

– É. – *Teria sido uma coincidência?*

– É linda, linda. Düsseldorf é dividida pelo rio Reno, você sabe, em duas partes. A mais antiga fica na margem direita...

Steffan Mueller pode me dizer mais sobre Dieter Zander.

– ... e a parte moderna fica na margem esquerda. Cinco pontes ligam os dois lados. – Herman Friedrich chegou mais para perto de Dana. – Vai visitar amigos, talvez, em Düsseldorf?

As coisas estão começando a encaixar-se.

Friedrich curvou-se mais para perto.

– Se estiver sozinha, conheço um...

– Como? Oh. Não, vou me encontrar com meu marido lá.

O sorriso de Herman Friedrich desapareceu do rosto.

– *Gut. Er ist ein glücklicher Mann.*

HAVIA UMA FILEIRA de táxis diante do Aeroporto Internacional de Düsseldorf. Dana pegou um para o Breidenbacher Hof, no centro da cidade. Era um elegante hotel antigo, com um saguão luxuosamente decorado.

O recepcionista atrás do balcão disse:

– Estávamos esperando-a, Srta. Evans. Bem-vinda a Düsseldorf.

– Obrigada. – Dana assinou o registro.

O funcionário pegou o telefone e disse algumas palavras:

– *Der Raum sollte betriebsbereit sein. Hast.* – Repôs o receptor e virou-se para Dana. – Desculpe, *Fräulein*, seu quarto ainda não está todo pronto. Por favor, coma alguma coisa por nossa conta. Eu a chamarei assim que a camareira acabar de limpá-lo.

Dana fez que sim com a cabeça.

– Tudo bem.

– Deixe-me lhe mostrar o salão de jantar.

No quarto de Dana, dois especialistas em eletrônica punham uma câmera no relógio da parede.

Meia hora depois, Dana estava no quarto, desfazendo a mala. Seu primeiro telefonema foi para a Kabel Network.

– Cheguei, Steffan – disse Dana.

– Dana! Não acreditei que você viesse mesmo. Que vai fazer no jantar?

– Espero jantar com você.

– E vai. Vamos ao Im Schiffchen. Às 20 horas?

– Perfeito.

JÁ VESTIDA, Dana ia cruzar a porta quando o celular tocou. Apressou-se a tirá-lo da bolsa.

– Alô?

– Alô, querida. Como vai você?

– Estou ótima, Jeff.

– E onde está?

– Na Alemanha. Düsseldorf. Acho que finalmente estou chegando a alguma coisa.

– Dana, tenha cuidado. Deus, queria estar com você.

Eu também, pensou Dana.

– E Rachel, como vai?

– Os tratamentos de quimioterapia estão acabando com ela. São muito violentos.

– Ela vai ficar...? – Não conseguiu terminar a frase.

– Ainda é cedo demais para saber. Se a quimioterapia for eficaz, ela tem uma boa chance de conter o câncer.

– Jeff, por favor, diga a ela o quanto eu sinto.

– Direi. Posso fazer alguma coisa por você?

– Obrigada, estou bem.

– Eu telefono amanhã. Só queria lhe dizer que te amo, doçura.

– Eu amo você, Jeff. Até logo.

– Até logo.

RACHEL SAIU do banheiro. Com um robe, chinelos e uma toalha enrolada como um turbante na cabeça.

– Como vai Dana?

– Muito bem, Rachel. Pediu para lhe dizer que sente por você.

– Ela está muito apaixonada por você.

– Eu estou muito apaixonado por ela.

Rachel aproximou-se dele.

– Você e eu já fomos apaixonados um pelo outro, não fomos, Jeff? O que aconteceu?

Ele encolheu os ombros.

– *A vida.* Ou, eu deveria dizer, *vidas.* Levávamos vidas separadas.

– Eu vivia ocupada demais com a carreira de modelo. – Tentava conter as lágrimas. – Bem, mas não voltarei a ficar, não é?

Ele passou os braços pelos ombros dela.

– Rachel, você vai ficar bem. A quimioterapia vai funcionar.

– Eu sei. Querido, obrigada por ficar comigo aqui. Não sei o que faria sem você.

Jeff não soube o que responder.

O IM SCHIFFCHEN era um restaurante elegante numa parte badalada de Düsseldorf. Steffan Mueller entrou e abriu um largo sorriso ao ver Dana.

– Dana! *Mein Gott.* Não a vejo desde Sarajevo.

– Parece uma eternidade, não é?

– O que está fazendo aqui? Veio para o festival?

– Não. Alguém me pediu para procurar um amigo de Winthrop, Steffan. – Um garçom aproximou-se da mesa e eles pediram drinques.

– Quem é o amigo?

– O nome dele é Dieter Zander. Já ouviu falar?

Steffan Mueller assentiu com a cabeça.

– Todo mundo já ouviu falar nele. Virou uma personalidade pública. Esteve envolvido num grande escândalo. É bilionário, mas foi estúpido demais para tentar passar a perna em alguns acionistas e ser apanhado. Devia ter pegado vinte anos, mas mexeu alguns pauzinhos e o deixaram sair em três. Afirma que é inocente.

Dana examinava-o.

– E é?

– Quem pode saber? No julgamento, Zander disse que Taylor Winthrop armou pra cima dele e roubou milhões de dólares. Foi um julgamento interessante. Segundo Dieter Zander, Taylor Winthrop ofereceu-lhe uma sociedade numa mina de zinco, que supostamente valia milhões de dólares. Winthrop usou Zander como testa de ferro e Zander vendeu milhões de dólares de ações. Mas acabaram descobrindo que a mina era salgada.

– Salgada?

– Não tinha zinco. Winthrop ficou com o dinheiro e Zander assumiu a culpa e pegou a cana.

– O júri não acreditou na história de Zander?

– Se tivesse acusado qualquer outro que não Taylor Winthrop, talvez acreditassem nele. Mas Winthrop é uma espécie de semideus. – Steffan olhou para Dana, curioso. – Qual o seu interesse nisso?

Ela disse, esquiva.

– Como falei, um amigo me pediu que procurasse Zander.

Era hora de pedir o jantar.

A comida estava deliciosa. Quando terminou, Dana disse:

– Vou me odiar de manhã. Mas valeu cada mordida.

Ao deixá-la no hotel mais tarde, Steffan perguntou:

– Sabia que o ursinho de pelúcia foi inventado aqui por uma mulher chamada Margarete Steift? O animalzinho fofo se tornou popular em todo o mundo.

Dana ouvia, imaginando aonde aquilo ia levar.

– Aqui na Alemanha, Dana, temos ursos de verdade, e eles são perigosos. Quando se encontrar com Dieter Zander, tenha cuidado. Ele parece um ursinho de pelúcia, mas não é. É um urso de verdade.

A Eletrônica Internacional Zander ocupava um enorme prédio nos arredores industriais de Düsseldorf. Dana abordou uma das três recepcionistas no movimentado saguão.

– Quero ver o Sr. Zander.

– Tem hora marcada?

– Sim. Sou Dana Evans.

– *Gerade ein Moment, bitte.* – A recepcionista falou ao telefone, depois ergueu os olhos para Dana. – *Fräulein,* quando marcou a hora?

– Vários dias atrás – mentiu Dana.

– *Es tut mir leid.* A secretária dele não tem registro algum disso. – Tornou a falar ao telefone e pôs o receptor no lugar. – Não é possível ver o Sr. Zander sem hora marcada.

A recepcionista virou-se para um mensageiro diante do balcão. Um grupo de funcionários aproximava-se da porta. Dana afastou-se do balcão e juntou-se a eles, infiltrando-se no centro. Entraram no elevador.

Quando começou a subir, Dana exclamou:

– Oh, meu Deus. Esqueci qual o andar do Sr. Zander.

– *Vier* – disse uma das mulheres.

– *Danke* – agradeceu Dana. Saltou no quarto andar e aproximou-se de uma escrivaninha com uma moça atrás.

– Vim ver Dieter Zander. Sou Dana Evans.

A mulher franziu as sobrancelhas.

– Mas não tem hora marcada, *Fräulein.*

Dana curvou-se e disse, em voz baixa:

– Diga ao Sr. Zander que vou fazer um programa nacional de televisão nos Estados Unidos sobre ele e sua família se não me receber, e que seria do interesse dele falar comigo *agora.*

A secretária examinava-a, confusa.

– Só um momento. *Bitte.* – Dana viu-a levantar-se, abrir uma porta assinalada PRIVAT e entrar.

Dana olhou o escritório da recepção em volta. Penduradas nas paredes, fotografias emolduradas das fábricas da Eletrônica Zander em todo o mundo. A empresa tinha sucursais nos Estados Unidos, França, Itália... *Países onde haviam ocorrido os assassinatos dos Winthrop.*

A secretária retomou um instante depois.

– O Sr. Zander vai recebê-la – disse ela, com um tom desaprovador. – Mas ele só tem alguns minutos. Isso é muito... muito fora do comum.

– Obrigada – disse Dana.

A secretária levou-a a um grande escritório revestido de lambris de madeira.

– Esta é *Fräulein* Evans.

Dieter Zander estava sentado atrás de uma enorme escrivaninha. Um homem de seus 60 anos, grandalhão, com um rosto astucioso e olhos castanho-claros. Dana lembrou-se da história de Steffan sobre o ursinho de pelúcia.

Ele olhou para Dana e disse:

– Estou reconhecendo-a. Foi a correspondente em Sarajevo.

– Sim.

– Não compreendo o que quer comigo. Falou da minha família com a secretária.

– Posso me sentar?

– *Bitte.*

– Eu queria conversar com o senhor sobre Taylor Winthrop.

A expressão de Zander anuviou-se.

– O que tem ele?

– Estou fazendo uma investigação, Sr. Zander. Acho que Taylor Winthrop e sua família foram assassinados.

Os olhos de Dieter Zander ficaram gélidos.

– Acho melhor sair agora, *Fräulein.*

– O senhor foi sócio dele numa empresa – disse Dana. – E...

– Saia!

– *Herr Zander,* sugiro que seria melhor discutir isso comigo em particular do que o senhor e seus amigos tomarem conhecimento pela televisão. Quero ser imparcial. Quero ouvir o seu lado da história.

Dieter Zander ficou calado por um longo tempo. Quando falou, havia um profundo ressentimento em sua voz.

– Taylor Winthrop era *scheisse.* Oh, inteligente, muito inteligente. Armou uma cilada para mim. E enquanto eu estava na prisão, *Fräulein,* minha mulher e filhos morreram. Se estivesse em casa... eu poderia tê-los salvado. – A voz saiu cheia de dor. – Era verdade que eu odiava aquele homem. Mas *assassinar* Taylor Winthrop? Não. – Deu seu sorriso de ursinho de pelúcia. – *Auf wiedersehen,* Srta. Evans.

DANA TELEFONOU para Matt Baker.

– Matt, estou em Düsseldorf. Você tinha razão. Talvez eu tenha acertado na mosca. Dieter Zander esteve envolvido num acordo empresarial com Taylor Winthrop. Ele afirma que Winthrop o incriminou falsamente e mandou-o para a prisão. A mulher e os filhos de Zander morreram num incêndio enquanto ele estava atrás das grades.

Houve um silêncio de choque.

– Morreram num *incêndio?*

– Isso mesmo – disse Dana.

– Da mesma maneira como morreram Taylor e Madeline.

– Sim. Você devia ter visto o olhar de Zander quando falei de assassinato.

– Tudo se encaixa, não é? Zander tinha um motivo para acabar com toda a família Winthrop. Você teve razão o tempo todo sobre os assassinatos. Mal dá... mal dá para acreditar nisso.

– Parece bom, Matt, mas ainda não temos provas. Tenho mais duas paradas a fazer. Parto para Roma amanhã. Voltarei daqui a um ou dois dias.

– Cuide-se bem.

– Combinado.

NA SEDE GERAL da AFP, três homens viam Dana numa tela de televisão embutida na parede, falando ao telefone em seu espaçoso quarto de hotel.

– Tenho mais duas paradas a fazer. Parto para Roma amanhã. Voltarei daqui a um ou dois dias.

Os homens viram Dana desligar o telefone, levantar-se e entrar no banheiro. A cena na tela mudou para uma câmera inserida no olho mágico do pequeno armário de remédios do banheiro. Dana começou a despir-se. Tirou a blusa e o sutiã.

– Cara, olhe só aquelas tetas!

– Espetaculares.

– Espere. Ela está tirando a saia e a calcinha.

– Pessoal, olha aquele rabo! Quero um pedaço dele.

Viram Dana entrar no chuveiro e fechar a porta do boxe. A porta começou a ficar embaçada.

Um dos homens deu um suspiro.

– Só isso, por ora. Filmada às 23 horas.

OS TRATAMENTOS de quimioterapia eram um inferno. Adriamycin e Taxotere por via intravenosa, injetadas junto com soro que saía de um pequeno frasco, e o processo levava quatro horas.

O Dr. Young disse a Jeff:

– São momentos muito difíceis para ela. Vai se sentir nauseada e esgotada, além de sofrer perda de cabelos. Para uma mulher, esse às vezes é o efeito colateral mais devastador de todos.

– Certo.

E na tarde seguinte, Jeff disse a Rachel:

– Vista-se. Vamos dar um passeio.

– Jeff, realmente não me sinto em condições de...

– Sem discussão.

Meia hora depois, os dois chegavam a uma loja de perucas, e Rachel experimentava vários modelos, sorria e dizia a Jeff:

– São lindas. Prefere esta longa ou a curta?

– Gosto das duas – disse Jeff. – E quando se encher dessas, volte e troque-as por uma castanha ou ruiva. – Sua voz suavizou-se. – Pessoalmente, gosto do jeito como você é.

Os olhos de Rachel encheram-se de lágrimas.

– E eu gosto do jeito como *você* é...

17

Cada cidade tem seu próprio ritmo, e Roma não se parece com nenhuma outra do mundo. Uma metrópole moderna enclausurada na história medieval de séculos de glória. Move-se no seu próprio ritmo compassado, pois não tem nenhum motivo para se apressar. O amanhã sempre chega quando bem lhe apraz.

DANA NÃO IA a Roma desde que tinha 12 anos, quando a mãe e o pai a levaram para conhecer a Itália. A aterrissagem no Aeroporto Leonardo da Vinci despertou-lhe uma imensidão de lembranças. O primeiro dia em Roma quando ela explorou o Coliseu, onde os cristãos haviam sido atirados aos leões. Não dormiu por uma semana depois dessa visita.

Foi com os pais ao Vaticano e à Piazza di Spagna, e jogou uma lira na Fontana di Trevi, desejando que a mãe não se divorciasse do pai. Quando aconteceu o divórcio, Dana sentiu-se traída pela fonte.

Viu uma apresentação da ópera *Otelo* nas Termas de Caracala, os banhos romanos, e aquela foi uma noite que jamais esqueceria.

Tomou sorvete na famosa Doney, na Via Veneto, e percorreu as ruas movimentadas do Trastevere. Dana adorou Roma e sua gente. *Quem poderia imaginar que eu voltaria aqui após todos esses anos, à procura de um assassino em série?*

DANA REGISTROU-SE no Hotel Ciceroni, perto da Piazza Navona.

– *Buon giorno* – cumprimentou-a o gerente do hotel. – É uma grande alegria tê-la hospedada conosco, Srta. Evans. Soube que vai ficar uns dois dias, não?

Dana hesitou.

– Ainda não estou bem certa.

Ele sorriu.

– Nenhum problema. Temos uma bela suíte para a senhorita. Se precisar de alguma coisa, é só nos avisar.

A Itália é um país tão amistoso. E Dana pensou em seus antigos vizinhos, Dorothy e Howard Wharton. *Não sei como ouviram falar de mim, mas mandaram um homem de avião até aqui só para me fazer uma proposta de trabalho.*

NUM IMPULSO, DANA decidiu telefonar para os Wharton. Pedira à telefonista que ligasse para a Corporação Italiano Ripristino.

– Por favor, eu gostaria de falar com Howard Wharton.

– Poderia soletrar?

Ela soletrou.

– Obrigado. Um momento.

O momento acabou sendo 5 minutos. A mulher voltou à linha.

– Desculpe-me. Não há ninguém com esse nome aqui.

A única coisa é que temos de estar em Roma amanhã.

DANA TELEFONOU para Dominick Romano, o âncora da televisão Itália-I.

– Sou eu, Dana. Cheguei, Dominick.

– Dana! Que alegria. Quando podemos nos encontrar?

– Diga você.

– Onde está hospedada?

– No Hotel Ciceroni.

– Pegue um táxi e diga ao motorista para levá-la ao Toula. Me encontrarei lá com você em meia hora.

TOULA, NA VIA Della Lupa, era um dos mais famosos restaurantes de Roma. Quando Dana chegou, Romano a esperava.

– *Buon giorno.* É bom ver você sem as bombas.

– O mesmo digo eu, Dominick.

– Que guerra fútil. – Ele balançou a cabeça. – Talvez mais que a maioria das guerras. *Bene!* Que veio fazer em Roma?

– Vim ver um homem aqui.

– E qual o nome desse homem de sorte?

– Vincent Mancino.

A expressão no rosto de Dominick Romano alterou-se.

– Por que quer vê-lo?

– Talvez não seja nada, mas estou dando seguimento a uma investigação. Fale-me de Mancino.

Dominick Romano pensou cuidadosamente antes de abrir a boca.

– Mancino foi ministro do Comércio. O contexto em que se fez foi a Máfia. Carrega um porrete bem grande. De qualquer modo, abandonou um cargo muito importante e ninguém sabe por quê. – Romano olhou para Dana, curioso. – Qual é seu interesse nele?

Dana esquivou-se à pergunta.

– Sei que Mancino negociava um acordo comercial governamental com Taylor Winthrop quando se demitiu.

– Sim. Winthrop concluiu as negociações com outra pessoa.

– Há quanto tempo Taylor Winthrop estava em Roma?

Romano pensou por um momento.

– Uns dois meses. Mancino e Winthrop se tornaram bons amigos de copo. – Acrescentou: – Alguma coisa deu errado.

– O quê?

– Quem é que sabe? Circulam todos os tipos de histórias por aqui. Mancino tinha só uma filha, Pia, e ela desapareceu. A mulher dele sofreu um colapso nervoso.

– Que quer dizer com a filha desapareceu? Foi sequestrada?

– Não. Ela simplesmente... como posso dizer... – Romano tentou em vão encontrar a palavra certa – ... desapareceu. Ninguém sabe o que aconteceu com ela. – Deu um suspiro. – Mas de uma coisa tenho certeza: Pia era uma beldade.

– Onde está a mulher de Mancino?

– Dizem que está numa espécie de sanatório.

– Sabe onde fica?

– Não. E nem você deve querer saber. – O garçom aproximou-se da mesa. – Mas conheço este restaurante – disse Dominick Romano. – Gostaria que eu escolhesse por você?

– Sim.

– *Bene.* – Virou-se para o garçom. – *Prima, pasta fagioli. Dopo, abbacchio arrosta com polenta.*

– *Grazie.*

A comida estava estupenda e a conversa ficou leve e informal. Mas, quando os dois se levantaram para ir embora, Romano disse:

– Dana, fique longe de Mancino. Ele não é o tipo de homem que se interroga.

– Mas e se...

– Esqueça-o. Em uma palavra... *omertà.*

– Obrigada, Dominick. Agradeço seu conselho.

OS ESCRITÓRIOS DE Vincent Mancino ficavam num prédio moderno de sua propriedade na Via Sardegna. Sentado à mesa da recepção no saguão de mármore, um guarda corpulento e musculoso ergueu os olhos quando Dana entrou.

– *Buon giorno. Posso aiutarla, signorina?*

– Meu nome é Dana Evans. Eu gostaria de falar com o Sr. Vincent Mancino.

– Tem hora marcada?

– Não.

– Então, sinto muito.

– Diga-lhe que é sobre Taylor Winthrop.

O guarda examinou-a por um momento, depois pegou um telefone e falou. Desligou-o e Dana esperou.

Que será que vou descobrir?

O telefone tocou, o guarda atendeu e ouviu por um instante. Virou-se para Dana.

– Segundo andar. Uma pessoa lá vai recebê-la.

– Obrigada.

– *Prego.*

O ESCRITÓRIO de Vincent Mancino era pequeno e simples, em nada semelhante ao que Dana imaginava. Mancino sentava-se atrás de uma mesa caindo aos pedaços. Com 60 e poucos anos, era um homem de altura mediana com peito largo, lábios finos, cabelos brancos e nariz adunco. E os olhos mais frios que Dana já vira. Na mesa, a fotografia de uma linda adolescente numa moldura dourada.

Quando Dana entrou no escritório, Mancino perguntou:

– Veio aqui para falar de Taylor Winthrop? – A voz era grossa e rouca.

– Sim. Eu queria falar do...

– Não há nada do que falar, *signorina*. Ele morreu num incêndio. Está ardendo no inferno e sua mulher e os filhos também estão ardendo no inferno.

– Posso me sentar, Sr. Mancino?

Ele ia dizer "não". Mas acabou dizendo:

– *Scusi*. Às vezes, quando fico irritado, esqueço as boas maneiras. *Prego, si accomodi*. Por favor, sente-se.

Dana pegou uma cadeira diante dele.

– O senhor e Taylor Winthrop estavam negociando um acordo comercial entre seus dois governos.

– Sim.

– E ficaram amigos?

– Durante algum tempo, *forse*.

Dana deu uma olhada na foto em cima da mesa.

– É sua filha?

Mancino não respondeu.

– Ela é linda.

– Sim, ela era muito linda.

Dana olhou para ele, aturdida.

– Ela não está viva? – Viu que ele a examinava, tentando decidir o que dizer.

Acabou dizendo:

– Viva? Me diga você. – A voz saiu cheia de paixão. – Levei seu amigo americano, Taylor Winthrop, para minha casa. Ele comungou conosco. Apresentei-o aos meus amigos. Sabe como ele me retribuiu?

Engravidou minha linda filha virgem. *Ela só tinha 16 anos.* Ficou com medo de me contar, porque sabia que eu o mataria, por isso fez... fez um *aborto.* – Ele cuspiu a palavra como um anátema. – Winthrop teve medo da publicidade, por isso não mandou Pia a um médico. Não. Ele... ele a mandou a um açougueiro. – Os olhos encheram-se de lágrimas. – Um açougueiro que lhe destruiu o útero. Minha filha de 16 anos, *signorina*... – A voz saiu engasgada. – Taylor Winthrop não apenas destruiu minha filha, ele assassinou meus netos e todos os seus filhos e netos. Aniquilou o futuro da família Mancino. – Sorveu o ar num longo hausto para acalmar-se. – Agora ele e sua família pagaram por esse terrível pecado.

Dana ficou sentada ali, muda.

– Minha filha está num convento, *signorina.* Nunca mais a verei. Sim, fiz um acordo com Taylor Winthrop. – Seus frios olhos azuis vararam os de Dana. – Mas foi um acordo com o diabo.

Então já são dois, pensou Dana. *E ainda faltava encontrar-se com Marcel Falcon.*

NO VOO DA KLM para a Bélgica, Dana percebeu alguém se sentando na poltrona a seu lado. Ergueu os olhos. Era um homem atraente, com a expressão satisfeita, e que pedira obviamente à aeromoça para trocar de lugar.

Olhou para Dana e sorriu.

– Bom dia. Permita que me apresente. Meu nome é David Haynes. – Tinha sotaque de inglês.

– Dana Evans.

Não revelou reconhecimento algum.

– Que lindo dia para voar, não?

– Maravilhoso – concordou Dana.

Ele olhava-a com admiração.

– Vai para Bruxelas a trabalho?

– Trabalho e lazer.

– Tem amigos lá?

– Alguns.

– Sou muito bem relacionado em Bruxelas.

Espere até Jeff ouvir isso, pensou Dana. E aí a lembrança atingiu-lhe mais uma vez. *Ele está com Rachel.*

David Haynes examinava-lhe o rosto.

– Você me parece familiar.

Dana sorriu.

– Eu tenho esse tipo de rosto.

Quando o avião pousou no aeroporto de Bruxelas e Dana desembarcou, um homem dentro do terminal pegou o telefone celular e informou a chegada.

DAVID HAYNES perguntou:

– Tem transporte para o seu hotel?

– Não, mas posso...

– Por favor, me permita. – Levou Dana a uma comprida limusine à espera com um motorista. – Vou deixá-la no hotel – disse a Dana. Deu uma ordem ao chofer e a limusine entrou no tráfego. – É a primeira vez que vem a Bruxelas?

– É.

Estavam diante de uma grande galeria de compras com teto solar.

– Se pretende fazer alguma compra, eu lhe sugeriria aqui... as Galerias St. Hubert – disse David Haynes.

– Parecem lindas.

David Haynes disse ao motorista.

– Pare um instante, Charles. – Virou-se para Dana. – Aí é onde fica a famosa Fonte do Manneken Piso – Era uma estátua de bronze de um menino urinando, posta no alto de um nicho em forma de concha de vieira. – É uma das mais famosas estátuas do mundo.

Enquanto eu estava na prisão, minha mulher e *filha morreram.* Se *eu estivesse livre, poderia tê-las salvado.*

David Haynes dizia:

– Se estiver livre esta noite, eu gostaria de...

– Lamento – disse Dana. – Receio que não.

MATT FORA CHAMADO ao escritório de Elliot Cromwell.

– Estamos sem nossos atores principais, Matt. Quando Jeff volta?

– Não sei ao certo, Elliot. Como sabe, ele está envolvido numa situação pessoal com a ex-mulher, e sugeri que tirasse uma licença sem vencimentos.

– Entendo. E quando Dana volta de Bruxelas?

Matt olhou para Elliot Cromwell e pensou: *Eu nunca disse a ele que Dana estava em Bruxelas.*

18

A sede da OTAN, Organização do Tratado do Atlântico Norte, fica no Prédio Leopoldo III e, encimando o telhado, tremula a bandeira belga, com três faixas verticais: preta, amarela e vermelha.

Dana estava certa de que ia encontrar sem dificuldade a informação sobre o prematuro afastamento de Taylor Winthrop do cargo na OTAN e depois voltaria para casa. Mas a OTAN acabou se revelando um pesadelo de sopa de letrinhas. Além dos escritórios de seus 16 países membros, havia os da NAC, EAPC, NACC, ESDI, CJTF, CSCE e no mínimo mais uma dezena de acrônimos.

Ela decidiu ir ao prédio da assessoria de imprensa da OTAN, na *rue* des Chapeliers, e encontrou Jean Somville na sala de imprensa.

Ele levantou-se para cumprimentá-la.

– Dana!

– Como vai, Jean?

– O que a traz a Bruxelas?

– Estou trabalhando numa matéria – disse Dana. – Preciso de alguma informação.

– Ah. Outra matéria sobre a OTAN.

– Em certo aspecto – disse ela, cautelosa. – Taylor Winthrop foi o conselheiro dos Estados Unidos na OTAN, certa ocasião.

– Sim. Fez um excelente trabalho. Era um grande homem. Que grande tragédia ocorreu com aquela família. – Olhou para Dana, curioso. – Mas o que quer saber?

Dana escolheu as palavras com todo o cuidado.

– Ele abandonou o posto em Bruxelas antes do mandato expirar. Eu gostaria de saber qual foi o motivo.

Jean Somville encolheu os ombros.

– É muito simples. Ele terminou o que veio fazer aqui.

Dana sentiu uma aguda sensação de desapontamento.

– Quando Winthrop servia aqui, aconteceu alguma coisa... fora do comum? Houve algum tipo de escândalo relacionado a ele?

Jean Somville olhou-a, surpreso.

– Claro que não! Alguém disse que Taylor Winthrop esteve envolvido em algum escândalo na OTAN?

– Não – ela apressou-se a responder. – Eu soube que houve uma... uma... briga, um desentendimento entre Winthrop e um homem, alguém que trabalha aqui.

Somville franziu o cenho.

– Quer dizer, uma briga de natureza particular?

– É.

Ele franziu os lábios.

– Não sei. Mas posso descobrir.

– Eu ficaria muito grata.

DANA TELEFONOU para Jean Somville no dia seguinte.

– Conseguiu descobrir mais alguma coisa sobre Taylor Winthrop?

– Lamento, Dana. Tentei. Receio que não haja nada a descobrir. – Ela já mais ou menos esperava essa resposta de Jean Somville.

– Em todo caso, obrigada. – Sentiu-se desanimada.

– Nenhum problema. Lamento que tenha perdido a viagem.

– Jean, li que o embaixador francês da OTAN, Marcel Falcon, renunciou inesperadamente e voltou à França. Isso não é fora do comum?

– No meio de um mandato, sim. Acho que sim.

– Por que ele renunciou?

– Não há mistério algum envolvendo isso. Foi por causa de um acidente infeliz. O filho dele foi morto por um motorista que o atropelou e fugiu.

– Um motorista que o atropelou e fugiu? E não o pegaram?

– Ah, sim. Logo depois do acidente, ele se apresentou à polícia.

Outro beco sem saída.

– Entendo – disse Dana.

– O homem se chamava Antonio Persico. E era chofer de Taylor Winthrop.

Ela sentiu um calafrio repentino.

– Oh? Onde está Persico agora?

– Na prisão de St. Gilles, aqui em Bruxelas. – Somville acrescentou, desculpando-se: – Lamento não poder ser mais útil.

DANA RECEBEU UM resumo da matéria através de um fax de Washington. *Antonio Persico, chofer que trabalhava para Taylor Winthrop, foi condenado hoje à prisão perpétua por um tribunal belga ao se confessar culpado pelo atropelamento e morte de Gabriel Falcon, filho do embaixador francês nas Nações Unidas.*

A PRISÃO DE ST. GILLES fica perto do centro de Bruxelas, num antigo prédio branco com torres que o fazem parecer um castelo. Dana telefonou com antecedência e conseguiu uma permissão para entrevistar Antonio Persico. Ao chegar lá, entrou no pátio da prisão e foi escoltada até o escritório do diretor.

– Você veio falar com Persico.

– Sim.

– Muito bem.

Após uma rápida revista, foi levada por um guarda à sala de visitação, onde Antonio Persico a esperava. Era um homem pequeno, dois enormes olhos verdes e um rosto que não parava de se contorcer com tiques nervosos.

Quando ela entrou, as primeiras palavras de Persico foram:

– Graças a Deus alguém finalmente apareceu! Você veio me tirar já daqui.

Dana olhou para ele, intrigada.

– Eu... eu lamento. Receio que não possa fazer isso.

Os olhos de Persico estreitaram-se.

– Então por que veio? Eles prometeram que alguém viria me tirar daqui.

– Vim para falar sobre a morte de Gabriel Falcon.

A voz de Persico elevou-se.

– Não tive nada a ver com aquilo. Sou inocente.

– Mas você confessou.

– Menti.

Dana perguntou:

– Por que mentiria...?

Antonio Persico olhou dentro dos olhos dela e disse, ressentido:

– Recebi dinheiro. Foi Taylor Winthrop quem o matou.

Houve um longo silêncio.

– Conte como foi isso.

As contorções faciais intensificaram-se.

– Aconteceu numa noite de sexta-feira. A esposa do Sr. Winthrop estava em Londres naquele fim de semana. – A voz saía com esforço. – O Sr. Winthrop estava sozinho. Resolveu ir à Ancienne Belgique, uma boate. Eu me ofereci para levá-lo de carro, mas ele disse que ia dirigindo. – Persico interrompeu-se, lembrando.

– Que aconteceu então? – exortou Dana.

– O Sr. Winthrop chegou em casa tarde, muito bêbado. Me disse que um rapaz atravessara correndo na frente do carro. Ele... ele o atropelou. O Sr. Winthrop não queria um escândalo e por isso não parou. Aí ficou com medo de que alguém pudesse ter visto o acidente, dado o número da placa à polícia, e que logo fossem buscá-lo. Ele tinha imunidade diplomática, mas disse que se a notícia fosse publicada estragaria o plano russo.

Dana franziu as sobrancelhas.

– Plano russo?

– É. Foi o que ele disse.

– O que é o plano russo?

Ele deu de ombros.

– Não sei. Ouvi-o dizendo isso pelo telefone. Parecia um doido. – Persico balançou a cabeça. – Repetia sem parar ao telefone só isto: "O plano russo tem de continuar. Já fomos longe demais para deixar que alguma coisa o detenha agora."

– E não tem nenhuma ideia sobre o que ele falava?

– Não.

– Lembra-se de mais alguma coisa que ele disse?

Persico pensou por um momento.

– Disse alguma coisa como: "Todas as peças se encaixaram." – Olhou para Dana. – Fosse o que fosse, parecia muito importante.

Ela absorvia cada palavra.

– Sr. Persico, por que assumiu a culpa pelo acidente?

O queixo de Persico endureceu.

– Já lhe disse. Fui pago. Taylor Winthrop disse que se eu confessasse me daria 1 milhão de dólares e cuidaria de minha família enquanto eu estivesse na prisão. Disse que podia conseguir uma sentença curta. – Rangia os dentes. – Como um idiota, aceitei. – Mordeu o lábio inferior. – E agora ele está morto e vou passar o resto da vida aqui. – Seus olhos encheram-se de lágrimas.

Dana ficou chocada com o que acabara de ouvir. Acabou perguntando:

– Já contou isso a alguém?

Persico disse, com amargura.

– Claro. Assim que soube da morte de Taylor Winthrop, contei à polícia sobre nosso acordo.

– E?

– Riram na minha cara.

– Sr. Persico. Vou lhe fazer uma pergunta muito importante. Pense com cuidado antes de responder. Algum dia disse a Marcel Falcon que foi Taylor Winthrop quem matou o filho dele?

– Claro. Achei que ele ia me ajudar.

– Quando contou, o que foi que Marcel Falcon disse?

– Suas palavras exatas foram: "Que o resto de sua família junte-se a ele no inferno."

Meu Deus. Agora são três, pensou Dana.

Tenho de falar com Marcel Falcon em Paris.

ERA IMPOSSÍVEL NÃO sentir a magia de Paris, mesmo sobrevoando a cidade e preparando-se para aterrissar. Era a cidade da luz, a cidade dos amantes. Não um lugar para se ir sozinha. Paris causava-lhe uma dolorosa saudade de Jeff.

Na recepção do Hotel Plaza Athénée, Dana conversava com Jean-Paul Hubert, da Televisão Metro 6.

– Marcel Falcon? Claro. Todo mundo sabe quem ele é.

– O que pode me dizer dele?

– É uma personalidade e tanto. Isso que vocês americanos chamam de magnata.

– O que é que ele faz?

– Falcon tem uma enorme empresa farmacêutica. Há alguns anos, foi acusado de forçar empresas menores a sair do ramo, mas como tinha ligações políticas nada lhe aconteceu. O primeiro-ministro francês inclusive o nomeou embaixador na OTAN.

– Mas ele renunciou – disse Dana. – Por quê?

– Ah, é uma história triste. O filho dele foi atropelado e morto em Bruxelas por um motorista embriagado, e Falcon não conseguiu segurar a barra. A mulher teve um colapso nervoso. Hoje está num sanatório. – Jean-Paul olhou para ela e disse, sério: – Dana, se está pensando em fazer uma matéria sobre Falcon, tome cuidado com o que vai escrever. Ele tem fama de ser um homem muito vingativo.

FOI NECESSÁRIO UM DIA para conseguir marcar um encontro com Marcel Falcon.

Quando ela por fim entrou no escritório do ex-embaixador, ele disse:

– Concordei em recebê-la porque sou um admirador seu, *mademoiselle.* Suas transmissões da zona de guerra foram muito corajosas.

– Obrigada.

Marcel Falcon era um homem de aparência imponente, corpulento, com traços fortes e olhos azuis penetrantes.

– Por favor, sente-se. O que posso fazer por você?

– Eu queria lhe perguntar sobre seu filho.

– Ah, sim – disse, o olhar desolado. – Gabriel era um garoto maravilhoso.

– O homem que o atropelou...

– O chofer.

Dana olhou para ele, estupefata.

Pense com cuidado antes de responder. Algum dia você disse a Marcel Falcon que foi Taylor Winthrop o responsável pela morte do filho dele?

– Claro. Achei que ele ia me ajudar.

– Quando lhe contou, o que foi que Marcel Falcon disse?

– Suas palavras exatas foram: "Que o resto de sua família junte-se a ele no inferno."

E agora Marcel Falcon agia como se não soubesse a verdade.

– Sr. Falcon, quando serviu na OTAN, Taylor Winthrop também estava lá. – Observava o rosto de Falcon, à procura da mínima mudança de expressão. Não viu nenhuma.

– Sim. Nós nos conhecemos – disse, num tom casual.

Só isso? Dana se perguntava. *Sim, nós nos conhecemos. O que está escondendo?*

– Sr. Falcon, eu gostaria de falar com sua mulher se...

– Lamento, mas ela viajou de férias.

A mulher teve um colapso nervoso. Hoje está num sanatório em Cannes.

Ou Marcel Falcon se achava num estado de completa autonegação ou professava total ignorância por um motivo mais sinistro.

DANA TELEFONOU para Matt do quarto no Plaza Athénée.

– Dana, quando é que você volta?

– Só tenho mais uma pista a desvendar, Matt. O chofer de Taylor Winthrop me disse que ele falou de algum plano secreto russo que não queria que fosse interrompido. Vou ver se consigo descobrir do que ele falava. Quero conversar com alguns dos sócios dele em Moscou.

– Está bem. Mas Cromwell quer você de volta ao estúdio o mais rápido possível. Tim Drew é nosso correspondente em Moscou. Vou pedir que a receba. Ele pode ser muito útil.

– Obrigada. Não devo ficar mais que um ou dois dias em Moscou.

– Dana?

– Sim?

– Deixe pra lá. Até logo.

Obrigada. Não devo ficar mais que um ou dois dias em *Moscou.*
Dana?
Sim?
Deixe pra lá. Até logo.

Fim da fita.

DANA TELEFONOU para casa.

– Boa noite, Sra. Daley... ou melhor, boa tarde.

– Srta. Evans! Que maravilha ter notícias suas.

– Como está indo tudo?

– Simplesmente esplêndido.

– Como vai Kemal? Algum problema aí?

– Nenhum. Sem dúvida, ele sente sua falta.

– Também sinto falta dele. Pode chamá-lo?

– Ele está tirando um cochilo. Quer que o acorde?

Dana se surpreendeu:

– Tirando um cochilo? No outro dia, quando telefonei, ele estava tirando um cochilo.

– Pois é. O rapazinho chegou em casa do colégio se sentindo tão cansado que achei que um cochilo lhe faria bem.

– Entendo... Bem, diga a ele que o amo. Telefonarei amanhã. Diga também que vou levar um urso da Rússia para ele.

– Um urso? Bem! Ele vai ficar doido de empolgação.

Depois telefonou para Roger Hudson.

– Roger, detesto abusar, mas preciso de um favor.

– Se eu puder fazer alguma coisa...

– Estou de partida para Moscou e quero conversar com Edward Hardy, o embaixador americano lá. Imaginei que você talvez o conhecesse.

– Na verdade, conheço.

– Estou em Paris. Se pudesse passar uma carta de apresentação por fax, eu ficaria muito grata.

– Posso fazer melhor que isso. Vou telefonar para ele e dizer que espere você.

– Obrigada, Roger. Fico muito grata.

ERA VÉSPERA DO ano-novo. Foi um choque lembrar-se que aquele deveria ser o dia do seu casamento. *Logo,* disse Dana a si mesma. *Logo.* Pôs o casaco e saiu.

O porteiro perguntou:

– Táxi, Srta. Evans?

– Não, obrigada. – Não tinha para onde ir. Jean-Paul Hubert viajara para visitar a família. *Esta não é uma cidade para se ficar sozinha,* decidiu Dana.

Pôs-se a andar, tentando não pensar em Jeff e Rachel. Tentando simplesmente não pensar. Passou por uma igrejinha aberta e, num impulso, entrou. O interior abobadado proporcionou-lhe uma sensação de paz. Sentou-se num banco e fez uma oração silenciosa.

À meia-noite, enquanto Dana andava pelas ruas, Paris explodia numa cacofonia de barulho e confetes. Imaginava o que Jeff fazia. *Ele e Rachel estariam fazendo amor? Ele não telefonara. Como pôde esquecer que aquela noite era tão especial?*

No quarto de hotel, perto da cômoda, o telefone celular de Dana, que caíra da bolsa, tocava.

QUANDO VOLTOU PARA o Plaza Athénée, eram 3 horas. Entrou no quarto, despiu-se e enfiou-se na cama. Primeiro o pai, agora Jeff. O abandono entremeava-se por sua vida como um fio escuro numa tapeçaria. *Não vou sentir pena de mim mesma,* jurou. *E pensar que esta ia ser a noite do meu casamento. Oh, Jeff, por que não me telefona?*

Chorou até adormecer.

19

O voo para Moscou na Sabena Airlines levou três horas e meia. Dana reparou que a maioria dos passageiros usava roupas quentes, e as prateleiras de bagagem estavam cheias de casacos de pele, chapéus e cachecóis.

Eu devia ter-me agasalhado melhor, pensou. *Bem, só vou ficar em Moscou dois ou três dias.*

Não parava de pensar nas palavras de Antonio Persico: *Winthrop parecia um doido. Repetia sem parar ao telefone: "O plano russo tem de continuar. Já fomos longe demais para deixar que alguma coisa* o *detenha agora."*

Em *que plano importante Winthrop trabalhava? Que peças se haviam encaixado? E logo depois* o *presidente* o *nomeou embaixador em Moscou.*

Quanto mais informação obtenho, menos sentido faz, decidiu Dana.

PARA SUA SURPRESA, o Aeroporto Internacional Sheremetyevo II estava repleto de turistas. *Porque uma pessoa sã visita a Rússia* no *inverno?,* perguntava-se.

Ao chegar à esteira das bagagens, viu um homem parado ali perto que a olhava de esguelha. Sentiu o coração saltar. *Eles sabiam que eu vinha para cá,* pensou. *Como poderiam ter sabido?*

O homem aproximava-se dela.

– Dana Evans? – Tinha um forte sotaque eslovaco.

– Sim...

Abriu um largo sorriso e disse, entusiasmado:

– Sou seu maior fã! Vejo você na televisão o tempo todo.

Dana sentiu uma onda de alívio.

– Oh, sim. Obrigada.

– Será que poderia me deixar muito feliz me dando seu autógrafo?

– Claro.

Ele atirou um pedaço de papel diante de Dana.

– Não tenho caneta.

– Eu tenho. – Ela pegou a caneta de ouro nova e deu-lhe seu autógrafo.

– *Spasiba! Spasiba!*

Quando ia pôr a caneta de volta na bolsa, alguém deu-lhe um tranco e a caneta caiu no piso de concreto. Dana agachou-se e pegou-a. O invólucro rachara.

Espero que tenha conserto, pensou. E olhou-a mais de perto. Um fio fino aparecia pela rachadura. Aturdida, puxou-o delicadamente. Tinha um micro transmissor preso ao fio. Fitou-o, incrédula. *Por isso é que sempre souberam onde eu estava! Mas quem o pôs ali e por quê?* Lembrou-se do cartão que viera junto com a caneta. *Querida Dana, tenha uma viagem segura. A Turma.*

Furiosa, arrancou o fio, atirou-o no chão e esmagou-o com o salto.

Numa sala de laboratório isolada, o marcador de sinal num mapa de repente desapareceu.

– Oh, merda!

– DANA?

Ela voltou-se. Viu o correspondente da WTN em Moscou ali parado.

– Sou Tim Drew. Desculpe o atraso. O tráfego aqui é um pesadelo. – Era um homem alto, de seus 40 e poucos anos, cabelos ruivos e um sorriso simpático. – Estou com um carro esperando lá fora. Matt me disse que você só vai ficar aqui dois dias.

– Isso mesmo.

Os dois pegaram a bagagem de Dana na esteira e seguiram para a rua.

O TRAJETO DE CARRO em Moscou lembrava uma cena de *Dr. Jivago.* Parecia que toda a cidade estava envolta num manto de pura neve branca.

– Mas é tão lindo! – exclamou Dana. – Há quanto tempo mora aqui?

– Dois anos.

– E você gosta?

– É meio assustador. Yeltsin está sempre vendendo gato por lebre, e ninguém sabe o que esperar de Vladimir Putin. Os internos estão dirigindo o manicômio. – Deu uma freada brusca para dar passagem a pedestres imprudentes. – Fez reserva no Hotel Sevastopol?

– Sim. Como é?

– É um dos nossos típicos hotéis da Intourist. Fique certa de que haverá alguém no seu andar de olho em você.

As ruas estavam apinhadas de pessoas envoltas em peles, suéteres e sobretudos grossos. Tim Drew deu uma olhada em Dana.

– É melhor comprar umas roupas mais quentes, senão vai congelar.

– Vou ficar bem. Devo estar voltando amanhã ou depois de amanhã.

Diante deles, viam-se a praça Vermelha e o Kremlin. O Kremlin erguia-se altaneiro numa colina que dominava a margem esquerda do rio Moscova.

– Meu Deus, é impressionante – disse Dana.

– É. Se aquelas paredes falassem, a gente ouviria muitos gritos – continuou Tim Drew. – É um dos prédios mais famosos do mundo. Ocupa um pedaço de terra cobrindo a pequena colina Borovitsky na margem direita e...

Dana parou de ouvir. Pensava: *E se Antonio Persico mentiu? E se inventou a história de Taylor Winthrop matar o garoto? E se mentiu sobre o plano nisso?*

– Essa é a saída da praça Vermelha pelo muro leste. A Torre Kutayfa ali é a entrada dos visitantes no muro oeste.

Mas então por que Taylor Winthrop estava tão desesperado em vir para a Rússia? Ser apenas embaixador não teria significado tanto para ele.

Tim Drew dizia:

– Este é o lugar em que se concentrou todo o poder russo por séculos a fio. Ivan o Terrível e Stalin tiveram seus quartéis-generais aí, depois Lenin e Kruschev.

Todas as peças se encaixaram. Preciso descobrir o que ele queria dizer com isso.

Haviam parado diante de um hotel enorme.

– Chegamos – disse Tim Drew.

– Obrigada, Tim. – Dana saltou do carro e foi atingida por uma sólida onda de ar congelante.

– Entre logo – gritou ele. – Eu levo suas malas para dentro. Aliás, se estiver livre, gostaria de levá-la para jantar.

– Muito obrigada.

– Tem um clube particular com uma comida muito gostosa. Acho que vai gostar.

– Excelente.

O saguão do Hotel Sevastopol era grande, ornado e cheio de gente. Vários funcionários trabalhavam atrás do balcão da recepção. Dana aproximou-se de um deles.

O funcionário ergueu os olhos.

– *Da?*

– Sou Dana Evans. Tenho uma reserva.

O homem olhou-a por um momento e disse, nervoso:

– Ah, sim. Srta. Evans. – Entregou-lhe um cartão de registro. – Pode preencher esta ficha, por favor? E vou precisar de seu passaporte.

Quando ela começou a escrever, o funcionário olhou para um homem parado num canto do outro lado do saguão e assentiu com a cabeça. Dana entregou-lhe o cartão.

– Vou pedir que a acompanhem até o quarto – disse o recepcionista.

– Obrigada.

O QUARTO TINHA um vago ar do refinamento e da elegância de tempos passados, e a mobília parecia envelhecida, gasta, e cheirava a mofo.

Uma mulher atarracada, usando um uniforme largo, entrou com as malas. Dana deu-lhe uma gorjeta. Ela grunhiu e saiu. Dana pegou o telefone e ligou para 252-2451.

– Embaixada americana.

– Gabinete do embaixador Hardy, por favor.

– Um momento.

– Gabinete do embaixador Hardy.

– Alô. Aqui é Dana Evans. Posso falar com o embaixador?

– Poderia me dizer do que se trata?

– É... é um assunto pessoal.

– Só um momento, por favor.

Trinta segundos depois, o embaixador Hardy estava ao telefone.

– Srta. Evans?

– Sim.

– Bem-vinda a Moscou.

– Obrigada.

– Roger Hudson telefonou para dizer que ia chegar. Que posso fazer por você?

– Será que eu podia dar um pulo aí para vê-lo?

– Claro. Eu... Espere um momento. – Houve uma breve pausa e o embaixador voltou à linha. – Que tal amanhã de manhã? Às 10 horas?

– Para mim está ótimo. Muito obrigada.

– Até amanhã.

Dana olhou pela janela a multidão apertando os passos no frio de rachar e pensou: *Tim estava certo. É melhor eu comprar algumas roupas mais quentes.*

A LOJA DE DEPARTAMENTOS GUM ficava a dois quarteirões do hotel. Era um enorme empório, estocado com produtos baratos que variavam de roupas a material pesado.

Dana aproximou-se da seção feminina, onde viu casacões grossos pendurados em araras. Escolheu um de lã vermelha e um cachecol da mesma cor para combinar. Levou vinte minutos para encontrar um funcionário capaz de realizar a transação.

QUANDO VOLTOU ao quarto do hotel, o celular pôs-se a tocar. Era Jeff.

– Alô, querida. Tentei lhe telefonar na véspera do ano-novo, mas você não atendeu o celular, e eu não sabia onde encontrá-la.

– Lamento, Jeff. – *Então ele não esqueceu! Graças a Deus.*

– Onde você está?

– Em Moscou.

– Está tudo bem, querida?

– Ótimo. Jeff, fale-me de Rachel.

– É cedo demais para dizer alguma coisa. Eles vão tentar uma nova terapia amanhã. Ainda é muito experimental. O resultado sairá em poucos dias.

– Espero que dê certo – disse Dana.

– Está frio aí?

Dana riu

– Você não pode imaginar. Sou uma pedra de gelo humana.

– Eu queria estar aí para derreter você.

Conversaram por mais uns cinco minutos, e Dana ouviu a voz de Rachel chamando Jeff.

– Tenho de ir, querida. Rachel precisa de mim.

Eu também preciso de você, pensou.

– Eu te amo.

– Eu amo você.

A EMBAIXADA AMERICANA no bulevar Novinsky, 19-23, era um prédio antigo, em péssimas condições, com guardas russos a postos em guaritas do lado de fora. Uma longa fila de pessoas esperava pacientemente. Dana passou a fila e deu o nome a um guarda. Ele olhou a lista de serviço e fez-lhe um sinal para entrar.

Dentro do saguão, ela viu um fuzileiro naval americano a postos numa guarita à prova de bala. Uma sentinela de uniforme revistou o conteúdo de sua bolsa.

– Tudo bem.

– Obrigada. – Dana foi até a escrivaninha. – Dana Evans.

Um homem de pé junto à mesa disse:

– O embaixador está à sua espera, Srta. Evans. Venha comigo, por favor.

Ela acompanhou-o, subiu alguns degraus de mármore e entrou numa antessala ao fim de um longo corredor. Quando entrou, uma mulher atraente de 40 e poucos anos sorriu e exclamou:

– Srta. Evans, é um grande prazer. Sou Lee Hopkins, secretária do embaixador. Pode entrar.

Dana dirigiu-se ao escritório interno. O embaixador Edward Hardy levantou-se quando ela se aproximou da mesa.

– Bom dia, Srta. Evans.

– Bom dia, embaixador. Obrigada por me receber.

O embaixador era um homem alto e afetado, com a simpática atitude de um político.

– É um enorme prazer conhecê-la. Posso lhe servir alguma coisa?

– Não, obrigada.

– Por favor, sente-se.

Dana sentou-se.

– Fiquei encantado quando Roger Hudson me disse que esperasse sua visita. Chegou numa época interessante.

– É?

– Detesto dizer isso, mas, aqui entre nós dois, receio que este país esteja em queda livre. – Suspirou. – Para falar com toda franqueza, Srta. Evans, não faço a mínima ideia do que vai acontecer em seguida aqui. É um país com o dobro do tamanho dos Estados Unidos, com 800 anos de história, e a gente o vê escoando pelo esgoto. Os criminosos estão governando a Rússia.

Dana olhou-o, curiosa.

– Que quer dizer?

O embaixador recostou-se na cadeira.

– A lei aqui diz que nenhum membro da Duma, a câmara baixa do Parlamento, pode ser processado por crime algum. O resultado é que a Duma está cheia de homens procurados por todos os tipos de delitos... gângsteres que já cumpriram tempo na prisão e criminosos em vias de cometer crimes. Nenhum deles pode ser tocado.

– Isso é incrível – disse Dana.

– Pois é. – Ele examinou-a por algum tempo. – Bem, em que posso ajudá-la, Srta. Evans?

– Eu queria lhe fazer algumas perguntas sobre Taylor Winthrop. Estou fazendo uma matéria sobre a família.

O embaixador Hardy balançou a cabeça, pesaroso.

– Parece uma tragédia grega, não?

– Sim. – *Mais uma vez a mesma frase.*

O embaixador Hardy olhou para Dana, curioso.

– O mundo ouviu essa história repetidas vezes. Acho que não há muito mais o que dizer.

– Quero contá-la de um ângulo mais pessoal – disse Dana, cuidadosa. – Quero saber como era mesmo Taylor Winthrop, que tipo de homem era ele, quem eram seus amigos aqui, se tinha inimigos...

– Inimigos? – Ele pareceu surpreso. – Não. Todo mundo adorava Taylor. Provavelmente, foi o melhor embaixador que já tivemos aqui.

– Trabalhou com ele?

– Sim. Fui vice-presidente da missão durante um ano.

– Embaixador Hardy, sabe se Taylor Winthrop trabalhava em alguma coisa em que... – interrompeu-se, sem saber como pôr em palavras – ... todas as peças tinham se encaixado?

O embaixador Hardy franziu o cenho.

– Refere-se a algum acordo comercial ou governamental?

– Não sei ao certo a que me refiro – confessou Dana.

O embaixador Hardy pensou por um momento.

– Eu também não. Não, não faço a mínima ideia do que poderia ser.

Ela perguntou:

– Algumas das pessoas que trabalham hoje aqui na embaixada... também trabalharam para ele?

– Ah, sim. Na verdade, minha secretária Lee era secretária de Taylor.

– O senhor se incomodaria se eu falasse com ela?

– De modo algum. Aliás, vou lhe dar uma lista das pessoas que poderiam ser úteis.

– Ah, seria maravilhoso. Obrigada.

Ele levantou-se.

– Tome cuidado enquanto estiver aqui, Srta. Evans. Tem havido muitos crimes nas ruas.

– Foi o que me disseram.

– Não beba água da torneira. Nem os russos bebem. Oh, e quando comer fora especifique sempre *chisti stol*... quer dizer, mesa limpa... do contrário vai encontrar sua mesa cheia de tira-gostos que não quer.

Quando fizer compras, a Arbat é o melhor lugar. As lojas lá têm de tudo. E seja cuidadosa nos táxis. Pegue os mais velhos, caindo aos pedaços. Os artistas dos golpes sujos dirigem os novos.

– Obrigada. – Dana sorriu. – Vou me lembrar.

CINCO MINUTOS depois, Dana conversava com Lee Hopkins, a secretária do embaixador, as duas sozinhas numa pequena sala fechada.

– Quanto tempo trabalhou para o embaixador Winthrop?

– Um ano e meio. Por que quer saber?

– O embaixador Winthrop fez algum inimigo quando esteve aqui?

Lee Hopkins olhou para Dana, surpresa.

– Inimigos?

– Sim. Num trabalho desses, imagino que seja preciso dizer "não" a pessoas que podem ficar ressentidas. Tenho certeza que o embaixador Winthrop não podia agradar a todos.

Lee Hopkins balançou a cabeça.

– Não sei o que está procurando, Srta. Evans, mas, se pretende escrever coisas ruins sobre Taylor Winthrop, veio buscar ajuda com a pessoa errada. Ele era o homem mais bondoso e atencioso que já conheci.

Lá vamos nós mais uma vez, pensou Dana.

Nas duas horas seguintes, Dana conversou com mais cinco pessoas que haviam trabalhado na embaixada durante a gestão de Taylor Winthrop.

Ele era um homem brilhante...

Ele gostava mesmo das pessoas...

Desviava de seu caminho para nos ajudar...

Inimigos? Não Taylor Winthrop...

Estou perdendo meu tempo, pensou. Foi mais uma vez procurar o embaixador Hardy.

– Conseguiu o que queria? – perguntou ele. Parecia menos amistoso.

Dana hesitou.

– Não exatamente – respondeu, com honestidade.

Ele se curvou.

– E acho que não vai conseguir, Srta. Evans. Não se estiver à procura de coisas negativas sobre Taylor Winthrop. Você aborreceu todo mundo aqui. Eles adoravam o homem. Eu também. Não tente desenterrar esqueletos que não existem. Se foi para isso que veio aqui, pode partir.

– Obrigada – disse Dana. – Eu vou.

Não tinha a menor intenção de partir.

O CLUBE NACIONAL VIB ficava bem diante do Kremlin e da praça Manej e era um restaurante e cassino privado. Tim Drew a esperava ali quando ela chegou.

– Bem-vinda – disse. – Acho que vai gostar daqui. Este restaurante recebe a nata dos badaladores e poderosos da alta sociedade moscovita. Se uma bomba caísse aqui, acho que o governo se dissolveria.

O jantar foi delicioso. Começaram com *blinis* e caviar, seguido de *borscht*, esturjão da Geórgia com molho de castanha-d'água, estrogonofe com arroz *s'louhom*, e, de sobremesa, *tartelettes vatrushki* de queijo.

– Mas é esplêndida mesmo – disse Dana. – Bem que me disseram que a comida russa é fantástica.

– É – confirmou Tim Drew. – Mas isso não é a Rússia. É um pequeno oásis especial.

– Como é viver aqui? – perguntou Dana.

Tim Drew pensou por um momento.

– É como estar parado junto a um vulcão, esperando que entre em erupção. A gente nunca sabe o que vai acontecer. Os caras no poder estão roubando bilhões do país e a população está passando fome. Foi isso que desencadeou a última revolução. Deus sabe o que vai acontecer agora. Para ser justo, esse é apenas um lado da história. A cultura aqui é incrível. Eles têm o Teatro Bolshoi, o grande Hermitage, o Museu Pushkin, o balé russo, o Circo de Moscou... a lista continua, infindável. A Rússia produz mais livros que o resto do mundo junto, e o russo médio lê três vezes mais livros por ano que o cidadão médio nos Estados Unidos.

– Talvez estejam lendo os livros errados – disse Dana, desanimada.

– É possível. Nesse momento, as pessoas se acham colhidas no meio do capitalismo e do comunismo, e nenhum dos dois está funcionando. A administração pública é péssima, os custos estão inflacionados e o crime cresce por todo o país. – Ele olhou para Dana. – Espero não estar deixando você deprimida.

– Não. Me diga uma coisa, Tim, você conheceu Taylor Winthrop?

– Entrevistei-o algumas vezes.

– Por acaso ouviu alguma coisa sobre um grande projeto em que ele estava envolvido?

– Ele estava envolvido em muitos projetos. Afinal, era nosso embaixador.

– Não estou falando disso. Refiro-me a alguma coisa diferente. Algo muito complicado... em que todas as peças tinham que se encaixar.

Tim Drew pensou por um momento.

– Nada me vem à cabeça.

– Conhece alguém aqui com quem mantinha muito contato?

– Acho que algumas de suas contrapartes russas. Você poderia falar com eles.

– Certo – disse Dana. – Vou falar.

O garçom trouxe a conta. Tim Drew passou os olhos pelas comandas e ergueu-os para Dana.

– Isso é típico. Há três cobranças a mais colocadas na conta. E não adianta se dar o trabalho de pedir que as especifiquem. – Ele pagou a conta.

Quando já estavam na rua, Tim Drew perguntou a Dana:

– Você anda armada?

Ela lançou-lhe um olhar de surpresa.

– Claro que não. Por quê?

– Isto é Moscou. Nunca se sabe. – Teve uma ideia. – Já sei. Vamos dar uma parada no caminho.

Os dois entraram num táxi e Tim Drew deu um endereço ao motorista. Cinco minutos depois, pararam diante de uma loja de armas e desceram do táxi.

Dana olhou o interior da loja e disse:

– Não vou andar por aí com uma arma.

– Eu sei. Só entre um instante comigo. – Os balcões da loja estavam cheios de todo tipo de arma imaginável

Ela olhou em volta.

– Qualquer pessoa pode entrar e comprar uma arma aqui?

– Só precisam do dinheiro – disse Tim Drew.

O homem atrás do balcão resmungou alguma coisa em russo para Tim, que lhe disse o que queria.

– *Da.* – Enfiou a mão debaixo do balcão e retirou-a com um objeto pequeno, preto e cilíndrico.

– Para que serve isso? – perguntou Dana.

– É para você. Um aerossol de pimenta. – Pegou-o. – Basta apertar este botão aqui em cima, que os bandidos vão sentir dores demais para incomodá-la.

– Não sei se... – disse.

– Confie em mim. Guarde-o. – Entregou-lhe o objeto, pagou e os dois saíram. – Gostaria de conhecer uma boate de Moscou? – perguntou Tim Drew.

– Parece interessante.

– Ótimo. Vamos.

A BOATE VOO NOTURNO na rua Tverskaya era suntuosa, com uma decoração trabalhada, e estava cheia de russos bem-vestidos jantando, bebendo e dançando.

– Não dá a impressão de haver algum problema econômico aqui – comentou Dana.

– Não, porque eles mantêm os mendigos na rua.

Às 2 horas, Dana voltou para o hotel, exausta. Tinha sido um dia muito longo. Sentada a uma mesa no saguão, uma mulher registrava os movimentos dos hóspedes.

Quando Dana entrou, olhou pela janela. Viu uma cena de cartão-postal: neve suave caindo à luz do luar.

Amanhã, pensou, decidida, *vou saber por que vim aqui.*

O BARULHO DO JATO acima foi tão alto que pareceu que o avião poderia atingir o prédio. O homem levantou-se de um salto da escrivaninha, pegou um binóculo e foi até a janela. A cauda da aeronave que se afastava rápido descia como se preparando para pousar no pequeno aeroporto a 1 quilômetro dali. Tudo na paisagem, a não ser as pistas de decolagem, estava coberto de neve até onde a vista alcançava. Era inverno e na Sibéria.

– Pois bem – disse ele ao assistente –, os chineses são os primeiros a chegar. – O comentário não pedia resposta. – Eu soube que nosso amigo, Ling Wong, não vai voltar. Quando retornou do nosso último encontro, de mãos vazias, não teve uma feliz volta ao lar. Muito triste. Era um homem decente.

Nesse momento, um segundo jato rugiu acima. Ele não reconheceu a origem. Depois que aterrissou, ele focou as poderosas lunetas do binóculo nos homens saindo da cabine e descendo para a pista. Alguns deles não fizeram o mínimo esforço para ocultar as pistolas automáticas que levavam.

– Chegaram os palestinos.

Outro jato bramiu acima. *Ainda faltam doze,* ele pensou. *Quando começarmos as negociações amanhã, será o maior leilão até agora.*

Voltou-se mais uma vez para o assistente.

– Escreva um memorando.

MEMORANDO CONFIDENCIAL PARA TODO O PESSOAL DA OPERAÇÃO (DESTRUIR APÓS RECEBIMENTO)

CONTINUAR ESTREITA VIGILÂNCIA DO OBJETO ALVO. INFORMAR ATIVIDADES E FICAR A POSTOS PARA POSSÍVEL ELIMINAÇÃO.

20

Ao acordar, Dana telefonou para Tim Drew.

– Soube mais alguma coisa do embaixador Hardy? – perguntou ele.

– Não. Acho que o ofendi. Tim, preciso falar com você.

– Está bem. Tome um táxi e me encontre no Clube Boyrsky, na rua Treatilny Proyez, 140.

– *Onde?* Eu nunca...

– O motorista sabe. Pegue um carro velho.

– Certo.

Dana saiu do hotel ao encontro de um vento gelado e uivante. Sentiu-se feliz por estar usando seu novo casaco de lã vermelha. Uma placa com mostrador num prédio do outro lado da rua informou-lhe que fazia 29 graus. *Meu Deus,* pensou. *Em Fahrenheit, isso é mais ou menos 20 graus abaixo de zero.*

Viu um reluzente táxi novinho em folha parado diante do hotel. Ela recuou e esperou até um passageiro entrar nele. O táxi seguinte parecia velho. Ela entrou. O motorista lançou-lhe um olhar interrogativo pelo espelho retrovisor.

Dana disse, devagar:

– Quero ir para o número 140 da rua Treat... – Hesitou. – ...rilny... – Respirou fundo. – ...Proyez...

O motorista retrucou, impaciente:

– Quer ir ao Clube Boyrsky?

– *Da.*

O táxi arrancou. Passaram por avenidas com tráfego intenso e pedestres descuidados atravessando apressados as ruas geladas. A cidade parecia sobreposta por uma camada de pátina fosca e cinzenta. *E não é só o tempo,* pensou Dana.

O CLUBE BOYRSKY acabou se revelando um ambiente moderno e confortável, com poltronas e sofás de couro. Tim Drew a esperava numa poltrona junto à janela.

– Vejo que encontrou logo.

– O motorista falava inglês – disse, sentando-se.

– Você teve sorte. Alguns deles não falam nem russo, pois vêm de muitas províncias distantes e diferentes. É impressionante que este país consiga sequer funcionar. Me faz lembrar de um dinossauro agonizante. Sabe como são grandes as dimensões da Rússia?

– Não exatamente.

– É duas vezes maior que os Estados Unidos. Tem 13 fusos horários e fronteiras com 14 países. *Quatorze países.*

– É impressionante – disse Dana. – Tim, quero falar com alguns russos que faziam transações com Taylor Winthrop.

– Isso inclui quase todo mundo no governo russo.

– Eu sei. Mas deve haver alguns russos de quem ele era mais próximo que outros. O presidente...

– Talvez alguém num escalão mais baixo – disse Tim Drew; indiferente. – Eu diria que, de todas as pessoas com quem ele lidava, provavelmente era mais íntimo de Sasha Shdanoff.

– Quem é Sasha Shdanoff?

– O comissário do Departamento Internacional de Desenvolvimento Econômico. Acho que Winthrop convivia com ele tanto em termos sociais quanto oficiais. – Olhou atentamente para Dana. – O que está procurando, Dana?

– Não sei ao certo – respondeu ela, honestamente. – Não sei ao certo.

O DEPARTAMENTO INTERNACIONAL de Desenvolvimento Econômico era um enorme prédio de tijolos vermelhos na rua Ozernaya e ocupava um quarteirão inteiro. Dentro da principal entrada, havia dois policiais russos uniformizados junto à porta e um terceiro sentado atrás de uma escrivaninha.

Dana dirigiu-se até a mesa. O guarda ergueu os olhos.

– *Dobry dyen* – disse ela.

– *Zdrastvuytye. Ne...*

Dana interrompeu-o.

– Desculpe-me. Vim aqui falar com o comissário Shdanoff. Sou Dana Evans. Trabalho para a Rede Washington Tribune.

O guarda conferiu uma folha de papel diante dele e balançou a cabeça.

– Tem hora marcada?

– Não, mas...

– Então terá de marcar uma hora. É americana?

– Sim.

O guarda folheou alguns formulários em sua mesa e entregou-lhe um.

– Preencha isto, por favor.

– Pois não. Seria possível ver o comissário ainda esta tarde?

Ele piscou os olhos.

– *Ya ne ponimayu.* Vocês americanos estão sempre apressados. Em que hotel está?

– No Sevastopol. Só preciso de alguns minutos...

Ele fez uma anotação.

– Alguém entrará em contato com você. *Dobry dyen.*

– Mas... – Ela percebeu a expressão do guarda. – *Dobry dyen.*

DANA FICOU no quarto do hotel a tarde toda esperando um telefonema. Às 18 horas, ligou para Tim Drew.

– Foi ver Shdanoff? – perguntou ele.

– Não. Eles vão telefonar para mim.

– Não fique ansiosa, Dana. Está lidando com uma burocracia de outro planeta.

NO INÍCIO DA MANHÃ seguinte, Dana voltou ao Departamento Internacional de Desenvolvimento Econômico. Encontrou o mesmo guarda à mesa.

– *Dobry dyen* – ela disse.

Ele ergueu os olhos, impassível.

– *Dobry dyen.*

O comissário Shdanoff recebeu meu recado ontem?

– Seu nome?

– Dana Evans.

– Você deixou um recado ontem?

– Deixei – disse ela, desanimada. – Com você.

O guarda fez que sim com a cabeça.

– Então ele recebeu. Todos os recados são recebidos.

– Posso falar com a secretária do comissário Shdanoff?

– Tem hora marcada?

Dana respirou fundo.

– Não.

O guarda deu de ombros.

– *Izvinitye, nyet.*

– Onde posso...?

– Alguém vai lhe telefonar.

A CAMINHO DE VOLTA para o hotel, Dana passou pela Detsky Mir, uma loja de departamentos infantil, entrou e olhou em volta. Viu uma seção dedicada a jogos. Num canto, havia uma prateleira de jogos de computador. *Kemal vai gostar de um daqueles,* pensou. Comprou um jogo e ficou surpresa com o preço caro. Voltou para o hotel a fim de esperar o telefonema. Às 18 horas, perdeu as esperanças. Já ia descer para jantar quando o telefone tocou.

– Dana? – Era Tim Drew.

– Sim, Tim.

– Não teve sorte ainda?

– Receio que não.

– Bem, enquanto estiver em Moscou, não deve perder o que é maravilhoso aqui. O balé é hoje à noite. Vão apresentar *Giselle.* Está interessada?

– Muitíssimo, obrigada.

– Passo aí para pegá-la daqui a uma hora.

O BALÉ REALIZOU-SE no Palácio dos Congressos, com seis mil lugares, dentro do Kremlin. Foi uma noite mágica. A música era linda, a dança fantástica e o primeiro ato passou voando.

Quando as luzes se acenderam para o intervalo, Tim levantou-se.

– Siga-me. Rápido.

Um bando de pessoas punha-se a subir correndo a escadaria.

– O que está acontecendo?

– Você vai ver.

Ao chegarem ao último andar, foram saudados pela visão de meia dúzia de mesas cheias de tigelas com caviar e vodca no gelo. Os que haviam chegado ali primeiro serviam-se apressados.

Dana voltou-se para Tim.

– Eles sabem mesmo como fazer um espetáculo aqui.

– Assim é como vive a classe alta. Lembre-se que 30 por cento da população vive abaixo da linha de pobreza.

Dana e Tim foram para junto das janelas, afastando-se da multidão. As luzes começaram a piscar.

– Hora do segundo ato.

O segundo ato foi encantador, mas a mente de Dana não parou de repassar trechos de conversas.

Taylor Winthrop era scheisse. *Inteligente, muito inteligente. Ele armou uma cilada para mim...*

Foi um acidente infeliz. Gabriel era um rapaz maravilhoso...

Taylor Winthrop acabou com o futuro da família Mancino...

Quando o balé terminou e os dois entraram no carro, Tim Drew perguntou:

– Gostaria de tomar uma saideira no meu apartamento?

Ela virou-se para olhá-lo de frente. Atraente, inteligente e charmoso. Mas não era Jeff. O que acabou dizendo foi:

– Obrigada, Tim. Mas não.

– Oh. – Foi visível a decepção de Tim. – Quem sabe amanhã?

– Eu adoraria, mas tenho de estar pronta de manhã bem cedo. – *E estou loucamente apaixonada por outra pessoa.*

BEM CEDO NA MANHÃ seguinte, Dana chegava mais uma vez no Departamento Internacional de Desenvolvimento Econômico. O mesmo guarda estava atrás da escrivaninha.

– *Dobry dyen.*

– *Dobry dyen.*

– Sou Dana Evans. Se não der para eu ver o comissário, posso ver o assistente dele?

– Tem hora marcada?

– Não. Eu...

Ele entregou-lhe um formulário.

– Preencha isto...

Assim que Dana chegou de volta ao quarto do hotel, o celular começou a tocar, e seu coração a disparou.

– Dana...

– Jeff!

Os dois gostariam de dizer tanta coisa um ao outro. Mas Rachel se interpunha entre eles como uma sombra fantasmagórica, e a doença dela não lhes permitia dizer o que de mais importante passava por suas mentes. A conversa foi contida.

O telefonema do escritório do comissário Shdanoff chegou de forma inesperada às 8 horas. Uma voz com um forte sotaque disse:

– Dana Evans?

– Sim.

– Aqui é Yerik Karbava, assistente do comissário Shdanoff. Você gostaria de vê-lo?

– Sim! – Ela ficou esperando que o assistente lhe perguntasse se tinha hora marcada. Mas, em vez disso, disse apenas:

– Esteja no Departamento Internacional de Desenvolvimento Econômico daqui a exatamente uma hora.

– Está bem. Muito obrigada... – A linha caiu.

Uma hora depois, ela entrava mais uma vez no saguão do imenso prédio de tijolos. Foi até o mesmo guarda sentado atrás da escrivaninha.

– Ele ergueu os olhos.

– *Dobry dyen.*

Ela forçou um sorriso.

– *Dobry dyen.* Sou Dana Evans, e vim ver o comissário Shdanoff.

Ele encolheu os ombros.

– Lamento. Sem hora marcada...

Dana conteve a irritação.

– Tenho hora marcada.

Ele olhou-a, cético.

– *Da?* – Pegou um telefone e falou por um momento. Virou-se para ela. – Terceiro andar – disse, relutante. – Alguém a receberá lá.

O escritório do comissário Shdanoff era enorme, velho, e parecia ter sido decorado no início da década de 1920. Dentro da sala, dois homens sentados levantaram-se assim que ela entrou. O mais velho apresentou-se:

– Sou o comissário Shdanoff.

Sasha Shdanoff aparentava 50 e poucos anos. Era baixo e compacto, com ralos cabelos grisalhos, o rosto redondo, pálido, e olhos castanhos inquietos que não paravam de lançar-se por toda a sala como se estivessem à procura de alguma coisa. Ele falava com um sotaque pesado. Usava um terno marrom largo e sapatos pretos surrados. Indicou o segundo homem.

– Este é meu irmão, Boris Shdanoff.

Boris Shdanoff sorriu.

– Como vai, Srta. Evans?

Era completamente diferente do irmão. Parecia dez anos mais moço, com um nariz aquilino e queixo firme. Usava um terno Armani com uma gravata cinza Hermes. E quase não tinha sotaque.

Sasha Shdanoff disse, orgulhoso:

– Boris está de visita, veio dos Estados Unidos. É adido da embaixada russa no Congresso, em Washington.

– Tenho admirado seu trabalho, Srta. Evans – disse Boris Shdanoff.

– Obrigada.

– Que posso fazer por você? – perguntou Sasha Shdanoff. – Está com algum tipo de problema?

– Não, em absoluto – respondeu ela. – Eu queria fazer algumas perguntas sobre Taylor Winthrop.

Ele lançou-lhe um olhar perplexo.

– Que quer saber sobre Taylor Winthrop?

– Sei que trabalhou com ele, e que se viam de vez em quando, socialmente.

Sasha Shdanoff disse, cauteloso:

– *Da.*

– Eu queria que me desse sua opinião pessoal sobre ele.

– Que posso dizer? Acho que foi um bom embaixador para o seu país.

– Sei que ele era muito popular aqui e...

Boris Shdanoff interrompeu-a.

– Ah, sim. As embaixadas em Moscou dão muitas festas e Taylor Winthrop estava sempre...

Sasha Shdanoff censurou o irmão.

– *Dovolno!* – Voltou-se para Dana. – O embaixador às vezes ia às festas de embaixada. Gostava de pessoas. O povo russo gostava dele.

Boris Shdanoff interrompeu-o mais uma vez.

– Na verdade, ele me disse que, se pudesse...

Sasha Shdanoff cortou-o, irritado.

– *Molchat!* – Virou-se para Dana. – Como eu dizia, Srta. Evans, ele foi um excelente embaixador.

Ela olhou para Boris Shdanoff. Era óbvio que tentava dizer-lhe alguma coisa. Voltou-se para o comissário.

– O embaixador Winthrop envolveu-se em algum tipo de problema quando serviu aqui?

Sasha Shdanoff franziu as sobrancelhas.

– Problema? Não. – Evitava os olhos dela.

Está mentindo, pensou Dana. Insistiu:

– Comissário, sabe de algum motivo que levaria alguém a assassinar Taylor Winthrop e sua família?

Sasha Shdanoff arregalou os olhos.

– *Assassinar?* Os Winthrops? *Nyet. Nyet.*

– Não lhe vem nada mesmo à mente?

Boris Shdanoff disse:

– Na verdade...

Sasha Shdanoff cortou-o de chofre.

– Não havia motivo algum. Ele era um grande embaixador. – Tirou um cigarro de uma cigarreira de prata, e Boris apressou-se a acendê-lo para o irmão. – Há mais alguma coisa que gostaria de saber?

Dana olhou para os dois. *Eles estão ocultando alguma coisa,* pensou, *mas o quê? A coisa toda está caminhando por um labirinto sem saída.*

– Não. – Deu uma olhada em Boris ao dizer, devagar: – Se lembrar de alguma coisa, estarei no Hotel Sevastopol até amanhã de manhã.

Boris Shdanoff perguntou:

– Vai voltar para casa?

– Sim. Meu avião parte amanhã à tarde.

– Eu... – Boris Shdanoff começou a dizer alguma coisa, olhou para o irmão e calou-se.

– Até logo – disse Dana.

– *Proshchayte.*

– *Proshchayte.*

AO VOLTAR para seu quarto, telefonou para Matt Baker.

– Alguma coisa está acontecendo aqui, Matt, mas não consigo descobrir o que é, droga. Tenho a sensação de que poderia ficar meses em Moscou e não obter nenhuma informação útil. Voltarei para casa amanhã.

> *Alguma coisa está acontecendo aqui, Matt, mas* não *consigo descobrir* o *que* é, *droga. Tenho a sensação de que poderia ficar meses em Moscou e não obter nenhuma informação útil. Voltarei para casa amanhã.*

Fim da fita.

O AEROPORTO SHEREMETYEVO II estava lotado aquela noite. Esperando o avião, Dana teve a mesma sensação desagradável de estar sendo observada, mas não conseguiu localizar ninguém em particular. *Eles estão em algum lugar lá fora.* E essa percepção a fez estremecer.

21

A Sra. Daley e Kemal foram ao Aeroporto Dulles esperar Dana. Ela não se dera conta da falta que sentia de Kemal. Ao vê-lo, envolveu-o num abraço apertado.

– Oi, Dana. Que bom ter você de volta. Trouxe um urso russo pra mim? – perguntou Kemal.

– Eu trouxe, mas o danado escapou.

Kemal abriu um largo sorriso.

– Vai ficar em casa agora?

– Pode apostar que sim – disse, carinhosa.

A Sra. Daley sorriu.

– Que boa notícia, Srta. Evans. Estamos tão felizes com sua volta.

– Também estou muito feliz por estar de volta.

NO CARRO, seguindo para o apartamento, Dana perguntou:

– Como sente seu braço novo agora, Kemal? Está se acostumando com ele?

– É legal.

– Que bom. E como está se saindo na escola?

– Não estou mais no buraco.

– Nem mais brigas?

– Não.

– Que maravilha, querido. – Examinou-o por um momento. Parecia de algum modo diferente, quase submisso. Como se houvesse acontecido alguma coisa que tivesse mudado sua atitude. Mas, fosse o que fosse, ele sem dúvida parecia uma criança feliz.

Quando chegaram ao apartamento, Dana disse:

– Tenho de ir ao estúdio, mas voltarei logo e vamos jantar juntos. Vamos ao McDonald's. – *Aonde íamos com Jeff.*

AO ENTRAR NO IMENSO prédio da WTN, teve a sensação de ter estado ausente um século. A caminho do escritório de Matt, foi cumprimentada por vários colegas.

– Que bom vê-la de volta, Dana. Sentimos sua falta.

– Que bom estar de volta.

– Ora, vejam quem está aqui. Fez boa viagem?

– Esplêndida. Obrigada.

– Este lugar não é o mesmo sem você.

Quando entrou no escritório de Matt, ele disse:

– Você emagreceu. Está horrível.

– Obrigada, Matt.

– Sente-se.

Ela pegou uma cadeira.

– Não tem dormido bem? – perguntou Matt.

– Não muito.

– Por falar nisso, nossos índices de audiência despencaram desde que você viajou.

– Fico lisonjeada.

– Elliot ficaria feliz se desistisse dessa matéria. Anda preocupado com você. – Não comentou como ele próprio andava preocupado com Dana.

Conversaram durante meia hora.

Quando Dana voltou à sua sala, Olivia cumprimentou-a:

– Bem-vinda. Faz... – O telefone tocou. Ela atendeu. – Escritório da Srta. Evans... Só um momento, por favor. – Olhou para Dana. – Pamela Hudson na linha um.

– Eu atendo. – Dana entrou em sua sala e pegou o telefone. – Pamela.

– Dana, você está de volta! Ficamos tão preocupados. A Rússia não é um dos lugares mais seguros para se estar nos tempos atuais.

– Eu sei. – Ela riu. – Um amigo comprou um aerossol de pimenta pra mim.

– Sentimos sua falta. Roger e eu gostaríamos que viesse tomar chá conosco esta tarde. Você está livre?

– Sim.

– Três horas?

– Perfeito.

O resto da manhã foi consumido com preparativos para as transmissões dos noticiários da noite.

Às 15 HORAS, Cesar cumprimentava-a na porta.

– Srta. Evans! – Um largo sorriso estendeu-se de um lado ao outro do rosto. – Que alegria vê-la de volta. Bem-vinda ao lar.

– Obrigada, Cesar. Como tem passado?

– Tudo ótimo, obrigado.

– O Sr. e a Sra...

– Sim. Estão à sua espera. Posso levar seu casaco?

Quando entrou na sala de estar, Roger e Pamela exclamaram ao mesmo tempo:

– Dana!

Pamela Hudson deu-lhe um abraço.

– A filha pródiga está de volta.

– Está com a aparência cansada – disse Roger Hudson.

– Parece ser o consenso geral.

– Sente-se, sente-se.

Uma empregada entrou trazendo uma bandeja com chá, biscoitos, bolinhos e croissants. Pamela serviu o chá.

Sentaram-se e Roger disse:

– Bem, conte-nos o que está acontecendo.

– O que está acontecendo é que receio não ter chegado a lugar algum. Sinto-me totalmente frustrada. – Ela respirou fundo. – Conheci um homem chamado Dieter Zander que disse ter sido vítima de uma cilada armada por Taylor Winthrop que o mandou para a prisão. Enquanto esteve lá, sua família foi aniquilada num incêndio. Culpa Winthrop pela morte deles.

Pamela disse:

– Então ele tinha um motivo para matar toda a família Winthrop.

– Isso mesmo. Mas tem mais – disse Dana. – Falei com um homem chamado Marcel Falcon na França. O filho dele foi morto por atropelamento e o motorista fugiu. O chofer de Taylor Winthrop se confessou culpado, mas agora afirma que quem dirigia era Taylor Winthrop.

Roger disse, pensativo:

– Falcon fazia parte da Comissão da OTAN em Bruxelas.

– Certo. E o chofer lhe disse que foi Taylor Winthrop quem matou o filho dele.

– Entendo. O que também lhe dá um motivo.

– Exatamente. Já ouviu falar de Vincent Mancino?

Roger Hudson pensou por um momento.

– Não.

– Ele é da Máfia. Taylor Winthrop engravidou a filha dele e mandou-a a um charlatão que lhe fez um aborto malfeito. A filha hoje vive num convento e a mãe num sanatório.

– Meu Deus.

– A questão é que todos os três têm fortes motivos para vingança. – Dana deu um suspiro de frustração. – Mas não posso provar nada.

Roger lançou um olhar pensativo a Dana.

– Então Taylor Winthrop foi mesmo culpado de todas essas coisas terríveis.

– Quanto a isso, não há a menor dúvida, Roger. Qualquer um deles que estiver por trás dos assassinatos orquestrou todos brilhantemente. Não deixou pistas... nenhuma. Cada assassinato teve um diferente *modus operandi*, por isso não há nenhum padrão óbvio. Cada detalhe foi cuidadosamente planejado. Nada foi deixado ao acaso. Não existe sequer uma testemunha para nenhuma das mortes.

Pamela disse, pensativa:

– Sei que pode parecer meio forçado, mas... há alguma possibilidade de todos eles terem se juntado para conseguir vingança?

Dana balançou a cabeça.

– Não acredito que tenha havido conluio. Os homens com quem conversei são muito poderosos. Acho que cada um ia querer se vingar sozinho. Só um deles é culpado.

Mas qual?

Dana, de repente, olhou para o relógio de pulso.

– Por favor, me desculpem. Prometi levar Kemal ao McDonald's, e me apressar posso fazer isso antes de voltar ao trabalho.

– Claro, querida – disse Pamela. – Entendemos perfeitamente. Obrigada por aparecer.

Dana levantou-se.

– E obrigada a vocês dois pelo delicioso chá e apoio moral.

AO LEVAR KEMAL para a escola na segunda-feira, Dana disse:

– Deixei de fazer isso por algum tempo, mas agora estou de volta.

– Fico feliz – disse Kemal, bocejando.

Dana percebeu que ele não parara de bocejar desde que acordara.

– Você dormiu bem ontem à noite, Kemal? – perguntou.

– Acho que sim. – Bocejou mais uma vez.

– Que faz na escola? – perguntou Dana.

– Quer dizer, além da história terrível e do inglês chato?

– Sim.

– Jogo futebol.

– Não está fazendo coisas *demais,* não é Kemal?

– Nãão.

Ela deu uma olhada na frágil figura a seu lado. Parecia que toda a energia tinha se esvaído do menino. Estava estranhamente quieto. Dana se perguntou se não devia levá-lo a um médico. Talvez se informasse sobre algumas vitaminas que lhe dessem energia. Conferiu as horas no relógio de pulso. A reunião de produção dos noticiários da noite ia ser dali a uma hora e meia.

A MANHÃ TRANSCORREU rápida, era gostoso sentir-se de volta ao seu mundo. Quando retornou ao escritório, Dana encontrou um envelope lacrado na mesa com seu nome. Abriu-o. A carta dentro dizia:

"Srta. Evans: Tenho a informação que deseja. Fiz uma reserva em seu nome no Hotel Soyuz, em Moscou. Venha imediatamente. Não diga a ninguém sobre isso."

Não era assinada. Dana leu mais uma vez a carta, sem acreditar. *Tenho a informação que deseja.*

Claro que era algum tipo de ardil. Se alguém na Rússia tinha a resposta que ela procurava, por que, fosse quem fosse, não lhe dera quando ainda estava lá? Dana pensou no encontro que teve com o comissário Sasha Shdanoff e o irmão dele, Boris. Boris parecia ansioso por falar com ela, e Sasha não parou de cortá-lo. Ela ficou sentada ali, à mesa, pensando. Como o bilhete tinha chegado até lá? Será que estava sendo vigiada?

Vou esquecer isso, decidiu. Enfiou a carta na bolsa. *Vou rasgá-la quando chegar em casa.*

DANA PASSOU a noite com Kemal. Achara que ele ficaria fascinado com o novo jogo de computador que tinha comprado em Moscou, mas ele mostrou-se indiferente. Às 21 horas, pôs-se a fechar os olhos.

– Estou com sono, Dana. Vou pra cama.

– Tudo bem, querido. – Viu-o entrar no quarto e pensou: *Ele mudou muito. Parece outro garoto. Bem, de agora em diante vamos ficar juntos. Se alguma coisa o estiver aborrecendo, vou descobrir o que é.* Estava na hora de partir para o estúdio.

NO APARTAMENTO vizinho, o inquilino olhou o aparelho de televisão e disse no microfone de um gravador.

– O alvo foi para o estúdio de televisão fazer sua transmissão. O garoto foi para a cama. A governanta está costurando.

– ESTAMOS AO VIVO! – A luz vermelha da câmera acendeu.

A voz do locutor saiu estrondosa.

– Boa noite. Começa agora o jornal das 23 horas na WTN com Dana Evans e Richard Melton.

Dana sorriu para a câmera.

– Boa noite. Com vocês, Dana Evans.

Sentado a seu lado, Richard Melton disse:

– E Richard Melton.

Ela começou:

– Iniciamos nosso jornal esta noite com uma terrível tragédia na Malásia...

Meu lugar é aqui, pensou, *não correndo pelo mundo afora em alguma caça ao ganso selvagem.*

O noticiário transcorreu bem. Quando retornou ao apartamento, Dana encontrou Kemal dormindo. Após dar boa-noite à Sra. Daley, também foi se deitar, mas não conseguiu dormir.

Tenho a informação que deseja. Fiz uma reserva em seu nome no Hotel Soyuz, em Moscou. Venha imediatamente. Não diga a ninguém sobre isso.

É uma cilada. Voltar a Moscou seria uma loucura, pensou. *Mas e se for verdade? Quem ia se dar todo esse trabalho? E por quê? A carta só podia ter vindo de Boris Shdanoff. E se ele realmente souber de alguma coisa?* Passou a noite toda acordada.

ASSIM QUE SE LEVANTOU de manhã, telefonou para Roger Hudson.

– Roger... – Contou-lhe sobre o bilhete.

– Meu Deus. Não sei o que dizer. – Parecia empolgado. – Esse bilhete talvez queira dizer que alguém está disposto a falar a verdade sobre o que aconteceu aos Winthrop.

– Eu sei.

– Dana, poderia ser perigoso. Não gosto disso.

– Se eu não for, jamais descobriremos a verdade.

Ele hesitou.

– Acho que tem razão.

Ele disse, relutante:

– Muito bem. Quero que me mantenha informado o tempo todo.

– Prometo, Roger.

DANA ESTAVA NA Agência de Viagens Corniche, comprando uma passagem de ida e volta para Moscou. Era sexta-feira. *Espero não ter ido longe demais,* pensou. Deixou um recado para Matt, contando-lhe o que estava acontecendo.

Quando voltou para o apartamento, disse à Sra. Daley:

– Receio que terei de me ausentar mais uma vez. São só dois dias. Cuide bem de Kemal.

– Não precisa se preocupar com nada, Srta. Evans. Ficaremos bem.

O INQUILINO no apartamento vizinho afastou-se do aparelho de televisão e deu um telefonema apressado.

AO EMBARCAR NO avião da Aeroflot para Moscou, Dana pensou:

É um déjà vu. *Talvez eu devesse ter ouvido Roger. Pode ser uma armadilha. Mas se a resposta estiver em Moscou, vou descobri-la.* Acomodou-se para o longo voo.

QUANDO O AVIÃO pousou no agora conhecido Aeroporto Sheremetyevo II, Dana foi pegar a maleta e saiu ao encontro de uma cegante tempestade de neve. Havia uma longa fila de viajantes à espera de táxis. Ela ficou ali no vento frio, agradecida pelo casaco quente. Quarenta e cinco minutos depois, quando chegou afinal sua vez, um homem corpulento tentou com um tranco passar-lhe à frente.

– *Nyet!* – disse Dana com firmeza. – Este é o meu táxi. – E entrou.

O motorista disse:

– *Da?*

– Quero ir ao Hotel Soyuz.

Ele voltou-se para olhá-la de frente e perguntou, num inglês estropiado:

– Tem certeza de querer ir para lá?

– Por quê? Que quer dizer? – perguntou ela, sem entender.

– É um hotel muito não bom.

Dana sentiu um frêmito de alarme. *Tenho certeza? Tarde demais para desistir agora.* O motorista esperava uma resposta.

– Sim. Eu... tenho certeza.

O motorista encolheu os ombros, engrenou o táxi e partiu, entrando no tráfego movido a neve.

E se não tiver reserva alguma no hotel? E *se tudo isso não passar* de *alguma brincadeira estúpida?*, pensou Dana.

O Hotel Soyuz localizava-se num distrito operário nas imediações de Moscou, na rua Levoberezhnaya. Era um prédio velho, nada convidativo nem atraente, com a pintura marrom no exterior descascada.

– Quer que eu espere? – perguntou o taxista.

Dana hesitou por apenas um instante.

– Não. – Pagou, saltou do táxi, e o vento gelado impeliu-a para dentro de um pequeno saguão mal cuidado. Sentada atrás do balcão, uma velha lia uma revista. Ergueu os olhos, surpresa, quando Dana entrou. Ela aproximou-se do balcão.

– *Da?*

– Creio que tenho uma reserva. Dana Evans. – Prendia a respiração.

A mulher fez que sim com a cabeça, devagar.

– Dana Evans, sim. – Virou-se para trás e pegou uma chave de um escaninho. – Quarto andar, quarto 402. – Entregou-a a Dana.

– Onde me registro?

A mulher balançou a cabeça.

– Sem registro. Você paga agora. Um dia.

Dana teve uma nova sensação de alarme. Um hotel na Rússia onde estrangeiros não tinham que se registrar? Alguma coisa estava errada.

A mulher disse:

– Quinhentos rublos.

– Vou precisar trocar algum dinheiro – disse Dana. – Depois.

– Não. Agora. Aceito dólares.

– Tudo bem. – Ela enfiou a mão na bolsa e pegou um punhado de notas.

A mulher fez que sim com a cabeça, estendeu a mão e puxou seis delas.

Acho que eu poderia ter comprado o *hotel com isso.* Dana olhou em volta e perguntou:

– Onde fica o elevador?

– Sem elevador.

– Oh. – Era óbvio que um carregador estava fora de questão. Dana pegou a mala e começou a subir a escada.

O quarto era ainda pior do que imaginava. Pequeno, bagunçado, as cortinas rasgadas e a cama desfeita. Como Boris ia entrar em contato com ela? *Isso talvez seja um embuste,* pensou Dana, *mas por que alguém ia se dar todo aquele trabalho?*

Sentou-se na beira da cama e olhou pela janela embaçada, suja, a vista da rua movimentada embaixo.

Fui uma maldita estúpida, pensou. *Talvez fique sentada aqui durante dias e nada...*

Ouviu uma leve batida na porta. Dana respirou fundo e levantou-se. Ia desvendar o mistério agora ou descobrir que não havia mistério algum. Foi até a porta e abriu-a. Ninguém no corredor. No chão, um envelope. Dana pegou-o e levou-o para dentro. O pedaço de papel dizia: "*VDNKh 21 horas*". Dana examinou-o, tentando ver algum sentido naquilo. Abriu a maleta e pegou o guia de Moscou que comprara. Ali estava, VDNKh. O texto dizia: "*Exposição das realizações econômicas da URSS*", e dava um endereço.

Às 20 horas Dana fazia sinal para um táxi.

– *VDNKh*... o parque? – Não sabia ao certo a pronúncia.

O motorista virou-se e olhou para ela.

– *VDNKh?* Tudo fechado.

– Oh.

– Ainda quer ir até lá?

– Sim.

O motorista encolheu os ombros e o táxi avançou.

O ENORME PARQUE ficava no setor nordeste de Moscou. Segundo o guia, as suntuosas exposições haviam sido planejadas como um monumento à glória soviética, mas quando a economia entrou em recessão cortaram-se os financiamentos e o parque se transformou num monumento decadente ao dogma soviético. Os grandiosos pavilhões desmoronavam e o parque estava deserto.

Saltou do táxi e pegou um punhado de dinheiro americano.

– Isso é ...

– *Da.* – Ele pegou as moedas e um momento depois desapareceu.

Dana olhou em volta. Estava sozinha no parque enregelante e varrido pelo vento. Dirigiu-se a um banco próximo e sentou-se à espera de Boris. Lembrou-se de quando tinha esperado no Zoológico por Joan Sinisi. *E se Boris...*

Uma voz por trás assustou-a.

– *Horoshiy vyecherniy.*

Dana virou-se e seus olhos arregalaram-se de surpresa. Esperara Boris Shdanoff. Em vez dele, via o comissário Sasha Shdanoff.

– Comissário! Não esperava que...

– Você vai me seguir – disse ele de chofre. Sasha Shdanoff pôs-se a andar rapidamente pelo parque. Ela hesitou um instante, depois apertou o passo atrás dele. O comissário entrou num café de aparência rústica na borda do parque e sentou-se num reservado. Só havia um outro casal em todo o café. Dana atravessou-o até o reservado e sentou-se diante de Sasha Shdanoff.

Uma garçonete desmazelada com um avental sujo aproximou-se.

– *Da?*

– *Dva cofe, pozhalooysta* – disse Shdanoff. Voltou-se de novo para Dana. – Eu não tinha certeza de que viria, mas você é muito persistente. Isso às vezes pode ser muito perigoso.

– Você disse no bilhete que poderia me dizer o que quero saber.

– Sim. – O café chegou. Ele sorveu um gole e ficou calado por um momento. – Quer saber se Taylor Winthrop e sua família foram assassinados.

O coração de Dana começou a bater mais rápido.

– Foram?

– Foram. – Isso chegou como um arrepiante sussurro.

Ela sentiu um estremecimento repentino.

– Quem...

Ele ergueu a mão para detê-la.

– Vou lhe contar, mas primeiro precisa fazer alguma coisa por mim.

Dana olhou para ele e perguntou, cautelosa.

– Tire-me da Rússia. Não estou mais seguro aqui.

– Por que simplesmente não vai para o aeroporto e embarca num avião? Pelo que sei, viajar para o exterior não é mais proibido.

– Cara Srta. Evans, você é ingênua. Muito ingênua. É verdade que as coisas não são mais como nos velhos dias do comunismo, mas se eu tentasse fazer o que sugere eles me matariam antes mesmo que eu chegasse ao aeroporto. Estou correndo grande perigo. Preciso de sua ajuda.

Ela precisou de alguns instantes para absorver as palavras dele. Lançou-lhe um olhar desanimado.

– Não posso tirar você... não saberia por onde começar.

– Mas precisa. Precisa encontrar um meio. Minha vida está em perigo.

Dana ficou pensativa por um momento.

– Posso falar com o embaixador americano e...

– Não! – A voz de Sasha Shdanoff foi incisiva.

– Mas é o único meio...

– Seu embaixador tem ouvidos de traidor. Ninguém deve saber disso, além de você e de quem for ajudá-la. Seu embaixador não pode me ajudar.

De repente, sentiu-se deprimida. Não via nenhum meio possível de tirar clandestinamente da Rússia um comissário russo. *Eu não conseguiria tirar nem sequer um gato deste país.* E outro pensamento também a invadiu. Toda essa coisa era na certa um ardil. Sasha Shdanoff não só tinha informação alguma. Usava-a para tentar chegar aos Estados Unidos. Aquela viagem de nada lhe servira.

– Receio não poder ajudá-lo, comissário Shdanoff. – Levantou-se, furiosa.

– Espere! Você quer prova? Eu lhe darei a prova.

– Que tipo de prova?

Ele levou um longo tempo para responder. Quando falou, disse as palavras devagar.

– Está me obrigando a fazer uma coisa que não tenho o menor desejo de fazer. – Levantou-se. – Venha comigo.

TRINTA MINUTOS depois, subiam a escada pela entrada privada nos fundos dos escritórios de Shdanoff, no Departamento Internacional de Desenvolvimento Econômico.

– Eu poderia ser executado pelo que estou prestes a lhe dizer – disse Sasha Shdanoff quando chegaram. – Mas não me resta outra opção. – Fez um gesto de impotência. – Porque serei assassinado se ficar aqui.

Dana viu Shdanoff dirigir-se a um grande cofre embutido na parede. Girou a combinação de números, abriu o cofre e tirou um livro grosso. Levou-o para sua escrivaninha. Na capa do livro, lia-se em letras vermelhas: "*Klassifitsirovann'gy*".

– Isto é informação classificada como altamente confidencial – disse o comissário Shdanoff a Dana. Ele abriu o livro.

Ela olhava-o atenta enquanto ele virava as páginas devagar. Cada página continha fotografias de bombardeiros, veículos de lançamento espacial, mísseis antibalísticos, mísseis ar-terra, armas automáticas, tanques e submarinos.

– Esse é o arsenal completo da Rússia. – Parecia enorme, mortal. – Nesse momento, a Rússia tem mais de mil mísseis balísticos intercontinentais, mais de duas mil ogivas atômicas e setenta bombardeiros estratégicos. – Ele apontava várias armas enquanto passava as páginas. – Este é o Awl... Acrid... Apphid... Anab... Archer... Nosso arsenal nuclear rivaliza com o dos Estados Unidos.

– É muito, muito impressionante.

– As Forças Armadas russas passam por graves problemas, Srta. Evans. Enfrentamos uma crise. Não há dinheiro para pagar os soldados, e o moral anda muito baixo. O presente oferece pouca esperança, e o futuro parece pior, por isso os militares estão sendo obrigados a se voltarem para o passado.

– Eu... receio não entender como isso...

– Quando a Rússia era uma verdadeira superpotência, construíamos mais armas do que até mesmo os Estados Unidos. Essas armas estão guardadas aqui. Há dezenas de países famintos por elas. Valem bilhões.

Dana disse, paciente:

– Comissário, entendo o problema, mas...

– Este não é o problema.

Dana lançou-lhe um olhar, aturdida.

– Não? Então qual é?

Shdanoff escolheu cuidadosamente suas palavras seguintes.

– Já ouviu falar de Krasnoyarsk-26?

Dana balançou a cabeça.

– Não.

– Não me surpreende. Não existe em nenhum mapa, e as pessoas que vivem lá também não existem oficialmente.

– De que está falando?

– Você vai ver. Amanhã a levarei lá. Vai me encontrar no mesmo café ao meio-dia. – Pôs a mão no braço de Dana e apertou-o com força. – Não deve contar isso a ninguém. – Ele a machucava. – Entendeu?

– Sim.

– *Orobopeno*. Combinado.

NO DIA SEGUINTE ao meio-dia, Dana chegou ao pequeno café no Parque VDNKh. Entrou e sentou-se no mesmo reservado, à espera. Meia hora depois, Shdanoff ainda não havia chegado. *Que aconteceu agora?*, perguntou-se, ansiosa.

– *Dobry dyen.* – Sasha Shdanoff tinha parado diante do reservado. – Venha. Precisamos fazer compras.

– Compras? – perguntou ela, incrédula.

– Venha.

Dana seguiu-o dentro do parque.

– Compras para quê?

– Para você.

– Eu não preciso...

Shdanoff fez sinal para um táxi e seguiram num tenso silêncio até um shopping. Desceram e Shdanoff pagou ao motorista.

– Aqui – disse Sasha Shdanoff.

Entraram no prédio e passaram por umas dez lojas. Quando chegaram diante de uma com a vitrine cheia de lingerie sexy, provocativa, Shdanoff parou.

– Aqui. – Ele levou Dana até o interior.

Dana olhou em volta acessórios obscenos.

– Que estamos fazendo aqui?

– Você vai trocar de roupa.

Uma vendedora aproximou-se deles e houve um rápido diálogo em russo. A vendedora fez que sim com a cabeça e alguns minutos depois voltou com uma minissaia rosa-shocking e uma blusa listrada, bem justa e curta.

Shdanoff aprovou com um movimento da cabeça.

– *Da.* – Virou-se para Dana. – Ponha essas roupas.

Dana recuou.

– Não! Não vou vestir isso. Que acha...

– Você precisa. – A voz era firme.

– Por quê?

– Você verá.

Dana pensou: *Esse homem deve ser algum tipo de maníaco sexual. Por que diabos tenho de vestir isso!*

Shdanoff observava-a.

– Então?

Ela respirou fundo.

– Está bem. – Foi até uma cabine minúscula e pôs a roupa. Quando saiu, deu uma olhada num espelho e suspirou. – Pareço uma prostituta.

– Ainda não – informou Shdanoff. – Vamos ter de pôr alguma maquiagem carregada em você.

– Comissário...

– Venha.

As roupas de Dana foram postas numa sacola de papel. Ela vestiu o casaco de lã, tentando esconder o traje o máximo possível. Seguiram mais uma vez pelo shopping. Os passantes lançavam olhares a Dana, e homens davam-lhe sorrisos insinuantes. Um operário piscou os olhos para ela. Sentia-se degradada.

– Aqui!

Pararam diante de um salão de beleza. Sasha Shdanoff entrou. Dana hesitou, seguindo-o depois. Ele foi até o balcão.

– *Ano tyomnyj* – disse.

A esteticista mostrou-lhe um tubo de batom vermelho vivo e um estojo de blush.

– *Savirshehnstva* – disse Shdanoff. Voltou-se para Dana. – Ponha em você. Pesado.

Ela chegara ao limite.

– Não, obrigada. Não sei que tipo de jogo está armando, comissário, mas não vou participar dele. Já...

Shdanoff varou-lhe os olhos com os dele.

– Asseguro-lhe que não é um jogo, Srta. Evans. Krasnoyarsk-26 é uma cidade fechada. Sou um dos poucos que têm acesso a ela. Permitem a pouquíssimos de nós levarmos prostitutas durante o dia. É o único meio possível que tenho para fazê-la passar pelos guardas. Isso e uma excelente vodca como pagamento por sua entrada. Está interessada, ou não?

Cidade fechada? Guardas? Até onde iremos com isso?

– Estou – disse ela, relutantemente decidida. – Estou interessada.

22

Um jato militar esperava-os numa área privada do Aeroporto Sheremetyevo II. Dana ficou surpresa ao constatar que ela e Shdanoff eram os únicos passageiros.

– Para onde estamos indo? – perguntou.

Sasha Shdanoff deu-lhe um sorriso sinistro.

– Para a Sibéria.

Sibéria. Dana sentiu um nó no estômago.

– Oh.

O voo levou três horas. Ela tentou puxar conversa, esperando ter uma ideia do que ia enfrentar, mas Shdanoff ficou sentado na poltrona calado e com a expressão carrancuda.

Quando o avião pousou no pequeno aeroporto que lhe pareceu ficar no meio de lugar nenhum, um sedã Lada 2110 esperava-os no macadame congelado. Dana olhou em volta para a paisagem mais desolada que já tinha visto.

– Este lugar onde vamos fica longe daqui? – *E será que vou voltar?*

– É uma distância curta. Precisamos ter muito cuidado.

Ter muito cuidado com o quê?

UM CURTO TRAJETO aos solavancos levou-os ao que pareceu uma pequena estação de trem. Na plataforma havia uns seis guardas uniformizados e com grossos agasalhos.

Quando Dana e Shdanoff se aproximaram, os guardas lançaram olhares amorosos e impertinentes ao traje indecoroso de Dana. Um deles apontou para ela e deu um sorrisinho afetado.

– *Ti vezuchi!*

– *Kakaya krasivaya zhenshina!*

Shdanoff deu um sorriso aberto e disse alguma coisa em russo que fez os guardas rirem.

Não quero saber, ela decidiu.

Shdanoff embarcou no trem e Dana seguiu-o, mais confusa que nunca. *Para onde poderia ir um trem no meio daquela tundra deserta e congelada?* Dentro do vagão a temperatura era enregelante.

A locomotiva pôs-se em movimento e, passados alguns minutos, entrou num túnel iluminado que varava o coração de uma montanha. Dana olhou a rocha dos dois lados, a centímetros de distância, e teve a sensação de que mergulhava em algum sonho misterioso, surrealista.

Virou-se para Shdanoff.

– Poderia, por favor, me dizer para onde estamos indo?

O trem deu um tranco e parou.

– Já chegamos.

Desembarcaram e seguiram em direção a um prédio de formas estranhas a uns 100 metros adiante. Diante do prédio, erguiam-se duas cercas de arame farpado proibitivas ao olhar, patrulhadas por soldados armados até os dentes. Quando Dana e Sasha Shdanoff se aproximaram dos portões, os soldados os saudaram.

Shdanoff sussurrou:

– Ponha o braço no meu, me beije e ria.

Jeff jamais acreditará nisso, pensou ela. Envolveu o braço no de Shdanoff, beijou-o na face e forçou um sorriso falso.

Os portões abriram-se e os dois cruzaram a entrada de braços dados. Os soldados lançaram olhares invejosos ao comissário Shdanoff entrando com sua bela prostituta. Para espanto de Dana, o prédio onde haviam entrado ficava acima de uma estação que descia para o subsolo. Entraram no compartimento do elevador e a porta fechou-se com estrépito.

Ao descerem, Dana perguntou:

– Para onde estamos indo?

– Descendo por dentro da montanha. – O elevador ganhava velocidade.

– Qual a distância para baixo da montanha?

– Cento e oitenta metros.

Dana olhou para ele, incrédula.

– Vamos descer 180 metros para baixo de uma montanha? Por quê? O que tem lá?

– Você vai ver.

Minutos depois, o elevador começou a diminuir a velocidade, parou e as portas abriram-se automaticamente.

– Chegamos, Srta. Evans – disse o comissário Shdanoff.

Mas que lugar é este?

Os dois saíram do elevador e não haviam andado mais de 6 metros quando Dana parou, em choque. Viu-se seguindo pela rua de uma cidade moderna, com lojas, restaurantes e teatros. Homens e mulheres andavam pelas calçadas e, de repente, ela percebeu que usava um sobretudo. Começou a sentir-se aquecida. Virou-se para Shdanoff:

– Estamos debaixo de uma montanha?

– Isso mesmo.

– Mas... – Ela admirou a incrível paisagem que se estendia diante de si. – Não entendo. Que lugar é este?

– Eu lhe disse. Krasnoyarsk-26.

– É um daqueles abrigos antiaéreos?

– Ao contrário – disse Shdanoff, enigmático.

Dana olhou mais uma vez os prédios modernos em volta.

– Comissário, qual o sentido deste lugar?

Ele lançou-lhe um olhar longo, intenso.

– Você ficaria em melhor situação se não soubesse o que estou prestes a lhe dizer.

Dana teve uma vívida sensação de alarme.

– Conhece alguma coisa sobre plutônio?

– Não muito.

– Plutônio é o combustível de uma ogiva nuclear, o ingrediente básico nas armas atômicas. O único propósito da existência de Krasnoyarsk-26 é fazer plutônio. Cem mil cientistas e técnicos vivem e trabalham aqui, Srta. Evans. No início, recebiam o que existia de mais excelente em comida, roupas e moradia. Mas todos estão aqui com uma restrição.

– Sim?

– Têm de concordar em jamais deixar Krasnoyarsk-26.

– Quer dizer...

– Não podem sair. Para sempre. São obrigados a desligar-se completamente do resto do mundo exterior.

Dana olhou para as pessoas nas ruas aquecidas e pensou consigo mesma.

Isso não pode ser real.

– Onde eles fazem o plutônio?

– Vou lhe mostrar. – Um bonde elétrico aproximava-se. – Venha.

Shdanoff entrou no bonde e Dana seguiu-o. Percorreram a movimentada rua principal e, no fim dela, entraram num labirinto de túneis mal-iluminados.

Ela pensou no incrível trabalho e em todos os anos que deviam ter sido consumidos na construção daquela cidade. Em alguns minutos, as luzes começaram a ficar mais fortes e o bonde parou. Estavam diante da entrada de um enorme laboratório intensamente iluminado.

– Saltamos aqui.

Dana seguiu Shdanoff e olhou em volta, assombrada. Na imensa gruta, alojavam-se três reatores gigantescos. Dois estavam desativados, mas o terceiro operava e cercado por um ocupado quadro de técnicos.

Shdanoff disse:

– As máquinas nesta sala podem produzir plutônio para fazer uma bomba atômica a cada três dias. – Indicou uma em funcionamento. – Aquele reator continua produzindo meia tonelada de plutônio por ano, o suficiente para fazer uma centena de bombas. O plutônio armazenado na sala seguinte vale o resgate de um czar.

– Comissário, se eles têm todo esse plutônio, por que continuam fazendo mais? – perguntou Dana.

– É o que vocês americanos chamam de *Ardil-22*, um dilema insolúvel – disse Shdanoff, com um sorriso forçado. – Não podem desligar o reator porque o plutônio fornece a energia para a cidade em cima. Se interromperem o funcionamento dele, não haverá mais luz nem calor, e as pessoas lá em cima logo morrerão congeladas.

– Isso é terrível – disse Dana. – Se...

– Espere. O que tenho a lhe dizer é pior ainda. Devido à situação da economia russa, não há mais dinheiro para pagar os cientistas e técnicos que trabalham aqui. Eles não recebem há meses. As lindas casas que ganharam anos atrás estão se deteriorando, e não há dinheiro para consertá-las. Todos os luxos desapareceram. As pessoas aqui começaram a ficar desesperadas. Entende o paradoxo? A quantidade de plutônio estocada aqui vale indizíveis bilhões de dólares, mas as pessoas que o criaram nada mais têm e estão começando a ficar famintas.

– Acha que eles poderiam vender parte do plutônio a outros países? – perguntou Dana, devagar.

Ele fez que sim com a cabeça.

– Antes de Taylor Winthrop se tornar embaixador na Rússia, amigos lhe contaram sobre Krasnoyarsk-26 e perguntaram se ele queria fazer um acordo. Após conversar com alguns cientistas aqui, que se sentiam traídos por seu governo, Winthrop ficou doido para fazer um acordo. Mas era complicado, e ele tinha de esperar até que todas as peças se encaixassem.

Ele parecia um doido. Disse alguma coisa como: "*Todas as peças se encaixaram.*"

Dana respirava com dificuldade.

– Logo depois disso, Taylor Winthrop tornou-se embaixador americano na URSS. Ele e seu sócio colaboraram com alguns dos cientistas rebeldes e começaram a contrabandear plutônio para uma dezena de países, entre eles Líbia, Irã, Iraque, Paquistão, Coreia do Norte e China.

Afinal todas as peças se encaixaram! Ser embaixador era importante para Taylor Winthrop só porque ele tinha de ficar perto para controlar a operação.

O comissário continuava.

– Era fácil, Srta. Evans, porque um volume de plutônio do tamanho de uma bola de tênis é suficiente para fazer uma bomba atômica. Taylor Winthrop e seu parceiro estavam fazendo bilhões de dólares. Administravam tudo com muita inteligência e competência, ninguém suspeitava de nada. – Ele parecia ressentido. – A Rússia se tornou uma loja de guloseimas, só que em vez de comprar guloseimas, podem-se comprar bombas atômicas, tanques, aviões de caça e sistemas de mísseis.

Dana tentava digerir tudo que ouvia.

– Por que Taylor Winthrop foi assassinado?

– Ele ficou ganancioso e decidiu criar um negócio só para si. Quando o sócio descobriu o que estava fazendo, mandou assassiná-lo.

– Mas... mas por que assassinar toda a família?

– Depois que Taylor Winthrop e a mulher morreram no incêndio, o filho Paul tentou chantagear o sócio, por isso ele mandou matá-lo. E depois decidiu não correr risco algum de que os outros filhos viessem a saber do negócio do plutônio, portanto mandou assassinar todos. Fez de um jeito que as mortes parecessem acidentes.

Dana olhou para ele, horrorizada.

– Quem era o sócio de Taylor Winthrop?

O comissário Shdanoff balançou a cabeça.

– Já sabe bastante por ora, Srta. Evans. Eu lhe direi o nome quando me tirar da Rússia. – Conferiu as horas em seu relógio de pulso. – Agora precisamos partir.

Dana voltou-se para dar uma última olhada no reator que não podia ser desligado, a expelir plutônio letal 24 horas por dia.

– O governo dos Estados Unidos sabe da existência de Krasnoyarsk-26?

Shdanoff fez que sim com a cabeça.

– Oh, sim. Têm pavor disso. O Departamento de Estado vem trabalhando freneticamente conosco para transformar esses reatores em alguma coisa menos letal. Enquanto isso... – Deu de ombros.

No elevador, o comissário Shdanoff perguntou:

– Conhece a Agência Federal de Pesquisas, AFP?

Dana olhou para ele e respondeu, cautelosa:

– Conheço.

– Eles também estão envolvidos nisso.

– Como? – E nesse momento a compreensão atingiu-a. *Por isso é que o general Booster não parou de me avisar para que me afastasse.*

Chegaram à superfície e saíram do elevador. Shdanoff disse:

– Tenho um apartamento aqui. Vamos para lá.

Quando se puseram a seguir pela rua, Dana reparou numa mulher vestida igual a ela agarrada aos braços de um homem.

– Aquela mulher... – começou a dizer.

– Já lhe expliquei. Alguns homens têm permissão para usar prostitutas durante o dia. Mas à noite elas têm de ir para um alojamento vigiado. Não podem saber nada do que se passa no subsolo.

Ao seguirem pela rua, Dana percebeu que a maioria das vitrines das lojas estava vazia.

Os luxos desapareceram. O Estado não tem mais dinheiro para pagar os dentistas e técnicos que trabalham aqui. Eles não recebem há meses. Olhou para um prédio alto na esquina e viu que em vez de um relógio havia um grande instrumento instalado no topo.

– Que é aquilo? – perguntou.

– Um medidor Geiser, um alarme para o caso de ocorrer alguma coisa errada com os reatores. – Viraram numa rua lateral cheia de prédios de apartamentos. – Meu apartamento é aqui. Precisamos ficar lá por algum tempo para que ninguém desconfie. A FSB investiga todo mundo.

– A FSB?

– É. Era chamada de KGB. Eles mudaram o nome. Mas só isso.

O apartamento era grande e luxuoso antes, mas havia se tornado decadente. Tinha as cortinas rasgadas, os tapetes gastos e a mobília precisava de restauração.

Dana sentou-se, pensando no que Sasha Shdanoff lhe dissera sobre a AFP. E em Jeff, que havia dito: *A agência é uma fachada. A verdadeira fun-*

ção da AFP é espionar os serviços secretos estrangeiros. Taylor Winthrop foi durante um período presidente da AFP, trabalhando com Victor Booster.

Se eu fosse você, ficaria o mais longe possível do general Booster.

E em seu encontro com Booster. *Vocês, porras de jornalistas, não podem deixar os mortos em paz?* O general Booster tinha uma enorme organização secreta para levar a cabo os assassinatos.

E Jack Stone estava tentando protegê-la. *Tenha cuidado.* Se *Victor Booster soubesse apenas que falei com você...*

Os espiões da AFP estavam em toda parte e Dana sentiu-se de repente nua.

Sasha Shdanoff deu uma olhada no relógio de pulso.

– É hora de partir. Ainda não sabe como vai fazer para me tirar do país?

– Sim – disse Dana, devagar. – Acho que sei como conseguir isso. Preciso de um pouco de tempo.

QUANDO O AVIÃO tornou a pousar em Moscou, dois carros os esperavam. Shdanoff entregou-lhe um pedaço de papel.

– Vou ficar com uma amiga nos Apartamentos Chiaka. Ninguém sabe que estou lá. É o que a gente chama de uma "casa segura". Aqui está o endereço. Não posso voltar para minha casa. Esteja nesse endereço às 20 horas. Preciso conhecer seu plano.

Dana fez que sim com a cabeça.

– Está bem. Tenho de dar um telefonema.

QUANDO DANA voltou ao saguão do Hotel Soyuz, a mulher atrás do balcão arregalou os olhos. *Não a culpo,* pensou. *Preciso tirar logo esta roupa horrível.*

Já no quarto, vestiu suas próprias roupas antes de dar um telefonema. Rezava, ouvindo-o chamar na outra ponta. *Por favor, estejam em casa. Por favor, estejam* em *casa.* Aí ouviu a abençoada voz de Cesar.

– Residência dos Hudsons.

– Cesar, o Sr. Hudson está? – Percebeu que prendia a respiração.

– Srta. Evans! Que bom ouvir sua voz. Sim, o Sr. Hudson está aqui. Um momento, por favor.

Dana sentiu o corpo tremer de alívio. Se havia alguém que pudesse ajudá-la a levar Sasha Shdanoff para os Estados Unidos, Roger Hudson era a pessoa capaz de fazê-lo.

Momentos depois, ouvia a voz dele na linha.

– Dana?

– Roger, oh, graças a Deus encontrei você!

– Que foi que houve? Você está bem? Onde está?

– Estou em Moscou. Descobri por que Taylor Winthrop e sua família foram assassinados.

– *Como?* Meu Deus. Como você...?

– Conto-lhe tudo quando estivermos juntos. Roger, detesto ter de abusar mais uma vez, mas estou com um problema. Tem uma importante autoridade russa que quer fugir para os Estados Unidos. Chama-se Sasha Shdanoff. Ele corre risco de vida aqui. Sabe as respostas de tudo que aconteceu. Temos de tirá-lo daqui, e rápido! Você pode ajudar?

– Dana, nenhum de nós devia envolver-se numa coisa dessas. Vamos ficar em apuros.

– Temos de aproveitar essa chance. Não temos outra opção. É muito importante. Precisa ser feito.

– Não estou gostando nada dessa história, Dana.

– Lamento arrastá-lo para isso, mas não tenho ninguém mais a quem recorrer.

– Maldição, e... – Interrompeu-se. – Está bem. O melhor a fazer agora é levá-lo para a embaixada americana. Ele vai ficar seguro lá até bolarmos um plano de trazê-lo para os Estados Unidos.

– Ele não quer ir à embaixada. Não confia neles.

– Não tem outro jeito. Vou telefonar para o embaixador numa linha segura e lhe dizer que consiga proteção. Onde Shdanoff está agora?

– Esperando nos Apartamentos Chiaka. Na casa de uma amiga. Vou me encontrar com ele lá.

– Muito bem. Dana, quando você o pegar, vá direto para a embaixada. Não pare em lugar algum no caminho.

Dana sentiu uma onda de alívio.

– Obrigada, Roger. Quer dizer, *muito obrigada mesmo.*

– Tenha cuidado, Dana.
– Pode deixar.
– A gente se fala mais tarde.

Obrigada, Roger. Quer dizer, muito obrigada mesmo.
Tenha cuidado, Dana.
Pode deixar.
A gente se fala mais tarde.

Fim da fita.

ÀS 19H30, Dana saiu sem ser vista pela entrada de serviço do Hotel Soyuz. Tomou uma viela e foi açoitada pelo vento gelado. Fechou o casacão bem junto de si, mas o vento atingia-lhe os ossos. Andou dois quarteirões, certificando-se de que não estava sendo seguida. Na primeira esquina movimentada, fez sinal para um táxi e disse ao motorista o endereço que Sasha Shdanoff tinha lhe dado. Quinze minutos depois, o táxi parava num prédio de apartamentos sem identificação.

– Eu espero? – perguntou o motorista.

– Não. – Na certa, o comissário Shdanoff teria um carro. Dana tirou alguns dólares da bolsa, estendeu a mão, o motorista grunhiu e pegou todos. Viu-o afastar-se e entrou no prédio. O saguão estava deserto. Ela olhou o pedaço de papel na mão, apartamento 2BE. Aproximou-se de um lance de escada em péssimo estado e subiu para o segundo andar. Ninguém por perto. Um longo corredor diante de si.

Pôs-se a atravessá-lo, devagar, verificando os números nas portas. 5BE... 4BE... 3BE... encontrou a porta do 2BE entreaberta. Ficou tensa. Com cuidado, abriu-a com um empurrão e entrou. O apartamento estava escuro.

– Comissário...? – Esperou. Ninguém respondeu. – Comissário Shdanoff? – Um silêncio pesado. Viu um quarto adiante e dirigiu-se para lá. – Comissário Shdanoff?

Quando entrou no quarto escuro, tropeçou num objeto volumoso e caiu no chão. Estava deitada em alguma coisa macia e úmida. Cheia de náuseas, esforçou-se para levantar-se. Apalpou a parede até encontrar um interruptor. Apertou-o e o quarto inundou-se de luz. Dana tinha as mãos cobertas de sangue. No chão, estendia-se o objeto em que tropeçara: o corpo de Sasha Shdanoff. Estava deitado de costas, com o peito ensopado de sangue e a garganta cortada de uma orelha à outra.

Dana gritou. Ao fazer isso, olhou para a cama e viu o corpo ensanguentado de uma mulher de meia-idade com um saco de plástico envolto na cabeça. Sentiu um arrepio varrê-la da cabeça aos pés.

Histérica, saiu e desceu correndo a escada do prédio.

PARADO DIANTE da janela de um apartamento no prédio do outro lado da rua, ele carregava um pente de trinta disparos num fuzil AR-7 com silenciador. Usava um visor 3-6, aferido para até 65 metros. Movia-se com a graça fácil e a calma de um profissional. Era uma tarefa simples. A mulher devia sair do prédio a qualquer minuto. Ele sorriu com a ideia de como ela devia ter entrado em pânico ao encontrar os dois corpos ensanguentados. Agora era a sua vez.

A porta do prédio de apartamentos defronte abriu-se e ele ergueu cuidadosamente o fuzil, apoiando-o no ombro. Pelo visor, viu o rosto de Dana ao sair correndo para a rua, olhando frenética em volta, tentando decidir que lado tomar. Mirou com extremo cuidado para certificar-se de que ela ficasse no centro exato do visor e apertou delicadamente o gatilho.

Nesse instante, um ônibus parou diante do prédio, e a saraivada de balas atingiu a parte de cima do veículo, arrancando parte do teto. O franco-atirador olhou para baixo, incrédulo. Algumas balas haviam ricocheteado e entrado na alvenaria do prédio, mas o alvo saíra ileso. Pessoas saltavam em debandada do ônibus, aos gritos. Ele sabia que tinha de dar o fora dali. A mulher corria pela rua. *Não se preocupe. Os outros cuidarão dela.*

AS RUAS ESTAVAM geladas e o vento uivava, mas Dana nem percebeu. Achava-se em pânico total. Dois quarteirões adiante, chegou a um hotel e entrou correndo no saguão.

– Telefone? – disse ao recepcionista atrás do balcão.

Ele olhou para as mãos ensanguentadas de Dana e recuou.

– Telefone? – Ela quase gritava.

Nervoso, o recepcionista apontou para uma cabine telefônica num canto do saguão. Dana correu para dentro dela. Da bolsa, tirou um cartão telefônico e, com dedos trêmulos, ligou para a telefonista.

– Quero fazer uma chamada para os Estados Unidos. – As mãos tremiam. Entre dentes, tiritando, deu à telefonista o número do cartão, o de Roger Hudson, e esperou. Após o que pareceu uma eternidade, Dana ouviu a voz de Cesar.

– Residência dos Hudsons.

– Cesar! Preciso falar com o Sr. Hudson. – A voz saiu engasgada.

– Srta. Evans?

– Depressa, Cesar, depressa!

Um minuto depois, ouvia a voz de Roger Hudson.

– Dana?

– Roger! – Lágrimas escorriam-lhe pelas faces. – Ele... ele está morto. Eles o as... assassinaram e à sua amiga.

– *Como?* Meu Deus, Dana. Não sei o que... Você está ferida?

– Não... mas eles estão tentando me matar.

– Agora, escute com muita atenção. Tem um avião da Air France que parte para Washington à meia-noite. Vou conseguir uma reserva para você nele. Não se deixe ser seguida até o aeroporto. Não tome um táxi aí. Vá direto para o Hotel Metropol. O hotel tem ônibus diretos que saem regularmente vão até o aeroporto. Pegue um. Misture-se à multidão. Estarei à sua espera quando chegar a Washington. Pelo amor de Deus, se cuide!

– Vou me cuidar, Roger. Obr... obrigada.

Desligou o telefone. Ficou ali parada por um instante, incapaz de mover-se. Não conseguia tirar da mente as sangrentas imagens de Shdanoff e sua amiga. Sorveu um longo hausto de ar, retirou-se da cabine, passou pelo recepcionista desconfiado e saiu para a noite congelante.

Um táxi parou na curva perto dela, e o motorista disse-lhe algo em russo.

– *Nyet* – respondeu Dana. Pôs-se a correr pela rua. Precisava primeiro voltar ao seu hotel.

DEPOIS QUE DESLIGOU o telefone, Roger Hudson foi correndo ao quarto onde Pamela se vestia para o jantar.

– Dana acabou de ligar de Moscou. Descobriu por que os Winthrop foram assassinados. Ela está em apuros.

Pamela disse:

– Então temos de cuidar dela já. – Ficou pensativa por um momento e acrescentou em seguida: – Roger... diga-lhes que façam parecer um acidente.

23

Em Raven Hill na Inglaterra, uma placa de PROIBIDA A ENTRADA em letras vermelhas e uma alta cerca de ferro excluíam o mundo dos hectares florestais da sucursal da AFP no Reino Unido. Atrás da base estreitamente vigiada, uma série de antenas rastreadoras por satélite monitorava as comunicações a cabo e de ondas curtas que passavam pela Grã-Bretanha. Numa casa de concreto no centro do complexo industrial, quatro homens olhavam com atenção uma grande tela.

– Amplie a imagem dela, Scotty.

Eles viram quando a imagem da televisão transferiu-se de um apartamento em Brighton enquanto a antena se movia. Um momento depois, surgiu na tela grande uma imagem de Dana entrando em seu quarto no Hotel Soyuz.

– Ela voltou. – Viram-na lavar apressada as mãos ensanguentadas e começar a despir-se.

– Ei, lá vamos nós de novo – disse um dos homens, abrindo um largo sorriso.

Ficaram todos de olhos grudados em Dana tirando a roupa.

– Cara, com certeza eu gostaria de dar uma bimbada naquilo.

Outro homem entrou esbaforido na sala.

– Acho que não, a não ser que você agora esteja metido em necrofilia, Charlie.

– De que é que está falando?

– Ela vai sofrer um acidente fatal.

DANA TERMINOU de vestir-se e conferiu as horas no relógio de pulso. Ainda tinha muito tempo para pegar o ônibus do Metropol para o aeroporto. Com ansiedade cada vez maior, desceu correndo a escada até o saguão. A mulher gorda não estava em nenhum lugar à vista.

Saiu para a rua. Parecia impossível, mas o frio ficara ainda mais intenso. O vento era um misterioso e implacável espírito feminino com seus lamentos uivantes. Um táxi parou diante dela.

– *Taksi?*

Não tome um táxi aí. Vá direto para o *Hotel Metropol. O hotel tem ônibus diretos que saem regularmente e vão até o aeroporto.*

– *Nyet.*

Saiu andando pela rua glacial. Multidões passavam aos empurrões por ela, apressando-se para o calor de suas casas ou escritórios. Ao aproximar-se de uma esquina movimentada, esperando para atravessar, ela sentiu um violento tranco por trás e saiu voando para a rua diante de um caminhão que vinha em sua direção. Escorregou num pedaço de gelo e caiu de costas, erguendo os olhos horrorizada enquanto o imenso caminhão acelerava para cima dela.

No último segundo, o motorista de rosto lívido conseguiu girar o volante para que o meio exato na parte mais alta debaixo do caminhão passasse acima de Dana. Ela ficou deitada ali na escuridão por um momento, os ouvidos ensurdecidos pelo rugido do motor, e as correntes estrondosas batendo nos imensos pneus.

De repente, voltou a ver o céu. O caminhão tinha passado. Sentou-se, grogue. Pessoas ajudaram-na a levantar-se. Ela olhou em volta à procura de quem a empurrara, mas podia ter sido qualquer um na multidão. Inspirou profundamente e tentou recuperar o controle. Pessoas a cercavam e gritavam-lhe em russo. Começaram a pressioná-la, fazendo com que entrasse em pânico.

– Hotel Metropol? – disse Dana, esperançosa.

Um grupo de rapazes tinha se aproximado.

– Claro. A gente leva você até lá.

O SAGUÃO DO METROPOL estava abençoadamente quente, cheio de turistas e homens de negócios. *Misture-se às multidões. Estarei a sua espera quando chegar a Washington.*

Dana perguntou a um mensageiro:

– A que horas sai o próximo ônibus para o aeroporto?

– Em trinta minutos, *gaspazha.*

– Obrigada.

Sentou-se numa poltrona, ofegante, tentando varrer o horror induzível da mente. Sentia-se tomada de pavor. Quem estava tentando matá-la e por quê? E Kemal estava seguro?

O mensageiro se aproximou e avisou que o ônibus tinha chegado.

Foi a primeira a entrar. Ocupou um assento nos fundos e examinou os rostos dos passageiros. Havia turistas de meia dúzia de países; europeus, asiáticos, africanos e alguns americanos. Um homem num assento da outra fileira a fitava.

Ele parece conhecido, pensou Dana. *Será que está me seguindo?* Começou a sentir falta de ar.

Uma hora depois, quando o ônibus parou no Sheremetyevo II, Dana foi a última a desembarcar. Entrou correndo no prédio do terminal e foi para o balcão da Air France.

– Posso ajudá-la?

– Tem uma reserva para Dana Evans? – perguntou, prendendo a respiração. *Diga sim, diga sim, diga sim...*

A funcionária folheou alguns papéis.

– Sim. Aqui está sua passagem. Paga com antecedência.

Abençoado Roger.

– Obrigada.

– O avião está no horário. É o voo 220. Partirá dentro de uma hora e dez minutos.

– Tem algum salão de espera onde eu possa descansar? – E Dana quase acrescentou: *Com um monte* de *gente?*

– No fim do corredor, à direita.

– Obrigada.

O salão estava cheio. Nada ali parecia fora do comum ou ameaçador. Dana sentou-se numa poltrona. Em pouco tempo, estaria a caminho dos Estados Unidos e da segurança.

– TODOS OS PASSAGEIROS do voo 220 da Air France para Washington devem se dirigir agora para o Portão 3. Por favor, tenham à mão seus passaportes e tíquetes de embarque.

Dana levantou-se e foi para o Portão 3. Um homem que a vigiava de um balcão da Aeroflot falou no telefone celular.

– O alvo está se dirigindo para o portão de embarque.

ROGER HUDSON pegou o telefone e ligou para um número.

– Ela está no voo 220 Air France. Quero que a peguem no aeroporto.

– Como deseja que a gente a liquide, senhor?

– Eu sugeriria um acidente de atropelamento e fuga.

ELES SEGUIAM POR UM céu de brigadeiro, num voo suave e regular, a 13.500m. Não havia uma única poltrona vazia no avião. Um americano sentara-se junto a Dana.

– Gregory Price – ele se apresentou. – Trabalho no ramo de madeiras. – De seus 40 anos tinha um longo rosto aquilino, luminosos olhos cinzentos e um bigode. – Mas que país esse que acabamos de deixar, hein?

O único propósito da existência de *Krasnoyarsk-26 é fazer plutônio, O ingrediente básico nas armas atômicas.*

– Com certeza, os russos são diferentes, mas a gente se acostuma com eles depois de algum tempo.

Cem mil cientistas e *técnicos moram* e *trabalham aqui.*

– Claro que não cozinham como os franceses. Quando venho para cá a negócios, trago meu próprio pacote de guloseimas.

Não podem sair. Não podem receber visitantes. São obrigados a desligar-se completamente do resto do mundo exterior.

– Estava na Rússia a negócios?

Dana voltou para o presente.

– Férias.

Ele lançou-lhe um olhar surpreso.

– Mas é uma péssima época para tirar férias na Rússia.

Quando a comissária de bordo atravessou o corredor com um cardápio, ela começou a recusar delicadamente, mas então percebeu que estava faminta. Não se lembrava da última vez em que comera.

Gregory Price ofereceu-lhe:

– Se quiser uma dose de conhaque, tenho um autêntico aqui comigo, senhorita.

– Não, obrigada. – Deu uma olhada no relógio de pulso. Iam aterrissar em menos de uma hora.

QUANDO O VOO 220 da Air France pousou no Aeroporto Dulles, quatro homens olhavam com atenção a aeromoça abrir a porta do avião e os passageiros começarem a descer. Ficaram ali, confiantes, sabendo que não havia como ela escapar.

Um deles disse:

– Trouxe a hipodérmica?

– Sim.

– Leve-a para o Parque de Rock Creek. O chefe quer um atropelamento e fuga.

– Certo.

Voltaram os olhos para a porta. Passageiros desciam em grupos do avião, com grossas roupas de lã, parkas, protetores para os ouvidos, cachecóis e luvas. Por fim, cessou o fluxo de passageiros.

Um dos homens franziu as sobrancelhas.

– Vou lá ver o que a está detendo.

Foi até o avião e entrou. A tripulação trabalhava ocupada na limpeza. O homem atravessou o corredor entre as poltronas. Abriu as portas dos banheiros. Vazios. Avançou às pressas de volta para a entrada e perguntou a uma comissária de bordo:

– Onde Dana Evans estava sentada?

A comissária de bordo pareceu surpresa.

– Dana Evans? Quer dizer, a apresentadora da TV?

– É.

– Ela não estava neste voo. Quem dera que estivesse. *Eu adoraria* tê-la conhecido pessoalmente.

GREGORY PRICE DIZIA a Dana:

– Sabe o que é fantástico no ramo de madeiras, senhorita? Seu produto cresce sozinho. Sim, basta ficar sentado por perto e ver a Mãe Natureza fazer tudo por você.

Uma voz chegou pelo alto-falante.

– Vamos aterrissar no Aeroporto O'Hare de Chicago dentro de alguns minutos. Por favor, queiram apertar o cinto de segurança e pôr o encosto da poltrona na vertical.

A mulher do outro lado do corredor disse, com cinismo:

– É, ponha o encosto bem na vertical. Eu é que não ia querer estar inclinada quando morresse.

A palavra "morrer" provocou-lhe um sobressalto. Podia ouvir o barulho das balas ricocheteando na parede do hotel e sentir a mão forte atirando-a na direção do caminhão que se aproximava. Estremeceu ao pensar nas duas escapadas por um triz por que passara.

Horas antes, sentada no salão de espera do Aeroporto Sheremetyevo II, dissera a si mesma que tudo ia acabar bem. *Os mocinhos vão vencer.* Mas alguma coisa relacionada a uma conversa que teve com alguém a incomodava. A pessoa dissera alguma coisa inquietante, mas que fugira de sua mente. Teria sido numa conversa com Matt? Tim Drew? O comissário Shdanoff? Quanto mais Dana tentava se lembrar, mais aquilo escapava dela.

Uma comissária de bordo anunciou no alto-falante:

– O voo 220 da Air France está pronto para partir para Washington, capital. Por favor, tenham à mão seus passaportes e tíquetes de embarque.

Dana levantou-se e dirigiu-se para o portão. Quando começou a mostrar o tíquete ao guarda, lembrou-se de repente da sua última conversa com Sasha Shdanoff.

Ninguém sabe que estou aqui. É o que a gente chama de uma "casa segura".

Roger Hudson foi o único a quem Dana disse onde ficava o esconderijo de Sasha Shdanoff. E logo depois disso Shdanoff fora assassinado. Desde o início Roger Hudson tinha feito alusões sutis a alguma ligação sombria entre Taylor Winthrop e a Rússia.

Quando estive em Moscou havia um rumor de que Winthrop estava envolvido em algum tipo de acordo secreto com os russos...

Pouco antes de *Taylor Winthrop tornar-se nosso embaixador na Rússia, ele disse a amigos íntimos que estava* se *retirando definitivamente da vida pública...*

Foi Winthrop quem pressionou o presidente para nomeá-lo embaixador...

Ela havia contado a Roger e Pamela todos os seus passos. Eles a haviam espionado o tempo todo. E só poderia haver uma razão:

Roger Hudson era o sócio misterioso de Taylor Winthrop.

QUANDO O VOO DA American Airlines pousou no Aeroporto O'Hare em Chicago, Dana esforçou-se por ver pela janela alguma coisa suspeita. Nada. Tudo tranquilo. Respirou fundo e iniciou a descida. Tinha os nervos em fogo. Conseguiu manter o máximo de passageiros à sua volta enquanto entrava no terminal, ficando com a multidão conversadora. Precisava dar um telefonema urgente. Durante o voo, uma coisa terrível lhe ocorrera, que fazia seu próprio perigo parecer insignificante. Kemal. E se estivesse em perigo por causa dela? Não podia suportar a ideia de que alguma coisa acontecesse a ele. Precisava de alguém para protegê-lo. Imediatamente pensou em Jack Stone. Ele trabalhava numa organização poderosa o bastante para dar o tipo de proteção que ela e Kemal precisavam, e tinha certeza que ele conseguiria arranjar. Fora solidário com ela desde o início. *Ele não é realmente um deles.*

Estou tentando ficar fora do circuito. Posso ajudá-la melhor assim, se entende o que quero dizer.

Dana dirigiu-se para um canto deserto do terminal, procurou na bolsa e pegou o número particular que Jack Stone tinha lhe dado. Telefonou para ele, que respondeu de imediato.

– Jack Stone.

– É Dana Evans. Estou em apuros. Preciso de ajuda.

– O que está acontecendo?

Dana percebeu preocupação em sua voz.

– Não posso falar disso agora, mas algumas pessoas estão atrás de mim, tentando me matar.

– *Quem?*

– Não sei. Mas é com meu filho que estou preocupada. Pode me ajudar a conseguir alguém para protegê-lo?

Ele respondeu no mesmo instante.

– Verei o que posso fazer. Ele está em casa agora?

– Está.

– Vou mandar alguém lá. Mas, e você? Disse que tem alguém querendo matá-la?

– Tem. Eles... já tentaram duas vezes.

Houve um silêncio momentâneo.

– Vou dar uma examinada e ver o que posso fazer. Onde você está?

– No terminal da American Airlines no O'Hare, e não sei se posso sair daqui.

– Fique onde está. Vou arranjar alguém para protegê-la. Enquanto isso, deixe de se preocupar com Kemal.

Dana sentiu uma onda de profundo alívio.

– Obrigada. Obrigada? – desligou o telefone.

Em seu escritório na AFP, Jack Stone repôs o receptor no lugar. Apertou o botão do interfone.

– O alvo acabou de ligar. Está no terminal da American Airlines no O'Hare. Agarre-a.

– Sim, senhor.

Jack Stone perguntou:

– Quando o general Booster volta do Extremo Oriente?

– Esta tarde.

– Bem, vamos acabar logo com esse inferno antes que ele descubra o que está acontecendo.

24

O celular de Dana tocou.

– Jeff!

– Alô, querida. – E o som de sua voz parecia uma manta em volta dela, aquecendo-a.

– Oh, Jeff! – Dana percebeu que tremia.

– Como você está?

Como estou? Fugindo para salvar minha vida. Mas não podia dizer-lhe isso. Ele não tinha como ajudá-la, não naquele momento. Era tarde demais.

– Es... estou bem, querido.

– Onde está agora, sua viajante do mundo?

– Em Chicago. Volto para Washington amanhã. – *Quando vai ficar comigo?* – Como... vai Rachel?

– Parece que está se recuperando bem.

– Sinto sua falta.

A porta do quarto de Rachel abriu-se e ela entrou na sala de estar. Pôs-se a chamar por Jeff e parou ao ver que ele estava ao telefone.

– Sinto sua falta mais do que pode imaginar – disse Jeff.

– Oh, eu o amo tanto. – Um homem por perto parecia encará-la. O coração de Dana começou a martelar. – Querido, se... se alguma coisa me acontecer... lembre-se sempre que eu...

Jeff alarmou-se no mesmo instante.

– Que quer dizer com se alguma coisa lhe acontecer?

– Nada. Eu... não posso falar disso agora, mas... tenho certeza que tudo vai acabar bem.

– Dana, não pode deixar que nada lhe aconteça! Preciso de você. Eu te amo mais que qualquer pessoa que já amei em toda a minha vida. Não suportaria perder você.

Rachel ouviu por um momento mais longo, depois voltou em silêncio para o quarto e fechou a porta.

Dana e Jeff continuaram conversado mais uns dez minutos. Quando Dana por fim desligou, sentiu-se melhor. *Fico feliz por ter tido uma chance de me despedir.* Ergueu os olhos e viu o homem encarando-a. *É impossível que um dos homens de Jack Stone tenha chegado tão rápido. Preciso sair daqui.* Sentiu o pânico avolumar-se.

O VIZINHO DE DANA bateu na porta de seu apartamento. A Sra. Daley abriu-a.

– Alô.

– Mantenha Kemal em casa. Vamos precisar dele.

– Vou cuidar disso. – A Sra. Daley fechou a porta e chamou Kemal. – Seu mingau de aveia está quase pronto, querido.

Entrou na cozinha, pegou o mingau no fogão e abriu uma gaveta embaixo, no armário, cheia de invólucros de drogas rotulados "BuSpar". Espalhadas no fundo da gaveta, havia dezenas de embalagens vazias. A Sra. Daley abriu dois novos invólucros, hesitou e acrescentou em seguida um terceiro. Misturou o pó no mingau, polvilhou com um pouco de açúcar e levou-o para a sala de jantar. Kemal saiu do quarto.

– Que bom que veio, meu amor. O mingau está quente.

– Não estou com muita fome.

– Você precisa comer, Kemal. – A voz foi incisiva, de uma maneira que o assustou. – Não quer que a Srta. Dana fique decepcionada com você, quer?

– Não.

– Ótimo. Aposto que pode limpar o prato pela Srta. Dana.

Kemal sentou-se e começou a comer.

Ele deve dormir por umas seis horas, calculou a Sra. Daley. *Depois vou ver o que querem que eu faça com ele.*

DANA DISPAROU PELO aeroporto até passar por uma loja de roupas. *Preciso esconder minha identidade.* Entrou e olhou em volta. Tudo parecia normal. Os fregueses ocupavam-se com a compra de artigos e os vendedores cuidavam deles. Nesse momento, Dana olhou para fora da loja e sentiu um arrepio da cabeça aos pés. Dois homens haviam se colocado em cada lado da entrada. Um deles com um *walkie-talkie.*

Como descobriram que ela estava em Chicago? Dana tentava controlar o pânico. Virou-se para a vendedora:

– Tem outra saída aqui?

A vendedora balançou a cabeça.

– Lamento, senhorita. Mas é só para funcionários.

Tinha a garganta seca. Deu mais uma olhada nos homens. *Preciso fugir,* pensou Dana, desesperada. *Tem de haver um jeito.*

De repente, pegou um vestido da prateleira e pôs-se a dirigir-se para a entrada.

– Espere aí! – chamou a vendedora. – Não pode...

Dana aproximava-se da porta e os dois homens começaram a avançar em sua direção. Quando ela cruzou, o sensor da etiqueta do vestido disparou um alarme. Um guarda da loja chegou correndo. Os dois homens se entreolharam e recuaram.

– Só um minuto, senhorita – disse o guarda. – Terá de entrar na loja comigo.

– Por quê? – protestou Dana.

– Porque furto é contra a lei. – O guarda pegou o braço de Dana e puxou-a de volta para dentro da loja. Os homens ficaram do lado de fora, frustrados.

Dana sorriu para o guarda.

– Tudo bem. Reconheço. Eu estava furtando. Leve-me em cana.

Os fregueses começavam a parar para ver o que acontecia. O gerente aproximou-se correndo.

– O que foi que houve?

– Peguei esta mulher tentando roubar este vestido...

– Bem, receio que teremos de chamar a polí... – Ele virou-se e reconheceu Dana. – Meu Deus! É Dana Evans.

Sussurros ondularam-se pelo bando de gente cada vez maior.

-- É Dana Evans...

– Vemos você no noticiário toda noite...

– Lembra das suas transmissões da guerra...?

O gerente disse:

– Mil desculpas, Srta. Evans. É óbvio que deve ter havido um engano.

– Não, não – apressou-se a dizer Dana. – Eu ia furtar mesmo. – Estendeu as mãos. – Podem me prender.

O gerente sorriu.

– Mas nem em sonho. Pode ficar com o vestido, Srta. Evans, com os nossos cumprimentos. Muito nos lisonjeia que tenha gostado dele.

Dana arregalou os olhos para ele.

– Não vai me prender?

Ele abriu um sorriso de um lado a outro do rosto.

– Vou-lhe fazer uma proposta. Troco o vestido por um autógrafo. Somos grandes fãs seus.

Uma das mulheres parada ali exclamou:

– Eu também!

– Pode me dar um autógrafo?

Mais pessoas aproximavam-se.

– Olhe! É Dana Evans.

– Pode me dar seu autógrafo, Srta. Evans?

– Meu marido e eu não perdíamos uma só noite quando você estava em Sarajevo.

– Você fez mesmo a guerra parecer viva.

– Eu também gostaria de um autógrafo.

Parada ali, ela sentia o desespero intensificar-se a cada segundo. Os dois homens continuavam lá fora, à espera.

A mente de Dana disparava. Ela virou-se para a multidão e sorriu.

– Já sei o que vou fazer. Vamos lá para fora, no ar livre, que darei um autógrafo a cada um de vocês.

Ouviram-se gritinhos de excitação.

Dana entregou o vestido ao gerente.

– Guarde-o. Obrigada. – Foi avançando para a porta, seguida pelos fãs. Os dois homens do lado de fora recuaram, confusos, quando o bando de gente acotovelou-se perto deles.

Dana virou-se para os fãs:

– Quem é o primeiro? – Todos a comprimiam, estendendo canetas e pedaços de papel.

Diante deles, os homens pareciam sem graça. Enquanto assinava os autógrafos, Dana continuou movendo-se para a saída do terminal. A multidão seguia atrás. Um táxi parou na curva, deixando um passageiro.

Dana virou-se para a multidão.

– Obrigada. Agora tenho de ir embora. – Entrou de um salto no carro e, um instante depois, o táxi desaparecia no tráfego.

JACK STONE FALAVA ao telefone com Roger Hudson.

– Sr. Hudson, ela conseguiu escapar da gente, mas...

– Porra! Não quero saber disso. Quero ela fora de cena... *já!*

– Não se preocupe, senhor. Temos o número da placa. Ela não pode ir muito longe.

– Não me decepcionem mais uma vez. – Roger Hudson bateu-lhe o telefone na cara.

A CARSON PIRIE SCOTT & Company, no coração do centro comercial e de diversões de Chicago, estava cheia de compradores. No balcão de lenços de cabeça, uma vendedora terminava de embrulhar um pacote para Dana.

– Vai pagar em dinheiro ou cheque?

– Dinheiro. – *Era um absurdo deixar uma pista escrita.*

Ela pegou o pacote e já ia quase chegando à saída quando parou, cheia de medo. Viu dois homens diferentes parados diante da porta com *walkie-talkies*. Olhou para eles, a boca de repente seca. Voltou se e correu de volta até o balcão.

A vendedora perguntou:

– Precisa de mais alguma coisa, senhorita?

– Não. Eu... – Olhou em volta, desesperada. – Tem outra porta de saída aqui?

– Ah, sim, temos várias entradas.

Não adianta, pensou Dana. *Devem estar todas vigiadas.* Desta vez, não ia conseguir escapar.

Reparou numa compradora com um casacão verde surrado, olhando para um lenço num mostruário de vidro.

– Lindos, não? – exclamou Dana.

A mulher sorriu.

– São mesmo.

Os homens do lado de fora olhavam atentos as duas conversando. Entreolharam-se e encolheram os ombros. Tinham todas as saídas cobertas.

Dentro, Dana dizia:

– Eu gostaria deste casaco que está usando. É exatamente da minha cor preferida.

– Receio que esta coisa velha esteja muito gasta. O seu é muito bonito.

Os dois homens diante da porta não tiravam os olhos das duas.

– A droga do frio está de rachar – queixou-se um deles. – Tomara que a maldita saia logo dali e a gente acabe logo com isso.

O companheiro fez que sim com a cabeça.

– Ela não tem como conseguir... – Interrompeu-se quando viu as duas mulheres na loja começarem a trocar os casacos. Abriu um largo sorriso. – Nossa, veja como ela está tentando se livrar. As duas estão trocando os casacos. Que grande imbecil.

As duas mulheres desapareceram por um momento atrás do cabide de roupas. Um dos homens falou no *walkie-talkie.*

– O alvo trocou seu casacão vermelho por um verde... Espere aí. Ela está indo para a saída quatro. Pegue-a lá.

Na saída quatro, dois homens a esperavam. Momentos depois, um deles falou no celular.

– Pegamos ela. Traga o carro.

Viram quando ela saiu pela porta, para o ar frio. Apertou o casacão verde em volta do corpo e seguiu pela rua. Eles a cercaram. Ao chegar a uma esquina, quando ela ia fazer sinal para chamar um táxi, os homens agarraram-lhe os braços.

– Você não precisa de táxi. Temos um carro bonito à espera.

Ela olhou para eles, atônita.

– Quem são vocês? De que estão falando?

Um dos homens a encarava.

– Você não é Dana Evans.

– Bem, claro que não.

Os homens entreolharam-se, soltaram a mulher e correram de volta para a loja. Um deles apertou o botão do *walkie-talkie*.

– Alvo errado. Alvo errado. Está me ouvindo?

Quando todos entraram juntos na loja, Dana já havia desaparecido.

ELA TINHA SIDO tomada por um pesadelo vivo, colhida num mundo hostil, com inimigos desconhecidos tentando matá-la. Enredara-se numa teia de horror, quase paralisada de medo. Quando desceu do táxi, pôs-se a andar rápido, tentando não correr e chamar a atenção para si, sem a menor ideia do lugar a que se dirigia. Passou por uma loja com uma placa: Sede de Trajes de Época, Fantasias, Perucas e Maquiagem.

– Posso ajudá-la?

Sim. Chame a polícia. Diga a eles que alguém está tentando me *matar.*

– Senhorita?

– Hã... sim. Eu gostaria de experimentar uma peruca loura.

– Por aqui, por favor.

Momentos depois, Dana via sua imagem como loura no espelho.

– É impressionante como muda sua aparência.

Espero.

Fora da loja, ela acenou para um táxi.

– Aeroporto O'Hare. – *Preciso chegar a Kemal.*

QUANDO O TELEFONE tocou, Rachel atendeu.

– Alô... Dr. Young? O resultado final do teste?

Jeff viu a repentina tensão em seu rosto.

– Pode me dizer pelo telefone. Só um minuto. – Ela olhou para Jeff, respirou fundo e levou o telefone para o quarto.

Ele ouviu a voz dela, enfraquecida.

– Vá em frente, doutor.

Houve um silêncio que durou três longos minutos, e quando Jeff, preocupado, ia levantar-se para ir até o quarto, Rachel saiu, com um brilho no rosto que ele nunca vira antes.

– Funcionou! – Ela estava quase sem ar de tanta emoção. – Jeff, o câncer regrediu. A nova terapia deu certo!

– Graças a Deus! Mas isso é maravilhoso, Rachel.

– Ele quer que eu fique aqui por mais algumas semanas, mas a crise passou – disse Rachel, a voz cheia de vitorioso entusiasmo.

– Vamos sair para comemorar – disse Jeff. – Fico com você até...

– Não.

– Não... o quê?

– Não preciso mais de você, Jeff.

– Eu sei, e fico feliz por nós...

– Você não entende. Quero que vá embora.

Ele olhou para ela, surpreso.

– Por quê...?

– Meu doce e querido Jeff. Não quero magoá-lo, mas agora que a doença regrediu, significa que vou voltar a trabalhar. É a minha vida. É o que sou. Vou telefonar e ver quais os trabalhos em oferta. Eu me senti presa numa armadilha aqui com você. Obrigada por me ajudar, Jeff. Realmente sou muito grata a você. Mas chegou a hora de nos despedirmos. Tenho certeza que Dana sente a sua falta. Sendo assim, por que simplesmente não vai embora, querido?

Jeff encarou-a alguns instantes e fez que sim com a cabeça.

– Está bem.

Rachel viu-o entrar o quarto e começar a arrumar a mala. Vinte minutos depois, quando ele saiu com a mala na mão, encontrou-a falando ao telefone.

– ...e voltei ao mundo real, Betty. Já posso começar a trabalhar daqui a algumas semanas... Eu sei. Não é maravilhoso?

Jeff ficou parado ali, esperando para despedir-se. Rachel deu-lhe um aceno com a mão e voltou para o telefone.

– Vou lhe dizer o que eu quero... me arranje uma filmagem num país tropical...

Rachel viu Jeff cruzar a porta. Devagar, deixou o telefone cair. Foi até a janela e olhou o único homem que amara em toda a vida sair dela para sempre.

As palavras do Dr. Youg ainda lhe soavam na cabeça.

– Srta. Stevens, lamento muito, mas tenho más notícias. O tratamento não funcionou... Ocorreu uma metástase do câncer... muito disseminada. Receio que seja terminal... talvez apenas mais um ou dois meses...

Rachel lembrou-se do diretor de Hollywood, Roderick Marshall, dizendo-lhe: "Fico feliz que tenha vindo. Vou fazer de você uma grande estrela." E quando o excruciante rio vermelho de dor começou mais uma vez a destruir seu corpo, ela pensou: *Roderick Marshall teria se orgulhado de mim.*

QUANDO O AVIÃO de Dana aterrissou, o Aeroporto Dulles em Washington estava apinhado de passageiros à espera da bagagem. Ela passou pelas esteiras, saiu direto na rua e tomou um dos táxis diante da entrada. Não viu nenhum homem com aparência suspeita, mas seus nervos uivavam. Pegou o estojo de maquiagem na bolsa e olhou no pequeno espelho para tranquilizar-se. A peruca loura dava-lhe uma aparência completamente diferente. *Terá de funcionar por ora,* pensou. *Preciso chegar a Kemal.*

KEMAL ABRIU OS OLHOS devagar, despertado pelo barulho de vozes que chegavam através da porta do escritório que era o seu quarto. Sentia-se grogue.

– O garoto continua dormindo – ouviu a Sra. Daley dizer. – Eu o droguei.

Um homem respondeu:

– Vamos ter de acordá-lo.

A voz de um segundo homem disse:

– Talvez fosse melhor se o levássemos dormindo.

– Podia liquidar ele aqui mesmo – disse a Sra. Daley. – E depois se livrar do corpo.

Kemal de repente ficou totalmente desperto.

– Temos de mantê-lo vivo por algum tempo. Eles vão usá-lo como isca para agarrar a tal de Evans.

Kemal sentou-se, prestando atenção, o coração martelando.

– Onde ela está?

– Não sabemos ao certo. Mas sabemos que ela deve estar vindo para cá a fim de pegar o garoto.

Kemal saltou da cama. Ficou parado por um momento, rígido de medo. A mulher em quem confiava queria matá-lo. *Pizda! Não ia ser assim tão fácil,* jurou a si mesmo. *Eles não conseguiram me matar em Sarajevo. Não vão me matar aqui.* Pôs-se freneticamente a vestir suas roupas. Quando pegou o braço artificial na cadeira, a prótese escorregou-lhe da mão e caiu no chão com o que lhe pareceu uma queda estrondosa. Ficou imóvel. Os homens do lado de fora continuavam conversando. Não tinham ouvido o barulho. Kemal prendeu o braço e acabou de vestir-se depressa.

Abriu a janela e foi golpeado por uma lufada de ar gelado. Seu sobretudo estava no outro quarto. Saiu pelo parapeito da janela só com um paletó fino, os dentes tiritando. Uma escada de incêndio percorria o prédio de cima a baixo, e ele agarrou-se a ela, cuidadosamente, para abaixar-se e ficar fora da visão pela janela da sala de estar.

Ao chegar à calçada, olhou para o relógio de pulso. Eram 14h45. De algum modo, tinha dormido mais da metade do dia. Pôs-se a correr.

– Vamos amarrar o garoto, só para o caso de...

Um dos homens abriu a porta do quarto e olhou em volta, surpreso.

– Ei, ele fugiu!

Os dois homens e a Sra. Daley correram apressados até a janela aberta, a tempo de ver Kemal disparando a toda velocidade pela rua.

– Peguem ele!

KEMAL CORRIA COMO num pesadelo; as pernas ficando cada vez mais fracas e elásticas passo após passo. Cada respiração era uma facada no peito. *Se eu conseguir chegar à escola antes de fecharem os portões às 15 horas,* pensou, *ficarei seguro. Eles não vão ousar me machucar com todos os outros garotos em volta.*

O sinal de trânsito à frente mudou para vermelho. Kemal ignorou-o, lançou-se como uma flecha e atravessou a rua, esquivando-se de carros, alheio ao barulho das buzinas e ao rangido de freios dos automóveis. Chegou ao outro lado da rua e continuou correndo.

A Srta. Kelly pode chamar a polícia, e eles vão proteger Dana.

Começava a ficar sem fôlego, e sentia um aperto no peito. Deu mais uma olhada no relógio: 14h55. Ergueu os olhos. Viu a escola logo adiante. *Faltam só mais dois quarteirões para chegar.*

Estou a salvo, pensou Kemal. *Ainda não acabaram as aulas.* Um minuto depois, chegava ao portão da frente. Parou diante dele e fitou, incrédulo. *Estava trancado.* De repente, por detrás, sentiu um pulso de ferro no ombro.

– Hoje é sábado, idiota.

– Pare aqui – disse Dana. O táxi estava a dois quarteirões de seu apartamento. Ela viu-o se afastando. Seguiu a pé devagar, o corpo tenso, cada sentido alerta, vistoriando minuciosamente as ruas com os olhos, à procura de qualquer coisa fora do comum. Tinha certeza que Kemal estava a salvo. Jack Stone o protegeria.

Quando chegou à esquina de seu prédio, evitou a entrada da frente e entrou na viela paralela que levava aos fundos. Tudo deserto. Entrou pela porta de serviço e subiu a escada sem fazer barulho. Chegou ao segundo andar, começou a atravessar o corredor e de repente parou. A porta de seu apartamento estava aberta. Dana foi instantaneamente inundada pelo medo. Avançou rápido para a porta e entrou correndo.

– Kemal!

Ninguém. Dana lançou-se com ímpeto pelo apartamento, frenética, imaginando o que poderia ter acontecido. *Onde estava Jack Stone? Onde estava Kemal?* Na cozinha, a gaveta de um armário estava caída no chão e o conteúdo se espalhara. Havia dezenas de pequenas embalagens, algumas cheias, outras vazias. Curiosa, ela pegou uma e examinou-a. O rótulo dizia: *Comprimidos BuSpar 15mg, com NDC* D087 D822-32 *assinalado.*

Que era aquilo? A Sra. Daley vinha tomando drogas ou dando-as para Kemal? Poderia ter alguma coisa a ver com a mudança de comportamento dele? Dana pôs uma das embalagens no bolso do sobretudo.

Cheia de pavor, saiu do apartamento. Fez o mesmo caminho de volta, saindo na viela e seguindo para a rua. Ao virar a esquina, um homem escondido atrás de uma árvore falou num *walkie-talkie* ao comparsa na esquina defronte.

Diante de Dana, ficava a Farmácia Washington. Ela entrou.

– Ah, Srta. Evans. Posso ajudá-la? – perguntou o farmacêutico.

– Sim, Coquina. Estou curiosa sobre isso. – Tirou da bolsa o saquinho.

O farmacêutico deu uma olhada.

– BuSpar. É um agente ansiolítico. Cristal branco, solúvel em água.

– Para que serve? – perguntou Dana.

– É um relaxante. Tem um efeito calmante. Claro, quando tomado em doses maiores pode causar sonolência e fadiga.

Ele está dormindo. Quer que eu o acorde?

Quando chegou da escola, se sentia tão cansado que achei que uma soneca lhe faria bem...

Então aquilo explicava o que vinha acontecendo. E foi Pamela Hudson quem tinha enviado a Sra. Daley.

E o pus nas mãos daquela megera, pensou Dana. Sentiu náuseas no estômago. Olhou para o farmacêutico.

– Obrigada, Coquina.

– Foi um prazer, Srta. Evans.

Dana saiu pela porta direto na rua. Os dois homens se aproximavam dela.

– Srta. Evans, poderíamos lhe falar um min...

Dana virou-se e correu. Os homens vinham em sua cola. Chegou à esquina da rua Dois. Um policial no meio do cruzamento dirigia o tráfego intenso.

Dana correu para a rua em direção a ele.

– Ei! Volte, senhorita.

Dana continuou aproximando-se.

– Está atravessando o sinal vermelho! Não me ouviu? Volte!

Os dois homens esperavam na esquina, olhando com atenção.

– É surda? – gritou o policial.

– Feche a matraca! – Deu um tapa com força na face do policial. O guarda, furioso, segurou-lhe o braço.

– Está presa, dona.

Empurrou-a de volta à calçada, mantendo-a segura, enquanto falava pelo rádio.

– Preciso de um preto e branco.

Os dois homens parados se entreolharam, sem saber o que fazer.

Dana lançou-lhes um olhar do outro lado e sorriu. Ouviu-se o som de uma sirene próxima e, alguns instantes depois, um carro de polícia parou diante deles.

Impotentes, os dois homens olharam quando a puseram no banco de trás da radiopatrulha e o carro afastou-se.

NA DELEGACIA DE polícia, Dana perguntou:

– Tenho direito a um telefonema, certo?

– Certo – respondeu o sargento, que lhe entregou um telefone. Ela fez uma chamada.

A UNS DEZ QUARTEIRÕES dali, o homem que segurava Kemal pela gola da camisa empurrava-o em direção a uma limusine que esperava na curva, o motor ligado.

– Por favor! Por favor, me solte – implorou Kemal.

– Feche o bico, garoto.

Quatro fuzileiros navais passavam naquele momento.

– Não quero ir pro beco com você – berrou Kemal.

O homem lançou-lhe um olhar perplexo.

– Como?

– Por favor, não me obrigue a ir pro beco. – Kemal virou-se para os fuzileiros. – Ele quer me pagar cinco dólares pra ir ao beco com ele. Eu não quero ir.

Os fuzileiros pararam, encarando o homem.

– Por que, seu pervertido imundo...

O homem recuou.

– Não. Espere um minuto. Vocês não entendem...

Um dos fuzileiros disse, sorrindo abertamente.

– Entendemos, sim, meu chapa. Tire as mãos do garoto. – Cercaram o homem. Ele ergueu as mãos para defender-se, Kemal aproveitou e saiu correndo a toda.

Um garoto de entrega de encomendas descia de uma bicicleta e dirigia-se para uma casa. Kemal saltou na bicicleta e afastou-se, pedalando furiosamente. O homem viu, frustrado, quando ele contornou a esquina e desapareceu.

NA DELEGACIA DE POLÍCIA, a porta da cela abriu-se com um rangido.

– Está livre para sair, Srta Evans. Foi libertada sob fiança.

Matt! O telefonema funcionou, pensou Dana, alegre. *Ele não perdeu tempo.*

Quando pisou no saguão da recepção, parou em choque. Um dos homens a esperava ali.

Sorriu para ela e disse:

– Está livre, irmã. Vamos.

Agarrou-a com força pelo braço e pôs-se a conduzi-la para a rua. Quando saíram, o homem parou, aturdido. Diante da delegacia, uma equipe completa da WTE.

– Olhe para cá, Dana...

– Dana, é verdade que você deu um tapa na cara de um policial...?

– Ele a molestou...?

– Vai abrir processo...?

O homem foi se encolhendo e afastando, cobrindo o rosto.

– Qual o problema? – chamou Dana. – Não quer que tirem sua foto?

Ele fugiu.

Matt Baker surgiu ao lado de Dana.

– Vamos dar o fora dessa barulheira infernal.

NO PRÉDIO DA WTE, Elliot Cromwell, Matt Baker e Abbe Lasmann ouviam em chocado silêncio, já há meia hora, a história de Dana.

– ...e a AFP também está envolvida. Por isso é que o general Booster tentou me impedir de investigar.

– Estou aturdido – disse Elliot Cromwell. – Como todos nós pudemos ter nos enganado tanto e por tanto tempo a respeito de Taylor Winthrop? Acho que devíamos informar à Casa Branca sobre o que está acontecendo. Vamos pedir a eles que comuniquem ao procurador-geral e ao FBI.

– Elliot, até agora só temos minha palavra contra a de Roger Hudson – disse Dana. – Em quem você acha que vão acreditar?

Abbe Lasmann perguntou:

– Não temos nenhuma prova?

– O irmão de Shdanoff está vivo. Tenho certeza que falará. Assim que puxarmos o primeiro fio, toda a história se desenredará.

Matt Baker inspirou fundo e lançou um olhar de admiração a Dana.

– Quando você sai em busca de uma matéria, sai mesmo em busca de uma matéria.

– Matt, que vamos fazer em relação a Kemal? Não sei onde procurar.

– Não se preocupe – disse Matt, implacável. – Vamos encontrá-lo. Enquanto isso, temos de arranjar um lugar para você se esconder onde ninguém a possa encontrar.

Abbe Lasmann ofereceu-se.

– Pode usar meu apartamento. Ninguém vai procurar você lá.

– Obrigada. – Dana virou-se para Matt. – Sobre Kemal...

– Vamos pôr o FBI nisso já. Mandarei o motorista levar você ao apartamento de Abbe. Agora a coisa está sob nosso controle, Dana. Tudo vai ficar bem. Telefono para você assim que souber de alguma coisa.

KEMAL PEDALAVA pelas ruas cobertas de gelo, ansioso, olhando para trás sem parar. Nenhum sinal do homem que o agarrara. *Preciso chegar até Dana*, pensava, desesperadamente. *Não posso deixar que eles a machuquem.* O problema era que o estúdio ficava no outro extremo do centro da cidade.

Quando chegou a um ponto de ônibus, desceu da bicicleta e largou-a na grama. Ao ver um ônibus se aproximando, apalpou os bolsos e se deu conta de que não tinha um tostão.

Virou-se para um passante.

– Com licença, poderia me dar um...

– Suma daqui, garoto.

Kemal tentou uma mulher que se aproximava.

– Com licença, preciso de dinheiro para a passagem e... – A mulher apertou o passo e afastou-se.

Kemal ficou ali no frio, sem sobretudo, tremendo. Ninguém parecia ligar. *Tenho de arranjar o dinheiro da passagem,* pensou.

Arrancou o braço artificial e estendeu-o no gramado. Quando o homem seguinte passou, Kemal mostrou o braço aleijado e disse:

– Com licença, senhor. Poderia me dar o dinheiro para uma passagem de ônibus?

O homem parou.

– Claro, filho – e deu um dólar a Kemal.

– Obrigado.

Quando o homem se afastou, Kemal pôs rápido o braço de volta. Um ônibus aproximava-se, a apenas um quarteirão do ponto. *Consegui*, ele pensou, jubiloso. Nesse momento, sentiu uma fisgada na nuca. Ao começar a voltar-se para ver o que ocorrera, tudo ficou obscuro. Dentro de sua cabeça, uma voz gritava: *Não! Não!* Kemal desabou no chão, inconsciente. Os passantes iam-se juntando.

– Que foi que houve?

– Ele desmaiou?

– Ele está bem?

– Meu filho é diabético – disse o homem. – Vou cuidar dele. – Levantou Kemal e carregou-o para uma limusine à espera.

O APARTAMENTO de Abbe Lasmann ficava na parte noroeste de Washington. Era grande e confortavelmente decorado com móveis e tapetes brancos. Sozinha no apartamento, andando de um lado para o outro em pânico, Dana esperava o telefone tocar. *Kemal deve estar bem. Não há motivo algum para o machucarem. Ele vai ficar ótimo. Onde está? Por que não consigo encontrá-lo?*

Quando o telefone tocou, assustou-a. Ela pegou-o num salto.

– Alô.

Caiu a ligação.

Tocou mais uma vez e Dana percebeu que era o celular. Sentiu uma repentina sensação de alívio. Apertou o botão.

– Jeff?

A voz de Roger Hudson saiu com toda a calma:

– Temos andado à sua procura, Dana. Estou com Kemal aqui.

Ela ficou imobilizada, sem poder falar. Acabou sussurrando.

– Roger...

– Receio não poder controlar os homens aqui por muito mais tempo. Eles querem cortar o braço bom de Kemal. Devo deixar que façam isso?

– Não! – Foi um grito estridente. – Que... que é que você quer?

– Só quero falar com você – disse Roger Hudson, ponderado. – Quero que venha até aqui em casa, e que venha sozinha. Se trouxer alguém, não me responsabilizarei pelo que acontecer a Kemal.

– Roger...

– Espero-a aqui em meia hora. – A ligação caiu.

Dana ficou ali, entorpecida de medo. *Nada pode acontecer a Kemal. Nada pode acontecer a Kemal.* Socou as teclas do número do telefone de Matt Baker. A voz gravada dele surgiu no aparelho.

– Você ligou para o escritório de Matt Baker. No momento não estou, mas deixe um recado que ligarei de volta o mais rápido possível.

Veio o ruído de um sinal eletrônico.

– Matt, eu... eu acabei de receber um telefonema de Roger Hudson. Ele está com Kemal preso em sua casa. Leve a polícia. *Depressa!*

Dana desligou o celular e dirigiu-se à porta.

ABBE LASMANN punha algumas cartas na mesa de Matt Baker quando viu a luz de recados piscando na secretária dele. Apertou o botão para ouvir a gravação de Dana. Ficou ali um momento, prestando atenção. Depois sorriu e apertou o botão APAGAR MENSAGENS.

ASSIM QUE O AVIÃO pousou no Aeroporto Dulles, Jeff telefonou para Dana. Durante todo o voo, não tirara da cabeça aquele tom estranho na voz dela, aquele perturbador "Se alguma coisa me acontecer". O telefone celular dela continuava tocando, e nada. Em seguida, Jeff tentou o apartamento. Nenhuma resposta. Decidiu entrar num táxi e deu ao motorista o endereço da WTN.

Quando ia entrar no escritório de Matt, Abbe lhe disse:

– Ora, Jeff! Que bom vê-lo de novo.

– Obrigado, Abbe. – E entrou no escritório de Matt Baker.

– Então está de volta – disse Matt. – Como vai Rachel?

A pergunta desviou Jeff por um instante.

– Vai bem – disse ele, desligado. – Onde está Dana? Não está respondendo ao celular, nem ninguém atendeu no apartamento.

– Meu Deus, você não sabe o que ela tem sofrido, sabe?

– Me diga – disse Jeff, veemente.

No escritório da recepção, Abbe encostou o ouvido na porta fechada. Só conseguia ouvir trechos da conversa. "... atentados contra a vida dela... Sasha Shdanoff... Krasnoyarsk-26... Kemal... Roger Hudson..."

Abbe tinha ouvido o bastante. Foi correndo à sua mesa e pegou o telefone. Um instante depois, falava com Roger Hudson.

Dentro do escritório, Jeff ouvia atento tudo que Matt lhe dizia, estupidificado.

– Não dá para acreditar nisso...

– É tudo verdade – garantiu-lhe Matt Baker. – Dana está no apartamento de Abbe. Vou mandar Abbe telefonar para lá de novo. – Apertou o botão do telefone interno, mas, antes que pudesse falar ouviu a voz de Abbe.

– ... e Jeff Connors está aqui. À procura de Dana. Acho que seria melhor você tirá-la do meu apartamento. Eles na certa devem ir para lá... Certo. Cuidarei disso, Sr. Hudson. Se...

Abbe ouviu um ruído e voltou-se. Parados no limiar da porta, Jeff Connors e Matt Baker a encaravam, chocados.

– Sua filha da mãe... – disse Matt.

Jeff virou-se para Matt , frenético.

– Tenho de chegar correndo à casa de Hudson. Preciso de um carro.

Matt Baker olhou pela janela.

– Jamais chegará lá a tempo. O tráfego está um caos.

Do heliporto no telhado, ouviram o som do helicóptero WTN pousar. Os dois homens entreolharam-se.

25

Dana conseguiu parar um táxi diante do apartamento de Abbe Lasmann, mas o percurso até a casa de Hudson parecia durar uma eternidade. O tráfego nas ruas escorregadias era horrendo. A ideia de que se atrasaria e chegaria tarde demais aterrorizava-a.

– Depressa – implorou ao motorista.

Ele lançou-lhe um olhar pelo espelho retrovisor.

– Senhora, não sou um avião.

Dana recostou-se, cheia de ansiedade, pensando no que a aguardava adiante. A essa altura Matt teria recebido seu recado e chamado a polícia. *Quando eu chegar lá, a polícia também deverá estar. Se ainda não estiver, posso ganhar tempo até chegarem.* Abriu a bolsa. Ainda guardava a lata de aerossol de pimenta. *Que bom.* Não pretendia dar moleza a Roger e Pamela.

À MEDIDA QUE o táxi se aproximava da casa dos Hudsons, Dana lançava olhares pela janela, à procura de alguma atividade policial. Nada. Quando chegaram e subiram a entrada para carros ela viu tudo deserto. O medo a sufocava.

Lembrou da primeira vez em que tinha ido ali. Como Roger e Pamela lhe haviam parecido maravilhosos. E no entanto eram monstros traidores, assassinos. Tinham Kemal. Um ódio superpoderoso inundou-a.

– Quer que eu espere? – perguntava-lhe o motorista do táxi.

– Não. – Dana pagou, subiu os degraus diante da casa e tocou a campainha, o coração disparado.

Cesar abriu a porta. Quando a viu, seu rosto iluminou-se.

– Srta. Evans.

E com um ímpeto de emoção, Dana percebeu que tinha um aliado. Estendeu-lhe a mão.

– Cesar.

Ele tomou-a em sua manzorra.

– Fico feliz em vê-la, Srta. Evans – disse Cesar.

– Eu fico feliz em *vê-lo*. – E dizia-o com sinceridade. Tinha certeza que Cesar a ajudaria. A única questão era saber quando se aproximar dele. Olhou em volta. – Cesar...

– O Sr. Hudson a espera no escritório, Srta. Evans.

– Certo.

Dana seguiu Cesar pelo longo corredor, lembrando as coisas incríveis que haviam acontecido desde que entrara pela primeira vez naquele saguão. Chegaram ao escritório. Sentado à sua mesa, Roger juntava alguns papéis.

– Srta. Evans – disse Cesar.

Roger ergueu os olhos. Dana viu Cesar afastar-se. Sentiu-se tentada a chamá-lo de volta.

– Bem, Dana. Entre.

Ela entrou, olhou para Roger e foi tomada por uma fúria cegante.

– Onde está Kemal?

– Ah, aquele garoto tão querido – disse Roger.

– A polícia está vindo para cá, Roger. Se você fizer qualquer coisa a algum de nós...

– Oh, não creio que devamos nos preocupar com a polícia, Dana. – Aproximou-se dela e, antes que soubesse o que ele fazia, já lhe arrancara a bolsa e começava a vasculhá-la. – Pamela me disse que você tem um aerossol de pimenta. Tem andado muito ocupada, não é, Dana? – Pegou a lata de aerossol, ergueu-a e borrifou o conteúdo no rosto de Dana. Ela gritou com a dor ardente. – Oh, ainda não sabe o que é a dor, minha cara, mas lhe garanto que vai descobrir.

Lágrimas escorriam pelo rosto de Dana. Ela tentava retirar o líquido com as mãos. Educadamente, Roger esperou que terminasse e depois borrifou-lhe mais uma vez o rosto.

Dana soluçava.

– Quero ver Kemal.

– Claro que quer. E Kemal quer ver você. O garoto está aterrorizado, Dana. Nunca vi ninguém tão aterrorizado. Sabe que vai morrer, e eu lhe disse que você também ia morrer. Acha que foi inteligente, não, Dana? A verdade é que você foi uma ingênua. Nós a estávamos usando. Sabíamos que alguém no governo russo tinha conhecimento do que fazíamos e ia nos denunciar. Mas não conseguimos descobrir quem era. Mas você fez esse favor para nós, não foi?

A lembrança dos corpos ensanguentados de Sasha Shdanoff e sua amiga passou como um clarão na mente de Dana.

– Sasha Shdanoff e o irmão dele, Boris, foram muito inteligentes. Ainda não encontramos Boris, mas logo o encontraremos.

– Roger, Kemal não tem nada a ver com isso. Deixe-o...

– Acho que não, Dana. Comecei a me preocupar quando você conheceu a pobre malfadada Joan Sinisi. Ela ouviu por acaso Taylor falando do plano russo. Ele temia mandar matá-la porque ela estava ligada a ele. Então a despediu. Quando ela entrou com um processo por demissão injusta, ele fez um acordo, com a condição de que ela jamais discutisse o assunto. – Roger Hudson exalou um suspiro. – Portanto, receio que seja você a verdadeira responsável pelo acidente de Joan Sinisi.

– Roger, Jack Stone sabe...

Roger Hudson balançou a cabeça.

– Jack Stone e seus homens têm vigiado cada passo seu. Podíamos ter nos livrado de você a qualquer momento, mas esperamos até conseguir a informação de que precisávamos. Realmente, não temos mais necessidade de você.

– Quero ver Kemal.

– Tarde demais. Receio que o pobre Kemal tenha sofrido um acidente.

Dana lançou-lhe um olhar horrorizado.

– Que foi que vocês...?

– Pamela e eu decidimos que um pequeno incêndio era a melhor maneira de pôr fim à lamentável vidinha de Kemal. Por isso, o mandamos de volta para a escola. Travessura dele, forçar a entrada na escola num sábado. Era simplesmente pequeno o bastante para passar pela janela do porão.

Ela foi tomada de cima a baixo por um ódio cegante.

– Seu monstro insensível. Jamais vai sair impune disso.

– Você me decepciona, Dana. Recorrendo a clichês? O que não entende é que *já* saímos impunes disso. – Ele voltou para a escrivaninha e apertou um botão. Um momento depois, surgiu Cesar.

– Sim, Sr. Hudson.

– Quero que cuide da Sra. Evans. E cuide para que ela ainda esteja viva quando acontecer o acidente.

– Sim, Sr. Hudson.

Cesar era um deles. Dana não podia acreditar.

– Roger, me escute...

Cesar pegou-a pelo braço e pôs-se a retirá-la do escritório.

– Roger...

– Adeus, Dana.

Cesar apertou o punho no braço de Dana, levou-a depressa pelo corredor da cozinha, e saíram para a lateral da casa, onde havia uma limusine estacionada.

O HELICÓPTERO DA WTN aproximava-se da propriedade dos Hudsons.

Jeff disse ao piloto, Norman Bronson:

– Pode descer no gramado e... – interrompeu-se ao olhar para baixo e ver Cesar pondo Dana numa limusine. – Não! Espere um minuto – disse.

A limusine começou a sair pela estrada da garagem, dirigindo-se para a rua.

– Que quer que eu faça?

– Siga-os.

NA LIMUSINE, Dana disse:

– Você não quer fazer isso, Cesar. Eu...

– Cale a boca, Srta. Evans.

– Cesar, me escute. Você não precisa dessas pessoas. São assassinos. Você é um homem decente. Não deixe o Sr. Hudson obrigá-lo a fazer coisas que...

– O Sr. Hudson não está me forçando a fazer nada. Faço isso pela *Sra.* Hudson. – Olhou para Dana pelo espelho retrovisor e abriu um largo sorriso. – A Sra. Hudson cuida muito bem de mim.

Dana examinou-o estupefata. *Não posso deixar que isso aconteça.*

– Para onde está me levando?

– Ao Parque Rock Creek. – Não precisou acrescentar: *Onde vou matá-la.*

NUMA CAMINHONETE espaçosa, Roger Hudson, Pamela, Jack Stone e a Sra. Daley dirigiam-se para o Aeroporto Nacional de Washington.

– O avião já está pronto. O piloto tem o plano de voo para Moscou – disse Jack Stone.

Pamela Hudson comentou:

– Deus, detesto clima glacial. Espero que aquela cadela queime no inferno por me fazer passar por isso.

– E Kemal? – perguntou Roger Hudson.

– O incêndio na escola vai ser ateado em vinte minutos. O garoto está no porão. Profundamente sedado.

DANA IA FICANDO cada vez mais desesperada. Aproximavam-se do Parque Rock Creek e o tráfego começava a reduzir.

Kemal está aterrorizado, Dana. Nunca vi ninguém tão aterrorizado. Sabe que vai morrer, e eu lhe disse que você também ia morrer.

NO HELICÓPTERO que seguia de cima a limusine, Norman Bronson disse:

– Ele vai fazer a curva, Jeff. Parece que está indo para o Parque Rock Creek.

– Não o perca de vista.

NA AFP, O GENERAL Booster entrou enfurecido em seu escritório.

– Que diabos está acontecendo aqui? – perguntou a um dos ajudantes.

– Eu lhe disse, general. Enquanto esteve fora, Jack Stone recrutou alguns dos nossos melhores homens, e eles entraram numa grande empreitada com Roger Hudson, o alvo é Dana Evans. Olhe isso. – O ajudante abriu uma tela em seu computador e, um minuto depois, apareceu uma foto de Dana nua, entrando no chuveiro no Hotel Breidenbacher Hof.

A expressão no rosto do general Booster endureceu-se.

– Meu Deus! – Voltou-se para o ajudante. – Onde está Jack Stone?

– Partiu. Vai deixar o país com os Hudsons.

O general Booster retrucou asperamente:

– Ligue-me com o Aeroporto Nacional.

NO HELICÓPTERO, Norman Bronson olhou para baixo e disse:

– Estão indo mesmo para o parque, Jeff. Assim que entrarem debaixo daquelas árvores, vamos perdê-los de vista.

Jeff exortou-o:

– Temos de detê-los. Pode pousar defronte deles na estrada?

– Claro.

– Faça isso.

Norman Bronson empurrou os controles à frente e o helicóptero começou a descer. Sobrevoou a limusine e pôs-se a baixar delicadamente. Pousou 20 metros à frente da limusine. Eles ouviram os pneus chiando até o carro parar.

– Desligue os motores – disse Jeff.

– Não podemos fazer isso. Vamos ficar à mercê do cara se...

– Desligue.

Norman Bronson olhou para Jeff.

– Tem certeza que sabe o que está fazendo?

– Não.

O piloto suspirou e desligou a ignição. As imensas pás do helicóptero começaram a diminuir de rotação até pararem.

Cesar abrira a porta de trás da limusine.

– Seu amigo está tentando nos causar problema – disse a Dana. – Curvou-se e, com o punho fechado, desferiu o primeiro golpe, acertando-lhe o queixo. Ela caiu de costas no assento, inconsciente. Cesar levantou-se e partiu para cima do helicóptero.

– Aí vem ele – disse Norman Bronson, nervoso. – Meu Deus, esse cara é um gigante!

Cesar aproximava-se do helicóptero, o rosto cheio de expectativa.

– Jeff, ele deve ter um revólver. Vai nos matar.

Jeff berrou pela janela:

– Você e seus chefes vão para a prisão, idiota...

Cesar começou a apertar mais o passo.

– Acabou tudo pra vocês. Faria melhor desistindo.

Cesar estava a 10 metros do helicóptero.

– Vai virar boi de piranha na cadeia.

Cinco metros.

– Vai adorar isso, não, Cesar?

Cesar agora corria. Dois metros.

Jeff apertou com força o polegar no botão do arranque e as imensas pás do helicóptero puseram-se a girar devagar. Cesar não prestou atenção, pois tinha os olhos fixo em Jeff, o rosto cheio de ódio. As lâminas começaram a girar cada vez mais rápido. Quando Cesar lançou-se para a porta do helicóptero, compreendeu de repente o que acontecia, embora fosse tarde demais. Ouviu-se um alto *chape*, e Jeff fechou os olhos. As partes externa e interna do helicóptero ficaram no mesmo instante cobertas de sangue.

– Vou vomitar – disse Norman Bronson. Desligou a ignição.

Jeff deu uma olhada no corpo decapitado no chão, saltou do helicóptero e saiu disparado para a limusine. Abriu a porta. Dana estava inconsciente.

– Dana... Querida...

Ela abriu lentamente os olhos. Viu Jeff e murmurou:

– Kemal...

A LIMUSINE AINDA estava a mais de três quilômetros da Escola Preparatória Lincoln quando Jeff berrou:

– Olhem. – Diante dele, a distância, viram a fumaça começando a escurecer o céu.

– Eles estão pondo fogo na escola – disse Dana, com um grito agudo. – Kemal está lá. No porão. Oh, meu Deus.

Momentos depois, a limusine alcançou a escola. Do prédio erguia-se uma densa nuvem de fumaça. Vários bombeiros trabalhavam para debelar o fogo.

Jeff saltou do carro e dirigiu-se para a escola. Um bombeiro deteve-o.

– Não pode se aproximar mais, senhor.

– Tem alguém dentro? – perguntou Jeff.

– Não. Acabamos de arrombar a porta da frente.

– Tem um garoto no porão.

Antes que alguém pudesse impedi-lo, Jeff correu em direção à porta da frente arrombada e entrou a toda. No corredor cheio de fumaça, tentou berrar o nome de Kemal, mas só saiu uma tosse. Pôs um lenço no nariz e atravessou às pressas o corredor até a escada que levava ao porão. A fumaça era acre e densa. Jeff desceu tateando pela escada e apoiando-se no corrimão.

– Kemal! – gritou. Nenhuma resposta. – Kemal! – Silêncio. Jeff vislumbrou uma forma vaga no outro lado do porão. Seguiu para lá, tentando não respirar, os pulmões ardendo. Quase tropeçou e caiu sobre Kemal. Sacudiu-o. – Kemal!

O garoto estava inconsciente. Com um enorme esforço, Jeff pegou-o no colo e pôs-se a carregá-lo para a escada. Cambaleava, como se embriagado, pela rodopiante nuvem negra, levando Kemal nos braços. Quando chegou à escada, meio o carregava e meio o arrastava. Sufocado e cego pela fumaça, ouviu vozes distantes e perdeu os sentidos.

O GENERAL BOOSTER falava ao telefone com Nathan Novero, o administrador do Aeroporto Nacional de Washington.

– Roger Hudson guarda seu avião aí?

– Sim, general. Na verdade, a aeronave se encontra aqui agora. Acho que acabaram de liberar a pista para eles decolarem.

– Aborte.

– *Como?*

– Chame a torre e aborte.

– Sim, senhor. – Nathan Novero chamou a torre. – Torre, aborte a decolagem do Gulfstream R3487.

O controlador do tráfego aéreo disse:

– Eles já estão taxiando na pista.

– Cancele a desobstrução para decolagem.

– Sim, senhor. – O controlador do tráfego aéreo pegou o microfone. – Torre para Gulfstream R3487. Sua decolagem foi abortada. Retorne ao terminal.

Roger Hudson entrou na cabine.

– Que diabo é isso?

– Deve ser algum tipo de adiamento – disse o piloto. – Teremos de retornar ao...

– Não! – interrompeu Pamela Hudson – Prossiga.

– Com todo o devido respeito, Sra. Hudson, eu perderia meu brevê de piloto se...

Jack Stone aproximou-se do piloto com uma arma apontada para sua cabeça.

– Decole. Vamos para a Rússia.

O piloto sorveu um longo hausto de ar.

– Sim, senhor.

O avião acelerou e deslizou a grande velocidade pela pista; vinte segundos depois, estava no ar. O administrador do aeroporto viu, consternado, o Gulfstream elevar-se cada vez mais céu afora.

– Meu Deus! Ele violou as...

Ao telefone, o general Booster perguntava, insistente.

– Que está acontecendo? Você os deteve?

– Não, senhor. Eles... eles simplesmente acabaram de levantar voo. Não temos como fazê-los...

E, naquele momento, o céu explodiu. Sob os olhos da equipe de terra horrorizada, partes do Gulfstream começaram a despencar pelas nuvens em pedaços incandescentes. Parecia continuar explodindo por toda a eternidade.

Na ponta extrema do campo, Boris Shdanoff olhou atento por um longo tempo. Por fim, voltou-se e afastou-se.

26

A mãe de Dana deu uma mordida numa fatia do bolo de casamento.

– Doce demais. Excessivamente doce. Quando eu era mais jovem e cozinhava, meus bolos derretiam na boca. Não é verdade, querida?

"Se derretiam na boca" talvez fosse a última frase que passaria pela mente de Dana, mas era importante.

– Com certeza, mãe – disse ela, com um sorriso afetuoso.

A cerimônia de casamento foi realizada por um juiz na Prefeitura. Dana convidou a mãe na última hora, após um telefonema.

– Querida, acabei não me casando com aquele homem medonho. Você e Kemal tinham razão sobre ele, por isso voltei para Las Vegas.

– Que aconteceu, mãe?

– Descobri que ele já era casado. A esposa também não gostava dele.

– Sinto muito, mãe.

– Pois é, aqui estou eu mais uma vez sozinha.

Solidão era a insinuação. Por isso Dana a convidou para o casamento. Vendo a mãe conversar com Kemal e até se lembrar de seu nome, ela sorriu. *Ainda vamos transformá-la numa avó.* Sua felicidade parecia imensa demais para absorver. Só estar casada com Jeff era um abençoado milagre, mas havia mais.

APÓS O INCÊNDIO, Jeff e Kemal haviam ficado um breve período no hospital para tratamento de inalação de fumaça. Enquanto estiveram lá, uma enfermeira contou a uma repórter as aventuras de Kemal e a matéria foi captada pela mídia. O retrato dele apareceu em todos os jornais e sua história foi contada na televisão. Escreviam um livro sobre suas experiências e falava-se até em uma série de televisão.

– Mas só se for estrelada por mim – insistiu Kemal, que se tornou o herói da escola.

Quando se realizou a cerimônia de adoção, metade dos colegas de escola de Kemal esteve presente para aplaudí-lo.

– Agora sou mesmo adotado, hein?

– Você é adotado mesmo – disseram Dana e Jeff. – Pertencemos um ao outro.

– Joia. Espere até Ricky Underwood saber disso. Ah-ah!

O TERRÍVEL PESADELO do mês anterior foi aos poucos se dissipando. Os três agora eram uma família, e o lar, um porto seguro. *Não preciso mais de aventuras,* pensou Dana. *Já tive o suficiente para durar o resto da vida.*

Certa manhã, anunciou:

– Acabei de achar um apartamento esplêndido para nós quatro.

– Quer dizer nós três – corrigiu-a Jeff.

– Não – disse Dana, tranquila. – Nós quatro.

Jeff fitava-a.

– Ela quer dizer que vai ter um bebê – explicou Kemal. – Espero que seja um menino. Podemos lançar bolas na cesta.

MAIS BOAS NOTÍCIAS chegariam. O programa de estreia *Linha do Crime*, "História de Roger Hudson, uma conspiração assassina", recebeu aclamação da crítica e índices de audiência fenomenais. Matt Baker e Elliot Cromwell não se continham de felicidade.

– É melhor arranjar um lugar para pôr o seu Emmy – disse Elliot Cromwell a Dana.

HOUVE APENAS uma nota consternadora. Rachel Stevens sucumbira ao câncer. A notícia saiu publicada nos jornais e Dana e Jeff ficaram sabendo do que tinha acontecido. Mas, quando a matéria apareceu no teleprompter, Dana olhou-a e engasgou-se.

– Não posso ler isso – sussurrou a Richard Meltron. E ele a leu. *Descanse em paz.*

TRANSMITIAM o noticiário das 23 horas.

– ... e em Spokane, estado de Washington, um guarda foi acusado pelo assassinato de uma prostituta de 16 anos, e é suspeito da morte de outras 16... Na Sicília, o corpo de Malcolm Beaumont, 70 anos, herdeiro de uma fortuna em aço, foi encontrado afogado numa piscina. Beaumont estava em lua de mel com a esposa de 25 anos, e acompanhado por dois irmãos da noiva. Agora, a meteorologia com Matt Greer.

Quando terminou a transmissão, Dana foi até a sala de Matt Baker.

– Tem uma coisa me incomodando, Matt.

– Que é? Me diga que eu a elimino.

– Sabe a matéria daquele milionário de 70 anos que foi encontrado afogado numa piscina durante a lua de mel com a noiva de 25 anos? Não acha que foi terrivelmente conveniente?

fim

SIDNEY SHELDON

CONTE-ME SEUS SONHOS

LIVRO VIRA-VIRA 1

Tradução de
RICARDO SILVEIRA

3ª edição

EDIÇÕES
BestBolso
RIO DE JANEIRO – 2010

CIP-BRASIL. CATALOGAÇÃO-NA-FONTE
SINDICATO NACIONAL DOS EDITORES DE LIVROS, RJ

Sheldon, Sidney, 1917-2007
S548c Conte-me seus sonhos – Livro vira-vira 1 / Sidney Sheldon;
3ª ed. tradução Ricardo Silveira. – 3ª ed. – Rio de Janeiro: BestBolso, 2010.

Tradução de: Tell Me Your Dreams
Obras publicadas juntas em sentido contrário
Com: O céu está caindo / Sidney Sheldon; tradução de Alda Porto. – Rio de Janeiro: BestBolso, 2010
ISBN 978-85-7799-263-8

1. Romance norte-americano. I. Silveira, Ricardo. II. Porto, Alda. III. Título. IV. Título: O céu está caindo.

10-2127 CDD: 813
CDU: 821.111(73)-3

Conte-me seus sonhos, de autoria de Sidney Sheldon.
Título número 182 das Edições BestBolso.
Terceira edição vira-vira impressa em outubro de 2010.
Texto revisado conforme o Acordo Ortográfico da Língua Portuguesa.

Título original norte-americano:
TELL ME YOUR DREAMS

Esta é uma obra de ficção baseada em casos reais.

www.edicoesbestbolso.com.br

Design de capa: Simone Villas-Boas sobre foto de Harald Eisenberger intitulada "Young Woman at Window" (Getty Images).

Impresso no Brasil

ISBN 978-85-7799-263-8

EDIÇÕES BESTBOLSO

Conte-me seus sonhos

O escritor norte-americano Sidney Sheldon (1917-2007) era um adolescente pobre na Chicago dos anos 1930 quando decidiu participar de um programa de calouros que acabou conduzindo-o a Hollywood, onde passou a revisar roteiros. Depois de prestar serviço militar durante a Segunda Guerra Mundial, Sheldon começou a escrever musicais para a Broadway e roteiros cinematográficos. O sucesso das peças possibilitou o acesso aos estúdios de cinema e o aproximou de astros como Frank Sinatra, Marilyn Monroe e Cary Grant. Na TV, os seriados *Nancy*, *Casal 20* e *Jeannie é um gênio* levaram a sua assinatura. Em 1969, Sidney Sheldon publicou seu primeiro romance, *A outra face*, e a partir de então seu nome se tornou sinônimo de best-seller. Foi o único escritor que recebeu três dos mais cobiçados prêmios da indústria cultural norte-americana: o Oscar, do cinema, o Tony, do teatro e o Edgar Allan Poe, da literatura de suspense.

Para meus dois Larrys:
Larry Hughes e
Larry Kirshbaum,
meus dois Sherpas literários

Livro I

1

Ela estava sendo seguida. Já havia lido sobre esse tipo de gente, pessoas que perseguem os outros furtivamente, e que pertencem a um mundo diferente e violento. Não fazia ideia de quem poderia ser, de quem poderia querer fazer-lhe mal. Tentava desesperadamente evitar o pânico; entretanto, suas últimas noites vinham sendo preenchidas com pesadelos, e todas as manhãs ela despertava com uma sensação de ameaça iminente. *Talvez tudo isso seja fruto da minha imaginação*, pensou Ashley Patterson. *Ando trabalhando demais. Preciso tirar umas férias.*

Ela se olhou no espelho do quarto. Viu a imagem de uma mulher de 20 e tantos anos, esbelta, bem-vestida, de traços aristocráticos e olhos castanhos, inteligentes e ansiosos, provida de uma discreta elegância e atrativos sutis. Os cabelos escuros escorriam-lhe suavemente sobre os ombros. *Odeio a minha aparência*, pensou Ashley. *Sou muito magra. Preciso começar a comer mais.* Foi até a cozinha e pôs-se a preparar a refeição matinal, esforçando-se para esquecer aqueles pesadelos medonhos que estava tendo e concentrando-se no preparo de uma omelete bem fofa. Ligou a cafeteira e colocou uma fatia de pão na torradeira. Dez minutos depois, a refeição estava pronta. Ashley pôs os pratos sobre a mesa e sentou-se. Pegou um garfo, olhou para a comida durante alguns instantes e balançou a cabeça, em desespero. O medo roubara-lhe o apetite.

Isso não pode continuar assim, pensou, nervosa. *Seja quem for, não vou deixar que faça isso comigo. Não vou mesmo.*

Ashley olhou rapidamente para o relógio. Era hora de sair para o trabalho. Olhou ao redor do apartamento, como se estivesse buscando algum tipo de confirmação. Situado no terceiro andar de um prédio na vila Via Camino, o apartamento era decorado com bom gosto, tinha uma sala de estar e outra menor, lavabo, quarto de dormir, banheiro e cozinha. Ela morava em Cupertino, Califórnia, fazia três anos. Até duas semanas atrás, Ashley o considerara tão confortável quanto um ninho, um refúgio. Agora, ele se transformara numa fortaleza, um lugar onde ninguém poderia entrar para prejudicá-la. Foi até a porta da frente e examinou a fechadura. *Vou mandar botar uma tranca*, pensou. *Amanhã*. Apagou todas as luzes, verificou se a porta estava bem trancada ao sair e pegou o elevador até a garagem do subsolo.

Não havia ninguém lá. Seu carro estava a 7 metros do elevador. Ela examinou bem as redondezas e correu até ele, entrou e trancou as portas, com o coração palpitando. Seguiu para o centro da cidade, sob um céu escuro e agourento. O serviço meteorológico tinha previsto chuva. *Mas não vai chover*, pensou Ashley. *Vai fazer sol. Faço um trato com você, Deus. Se não chover, quer dizer que está tudo bem, que estou imaginando coisas.*

DEZ MINUTOS DEPOIS, Ashley Patterson dirigia pelo centro de Cupertino. Ainda se maravilhava com o milagre em que se transformara este outrora adormecido cantinho do vale de Santa Clara. Localizado a 80 quilômetros do sul de São Francisco, onde a revolução da informática tivera início, o lugar foi adequadamente apelidado de Vale do Silício.

Ashley trabalhava na Corporação Global de Computação Gráfica, uma empresa nova, de sucesso e crescimento rápido, com duzentos funcionários.

Quando dobrou na Silverado Street, teve a incômoda sensação de que *ele* vinha logo atrás, de que a estava seguindo. *Mas quem? E por quê?* Olhou pelo espelho retrovisor. Tudo parecia normal.

Todos os seus instintos lhe diziam o contrário.

Logo à sua frente, encontrava-se a edificação espraiada e moderna onde se localizava a Corporação Global de Computação Gráfica. Ashley entrou no estacionamento, mostrou o cartão de identificação ao guarda e parou em sua vaga. Sentiu-se segura ali.

Quando ela saiu do carro, começou a chover.

ÀS 9 HORAS, a Global já fervia de atividade. Havia oitenta baias, ocupadas por peritos em informática, todos jovens e ativamente empenhados em criar sites e logotipos para novas empresas, fazer artes-finais para editoras e gravadoras e preparar ilustrações para revistas. O conjunto de escritórios ficava num único andar, onde se viam várias divisórias: administração, vendas, marketing e suporte técnico. O ambiente era informal. Os funcionários andavam de jeans, camisetas sem mangas ou agasalhos de moletom.

Quando Ashley se encaminhava para sua mesa, seu supervisor, Shane Miller, a abordou.

– Bom dia, Ashley!

Shane Miller tinha 30 e poucos anos, era um homem forte e sério, de personalidade agradável. No início, tentou persuadi-la a ir para a cama com ele, mas finalmente desistiu, e os dois se tornaram bons amigos.

Ele lhe entregou o último exemplar da revista *Time*.

– Viu isso?

Ashley olhou para a capa, que trazia a figura de um homem de aparência distinta, com cerca de 50 anos e cabelos grisalhos. A manchete dizia: DR. STEVEN PATTERSON, PAI DA MICROCIRURGIA CARDÍACA.

– Vi, sim.

– Como você se sente tendo um pai famoso?

Ashley sorriu.

– Maravilhosamente bem.

– Ele é um grande homem.

– Vou dizer isso a ele. Nós vamos almoçar juntos hoje.

– Que bom! A propósito... – Shane Miller lhe mostrou a fotografia de uma estrela do cinema que seria usada como a cliente de um anúncio. – Tem um probleminha aqui. Desiree engordou uns 5 quilos, e dá para perceber. Veja só que olheiras! E, mesmo com a maquiagem, a pele dela está cheia de manchas. Será que você consegue dar um jeito?

Ashley analisou a fotografia.

– Posso melhorar os olhos aplicando um difusor. Também posso tentar afinar o rosto, mas... não! Provavelmente acabaria ficando com um aspecto meio estranho. – Ela voltou a estudar a fotografia. – Vai ficar bom se eu der uma retocada em algumas áreas.

– Obrigado! Está tudo certo para sábado à noite?

– Está.

Shane Miller apontou para a fotografia com um gesto da cabeça.

– Isso aí não tem pressa. Eles querem para o mês passado.

Ashley sorriu.

– E qual é a novidade?

ELA COMEÇOU A TRABALHAR. Ashley era especialista em propaganda e design gráfico, na criação de layout com texto e imagens.

Meia hora mais tarde, enquanto trabalhava na fotografia, Ashley sentiu que alguém a observava. Levantou o rosto e viu. Era Dennis Tibble.

– Bom dia, doçura!

A voz dele lhe dava nos nervos. Tibble era o gênio da informática na empresa. Conhecido no trabalho como "O Consertador", sempre que um computador travava, mandavam chamá-lo. Estava com pouco mais de 30 anos, era magro, calvo e tinha uma atitude desagradável, arrogante. Em suma, era um indivíduo de personalidade obsessiva, que todos diziam ter uma fixação por Ashley.

– Precisa de uma ajudinha?

– Não, obrigada!

– Ei, que tal sairmos para jantar no sábado?

– Obrigada! Já tenho compromisso.

– Vai sair com o chefe de novo?

Ashley se virou e olhou para ele, zangada.

– Escuta aqui, isso não é da sua...

– Seja como for, eu não faço ideia do que você viu nele! O cara é um almofadinha, um caretão. Você pode se divertir muito mais comigo. – Ele deu uma piscadela. – Você sabe o que eu quero dizer, não sabe?

Ashley estava tentando se controlar.

– Eu tenho mais o que fazer, Dennis.

Tibble se inclinou para perto dela e sussurrou:

– Tem uma coisa que você vai aprender a meu respeito, doçura. Eu não desisto. Nunca.

Ela ficou olhando enquanto ele se afastava e pensou: *Seria ele?*

Às 12h30, Ashley deixou a estação de trabalho e foi para o Margherita Di Roma, encontrar seu pai para almoçar.

ELA ESTAVA SENTADA a uma mesa no canto do restaurante lotado, observando o pai vir em sua direção. Teve de admitir que ele era um homem atraente. As pessoas voltavam-se para admirá-lo, enquanto ele se encaminhava para a mesa de Ashley. *"Como você se sente tendo um pai famoso?"*

Anos antes, o Dr. Steven Patterson fora o pioneiro das cirurgias cardíacas minimamente invasivas. Era sempre convidado a dar palestras nos principais hospitais do mundo. Ashley tinha 12 anos quando a mãe morreu, de modo que ficou sem ninguém, além do pai.

– Desculpe o atraso, Ashley! – Ele se inclinou sobre ela e deu-lhe um beijo na bochecha.

– Tudo bem. Acabei de chegar.

Ele se sentou.

– Você viu a *Time?*

– Vi. Shane me mostrou.

Ele franziu o cenho.

– Shane? Seu chefe?

– Ele não é meu chefe. Ele é... ele é um dos supervisores.

– Nunca é bom misturar negócios com prazer, Ashley. Você está saindo com ele fora do ambiente de trabalho, não está? Isso é um erro.

– Pai, nós somos só bons...

Um garçom se aproximou da mesa.

– Gostariam de ver o menu?

O Dr. Steven Patterson se virou para ele e disse, contrariado:

– Não dá para ver que estamos no meio de uma conversa? Vá embora; e só volte quando for chamado.

– Des... desculpe! – O garçom deu meia-volta e afastou-se rapidamente.

Ashley encolheu-se de constrangimento. Tinha se esquecido de quão forte era o temperamento do pai. Uma vez, durante uma cirurgia, ele chegou a dar um soco num residente que cometeu um erro de avaliação. Ashley lembrava-se das discussões que o pai e a mãe travavam aos berros quando ela era pequena. Eles a deixavam aterrorizada com aquilo. Sempre brigavam pela mesma coisa; entretanto, por mais que se esforçasse, ela não conseguia se lembrar sobre o que discutiam. Bloqueara o fato na memória.

O pai continuou, como se não tivesse havido qualquer interrupção.

– Onde estávamos? Ah, sim! Sair com Shane Miller é um erro. Um grande erro.

E suas palavras trouxeram à tona outra terrível lembrança.

ELA CHEGOU a ouvir a voz do pai dizendo:

– Sair com Jim Cleary é um erro. Um grande erro...

Ashley mal tinha completado 18 anos e estava morando em Bedford, Pensilvânia, onde nasceu. Jim Cleary era o rapaz mais disputado da escola. Jogava no time de futebol americano, era bonitão, engraçado e tinha um sorriso arrasador. Ashley tinha a impressão de que todas as meninas do colégio queriam dormir com ele. *E a maioria provavelmente dormiu*, pensou na época, com desgosto. Quando Jim Cleary começou a convidá-la para sair, ela estava determinada a não ir parar na cama dele. Tinha certeza de que só estava interessado em sexo; no entanto, passado algum tempo, mudou de ideia. Gostava de estar com ele, que parecia apreciar de verdade sua companhia.

Naquele inverno, a turma de formandos do ensino médio foi passar um fim de semana esquiando nas montanhas. Jim Cleary adorava esquiar.

– Vai ser muito legal – garantiu ele.

– Eu não vou.

Ele olhou espantado para ela.

– Por quê?

– Detesto o frio. Mesmo de luvas, meus dedos ficam congelados.

– Mas vai ser legal a gente poder...

– Eu não vou.

E ele ficou em Bedford para passar o fim de semana com ela.

Os dois compartilhavam os mesmos interesses, tinham as mesmas ideias e sempre se divertiam muito juntos.

Quando Jim Cleary lhe perguntou:

– Alguém quis saber hoje de manhã se você é minha namorada. O que devo responder?

Ashley sorriu e disse.

– Responda que sim.

O Dr. Patterson estava preocupado.

– Você anda saindo demais com esse tal de Cleary.

– Pai, ele é um sujeito decente, e eu o amo.

– Como é que você pode amar esse sujeito? Ele não passa de um jogador de *futebol americano*. Eu não vou deixar você se casar com um jogadorzinho qualquer. Ele não serve para você, Ashley.

Ele havia dito a mesma coisa sobre todos os rapazes com quem ela saiu.

O pai continuou fazendo comentários depreciativos sobre Jim Cleary, mas a explosão se deu na noite da formatura. O rapaz a levaria ao baile. Quando chegou para apanhá-la, ela estava aos prantos.

– Mas o que é isso? O que aconteceu?

– Meu pai... meu pai me disse que vai me levar para Londres. Ele me matriculou numa... faculdade de lá.

Jim Cleary olhou para ela, atônito.

– Ele está fazendo isso por causa de nós dois, não é?

Ashley assentiu apenas com um gesto da cabeça, contrariadíssima.

– Quando você vai partir?

– Amanhã.

– Não! Ashley, pelo amor de Deus, não deixe que ele faça isso conosco. Sabe, eu quero me casar com você. O meu tio me ofereceu um emprego muito bom em Chicago, na agência de publicidade dele. Vamos fugir. A gente se encontra na estação ferroviária. Tem um trem que sai para Chicago às 7 horas. Você topa?

Ela olhou para ele por um longo momento e disse baixinho:

– Topo.

Repensando o assunto mais tarde, Ashley não conseguia se lembrar do baile de formatura. Ela e Jim haviam passado a noite inteira discutindo animadamente os seus planos.

– Por que não vamos de avião para Chicago? – perguntou Ashley.

– Porque teríamos de informar os nossos nomes à companhia aérea. Se formos de trem, ninguém vai ficar sabendo para onde fomos.

Quando eles estavam saindo da festa, Jim Cleary perguntou baixinho:

– Você toparia dar uma parada lá na minha casa antes? Meus pais foram passar o fim de semana fora.

Ashley titubeou, dividida.

– Jim... a gente já esperou tanto tempo! Uns dias a mais não vão fazer diferença.

– Você tem razão. – Ele abriu um sorriso. – Acho que vou ser o único homem neste continente a se casar com uma virgem.

QUANDO JIM CLEARY levou Ashley para casa, depois da festa, o Dr. Patterson estava esperando, enfurecido.

– Vocês sabem que horas são?

– Sr. Patterson, desculpe! É que a festa...

– Não me venha com essas suas desculpas esfarrapadas, Cleary. A quem você acha que está enganando?

– Eu não estou...

– De agora em diante, fique longe da minha filha, entendeu bem?

– Pai...

– Você fica fora disso. – Ele agora estava gritando. – Cleary, eu quero que você suma daqui e não me apareça mais.

– Mas, Sr. Patterson, sua filha e eu...

– Jim...

– Suba já para o seu quarto.

– Sr. Patterson...

– Se eu vir você por aqui outra vez, vou quebrar todos os ossos do seu corpo.

Ashley jamais o vira tão furioso. A noite acabou com todos aos berros. Depois de encerrado o assunto, Jim foi embora, e Ashley desatou a chorar.

Não vou deixar papai fazer isso comigo, pensou Ashley, determinada. *Ele está tentando arruinar a minha vida.* Ela ficou sentada na cama por um longo tempo. *O meu futuro é com Jim. Eu quero ficar com ele. Isto aqui não é mais o meu lar.* Levantou-se, e começou a arrumar uma maleta de viagem. Trinta minutos depois, saiu pela porta dos fundos e partiu em direção à casa de Jim Cleary, a dez quarteirões de distância.

Vou passar a noite com ele e nós dois vamos pegar o trem para Chicago de manhã. Mas, à medida que foi se aproximando, pensou: *Não! Dessa forma está errado. Eu não quero estragar tudo. Vou encontrá-lo na estação.*

Ela deu meia-volta e tomou o rumo de casa novamente.

ASHLEY PASSOU O RESTO da noite acordada, pensando em sua vida com Jim, na maravilha que seria. Às 5h30, pegou sua maleta e passou silenciosamente diante da porta do quarto do pai. Esgueirou-se para fora de casa e tomou um ônibus para a estação ferroviária. Ao chegar à estação, não encontrou Jim. Ela estava adiantada. O trem só sairia em uma hora. Ashley foi esperar sentada num banco, ansiosa. Pensou no pai acordando e notando que ela havia partido. Ficaria furioso.

Mas não posso deixar que ele controle a minha vida. Um dia ele vai conhecer Jim melhor e vai ver a sorte que eu tenho. 6h30... 6h40... 6h45... 6h50... Nem sinal de Jim! Ashley estava começando a entrar em pânico. O que teria acontecido? Resolveu telefonar para ele. Ninguém atendeu. 6h55... *Ele vai chegar a qualquer momento*. Ela ouviu o apito do trem a distância e olhou para o relógio. 6h59. O trem estava entrando na estação. Ela se levantou e olhou ao redor freneticamente. *Alguma coisa terrível aconteceu a ele. Sofreu um acidente. Está no hospital.* Alguns minutos depois, Ashley estava paralisada na plataforma, vendo o trem partir para Chicago, levando com ele todos os seus sonhos. Esperou mais meia hora e tentou ligar de novo. Quando mais uma vez ninguém atendeu ao seu telefonema, ela voltou para casa, vagarosamente, desolada.

Ao meio-dia, Ashley e seu pai pegaram um avião para Londres...

ELA FREQUENTOU UMA faculdade em Londres durante dois anos e quando decidiu que queria trabalhar com computadores, candidatou-se à prestigiada bolsa de estudos para mulheres MEI Wang, no Curso de Engenharia da Universidade da Califórnia, em Santa Cruz. Seu pedido foi aceito e, três anos depois, fora admitida na Corporação Global de Computação Gráfica.

No início, Ashley escreveu meia dúzia de cartas para Jim Cleary, mas rasgou-as todas. O silêncio dele havia lhe dito com toda a clareza como ele se sentia em relação a ela.

A VOZ DO PAI arremessou-a de volta ao presente.

– Você está a um milhão de quilômetros de distância daqui. Em que está pensando?

Ashley analisou o pai do outro lado da mesa.

– Em nada.

O Dr. Patterson chamou o garçom com um gesto e exibiu um sorriso simpático.

– Agora nós queremos ver o menu – disse.

SÓ NO CAMINHO de volta para o trabalho Ashley se lembrou de que não havia parabenizado o pai por ter saído na capa da *Time*.

Quando chegou à sua mesa, Dennis Tibble estava à sua espera.

– Fiquei sabendo que você almoçou com seu pai.

Que sujeitinho enxerido! Ele acha que é da sua conta saber de tudo que acontece por aqui.

– Almocei, sim.

– Não deve ter sido muito divertido. – Ele baixou a voz. – Por que você nunca almoça comigo?

– Dennis... eu já lhe disse. Não estou interessada.

Ele sorriu.

– Mas vai ficar. Aguarde.

Havia algo estranho nele, algo assustador. Ashley tornou a se perguntar se não poderia ser ele quem... Ela balançou a cabeça. *Não.* Precisava esquecer essa coisa, tinha de seguir em frente.

A CAMINHO DE CASA, Ashley estacionou o carro em frente à livraria Apple Tree. Antes de entrar, olhou para a imagem refletida no espelho da vitrine da loja, para ver se havia alguém atrás dela que pudesse reconhecer. Ninguém. Entrou na loja.

Um rapaz veio atendê-la.

– Deseja alguma coisa?

– Eu gostaria... Vocês têm algum livro sobre maníacos que perseguem pessoas?

Ele olhava para ela com estranheza.

– *Maníacos?*

Ashley sentiu-se uma idiota.

– É isso mesmo. E também quero um livro sobre... ahn... jardinagem e... e animais da África – disse ela, rapidamente.

– Maníacos e jardinagem e animais da África?

– Isso – falou ela com firmeza.

Quem sabe? Talvez um dia eu venha a ter um jardim e a fazer uma viagem para a África!

QUANDO ASHLEY VOLTOU para o carro, começou a chover outra vez. Enquanto ela dirigia, a chuva batia contra o para-brisa, fragmentando o espaço e transformando as ruas à sua frente em imagens surreais. Ashley acionou os limpadores. Eles começaram a deslizar sobre o vidro, dizendo em voz sibilante: *Ele vai pegar você... vai pegar você... vai pegar você...* Mais que depressa, ela os desligou. *Não*, pensou. *Eles estão dizendo: Que nada! Que nada! Que nada!*

Ela tornou a ligar os limpadores de para-brisa. *Ele vai pegar você... vai pegar você... vai pegar você...*

ASHLEY ESTACIONOU o carro na garagem e apertou o botão para chamar o elevador. Dois minutos depois, estava chegando ao seu apartamento. Parou diante da entrada, enfiou a chave na fechadura, abriu a porta e congelou.

Todas as luzes do apartamento estavam acesas.

2

"O macaco perseguiu a lontra
Em volta do pé de amora.
O macaco achou divertido.
Mas a lontra – pluft! – foi embora."

Toni Prescott sabia exatamente por que gostava de cantar essa musiquinha boba. Sua mãe sempre a odiou. *Pare de cantar essa música idiota. Está me ouvindo? Você nem tem voz para cantar!*

Está bem, mamãe. E Toni cantava repetidas vezes, escondido. Isso tinha sido muito tempo atrás, mas a lembrança de desafiar a mãe ainda lhe trazia uma certa alegria.

TONI PRESCOTT DETESTAVA trabalhar na Global. Aos 22 anos, era brincalhona, cheia de vivacidade e ousadia. Era uma pessoa muito expansiva. Seu rosto com ar travesso tinha um aspecto zombeteiro; seus olhos castanhos, um ar matreiro; toda a sua figura, um jeito sedutor. Tinha nascido em Londres e falava com um delicioso sotaque britânico. Era atlética e adorava praticar esportes, especialmente os de inverno: esqui, trenó e patinação no gelo.

Durante o período em que frequentou a faculdade, em Londres, Toni se vestia de forma conservadora durante o dia, mas à noite usava minissaias, muitos acessórios e era bastante desinibida. Passou inúmeras noitadas no Electric Ballroom, na Camden High Street, no Subterania e no Leopard Lounge, enturmada com o badalado pessoal de West End. Como tinha uma bela voz, voluptuosa e sensual, dava canjas em algumas boates tocando ao piano e cantando, e o público aplaudia. Foi a época em que se sentiu mais viva.

A rotina nesses lugares seguia sempre o mesmo padrão:

– Sabe que você canta muito bem, Toni?

– Valeu.

– Posso lhe pagar um drinque?

Ela sorria.

– Eu adoraria tomar um Pimm's.

– Com prazer!

E tudo terminava sempre da mesma forma. O candidato acabaria chegando bem pertinho e sussurrando ao seu ouvido:

– Por que a gente não vai para o meu apartamento e fica numa boa?

– Sem essa! – E Toni ia embora. Ficava deitada em sua cama à noite, pensando na estupidez dos homens e em como era espantosamente fácil controlá-los. Os pobres coitados nem sabiam, mas *queriam* ser controlados. *Precisavam* ser controlados.

E ENTÃO VEIO a mudança de Londres para Cupertino. No início, foi um desastre. Toni detestava a cidade e odiava trabalhar na Global. Era uma chatice ficar ouvindo falar sobre dispositivos de encaixe e definição de imagem, fotogravuras. Ela morria de saudades da agitada vida noturna de Londres. Havia alguns *points* na área de Cupertino, e Toni os frequentava: San Jose Live, P. J. Mulligan's ou Hollywood Junction. Usava minissaias apertadas e sapatos abertos de salto ou solado alto de cortiça. Caprichava na maquiagem, aplicando cílios postiços, delineador grosso e escuro nos olhos, além de sombra colorida e batom brilhante. Era como se estivesse tentando ocultar sua beleza.

HAVIA FINS DE SEMANA em que pegava o carro e ia até São Francisco, onde o agito era maior! Buscava os restaurantes e boates com música ao vivo. Estava sempre no Harry Denton's, no One Market e no California Cafe, e durante a noite, enquanto os músicos faziam um intervalo, ela ia para o piano, tocar e cantar. Os clientes adoravam. Quando Toni pedia a conta do jantar, os donos diziam:

– Não; fica por conta da casa. Você é maravilhosa! Volte sempre, por favor.

Você ouviu isso, mamãe? "Você é maravilhosa! Volte sempre, por favor."

NUMA NOITE DE SÁBADO, Toni estava jantando no Salão Francês do Cliff Hotel. Os músicos haviam concluído a primeira parte da apresentação e deixado o palco. O *maître* olhou para ela e acenou-lhe convidativamente com um leve gesto de cabeça.

Toni se levantou e atravessou a sala, em direção ao piano. Sentou-se e começou a tocar e cantar uma antiga canção de Cole Porter. Quando terminou, todos aplaudiram eufóricos. Ela cantou mais duas músicas e voltou para a mesa.

Um homem calvo, de meia-idade, foi falar com ela.

– Com licença! Posso me sentar com você um instante?

Toni já ia dizendo que não, quando ele acrescentou:

– Meu nome é Norman Zimmerman. Estou produzindo uma turnê de *O rei e eu*. Gostaria de conversar com você sobre isso.

Toni tinha acabado de ler um artigo brilhante a seu respeito. Ele era um gênio do teatro.

O homem se sentou.

– Você é extremamente talentosa, mocinha! Está desperdiçando o seu tempo em lugares como este. Deveria estar na Broadway.

Broadway. Você ouviu, mamãe?

– Eu gostaria de fazer um teste com você para...

– Desculpe, mas não posso.

Ele olhou surpreso para ela.

– Uma coisa dessas poderia abrir muitas portas para você. Sério. Eu acho que você não sabe direito o talento que tem.

– Eu tenho um emprego.

– Fazendo o quê, posso perguntar?

– Trabalho numa empresa de informática.

– Quer saber de uma coisa? Eu começo pagando o dobro do seu salário lá, seja ele qual for, e...

Toni falou:

– Eu fico muito agradecida, mas... não dá.

Zimmerman se recostou no espaldar da cadeira.

– Você não se interessa pelo mundo artístico?

– Eu me interesso, e muito.

– Então, qual é o problema?

Toni hesitou, depois disse com cautela:

– Eu provavelmente teria de abandonar a turnê no meio.

– Por causa do seu marido, ou...?

– Não sou casada.

– Não estou entendendo. Você disse que se interessa pelo palco. Esta é uma oportunidade excelente para você aparecer e...

– Eu sinto muito. Não dá para explicar.

Se eu explicasse, ele não entenderia, pensou Toni, arrasada. *Ninguém entenderia. É a praga maldita com a qual eu tenho de conviver. Para sempre.*

POUCOS MESES DEPOIS de ter começado a trabalhar na Global, Toni percebeu a importância da internet, a porta mundial para conhecer homens.

Ela estava jantando num lugar chamado Duque de Edinburgo com Kathy Healy, uma amiga que trabalhava numa empresa concorrente na área de informática. A casa era um *pub* original da Inglaterra, que fora desmontado, embalado em contêineres e enviado para a Califórnia de navio. Toni ia lá por causa do peixe ao estilo *cockney* com batatas fritas, das costeletas com pudim de Yorkshire, da linguiça com purê e do bolo ao rum inglês. *Um pé no chão*, diria. *Não posso me esquecer das minhas raízes.*

Toni olhou para Kathy.

– Eu preciso de um favor seu.

– Pode falar.

– Quero ajuda com a internet, amiga. Você tem de me ajudar a usar esse negócio.

– Toni, o único computador ao qual eu tenho acesso fica no meu trabalho, e é contra as normas da empresa usar...

– Que se danem as normas da empresa! Você sabe usar a internet, não sabe?

– Sei.

Toni deu um tapinha na mão de Kathy Healy e sorriu.

– Ótimo!

Na noite seguinte, Toni foi para o escritório de Kathy Healy, que a apresentou ao mundo da internet. Toni ficou deslumbrada ao ver os caracteres surgindo rapidamente na tela, conversas digitadas entre gente do mundo inteiro.

– Eu preciso ter esse negócio! – falou Toni. – Vou comprar um computador lá para casa. Você poderia me ensinar a acessar os *chats*?

NA NOITE SEGUINTE, Toni já estava conectada à internet, e daí em diante sua vida mudou. Mal chegava do trabalho, ela ligava o computador e ficava on-line para explorar os vários *chats* da rede.

Era muito simples. Ela fazia a conexão, apertava uma tecla, e abria-se uma janela na tela. Toni digitava:

– Oi! Tem alguém aí?

Na parte inferior da tela surgia:

– Bob. Estou aqui. Esperando por você.

Ela estava pronta para se encontrar com o mundo.

Hans, da Holanda, a contatou:

– Fale-me de você, Hans.

– Sou DJ numa grande boate de Amsterdã. Gosto de hip-hop, world beat. Pode escolher.

Toni digitou a resposta.

– Que legal! Eu adoro dançar. Viro a noite dançando. Moro numa cidadezinha horrível, que não tem nada a oferecer, além de umas poucas discotecas.

– Que tristeza, hein?

– Nem me fale!

– Quer que eu lhe dê um pouco de alegria? Quais são as chances de um encontro entre nós dois?

– Tchauzinho! – Ela saiu do *chat*.

PAUL, DA ÁFRICA do Sul, fez contato:

– Eu estava esperando você chegar, Toni.

– Aqui estou. Louca para saber de você, Paul!

– Tenho 32 anos. Sou médico de um hospital em Johannesburgo. Eu...

Toni se desconectou. *Um médico*! Lembranças terríveis a assolaram. Ela fechou os olhos, com o coração palpitando. Respirou fundo várias vezes. Chega por hoje, pensou, estremecida. Foi dormir.

NA NOITE SEGUINTE, Toni voltou à internet. Sean, de Dublin, estava conectado.

– Toni... Que nome bonito!

– Obrigada, Sean!

– Você conhece a Irlanda?

– Não.

– Iria adorar. É a terra dos duendes. Eu gostaria de saber como você é, Toni. Aposto que é linda.

– Acertou. Sou linda, excitante e solteira. O que você faz, Sean?

– Trabalho num bar. Eu...

Toni encerrou a sessão.

TODA NOITE era diferente. Houve um jogador de polo da Argentina, um negociante de automóveis do Japão, um vendedor de uma loja de departamentos de Chicago, um técnico de televisão de Nova York. A internet era um jogo fascinante, e Toni a desfrutava ao máximo. Podia ir tão longe quanto quisesse e, apesar disso, sentia-se segura, pois ficava no anonimato.

Até que uma noite conheceu Jean Claude Parent num *chat*.

– *Bon soir*! É um prazer conhecê-la, Toni.

– O prazer é meu, Jean Claude. Onde você está?

– Em Quebec.

– Nunca fui a Quebec. Será que eu iria gostar? –Toni achou que veria surgir na tela uma resposta afirmativa.

Mas Jean Claude digitou:

– Não sei. Depende do tipo de pessoa que você é.

Toni ficou intrigada com aquilo.

– É mesmo? E que tipo de pessoa eu precisaria ser para gostar de Quebec?

– Quebec assemelha-se às primeiras fronteiras dos Estados Unidos. É muito francesa. O povo daqui é muito independente. Não gostamos de receber ordens de ninguém.

Toni digitou:

– Nem eu.

– Então, você iria gostar. A cidade é bonita, cercada de montanhas e lagos adoráveis! É um paraíso para a caça e a pesca.

Olhando para as palavras digitadas na tela, Toni chegou até a sentir o entusiasmo de Jean Claude.

– Está me parecendo legal. Fale-me de você.

– *Moi?* Não tenho muito a dizer. Estou com 38 anos, solteiro. Acabei de romper um relacionamento e gostaria de arranjar a mulher certa e sossegar. *Et vous?* É casada?

Toni digitou de volta:

– Não. Também procuro alguém. O que você faz?

– Sou dono de uma lojinha de joias. Espero que você possa vir conhecer a minha loja um dia.

– Isso é um convite?

– *Mais oui*. É, sim.

Toni digitou:

– Estou ficando interessada.

De fato, estava. *Talvez eu dê um jeito de ir até lá,* pensou. *Talvez ele seja a pessoa que pode me salvar.*

TONI SE COMUNICAVA com Jean Claude Parent quase todas as noites. Ele lhe enviou uma fotografia sua, e Toni viu-se olhando para um homem muito atraente, com uma fisionomia inteligente.

Quando viu uma fotografia de Toni, Jean Claude escreveu:

– Você é bonita, *ma chérie*. Conforme eu previa. Venha me visitar, por favor.

– Vou, sim.

– Em breve.

– Tchauzinho! – Toni se desconectou.

EM SEU TRABALHO, na manhã seguinte, Toni ouviu Shane Miller conversando com Ashley Patterson e pensou, *O que ele vê nela? Ela é um bagulho!* A seu ver, Ashley era uma solteirona frustrada, a dona Maria Certinha em pessoa. Ela não faz a menor ideia do que seja se divertir, pensou Toni. Não aprovava nada na outra. Ashley era um caso perdido, alguém que gostava de ficar em casa à noite, lendo um livro ou assistindo a documentários sobre História e à CNN. Não se interessava por esportes. *Uma chata!* Nunca tinha entrado num *chat*. Encontrar estranhos pelo computador era algo que Ashley jamais faria, *a antipática. Ela nem sabe o que está perdendo*, pensou Toni. *Sem o* chat, *eu jamais teria conhecido Jean Claude!*

Toni pensou no quanto sua mãe teria odiado a internet. Mas sua mãe havia odiado tudo mesmo! Só tinha duas formas de se comunicar: gritando ou se lamentando. Toni jamais conseguia agradá-la. *Você não faz nada certo, hein? Mas que menina idiota!* Ora, a mãe tinha gritado demais com ela. Toni pensou no terrível acidente no qual a mãe morrera. Ainda podia ouvir seus gritos de socorro. A lembrança a fez sorrir.

"Um centavo por um novelo de lã,
Um centavo por uma agulha, a toda hora!
É assim que o dinheiro se vai.
E a lontra – pluft! – foi embora."

3

Em outro lugar, em outra época, Alette Peters poderia ter sido uma artista de sucesso. Até onde podia se lembrar, seus sentidos viviam ligados às nuanças de cor. Ela podia ver as cores, sentir o cheiro das cores, ouvir o som das cores.

A voz do pai era azul e, às vezes, vermelha.
A voz da mãe era marrom-escura.
A voz da professora era amarela.
A voz do feirante era púrpura.
O barulho do vento nas árvores era verde.
O som da água corrente era cinza.

ALETTE PETERS tinha 20 anos. Podia ter uma aparência normal, atraente ou estonteantemente linda, dependendo do seu humor, ou de como estivesse se sentindo consigo mesma. Parte de seu charme residia no fato de nunca se dar conta de sua aparência. Era tímida, de fala doce e uma gentileza quase anacrônica.

Alette nascera em Roma e tinha um melodioso sotaque italiano. Adorava todos os aspectos de sua cidade. Esteve no alto dos Degraus Espanhóis e, olhando a vista, sentiu que a cidade lhe pertencia. Ao admirar os templos e o gigantesco Coliseu, soube que pertencia àquela época. Passeou pela Piazza Navona, ouviu a música das águas na fonte dos Quatro Rios, e visitou a Piazza Venezia, com seu monumento em forma de bolo de casamento ao estilo Vítor Emanuel II. Passou infindáveis horas na basílica de São Pedro, no museu do Vaticano e na galeria Borghese, apreciando as obras atemporais de Raphael, Fra Bartolommeo, Andrea del Sarto e Pontormo. Tais talentos tanto a enlevaram quanto a frustravam. Gostaria de ter nascido no século XVI e de tê-los conhecido. Eles eram mais reais para Alette do que os transeuntes nas ruas. Ela desejava ardentemente ser uma artista.

Podia ouvir a voz marrom-escura da mãe: *Você está desperdiçando papel e tinta. Não tem talento.*

A MUDANÇA PARA A CALIFÓRNIA foi desestabilizadora a princípio. Alette ficou apreensiva quanto à sua adaptação, mas Cupertino acabou se revelando uma agradável surpresa. Ela apreciava a privacidade que a cidadezinha podia lhe propiciar e gostava de trabalhar na Corporação Global de Computação Gráfica. Não havia grandes galerias de arte em Cupertino, mas, nos fins de semana, Alette pegava o carro e ia visitar as de São Francisco.

– Por que tanto interesse por essas coisas? – perguntou-lhe Toni Prescott. – Venha ao J. E Mulligan's comigo e divirta-se um pouco.

– Você não liga para o lado artístico da vida?

Toni riu.

– Claro! Ainda mais quando o artista está ao meu lado!

SÓ HAVIA UMA NUVEM pairando sobre a vida de Alette Peters. Ela era maníaco-depressiva. Suas alterações de humor sempre a pegavam desprevenida, e, num instante, ela passava de uma alegre euforia para uma tristeza desesperada. Não controlava suas emoções.

Toni era a única pessoa com quem Alette discutia seus problemas. A amiga tinha uma solução para tudo, que em geral era:

– Vamos sair para nos divertir.

O assunto preferido de Toni era Ashley Patterson. Ela estava assistindo à conversa de Ashley com Shane Miller.

– Veja só aquela babacona – falou Toni em tom de desprezo. – É a rainha do gelo.

Alette assentiu.

– É séria demais. Alguém bem que poderia ensiná-la a rir!

Toni caçoou:

– Alguém bem que poderia ensiná-la a trepar!

Uma noite por semana, Alette ia à missão para os sem-teto de São Francisco e ajudava a servir o jantar. Havia uma velhinha em particular que aguardava ansiosamente as vindas de Alette. Ela andava de cadeira de rodas e Alette sempre a empurrava até uma mesa e levava seu prato de comida quente.

A mulher dizia, agradecida:

– Minha querida, se eu tivesse uma filha, gostaria que ela fosse exatamente igual a você!

Alette apertava-lhe a mão.

– Puxa, mas que elogio! Obrigada! – E sua voz interna dizia: *Se você tivesse uma filha, ela seria uma porcalhona igualzinha a você.* E Alette ficava horrorizada com os seus pensamentos. Era como se outra pessoa dentro dela estivesse dizendo aquelas palavras. Isso acontecia sempre.

Alette estava fazendo compras com Betty Hardy, uma mulher que frequentava a mesma igreja que ela. As duas pararam em frente a uma loja de departamentos. Betty estava admirando um vestido na vitrine.

– Que lindo, hein?

– Maravilhoso – falou Alette. *É o vestido mais feio que já vi na vida. Perfeito para você.*

Certa noite, Alette foi jantar com Ronald, sacristão da igreja.

– Eu adoro estar na sua companhia, Alette. Vamos sair mais vezes.

Ela abriu um sorriso tímido.

– Eu gostaria muito. – E pensou: *Non faccia, lo stupido. Talvez numa outra encarnação, seu nojento!* E mais uma vez se sentiu horrorizada. *O que há de errado comigo?* Mas ela não tinha resposta.

Os menores deslizes, intencionais ou não, deixavam Alette enfurecida. Indo para o trabalho certa manhã, um carro cortou-lhe a dianteira. Ela trincou os dentes e pensou: *Vou matar esse canalha.* O homem acenou-lhe, desculpando-se, e Alette abriu-lhe um sorriso simpático. Mas a raiva ainda estava presente nela.

QUANDO BAIXAVA a nuvem negra, Alette imaginava as pessoas tendo ataques cardíacos nas ruas, ou sendo atropeladas, ou sendo assaltadas e assassinadas. Repassava as cenas em sua cabeça com uma vivacidade real. Momentos depois, enchia-se de vergonha.

NOS SEUS DIAS BONS, Alette era uma pessoa completamente diferente. Gentil de verdade, solidária, que gostava de ajudar a todos. A única coisa que estragava sua felicidade era saber que as trevas retornariam, e que ela se perderia nelas.

TODO DOMINGO DE MANHÃ, Alette ia à igreja. Os fiéis organizavam-se em grupos de voluntários para alimentar os pobres, ensinar educação artística após o horário escolar e dar aulas particulares para os alunos mais fracos. Alette se responsabilizava pela catequese dominical e ajudava no berçário. Sempre se oferecia para todas as atividades de caridade e reservava-lhes o máximo de tempo que podia. Ela gostava principalmente de dar aulas de pintura para os jovens.

Um certo domingo, a igreja promoveu uma feira para levantar fundos, e Alette levou alguns de seus próprios quadros para vender em benefício do movimento. O pastor Frank Selvaggio os viu e ficou deslumbrado.

– Mas que... que quadros lindos! Você deveria colocá-los à venda numa galeria.

Alette corou.

– Ah, não! Isso não. Eu só pinto para me distrair.

A feira estava abarrotada de gente se divertindo. Os devotos haviam levado seus amigos e parentes, e havia barracas de jogos e também de artesanato. As atrações variavam desde quitutes, bolos lindamente decorados e geleias caseiras em belíssimos potes, até colchas de retalhos feitas à mão e brinquedos esculpidos em madeira. As pessoas iam de uma barraca para outra, provando os doces, comprando coisas que não teriam uso algum no dia seguinte.

– Mas é tudo em nome da caridade – Alette ouviu uma mulher explicando ao marido.

Alette olhou para os seus quadros, que havia distribuído em torno da barraca, em sua maioria paisagens pintadas com cores tão vivas que pareciam saltar da tela. Estava bastante receosa. *Você está gastando um dinheirão com essas tintas, menina!*

Um homem se aproximou da barraca.

– Oi! Foi você quem pintou?

Sua voz era de um azul profundo.

Não, seu idiota! Michelangelo deu um pulinho aqui e pintou.

– Você tem muito talento.

– Obrigada! – *E você entende alguma coisa de talento?*

Um jovem casal parou na barraca de Alette.

– Mas que cores! Ah, eu vou levar aquele ali. Seu trabalho é muito bonito.

Durante toda a tarde as pessoas foram à sua barraca, para comprar seus quadros e falar do seu talento. Alette quis acreditar em toda aquela gente, mas a cada vez a cortina negra descia e ela pensava: *Essa gente toda está sendo ludibriada!*

E chegou um *marchand*.

– Esses quadros são adoráveis! Você deveria comercializar o seu talento.

– Eu sou amadora – insistiu Alette. E recusou-se a levar adiante a discussão.

Ao fim do dia, Alette vendera absolutamente todos os seus quadros. Juntou o dinheiro que as pessoas lhe haviam pago, colocou em um envelope e entregou-o ao pastor Frank Selvaggio.

Ele o recebeu e disse:

– Obrigado, Alette! Você tem um grande dom, trazer tanta beleza para as vidas das pessoas.

Você ouviu isso, mamãe?

Quando estava em São Francisco, Alette passava horas visitando o Museu de Arte Moderna e ia sempre ao Museu De Young, a fim de estudar sua coleção de arte norte-americana.

Artistas jovens ficavam lá, copiando alguns dos quadros expostos nas paredes do museu. Um rapaz, em particular, chamou a atenção de Alette. Aproximava-se dos 30 anos, era magro e louro, tinha traços fortes e um ar inteligente. Copiava *Petúnias*, de Georgia O'Keefe, e seu trabalho era notável. O artista percebeu que Alette o estava observando.

– Oi!

Sua voz soou igual a amarelo vivo.

– Olá – respondeu Alette, timidamente.

O artista gesticulou com a cabeça, apontando para o próprio trabalho.

– O que você acha?

– *Bellíssimo!* Acho maravilhoso. – E aguardou que sua voz interna dissesse. *Para um amador idiota.* Mas isso não aconteceu. Ela se surpreendeu. – É maravilhoso mesmo.

Ele sorriu.

– Obrigado! Meu nome é Richard. Richard Melton.

– Alette Peters.

– Você vem sempre aqui? – perguntou Richard.

– *Sì.* Sempre que posso. Não moro em São Francisco.

– Onde você mora?

– Em Cupertino. – *Não foi "Isso não é da sua conta" nem "Você quer mesmo saber?", mas sim "Em Cupertino". O que está acontecendo comigo?*

– É uma cidadezinha muito agradável.

– Eu gosto. – *Não foi "Por que diabos você acha que é uma cidadezinha agradável?" nem "E você lá sabe o que é uma cidadezinha agradável?", mas sim "Eu gosto".*

Ele terminou o quadro.

– Estou com fome. Posso pagar-lhe o almoço? O Café De Young tem uma comida saborosa.

Alette vacilou um pouco.

– *Va bene.* Acho uma boa ideia. – *Não foi "Você tem cara de idiota" nem "Eu não almoço com desconhecidos", mas sim "Acho uma boa ideia".* Foi uma experiência nova, que a deixou extasiada.

O ALMOÇO FOI extremamente agradável e sequer uma vez os pensamentos negativos vieram à mente de Alette. Os dois conversaram sobre alguns dos grandes artistas, e ela contou a Richard sobre sua infância em Roma.

– Eu nunca fui a Roma – disse ele. – Talvez um dia.

E Alette pensou: *Seria divertido ir a Roma com você.*

Quando eles já estavam terminando o almoço, Richard viu seu colega de quarto e o chamou para a mesa.

– Gary, eu não sabia que você ia estar aqui. Esta é Alette Peters. Gary King.

Gary estava com seus 20 e tantos anos, tinha olhos azuis e usava o cabelo na altura dos ombros.

– Prazer em conhecê-lo, Gary.

– Gary é o meu melhor amigo desde o ensino médio, Alette.

– Pois é! E conheço muita coisa da vida do Richard. Portanto, se você quiser ficar sabendo de umas boas histórias...

– Gary, vai ver se eu estou na esquina.

– Vou, sim. – Ele se dirigiu a Alette. – Mas não se esqueça da minha oferta. A gente se vê por aí.

Depois que Gary se afastou, Richard falou:

– Alette...

– Diga.

– Será que eu poderia ver você novamente?

– Acho uma boa ideia.

Muito boa.

SEGUNDA-FEIRA DE MANHÃ, Alette narrou a experiência a Toni.

– Não vá se envolver com um artista – advertiu Toni. – Você vai ter de sobreviver das frutas que ele pintar. Vai sair com ele?

Alette sorriu.

– Vou. Acho que ele gostou de mim. E eu gostei dele. Gostei mesmo.

TUDO COMEÇOU como uma pequena discórdia e acabou como uma discussão enfurecida. O pastor Frank estava se aposentando depois de quarenta anos de serviço. Sempre fora um pastor muito bom e consciencioso, e a congregação sentia a sua partida. Fizeram reuniões secretas para decidir o que lhe dariam como presente de despedida. Um relógio... dinheiro... umas férias... um quadro... Ele adorava arte.

– Por que a gente não pede a alguém que pinte um retrato dele, com a igreja ao fundo? – Os olhares voltaram-se para Alette. – Você faria?

– Claro – respondeu ela, satisfeitíssima.

Walter Manning era um dos frequentadores mais antigos da igreja e um dos maiores colaboradores. Era um empresário muito bem-sucedido, mas parecia ressentir-se do sucesso dos demais. Ele falou:

– Minha filha é uma excelente pintora. Talvez ela devesse pintar o quadro.

Alguém sugeriu:

– Por que as duas não pintam cada uma um quadro para que depois nós votemos qual vai ser dado ao pastor Frank?

ALETTE PÔS MÃOS À OBRA. O quadro levou cinco dias para ficar pronto, e o resultado ficou um primor, com o brilho da compaixão e bondade do retratado. No domingo seguinte, o grupo reuniu-se para estudar as duas pinturas. Houve exclamações de aprovação pelo quadro de Alette.

– Está tão real! Parece até que ele vai sair andando da tela...

– Ah, ele vai adorar ...

– Alette, esse quadro deveria estar num museu...

Walter Manning desembrulhou a tela pintada por sua filha. Tratava-se de uma excelente obra, mas faltava-lhe o brilho do retrato de Alette.

– Está muito bom – disse um dos membros da congregação, com muito tato –, mas acho que o de Alette é...

– Eu concordo...

– Vai ser o que Alette pintou...

Walter Manning protestou.

– É preciso que a decisão seja unânime. Minha filha é uma pintora profissional – ele olhou para Alette –, não uma diletante. Ela pintou este quadro como um favor. Não podemos recusar sua obra.

– Mas, Walter...

– Não, senhor. É preciso que haja unanimidade. Vamos dar ao pastor o quadro da minha filha. Caso contrário, não vamos lhe dar quadro algum.

Alette falou:

– Eu gostei muito do quadro dela. Vamos dá-lo ao pastor.

Walter Manning abriu um sorriso presunçoso e disse:

– Ele vai ficar muito satisfeito.

A CAMINHO DE CASA naquela noite, Walter Manning foi atropelado e morto por um motorista que sequer parou para prestar socorro.

Quando Alette soube da notícia, ficou chocada.

4

Ashley Patterson estava tomando banho às pressas, atrasada para o trabalho, quando ouviu o ruído. Uma porta sendo aberta? Fechada? Ela desligou o chuveiro, à escuta, o coração palpitando. *Silêncio*. Ficou parada um instante, as gotas de água reluzindo sobre todo o corpo, depois se enxugou ligeiro e entrou no quarto, cautelosa. Tudo parecia normal. *É a minha imaginação idiota outra vez! Preciso me vestir logo.* Foi até a gaveta de lingerie, abriu-a e ficou olhando, incrédula. Alguém tinha mexido em suas roupas íntimas. Seus sutiãs e calcinhas estavam empilhados, todos juntos. Ela sempre guardava as peças separadas.

Ashley sentiu um nó no estômago. Teria ele aberto a própria calça, pegado uma calcinha dela e esfregado-a contra o corpo? Teria se dado à fantasia de estuprá-la? Ela sentiu dificuldade para respirar. *Eu deveria ir à polícia, mas eles ririam de mim.*

Você quer que nós façamos uma investigação porque está achando que alguém mexeu na sua gaveta de lingerie?

Alguém anda me seguindo.

Você já viu quem é?

Não.

Alguém a ameaçou?

Não.

Você sabe por que alguém iria querer lhe fazer mal?

Não.

Não adianta, pensou Ashley, à beira do desespero. *Não posso procurar a polícia. Eles me fariam exatamente essas perguntas, e eu iria passar por boba.*

Ela se vestiu o mais rápido que pôde, tomada por uma ânsia de fugir do apartamento. *Vou ter de me mudar. Morar num lugar qualquer onde ele não consiga me encontrar.*

Mas embora tivesse esses pensamentos, Ashley achava que seria impossível. *Ele sabe onde eu moro, sabe onde eu trabalho. E o que eu sei sobre ele? Nada.*

Ela se recusava a ter uma arma no apartamento, pois detestava violência. *Mas agora eu preciso de proteção*, pensou. Foi até a cozinha, pegou uma faca e levou-a para o quarto, colocando-a na gaveta da cômoda, ao lado de sua cama.

É possível que eu mesma tenha misturado as calcinhas com os sutiãs. Só pode ter sido isso!

HAVIA UM ENVELOPE em sua caixa de correspondência na portaria do prédio. O endereço do remetente era: "Escola de Ensino Médio de Bedford, Bedford, Pensilvânia."

Ashley leu o convite duas vezes.

Reunião de Dez Anos da Turma!

Rico, pobre, mendigo, ladrão. Você não vive se perguntando como os seus colegas de turma se saíram nesses últimos dez anos? Eis a chance de descobrir. Vamos fazer uma reunião fantástica no fim de semana de 15 de junho. Comida, bebida, orquestra e baile. Venha se divertir.

Basta enviar o cartão de resposta pelo correio para confirmar a sua presença. Todos estão ansiosos para rever você.

A caminho do trabalho, Ashley foi pensando no convite. "*Todos estão ansiosos para rever você.*" *Todos, exceto Jim Cleary*, pensou ela, com amargura.

"Eu quero me casar com você. O meu tio me ofereceu um emprego muito bom em Chicago, na agência de publicidade dele... Tem um trem que sai para Chicago às 7 horas. Você topa?"

E ela se recordou da angústia da espera na estação ferroviária, acreditando nele, confiando nele. Jim mudara de ideia e não fora homem o suficiente para ir lhe dizer. Em vez disso, deixara-a sentada numa estação ferroviária, sozinha. *É melhor esquecer o convite. Eu não vou.*

ASHLEY ALMOÇOU com Shane Miller no TGI Friday's. Eles ficaram num dos compartimentos reservados, comendo em silêncio.

– Você está com um ar preocupado – falou Shane.

– Desculpe. – Ashley hesitou um instante. Ficou tentada a lhe contar sobre a lingerie, mas a história pareceria idiota. *Alguém mexeu nas suas gavetas?* Em vez disso, falou: – Recebi um convite para a reunião de dez anos da minha turma do segundo grau.

– Você vai?

– Provavelmente não. – A frase saiu com mais entonação do que Ashley pretendera.

Shane Miller olhou para ela, curioso.

– Por que não? Essas reuniões costumam ser divertidas.

Será que Jim Cleary estaria lá? Levaria mulher e filhos? O que lhe diria? "Desculpe! Eu não consegui ir me encontrar com você na estação ferroviária. Sinto muito por ter mentido para você quando lhe falei sobre casamento"?

– Eu não vou.

MAS ASHLEY não conseguiu tirar o convite da cabeça. *Seria bom rever alguns dos meus colegas de turma*, pensava ela. Tinha sido muito íntima de alguns. Em particular, de Florence Schiffer. *Eu gostaria de saber como ela anda.* E ficou curiosa por saber se a cidade de Bedford havia mudado.

ASHLEY PATTERSON crescera em Bedford, Pensilvânia, uma cidadezinha a duas horas de Pittsburgh, em direção ao leste, entranhada na serra de Allegheny. Seu pai foi diretor do Memorial Hospital do condado de Bedford, um dos cem melhores hospitais do país.

Bedford tinha sido um lugar maravilhoso para passar a infância. Cheia de parques para se fazer piquenique, de rios onde a pesca era boa e de eventos sociais ao longo do ano inteiro. Ashley gostava de visitar o grande vale, onde havia uma colônia *amish*. Era comum ver cavalos puxando carruagens com tetos de cores diferentes, que dependiam do grau de ortodoxia dos seus donos.

Havia as festas noturnas da Vila do Mistério, as apresentações de teatro e o Grande Festival da Abóbora. Ashley sorriu só de pensar nos bons tempos que passou ali. *Talvez eu vá, pensou. Jim Cleary não terá o desplante de aparecer.*

ASHLEY CONTOU sua decisão a Shane Miller.

– Vai ser na próxima sexta-feira – disse ela. – Vou voltar domingo à noite.

– Que bom! Se você me avisar a hora em que vai chegar, vou buscá-la no aeroporto.

– Obrigada, Shane!

QUANDO VOLTOU do almoço, Ashley entrou em sua baia e ligou o computador. Para sua surpresa, uma súbita chuva de *pixels* se espalhou pela tela, formando uma imagem. Ela olhou para aquilo, perplexa. Os *pixels* estavam formando a imagem dela. Enquanto observava horrorizada, a mão de alguém, segurando uma faca, apareceu no alto da tela. A mão se aproximou rapidamente de sua imagem, disposta a esfaqueá-la no peito.

Ashley soltou um berro:

– Não!

Desligou o monitor, assustada, e se pôs de pé num pulo.

Shane Miller correu para perto dela.

– Ashley! O que foi?

Ela estava trêmula.

– Na... na minha tela...

Shane ligou o computador. Apareceu a imagem de um gatinho, correndo pela grama atrás de um novelo de lã.

Shane olhou para Ashley, confuso.

– O que... ?

– Mas... sumiu – falou ela, com um sussurro de voz.

– O que foi que sumiu?

Ela balançou a cabeça.

– Nada. Eu tenho andado muito estressada ultimamente, Shane. Desculpe!

– Por que você não vai fazer uma consulta com o Dr. Speakman?

Ashley já havia se consultado com o Dr. Speakman antes. Era o psicólogo da empresa, contratado para acompanhar e orientar os funcionários abalados pelo estresse do trabalho. Não era um médico, mas era inteligente e compreensivo, e conversar com alguém era sempre bom.

– Vou, sim – disse Ashley.

O DR. BEN SPEAKMAN era um cinquentão, um patriarca da fonte da juventude. Seu consultório era um oásis tranquilo, situado na extremidade mais longínqua do prédio, um local confortável e acolhedor.

– Eu tive um sonho terrível ontem à noite – disse Ashley. E fechou os olhos, revivendo as sensações. – Eu estava correndo. Estava num jardim enorme, cheio de flores... Elas tinham rostos estranhos, feios... Gritavam comigo... Eu não conseguia ouvir o que estavam dizendo. Só continuava correndo em direção a alguma coisa... Não sei o que... – Ela parou de falar e abriu os olhos.

– Será que você não estava correndo de alguma coisa? Não havia nada que a estivesse perseguindo?

– Não sei. Eu... eu acho que estou sendo seguida, Dr. Speakman. Parece maluquice, mas... eu acho que alguém quer me matar.

Ele a estudou durante alguns instantes.

– E quem poderia estar querendo matá-la?

– Não... não faço a menor ideia.

– Você já *viu* alguém seguindo você?

– Não.

– Você mora sozinha, não é?

– Moro.

– Está saindo com alguém? Algum envolvimento amoroso?

– Não.

– Então, já faz algum tempo desde que você... quero dizer, às vezes, quando a mulher não tem ninguém em sua vida... bem, é possível que vá se formando um acúmulo de tensão...

O que ele está tentando me dizer é que eu preciso de uma boa... Ela não conseguiu se persuadir a dizer a palavra. Chegou a ouvir os gritos do pai: *"Nunca mais repita essa palavra. As pessoas vão pensar que você é uma vagabundinha. Pessoas de bem não dizem trepar. Onde é que você aprende esse tipo de linguagem?"*

– Acho que você anda trabalhando demais, Ashley. E acho que não tem com que se preocupar. Talvez seja só a tensão. Leve as coisas com mais tranquilidade durante algum tempo. Descanse bastante.

– Vou tentar.

– Shane Miller estava esperando por ela.

– O que o Dr. Speakman disse?

Ashley conseguiu dar um sorriso.

– Ele disse que eu estou bem. Só que ando trabalhando demais!

– Se é assim, vamos tomar uma providência quanto a isso – falou Shane. – Para começar, por que você não dá o dia por encerrado? – O seu tom de voz demonstrou preocupação.

– Obrigada! – Ela olhou para ele e sorriu. Era um homem atencioso. Um bom amigo.

Não pode ser ele, pensou Ashley. Ele não.

DURANTE A SEMANA seguinte, Ashley não conseguiu pensar em nada além da reunião. *Será que a minha ida é um erro? E se Jim Cleary aparecer por lá? Será que ele faz ideia do quanto me magoou? Será que liga para isso? Ou não vai sequer se lembrar de mim?*

Na noite anterior à data marcada para a viagem, Ashley não conseguiu dormir. Ficou tentada a cancelar o voo. *Mas que besteira!*, pensou. *O passado é o passado.*

QUANDO PEGOU a passagem no aeroporto, Ashley a examinou e disse:

– Acho que houve um erro. A minha passagem é para a classe turística. Este bilhete é para a primeira classe.

– É, sim. A senhora mudou.

Ela olhou para o funcionário.

– Eu o quê?

– A senhora telefonou e mandou mudar para a primeira classe. – Ele mostrou uma folha de papel para Ashley. – Esse não é o número do seu cartão de crédito?

Ela olhou para o número e disse, bem devagar:

– É, sim...

Não tinha dado aquele telefonema.

ASHLEY CHEGOU A BEDFORD cedo e se hospedou no Bedford Springs Resort. As festividades do encontro só teriam início às 18 horas. Ela resolveu, então, explorar a cidade. Parou um táxi em frente ao hotel.

– Para onde, madame?

– Eu só quero dar um passeio.

A cidade natal de uma pessoa costuma parecer ainda menor quando se retorna para visitá-la muitos anos depois, mas, para Ashley, Bedford pareceu maior do que em suas lembranças. O táxi percorreu ruas conhecidas, passou pela sede da *Bedford Gazette*, pela estação de TV WKYE e por uma dúzia de restaurantes e galerias de arte que lhe eram familiares. O Baker's Loaf de Bedford ainda estava lá, assim como o Clara's Place, o museu do forte de Bedford e a Old Bedford Village. Eles passaram em frente ao Memorial Hospital, um simpático edifício de três andares, com fachada em tijolo aparente e um pórtico na entrada. Seu pai se tornou famoso ali.

Ela voltou a se lembrar das terríveis discussões entabuladas aos berros entre a mãe e o pai. Sempre a respeito da mesma coisa. *Mas que coisa?* Ela não conseguia se lembrar.

ÀS 17 HORAS, Ashley voltou para o hotel e foi para o seu quarto. Mudou de roupa três vezes antes de decidir o que usar. Optou por um vestido simples e liso, preto.

Ao entrar no ginásio da escola, todo decorado para as comemorações, ela se viu cercada por 120 estranhos de aspecto remotamente familiar. Alguns de seus antigos colegas de turma estavam absolutamente irreconhecíveis; outros, pouco haviam mudado. Ashley estava procurando uma única pessoa: Jim Cleary. *Será que ele mudou muito? Estaria acompanhado da esposa?* Muita gente começou a abordá-la.

– Ashley, eu sou Trent Waterson. Você está ótima!

– Obrigada! Você também, Trent.

– Eu gostaria de lhe apresentar minha mulher...

– ASHLEY! É realmente você, não é?

– Sou eu, sim. Ahn...

– Art. Art Davies. Você se lembra de mim? – Ele estava malvestido e parecia pouco à vontade.

– Claro. Como vão as coisas, Art?

– Indo. Você sabe que eu queria ser engenheiro, mas não deu.

– Que pena!

– Mas, enfim, virei mecânico.

– ASHLEY! Eu sou Lenny Holland. Pelo amor de Deus, como você está linda!

– Obrigada, Lenny! – Ele engordara e estava usando um enorme anel de diamante no dedo mínimo.

– Estou trabalhando com imóveis; estou indo muito bem! Você se casou?

Ashley hesitou.

– Não.

– Você se lembra de Nicky Brandt? Nós nos casamos. Temos gêmeos.

– Parabéns!

ERA IMPRESSIONANTE como as pessoas podiam mudar tanto em dez anos! Estavam mais gordas, mais magras... Bem de vida, arrasadas. Casadas, divorciadas... Com filhos, sem filhos...

Conforme a noite foi passando, o jantar foi servido, a música começou, e muita gente dançou. Ashley conversou com muitos dos antigos colegas de classe e se inteirou de suas vidas, mas sua mente estava em Jim Cleary. Ainda não havia sinal algum dele. Ele não vem, concluiu. *Ele sabe que eu posso estar aqui e ficou com medo de me encarar.*

Uma mulher atraente veio se aproximando.

– Ashley! Eu estava *torcendo* para encontrar você.

Era Florence Schiffer. Ashley ficou realmente feliz. Florence fora uma de suas amigas mais íntimas. As duas encontraram uma mesa ao canto, onde poderiam conversar.

– Você está ótima, Florence – disse Ashley.

– Você também. Sinto muito por ter chegado tão tarde. Meu bebê não estava passando muito bem. Desde a última vez em que nos vimos, eu me casei e me divorciei. Agora estou namorando um cara espetacular. E você? Desapareceu depois da festa de formatura! Eu tentei encontrá-la, mas você tinha ido embora da cidade.

– Eu fui para Londres – disse Ashley. – Meu pai me matriculou numa faculdade de lá. Nós fomos embora na manhã seguinte à formatura.

– Mas eu tentei encontrá-la de todas as maneiras. Os detetives acharam que eu talvez soubesse onde você estava. Estavam à sua procura porque você e Jim Cleary eram namorados.

Ashley falou devagar:

– Os *detetives?*

– Claro! Que estavam investigando o assassinato.

Ashley sentiu o sangue fugir-lhe do rosto.

– Que... assassinato?

Florence estava olhando bem para ela.

– Meu Deus! Você não sabe?

– Sabe *do quê?* – perguntou Ashley, tensa. – Do que você está falando?

– No dia seguinte à festa de formatura, os pais de Jim chegaram em casa e encontraram o corpo. Ele foi morto a facadas... e castrado.

O salão começou a girar. Ashley se agarrou à borda da mesa. Florence segurou-lhe o braço.

– Mas... Ashley, desculpe! Eu achava que você teria lido em algum lugar... Claro que não... Você tinha ido para Londres.

Ashley fechou os olhos, bem apertados. Ela se viu fugindo de casa naquela noite, rumando para a casa de Jim Cleary. Mas tinha voltado, preferindo esperar por ele de manhã. *Se ao menos eu tivesse ido até lá,* pensou, agoniada, *ele ainda estaria vivo. E durante todos esses anos, eu só senti ódio por ele! Ai, meu Deus! Quem o teria matado? Quem...?*

Ela chegou a ouvir a voz do pai: *Fique longe da minha filha, entendeu bem?... Se eu vir você por aqui outra vez, vou quebrar todos os ossos do seu corpo.*

Ela se levantou.

– Você vai me desculpar, Florence. Eu... eu não estou me sentindo muito bem.

E Ashley fugiu.

Os detetives. Devem ter entrado em contato com seu pai. Por que ele não me falou?

Ela pegou o primeiro avião de volta para a Califórnia. Só conseguiu dormir de manhã cedo. Teve um pesadelo. Um vulto na escuridão esfaqueava Jim, e gritava com ele. O vulto saiu do escuro.

Era o pai dela.

5

Os meses que se seguiram foram de absoluta tristeza para Ashley. A imagem do corpo de Jim Cleary mutilado e ensanguentado passava a toda hora por sua mente. Ela pensou em se consultar com o Dr. Speakman outra vez, mas sabia que não ousaria discutir esse assunto com mais ninguém. Sentia culpa só de *pensar* que o pai poderia ter feito uma coisa tão terrível assim. Afastava esse pensamento e tentava se concentrar no trabalho. Era impossível! Ela olhou com desânimo para um logotipo que acabara de esboçar.

Shane Miller a estava observando, apreensivo.

– Você está bem, Ashley?

Ela forçou um sorriso.

– Estou.

– Eu realmente sinto muito pelo seu amigo. – Ela lhe contara sobre Jim.

– Eu... eu vou superar isso.

– Que tal jantarmos juntos hoje à noite?

– Obrigada, Shane! Eu... eu ainda não estou preparada. Na semana que vem, quem sabe?

– Tudo bem. Se houver alguma coisa que eu possa fazer...

– Eu fico agradecida. Não há o que se possa fazer.

TONI FALOU para Alette:

– A dona Babacona está tendo um problema. Por mim, quero que ela se dane!

– Eu estou *dispiace*... com pena dela. Ela está mal.

– Que se dane! Todo mundo tem problemas, não é mesmo, minha querida?

QUANDO ASHLEY estava saindo do trabalho numa sexta-feira à tarde, para um fim de semana prolongado, Dennis Tibble a deteve.

– Ei, doçura, estou precisando de um favor.

– Você vai me desculpar, Dennis, mas eu...

– Ei, espere aí. Não é nada disso! – Ele pegou o braço de Ashley. – Preciso de um conselho feminino.

– Dennis, eu não tenho a mínima vontade de...

– Eu me apaixonei por alguém e quero me casar, mas estou com problemas. Você vai me ajudar?

Ashley hesitou. Ela não gostava de Dennis Tibble, mas não viu mal algum em tentar ajudá-lo.

– Será que dá para esperar até amanhã?

– Eu preciso conversar com você agora. É urgente mesmo.

Ashley respirou fundo.

– Tudo bem.

– Será que podemos ir para o seu apartamento?

Ela balançou a cabeça.

– Não. – Jamais conseguiria fazê-lo ir embora.

– Você toparia ir para o meu?

Ashley hesitou.

– Tudo bem. – *Assim, posso sair quando bem entender. Se eu conseguir ajudá-lo a conquistar a mulher por quem está apaixonado, talvez ele me deixe* em *paz.*

TONI FALOU para Alette:

– Puxa! Dona Maria Certinha vai para o apartamento do verme. Você acredita que possa ser idiota a esse ponto? Onde é que andam os miolos de araque dessa mulher?

– Ela só está tentando ajudar. Não há nada errado em...

– Ah, não me venha com essa, Alette! Quando é que você vai crescer, mulher? O cara só está querendo levá-la para o abatedouro.

– *Non va. Non si fa così.*

– Nem eu mesma teria sido capaz de dizer isso de uma forma melhor!

O APARTAMENTO DE DENNIS TIBBLE tinha uma decoração assustadora. Havia pôsteres de antigos filmes de terror em todas as paredes, ao lado de folhinhas de mulheres nuas e animais selvagens se alimentando. Minúsculas esculturas eróticas em madeira abundavam pelas mesas.

Que apartamento de maluco, pensou Ashley. Mal podia esperar para ir embora dali.

– Sabe, achei legal você ter vindo. Fiquei sensibilizado. Se...

– Eu não posso demorar, Dennis – advertiu Ashley logo de início. – Fale logo sobre essa mulher por quem você se apaixonou.

– Ela é realmente demais! – Ele ofereceu um cigarro. – Quer um?

– Eu não fumo. – Ela o observou acender o cigarro.

– Quer beber alguma coisa?

– Eu não bebo.

Ele abriu um sorriso.

– Você não fuma, não bebe. Sobra uma atividade interessante, não é mesmo?

Ela falou com firmeza:

Dennis, se você não...

– Eu só estava brincando. – Ele foi até o bar e se serviu de vinho. – Tome um pouco de vinho. Mal não vai fazer. – Ele entregou o copo a ela.

Ela tomou um gole do vinho.

– Agora me fale da moça.

Dennis Tibble se sentou no sofá, ao lado de Ashley.

– Eu nunca conheci ninguém igual. Ela é sexy como você e...

– Pare com isso, senão eu vou embora.

– Ei, isso foi um elogio. Enfim, ela está maluca por mim, mas a mãe e o pai dela têm uma vida social muito ativa e me detestam.

Ashley não fez comentário algum.

– Então, o caso é o seguinte: se eu forço a barra, ela se casa comigo, mas se isola da família. Ela é muito chegada aos pais e, se nós nos casarmos, eles com certeza vão deserdá-la. Então, ela vai acabar um dia me culpando por isso. Entendeu o problema?

Ashley tomou mais um gole do vinho.

– Entendi. Eu...

Depois disso, o tempo pareceu se esvair no meio de uma neblina.

ELA ACORDOU DEVAGAR, sabendo que havia alguma coisa muito errada. Teve a sensação de ter sido dopada. O esforço para simplesmente abrir os olhos foi imenso. Ashley olhou ao redor do quarto e começou a entrar em pânico. Estava deitada numa cama, nua, num quarto de hotel barato. Conseguiu se sentar e começou a sentir a cabeça latejar. Não fazia ideia de onde estava nem de como chegara ali. Havia um cardápio sobre a mesinha de cabeceira, e ela se esticou para pegá-lo. *Chicago Loop Hotel.* Ela tornou a ler, atônita. *O que eu estou fazendo em Chicago? Quanto tempo faz que estou aqui? A visita ao apartamento de Dennis Tibble fora na sexta-feira. Que dia é hoje?* Mais alarmada a cada instante, ela pegou o telefone.

– Pois não?

Foi difícil falar.

– Que... que dia é hoje?

– Dia dezessete de...

– Não. Eu quero saber o dia da semana.

– Ah! É segunda-feira. Você gostaria...

Ashley colocou o aparelho no gancho, estarrecida. *Segunda-feira.* Perdera dois dias e duas noites. Sentou-se na beira da cama, tentando se lembrar. Ela havia ido para o apartamento de Dennis Tibble... Tomara um copo de vinho... Depois disso, um hiato.

Ele havia colocado algo na sua bebida que a fizera perder a memória temporariamente. Ela já lera a respeito de incidentes nos quais fora usada essa droga, chamada "boa noite, Cinderela". Fora isso que ele lhe dera. O pretexto de precisar de um conselho tinha sido uma artimanha. E *eu caí como uma boba!* Ela não se lembrava de ter ido para o aeroporto, de ter tomado o avião para Chicago, nem de ter se hospedado neste hotelzinho infame. E o que era pior – não se lembrava do que ocorrera neste quarto.

Preciso sair daqui, pensou Ashley, desesperada. Sentiu-se maculada, como se cada centímetro de seu corpo tivesse sido violado. O que ele lhe fizera? Ela tentou não pensar nisso. Saiu da cama, entrou no minúsculo banheiro e foi tomar um banho. Deixou que a água quente batesse contra o seu corpo, tentando lavar as coisas horríveis, sujas, que lhe pudessem ter sucedido. E se ele a tivesse engravidado? A simples ideia de ter um filho dele a deixou enojada. Ashley saiu do chuveiro, secou-se e foi até o armário. Suas roupas haviam sumido. Ela encontrou ali somente uma minissaia de couro preto, um *top* barato e um par de sapatos de saltos bem altos, pontiagudos. Sentiu repugnância ao se ver forçada a usar tais roupas, mas não teve escolha. Vestiu-se rapidamente e olhou-se no espelho. Parecia uma prostituta.

Ashley examinou a carteira. Somente 40 dólares. O talão de cheques e o cartão de crédito ainda estavam lá. Graças a Deus!

Ela saiu pelo corredor. Não havia ninguém. Pegou o elevador, desceu até o saguão mal conservado do hotel e foi até o balcão da recepção, onde entregou ao idoso funcionário o seu cartão de crédito.

– Já vai? – disse ele, em tom de zombaria. – Mas tenho a impressão de que você se divertiu bastante, acertei?

Ashley ficou olhando para o homem, imaginando a que ele estaria se referindo e teve medo de descobrir. Sentiu-se tentada a perguntar-lhe quando Dennis Tibble havia deixado o hotel, mas achou melhor ficar calada.

O funcionário estava passando o seu cartão de crédito pelo aparelho de leitura. Ele fez uma careta e uma segunda tentativa. Finalmente, falou:

– Moça, me desculpe, mas o cartão não está sendo aceito. Estourou o limite.

Ashley ficou boquiaberta.

– Isso é impossível. Deve ter havido um engano!

O velhinho deu de ombros.

– Não tem outro cartão?

– Não... não tenho. Vocês aceitam cheque?

Ele estava olhando para as roupas dela com um ar desabonador.

– Acho que sim, acompanhado da identidade.

– Preciso dar um telefonema...

– A cabine fica logo ali.

– Memorial Hospital de São Francisco...

– Dr. Steven Patterson.

– Um momento, por favor.

– Consultório do Dr. Patterson.

– Sarah? É Ashley. Preciso falar com o meu pai.

– Sinto muito, Ashley. Ele está na sala de cirurgia e...

Ashley apertou o aparelho na mão e disse:

– Você sabe quanto tempo ainda vai demorar?

– É difícil dizer. Sei que há ainda mais uma cirurgia marcada...

Ashley teve de combater a histeria que começava a surgir.

– Eu preciso falar com ele. É urgente. Você pode lhe dar um recado, por favor? Peça para ele me ligar, assim que puder. – Ela olhou para o número do telefone dentro da cabine e passou-o para a recepcionista do consultório do pai. – Eu vou esperar aqui até que ele me ligue.

– Não se preocupe que eu vou dar o seu recado.

Aguardou sentada no saguão durante quase uma hora, torcendo para que o telefone tocasse. Todos que por ali passavam olhavam para ela com estranheza, e Ashley se sentia despida dentro daquelas roupas vulgares que estava usando. Quando o telefone finalmente tocou, foi um susto.

Ela entrou correndo na cabine.

– Alô...

– Ashley? – era a voz de seu pai.

– Papai, eu...

– O que houve?

– Estou em Chicago e...

– O que você está fazendo em Chicago?

– Não dá para falar agora. Preciso de uma passagem de avião para San Jose. Não tenho nenhum dinheiro aqui comigo. Você pode me ajudar?

– Claro. Espere. – Três minutos depois, o pai voltou ao telefone. – Há um voo da American Airlines saindo do O'Hare às 10h40; o número do voo é 407. Vou mandar deixar uma passagem para você no balcão de embarque. Eu vou pegá-la no aeroporto de San Jose e...

– Não! – Ela não podia deixar que ele a visse naqueles trajes. – Eu... eu vou para o meu apartamento mudar de roupa.

– Tudo bem. Eu vou pegá-la para almoçarmos juntos. E aí você me conta o que aconteceu.

– Obrigada, papai! Obrigada!

NO VOO DE VOLTA para casa, Ashley pensou na coisa imperdoável que Dennis Tibble tinha-lhe feito. *Vou ter de ir à policia,* resolveu. *Não posso deixá-lo assim, impune. A quantas outras mulheres ele já não fez isso?*

QUANDO REGRESSOU ao seu apartamento, Ashley teve a sensação de que havia voltado para um santuário. Mal pôde esperar para se livrar das roupas de mau gosto que estava vestindo. Tirou-as mais que depressa. Achou que precisava de outro banho antes de ir se encontrar com o pai. Caminhou em direção ao seu armário e parou. Bem à sua frente, sobre a cômoda, havia uma ponta de cigarro.

ELES ESTAVAM sentados a uma mesa de canto num restaurante em The Oaks. O pai de Ashley a estudava, apreensivo.

– O que você foi fazer em Chicago?

– Eu... eu não sei.

Ele olhou para ela, intrigado.

– Você não sabe?

Ashley hesitou, tentando decidir se deveria contar-lhe o que acontecera. Talvez ele pudesse lhe dar algum conselho.

Ela falou, comedidamente:

– Dennis Tibble me pediu para ir ao seu apartamento a fim de ajudá-lo com um problema...

– Dennis Tibble? Aquele *mau-caráter?* – Há muito, Ashley apresentara o pai aos colegas de trabalho. – Como você poderia ter alguma coisa com ele?

Ashley imediatamente se deu conta de que cometera um erro. Seu pai sempre reagira de forma exacerbada a qualquer problema que ela tivesse. Especialmente se envolvesse algum homem.

"Se eu vir você por aqui outra vez, vou quebrar todos os ossos do seu corpo."

– Não foi nada importante – disse Ashley.

– Eu quero ouvir a história.

Ashley ficou parada um instante, tomada por um pressentimento.

– Bem, eu tomei um drinque no apartamento dele e...

À medida que falava, ela notava que o rosto do pai ia assumindo um ar sombrio. A expressão de seus olhos a amedrontava. Ela tentou encurtar a história.

– Não – insistiu o pai. – Quero ouvir tudo...

ASHLEY DEITOU-SE em sua cama à noite, exausta demais para conciliar o sono, seus pensamentos girando num turbilhão caótico. *Se o que Dennis me fez vier a público, será uma humilhação. Todos* no *trabalho saberão* o *que aconteceu. Mas eu não posso deixá-lo fazer isso com todo mundo. Preciso contar à polícia.*

As pessoas haviam tentado adverti-la de que Dennis tinha uma obsessão por ela, mas Ashley ignorara os avisos. Agora, repassando tudo em sua mente, ela podia perceber todos os sinais: Dennis sempre detestara ver qualquer outra pessoa conversando com ela, vivia insistindo para que saíssem juntos, sempre escutava sorrateiramente suas conversas...

Pelo menos agora sei quem é o *maníaco que estava me perseguindo,* pensou.

ÀS 8H30, quando Ashley estava se aprontando para ir ao trabalho, o telefone tocou. Ela atendeu:

– Alô.

– Ashley, é Shane. Você já ouviu a notícia?

– Que notícia?

– Está na televisão. Acabaram de encontrar o corpo de Dennis Tibble.

Por um instante, a terra pareceu se mexer.

– Meu Deus! O que aconteceu?

– Segundo a polícia, alguém o matou a facadas e depois o castrou.

6

O delegado Sam Blake havia conseguido seu posto na delegacia de polícia de Cupertino da maneira mais difícil: casara-se com a irmã do comissário, Serena Dowling, uma matrona com a língua afiada o suficiente para derrubar todas as árvores do estado de Oregon. Sam Blake foi o único homem que Serena conheceu capaz de lidar bem com ela. Era um sujeito baixinho, dócil, de bons modos, com a paciência de um santo. Por mais afrontoso que fosse o comportamento de Serena, ele sempre aguardava até que ela se acalmasse para só então conversar tranquilamente.

Sam Blake viera para a delegacia porque o comissário Matt Dowling era o seu melhor amigo. Eles haviam crescido juntos e frequentaram a mesma escola. Blake apreciava o trabalho policial e era extremamente bom nisso. Era arguto, de uma inteligência apurada e uma tenacidade irredutível. Tal combinação fazia dele o melhor detetive do departamento.

BEM CEDO NAQUELA MANHÃ, Sam Blake e o comissário Dowling estavam tomando café juntos.

O comissário Dowling disse:

– Eu soube que a minha irmã lhe propiciou maus momentos ontem à noite. Nós recebemos meia dúzia de telefonemas dos vizinhos reclamando do barulho. Serena é a campeã do grito, não é mesmo?

Sam deu de ombros.

– Eu acabei conseguindo fazer com que ela se acalmasse, Matt.

– Graças a Deus ela não está mais morando comigo, Sam! Eu não sei o que dá nela. Esses ataques de nervos...

A conversa foi interrompida.

– Comissário... acabamos de receber uma ligação para a Central de Emergências. Houve um assassinato na Sunnyvale Avenue.

O comissário Dowling olhou para Sam Blake.

Blake assentiu.

– Deixa comigo.

QUINZE MINUTOS DEPOIS, o delegado Blake estava entrando no apartamento de Dennis Tibble. Um policial da ronda conversava com o síndico do prédio na sala de estar.

– Onde está o corpo? – perguntou Blake.

O policial fez um gesto com a cabeça na direção do quarto.

– Ali dentro, senhor. – Ele estava pálido.

Blake entrou no quarto e parou, chocado. O corpo nu de um homem estava estendido em cima da cama, e a primeira impressão de Blake foi a de que o quarto estava encharcado de sangue. Ao dar alguns passos mais para perto da cama, percebeu de onde vinha o sangue. Os cacos pontiagudos de uma garrafa quebrada haviam perfurado as costas da vítima repetidas vezes, e alguns permaneciam no corpo. Os testículos da vítima haviam sido tirados.

Olhando para a cena, Blake sentiu uma pontada de dor na virilha.

– Como pode um ser humano fazer uma coisa dessas? – disse ele em voz alta. Não havia sinal de arma, mas seria feita uma busca completa.

O DELEGADO BLAKE voltou à sala para conversar com o síndico.

– Você conhecia o falecido?

– Conhecia, sim. Ele morava aqui neste apartamento.

– Qual era o nome dele?

– Tibble. Dennis Tibble.

O delegado Blake tomou nota.

– Há quanto tempo ele morava aqui?

– Quase três anos.

– O que você pode me contar sobre ele?

– Nada de mais. Tibble era bastante recatado, sempre pagava o aluguel em dia. De vez em quando trazia alguma mulher aqui. Acho que eram, em geral, profissionais.

– Você sabe onde ele trabalhava?

– Ah, sim. Na Corporação Global de Computação Gráfica. Ele era um desses gênios da informática.

O delegado Blake fez mais um apontamento.

– Quem encontrou o corpo?

– Uma das empregadas. Maria. Ontem foi feriado, de forma que ela só veio hoje de manhã.

– Eu quero falar com ela.

– Pois não. Vou chamar a moça.

ERA UMA BRASILEIRA de aproximadamente 40 anos, estava nervosa e assustada.

– Você encontrou o corpo, Maria?

– Não fui eu que fiz isso. Eu lhe juro. – Ela estava à beira de um ataque histérico. – Vou precisar de um advogado?

– Não. Não vai precisar de um advogado. Basta me dizer o que aconteceu.

– Não aconteceu nada. Quero dizer... eu entrei no apartamento hoje de manhã pra fazer a faxina, como sempre faço. Eu... eu achei que ele já tinha saído. Ele sempre sai às 7 horas. Aí eu arrumei a sala e...

Porra!

– Maria, você se lembra de como estava a sala antes da sua arrumação?

– Como assim?

– Você tirou alguma coisa do lugar? Tirou alguma coisa daqui?

– Ué, tirei! Tinha uma garrafa de vinho quebrada no chão. Estava tudo grudento. Eu...

– O que você fez com a garrafa? – perguntou ele, agitado.

– Coloquei no compactador de lixo, pra triturar.

– E fez mais o quê?

– Ora, eu limpei o cinzeiro e...

– Havia alguma guimba de cigarro dentro?

Ela parou, tentando se lembrar.

– Uma. Eu joguei na lata de lixo da cozinha.

– Vamos dar uma olhada. – Ele a seguiu até a cozinha, e ela apontou para uma lata de lixo. Dentro, havia uma guimba de cigarro com batom na ponta. O delegado Blake recolheu-a, cuidadosamente, com um envelope de provas.

Ele a levou de volta para a sala de estar.

– Maria, você sabe se sumiu alguma coisa do apartamento? Por acaso, tem a impressão de que qualquer coisa de valor possa ter desaparecido?

Ela olhou ao redor.

– Acho que não. O senhor Tibble gostava de colecionar aquelas pequenas estatuetas. Gastava um dinheirão com isso! Parece que estão todas aqui.

Então o *motivo não foi roubo. Drogas? Vingança?* Um *caso amoroso que deu errado?*

– O que você fez depois de arrumar a sala, Maria?

– Aspirei o pó daqui, como sempre faço. E depois... – Sua voz falhou. – Eu entrei no quarto... e o vi. – Ela olhou para o delegado Blake. – Juro que não fui eu que fiz isso.

O legista e seus assistentes chegaram numa viatura do instituto, trazendo o material para ensacar o corpo.

TRÊS HORAS DEPOIS, o delegado Sam Blake estava de volta à delegacia.

– O que você achou, Sam?

– Pouca coisa! – O delegado sentou-se em frente ao comissário Dowling. – Dennis Tibble trabalhava na Global. Pelo que parece, era um desses gênios da informática.

– Mas não foi gênio o suficiente para evitar o próprio assassinato.

– Ele não foi só assassinado, Matt. Foi trucidado. Você deveria ter visto o que fizeram ao corpo dele! Só pode ter sido algum maníaco!

– Nenhuma pista?

– Não temos certeza do tipo de arma que foi usada para o crime, estamos aguardando os resultados do laboratório, mas talvez tenha sido uma garrafa de vinho quebrada. A empregada a jogou no compactador de lixo. Parece que há uma impressão digital em um dos cacos de vidro que estão nas costas dele. Falei com os vizinhos. Nada que me ajudasse. Nenhum deles viu ninguém entrando ou saindo do apartamento da vítima. Nenhum barulho incomum. Aparentemente, Tibble era um cara que ficava muito na dele. Não era do tipo de fazer amizade com vizinhos. Uma coisa: Tibble fez sexo antes de morrer. Temos resquícios de secreção vaginal, pelos pubianos, alguns outros vestígios e uma ponta de cigarro com batom. Vamos fazer o teste de DNA.

– Os jornais vão se fazer, Sam. Já estou vendo as manchetes: MANÍACO ATACA NO VALE DO SILÍCIO. – O comissário Dowling soltou um suspiro. – Vamos resolver este caso o mais rápido que pudermos.

– Já estou a caminho da Global.

ASHLEY LEVARA uma hora inteira para se decidir se deveria ir para o escritório. Sua aparência estava horrível. *Basta olhar para mim* e *todos vão saber que há algo errado. Mas se eu não for, vão querer saber por quê. A polícia provavelmente estará lá, fazendo perguntas. Se me perguntarem, terei* de *dizer a verdade. Vão me culpar pela morte* de *Dennis Tibble. Mas se acreditarem em mim, e eu contar que o meu pai sabia o que ele tinha feito comigo, vão botar a culpa nele.*

Ela pensou no assassinato de Jim Cleary. Chegou a ouvir a voz de Florence: *os pais* de *Jim chegaram* em *casa e encontraram* o *corpo. Ele foi morto a facadas...* e *castrado.*

Ashley fechou os olhos, bem apertados. *Meu Deus, o que está acontecendo? O que está acontecendo?*

O DELEGADO SAM BLAKE entrou no andar, onde grupos de funcionários com ar taciturno conversavam baixinho. Blake podia imaginar qual era o assunto das conversas. Ashley o observava apreensivamente, enquanto ele se encaminhava para o escritório de Shane Miller.

Shane se levantou para cumprimentá-lo.

– Delegado Blake?

– Exato. – Os dois trocaram um aperto de mãos.

– Queira sentar-se, delegado.

Sam Blake sentou-se.

– Fui informado de que Dennis Tibble era um dos funcionários da casa.

– Correto. Um dos melhores. Que tragédia horrível!

– Ele trabalhava aqui fazia uns três anos?

– Isso. Era o nosso gênio. Não havia o que ele não fizesse com um computador.

– O que você sabe sobre a vida social dele?

Shane Miller balançou a cabeça.

– Não há muito o que contar, acho eu. Tibble era um tipo solitário.

– Você faz ideia se ele estava metido com drogas?

– Dennis? Não, de jeito algum. Ele era um maluco saudável.

– Jogava? Poderia estar devendo muito dinheiro para alguém?

– Não. Ele ganhava um salário muito bom, mas eu acho que era bastante controlado com dinheiro.

– E com mulheres? Tinha alguma namorada?

– As mulheres não sentiam muita atração por Tibble. – Ele pensou um instante. – Mas, ultimamente, ele andava por aí dizendo que tinha alguém com quem estava pensando em se casar.

– Por acaso ele mencionou o nome?

Miller balançou a cabeça.

– Não. Pelo menos, não para mim.

– Você se importaria se eu conversasse com alguns dos seus funcionários?

– De forma alguma. Fique à vontade. Eu não posso deixar de dizer que estão todos muito abalados.

Ficariam ainda mais abalados se tivessem visto o corpo dele, pensou Blake.

Os dois saíram do escritório e se dirigiram aos demais.

Shane Miller falou em voz bem alta:

– Pessoal, atenção, por favor! Este é o delegado Blake. Ele gostaria de fazer algumas perguntas.

Os funcionários haviam interrompido o que estavam fazendo para prestar atenção.

O delegado Blake falou:

– Estou certo de que todos vocês já sabem do que aconteceu com Dennis Tibble. Precisamos da ajuda de todos para descobrir quem o matou. Algum de vocês sabe de algum inimigo que ele pudesse ter? Alguém que o detestasse o suficiente para querer matá-lo? – Silêncio. Blake prosseguiu: – Havia uma mulher com quem ele estava querendo se casar. Ele discutiu isso com algum de vocês?

Ashley estava sentindo dificuldade para respirar. Era hora de falar. Era hora de contar ao delegado o que Tibble havia feito com ela. Mas ela se lembrou do olhar do pai quando lhe falara sobre isso. Decerto todos iriam achar que a culpa era dele.

Seu pai não seria capaz de matar ninguém.

Era um médico.

Era um cirurgião.

Dennis Tibble fora castrado.

O delegado Blake estava dizendo:

– ...e nenhum de vocês o viu depois que ele saiu daqui na sexta-feira?

Toni Prescott pensou: *Vamos. Conte a ele, Maria Certinha. Conte que você foi ao apartamento dele. Por que não confessa?*

O delegado Blake ficou parado um momento, tentando ocultar sua decepção.

– Bem, caso algum de vocês se lembre de qualquer coisa que possa ser útil, eu ficarei agradecido se me telefonar. O Sr. Miller está com o número do meu telefone. Obrigado!

Todos o observavam enquanto ele se dirigia para a saída, acompanhado por Shane.

Ashley sentiu-se enfraquecer de alívio.

O delegado Blake se virou para Shane.

– Havia alguém aqui a quem ele fosse particularmente mais chegado?

– Não, eu suponho que não – falou Shane. – Acho que Dennis não tinha proximidade com ninguém. Ele sentia muita atração por uma de nossas funcionárias, mas nunca chegou a ter nada com ela.

O delegado Blake parou.

– Ela está aqui agora?

– Está, mas...

– Eu gostaria de falar com ela.

– Tudo bem. Podem usar o meu escritório. – Eles voltaram, e Ashley os viu chegando. Estavam se encaminhando direto para a sua baia. Ela sentiu o rosto ruborizar-se.

– Ashley, o delegado Blake gostaria de conversar com você.

Então ele sabia! Ele ia lhe perguntar sobre a sua ida ao apartamento de Tibble. *Preciso tomar cuidado,* pensou Ashley.

O delegado estava olhando para ela.

– Importa-se, Srta. Patterson?

Ashley conseguiu dizer:

– Não, de forma alguma. – Ela o acompanhou até o escritório de Shane Miller.

– Sente-se. – Os dois se sentaram. – Eu estou sabendo que Dennis Tibble tinha uma certa atração pela senhorita.

– Eu... eu acho... – *Cuidado!* – ...que sim.

– A senhorita saiu com ele?

Uma ida ao apartamento dele não seria a mesma coisa que sair com ele.

– Não.

– Ele lhe falou sobre essa mulher com quem queria se casar?

Ela estava cada vez mais apreensiva. Será que esta conversa estaria sendo gravada? Talvez ele já soubesse de sua ida ao apartamento de Tibble. Poderiam ter encontrado suas impressões digitais. Agora era a hora de contar ao delegado o que Tibble tinha feito. *Mas se eu contar,* pensou Ashley, em desespero, *a conversa vai levar ao meu pai, e eles irão conectar isso ao assassinato de Jim Cleary.* Será que sabiam disso também? Mas a delegacia de polícia de Bedford não teria razão alguma para informar à delegacia de Cupertino. Ou teria?

O delegado Blake a estava observando, à espera de uma resposta.

– Srta. Patterson?

– O quê? Ah, desculpe! Eu fiquei tão perturbada com isso...

– Eu compreendo. O Sr. Tibble alguma vez mencionou essa mulher com quem queria se casar?

– Mencionou... mas nunca me disse o nome dela. – Isso, pelo menos, era verdade.

– A senhorita já esteve no apartamento de Tibble?

Ashley respirou profundamente. Se dissesse que não, o interrogatório provavelmente terminaria ali. Mas se eles tivessem encontrado suas impressões digitais...

– Estive.

– Esteve no apartamento dele?

– Estive, sim.

Ele estava olhando mais atentamente para ela agora.

– A senhorita disse que nunca tinha saído com ele.

A mente de Ashley estava a toda agora.

– Correto. Não saí para namorar. Fui levar alguns papéis que ele tinha esquecido.

– Quando foi isso?

Ela se sentiu enrascada.

– Foi... faz mais ou menos uma semana.

– E essa foi a única vez em que esteve no apartamento dele?

– Isso mesmo.

Assim, se eles tivessem encontrado suas impressões digitais, ela estaria a salvo.

O delegado Blake ficou sentado, estudando-a, e ela se sentiu culpada. Ashley quis contar-lhe a verdade. Talvez algum ladrão tivesse entrado no apartamento e o matado – o mesmo ladrão que tinha matado Jim Cleary dez anos antes e a 5 mil quilômetros dali. Se é que você acredita em coincidências! Se é que você acredita em Papai Noel! Se é que você acredita em fadas!

Maldito seja você, papai.

O delegado Blake falou:

– Foi um crime horrível. Não parece ter havido motivo algum. Mas eu lhe digo uma coisa, em todos esses anos que venho trabalhando no departamento, jamais vi um crime sem motivo. – Não houve resposta alguma. – Você sabe se Dennis Tibble estava envolvido com drogas?

– Tenho certeza de que não.

– Então, o que nos resta? Não foram drogas. Ele não foi roubado. Não devia dinheiro a ninguém. Parece que sobra apenas o aspecto passional, não é mesmo? Alguém que estivesse com ciúmes dele.

Ou um pai que quisesse proteger a filha.

– Eu estou tão intrigada quanto o senhor, delegado.

Ele a fitou com firmeza por um instante e seus olhos pareceram dizer: *Não estou acreditando em você, mocinha.*

O delegado Blake se levantou, pegou um cartão e o entregou a Ashley.

– Caso a senhorita consiga se lembrar de alguma coisa, eu ficarei grato se me der um telefonema.

– Eu darei, com certeza.

– Bom dia!

Ela esperou que ele saísse. *Acabou. Papai está a salvo.*

QUANDO ASHLEY voltou para seu apartamento naquela noite, havia um recado na secretária eletrônica.

– Você me deixou excitadíssimo ontem à noite, gatinha. Fiquei alucinado. Mas você vai me dar uma atençãozinha hoje, conforme me prometeu. Na mesma hora, no mesmo lugar.

Ashley ficou ali parada, escutando, incrédula. *Eu estou ficando maluca,* pensou. *Isso não tem nada a ver com meu pai. Deve ter mais alguém por trás desta história toda. Mas quem?* E *por quê?*

CINCO DIAS DEPOIS, Ashley recebeu um extrato do seu cartão de crédito. Três itens lhe chamaram a atenção.

Uma conta da loja Mod Dress, de 450 dólares.

Uma conta da boate Circus, de 300 dólares.

Uma conta do restaurante Louie's, de 250 dólares.

Ela jamais ouvira falar da loja, da boate nem do restaurante.

7

Ashley Patterson acompanhou diariamente as investigações do assassinato de Dennis Tibble pelos jornais e pela televisão. A polícia parecia ter chegado a um beco sem saída.

Acabou, pensou Ashley. *Não há mais nada com que me preocupar.*

Naquela noite, o delegado Sam Blake apareceu em seu apartamento.

– Espero não estar incomodando – disse o delegado. – Eu estava a caminho de casa e achei que seria bom passar por aqui.

Ashley engoliu em seco.

– Não é incômodo algum. Pode entrar.

O delegado Blake entrou no apartamento.

– Você tem uma bela casa.

– Obrigada!

– Aposto que Dennis Tibble não gostava deste tipo de mobília.

O coração de Ashley começou a palpitar.

– Não sei. Ele nunca esteve neste apartamento.

– Ah, achei que pudesse ter estado, você sabe.

– Não, eu não sei, delegado. Eu lhe disse que nunca namorei com ele.

– Isso mesmo. Posso me sentar?

– Faça o favor.

– Sabe, é que estou tendo um problemão com este caso, Srta. Patterson. Ele não se encaixa em nenhum dos padrões. Conforme eu disse, sempre há um motivo. Eu já falei com algumas das pessoas da Global e parece que ninguém conhecia Tibble muito bem. Ele era um cara muito recatado.

Ashley ficou escutando, à espera do baque.

– Para falar a verdade, pelo que me contaram, a senhorita era a única por quem ele se interessava.

Ele havia descoberto alguma coisa, ou estava tentando obter alguma informação dela?

Ashley falou com cuidado:

– Ele estava interessado em mim, delegado, mas eu não sentia nada por ele. Deixei isso bem claro para ele.

O delegado assentiu.

– Sabe, eu acho que foi gentil da sua parte ir ao apartamento dele entregar-lhe os tais papéis.

Ashley quase disse "Que papéis?", mas de repente se lembrou.

– Não foi incômodo algum. Estava no meu caminho.

– Certo. Alguém devia odiar muito Tibble para fazer o que fez.

Ashley ficou sentada, tensa, sem dizer nada.

– Sabe o que eu odeio? – falou o delegado Blake. – Assassinatos que não são solucionados. Sempre me deixam frustrado. Porque quando um assassinato fica sem solução, eu não acho que isso signifique que os criminosos foram tão espertos assim. Mas sim que a polícia não foi suficientemente esperta. Bem, até agora, dei sorte. Resolvi todos os crimes que me caíram nas mãos. – Ele levantou-se. – Não pretendo desistir deste. Caso consiga pensar em qualquer coisa que possa ser útil, a senhorita vai me ligar, não vai?

– Claro que vou.

Depois que o delegado saiu, Ashley pensou: *Será que ele veio até aqui como uma advertência? Será que sabe mais do que está me contando?*

TONI ESTAVA MAIS absorta do que nunca na internet. Gostava mais dos bate-papos com Jean Claude, mas isso não a impedia de ter outros correspondentes nos *chats*. A cada chance que tinha, sentava-se diante do computador.

– Toni? Por onde você tem andado? Eu vivo no *chat* à sua espera.

– Vale a pena esperar por mim, meu querido. Fale-me de você. O que você faz?

– Eu trabalho numa farmácia. Nós podemos nos dar bem. Você curte drogas?

– Caia fora.

– É VOCÊ, TONI?

– A resposta aos seus sonhos. É você, Mark?

– Eu mesmo.

– Faz um bom tempo que você não aparece por aqui.
– Tenho andado ocupado. Eu gostaria de conhecer você, Toni.
– Mark, me diga uma coisa, o que você faz?
– Sou bibliotecário.
– Que legal! Um monte de livros e tudo mais...
– Quando a gente pode se encontrar?
– Por que você não pergunta a Nostradamus?

– OI, TONI, meu nome é Wendy.
– Oi, Wendy.
– Você parece ser uma pessoa divertida.
– Gosto da vida.
– Talvez eu possa ajudá-la a gostar ainda mais.
– Qual é a sua sugestão?
– Sabe, espero que você não seja uma dessas pessoas de mentalidade estreita, que têm medo de experimentar coisas novas que possam ser interessantes. Eu gostaria de lhe propiciar uns bons momentos.
– Obrigada, Wendy! Você não tem o equipamento de que preciso.

E ENTÃO, Jean Claude Parent voltou.
– *Bon nuit. Comment ça va?* Como vai?
– Muito bem. E você?
– Senti saudades. Estou querendo muito conhecer você pessoalmente.
– Eu também. Obrigada por ter me enviado a sua fotografia. Você é bonitão.
– E você é linda. Eu acho que é muito importante nós nos conhecermos. A sua empresa vem para a convenção de informática aqui em Quebec?
– O quê? Não, que eu saiba! Quando vai ser?
– De hoje a três semanas. Muitas empresas grandes virão. Vou torcer para que você venha.
– Eu também.
– Vamos nos encontrar no *chat* amanhã no mesmo horário?
– Claro. Até amanhã.
– *À demain.*

NA MANHÃ SEGUINTE, Shane Miller foi até a mesa de Ashley.

– Ashley, você está sabendo sobre essa grande convenção de informática que vai ser realizada em Quebec?

– Estou. Parece interessante.

– Eu estava discutindo agorinha mesmo se deveríamos enviar um pessoal nosso para lá.

– Todas as empresas vão estar representadas – disse Ashley. – A Symantec, a Microsoft, a Apple. A prefeitura de Quebec está preparando um grande evento. Uma viagem dessas poderia valer como um presente de Natal.

Shane Miller sorriu pelo entusiasmo dela.

– Vou estudar o assunto.

NA MANHÃ SEGUINTE, Shane Miller chamou Ashley ao seu escritório.

– O que você acha de passar o Natal em Quebec?

– Nós vamos? Que legal – falou Ashley, entusiasmada. Antigamente, ela passava os feriados natalinos com o pai, mas este ano estava abominando a ideia.

– É melhor levar muita roupa de frio.

– Não se preocupe. Vou levar. Estou ansiosa para viajar, Shane!

TONI ESTAVA no *chat*.

– Jean Claude, a empresa vai enviar um grupo nosso para Quebec!

– *Formidable!* Fico muito satisfeito. Quando você vai chegar?

– De hoje a duas semanas. Seremos 15 ao todo.

– *Merveilleux!* Tenho a impressão de que algo muito importante vai acontecer.

– Eu também.

Algo muito importante.

ASHLEY ASSISTIA ansiosamente aos noticiários toda noite, mas não havia progresso algum quanto ao assassinato de Dennis Tibble. Ela começou a relaxar. Se a polícia não conseguisse associá-la ao caso, não haveria como fazer qualquer ligação com seu pai. Ela chegou a se preparar algumas vezes para falar com ele sobre o assunto, mas sempre acabava recuando. E se ele fosse inocente? Seria capaz de perdoá-la por acusá-lo de assassino? *E se ele for culpado – eu não quero saber, pensou Ashley. Eu não poderia aguentar. E se ele fez essas coisas terríveis, em sua mente fez para me proteger. Pelo menos, não vou precisar encará-lo neste Natal.*

ASHLEY TELEFONOU para o pai em São Francisco. Ela disse, sem preâmbulos:

– Não vou poder passar o Natal com você este ano, papai. Minha empresa vai participar de uma convenção no Canadá.

Houve um prolongado silêncio.

– O momento não é muito propício, Ashley. Você e eu sempre passamos o Natal juntos.

– Não tenho como evitar...

– Você é tudo que eu tenho, sabe disso.

– Eu sei, papai, e... você é tudo que eu tenho.

– É o que importa.

Importa a ponto de chegar a matar por causa disso?

– Onde vai ser a convenção?

– Em Quebec. É...

– Ah! É um lugar maravilhoso. Não vou lá há anos. Sabe o que eu vou fazer? Não tenho nada marcado no hospital nessa época. Vou pegar um avião para me encontrar com você lá, e vamos cear juntos.

Ashley falou rapidamente:

– Acho que não é uma...

– Faça uma reserva para mim no hotel em que você for se hospedar. Não é bom quebrar a tradição, certo?

Ela ficou um pouco indecisa e acabou dizendo:

– Não, papai. Não é.

Como é que eu vou encará-lo?

ALETTE ESTAVA empolgada. Falou para Toni:

– Eu nunca fui a Quebec. Há museus por lá?

– Claro que há – disse-lhe Toni. – Lá tem de tudo. Muitos esportes de inverno. Esqui, patinação no gelo...

Alette estremeceu.

– Eu odeio o frio. Não quero saber de esportes. Mesmo de luvas, meus dedos ficam congelados. Prefiro visitar os museus...

NO DIA 21 DE DEZEMBRO, o grupo da Global chegou ao Aeroporto Internacional Jean-Lesage, em Sainte-Foy, e foi levado ao famoso Château Frontenac, em Quebec. Fazia um frio tremendo, a temperatura abaixo de zero, e as ruas estavam cobertas de neve.

Jean Claude dera a Toni o número do telefone de sua casa. Ela ligou para ele assim que se instalou no hotel.

– Espero que eu não esteja ligando muito tarde.

– *Mais non!* Não posso acreditar que você esteja aqui. Quando vou poder vê-la?

– Bem, nós todos vamos ao centro de convenções amanhã de manhã, mas eu poderia dar uma fugidinha para almoçar com você.

– *Bon!* Há um restaurante, Le Paris-Brest, na Grande Allée Est. Você pode se encontrar comigo lá às 13 horas?

– Estarei lá.

O CENTRE DES CONGRES de Quebec, no René Lévesque Boulevard, é a última palavra em edifícios de aço e vidro, com quatro andares e capacidade para receber milhares de participantes numa só convenção. Às 9 horas, os enormes saguões estavam abarrotados de peritos em informática oriundos de todos os cantos do mundo, trocando as mais recentes informações sobre os desenvolvimentos da área. Eles ocupavam as salas de multimídia, os estandes de mostra e os centros de videoconferência. Seminários ocorriam simultaneamente. Toni estava enfadada. *Muita conversa, nenhuma ação*, pensou. Às 12h45, ela saiu sorrateiramente do centro de convenções e pegou um táxi para o restaurante.

Jean Claude estava à sua espera. Ele pegou-lhe a mão e disse carinhosamente:

– Toni, estou muito feliz por você ter vindo.

– Eu também.

– Vou tentar lhe propiciar uma estada bastante agradável por aqui – disse-lhe Jean Claude. – Esta é uma linda cidade para se explorar.

Toni olhou para ele e sorriu.

– Eu sei que vou gostar.

– E eu gostaria de passar o maior tempo possível com você.

– Você consegue algum tempo livre? E a joalheria?

Jean Claude sorriu.

– Ela vai ter de se arranjar sem mim.

O *maître* trouxe os cardápios.

Jean Claude falou para Toni:

– Você gostaria de experimentar os nossos pratos franco-canadenses?

– Boa ideia!

– Então, por favor, deixe-me escolher. – Ele falou para o *maître*: – *Nous voudrions le Brome Lake Duckling*. – E explicou a Toni: – É um prato daqui, pato cozido ao molho de calvados, com recheio de maçã.

– Parece delicioso.

Realmente era.

DURANTE O ALMOÇO, eles contaram um ao outro o seu passado.

– Então, você nunca se casou? – perguntou Toni.

– Não. E você?

– Também não.

– Não encontrou o homem certo?

Oh, Deus, não seria maravilhoso se fosse assim tão simples?

– Não.

Eles conversaram sobre Quebec e o que havia para se fazer na cidade.

– Você sabe esquiar?

Toni assentiu.

– Eu adoro.

– Ah, *bon, moi, aussi*. E têm também as motocicletas de uso exclusivo sobre a neve, os famosos *snowmobiles*, tem patinação no gelo, lojas para se fazer compras...

Havia algo de juvenil no entusiasmo dele. Toni jamais havia se sentido tão à vontade com alguém.

SHANE MILLER providenciou para que seu grupo frequentasse as atividades matinais da convenção, de forma que ficassem com as tardes livres.

– Não há muitas opções para se divertir por aqui – queixou-se Alette com Toni. – Além disso, está um frio de rachar. O que você vai fazer?

– Tudo. – Toni sorriu.

– *A più tardi.*

TONI E JEAN CLAUDE almoçaram juntos todos os dias, e à tarde Jean Claude levava Toni para passear. Ela nunca tinha visto uma cidade igual a Quebec. Foi como descobrir um pitoresco vilarejo francês da virada do século em plena América do Norte. As ruazinhas antigas tinham nomes simpáticos, como Escadaria do Quebra-Pescoço, Embaixo do Forte e Salto do Marinheiro. Era como uma cidade feita de cartões-postais do fim do século passado, emoldurada pela neve.

Eles visitaram La Citadelle, com suas muralhas de proteção em torno da Quebec Velha, e assistiram à tradicional troca da guarda dentro do forte. Exploraram as ruas de lojas comerciais, Saint Jean, Cartier, Côte de La Fabrique, e passearam pelo Quartier Petit Champlain.

– Este aqui é o bairro comercial mais antigo da América do Norte – disse-lhe Jean Claude.

– Magnífico!

Aonde quer que fossem, havia reluzentes árvores de Natal, presépios e música para satisfação daqueles que passeavam.

Jean Claude levou Toni ao campo para andar de *snowmobile*. Quando estavam descendo a toda por uma ladeira estreita, ele gritou:

– Você está gostando?

Toni percebeu que não foi uma pergunta sem propósito. Ela assentiu e disse baixinho:

– Estou achando maravilhoso.

ALETTE PASSOU todo o seu tempo livre nos museus. Visitou a basílica de Notre-Dame, a capela do Bom Pastor e o museu de Santo Agostinho, mas não sentiu interesse por nada mais que Quebec tivesse a oferecer. Havia dezenas de restaurantes com cozinhas especializadas, mas quando não fazia suas refeições no hotel, ela preferia almoçar ou jantar na Le Comensal, uma lanchonete de comida vegetariana.

De tempos em tempos, Alette pensava no seu amigo artista, Richard Melton, em São Francisco, e imaginava o que ele estaria fazendo e se estaria pensando nela.

ASHLEY TEMIA a chegada do Natal. Estava tentada a telefonar para o pai e lhe dizer que não viesse. *Mas que desculpa eu posso dar? Você é um assassino; eu não quero vê-lo?*

E a cada dia o Natal estava mais próximo.

EU GOSTARIA DE lhe mostrar minha joalheria – falou Jean Claude para Toni. – Você gostaria de conhecê-la?

Toni assentiu.

– Adoraria.

A joalheria Parents ficava no coração de Quebec, na rua Notre-Dame. Quando eles passaram pela porta, Toni ficou atônita. Na troca de mensagens, Jean Claude tinha dito: "*Sou dono de uma lojinha de joias.*" Era uma loja enorme, de muito bom gosto. Havia meia dúzia de funcionários, todos atendendo clientes.

Toni olhou ao redor e falou:

– Nossa! Isto aqui é magnífico!

Ele sorriu.

– *Merci!* Eu gostaria de lhe dar um *cadeau*... um presente, de Natal.

– Não. Não precisa. Eu...

– Por favor, não me prive do prazer. – Jean Claude levou Toni até uma vitrine cheia de anéis. – Mostre-me de qual você gostou.

Toni balançou a cabeça.

– Eles são caros demais. Eu não poderia...

– Por favor.

Toni o analisou durante um momento e, em seguida, assentiu.

– Tudo bem. – Ela examinou a vitrine outra vez. Bem no centro havia um enorme anel de esmeralda, incrustado de diamantes.

Jean Claude percebeu que ela o estava admirando.

– Você gostou do anel de esmeralda?

– É lindo. Mas é muito...

– É seu. – Jean Claude tirou uma pequena chave, destrancou a vitrine e pegou o anel.

– Não, Jean Claude...

– *Pour moi.* – Ele colocou o anel no dedo de Toni. Coube perfeitamente.

– *Voilà*! É um sinal.

Toni apertou a mão dele entre as suas.

– Eu... eu nem sei o que dizer.

– E eu não tenho como lhe dizer o prazer que isso me dá. Existe um restaurante maravilhoso aqui chamado Pavillon. Você gostaria de jantar lá hoje à noite?

– Onde você quiser.

– Eu vou pegá-la às 20 horas.

ÀS 18 HORAS daquela mesma tarde, o pai de Ashley telefonou.

– Sinto muito, mas vou decepcioná-la, Ashley. Não poderei estar aí no Natal. Um paciente meu, um homem muito importante, que vive na América do Sul, teve um derrame. Vou pegar o próximo voo para a Argentina esta noite.

– Mas... mas que pena, papai! – disse Ashley. Ela tentou ser convincente.

– Mas nós haveremos de arranjar um jeito para compensar isso; você não concorda, minha querida?

– Claro, papai. Espero que você faça uma boa viagem.

TONI ESTAVA ANSIOSA para jantar com Jean Claude. A noite prometia ser maravilhosa. Enquanto estava se vestindo, ela cantou baixinho para si mesma.

"Subindo e descendo a rua da cidade,
Entra tostão, sai tostão. Ora, ora!
É assim que o dinheiro se vai.
Mas a lontra – pluft! – foi embora."

Acho que Jean Claude está apaixonado por mim, mamãe.

O PAVILLON FICA na cavernosa Gare du Palais, a antiga estação ferroviária de Quebec. É um restaurante grande, com um bar comprido na entrada e fileiras de mesas que se estendem até o fundo. Toda noite, às 23 horas, eles afastam uma dúzia de mesas para perto das paredes laterais, criando uma pista de dança, e um *DJ* assume o comando com as mais variadas músicas, passando do reggae ao jazz e aos blues.

Toni e Jean Claude chegaram às 21 horas e foram calorosamente cumprimentados à porta pelo dono.

– Monsieur Parent. É sempre um prazer revê-lo.

– Obrigado, André! Esta é a Srta. Toni Prescott. Sr. Nicholas.

– Muito prazer, Srta. Prescott. Sua mesa está reservada.

– A comida é excelente aqui – assegurou Jean Claude a Toni quando eles já estavam sentados. – Vamos começar tomando um champanhe.

Eles pediram *paillard* de vitela, *torpille*, salada e uma garrafa de Valpolicella.

Toni continuava admirando o anel de esmeralda que Jean Claude lhe dera.

– É tão lindo! – exclamou.

Jean Claude se inclinou por cima da mesa.

– *Tu aussi*. Não há como lhe dizer da alegria que estou sentindo por termos finalmente nos encontrado.

– Eu também não tenho palavras – disse Toni baixinho.

A música começou. Jean Claude olhou para Toni.

– Você gostaria de dançar?

– Adoraria!

Dançar era uma das paixões de Toni, e quando chegava à pista de dança, ela se esquecia de tudo. *Era uma menininha dançando com o pai, e a mãe dizendo: "Que menina desajeitada!"*

Jean Claude estava dançando bem próximo a ela.

– Você dança muito bem.

– Obrigada! – *Ouviu só, mamãe?*

Toni pensou: *Eu gostaria que isso não tivesse fim, que continuasse assim para sempre.*

NO CAMINHO DE volta para o hotel, Jean Claude falou:

– *Chérie*... você gostaria de passar na minha casa para coroarmos a noite?

Toni se mostrou um pouco indecisa e disse:

– Hoje não, Jean Claude.

– Amanhã, *peut-être?*

Ela apertou-lhe a mão.

– Amanhã.

ÀS 3 HORAS, o policial René Picard fazia a ronda pela Grande Allée, no Quartier Montcalm, quando percebeu que a porta da frente de uma casa de dois andares com fachada em tijolos aparentes estava escancarada. Ele estacionou a viatura junto ao meio-fio e saiu para investigar. Caminhou até a porta e chamou:

– *Bon soir. Ya-t-il, quelqu'un?*

Não houve resposta alguma. A casa estava tranquila, de uma forma que não parecia natural. Desabotoando a cartucheira, o policial Picard entrou e começou a vasculhar o primeiro andar, perguntando se havia alguém à medida que passava de um cômodo para outro. A única resposta que obteve foi um estranho silêncio. Ele voltou ao saguão de entrada. Havia uma bela escadaria que levava ao andar de cima.

– *Allo!* – Nada.

O policial Picard começou a subir a escada. Quando chegou ao último degrau, sua arma já estava na mão. Ele tornou a chamar e pôs-se a andar pelo corredor comprido. Logo adiante, encontrou a porta de um quarto entreaberta. Aproximou-se dela, escancarou-a e empalideceu.

– *Mon Dieu!*

ÀS 5 HORAS, no edifício de pedras cinzas e tijolos amarelos do Story Boulevard, onde ficava a Central de Polícia, o inspetor Paul Cayer estava perguntando:

– O que temos ali?

O policial Guy Fontaine respondeu:

– O nome da vítima é Jean Claude Parent. Ele foi esfaqueado pelo menos umas dez vezes e depois, castrado. O legista diz que o assassinato ocorreu há três ou quatro horas. Encontramos um recibo do restaurante Pavillon no bolso do paletó de Parent. Ele tinha jantado lá ontem à noite. Nós tiramos o dono do restaurante da cama.

– E então?

– *Monsieur* Parent esteve no Pavillon com uma mulher chamada Toni Prescott, uma morena muito atraente, com sotaque inglês. O gerente da joalheria de *monsieur* Parent disse que, durante o dia, ele havia levado à loja uma mulher com a mesma descrição, e a apresentou como Toni Prescott. Ele lhe deu um anel de esmeralda muito caro. Nós também acreditamos que *monsieur* Parent tenha praticado sexo com alguém antes de morrer e que a arma do crime tenha sido a lâmina de aço de uma espátula de abrir envelopes de papel. Havia impressões digitais nela. Nós as enviamos para o nosso laboratório e para o FBI. Estamos aguardando os laudos.

– Vocês já pegaram essa Toni Prescott?

– *Non.*

– E por que não?

– Não conseguimos encontrá-la. Verificamos em todos os hotéis. Procuramos em nossos arquivos e nos do FBI. Ela não tem certidão de nascimento, não está cadastrada na previdência social, nem tem carteira de habilitação.

– Impossível. Será que ela saiu da cidade?

O policial Fontaine balançou a cabeça.

– Acho que não, inspetor. O aeroporto fechou à meia-noite. O último trem saiu de Quebec ontem às 17h30. O primeiro trem partira hoje às 6h39. Enviamos uma descrição dela para a estação rodoviária, para as duas empresas de táxi e para a companhia de limusines.

– Pelo amor de Deus! Temos o nome, a descrição e as impressões digitais dela. Essa mulher não pode desaparecer assim.

UMA HORA DEPOIS, chegou o laudo do FBI. Eles não haviam conseguido identificar as impressões digitais. Não havia registro algum de Toni Prescott.

8

Cinco dias depois de Ashley ter voltado de Quebec, seu pai estava ao telefone.

– Acabei de voltar.

– Voltar? – Ashley precisou de um instante para se recordar. – Ah, o seu paciente na América do Sul. Como ele está?

– Vai sobreviver.

– Que bom!

– Você pode vir até São Francisco para jantarmos amanhã?

Ela estremeceu diante da simples ideia de encará-lo, mas não conseguiu pensar em desculpa alguma.

– Tudo bem.

– Vamos nos encontrar no restaurante Lulu. Às 20 horas.

ASHLEY ESTAVA esperando no restaurante quando o pai entrou. Mais uma vez ela percebeu os olhares de admiração estampados nos rostos das pessoas. Seu pai era um homem famoso. *Ele arriscaria tudo que tinha só para...?*

Ele estava à mesa.

– Que bom ver você, minha querida! Fiquei sentido pela ceia de Natal!

Ela se forçou a dizer:

– Eu também.

Ashley estava olhando para o cardápio, sem vê-lo, tentando colocar os pensamentos em ordem.

– O que você vai querer?

– Eu... eu não estou com muita fome – disse ela.

– Você precisa comer alguma coisa. Está ficando magra demais.

– Vou querer frango, então

Ela ficou olhando para o pai, enquanto ele fazia o pedido, e imaginou se teria coragem de comentar sobre o assunto.

– Como foram as coisas em Quebec?

– Tudo muito interessante – disse Ashley. – A cidade é linda.

– Precisamos ir lá juntos uma hora dessas.

Ela tomou uma decisão e tentou manter o tom de voz o mais à vontade que conseguiu.

– Precisamos, sim. A propósito... em junho último eu fui à reunião de dez anos de formatura da minha turma do segundo grau em Bedford.

Ele assentiu.

– E gostou?

– Não. – Ela falou devagar, escolhendo as palavras com cuidado. – Eu... descobri que no dia seguinte à nossa partida para Londres, o corpo de Jim Cleary... foi encontrado. Ele foi esfaqueado... e castrado. – Ela ficou sentada, olhando para ele, esperando uma reação.

O Dr. Patterson franziu o cenho.

– Cleary? Ah, sim! Aquele rapaz que vivia atrás de você! Eu a salvei das mãos dele, não salvei?

O que significaria aquilo? Seria uma confissão? Ele a teria salvado de Jim Cleary matando-o?

Ashley respirou profundamente e prosseguiu.

– Dennis Tibble foi assassinado da mesma forma. Foi esfaqueado e castrado. – Ela ficou olhando para o pai, enquanto ele pegava um pãozinho e passava a manteiga com delicadeza.

Quando ele finalmente se pronunciou, disse:

– Isso não me surpreende, Ashley. As pessoas ruins costumam encontrar o fim que merecem.

E ali estava um médico falando, um homem dedicado a salvar vidas. *Eu jamais vou entendê-lo*, pensou Ashley. *E nem sei se quero.*

Quando o jantar terminou, Ashley não tinha conseguido chegar muito perto da verdade.

– EU GOSTEI MUITO de Quebec, Alette. Eu gostaria de voltar um dia. Você se divertiu? – disse Toni.

– Eu gostei dos museus. – falou Alette, timidamente.

– Você já telefonou para o seu namorado em São Francisco?

– Ele não é meu namorado.

– Aposto que você quer que ele seja, não é?

– *Forse.* Talvez.

– Por que não liga para ele?

– Acho que não ficaria bem eu...

– Ligue.

ELES MARCARAM para se encontrar no museu De Young.

– Senti saudade de você – falou Richard Melton. – Como foram as coisas em Quebec?

– *Va bene.*

– Eu gostaria de ter ido com você.

Talvez um dia, pensou Alette, esperançosa.

– Como está indo a sua pintura?

– Nada mal. Acabei de vender um dos meus quadros para um colecionador muito conhecido.

– Fantástico! Ela ficou satisfeita. E não conseguiu deixar de pensar. *É tão diferente quando estou com ele! Se fosse qualquer outra pessoa, eu pensaria: E quem teria o mau gosto de dar algum dinheiro pelos seus quadros? ou Não vá largar o seu emprego ou uma centena de outros comentários cruéis. Mas não faço isso com Richard.*

Alette sentiu uma incrível sensação de liberdade, como se tivesse encontrado a cura para uma doença.

ELES RESOLVERAM almoçar no museu.

– O que você vai querer? – perguntou Richard. – O rosbife daqui é ótimo.

– Eu sou vegetariana. Vou comer uma salada. Obrigada!

– Tudo bem.

Uma garçonete jovem e atraente veio atendê-los.

– Oi, Richard!

– Oi, Bernice!

Inesperadamente, Alette sentiu uma pontada de ciúmes. Sua reação a surpreendeu.

– Vocês já querem fazer o pedido?

– Por favor. A Srta. Peters vai querer uma salada, e eu vou comer um sanduíche de rosbife.

A garçonete estava analisando Alette. *Ela está com ciúmes de mim?*, indagou Alette a si própria. Quando a garçonete se foi, Alette falou:

– Que moça bonita! Você a conhece bem? – Ela corou imediatamente. *Eu gostaria de não ter feito esta pergunta.*

Richard sorriu.

– Eu venho sempre aqui. No início, quase não tinha dinheiro. Eu pedia um sanduíche, e Bernice me trazia um banquete. Ela é ótima.

– Ela parece ser muito legal – falou Alette. E pensou: *Ela tem as coxas grossas.*

Depois de fazerem o pedido, eles conversaram sobre pintores.

– Um dia eu quero ir a Giverny – disse Alette –, onde Monet pintava.

– Você sabia que Monet começou como caricaturista?

– Não.

– É verdade. Depois ele conheceu Boudin, que virou seu professor e o convenceu a começar a pintar ao ar livre. Existe uma história interessante sobre isso. Monet ficou tão entusiasmado por pintar fora do ateliê, que quando resolveu reproduzir a imagem de uma mulher num jardim, numa tela com quase 3 metros de altura, mandou cavar uma vala no meio do jardim para poder erguer ou baixar a tela com polias. Esse quadro está no Museu d'Orsay, em Paris.

O tempo passou num piscar de olhos.

DEPOIS DO ALMOÇO, Alette e Richard passearam pelas diversas mostras do museu. Havia mais de quarenta mil objetos na coleção, desde artesanato egípcio antigo até pintura contemporânea norte-americana.

Alette se sentia radiante por estar na companhia de Richard e por não ter nenhum pensamento negativo. *Che cosa significa?*

Um guarda uniformizado se aproximou deles.

– Boa tarde, Richard!

– Boa tarde, Brian! Esta é minha amiga, Alette Peters. Brian Hill.

– Brian falou para Alette:

– Está gostando do museu?

– Ah, sim. É maravilhoso.

– Richard está me ensinando a pintar – disse Brian.

Alette olhou para Richard.

– É mesmo?

Richard falou, com modéstia:

– Ora, eu só o estou orientando!

– Ele está fazendo mais do que isso, senhorita. Eu sempre quis ser pintor. Foi por isso que aceitei este emprego no museu, porque adoro arte. Richard vem sempre aqui e é pintor. Quando vi o trabalho dele, pensei: "Quero ser como ele." Então, perguntei se ele não queria me dar aulas, e ele tem sido um ótimo professor! A senhorita já viu alguns dos quadros dele?

– Já vi, sim – disse Alette. – São magníficos.

Quando os dois se afastaram de Brian, Alette falou:

– É muito legal da sua parte fazer uma coisa dessas, Richard.

– Eu gosto de ajudar as pessoas – e ele estava olhando para Alette.

Assim que saíram do museu, Richard falou:

– O rapaz que divide o apartamento comigo foi a uma festa hoje à noite. Por que não damos um pulinho no meu apartamento? – Ele sorriu. – Eu gostaria de lhe mostrar alguns dos meus quadros.

Alette apertou a mão dele.

– Ainda não, Richard.

– Como você quiser. Vamos nos ver no fim de semana que vem?

– Vamos.

E ele não tinha ideia do quanto ela estava ansiando por isso.

Richard caminhou junto com Alette até o estacionamento onde ela havia deixado o carro. Ele ficou acenando, enquanto ela partia.

QUANDO ESTAVA deitada para dormir naquela noite, Alette pensou: *É como se fosse um milagre. Richard me libertou.* Ela adormeceu, sonhando com ele.

ÀS 2 HORAS, Gary, o rapaz que dividia o apartamento com Richard Melton, chegou de uma festa de aniversário. O apartamento estava às escuras. Ele acendeu as luzes da sala.

– Richard?

Foi em direção ao quarto. Da porta, ele olhou para dentro do cômodo e teve ânsias de vômito.

– ACALME-SE, MEU FILHO. – O policial Whittier olhou para a figura que tremia sentada na poltrona. – Agora, vamos repassar toda a história. Ele tinha inimigos, alguém que o detestava a ponto de fazer uma coisa dessas?

Gary engoliu em seco.

– Não. Ninguém... todo mundo gostava de Richard.

– Existe alguém que não gostava. Há quanto tempo você e ele moravam juntos?

– Dois anos.

– Vocês eram amantes?

– Pelo amor de Deus! – disse Gary, indignado. – Não. Éramos amigos, compartilhávamos o apartamento por uma questão financeira.

O policial Whittier olhou ao redor do pequeno ambiente.

– Com toda a certeza, não foi roubo – disse. – Não há o que roubar por aqui. O seu amigo estava saindo com alguém, tinha algum romance?

Não... ou melhor, sim. Ele andava interessado numa garota. Acho que estava começando a gostar dela.

– Você sabe o nome dela?

– Sei. É Alette. Alette Peters. Ela trabalha em Cupertino.

O policial Whittier e seu parceiro Reynolds se entreolharam.

– Cupertino?

– Meu Deus! – disse Reynolds.

TRINTA MINUTOS depois, o policial Whittier estava ao telefone com o comissário Dowling.

– Comissário, achei que o senhor gostaria de saber que estamos com um assassinato aqui com o mesmo *modus operandi* que vocês tiveram em Cupertino: vários ferimentos causados por objeto contundente pontiagudo e castração.

– Meu Deus!

– Acabei de ter uma conversa com o FBI. O computador deles mostra que houve três castrações com morte muito semelhantes a esta. A primeira ocorreu em Bedford, na Pensilvânia, cerca de dez anos atrás, a segunda com um homem chamado Dennis Tibble, que foi o seu caso, depois houve o mesmo *modus operandi* em Quebec e agora este.

– Não faz sentido. Pensilvânia... Cupertino... Quebec... São Francisco... Há alguma conexão?

– Estamos tentando encontrar. É necessário passaporte para ir a Quebec. O FBI está fazendo uma verificação cruzada para ver se alguém que tenha estado em Quebec na época do Natal estava em alguma dessas outras cidades à época dos assassinatos...

QUANDO A MÍDIA ouviu rumores do que estava acontecendo, a história se espalhou pelas primeiras páginas do mundo inteiro:

MANÍACO ASSASSINO À SOLTA...
QUATRES HOMMES BRUTALEMENT TUÉS ET CASTRÉS
GESUCHT WIRD EIN MANN DER SEINE OPFER KASTRIERT.
QUATTRO UOMINI SONO STATI CASTRATI E UCCISI.

Em todas as redes, psicólogos arrogavam-se o poder de analisar os assassinatos:

"...e todas as vítimas eram homens. Devido à forma como eles foram esfaqueados e castrados, o autor seria indubitavelmente um homossexual que..."

"...portanto, conseguindo encontrar uma conexão entre as vítimas, a polícia acabará descobrindo que tudo isso foi obra de uma amante desprezada por esses homens..."

"...mas eu diria tratar-se de assassinatos aleatórios, cometidos por alguém cuja mãe fosse dominadora..."

NO SÁBADO DE MANHÃ, o policial Whittier telefonou de São Francisco para o delegado Blake.

– Delegado, tenho novidades.

– Diga.

– Acabo de receber um telefonema do FBI. Cupertino consta como residência de uma norte-americana que estava em Quebec na data do assassinato de Parent.

– Muito interessante! E qual é o nome dela?

– Patterson. Ashley Patterson.

ÀS 18 HORAS daquela mesma tarde, o delegado Sam Blake tocou a campainha do apartamento de Ashley Patterson. Ainda diante da porta fechada, ela ouviu a própria pergunta proferida com cautela:

– Quem é?

– Delegado Blake. Eu gostaria de conversar com a Srta. Patterson.

Houve um silêncio prolongado e, em seguida, a porta foi aberta. Ashley estava ali de pé, com uma expressão de alerta no rosto.

– Posso entrar?

– Pois não. – *Seria algo sobre o meu pai? Preciso tomar cuidado.* Ashley conduziu o delegado a um sofá. – Em que posso ser útil, delegado?

– A senhorita se importaria de responder algumas perguntas?

Ashley se ajeitou no sofá, pouco à vontade.

– Eu... eu não sei. Estou sob suspeita de alguma coisa?

Ele lhe abriu um sorriso reconfortante.

– Nada disso, Srta. Patterson. E só uma questão de rotina. Estamos investigando alguns assassinatos.

– Eu não sei nada de assassinato algum – apressou-se em dizer. *Teria se apressado demais?*

– A senhorita esteve em Quebec recentemente, não esteve?

– Estive.

– Conhece Jean Claude Parent?

– Jean Claude Parent? – Ela pensou um instante. – Não. Nunca ouvi falar. Quem é?

– É dono de uma joalheria em Quebec.

Ashley balançou a cabeça.

– Não comprei nenhuma joia em Quebec.

– A senhorita trabalhava com Dennis Tibble.

Ashley sentiu o medo retornar. Aquilo *tinha* a ver com o seu pai. Ela falou, cautelosa:

– Eu não trabalhava *com* ele. Dennis trabalhava na mesma empresa que eu.

– Certo. A senhorita costuma ir a São Francisco, não é?

Ashley ficou a imaginar onde aquilo poderia acabar. *Cuidado!*

– De vez em quando, sim.

– Alguma vez teve a oportunidade de conhecer um artista plástico chamado Richard Melton?

– Não. Eu não conheço ninguém com esse nome.

O delegado Blake ficou sentado, estudando Ashley, frustrado.

– Srta. Patterson, se importaria de vir à delegacia para fazer um teste com o polígrafo? Se desejar, pode chamar o seu advogado e...

– Não preciso de um advogado. Farei o teste com prazer.

O PERITO EM POLIGRAFIA se chamava Keith Rosson e era um dos melhores. Teve de cancelar um compromisso, mas ficou satisfeito em poder atender Sam Blake.

Ashley estava sentada numa cadeira, conectada aos fios do polígrafo. Rosson já vinha conversando com ela fazia 45 minutos, obtendo informações sobre o seu passado e avaliando o seu estado emocional. Agora estava pronto para começar.

– Está se sentindo confortável?

– Estou.

– Bom. Vamos começar. – Ele apertou um botão. – Qual é o seu nome?

Ashley Patterson.

Os olhos de Rosson passavam de Ashley para o gráfico impresso pelo poligráfico.

– Quantos anos tem, Srta. Patterson?

– Vinte e oito.

– Onde mora?

– Na vila Via Camino, número 10.964, em Cupertino.

– Tem emprego?

– Tenho.

– Gosta de música clássica?

– Gosto.

– Conhece Richard Melton?

– Não.

Não houve alteração do gráfico.

– Onde trabalha?

– Na Corporação Global de Computação Gráfica.

– Gosta do seu trabalho?

– Gosto.

– Trabalha cinco dias por semana?

– Trabalho.

– Conheceu Jean Claude Parent?

– Não.

O gráfico continuou sem alterações.

– Tomou café da manhã hoje?

– Tomei.

– Matou Dennis Tibble?

– Não.

As perguntas prosseguiram durante mais trinta minutos e foram repetidas três vezes, em sequências diferentes.

Quando terminou a sessão, Keith Rosson entrou no escritório de Sam Blake e entregou-lhe o teste do poligráfico.

– Limpinha! Há menos de um por cento de chances de ela estar mentindo. Você pegou a pessoa errada.

ASHLEY SAIU DA DELEGACIA aliviada. *Graças a Deus isso acabou!* Ela estava aterrorizada com a possibilidade de eles lhe fazerem perguntas que pudessem envolver seu pai, mas isso não aconteceu. *Agora ninguém vai poder associar papai a qualquer assassinato.*

Ela estacionou o carro na garagem e pegou o elevador para o seu andar. Destrancou a porta, entrou e tornou a trancá-la com cuidado. Estava exausta e, ao mesmo tempo, rejubilada. *Um bom banho quente*, pensou. Entrou no banheiro e ficou lívida. Sobre o espelho do banheiro, alguém escrevera com batom vermelho brilhante: VOCÊ VAI MORRER.

9

Ashley tentava controlar seu nervosismo. Seus dedos tremiam tanto que ela discou três vezes, e não acertou o número. Respirou fundo e tentou novamente. Dois... nove... nove... dois... um... zero... um... O telefone começou a tocar.

– Delegacia de polícia.

– O delegado Blake, por favor. Depressa!

– O delegado Blake foi para casa. Será que outra pessoa...?

– Não! Eu... Você pode pedir para ele me ligar? Aqui quem fala é Ashley Patterson. Eu preciso falar com ele imediatamente.

– Queira aguardar na linha um momentinho, senhorita, que eu vou ver se consigo localizá-lo.

O DELEGADO SAM BLAKE estava escutando pacientemente a mulher, Serena, que falava aos berros.

– Meu irmão bota você pra trabalhar feito um burro de carga, dia e noite, e não lhe paga o suficiente para você me sustentar com decência. Por que você não exige um aumento? *Por quê?*

Eles estavam à mesa de jantar.

– Pode me passar as batatas, querida?

Serena pegou o prato de batatas e bateu com ele sobre a mesa em frente ao marido.

– O problema é que eles não sabem o quanto você vale.

– Tem razão, querida. Pode me passar o molho?

– Você não está escutando o que eu estou dizendo? – gritou ela.

– Cada palavra, meu amor. O jantar está delicioso. Você é uma ótima cozinheira.

– Como é que eu posso brigar com você, seu idiota, se você não briga comigo?

Ele abocanhou uma garfada de vitela.

– É porque eu amo você, minha querida.

O telefone tocou.

– Com licença! – Ele se levantou e atendeu. – Alô... Pois não... Pode colocá-la na linha. Srta. Patterson? – Ele ouviu os soluços dela.

– Uma coisa... uma coisa terrível aconteceu. O senhor precisa vir até aqui imediatamente.

– Estou a caminho.

Serena se levantou.

– *O quê?* Você vai sair? Nós ainda nem acabamos de jantar!

– É uma emergência, querida. Vou voltar assim que puder. – Ela o viu afivelar a cartucheira. Ele se inclinou sobre ela e a beijou. – Que jantar maravilhoso!

ASHLEY ABRIU A PORTA assim que ele chegou. Seu rosto estava manchado de lágrimas. Ela tremia.

Sam Blake entrou no apartamento, esquadrinhando o ambiente com cautela.

– Tem mais alguém aqui?

– Alguém... *esteve* aqui. – Ela estava se esforçando para manter o autocontrole. – Venha ver... – Ela o levou até o banheiro.

O delegado Blake leu as palavras escritas no espelho em voz alta:

– Você vai morrer.

Ele se virou para Ashley.

– Alguma ideia de quem poderia ter escrito isso?

– Não – disse ela. – O apartamento é só meu. Ninguém mais tem a chave... E alguém tem vindo aqui... Anda me seguindo. Alguém está planejando me matar. – E irrompeu em lágrimas. – Eu não aguento mais isso.

Ashley estava aos prantos, fora de controle. O delegado Blake colocou o braço ao redor dos ombros dela e a confortou.

– Tenha calma. Vai ficar tudo bem. Nós vamos lhe dar proteção e vamos descobrir quem está por trás disso.

Ela respirou fundo.

– Desculpe! Eu... eu não costumo me comportar desse jeito. É... é que tem sido horrível para mim.

– Vamos conversar – falou Sam Blake.

Conseguindo abrir um sorriso a muito custo, Ashley respondeu:

Ashley olhou para ele e disse:

– Eu entendo.

– Não... eu estou falando sério. Serena age dessa maneira porque está com medo.

Ashley olhou para ele, curiosa.

– Medo?

Ele ficou em silêncio por um momento.

– Serena está morrendo. Ela tem câncer. A doença não se manifestou durante algum tempo. Começou há sete anos. Nós estamos casados há cinco.

– Então, o senhor já sabia...?

– Sabia. Mas não me importei. Eu a amo. – Ele parou de falar. – Tem piorado ultimamente. Ela anda assustada porque está com medo de morrer e teme que eu a abandone. Toda aquela gritaria serve para encobrir o medo.

– Eu... eu sinto muito.

– Ela é uma pessoa maravilhosa. No fundo, é gentil, carinhosa, amável. Esta é a Serena que eu conheço.

– Eu peço desculpas por ter causado um... – falou Ashley.

– De jeito nenhum! – Ele olhou ao redor.

– Só há um quarto. O senhor pode ficar lá. Eu dormirei no sofá – disse Ashley.

O delegado Blake balançou a cabeça.

– O sofá está bom para mim.

– Eu nem sei como lhe agradecer – falou ela.

– Não tem problema, Srta. Patterson. – Ele a observou ir até um armário para pegar lençóis e cobertores.

Ela foi ao sofá e esticou o lençol.

– Espero que o senhor...

– Perfeito. Eu não pretendo dormir muito mesmo. – Ele verificou as janelas para se certificar de que estivessem bem fechadas e depois foi até a porta, dando duas voltas na tranca. – Tudo certo. – Ele colocou a arma sobre a mesa ao lado do sofá. – Durma bem. De manhã, nós vamos organizar tudo direitinho.

Ashley assentiu. Foi até ele e deu-lhe um beijo no rosto.

– Obrigada!

O delegado Blake esperou que ela entrasse no quarto e fechasse a porta. Voltou às janelas e verificou-as novamente. A noite seria longa.

NA SEDE DO FBI em Washington, o agente Ramirez conversava com Roland Kingsley, o chefe de sua seção.

– Temos as impressões digitais e os laudos do DNA encontrados nas cenas dos crimes de Bedford, Cupertino, Quebec e São Francisco. Acabamos de receber o último laudo do DNA. Todas as impressões digitais tiradas *in loco* coincidem, e os traços de DNA também.

Kingsley assentiu.

– Então trata-se definitivamente de um só maníaco assassino.

– Não há dúvida.

– Vamos encontrar o canalha.

ÀS 6 HORAS, o corpo nu do delegado Sam Blake foi encontrado pela mulher do síndico no beco situado atrás do edifício onde ficava o apartamento de Ashley Patterson.

Ele fora esfaqueado e castrado.

10

Eles eram cinco: o comissário Dowling, dois detetives à paisana e dois policiais uniformizados. Estavam de pé na sala, olhando para Ashley, que estava sentada numa poltrona, chorando histericamente.

– A senhorita é a única pessoa que pode nos ajudar – disse o comissário Dowling.

Ashley olhou para todos eles e assentiu. Ela respirou fundo várias vezes.

– Eu... eu vou tentar.

– Vamos começar pelo princípio. O delegado Blake passou a noite aqui?

– Pa-passou, sim. Eu tinha pedido a ele. Eu estava desesperada de medo.

Este apartamento tem um quarto.

– Isso mesmo.

– Onde o delegado Blake dormiu?

Ashley apontou para o sofá, que tinha um cobertor e um travesseiro em cima.

– Ele... ele passou a noite ali.

– A que horas a senhorita foi dormir?

Ashley pensou um instante.

– Deve... deve ter sido em torno da meia-noite. Eu estava nervosa. Nós tomamos chá juntos e conversamos um pouco, até que me senti mais calma. Aí, eu trouxe os cobertores, lençóis e um travesseiro para ele, em seguida fui para o meu quarto. – Ela estava se esforçando para manter o autocontrole.

– Essa foi a última vez que a senhorita o viu?

– Foi.

– E depois foi dormir?

– Não de imediato. Acabei tomando um comprimido para dormir. A última coisa de que me lembro é de ser acordada pelos berros de uma mulher no beco. – Ela começou a tremer.

– A senhorita acha que alguém entrou neste apartamento e matou o delegado Blake?

– Eu... eu não sei – falou Ashley, desesperada. – Alguém tem entrado aqui. Chegaram até a escrever uma ameaça no espelho do banheiro.

– Ele me falou sobre isso ao telefone.

– Ele pode ter ouvido alguma coisa e ido lá fora investigar – disse Ashley.

O comissário Dowling balançou a cabeça.

– Eu acho que ele não teria ido lá fora nu.

– *Eu não sei! Eu não sei!* Isto é um pesadelo – gritou Ashley, cobrindo os olhos com as mãos.

O comissário Dowling falou:

– Eu gostaria de dar uma olhada no apartamento. Vou precisar de um mandado de busca?

– Claro que não. F-fique à vontade.

O comissário Dowling fez um aceno de cabeça para os detetives. Um deles entrou no quarto. O outro foi para a cozinha.

– Sobre o que a senhorita e o delegado Blake conversaram?

Ashley respirou fundo.

– Eu contei a ele sobre... sobre as coisas que andam acontecendo comigo. Ele ficou muito... – Ela levantou o rosto e olhou para o comissário Dowling. – Por que alguém iria matá-lo? *Por quê?*

– Eu não sei, Srta. Patterson. Nós vamos descobrir.

O tenente Elton, o detetive que inspecionara a cozinha, estava parado à porta.

– Posso falar com o senhor um instantinho, comissário?

– Com licença.

O comissário Dowling entrou na cozinha.

– O que foi?

– Encontrei isto na pia – disse o tenente. Ele estava segurando, pela borda da lâmina, uma faca manchada de sangue. – Não foi lavada. Acho que vamos conseguir algumas impressões.

Kostoff, o segundo detetive, saiu do quarto para a sala e entrou apressado na cozinha. Estava segurando um anel de esmeralda, incrustado de diamantes.

– Encontrei isto aqui na caixa de joias dentro do quarto. Atende à descrição que recebemos de Quebec sobre o anel que Jean Claude Parent deu a Toni Prescott.

Os três se entreolharam.

– Isto não está fazendo sentido algum – disse o comissário de polícia. Cuidadosamente, ele pegou a faca e o anel e voltou para a sala. Estendeu a faca e disse: – Srta. Patterson, esta faca é sua?

Ashley olhou para ela.

– Eu... é, sim. Pode ser. Por quê?

O comissário Dowling estendeu o anel.

– A senhorita já viu este anel antes?

Ashley olhou para ele e balançou a cabeça.

– Não.

– Nós o encontramos na sua caixa de joias.

Eles observaram a expressão dela. Estava completamente atônita.

Ela sussurrou:

– Eu... alguém deve tê-lo colocado lá...

– Quem faria uma coisa dessas?

O rosto dela estava pálido.

– Eu não sei.

Um detetive entrou pela porta da frente.

– Comissário?

– Diga, Baker. – Ele levou o detetive para um canto. – O que você conseguiu?

– Encontramos manchas de sangue no tapete do corredor e no elevador. Parece que o corpo foi colocado num lençol, arrastado até o elevador e jogado no beco.

– Puta merda! – O comissário Dowling se virou para Ashley. – Srta. Patterson, você está presa. Vou informá-la dos seus direitos: tem o direito de permanecer em silêncio. Tudo que disser poderá ser usado contra a senhorita num tribunal de justiça. Tem o direito de usar os serviços de um advogado. Se não tiver como pagar um advogado, o tribunal indicará um para defendê-la.

QUANDO ELES CHEGARAM à delegacia, o comissário Dowling falou:

– Tirem as impressões digitais dela; podem autuá-la.

Ashley passou pelos procedimentos como uma autômata. Depois de concluídos, o comissário Dowling falou:

– A senhorita tem direito a dar um telefonema. Ashley olhou para ele e falou, apática:

– Não tenho para quem telefonar. *Não posso telefonar para o meu pai.*

O comissário Dowling esperou que Ashley fosse levada para uma cela.

– Quero ser mico de circo se eu conseguir entender isso! Você viu o resultado do teste dela? Eu seria capaz de jurar que era inocente.

O detetive Kostoff entrou.

– Sam praticou sexo antes de morrer. Nós passamos uma luz ultravioleta sobre o corpo dele e o lençol em que estava enrolado. Obtivemos resultado positivo para sêmen e secreção vaginal. Nós...

O comissário Dowling grunhiu.

– Espere aí. – Ele vinha protelando o momento em que teria de dar a notícia à irmã. Precisava ser agora. Ele soltou um suspiro e disse: – Logo mais eu volto.

VINTE MINUTOS depois, ele estava na casa de Sam.

– Ora, mas que prazer inesperado – falou Serena. – Sam está com você?

– Não, Serena. Eu preciso lhe fazer uma pergunta. – Isso ia ser difícil.

Ela estava olhando para ele, curiosa.

– Pois não?

– Você e Sam tiveram relação sexual nas últimas 24 horas?

A expressão no rosto dela mudou.

– O quê? Nós... Não. O que você quer...? Sam não vai voltar, não é?

– Odeio ter de lhe dizer, mas ele...

– Ele me trocou por ela, não foi? Eu sabia que isso iria acontecer. Não posso culpá-lo. Eu era uma mulher terrível para ele. Eu...

– Serena, Sam morreu.

– Eu estava sempre gritando com ele. Não queria agir assim. Eu me lembro...

Ele a pegou pelos braços.

– Serena, Sam morreu.

– Uma vez, nós estávamos indo para a praia e...

Ele a estava sacudindo.

– Serena, me escute. Sam está morto...

– ...e íamos fazer um piquenique.

Quando a fitou nos olhos, ele percebeu que ela o tinha ouvido.

– E aí nós estávamos na praia e chegou um homem e disse: "Passe o dinheiro." E Sam falou: "Mostre a sua arma primeiro."

O comissário Dowling ficou ali parado e deixou-a falar. Ela estava em estado de choque, negando o acontecido.

– ...esse era o Sam. Eu quero que você me fale dessa mulher com quem ele fugiu. É bonita? Sam vive me dizendo que eu sou bonita, mas sei que não sou. Ele diz isso para me lisonjear, porque me ama.

Ele nunca vai me abandonar. Ele vai voltar. Você vai ver. Ele me ama. – Ela continuou falando.

O comissário Dowling foi até o telefone e discou um número.

– Mande uma enfermeira para cá. – Ele foi até a irmã e a abraçou. – Vai ficar tudo bem.

– Eu lhe contei sobre a vez em que eu e Sam...?

Quinze minutos depois, chegou a enfermeira.

– Cuide bem dela – disse o comissário Dowling.

HOUVE UMA REUNIÃO no escritório do comissário Dowling.

– Ligação para você na linha um.

O comissário Dowling pegou o telefone.

– Alô?

– Comissário, aqui fala o agente especial Ramirez, da sede do FBI em Washington. Temos algumas informações para o senhor sobre a série de assassinatos. Não tínhamos impressões digitais de Ashley Patterson no arquivo porque ela não tinha antecedentes criminais e, antes de 1988, o departamento de trânsito não exigia a impressão do polegar no estado da Califórnia para conceder a carteira de motorista.

– Prossiga.

– No início, achamos que poderia ter havido uma falha do computador, mas fomos verificar e...

Durante os cinco minutos que se seguiram, o comissário Dowling ficou ali ouvindo, com uma expressão de incredulidade estampada no rosto. Quando enfim falou, ele disse:

– Você tem certeza de que não há erro algum nisso? Não parece... Todas elas...? Entendo... Muito obrigado!

Ele desligou e ficou sentado um longo instante. Enfim, se levantou.

– Era do laboratório do FBI em Washington. Eles terminaram de fazer a verificação cruzada das impressões digitais nos corpos das vítimas. Jean Claude Parent, em Quebec, estava saindo com uma inglesa chamada Toni Prescott quando foi assassinado.

– Correto.

– Richard Melton, em São Francisco, estava saindo com uma italiana chamada Alette Peters quando foi assassinado.

Todos assentiram.

– E ontem à noite Sam Blake estava com Ashley Patterson.

– Certo.

O comissário Dowling respirou fundo.

–Ashley Patterson...

– E daí?

– Toni Prescott...

– Sim?

– Alette Peters...

– E então?

– Porra! São todas a mesma pessoa.

Livro II

11

Robert Crowther, o corretor de imóveis da firma Bryant & Crowther, abriu a porta com um floreio e anunciou:

– Este é o terraço. Dá para ver a torre Coit daqui.

Ele observou o jovem casal caminhar até a balaustrada. A vista era magnífica, a cidade de São Francisco se expandia abaixo deles, formando um panorama espetacular. Robert Crowther viu o casal trocar um olhar e um sorriso furtivo e se divertiu com isso. Estavam tentando esconder a empolgação. O padrão era sempre igual: compradores em potencial acreditavam que, se mostrassem muito entusiasmo, o preço poderia subir.

Por esta cobertura dúplex, pensou Crowther com ironia, *o preço já é suficientemente alto*. Ele estava apreensivo quanto ao poder aquisitivo do casal. O homem era advogado, e jovens advogados não ganhavam tanto dinheiro assim.

Era um casal atraente, obviamente apaixonado. David Singer tinha pouco mais de 30 anos, era louro e parecia inteligente, com um cativante ar infantil. Sua mulher, Sandra, era muito bonita e carinhosa.

Robert Crowther percebeu a barriga saliente dela e disse:

– O segundo quarto seria perfeito para uma criança. Há uma pracinha a um quarteirão daqui, e duas escolas no bairro. – Não deixou de perceber os dois trocando aquele sorriso secreto novamente.

A cobertura dúplex tinha uma suíte com banheiro e um segundo quarto no andar de cima. No primeiro andar, havia uma sala de estar bem ampla e outra de jantar, uma biblioteca, uma cozinha, um terceiro quarto e dois banheiros. Quase todos os cômodos tinham vista para a cidade.

Robert ficou observando o casal dar mais uma volta por todo o apartamento. Eles pararam a um canto e conversaram um pouco, aos sussurros.

– Eu adorei – disse Sandra a David. – E seria ótimo para o bebê. Mas, meu bem, será que nós vamos conseguir pagar? São 600 mil dólares.

– E mais as taxas – acrescentou David. – O lado ruim é que não podemos pagar hoje. O lado bom é que vamos ser capazes de pagá-lo na quinta-feira. O gênio vai sair de dentro da lâmpada mágica e nossa vida vai mudar.

– Eu sei – falou ela, alegre. – Que maravilha!

– E então, vamos comprar?

Sandra respirou fundo.

– Vamos, sim.

David abriu um sorriso, fez um amplo gesto com a mão e disse:

– Seja bem-vinda à sua casa, Sra. Singer.

De braços dados, eles foram até onde Robert Crowther os aguardava.

– Vamos ficar com este apartamento – falou David.

– Parabéns! É uma das melhores opções de moradia em São Francisco. Vocês vão ser muito felizes aqui.

– Com certeza.

– E tiveram sorte. Não posso deixar de dizer-lhes que temos algumas outras pessoas interessadas nesta cobertura.

– Qual é o valor da entrada?

– Um depósito de 10 mil dólares agora já é o bastante. Eu vou mandar preparar a papelada. Quando assinarem a proposta de compra e venda, serão mais 60 mil dólares a pagar. O seu banco pode providenciar um plano de prestações mensais para quitação em vinte ou trinta anos.

David olhou para Sandra.

– Tudo bem.

– Vou mandar providenciar a papelada.

– Podemos dar mais uma olhada no apartamento? – perguntou Sandra, ansiosa.

Crowther exibiu um sorriso benevolente.

– Pode olhar o tempo que quiser, Sra. Singer. Ele é seu.

– Parece um sonho maravilhoso, David. Nem consigo acreditar que esteja acontecendo de verdade.

– Pois está acontecendo. – David a abraçou. – Eu quero realizar todos os seus sonhos.

– Eu sei que quer, meu bem.

Eles moravam num pequeno apartamento de dois quartos, no bairro da Marina, mas com a chegada do bebê, ficaria pequeno demais. Até o momento, não teriam como pagar pelo dúplex na colina Nob, mas quinta-feira seria o Dia do Sócio na Kincaid, Turner, Rose & Ripley, firma internacional de advocacia onde David trabalhava. Dentre os 25 possíveis candidatos, seis seriam escolhidos para compartilhar da sociedade na firma, e todos concordavam que David seria um dos escolhidos. Kincaid, Turner, Rose & Ripley, com escritórios em São Francisco, Nova York, Londres, Paris e Tóquio, era uma das firmas de advocacia de maior prestígio no mundo, e costumava ser o alvo número um dos formandos das melhores faculdades de Direito.

A firma empregava a abordagem da varinha com a cenoura pendurada na ponta para os recém-chegados. Os sócios aproveitavam-se deles ao máximo, comprazendo-se com as extenuantes jornadas de trabalho dos iniciantes, e jogavam-lhes sobre os ombros, como se fossem burros de carga, as tarefas mais árduas, com as quais eles próprios já não queriam mais se aborrecer. A pressão era grande, trabalho para 24 horas por dia. Os que ficavam, aguentavam de tudo por causa da cenoura. A cenoura era a promessa de uma cota de participação societária na firma. Tornar-se sócio significava um salário mais alto, uma fatia da grande torta dos enormes lucros da empresa, um escritório bem amplo com banheiro privativo e vista, viagens de negócios ao estrangeiro e inúmeras outras mordomias.

David havia praticado o Direito comercial na Kincaid, Turner, Rose & Ripley por seis anos, e isto lhe trouxera benefícios. As jornadas de trabalho eram hediondas; e o estresse, enorme, mas David, determinado a ficar até conseguir a sua cota na sociedade, permanecera junto à empresa, sempre com um desempenho primoroso. Agora, afinal, era chegado o dia.

DEPOIS DE SE DESPEDIREM do corretor de imóveis, David e Sandra foram fazer compras. Compraram um berço, uma cadeira de bebê, um carrinho de bebê, um cercado e roupinhas.

– Vamos comprar alguns brinquedos para ele – falou David.

– Ainda há muito tempo para isso – riu Sandra.

Depois das compras, eles passearam a pé pela cidade, ao longo do litoral na Ghirardelli Square, passando pelo Cannery e chegando ao Fisherman's Wharf. Almoçaram no American Bistro.

Era sábado, um dia perfeito em São Francisco para pastas de couro e belas gravatas de grife, ternos escuros e camisas discretas, embora também de grife; um dia para grandes almoços. Dia de advogado!

DAVID E SANDRA haviam se conhecido três anos antes, em um jantar na casa de amigos. David fora acompanhado da filha de um cliente da firma. Sandra era auxiliar de justiça de uma firma concorrente. Durante o jantar, David e Sandra travaram uma discussão acerca da sentença de um caso político em Washington. À medida que as demais pessoas sentadas à mesa assistiam, a discussão entre os dois ficou cada vez mais acirrada. E, no auge da discussão, David e Sandra se deram conta de que nenhum dos dois se importava com a decisão judicial. Estavam se exibindo um para o outro, engajados numa dança de acasalamento verbal.

David telefonou para Sandra no dia seguinte.

– Eu gostaria de concluir a discussão acerca daquela sentença – falou David. – Acho que é importante.

– Eu também – concordou Sandra.

– Será que nós poderíamos conversar sobre isso jantando juntos hoje à noite?

Sandra hesitou. Tinha compromisso para o jantar.

– Está bem – disse, enfim. – Hoje à noite, então.

Ficaram juntos desde aquela noite. Exatamente um ano depois, casaram-se.

Joseph Kincaid, o sócio majoritário, concedeu o fim de semana a David.

O SALÁRIO DE DAVID na Kincaid, Turner, Rose & Ripley era de 45 mil dólares anuais. Sandra manteve o seu emprego de auxiliar de justiça. Mas agora, com a chegada do bebê, suas despesas iriam aumentar.

– Terei de abandonar o meu emprego dentro de alguns meses – falou Sandra. – Não quero uma babá criando nosso filho, meu bem. Quero estar aqui com ele. – De acordo com a ultrassonografia, seria um menino.

– Nós vamos dar conta – assegurou-lhe David. A participação dele na sociedade do escritório ia transformar a vida deles.

David começara a trabalhar ainda mais horas por dia. Queria a garantia de não ser relegado no dia da distribuição das cotas.

QUINTA-FEIRA DE MANHÃ, enquanto se vestia, David assistiu ao noticiário na televisão.

Um repórter estava anunciando, esbaforido:

– Passamos agora a uma notícia surpreendente... Ashley Patterson, filha do proeminente médico de São Francisco, Dr. Steven Patterson, foi presa sob suspeita de ser o maníaco assassino que a polícia e o FBI vinham procurando...

David ficou petrificado diante do aparelho.

– ...na noite de ontem, o comissário Dowling de Santa Clara anunciou a prisão de Ashley Patterson por uma série de assassinatos que incluíram a sanguinária castração das vítimas. O comissário Dowling informou aos repórteres: "Não há dúvida quanto a termos nas mãos a pessoa certa. As provas são conclusivas."

Dr. Steven Patterson. A mente de David voltou no tempo, recordando o passado...

ESTAVA COM 21 ANOS e era calouro no curso de Direito. Certo dia, voltara da faculdade para casa e encontrara a mãe inconsciente no chão do quarto. Ligara para a Central de Emergências e uma ambulância havia levado sua mãe para o Memorial Hospital de São Francisco. David tinha ficado na sala de espera até que um médico fora falar com ele.

– Ela... ela vai ficar bem?

O médico hesitou em falar.

– Um dos nossos cardiologistas a examinou. Ela está com uma insuficiência aguda da válvula mitral.

– O que isso quer dizer? – indagou David.

– Sinto muito, mas não há o que possamos fazer por ela. Está fraca demais para um transplante, e a microcirurgia cardíaca é nova e arriscada demais.

David sentiu-se enfraquecer.

– Quanto... quanto tempo ela...?

– Eu diria mais alguns dias, talvez uma semana. Sinto muito, filho.

David ficou ali parado, à beira do pânico.

– Mas não há *ninguém* que possa fazer alguma coisa por ela?

– Sinto muito ter de dizer que não. O único que talvez pudesse fazer alguma coisa seria o Steven Patterson, mas ele é um homem muito...

– Quem é Steven Patterson?

– O Dr. Patterson é o pioneiro das microcirurgias cardíacas. Mas com todos os seus compromissos e a sua pesquisa, não há chance de...

David sumiu.

ELE LIGOU PARA o Dr. Patterson de um telefone público no corredor do hospital.

– Eu gostaria de marcar uma consulta com o Dr. Patterson. É para a minha mãe. Ela...

– Sinto muito. Não estamos aceitando novas consultas. O primeiro horário vago seria para daqui a seis meses.

– *Ela não pode esperar seis meses* – gritou David.

– Desculpe! Eu posso passá-lo para o...

David bateu o telefone.

Na manhã seguinte, David foi ao consultório do Dr. Patterson. A sala de espera estava lotada. Ele foi até a recepcionista.

– Eu gostaria de marcar uma consulta com o Dr. Patterson. Minha mãe está muito doente e...

Ela olhou para ele e falou:

– Você telefonou ontem, não foi?

– Telefonei.

– Eu já lhe disse. Não temos mais horários para consultas e não estamos marcando nada agora.

– Eu espero – falou David, obstinado.

– Você não pode esperar. O doutor está...

David se sentou. Ficou olhando as pessoas na sala de espera serem chamadas para o atendimento uma a uma até que, afinal, ele foi o único que restou.

Às 18 horas, a recepcionista falou:

– Não há mais sentido em esperar. O Dr. Patterson já foi para casa.

DAVID FOI VISITAR sua mãe na UTI naquela mesma noite.

– Você só pode ficar um minuto – advertiu-o a enfermeira. – Ela está muito fraca.

Ele entrou no quarto, e seus olhos se encheram de lágrimas. A mãe estava no balão de oxigênio, com tubos enfiados nos braços e no nariz. Parecia mais branca do que os lençóis da cama. Seus olhos estavam fechados.

David se aproximou dela e falou:

– Sou eu, mamãe. Não vou deixar que nada lhe aconteça. Você vai ficar boa. – As lágrimas escorriam-lhe pelo rosto. – Está me ouvindo? Vamos lutar contra essa coisa. Ninguém pode conosco, mamãe, enquanto estivermos juntos. Eu vou conseguir o melhor médico do mundo. Aguente firme. Eu vou voltar amanhã. – Ele se inclinou e deu-lhe um beijo de leve no rosto.

Será que ela vai estar viva amanhã?

NA TARDE DO DIA SEGUINTE, David foi para a garagem no subsolo do prédio onde ficava o consultório do Dr. Patterson. Um manobrista estacionava os carros.

Ele foi falar com David.

– Posso ajudá-lo em alguma coisa?

– Estou esperando pela minha mulher – falou David. – Ela está se consultando com o Dr. Patterson.

O manobreiro sorriu.

– Ele é um grande sujeito.

– Um dia desses, ele estava nos falando sobre o seu carrão. – David ficou em silêncio um instante, tentando se lembrar. – É um Cadillac?

O manobrista balançou a cabeça.

– Não, não! – Ele apontou para um Rolls-Royce estacionado numa vaga do canto. – É aquele Rolls ali.

David falou:

– É isso mesmo! Acho que ele falou que *também* tem um Cadillac.

– Isso não seria surpresa alguma para mim – falou o manobrista, que saiu correndo para estacionar um carro que chegava.

David caminhou despretensiosamente até o Rolls-Royce. Depois de se certificar de que ninguém estava olhando, abriu a porta, entrou, escorregou para o banco traseiro e se jogou no chão. E ali ficou, desconfortavelmente espremido, torcendo para que o Dr. Patterson saísse logo.

Às 18h15, sentiu um leve balanço quando a porta da frente foi aberta e alguém se instalou no assento do motorista. David escutou a partida do motor, e o carro logo começou a andar.

– Boa noite, Dr. Patterson!

– Boa noite, Marco!

O carro saiu da garagem, e David sentiu que estava fazendo uma curva. Aguardou mais dois minutos, respirou fundo e se sentou no banco traseiro.

O Dr. Patterson o viu pelo espelho retrovisor.

– Se for um assalto, não tenho dinheiro algum comigo – disse ele, calmamente.

– Entre numa rua de pouco movimento e pare o carro.

O Dr. Patterson assentiu. David ficou observando, apreensivo, enquanto o médico entrava por uma rua sem movimento e parava encostado ao meio-fio.

– Eu vou lhe dar os trocados que tenho aqui comigo – disse o Dr. Patterson. – Você pode levar o carro. Não há necessidade de violência alguma. Se...

David já passara para o banco da frente.

– Eu não vou assaltá-lo. Não quero o carro.

O Dr. Patterson olhava para ele, aborrecido.

– Que diabo você quer?

– Meu nome é Singer. Minha mãe está morrendo. Eu quero que o senhor a salve.

Houve um lampejo de alívio no rosto do Dr. Patterson, logo substituído por uma expressão de raiva.

– Marque uma consulta com a minha...

– Não há tempo pra porra de consulta nenhuma! – David estava gritando. – Ela vai *morrer*, e eu não vou deixar que isso aconteça. – Ele estava fazendo um grande esforço para se controlar. – Por favor, os outros médicos me disseram que o senhor é a única esperança que podemos ter.

O Dr. Patterson o estava observando, ainda apreensivo.

– O que ela tem?

– Ela está com... com uma insuficiência aguda da válvula mitral. Os médicos não querem operar. Dizem que o senhor é o único que pode salvar a vida dela.

O Dr. Patterson balançou a cabeça.

– A minha agenda...

– Eu estou pouco ligando pra sua agenda! É da minha mãe que estou falando. O senhor tem de salvá-la. Eu só tenho a minha mãe na vida...

Houve um silêncio prolongado. David ficou ali sentado, com os olhos bem fechados. Ele escutou a voz do Dr. Patterson.

– Eu não prometo nada, mas vou vê-la. Onde ela está?

David se virou para olhá-lo de frente.

– Na UTI do Memorial Hospital de São Francisco.

– Vá me encontrar lá amanhã, às 8 horas.

David teve dificuldade para conseguir que a voz saísse.

– Eu não sei como lhe...

– Lembre-se: eu não estou prometendo nada. E não gosto de levar sustos assim! Da próxima vez, garoto, é melhor usar o telefone.

David ficou sentado, estático.

O Dr. Patterson olhou para ele.

– O que foi?

– Há outro problema.

– Ah, é?

– Eu... eu não tenho dinheiro. Sou estudante de Direito e tive de arranjar um emprego para me sustentar durante a faculdade.

O Dr. Patterson estava olhando para ele.

David falou apaixonadamente:

– Eu juro que vou encontrar um meio de lhe pagar. Nem que leve a minha vida inteira! Não vou deixar de lhe pagar. Eu sei quanto custam os seus serviços e vou...

– Filho, eu acho que você não sabe.

– Eu não tenho a quem recorrer, Dr. Patterson. Eu... estou implorando, por favor.

Houve mais um silêncio.

– Que ano você está cursando na faculdade?

– Primeiro. Acabei de entrar.

– Mas você espera ser capaz de me pagar?

– Eu juro.

– Vá embora.

QUANDO CHEGOU em casa, David estava certo de que seria preso pela polícia por sequestro, ameaça à integridade física, sabe Deus mais o quê! Mas nada aconteceu. A questão em sua cabeça era se o Dr. Patterson ia aparecer no hospital.

QUANDO DAVID entrou na ala da UTI na manhã seguinte, o Dr. Patterson já estava examinando sua mãe.

David observou, o coração palpitando e a garganta seca.

O Dr. Patterson se dirigiu a um dos médicos que estavam junto dele.

– Pode levá-la para a sala de cirurgia, Al. Rápido!

Quando eles começaram a passá-la para a maca, David falou quase sem voz:

– Ela vai...?

– Vamos ver.

SEIS HORAS DEPOIS, David estava na sala de espera, quando o Dr. Patterson se aproximou dele.

David se levantou de um pulo.

– Como é que ela...? – Ele teve medo de terminar a pergunta.

– Ela vai ficar bem. Sua mãe é uma mulher forte.

David ficou ali parado, tomado por uma arrebatadora sensação de alívio. Fez uma oração em silêncio. *Obrigado, Senhor!*

O Dr. Patterson o estava observando.

– Eu sequer sei o seu primeiro nome.

– David, senhor.

– Ora, David senhor, você sabe por que eu resolvi fazer o que fiz?

– Não...

– Por duas razões. As condições da sua mãe eram um desafio para mim. Eu gosto de desafios. A segunda razão foi você.

– Eu... não entendi.

– O que você fez foi o tipo de coisa que eu teria feito quando jovem. Demonstrou muita força de vontade. Agora – seu tom de voz mudou –, você disse que ia me pagar.

O coração de David gelou.

– Certamente, senhor. Um dia...

– Que tal agora?

David engoliu em seco.

– *Agora?*

– Vou lhe propor um trato. Você sabe dirigir?

– Sei, sim, senhor...

– Pois bem. Eu me canso muito dirigindo aquele carro enorme por aí. Você me leva para o trabalho todos os dias pela manhã e vai me pegar às 18 horas durante um ano. Ao final desse período, vou considerar os meus honorários pagos...

Foi este o trato. David levou o Dr. Patterson de casa para o consultório e vice-versa todos os dias, e, em troca, o Dr. Patterson salvou a vida da mãe de David.

Durante aquele ano, David aprendeu a reverenciar o Dr. Patterson. Apesar das eventuais explosões de mau humor do médico, ele era o homem mais desapegado que David conhecera. Tinha vínculos profundos com obras de caridade e doava seu tempo livre a clínicas de atendimento gratuito. Durante os deslocamentos entre a casa, o consultório e o hospital, ele e David haviam mantido longas conversas.

– Em que área do Direito você pretende se especializar, David?

– Penal, senhor.

– Por quê? Para poder ajudar um monte de marginais a se livrar da cadeia?

– Não, senhor. Há muita gente honesta nas mãos da justiça que precisa de ajuda. É a essa gente que eu pretendo ajudar.

Quando o ano acabou, o Dr. Patterson apertou a mão de David e falou:

– Estamos quites...

DAVID NÃO VIA o Dr. Patterson havia anos, mas sempre deparava com o nome dele.

"O Dr. Patterson abriu uma clínica de atendimento gratuito para bebês aidéticos..."

"O Dr. Steven Patterson chegou ao Quênia hoje para inaugurar o Centro Médico Patterson..."

"O Abrigo de Caridade Patterson começou a funcionar hoje..."

Ele parecia estar em todo canto, doando seu tempo e seu dinheiro aos que dele precisassem.

A voz de Sandra o arrancou de seu devaneio.

– David, você está bem?

Ele afastou os olhos do aparelho de televisão.

– Acabam de prender a filha de Steven Patterson por aquela série de assassinatos.

– Que horror! – disse Sandra. – Eu sinto muito, meu bem.

– Ele deu à minha mãe mais sete anos de vida maravilhosa. É injusto que uma coisa dessas aconteça a um homem como ele. É o maior cavalheiro que eu já conheci, Sandra! Não merece isso. Como poderia ter uma filha monstruosa desse jeito? – Ele olhou para o relógio. – Puxa! Vou chegar atrasado.

– Você ainda não tomou café.

– Estou agitado demais para comer. – Ele olhou de relance para a televisão. – Isso aí... e hoje é o dia da decisão da sociedade...

– Você vai conseguir. Não há dúvida sobre isso.

– *Sempre* há uma dúvida sobre isso, querida. A cada ano, alguém que todos tinham certeza de já estar com um pé lá dentro acaba na ala dos perdedores.

Ela o abraçou e disse:

– A firma tem muita sorte por poder contar com você.

Ele se inclinou e a beijou.

– Obrigado, amor! Não sei o que faria sem você.

– E nunca vai precisar saber. Não deixe de me telefonar assim que receber a notícia, David.

– Claro! Vamos sair para comemorar. – E as palavras ficaram reverberando em sua cabeça. Anos antes, ele dissera isso para outra pessoa: "*Vamos sair para comemorar.*"

E a matara.

OS ESCRITÓRIOS DA KINCAID, Turner, Rose & Ripley ocupavam três andares no edifício Pirâmide TransAmerica, no centro de São Francisco. Quando David Singer cruzou as portas, foi saudado com sorrisos de aprovação. Ele teve a impressão de que havia uma certa diferença na qualidade dos comprimentos de bom-dia. Todos sabiam que estavam cumprimentando um futuro sócio da firma.

A caminho de sua pequena sala, David passou por um escritório recém-decorado, preparado para pertencer a um dos sócios escolhidos, e não conseguiu deixar de dar uma espiadela. Era amplo e bonito, tinha um banheiro privativo, uma mesa e cadeiras de frente para uma janela panorâmica com a magnífica vista da baía. Ele ficou ali parado um instante, admirando aquilo tudo.

Quando David entrou na sua sala, sua secretária, Holly, disse:

– Bom dia, Sr. Singer! – A voz soou com um tom melódico.

– Bom dia, Holly!

– Tenho um recado para o senhor.

– Pois não?

– O Sr. Kincaid gostaria de vê-lo em sua sala às 17 horas. – Ela abriu um amplo sorriso.

Então, estava acontecendo de fato.

– Ótimo!

Ela se aproximou de David e falou:

– Acho que eu também devo lhe dizer que tomei um cafezinho hoje cedo com Dorothy, a secretária do Sr. Kincaid. Segundo ela, o senhor está no topo da lista.

David sorriu.

– Obrigado, Holly!

– Quer um café?

– Ah, eu adoraria!

– Quente e forte, saindo.

David foi até a sua mesa. Estava cheia de cartas e contratos e arquivos.

Hoje era o dia. Finalmente. *"O Sr. Kincaid gostaria de vê-lo em sua sala às 17 horas... O senhor está no topo da lista."*

Ele ficou tentado a telefonar para Sandra para contar a novidade. Algo o conteve. *Vou esperar até que aconteça*, pensou.

DAVID PASSOU as duas horas seguintes trabalhando no material que estava em cima de sua mesa. Às 11 horas, Holly entrou.

– Tem um senhor aqui que quer vê-lo. Ele se apresentou como Dr. Patterson, mas não marcou...

David levantou o rosto, surpreso.

– O Dr. Patterson está aqui?

– Está.

David se levantou.

– Mande-o entrar.

Steven Patterson entrou, e David tentou ocultar sua reação. O médico estava envelhecido, com ar cansado.

- Olá, David!

– Dr. Patterson. Por favor, queira sentar-se. – David ficou observando, enquanto ele pegava lentamente uma cadeira. – Eu vi o noticiário hoje de manhã. Não... não sei como lhe dizer o quanto fiquei sentido.

O Dr. Patterson fez um gesto cansado de reconhecimento.

– Pois foi um impacto muito grande! – Ele ergueu a cabeça. – Eu preciso da sua ajuda, David.

– Claro – falou David, com disposição. – O que eu puder fazer. *Qualquer coisa.*

– Eu quero que você represente Ashley.

Foi necessário um momento para que as palavras assentassem.

– Eu... eu não posso fazer isso. Não sou advogado criminalista, não posso fazer a defesa.

O Dr. Patterson fitou-o bem nos olhos e disse:

– Ashley não é criminosa.

– Eu... O senhor não está entendendo, Dr. Patterson. Eu atuo na área comercial. Posso recomendar um excelente...

– Já recebi telefonemas de meia dúzia dos melhores advogados criminalistas. Todos querem representá-la. – Ele se inclinou para a frente na cadeira. – Mas nenhum está interessado na minha filha. Trata-se de um caso badalado; e o que eles querem, David, é só se autopromover. Eles não ligam a mínima para ela. Eu ligo. Ela é tudo que eu tenho.

Quero que o senhor salve a vida da minha mãe. Ela é tudo que eu tenho. David falou:

– Eu gostaria muito de poder ajudá-lo, mas...

– Quando saiu da faculdade, você foi trabalhar numa firma de Direito penal.

O coração de David começou a bater mais rápido.

– É verdade, mas...

– Foi advogado criminalista de defesa durante vários anos.

David assentiu.

– Fui, sim, mas eu... eu saí dessa área. Isso foi há muito tempo e...

– Não foi há tanto tempo assim, David. E você me disse o quanto gostou de trabalhar com isso. Por que parou e foi trabalhar com Direito comercial?

– David ficou sentado, em silêncio, por instantes.

– Não é importante.

O Dr. Patterson pegou uma carta manuscrita e a entregou a David. O advogado conhecia o conteúdo da carta, sem precisar ler.

Caro Dr. Patterson,

Não há palavras para expressar o quanto lhe devo e sou grato por sua enorme generosidade. Se algum dia houver alguma coisa que eu possa fazer pelo senhor, peça-me, e eu farei sem questionar.

David ficou de olhos pregados na carta, sem vê-la.

– David, fale com Ashley.

David assentiu.

– Claro que sim. Vou falar com ela, mas eu...

O Dr. Patterson se levantou.

– Obrigado!

David ficou olhando, enquanto ele caminhava porta afora.

Por que parou e foi trabalhar com o Direito comercial?

Porque eu cometi um erro, e uma mulher inocente, a quem eu amava, está morta. Eu jurei que jamais tomaria a vida de alguém nas mãos outra vez. Nunca.

Não posso defender Ashley Patterson.

David apertou o botão do interfone.

– Holly, por favor, poderia perguntar ao Sr. Kincaid se ele pode me receber agora?

– Pois não, senhor.

Trinta minutos depois, David estava entrando no sofisticado escritório de Joseph Kincaid. O sócio majoritário da firma tinha pouco mais de 60 anos e era um homem monocromaticamente cinzento, em termos físicos, mentais e emocionais.

– Ora – disse ele, assim que David passou pela porta –, você é um jovem ansioso, não é mesmo? A nossa reunião estava marcada somente para as 17 horas.

David se aproximou da mesa.

– Eu sei. Vim aqui para discutir outra coisa, Joseph.

Anos antes, David cometera o erro de chamá-lo de Joe e o velho tivera um acesso. *Nunca me chame de Joe.*

– Sente-se, David.

David se sentou.

– Quer um charuto? Estes são cubanos.

– Não, obrigado!

– O que você quer discutir?

– O Dr. Steven Patterson acaba de sair da minha sala.

– Ele estava no noticiário de hoje cedo – comentou Kincaid. – Que momento difícil ele está passando! O que ele queria com você?

– Pediu-me para defender a filha.

Kincaid olhou para David, surpreso.

– Você não é advogado criminalista.

– Eu disse isso a ele.

– Ora, e então? – Kincaid ficou pensativo um momento. – Sabe, eu gostaria de ter o Dr. Patterson como cliente. Ele é um homem de muita influência. Poderia trazer muitos negócios para esta firma. Tem conexões com várias organizações médicas que...

– Há mais do que isso.

Kincaid olhou para David, intrigado.

– Ahn?

– Eu prometi que falaria com a filha dele.

– Entendo. Ora, acho que não há mal algum nisso. Converse com ela, e depois encontre um bom advogado de defesa para representá-la.

– É isso que eu tenho em mente.

– Que bom! Estaremos ganhando alguns pontos junto a ele. Prossiga, então. – Ele sorriu. – Tornarei a vê-lo às 17 horas.

– Perfeitamente. Obrigado, Joseph!

Enquanto caminhava de volta à sua sala, David foi pensando consigo mesmo: *Por que razão o Dr. Patterson iria insistir para que eu defendesse sua filha?*

12

Na prisão de Santa Clara, Ashley Patterson estava sentada em sua cela, traumatizada demais para tentar dar um sentido ao que lhe estava acontecendo. Parecia bastante satisfeita por estar na cadeia, pois as grades manteriam afastado quem quer que estivesse fazendo isso com ela. Deixou-se envolver pela cela como se esta fosse um cobertor, tentando afugentar as coisas horríveis e inexplicáveis que lhe estavam acontecendo. Toda a sua vida se tornara um pesadelo hediondo. Ashley pensou em todos os fatos misteriosos que vinham ocorrendo: alguém entrando em seu apartamento para assustá-la... a viagem para Chicago... o bilhete no espelho... e agora a polícia acusando-a de atrocidades das quais nada sabia. Havia alguma conspiração terrível contra ela, mas Ashley não fazia ideia de quem poderia estar por trás disso tudo, nem por quê.

De manhã bem cedo, um dos guardas viera até a cela de Ashley.

– Visita.

O guarda conduzira-a para a sala de visitas, onde o pai esperava por ela.

Ele estava parado, olhando-a fixamente, com os olhos pesarosos.

– Querida... eu não sei o que dizer.

– Eu não fiz nenhuma dessas coisas horrorosas que eles estão dizendo – sussurrou Ashley.

– Eu sei que você não fez nada. Alguém cometeu um engano terrível, mas nós vamos endireitar tudo.

Ashley olhou para o pai e perguntou a si mesma como pudera ter achado que era ele o culpado.

– ...não se preocupe – disse ele. – Tudo vai acabar bem. Estou providenciando um advogado para você. David Singer. É um dos jovens mais brilhantes que conheço. Ele virá conversar com você. Eu quero que você lhe conte tudo.

Ashley olhou para o pai e disse, desesperançosa:

– Papai, eu... eu não sei o que contar a ele. Não sei o que está acontecendo.

– Vamos descobrir tudo, minha filha. Eu não vou deixar ninguém magoá-la. Ninguém! Jamais! Você é muito importante para mim. E tudo o que eu tenho, minha querida.

– E você é tudo que eu tenho – sussurrou Ashley.

O PAI DE ASHLEY permaneceu ali mais uma hora. Quando ele saiu, o mundo de Ashley se reduziu à pequena cela em que estava confinada. Ela se deitou em seu catre, forçando-se a não pensar em nada. *Tudo há de acabar logo, e eu vou descobrir que isso é apenas um sonho... Apenas um sonho... Apenas um sonho...* Ela adormeceu.

A VOZ DE UM guarda despertou-a.

– Visita para você.

Ela foi levada à sala de visitas, e Shane Miller estava lá, esperando.

Ele se levantou quando Ashley entrou.

– Ashley...

O coração dela começou a palpitar.

– Oh, Shane! – Ela nunca ficara tão feliz de ver alguém em sua vida. De alguma forma, sabia que ele viria e a libertaria, que daria um jeito de soltá-la.

– Shane, estou tão feliz de vê-lo aqui!

– Eu estou feliz de vê-la também – falou Shane desajeitadamente. Ele olhou ao redor da bolorenta sala de visitas. – Embora eu deva dizer, não nestas circunstâncias. Quando fiquei sabendo do ocorrido, eu... nem pude acreditar! O que aconteceu? O que a levou a fazer uma coisa dessas, Ashley?

As cores foram se esvaindo do rosto dela.

– O que me levou...? Você acha que eu...?

– Não importa – apressou-se Shane em dizer.

– Não diga mais nada. Você não deveria falar com ninguém além do seu advogado.

Ashley ficou ali parada, fitando-o com firmeza. Ele acreditava que ela era culpada.

– Por que você veio aqui?

– Ora, eu... detesto ter de fazer isso agora, mas diante... diante das circunstâncias, eu... a empresa a está despedindo. Sabe, naturalmente, não podemos arcar com uma conexão a algo deste teor. Já basta constar em todos os jornais que você trabalha para a Global. Você está entendendo, não está? Não há nada pessoal nisso.

Dirigindo seu carro a caminho de San Jose, David Singer decidiu o que ia dizer a Ashley Patterson. Ele descobriria o que pudesse com ela e, então, passaria as informações para Jesse Quiller, um dos melhores advogados criminalistas de defesa do país. Se havia alguém capaz de ajudar Ashley, esse alguém era Jesse.

DAVID FOI LEVADO ao escritório do comissário Dowling. Ele entregou seu cartão ao policial.

– Eu sou advogado. Estou aqui para ver Ashley Patterson e...

– Ela está à sua espera.

David olhou para ele, surpreso.

– Está à minha espera?

– Está. – O comissário Dowling se virou para o delegado e fez um gesto com a cabeça.

O delegado falou para David:

– Por aqui.

Ele o conduziu à sala de visitas e, poucos minutos depois, Ashley foi trazida de sua cela.

Ashley Patterson foi uma completa surpresa para David. Ele a vira uma vez, anos atrás, quando frequentava a faculdade de Direito e trabalhava como motorista para o pai dela. Ficara com a impressão de uma menina inteligente e bonita. Agora, David se via diante de uma mulher jovem e bela, com olhos amedrontados. Ela se sentou diante dele.

– Olá, Ashley! Meu nome é David Singer.

– Meu pai me disse que você viria. – Sua voz saiu estremecida.

– Eu só vim fazer algumas perguntas.

Ela assentiu.

– Antes de mais nada, fique tranquila, pois tudo o que você me disser será mantido como informação confidencial. Restrito a nós dois. Mas eu preciso saber a verdade. – Ele hesitou. Não tinha pretendido ir tão longe assim, mas queria ser capaz de dar a Jesse Quiller todas as informações que pudesse para convencê-lo a pegar o caso. – Você matou aqueles homens?

– Não. – A voz de Ashley ressoou com convicção. – Eu sou inocente.

David tirou uma folha de papel do bolso e olhou de relance.

– Você conhecia Jim Cleary?

– Conhecia. Nós... nós íamos nos casar. Eu não teria razão alguma para fazer mal a ele. Eu o amava.

David analisou Ashley por um instante, depois olhou para a folha de papel novamente.

– E Dennis Tibble?

– Dennis trabalhava na mesma empresa que eu. Estive com ele na noite em que foi assassinado, mas não tive nada a ver com isso. Eu estava em Chicago.

David observava o rosto de Ashley.

– Você tem de acreditar em mim. Eu não tinha razão para matá-lo.

– Tudo bem – disse David. – Tornou a olhar rapidamente para a folha de papel. – Qual era o seu relacionamento com Jean Claude Parent?

– A polícia me perguntou sobre ele. Nunca ouvi falar em tal pessoa. Como eu poderia ter matado alguém que nem sequer conheço? – Ela olhou para David, com um ar de súplica. – Você consegue enxergar? Eles pegaram a pessoa errada. Prenderam a pessoa errada. – Ashley começou a chorar. – Eu não matei ninguém.

– Richard Melton?

– Também não sei quem é.

David aguardou até que Ashley recuperasse o autocontrole.

– E quanto ao delegado Blake?

Ashley balançou a cabeça.

– O delegado Blake passou a noite no meu apartamento para me proteger. Alguém andava me importunando e ameaçando. Eu dormi no meu quarto e ele dormiu no sofá da sala. Aí... encontraram o corpo dele no beco. – Os lábios dela tremiam. – Por que eu iria matá-lo? Ele estava me *ajudando!*

David estava estudando Ashley, intrigado. *Há algo muito errado por aqui*, pensou. *Ou ela está dizendo a verdade ou é uma grande atriz!* Ele se levantou.

– Com licença! Eu volto já. Quero falar com o comissário de polícia.

Dois minutos depois, ele estava no escritório do comissário.

– E então, falou com ela? – perguntou o comissário Dowling.

– Falei. Acho que o senhor está numa situação difícil, comissário.

– O que isso quer dizer, Sr. Singer?

– Quer dizer que talvez vocês tenham se precipitado ao efetuar esta prisão. Ashley Patterson sequer conhece duas das pessoas que a estão acusando de ter matado.

Um pequeno sorriso delineou-se nos lábios do comissário Dowling.

– Ela também o enganou, hein? Sem dúvida que nos enganou a todos!

– Do que o senhor está falando?

– Vou lhe mostrar, meu jovem. – Ele abriu um fichário em cima da mesa e entregou alguns papéis a David. – Estas são as cópias dos relatórios dos legistas e do FBI, dos laudos de DNA e dos relatórios da Interpol sobre os cinco homens que foram assassinados e castrados. Todos eles tiveram relação sexual com uma mulher antes de serem mortos. Havia resquícios de secreção vaginal e impressões digitais em todas as cenas dos crimes. Supunha-se haver três mulheres envolvidas. Bem, o FBI comparou todas as provas, e sabe o que os laboratórios descobriram? Os testes das amostras de DNA e das impressões digitais coletadas em todos os assassinatos deram resultados positivos na comparação com os de Ashley Patterson.

David estava olhando para ele, incrédulo.

– Tem... tem certeza?

– Ora essa! Mas é claro. A menos que o senhor prefira acreditar que a Interpol, o FBI e cinco médicos-legistas estejam todos interessados em incriminar a sua cliente. Está tudo aí, meu caro. Um dos homens que ela matou era o meu cunhado. Ashley Patterson vai ser julgada por homicídio em primeiro grau e vai ser condenada. O senhor deseja mais alguma coisa?

– Desejo, sim. – David respirou fundo. – Eu gostaria de ver Ashley Patterson mais uma vez.

Eles a trouxeram de volta à sala de visitas. Assim que ela entrou, David perguntou, com raiva:

– Por que você mentiu para mim?

– O quê? Eu não menti para você. Eu sou inocente. Eu...

– Eles têm provas contra você em quantidade suficiente para eletrocutá-la uma dúzia de vezes. Eu lhe disse que queria a verdade.

Ashley passou um minuto inteiro olhando para ele e, quando resolveu falar, disse o seguinte, com a voz tranquila:

– Eu lhe disse a verdade. Não tenho mais nada a dizer.

Ao ouvi-la, David pensou: *Ela acredita mesmo no que está dizendo. Acho que é um caso de esquizofrenia. O que eu vou dizer a Jesse Quiller?*

– Você aceitaria conversar com um psiquiatra?

– Eu não... aceito, sim. Se você quiser que eu converse.

– Vou providenciar.

No percurso de volta a São Francisco, David pensou: *Eu cumpri com a minha parte. Falei com ela. Se ela realmente acha que está dizendo a verdade, só pode ser porque está com problemas mentais. Vou passá-la para Jesse, que vai alegar insanidade, e chegamos ao fim da história.*

Seu coração se voltou para Steven Patterson.

NO MEMORIAL HOSPITAL de São Francisco, o Dr. Patterson estava recebendo as condolências dos colegas.

– É uma grande pena, Steven! Você não merece passar por uma coisa dessas...

– Deve estar sendo um fardo muito pesado para você! Se houver qualquer coisa que eu possa fazer...

– Eu não sei o que dá nessas crianças de hoje em dia! Ashley sempre pareceu tão normal...

E por trás de cada expressão de pesar, havia o pensamento: *Graças a Deus não é a minha filha!*

DE VOLTA À FIRMA, David foi logo ao encontro de Joseph Kincaid.

Kincaid olhou para ele e falou:

– Ora! Já são mais de 18 horas, David, mas eu esperei você voltar. Esteve com a filha do Dr. Patterson?

– Estive, sim.

– E encontrou um advogado para defendê-la?

David hesitou.

– Ainda não, Joseph. Estou providenciando a visita de um psiquiatra. Voltarei amanhã de manhã para falar com ela de novo.

Joseph Kincaid olhou para David, intrigado.

– É mesmo? Francamente, estou surpreso de ver que você se envolveu a esse ponto. Naturalmente, não podemos ter a nossa firma envolvida num caso tão chocante como este promete ser.

– Não estou envolvido de fato, Joseph. Só que eu devo muito ao pai dela! Fiz uma promessa a ele.

– Não há nada em papel, há?

– Não.

– Então, trata-se apenas de uma obrigação moral?

David o estudou por um momento, e já ia dizendo algo, mas parou.

– Exatamente. É só uma obrigação moral.

– Pois bem! Depois que você resolver a sua parte com a Srta. Patterson, volte para conversarmos.

Nem uma palavra sobre a participação na sociedade.

AO CHEGAR EM CASA naquela noite, o apartamento estava às escuras.

– Sandra?

Não houve resposta. Quando David já ia acendendo as luzes do hall, Sandra apareceu de repente, saindo da cozinha com um bolo nas mãos, cheio de velas acesas.

– Surpresa! Vamos comemorar... – Ela viu a expressão no rosto de David e parou. – Alguma coisa errada, querido? Você não conseguiu, David? Eles deram para outra pessoa?

– Não, não – assegurou ele.

– Está tudo bem.

Sandra colocou o bolo sobre a mesa e foi para perto dele.

– Alguma coisa está errada.

– Só que houve... houve um adiamento.

– A sua reunião com Joseph Kincaid não foi hoje?

– Foi, sim. Sente-se, querida. Nós precisamos conversar.

Eles se sentaram no sofá, e David falou:

– Surgiu algo totalmente inesperado. Steven Patterson me procurou hoje cedo.

– Procurou? Sobre o quê?

– Quer que eu defenda a filha dele.

Sandra olhou para ele, surpresa.

– Mas, David... você não é...

– Eu sei. E tentei dizer isso a ele. Mas eu já pratiquei o Direito penal.

– Mas você não está mais nessa área! Contou a ele que está prestes a se tornar sócio da firma?

– Não. Ele insistiu muito, alegando que eu era o único que poderia defender sua filha. Isso não faz sentido algum, é claro. Eu tentei sugerir Jesse Quiller, mas ele não quis escutar.

– Ora essa! Mas vai ter de conseguir outra pessoa.

– Claro. Eu prometi conversar com a filha dele e fui até lá.

Sandra se recostou no sofá.

– O Sr. Kincaid está ciente disso?

– Está. Contei a ele. Não ficou entusiasmado. – David imitou a voz de Kincaid. – "Naturalmente, não podemos ter a nossa firma envolvida num caso tão chocante como este promete ser."

– Como é a filha do Dr. Patterson?

– Em termos médicos... delirante.

– Eu não sou médica – disse Sandra. – O que isso significa?

– Significa que ela realmente acredita ser inocente.

– Isso não é possível?

– O comissário de Cupertino me mostrou o dossiê dela. O DNA e as impressões digitais dela estão por todo canto nas cenas dos crimes.

– O que você vai fazer agora?

– Liguei para Royce Salem. É o psiquiatra que o escritório de Jesse Quiller usa. Vou pedir que examine Ashley e entregue o laudo ao pai dela. O Dr. Patterson poderá procurar outro psiquiatra, se quiser, ou entregar o laudo a qualquer advogado que vá ficar com o caso.

– Entendi. – Sandra estudou o rosto conturbado do marido. – O Sr. Kincaid falou alguma coisa sobre a participação na sociedade, David?

Ele balançou a cabeça.

– Não.

Sandra concluiu, alegre:

– Mas vai falar. Amanhã será outro dia.

O Dr. Royce Salem era um homem alto, magro, com uma barba igual à de Sigmund Freud.

Talvez seja só uma coincidência, disse David a si mesmo. *Certamente ele não está tentando se parecer com Freud!*

– Jesse fala sempre em você – disse o Dr. Salem. – Ele gosta muito de você.

– Eu também gosto muito dele, Dr. Salem.

– O caso Patterson parece ser muito interessante. Obviamente, obra de um psicopata. Você está pensando em alegar insanidade?

– Na verdade – disse-lhe David –, não vou ficar com o caso. Antes de conseguir um advogado para ela, eu gostaria de obter uma avaliação do seu estado mental. – David passou para o Dr. Salem um resumo dos fatos, conforme os conhecia. – Ela se diz inocente, mas as provas mostram ter sido quem de fato cometeu os crimes.

– Ora, vamos dar uma olhada na psique da moça, então?

A sessão de hipnose foi marcada para a sala de interrogatórios da prisão de Santa Clara. O mobiliário da sala consistia numa mesa retangular e quatro cadeiras de madeira.

Ashley, pálida e retraída, foi levada à sala por uma carcereira.

– Eu vou esperar do lado de fora – disse ela, saindo em seguida.

– Ashley, este é o Dr. Salem. Ashley Patterson – falou David.

– Olá, Ashley – disse o médico.

Ela ficou parada, olhando nervosamente de um para o outro, calada. David teve a impressão de que ela estava prestes a fugir da sala.

– De acordo com o Sr. Singer, você não faz objeção quanto a ser hipnotizada.

Silêncio.

O Dr. Salem prosseguiu:

– Ashley, posso hipnotizá-la?

Ashley fechou os olhos por um segundo e assentiu.

– Pode.

– Podemos começar agora?

– Bem, eu vou dar um passeio por aí – falou David. – Se...

– Espere um momento.

– O Dr. Salem chegou perto de David. – Eu quero que você fique.

David permaneceu lá, mas frustrado. Estava arrependido de ter ido tão longe. *Não vou me aprofundar nem mais um pouco*, decidiu. *Já cheguei ao fim.*

– Tudo bem – disse ele, relutante. Estava ansioso para dar aquilo por encerrado, a fim de que pudesse voltar logo para o escritório. A reunião que teria mais tarde com Kincaid seria decisiva para o seu futuro.

O Dr. Salem falou para Ashley:

– Por que você não se senta nesta cadeira?

Ashley sentou-se.

– Já foi hipnotizada antes, Ashley?

Ela hesitou um instante, depois balançou a cabeça.

– Não.

– Não há nada de mais. Tudo que precisa fazer é relaxar e prestar atenção à minha voz. Não há com que se preocupar. Ninguém vai machucá-la. Sinta os músculos relaxando. Isso mesmo. Basta relaxar e sentir os olhos ficando pesados. Você tem passado por muita coisa. Seu corpo está cansado, muito cansado. Tudo que você quer agora é adormecer. Feche os olhos e relaxe. Você está ficando com sono... com muito sono...

O Dr. Salem levou cinco minutos para fazer com que ela se entregasse. E, então, aproximou-se.

– Ashley, você sabe onde está?

– Sei. Estou na cadeia. – A voz dela soou oca, como se tivesse sido emitida a distância.

– E sabe por que está na cadeia?

– As pessoas estão achando que eu fiz uma coisa ruim.

– E é verdade o que elas estão achando? Você fez alguma coisa ruim?

– Não.

– Ashley, você alguma vez na sua vida matou alguém?

– Não.

David olhou para o Dr. Salem, surpreso. *As pessoas não falam a verdade quando estão sob hipnose?*

– Você faz ideia de quem possa ter cometido esses assassinatos?

De repente, o rosto de Ashley se contorceu e ela começou a respirar com dificuldade, em arfadas curtas e ásperas. Os dois homens ficaram se entreolhando, estupefatos, à medida que a *persona* dela ia se alterando. Os lábios de Ashley se apertaram e seus traços começaram a se modificar. Ela se endireitou na cadeira, assumiu uma postura empertigada, e subitamente seu rosto se iluminou com vivacidade. Ela abriu os olhos, e eles estavam cintilantes. A transformação foi impressionante. Inesperadamente, ela começou a cantarolar, a voz cheia de volúpia e com sotaque britânico.

"Duzentos gramas de arroz barato,
Duzentos gramas de melado.
Agora, misture bem para ficar gostoso,
Mas a lontra – pluft! – foi embora."

David escutou, atônito. *Quem ela pensa que está enganando? Está fingindo ser outra pessoa.*

– Quero lhe fazer mais algumas perguntas, Ashley.

Ela fez um trejeito com a cabeça e falou com sotaque britânico:

– Eu não sou Ashley.

O Dr. Salem trocou um olhar com David e voltou a se dirigir a Ashley.

– Se você não é Ashley, quem é, então?

– Toni. Toni Prescott.

Ashley está representando muito bem, pensou David. *Quanto tempo ainda pretende continuar com esta farsa?* Ela estava desperdiçando o tempo deles.

– Ashley – disse o Dr. Salem.

– Toni.

Ela está determinada a continuar com isso, pensou David.

– Tudo bem, Toni. Eu gostaria que...

– Quem vai dizer o que gostaria sou eu. Eu gostaria de sair desta porcaria de lugar. Você pode nos tirar daqui?

– Isso depende – falou o Dr. Salem. – O que você sabe a respeito de...

– ...daqueles assassinatos que trouxeram a dona Maria Certinha pra cá? Eu posso lhe contar coisas que...

A expressão de Ashley subitamente começou a mudar de novo. David e o Dr. Salem ficaram observando, enquanto Ashley parecia encolher na cadeira, o rosto suavizando-se e sofrendo uma incrível metamorfose, até que ela pareceu se transformar em outra personalidade distinta.

– Toni... não fale mais nada, *per piacere* – disse ela numa voz branda, com sotaque italiano.

David observou aquilo, atônito.

– Toni? – O Dr. Salem se aproximou um pouco mais.

A voz suave e branda disse:

– Peço desculpas pela interrupção, Dr. Salem.

– Quem é você? – perguntou o médico.

– Meu nome é Alette. Alette Peters.

Meu Deus, isso não é uma encenação, pensou David. *É verdade*. Ele se virou para o Dr. Salem.

– São álteres – disse o Dr. Salem, tranquilamente.

David fitou o médico, totalmente confuso.

– São o quê?

– Depois eu explico.

O Dr. Salem voltou-se para Ashley.

– Ashley... Quero dizer, Alette... Quantas... Quantas de vocês estão aqui?

– Além da Ashley, só Toni e eu – respondeu Alette.

– Você tem um sotaque italiano.

– Tenho, sim. Eu nasci em Roma. Você já foi a Roma?

– Não, nunca fui a Roma.

Não acredito que eu esteja ouvindo esta conversa, pensou David.

– *È molto bello*.

– Com certeza! Você conhece Toni?

– *Sì, naturalmente.*

– Ela tem um sotaque britânico.

– Toni nasceu em Londres.

– Certo. Alette, eu gostaria de lhe fazer algumas perguntas sobre aqueles assassinatos. Você faz ideia de quem...?

David e o Dr. Salem viram quando o rosto e a personalidade de Ashley mudaram mais uma vez, bem diante de seus olhos. Sem que ela dissesse uma palavra sequer, eles sabiam que ela havia se transformado em Toni.

– Você está perdendo tempo com ela, meu caro.

Eis o sotaque britânico novamente.

– Alette não sabe de nada. Você tem de falar comigo.

– Pois bem, Toni! Vou falar com você. Tenho perguntas a fazer.

– Estou certa de que tem, mas também estou muito cansada. – Ela bocejou. – A dona Babacona nos manteve acordadas a noite inteira. Eu preciso dormir.

– Agora não, Toni. Escute. Você precisa nos ajudar...

O rosto dela se enrijeceu.

– E por que eu iria ajudar? O que a dona Maria Certinha fez pela Alette ou por mim? Tudo que ela faz é não deixar a gente se divertir. Ora, eu estou cansada disso e também estou cansada dela. Está me ouvindo? – Ela estava berrando, o rosto todo contorcido.

– Vou trazê-la de volta – disse o médico.

David estava transpirando.

– Pode trazer.

O Dr. Salem se inclinou para perto de Ashley.

– Ashley... Ashley... Está tudo bem. Feche os olhos agora. Eles estão pesados, muito pesados. Você está completamente relaxada.

Ashley, sua mente está em paz. Seu corpo está relaxado. Você vai acordar quando eu contar até cinco, completamente relaxada. Um... – Ele olhou para David e depois de novo para Ashley. – Dois...

Ashley começou a se mexer. Eles viram sua expressão começar a se modificar.

– Três...

A expressão no rosto dela se suavizou.

– Quatro...

Eles podiam sentir que ela estava voltando, e esta era uma estranha sensação.

– Cinco.

Ashley abriu os olhos. Ela olhou o ambiente ao redor.

– Estou sentindo... eu estava dormindo?

David estava imóvel, fitando-a, atônito.

– Estava – disse o Dr. Salem.

Ashley se virou para David.

– Eu disse alguma coisa? Quero dizer... alguma coisa que pudesse ser útil?

Meu Deus, pensou David. *Ela não sabe! Ela realmente não sabe!*

– Você foi muito bem, Ashley. Eu gostaria de conversar com o Dr. Salem a sós.

– Pois não.

– Tornaremos a nos ver mais tarde.

Os dois ficaram ali parados, vendo a carcereira levar Ashley.

David deixou-se afundar na cadeira.

– Que... que diabo foi aquilo?

O Dr. Salem respirou profundamente.

– Em todos os anos da minha prática profissional, jamais vi um caso tão claro e evidente assim.

– Um caso de *quê?*

– Você já ouviu falar de distúrbio de personalidade múltipla?

– O que é isso?

– É uma perturbação em que a pessoa convive com várias personalidades distintas em seu próprio corpo. Também é conhecida como distúrbio de identidade dissociativa. Existe na literatura psiquiátrica há mais de duzentos anos. Começa em geral por causa de um trauma de infância. A vítima obstrui o trauma criando uma nova identidade. Às vezes a pessoa chega a ter dezenas de personalidades ou álteres diferentes.

– E uma sabe da outra?

– Às vezes, sim; às vezes, não. Toni e Alette se conhecem. Ashley, obviamente, não sabe de nenhuma das duas. Os álteres são criados porque o indivíduo não consegue tolerar a dor do trauma. É uma forma de escapar. A cada choque, pode surgir um novo álter. A literatura psiquiátrica sobre este assunto mostra que os álteres podem ser totalmente distintos uns dos outros. Alguns podem ser aparvalhados, enquanto outros podem ser brilhantes. Podem falar línguas diferentes. Têm gostos e personalidades diversos.

– E isso... isso é uma coisa comum?

– Alguns estudos sugerem que um por cento de toda a população sofre de distúrbio de personalidade múltipla, e que até vinte por cento de todos os pacientes em hospitais psiquiátricos sofrem desta perturbação.

– Mas Ashley parece tão normal e... – falou David.

– As pessoas com distúrbio de personalidade múltipla, ou DPM, são normais... até que um álter se manifeste. O indivíduo pode ter um emprego, constituir uma família e levar uma vida perfeitamente normal, mas um álter pode assumir o comando a qualquer instante. E pode ficar no controle durante uma hora, um dia ou até mesmo semanas, e então o indivíduo sofre uma amnésia em que se obliteram o tempo e a memória, durante todo o período em que o álter está no comando.

– Então Ashley... o indivíduo... não se lembra de nada que o álter faz?

– Absolutamente nada.

David escutou aquilo, como que em transe.

– O caso mais famoso de distúrbio de personalidade múltipla foi o de Bridey Murphy. Foi a primeira vez que o assunto despertou a atenção do público. Desde então, houve inúmeros casos, mas nenhum tão espetacular ou tão divulgado.

– Mas... parece incrível.

– É um assunto que me fascina há muito tempo. Há certos padrões que nunca mudam. Por exemplo, os álteres costumam usar as mesmas iniciais que o indivíduo... Ashley Patterson... Alette Peters... Toni Prescott...

– Toni...? – David já ia fazendo a pergunta. Mas se deu conta: – Antoinette?

– Correto. Você já ouviu a expressão *alter ego*.

– Ouvi.

– De uma certa forma, todos temos *alter egos*, ou personalidades múltiplas. Um tipo de pessoa é capaz de cometer atos de perversidade. Uma pessoa cruel é capaz de fazer certas coisas. Não há limite para a incrível quantidade de emoções humanas. *O médico e o monstro* é uma ficção, mas é baseado em fato real.

David estava confuso.

– Se Ashley cometeu os assassinatos...

– Ela não estaria consciente disso. Os crimes foram cometidos por um de seus álteres.

– Meu Deus! Como vou explicar isso no tribunal?

O Dr. Salem olhou para David com curiosidade.

– Eu tive a impressão de tê-lo ouvido dizer que não seria o advogado dela.

David balançou a cabeça.

– E não vou ser. Quero dizer, não sei. Eu... A esta altura, eu mesmo estou com múltiplas personalidades. – David ficou calado um instante. – Isso tem cura?

– Em geral, tem.

– E se não tiver, o que acontece?

Houve uma pausa.

– O índice de suicídios é bastante alto.

– E Ashley não sabe nada sobre isso?

– Não.

– O senhor... o senhor explicaria isso a ela?

– Claro que sim.

– Não. – Foi um berro. Ela estava em pânico, encolhendo-se de encontro à parede da cela, os olhos cheios de terror. – Você está mentindo. Isso não é verdade.

– Ashley, é verdade – falou o Dr. Salem. – Você precisa encarar os fatos. Eu lhe expliquei que isso que lhe aconteceu não é culpa sua. Eu...

– Não chegue perto de mim.

– Ninguém vai machucá-la.

– Eu quero morrer. Por favor, me ajude a morrer. – Ela começou a soluçar descontroladamente.

O Dr. Salem olhou para a carcereira e disse:

– É melhor dar um sedativo a ela. E mantenha-a sob guarda para evitar que se suicide.

David telefonou para o Dr. Patterson.

– Preciso conversar com o senhor.

– Eu estava aguardando notícias suas, David. Você esteve com Ashley?

– Estive. Onde podemos nos encontrar?

– Vou esperar você no meu consultório.

No caminho de volta para São Francisco, David pensou: *Não há como eu ficar com este caso! Eu só tenho a perder!*

Vou arranjar um bom advogado criminalista para Ashley e acabou-se.

O Dr. Patterson estava esperando David em seu consultório.

– Você conversou com Ashley?

– Conversei.

– Ela está bem?

Como vou responder a esta pergunta? David respirou fundo.

– O senhor já ouviu falar de distúrbio de personalidade múltipla?

O Dr. Patterson franziu o cenho.

– Vagamente...

– É quando uma ou mais personalidades... ou álteres... existem dentro de uma pessoa e assumem o controle de vez em quando, e a pessoa não tem consciência disso. Sua filha sofre deste distúrbio.

O Dr. Patterson olhava para ele, atônito.

– *O quê?* Eu... eu não posso acreditar. Você tem certeza?

– Eu presenciei a sessão de hipnose que o Dr. Salem fez com ela. Ashley tem dois álteres. Em vários momentos, eles assumem o comando sobre ela. – David estava falando mais rápido agora. – O comissário Dowling me mostrou as provas contra sua filha. Não há dúvida de que foi ela quem cometeu os assassinatos.

– Oh, meu Deus! Então ela é... ela é culpada? – falou o Dr. Patterson.

– Não. Porque eu não acredito que ela tivesse consciência de tê-los cometido. Estava sob a influência de um dos álteres. Ashley não tinha razão alguma para cometer esses crimes. Não tinha motivo, nem controle sobre si mesma. Acho que o Estado terá dificuldades para provar intenção ou dolo.

– Então a sua defesa vai se basear em...

David o interrompeu.

– Eu não vou defendê-la. Vou encaminhar o caso para Jesse Quiller. É um brilhante advogado de defesa. Eu já trabalhei com ele e posso dizer que é o mais...

– Não. – A voz do Dr. Patterson foi contumaz. – Você tem de defendê-la.

David falou, pacientemente:

– O senhor não está compreendendo. Eu não sou a pessoa mais indicada para defendê-la. Ela precisa...

– Eu já lhe disse antes que você é o único em quem confio. Minha filha é tudo para mim, David. Você vai salvar a vida dela.

– Eu não posso. Não tenho a qualificação para...

– Claro que tem. Você já foi advogado criminalista.

– Fui, mas...

– Não aceitarei mais ninguém.

David percebeu que o Dr. Patterson estava tentando controlar o próprio temperamento.

Isso não faz sentido, pensou David. Tentou outra vez.

– Jesse Quiller é o melhor...

O Dr. Patterson se inclinou para a frente, o rosto voltando à sua cor normal.

– David, a vida da sua mãe significava muito para você. A vida de Ashley também significa muito para mim. Você pediu a minha ajuda uma vez e colocou a vida da sua mãe em minhas mãos. Eu estou pedindo a sua ajuda agora e estou colocando a vida de Ashley nas suas mãos. Quero que você defenda Ashley. Você me deve isso.

Ele não vai ouvir, pensou David, desesperado. *O que há com ele?* Mais de uma dúzia de objeções cruzaram a mente de David, mas todas se esvaíram diante daquela frase: "Você me deve isso." David tentou uma última vez:

– Dr. Patterson...

– Sim ou não, David?

13

Quando David chegou em casa, Sandra o esperava.

– Boa noite, querido.

Ele a abraçou e pensou: *Meu Deus, ela está adorável. Quem foi o idiota que disse que mulheres grávidas não são bonitas?*

Sandra falou, empolgadíssima:

– O bebê chutou hoje de novo! – Ela pegou a mão de David e colocou-a sobre a barriga. – Dá para sentir?

Depois de alguns instantes, David disse:

– Não. Ele é muito teimoso!

– A propósito, o Sr. Crowther ligou.

– Crowther?

– O corretor de imóveis. Os papéis já estão prontos para serem assinados.

David teve uma sensação súbita de enfraquecimento.

– Tenho uma coisa para lhe mostrar – disse Sandra com entusiasmo. – Não saia daqui.

David observou-a correr para o quarto e pensou: *O que é que eu vou fazer? Preciso tomar uma decisão.*

Sandra voltou para a sala trazendo várias amostras de papel de parede azul.

– Vamos fazer o quarto do bebê em azul, e a sala de estar em azul e branco, suas cores favoritas. Qual é o tom que você prefere, o mais claro ou o mais escuro?

David fez um esforço para conseguir se concentrar.

– O mais claro vai ficar bom.

– Eu também gostei. O único problema é que o tapete vai ser azul-escuro. Você acha que esses dois elementos deveriam combinar?

Não posso abrir mão da participação na sociedade. Batalhei muito para isso. Significa tudo para mim.

– David, você acha que os dois deveriam combinar?

Ele olhou para ela.

– O quê? Ah, sim. O que você achar melhor, meu bem.

– Eu estou tão entusiasmada. Vai ficar lindo.

Não há como arcar com essas despesas se eu não conseguir a participação na sociedade.

Sandra olhou ao redor do pequeno apartamento.

– Podemos aproveitar alguns destes móveis, mas acho que vamos precisar de muitas coisas novas. – Ela olhou para ele, cheia de ansiedade. – Podemos arcar com isso, não podemos, querido? Eu não quero extrapolar.

– Pode deixar – falou David, distante.

Ela se aconchegou ao ombro dele.

– Vai ser uma vida totalmente nova, não é mesmo? O bebê, a participação na sociedade da firma e a cobertura. Eu passei por lá hoje. Quis ver a pracinha e a escola. A pracinha é linda. Tem escorrega, balanço e gangorra. Eu quero que você vá comigo até lá no sábado para darmos uma olhada juntos. Jeffrey vai adorar.

Talvez eu consiga convencer Kincaid de que este caso vai ser bom para a firma.

– A escola parece ótima. Fica a dois quarteirões de casa, e não é muito grande. Acho que isso é importante.

David estava prestando atenção a ela agora e pensou: *Não posso decepcioná-la. Não posso privá-la de seus sonhos. Vou dizer a Kincaid amanhã de manhã que não vou ficar com o caso. Patterson que ache outra pessoa!*

– É melhor nos aprontarmos, meu amor. Combinamos de chegar na casa dos Quiller às 20 horas.

Era o momento da verdade. David sentiu-se tenso.

– Há uma coisa que precisamos conversar.

– Fale.

– Eu fui ver Ashley Patterson hoje de manhã.

– Ah, me conte. Ela é culpada? Foi ela quem fez aquelas atrocidades?

– Sim e não.

– Resposta de advogado. O que isso quer dizer?

– Ela cometeu os assassinatos... mas não é culpada.

– David...!

– Ashley tem um problema psiquiátrico chamado distúrbio de personalidade múltipla. Sua personalidade é dividida, de forma que ela faz coisas sem estar consciente disso.

Sandra estava de olhos pregados nele.

– Que horror!

– Há duas outras personalidades. Eu as conheci.

– Você as *conheceu?*

– Conheci. E são verdadeiras. Quero dizer, ela não está fingindo.

– E ela não tem a menor ideia de que...?

– Nenhuma.

– Então, ela é inocente ou culpada?

– Isso quem decide é o tribunal. O pai dela não quer conversar com Jesse Quiller, de forma que eu vou ter de encontrar outro advogado.

– Mas Jesse é perfeito. Por que o Dr. Patterson não quer falar com ele?

David hesitou.

– Ele quer que eu a defenda.

– Mas você contou para ele que não pode, claro.

– Claro.

– Então...?

– Ele não quis me ouvir.

– O que ele disse, David?

Ele balançou a cabeça.

– Não importa.

– O que ele disse?

David respondeu devagar:

– Disse que eu confiei nele a ponto de colocar a vida da minha mãe em suas mãos, e ele a salvou, e agora ele está confiando em mim a ponto de colocar a vida da filha em minhas mãos, e está me pedindo que a salve.

Sandra estava analisando o rosto de David.

– Você acha que conseguiria?

– Não sei. Kincaid não quer que eu pegue o caso. Se eu pegar, posso perder a participação na sociedade.

– Oh!

Houve um silêncio prolongado.

Quando enfim falou, David disse:

– Eu tenho uma opção. Posso dizer não para o Dr. Patterson e me tornar sócio da firma, ou posso defender a filha dele, provavelmente tirando uma licença sem vencimentos, e ver depois o que acontece.

Sandra escutou tranquilamente.

– Há gente muito mais qualificada para pegar o caso de Ashley, mas por alguma razão dos infernos o pai dela não quer saber de mais ninguém. Eu não sei por que ele está tão obstinado com isso, mas o fato é que está irredutível. Se eu pegar o caso e não me tomar sócio da firma, vamos ter de abdicar da mudança. E também de abrir mão de muitos dos nossos planos, Sandra.

Sandra falou baixinho:

– Eu me lembro que, antes de nos casarmos, você me falou dele. Era um dos médicos mais ocupados do mundo, mas encontrou tempo para ouvir o que um rapaz sem dinheiro algum no bolso tinha a lhe dizer. Ele foi o seu herói, David. Você disse que, se algum dia nós tivéssemos um filho, iria querer que ele fosse igual a Steven Patterson quando crescesse.

David assentiu.

– Quando você tem de decidir?

– Vou estar com Kincaid na primeira hora da manhã.

Sandra pegou-lhe a mão e disse:

– Você não precisa de todo esse tempo. O Dr. Patterson salvou a sua mãe. Você vai salvar a filha dele. – Ela olhou para o ambiente em volta deles e sorriu. – Ora, a gente pode redecorar este apartamento em azul e branco.

JESSE QUILLER era um dos melhores advogados de defesa criminal no país. Era um homem alto, robusto, com um jeito simples que fazia os jurados se identificarem com ele. Eles sentiam que ele era um igual e queriam ajudá-lo. Essa era uma das razões pelas quais ele raramente perdia um caso. As outras razões eram sua excelente memória fotográfica e sua mente brilhante.

Em vez de tirar férias, Quiller aproveitava os verões para dar cursos de Direito, e, anos antes, David fora um de seus alunos. Quando David se formou, Quiller o convidou para trabalhar na sua firma de advocacia, e dois anos depois David se tornou seu sócio. David adorava a prática do Direito penal e se sobressaía nisso. Três anos depois da participação na sociedade, David se desligou abruptamente da firma e foi trabalhar para a Kincaid, Turner, Rase & Ripley na área do Direito comercial.

AO LONGO DOS ANOS, David e Quiller continuaram muito amigos. Eles e suas esposas jantavam juntos uma vez por semana.

Jesse Quiller sempre apreciou as louras sofisticadas, tipo ninfetas altas. Até que conheceu Emily e se apaixonou por ela. Emily era uma mulher baixinha e rechonchuda, envelhecida precocemente pelo trabalho numa fazenda do Estado de Iowa – exatamente o oposto das mulheres com quem Quiller tinha namorado até então. Era do estilo mãezona, sempre cuidando de tudo e de todos. Os dois formavam um casal improvável, mas o casamento funcionava porque eles eram perdidamente apaixonados um pelo outro.

TODAS AS TERÇAS-FEIRAS, os Singer e os Quiller jantavam juntos e jogavam um complicado jogo de cartas chamado Liverpool.

Quando Sandra e David chegaram à bela casa dos Quiller, na Hayes Street, Jesse foi recebê-los à porta.

Ele abraçou Sandra e falou:

– Entrem. O champanhe está no gelo. É um grande dia para você, hein? Cobertura nova e participação na sociedade. Ou será participação na sociedade e cobertura nova?

David e Sandra se entreolharam.

– Emily está na cozinha, preparando o jantar para comemorar sua promoção. – Ele olhou para os rostos dos dois. – Eu acho que é um jantar de comemoração. Será que eu não estou sabendo de alguma coisa?

– Não, Jesse – disse David. – Só que talvez tenhamos um... um probleminha.

– Vamos entrar. Posso preparar um drinque? – Ele olhou para Sandra.

– Não, obrigada! Não quero que o bebê adquira maus hábitos.

– É um bebê de sorte, com pais como vocês – falou Quiller, carinhosamente. Ele se virou para David: – E você, vai beber o quê?

– Nada. Obrigado!

Sandra encaminhou-se para a cozinha.

– Vou ver se Emily está precisando de ajuda.

– Sente-se, David. Você está com um ar sério.

– Estou num dilema – admitiu ele.

– Deixe-me adivinhar. É a cobertura ou a sociedade?

– Ambas.

– Ambas?

– É. Você está sabendo do caso Patterson?

– Ashley Patterson? Claro. O que isso tem a ver com...? – Ele parou. – Espere aí. Você me falou de Steven Patterson, na faculdade de Direito. Ele salvou a vida de sua mãe.

– Exato. Ele quer que eu defenda a filha dele. Tentei passar o caso para você, mas ele não quer saber de ninguém defendendo a filha, exceto eu.

Quiller franziu o cenho.

– Ele está sabendo que você não atua mais no Direito penal?

– Está. É isso que eu não entendo. Há dúzias de advogados muito mais capazes do que eu para pegar o caso.

– Ele está sabendo que você *foi* advogado criminalista?

– Está.

– O que ele sente com relação à filha? – falou Quiller, com certo cuidado.

Que pergunta estranha, pensou David.

– Ela significa mais do que tudo na vida dele.

– Pois bem. Suponhamos que você pegue o caso. O lado ruim é que...

– O lado ruim é que Kincaid não quer que eu o pegue. Se eu resolver ficar com o caso, tenho a impressão de que vou perder a participação na sociedade.

– Entendi. E é aí que entra a cobertura?

– É aí que entra toda a porcaria do meu futuro – retrucou David, zangado. – Seria uma grande besteira eu fazer isso, Jesse. Sabe, uma *besteira* e tanto!

– Por que você está zangado?

David respirou fundo.

– Porque eu vou fazer essa besteira.

Quiller sorriu.

– Por que será que eu não estou surpreso?

David passou a mão pela testa.

– Se eu não aceitasse defender a filha dele e ela fosse condenada e executada, e eu não fizesse nada para ajudá-la, eu... não conseguiria viver em paz com a minha consciência.

– Compreendo. E como é que Sandra está se sentindo com relação a isso?

David conseguiu esboçar um sorriso.

– Você conhece Sandra.

– Conheço. Ela quer que você vá em frente.

– Exato.

Quiller se inclinou para a frente.

– Eu vou fazer o que puder para ajudá-lo, David.

David soltou um suspiro.

– Não. Esta é a parte que me cabe na transação. Vou ter de conduzir o caso sozinho.

Quiller franziu a testa.

– Isso não faz sentido algum.

– Eu sei. E tentei explicar isso ao Dr. Patterson, mas ele se recusou a escutar.

– Você já contou isso a Kincaid?

– Tenho uma reunião marcada para a primeira hora com ele.

– O que acha que vai acontecer?

– Eu sei o que vai acontecer. Ele vai me aconselhar a não pegar o caso e, se eu insistir, vai me pedir para tirar uma licença sem vencimentos.

– Vamos almoçar amanhã, no Rubicon, às 13 horas?

David assentiu.

– Está bem.

Emily veio da cozinha, esfregando as mãos num pano de prato. David e Quiller se levantaram.

– Olá, David! – Emily se aproximou com um ar atarefado, e ele a beijou no rosto. – Espero que vocês estejam com fome. O jantar está quase pronto. Sandra está na cozinha me ajudando. Ela é tão prestativa! – Emily pegou uma bandeja e voltou apressada para a cozinha.

Quiller se dirigiu a David:

– Vocês são muito queridos por Emily e por mim. Vou lhe dar um conselho. Esqueça aquilo.

David ficou calado.

– Já faz muito tempo, David. E o que aconteceu não foi culpa sua. Poderia ter acontecido com qualquer um.

David olhou para Quiller.

– Aconteceu comigo, Jesse. Eu a matei.

Foi um *déjà vu*. Tudo de novo. E de novo. David ficou sentado, transportado de volta para outro tempo, para outro lugar.

Era um caso dativo, e David tinha dito para Jesse Quiller:

– Eu pego.

Helen Woodman era uma moça adorável, acusada de ter assassinado a madrasta rica. As duas haviam travado acirradas discussões públicas, mas todas as provas contra Helen eram circunstanciais. Depois de ter ido conversar com ela na cadeia, David ficou convencido de sua inocência. A cada encontro, ele foi se deixando envolver emocionalmente. Por fim, quebrou uma regra básica: nunca se apaixonar por uma cliente.

O desenrolar do julgamento foi bom. David refutou as provas da promotoria uma a uma e conquistou o júri para o lado de sua cliente. E, inesperadamente, um desastre ocorreu. O álibi de Helen era o de estar num teatro com um amigo na hora do assassinato. Sob interrogatório no tribunal, o amigo revelou a mentira, e uma testemunha alegou ter visto Helen no apartamento da madrasta na hora do crime. A moça perdeu toda a credibilidade. O júri a condenou por assassinato em primeiro grau, e o juiz decretou sentença de morte. David ficou arrasado.

– Como você pôde fazer uma coisa dessas, Helen? Como pôde mentir para mim?

– Eu não matei a minha madrasta, David. Quando cheguei ao apartamento dela, eu a encontrei no chão, morta. Tive medo de que você não fosse acreditar em mim, por isso eu... inventei aquela história de ter ido ao teatro com um amigo.

Ele ficou parado, escutando, com uma expressão cínica no rosto.

– Eu estou lhe dizendo a verdade, David.

– Está mesmo? – Ele deu as costas e partiu, furioso.

Naquela noite, Helen cometeu suicídio. Uma semana depois, um ex-presidiário pego ao praticar um roubo confessou ter assassinado a madrasta de Helen.

No dia seguinte, David saiu da firma. Quiller ainda tentou dissuadi-lo.

– Não foi culpa sua, David. Ela mentiu para você, e além do mais...

– Aí é que está! Eu a deixei mentir. Não fiz o que me cabia fazer. Não confirmei a veracidade do que ela estava dizendo. Quis acreditar nela, e por causa disso, eu a decepcionei.

Duas semanas depois, David estava trabalhando para a Kincaid, Turner, Rose & Ripley.

– Jamais tomarei a me responsabilizar pela vida de outra pessoa – jurou David.

E agora ia defender Ashley Patterson.

14

Às 10 horas do dia seguinte, David entrou no escritório de Joseph Kincaid, que estava assinando alguns papéis e olhou de relance para David quando este entrou.

– Ah! Sente-se, David. Vou acabar num instante.

David sentou-se e esperou.

Quando terminou, Kincaid sorriu e disse:

– Pois bem! Você me traz boas notícias, não é mesmo?

Boas notícias para quem?, perguntou-se David.

– Você tem um futuro brilhante aqui, David, e eu tenho certeza de que não iria fazer nada para prejudicar sua carreira. A firma tem grandes planos para você.

David ficou calado, tentando encontrar as palavras certas.

– E então? Você disse ao Dr. Patterson que encontraria outro advogado para ele? – falou Kincaid.

– Não. Eu decidi que vou defendê-la.

O sorriso de Kincaid se desfez.

– Você vai mesmo defender essa mulher, David? Ela é uma assassina perversa, doentia. Quem a defender ficará impregnado com a mesma tinta.

– Não estou fazendo isso porque queira, Joseph. Estou sendo obrigado. Eu devo muito ao Dr. Patterson, e esta é a única maneira que tenho de pagar.

Kincaid ficou sentado, em silêncio. Quando afinal falou, disse:

– Se essa é realmente a sua decisão, então eu sugiro que você tire uma licença. Sem vencimentos, é claro.

Adeus participação na firma!

– Depois do julgamento, naturalmente, volte para nós, e a sua participação na sociedade estará à sua espera.

David assentiu.

– Naturalmente.

– Vou passar os seus afazeres para Collins. Tenho certeza de que você já está querendo se concentrar no processo.

TRINTA MINUTOS depois, os sócios da Kincaid, Turner, Rose & Ripley estavam reunidos.

– Não podemos deixar que a nossa firma se envolva num caso como esse – objetou Henry Turner.

Joseph Kincaid redarguiu de imediato:

– Não estamos envolvidos de fato, Henry. Estamos concedendo uma licença para ele.

Albert Rose se pronunciou.

– Acho que deveríamos dispensá-lo de vez.

– Ainda não. Seria uma decisão precipitada. O Dr. Patterson poderia ser uma boa fonte de negócios para nós. Ele conhece todo mundo e terá um sentimento de gratidão por lhe cedermos David. Independente do resultado do julgamento, esta é uma situação em que só temos a ganhar. Se for positivo, ganhamos o médico como cliente e damos a participação na sociedade para Singer. Se for negativo, abrimos mão de Singer e tentamos manter o bom médico. Não há lado ruim.

Houve um momento de silêncio, até que John Ripley abriu um sorriso.

– Bom raciocínio, Joseph!

QUANDO SAIU do escritório de Kincaid, David foi encontrar-se com Steven Patterson. Telefonara de antemão, e o médico já o esperava.

– E então, David?

Esta resposta vai mudar a minha vida, pensou David. *E não vai ser para melhor.*

– Vou defender a sua filha, Dr. Patterson.

Steven Patterson respirou fundo.

– Eu sabia. Seria capaz de apostar a minha própria vida. – Ele hesitou um instante. – Estou apostando a vida da minha filha.

– A firma me concedeu uma licença. Vou contar com a ajuda de um dos melhores advogados de defesa do...

O Dr. Patterson ergueu a mão.

– David, acho que eu deixei bem claro para você que não quero mais ninguém envolvido no caso. Ela está em suas mãos, e somente em suas mãos.

– Compreendo – falou David. – Mas Jesse Quiller é...

O Dr. Patterson se pôs de pé.

– Não quero ouvir mais nada sobre Jesse Quiller ou sobre qualquer desses outros advogados. Eu conheço os advogados de defesa, David. Eles só estão interessados em dinheiro e publicidade. Este caso não é de dinheiro nem publicidade. É de Ashley.

David ia falar, mas desistiu. Não havia o que dizer. O homem estava aferrado à sua questão. *Eu posso lançar mão de toda a ajuda que puder conseguir*, pensou David. *Por que será que ele não quer deixar?*

– Será que eu me fiz entender?

David assentiu.

– Certamente.

– Os seus honorários e as suas despesas correrão por minha conta, é claro.

– Não. É um caso dativo.

O Dr. Patterson o analisou por um breve instante e, em seguida, assentiu.

– Elas por elas?

– Elas por elas. – David conseguiu esboçar um sorriso. – O senhor dirige?

– David, se você está saindo de licença, vai precisar de dinheiro para viver. Eu insisto.

– Como o senhor quiser – falou David.

Pelo menos não vamos deixar de comer durante o processo.

JESSE QUILLER estava esperando por David no Rubicon.

– Como foi?

David soltou um suspiro.

– Previsível. Estou de licença, sem salário.

– Bando de safados! Como é que eles podem...?

– Eles não têm culpa – interrompeu-o David. – Trata-se de uma firma conservadora.

O que você vai fazer agora?

– O que você quer dizer?

– O que eu *quero dizer*? Você tem nas mãos o caso do século. Não tem mais um escritório onde trabalhar, não tem acesso a arquivos de pesquisa ou de casos, a livros de Direito penal, sequer a um aparelho de fax. E eu conheço aquele computador ultrapassado que você e Sandra têm em casa! Com aquilo ali não vai dar para rodar os programas jurídicos nem para acessar a internet.

– Eu vou me virar – falou David.

– Ah, vai, sim! Tem uma sala vazia no meu conjunto de escritórios que você poderá utilizar. E vai encontrar tudo de que precisa nela.

David levou certo tempo para recobrar a voz.

– Jesse, eu não posso...

– Pode, sim. – Quiller sorriu. – Você há de encontrar uma forma de me pagar por isso. Você sempre paga às pessoas, não é, santo David? – Ele pegou um cardápio. – Eu estou morrendo de fome. – Ergueu os olhos. – A propósito, o almoço é por sua conta.

DAVID FOI VISITAR Ashley na prisão de Santa Clara.

– Bom dia, Ashley!

– Bom dia! – Ela estava ainda mais pálida do que o normal. – Meu pai esteve aqui hoje de manhã. Disse que você vai me tirar daqui.

Eu gostaria de ser tão otimista assim, pensou David. Ele falou cautelosamente:

– Vou fazer tudo que puder, Ashley. O problema é que não são muitas as pessoas que conhecem o tipo de distúrbio que você tem. Vamos explicá-lo a todos. Vamos conseguir fazer com que os melhores médicos do mundo venham aqui testemunhar em seu favor.

– Estou com medo – sussurrou Ashley.

– De quê?

– É como se duas pessoas diferentes vivessem dentro de mim, pessoas que eu sequer conheço. – Sua voz saiu estremecida. – Elas podem assumir o comando a qualquer hora, e eu não tenho controle algum sobre elas. Estou morrendo de medo. – Seus olhos se encheram de lágrimas.

David falou, tranquilamente:

– Elas não são pessoas, Ashley. Estão dentro da sua mente. Fazem parte de você. E com o tratamento adequado, você vai ficar boa.

QUANDO DAVID chegou em casa naquela noite, Sandra abraçou-o e falou:

– Eu já lhe falei alguma vez do orgulho que tenho de você?

– Porque eu estou sem emprego? – perguntou David.

– Isso também. A propósito, o Sr. Crowther telefonou.

– O corretor de imóveis?

– Ele disse que os papéis estão prontos para serem assinados. É hora de dar a entrada de 60 mil dólares. Eu receio que vamos ter de dizer-lhe que não temos como pagar...

– Espere. Eu tenho essa quantia no plano de previdência da empresa. Já que o Dr. Patterson estará cobrindo as nossas despesas, talvez nós consigamos resolver essa questão.

– Não precisa, David. Nós não queremos mesmo mimar o bebê com uma cobertura, não é?

– Ora, mas eu tenho uma boa notícia. Jesse vai me deixar...

– Eu sei. Conversei com Emily. Estamos nos mudando para o escritório de Jesse.

– *Estamos?* – perguntou David.

– Você se esqueceu de que é casado com uma auxiliar de justiça. Sério, meu bem, eu posso ajudar em muita coisa. Vou trabalhar com você até – ela tocou na barriga – Jeffrey nascer, e depois a gente vê como ficam as coisas.

– Sra. Singer, faz ideia do quanto eu amo você?

– Não. Mas não se apresse. O jantar só vai ficar pronto dentro de uma hora.

Ela colocou os braços em torno do pescoço dele e murmurou:

– Por que você não tira a roupa, Tigre?

– O quê? – Ele se afastou um pouco e olhou para ela, preocupado. – O que o... o Dr. Bailey acha disso?

– O médico disse que se você não tirar a roupa logo, eu terei de atacá-lo.

David sorriu.

– A palavra dele me basta.

NA MANHÃ SEGUINTE, David se mudou para a sala no conjunto de Jesse Quiller. Era um escritório completo, integrando um total de cinco salas.

– Nós o ampliamos um pouco desde que você saiu – explicou Jesse para David. – Não vai lhe faltar nada, tenho certeza. A biblioteca jurídica fica ao lado, você tem fax à sua disposição, computadores, tudo de que precisar. Se não encontrar o que deseja, basta pedir.

– Obrigado – falou David. – Eu... nem sei como dizer o quanto fico-lhe agradecido, Jesse.

Jesse sorriu.

– Você vai me pagar. Lembra?

Sandra chegou alguns minutos depois.

– Estou pronta – disse. – Por onde começo?

– Vamos começar pesquisando tudo que pudermos sobre julgamentos de casos de personalidade múltipla. Deve haver uma tonelada de material na internet. Vamos consultar o jornal do Direito penal da Califórnia, a página da TV Jurídica e outros *links* da área criminalística e reunir todas as informações pertinentes que conseguirmos junto a Westlaw e Lexis-Nexis. Em seguida, vamos fazer um apanhado de todos os médicos especializados em problemas de personalidade múltipla; depois, contatá-los para ver se eles se dispõem a prestar depoimento como especialistas. Vamos precisar entrevistá-los para ver se poderemos usar os seus depoimentos como reforço à nossa defesa. Eu vou ter de repassar os procedimentos de Direito penal e me preparar para o exame do júri. Também vamos precisar obter uma lista das testemunhas arroladas pelo Ministério Público, juntamente com os depoimentos delas. Quero formar todo um pacote com esses procedimentos probatórios.

– E vamos ter de enviar a nossa lista para eles também. Você pretende chamar Ashley para o banco?

David balançou a cabeça.

– Ela está muito fragilizada. A promotoria a arrasaria. – Ele olhou para Sandra. – Este caso vai ser muito difícil.

Sandra sorriu.

– Mas eu sei que você vai ganhar. Eu sei que é capaz.

DAVID TELEFONOU para Harvey Udell, o contador da Kincaid, Turner, Rose & Ripley.

– Harvey! David Singer.

– Alô, David! Estou sabendo que você vai nos deixar por algum tempo.

– Vou, sim.

– O caso que você está pegando é interessante. Os jornais não param de falar nele. O que você deseja?

– Eu tenho 60 mil dólares do meu plano de previdência aí, Harvey. Eu não ia retirar agora, mas Sandra e eu acabamos de comprar uma cobertura, e vou precisar do dinheiro para dar a entrada – disse David.

– Uma cobertura! Meus parabéns!

– Obrigado! Quando vou poder pegar o dinheiro?

Decorreu um breve espaço de tempo.

– Eu posso ligar de volta para você?

– Claro. – David passou para ele o número do seu telefone.

– Eu ligo já.

– Obrigado!

Harvey Udell desligou e logo pegou o aparelho de volta.

– Avise ao Sr. Kincaid que eu gostaria de falar com ele agora.

Trinta minutos depois, ele estava no escritório de Joseph Kincaid.

– O que foi, Harvey?

– Eu recebi um telefonema de David Singer, Sr. Kincaid. Ele comprou uma cobertura e precisa dos 60 mil dólares que tem no plano de previdência para dar a entrada. Na minha opinião, não somos obrigados a entregar-lhe o dinheiro agora. Ele está de licença e não...

– Eu me pergunto se ele sabe o quanto custa manter uma cobertura.

– Provavelmente, não sabe. Eu vou dizer que ele não...

– Dê-lhe o dinheiro.

Harvey olhou para ele, surpreso.

– Mas nós não temos de...

Kincaid se inclinou na cadeira.

– Vamos ajudá-lo a cavar um buraco para si mesmo, Harvey. Assim que der a entrada para a cobertura... ele será nosso.

HARVEY UDELL telefonou para David.

– Tenho boas notícias, David. Você está retirando o dinheiro que tem no plano de previdência antes do tempo, mas não tem problema. O Sr. Kincaid mandou dar o que você quiser.

– SR. CROWTHER! David Singer.

– Eu estava aguardando notícias suas, Sr. Singer.

– A entrada para a cobertura está a caminho. Chegará às suas mãos amanhã.

– Ora, que maravilha! Conforme eu lhe disse, temos mais gente querendo ficar com ela, mas estou com a impressão de que o senhor e sua esposa são os moradores certos. Vocês serão muito felizes lá.

Só que vai ser preciso um bom milagre, pensou David.

O DEPOIMENTO DE ASHLEY Patterson foi prestado no Tribunal Superior de Santa Clara, em San Jose. A disputa legal sobre a jurisdição estendeu-se por semanas. Foi complicada porque os assassinatos haviam ocorrido em dois países e dois Estados diferentes. Uma reunião estava se realizando em São Francisco, com a presença do delegado Guy Fontaine, do Departamento de Polícia de Quebec, o comissário Dowling, de Santa Clara, o detetive Eagan, de Bedford, Pensilvânia, o capitão Rudford, do Departamento de Polícia de São Francisco, e Roger Toland, o comissário de San Jose.

– Nós gostaríamos de julgá-la em Quebec, pois temos provas irrefutáveis de sua culpa. Não há como ela possa ser considerada inocente lá – falou o detetive Fontaine.

– Quanto a isso, nós também temos, detetive Fontaine. O assassinato de Jim Cleary foi o primeiro que ela cometeu, e eu acho que deve ter prioridade sobre os demais – disse o detetive Eagan.

O capitão Rudford, da polícia de São Francisco, falou:

– Senhores, não há dúvida de que todos somos capazes de provar a culpa da acusada. Mas três desses assassinatos ocorreram na Califórnia, e ela deve ser julgada aqui por todos eles. Isto nos dá uma argumentação muito mais forte.

– Eu concordo – disse o comissário Dowling. – E dois deles ocorreram em Santa Clara, então é esta a jurisdição que deve prevalecer.

Eles passaram as duas horas seguintes debatendo os méritos de suas posições e, afinal, decidiram que o julgamento pelos assassinatos de Dennis Tibble, de Richard Melton e do delegado Sam Blake seriam conduzidos na sede do Ministério Público de San Jose. Eles concordaram que os assassinatos de Bedford e Quebec ficariam para mais tarde.

NO DIA DO DEPOIMENTO, David ficou de pé ao lado de Ashley. – A alegação é de culpa ou de inocência? – perguntou o juiz da comarca.

– De inocência; e inocência por insanidade.

O juiz assentiu.

– Pois bem.

– Meritíssimo, vamos fazer neste instante um pedido de fiança.

O representante da promotoria pública interrompeu.

– Meritíssimo, apresentamos objeção veemente. A ré é acusada de três assassinatos hediondos e está sujeita à pena de morte. Se tivesse nas mãos a oportunidade, ela fugiria do país.

– Isso não é verdade – falou David. – Não há...

O juiz interrompeu-o.

– Já analisei os arquivos e o parecer da promotoria negando fiança. Fiança negada. Este caso está nas mãos da juíza Williams para todos os efeitos. A ré será mantida sob custódia na prisão de Santa Clara até o julgamento.

David soltou um suspiro.

– Perfeitamente, meritíssimo! – Ele se virou para Ashley. – Não se preocupe. Tudo vai acabar bem. Lembre-se: você não é culpada.

QUANDO DAVID voltou para o escritório, Sandra falou:

– Viu as manchetes? Os tabloides estão chamando Ashley de "A Meretriz Sanguinária". A história está em todos os canais de televisão.

– Nós sabíamos que seria uma batalha difícil – falou David. – E isso é só o começo. Vamos ao trabalho.

O julgamento ocorreria em oito semanas.

AS OITO SEMANAS que se seguiram foram de uma atividade febril. David e Sandra trabalhavam o dia inteiro e costumavam entrar noite adentro, desencavando transcrições de julgamentos de réus com distúrbio de personalidade múltipla. Havia dezenas de casos. Réus julgados como assassinos, estupradores, ladrões, traficantes de drogas, incendiários... Alguns haviam sido condenados; outros, absolvidos.

– Vamos conseguir absolver Ashley – falou David para Sandra.

SANDRA CADASTROU os nomes das testemunhas importantes e telefonou para todas.

– Dr. Nakamoto, estou trabalhando com David Singer. Fui informada de que o senhor prestou depoimento no caso *O Estado de Oregon contra Bobannan*. O Sr. Singer está representando Ashley Patterson... Ah, o senhor já sabe? Pois não. Nós gostaríamos que o senhor viesse a San Jose para prestar depoimento em favor dela...

– Dr. Booth, estou ligando da parte do escritório de David Singer. Ele está defendendo Ashley Patterson. O senhor prestou depoimento no caso *Dickerson*. Nós estaríamos interessados no seu depoimento como especialista... Gostaríamos que o senhor viesse a San Jose para depor em favor da Srta. Patterson. Precisamos do seu parecer técnico...

– Dr. Jameson, quem está falando aqui é Sandra Singer. Nós precisamos que o senhor venha...

E assim foi, desde de manhã cedo até meia-noite. No final, eles cadastraram 12 testemunhas. David olhou para a lista e falou:

– Impressionante! Médicos, um decano... e alguns catedráticos de faculdades de Direito. – Ele ergueu os olhos para Sandra e sorriu. – Acho que estamos indo bem.

DE TEMPOS EM TEMPOS, Jesse Quiller entrava no escritório que David estava usando.

– Como estão indo as coisas? – perguntou ele. – Posso ajudar em algo?

– Por ora, tudo bem. Obrigado!

Quiller olhou em torno da sala.

– Você tem aí tudo de que precisa?

David sorriu.

– Tudo, inclusive o meu melhor amigo.

NA MANHÃ DE SEGUNDA-FEIRA, David recebeu um pacote da promotoria pública listando os procedimentos probatórios do Estado. À medida que começou a ler, ele se sentiu desanimado.

Sandra o observava, apreensiva.

– O que foi?

– Veja só isto. Estão trazendo um monte de peritos médicos de peso para testemunhar contra o DPM.

– Como você pretende lidar com isso? – perguntou Sandra.

– Vamos admitir que Ashley estava nas cenas dos crimes, mas que os assassinatos na verdade foram cometidos por um *alter ego. – Será que eu consigo convencer um júri disso?*

CINCO DIAS ANTES do julgamento começar, David recebeu um telefonema dizendo que a juíza Williams queria vê-lo.

David entrou no escritório de Jesse Quiller.

– Jesse, o que você pode me dizer sobre a juíza Williams?

Jesse se recostou em sua cadeira e entrelaçou os dedos atrás da nuca.

– Tessa Williams... Você foi escoteiro, David?

– Fui...

– Você se lembra do lema do escoteiro... "sempre alerta"?

– Claro.

– Toda vez que entrar na vara de justiça da juíza Tessa Williams, fique alerta. Ela é brilhante. Subiu da maneira mais difícil. Vem de uma família de meeiros da região do Mississippi. Fez o curso técnico com o auxílio de uma bolsa de estudos, e seus conterrâneos têm tanto orgulho dela que se cotizaram para pagar-lhe a faculdade de Direito. Corre o boato de que ela rejeitou uma posição importante em Washington porque gosta de trabalhar onde está. A mulher é uma lenda viva.

– Interessante – falou David.

– O julgamento vai ser em Santa Clara?

– Vai, sim.

– Então você vai ter como promotor o meu velho amigo Mickey Brennan.

– Pode me dizer alguma coisa sobre ele?

– É um irlandês brigão, duro por dentro, duro por fora. Todos na família de Brennan são bem-sucedidos. O pai dele tem uma grande editora, a mãe é médica e a irmã é professora universitária. Brennan foi um famoso jogador de futebol americano na época da faculdade e se formou como um dos melhores da turma. – Ele se inclinou para a frente. – O sujeito é bom, David. Cuidado! O truque dele é desarmar as testemunhas e depois dar o bote mortal. Ele gosta de pegar as pessoas desprevenidas... Por que a juíza Williams quer conversar com você?

– Não faço ideia. O recado que recebi só dizia que ela queria discutir o caso Patterson comigo.

Jesse Quiller franziu o cenho.

– Isso não é comum. Para quando está marcado o encontro com ela?

– Quarta-feira de manhã.

– Fique com um pé atrás.

– Obrigado, Jesse! Vou ficar.

A SEDE DO MINISTÉRIO Público de Santa Clara é um prédio branco de quatro andares. Na entrada do Fórum há uma mesa com um guarda uniformizado, um detector de metais, uma grade ao lado e um elevador. O edifício aloja sete varas de Justiça, cada uma presidida por um juiz e sua equipe.

Às 10 horas de quarta-feira, David Singer foi recebido no gabinete da juíza Tessa Williams. No recinto, encontrava-se também Mickey Brennan. O chefe da promotoria pública era um homem dos seus 50 e poucos anos, baixo e parrudo, com um leve sotaque irlandês. Tessa Williams ainda não havia chegado aos 50 anos e se mantinha esbelta, uma bela afro-americana de comportamento ríspido e autoritário.

– Bom dia, Sr. Singer! Eu sou a juíza Williams. Este é o Sr. Brennan.

Os dois homens apertaram-se as mãos.

– Sente-se, Sr. Singer. Quero conversar sobre o caso Patterson. Segundo consta, o senhor apresentou alegação de inocência, e inocência por insanidade?

– Correto, meritíssima.

A juíza Williams disse:

– Reuni vocês dois aqui porque acho que podemos economizar muito tempo e poupar ao Estado muitas despesas. Normalmente não sou a favor de entrar num acordo de alegações, mas, neste caso, acho que se justifica.

David estava escutando, intrigado.

A juíza se dirigiu a Brennan.

– Li as transcrições da audiência preliminar e não vejo razão para que este caso vá a julgamento. Eu gostaria que o Estado abrisse mão da pena de morte e aceitasse uma alegação de culpa sem a chance de uma condicional.

– Espere um minuto – falou David. – Isso está fora de cogitação!

Os dois se viraram para ele.

– Sr. Singer...

– Minha cliente não é culpada. Ashley Patterson passou por um exame no detector de mentiras que prova...

– Isso não prova nada, e conforme o senhor bem sabe, não é permitido num tribunal. Devido a toda a publicidade, este julgamento será demorado e confuso.

– Eu tenho certeza de que...

– Eu pratico o Direito há muito tempo, Sr. Singer. Já ouvi tudo o que há para ouvir acerca de alegações judiciais. Já ouvi alegações de autodefesa... é uma alegação aceitável; assassinato por razão de insanidade temporária... é uma alegação razoável; responsabilidade penal diminuída por doença mental... Mas vou lhe dizer no que eu não acredito, doutor. "Não sou culpada porque não cometi o crime, foi meu *alter ego* quem o cometeu." Para usar um termo que não consta no *Blackstone*, isso é uma "baboseira". Ou sua cliente cometeu os crimes, ou não os cometeu. Se o senhor mudar para uma alegação de culpa, nós poderemos economizar muito...

– Não, meritíssima, eu não vou mudar.

A juíza Williams analisou David por um instante.

– O senhor é muito teimoso. Há quem ache isso uma qualidade admirável. – Ela se inclinou para a frente em sua cadeira. – Eu, não.

– Meritíssima...

– O senhor está nos forçando a um julgamento que vai durar pelo menos três meses... talvez mais.

Brennan assentiu.

– Concordo.

– Sinto muito que estejam achando...

– Sr. Singer, estou aqui para lhe fazer um favor. Se levarmos sua cliente a julgamento, ela vai morrer.

– Um momento! Sua Excelência está prejulgando este caso sem...

– Prejulgando o caso? O senhor viu as provas?

– Vi, sim...

– Pelo amor de Deus, doutor! O DNA e as impressões digitais de Ashley Patterson estão em todas as cenas dos crimes. Nunca vi um caso tão bem definido de culpa. Se o senhor insistir em levar isso adiante, poderá acabar virando um circo. Ora, não vou deixar que isso aconteça. Não gosto de circos no meu tribunal. Vamos resolver este caso aqui e agora. Vou lhe perguntar mais uma vez... o senhor aceita mudar a alegação de sua cliente e ficar com uma prisão perpétua sem direito à condicional?

– Não – respondeu David obstinadamente.

Ela o fitou com tenacidade.

– Perfeitamente! Vejo o senhor na semana que vem.

Ele tinha acabado de fazer uma inimizade.

15

San Jose logo assumiu ares de uma cidade em festa. Aportaram representantes da mídia do mundo inteiro. Todos os hotéis estavam com as reservas esgotadas, e alguns dos jornalistas se viram forçados a se hospedar nas cidades vizinhas de Santa Clara, Sunnyvale e Palo Alto. David foi cercado por repórteres.

– Sr. Singer, a respeito do seu caso, o senhor está alegando a inocência de sua cliente...?

– O senhor vai levar Ashley Patterson ao banco...?

– É verdade que o Ministério Público andou lhe propondo um acordo de alegações?

– O Dr. Patterson vai testemunhar em favor da filha...?

– Minha revista está disposta a pagar 50 mil dólares por uma entrevista com a sua cliente...

MICKEY BRENNAN também estava sendo pressionado pela mídia.

– Sr. Brennan, o senhor faria alguns comentários sobre o julgamento?

Brennan se virou e sorriu para as câmeras de televisão.

– Claro, eu posso resumir o julgamento em três palavras. "Nós vamos ganhar." Sem mais comentários!

– Espere. O senhor acha que ela é doente mental...?
– O Estado vai pedir a pena de morte...?
– O senhor chamaria este caso de irrefutável...?

DAVID ALUGOU um escritório em San Jose, perto do tribunal, onde poderia entrevistar suas testemunhas e prepará-las para o julgamento. Resolveu que Sandra ficaria no escritório de Quiller, em São Francisco, até o início do julgamento. O Dr. Salem tinha chegado a San Jose.

– Eu gostaria que o senhor tornasse a hipnotizar Ashley – falou David. – Vamos obter todas as informações possíveis dela e dos álteres antes que comece o julgamento.

ELES SE REUNIRAM com Ashley numa sala da carceragem no centro de detenção da cidade. Ela estava fazendo um grande esforço para ocultar o nervosismo. Aos olhos de David, ela mais parecia um cervo aprisionado pelos faróis de uma motoniveladora se deslocando em sua direção.

– Bom dia, Ashley! Está lembrada do Dr. Salem?

Ashley assentiu.

– Ele vai hipnotizá-la outra vez. Tudo bem?

– Ele vai conversar com as... as outras? – perguntou Ashley.

– Vai, sim. Você se importa?

– Não. Mas eu... eu não quero falar com elas.

– Não tem problema. Não precisa.

– Ai, que ódio! – Ashley teve um rompante de raiva.

– Eu entendo – falou David, tentando confortá-la. – Não se preocupe. Logo vai acabar. – Ele assentiu para o Dr. Salem.

– Fique à vontade, Ashley. Você se lembra de que foi fácil da outra vez. Basta fechar os olhos e relaxar. Tente esvaziar a mente. Sinta o seu corpo relaxando. Ouça o som da minha voz. Deixe que tudo o mais se vá. Você está ficando com muito sono. Seus olhos estão ficando muito pesados. Você quer dormir... Dormir...

Em dez minutos, ela estava hipnotizada. O Dr. Salem gesticulou para David, que se dirigiu a Ashley.

– Eu gostaria de falar com Alette. Você está aí, Alette?

Eles viram o rosto de Ashley assumir uma expressão branda, passando pela mesma transformação que tinham presenciado anteriormente. Em seguida, ouviram o sotaque italiano, suave e melodioso.

– *Buon giorno!*

– Bom dia, Alette! Como vai?

– *Male*. Que momento difícil!

– Está difícil para todos nós – reforçou David –, mas tudo vai acabar bem.

– Assim espero.

– Alette, eu gostaria de lhe fazer algumas perguntas.

– *Sì*...

– Você conheceu Jim Cleary?

– Não.

– Você conheceu Richard Melton?

– Conheci. – Havia uma tristeza profunda em sua voz. – Foi... foi terrível o que aconteceu com ele.

David voltou os olhos para o Dr. Salem.

– Foi, sim. Terrível! Quando você o viu pela última vez?

– Eu o visitei em São Francisco. Nós fomos a um museu e depois jantamos juntos. Antes de eu ir embora, ele me convidou para ir ao seu apartamento.

– E você foi?

– Não. Eu gostaria de ter ido – falou Alette, arrependida. – Quem sabe eu não poderia ter salvado a vida dele? – Houve uma pausa breve. – Nós nos despedimos, e eu peguei meu carro e voltei para Cupertino.

– E foi essa a última vez em que você o viu?

– Foi.

– Obrigado, Alette!

David se aproximou de Ashley e falou:

– Toni? Você está aí, Toni? Eu gostaria de conversar com você.

Enquanto eles observavam, o rosto de Ashley sofreu outra transformação notável. Sua *persona* se modificou diante de seus olhos. Houve uma nova postura, uma consciência sexual. Ela começou a cantarolar com aquela voz clara e gutural:

"Subindo e descendo a rua da cidade,
Entra tostão, sai tostão. Ora, ora!
É assim que o dinheiro se vai.
Mas a lontra – pluft! – foi embora."

Ela olhou para David.

– Você sabe por que eu adoro cantar essa musiquinha, meu caro?

– Não.

– Porque a minha mãe a odiava. Ela me odiava.

– Por que ela a odiava?

– Ora, não dá mais para perguntar, não é mesmo? – Toni riu. – Não onde ela está agora! Para a minha mãe, nada do que eu fizesse estava correto. Que tipo de mãe você teve, David?

– Minha mãe foi uma pessoa maravilhosa.

– Você é um rapaz de sorte, hein? Acho que essa é a sorte do acaso. Deus gosta de jogar com a gente, não gosta?

– Você acredita em Deus? É uma pessoa religiosa, Toni?

– Não sei. Talvez haja um Deus. Se houver, ele tem um senso de humor estranho, não é mesmo? Alette é religiosa. Ela é quem vai sempre à igreja, regularmente.

– E você?

Toni soltou uma gargalhada breve.

– Ora, essa! Se ela está lá, eu também estou.

– Toni, você acha que é correto matar alguém?

– Não, claro que não!

– Então...

– A não ser que seja preciso.

David e o Dr. Salem trocaram olhares.

– O que você quer dizer com isso?

O tom de voz mudou. Ela subitamente se colocou na defensiva.

– Ora, você sabe, quando a gente tem de se proteger! Se alguém estiver machucando a gente. – Ela estava ficando agitada. – Se algum palerma estiver tentando fazer sujeira com a gente. – Ela estava ficando histérica.

– Toni...

Ela começou a soluçar.

– Por que eles não me deixam em paz? Por que tinham de...? – Estava berrando.

– Toni...

Silêncio.

– Toni...

Nada.

– Ela se foi. Eu gostaria de despertar Ashley – disse o Dr. Salem.

David soltou um suspiro.

– Tudo bem.

Alguns minutos depois, Ashley estava abrindo os olhos.

– Como está se sentindo? – perguntou David.

– Cansada. Eu... foi tudo bem?

– Foi. Falamos com Alette e Toni. Elas...

– Eu não quero saber.

– Tudo bem. Por que não vai descansar agora, Ashley? Voltarei à tarde para vê-la.

Eles esperaram até a carcereira levá-la embora.

– Você precisa chamá-la ao banco, David. Isso há de convencer qualquer júri no mundo inteiro de que... – disse o Dr. Salem.

– Já pensei muito nisso – falou David. – Acho que não posso.

O Dr. Salem olhou para ele um instante.

– Por que não?

– Brennan, o advogado de acusação, é cruel. Ele a destroçaria. Eu não posso correr esse risco.

DOIS DIAS ANTES do início das preliminares do julgamento, David e Sandra estavam jantando com os Quiller.

– Nós nos hospedamos no Wyndham Hotel – falou David. – O gerente me fez um favor especial. Sandra vai ficar comigo. A cidade está mais superlotada do que se poderia imaginar.

– E se já está confuso agora – disse Emily –, imagine como vai ficar quando o julgamento começar!

Quiller olhou para David.

– Há alguma coisa que eu possa fazer para ajudar?

David balançou a cabeça.

– Eu preciso tomar uma grande decisão: se levo Ashley ao banco ou não.

– Essa decisão é difícil! – falou Jesse Quiller. – Vai ser ruim se você a levar, e também se não a levar. O problema é que Brennan vai construir uma imagem de Ashley Patterson como um monstro sádico e assassino. Se você não a levar ao banco, esta é a imagem que os jurados terão em mente quando se recolherem à sala do júri para chegar ao veredicto. Por outro lado, pelo que você diz, se levar Ashley ao banco, Brennan poderá destruí-la.

– Brennan vai levar todos os seus peritos médicos para desmoralizar os distúrbios de personalidade múltipla.

– Você vai precisar convencê-los de que é verdade.

– É isso o que pretendo fazer – falou David. – Sabe o que me incomoda, Jesse? As piadas. A última que anda circulando é que eu quis mudar o lugar do julgamento, a fim de assegurar a justiça, mas desisti porque não há um lugar sequer onde Ashley ainda não tenha matado alguém. Você se lembra de quando Johnny Carson tinha um programa na televisão? Ele era engraçado, e sempre manteve uma postura cavalheiresca. Agora, os comediantes dos programas que vão ao ar tarde da noite são todos maliciosos. O humor que fazem à custa dos outros é selvagem.

– David?

– Diga.

– Vai piorar ainda mais – disse Jesse Quiller, tranquilamente.

NA NOITE ANTERIOR ao seu comparecimento ao tribunal, David Singer não conseguia dormir. Não podia impedir que os pensamentos negativos lhe rondassem a cabeça. Quando finalmente caiu no sono, ouviu uma voz dizendo: *Você deixou a sua última cliente morrer. E se também deixar esta agora morrer?*

Ele se sentou na cama, molhado de suor.

Sandra abriu os olhos.

– Você está bem?

– Estou. Não. Que diabos estou fazendo aqui? Tudo que eu precisava fazer era dizer não para o Dr. Patterson.

Sandra apertou-lhe o braço e disse baixinho:

– E por que você não disse?

Ele grunhiu:

– Você está certa. Eu não podia.

– Tudo bem, então. Agora, que tal dormir um pouco para estar bem-disposto amanhã de manhã?

– É uma excelente ideia.

Ele passou o resto da noite acordado.

A JUÍZA WILLIAMS estava certa quanto à mídia. Os repórteres eram incansáveis. Chegavam jornalistas de toda parte do mundo, ávidos por cobrir a história de uma bela jovem que estava sendo julgada como uma assassina maníaca que mutilava sexualmente suas vítimas.

O fato de Mickey Brennan estar proibido de citar os nomes de Jim Cleary e Jean Claude Parent no julgamento foi frustrante, mas a mídia resolveu o problema por ele. Os programas de entrevistas na televisão, as revistas e os jornais todos traziam histórias sensacionalistas dos cinco assassinatos acompanhados de castrações. Mickey Brennan estava satisfeito.

QUANDO DAVID chegou ao tribunal, os jornalistas correram para entrevistá-lo. Ele foi cercado.

– Sr. Singer, ainda trabalha para a Kincaid, Turner, Rose & Ripley...?

– Olhe para cá, Sr. Singer...

– É verdade que o senhor foi demitido por aceitar este caso...?

– Poderia nos dizer algumas palavras sobre Helen Woodman? O senhor foi o advogado no processo por assassinato...?

– Ashley Patterson disse por que ela fez isso...?

– O senhor vai levar sua cliente ao banco dos réus...?

– Nada a declarar – disse David, rispidamente.

QUANDO MICKEY Brennan chegou ao estacionamento do Fórum, seu carro foi cercado pelos jornalistas.

– Sr. Brennan, como acha que vai ser o julgamento...?

– O senhor já processou algum *alter ego* antes...?

Brennan abriu um sorriso simpático.

– Não. Mal posso esperar para falar com todas as rés. – Ele obteve a gargalhada que queria. – Se elas forem em número suficiente, podem até formar um clube. – Mais uma gargalhada. – Eu preciso entrar. Não quero que nenhuma das rés tenha de esperar por mim.

O EXAME DO JÚRI teve início com a juíza Williams fazendo perguntas genéricas aos jurados em potencial. Quando ela terminou, foi a vez da defesa; e depois, da promotoria.

Para os leigos, a escolha de um júri parece simples: *Escolha o pretenso jurado que pareça simpático e dispense os demais.* Mas o exame do júri era um ritual cuidadosamente planejado. Os advogados mais habilidosos não faziam perguntas diretas, que pudessem gerar um simples sim ou não como resposta. Faziam perguntas genéricas, que encorajassem os jurados a falar e revelar algo sobre si mesmos e seus verdadeiros sentimentos.

Mickey Brennan e David Singer tinham pautas diferentes. Neste caso, Brennan queria que a maioria dos jurados fosse constituída de homens, para que estes sentissem repugnância e ficassem chocados diante da ideia de uma mulher esfaqueando e castrando suas vítimas. As perguntas de Brennan visavam determinar aqueles que fossem tradicionais em seu modo de pensar, menos propensos a acreditar em espíritos, duendes e pessoas que alegassem ter álteres. David usou a abordagem oposta.

– SR. HARRIS, CORRETO? Eu sou David Singer. Estou representando a ré. Já tomou parte num júri antes, Sr. Harris?

– Não.

– Fico-lhe grato por dedicar seu tempo e sua atenção a este serviço.

– Deve ser interessante, um grande julgamento de assassinato como este!

– Perfeitamente. Acho que vai ser, mesmo.

– Eu estou ansioso para ver.

– Está ansioso, então?

– Ora, sem dúvida!

– Onde trabalha, Sr. Harris?

– Na Siderúrgica da União.

– Eu suponho que o senhor e seus colegas tenham conversado sobre o caso Patterson.

– Conversamos, sim. De fato, conversamos.

– Isso é compreensível – falou David. – Todos parecem estar comentando sobre o caso. Qual é a opinião geral? Seus colegas de trabalho acham que Ashley Patterson é culpada?

– Oh, sim. Devo dizer que acham que ela é realmente culpada.

– E o senhor pensa da mesma forma?

– Bem, é o que parece.

– Mas o senhor está disposto a prestar atenção às provas antes de decidir?

– Sim. Estou, sim.

– O que gosta de ler, Sr. Harris?

– Não sou muito de ler. Eu gosto de acampar, caçar e pescar.

– Gosta da vida ao ar livre. Quando está acampando durante a noite e olha para as estrelas, o senhor se pergunta se não existem outras civilizações lá no espaço?

– Está se referindo a essa maluquice de discos voadores? Eu não acredito nessa besteirada, não.

David se virou para a juíza Williams.

– Recusado, meritíssima.

MAIS UM INTERROGATÓRIO:

– O que gosta de fazer durante o seu tempo livre, Sr. Allen?

– Gosto de ler e assistir à televisão.

– Eu gosto de fazer as mesmas coisas. O que o senhor assiste na televisão?

– Há programas muito bons nas noites de quinta-feira. É difícil escolher. As emissoras colocam todos os programas de qualidade no mesmo horário!

– Tem razão. Isso é um absurdo! O senhor já assistiu ao *Arquivo X*?

– Já. Os meus filhos adoram.

– E *Sabrina, a bruxinha adolescente?*

– Ah, já. Nós gostamos desse também. É um bom programa.

– O que gosta de ler?

– *Anne Rice, Stephen King...*

Sim.

OUTRO INTERROGATÓRIO:

– O que gosta de assistir na televisão, Sr. Mayer?

– *Sessenta Minutos*, o noticiário com Jim Lehrer, documentários...

– O que gosta de ler?

– Em geral, livros de história e política.

– Obrigado!

Não.

A JUÍZA TESSA Williams permanecia sentada, escutando os interrogatórios, sem se deixar trair pela expressão do rosto. Mas David pôde sentir sua desaprovação todas as vezes em que a juíza olhou para ele.

Quando o último jurado foi finalmente escolhido, o painel consistia em sete homens e cinco mulheres. Brennan lançou um olhar de triunfo para David. *Isso vai ser um massacre total.*

16

Bem cedo, na manhã em que o julgamento de Ashley Patterson estava previsto para começar, David foi ver Ashley no centro de detenção. Ela estava à beira de um ataque histérico.

– Eu não posso continuar com isso. Não posso! Quero que me deixem em paz.

– Ashley, vai ficar tudo bem. Nós vamos enfrentá-los e vamos vencer.

– Você não sabe... não sabe o que é isso. Eu me sinto como se estivesse num inferno!

– Nós vamos tirá-la disso. Estamos dando o primeiro passo.

Ela tremia.

– Estou com medo... com medo de que façam alguma coisa terrível comigo.

– Eu não vou deixar – falou David com firmeza. – Quero que você acredite em mim. E não se esqueça... você não é responsável pelo que aconteceu. Não fez nada de errado. Eles estão à nossa espera.

Ela respirou fundo.

– Tudo bem. Eu vou ficar bem. Vou ficar bem. Vou ficar bem.

SENTADO NA ALA RESERVADA aos espectadores, estava o Dr. Steven Patterson. Ele respondera à barreira de repórteres do lado de fora do tribunal com uma única declaração:

– Minha filha é inocente.

A várias fileiras de distância estavam Jesse e Emily Quiller, presentes para dar apoio moral.

À mesa da promotoria, sentavam-se Mickey Brennan e duas assistentes, Susan Freeman e Eleanor Tucker.

Sandra e Ashley estavam sentadas à mesa dos réus, com David entre elas. As duas haviam se encontrado pela primeira vez na semana anterior.

– David, dá para *olhar* para Ashley e ver que ela é inocente.

– Sandra, dá para olhar para as provas que Ashley deixou em suas vítimas e ver que ela as matou. Mas matá-las e ser culpada são duas coisas diferentes. Agora, eu só tenho de convencer o júri.

A juíza Williams entrou no tribunal e se dirigiu à sua mesa. O oficial de justiça anunciou:

– Todos de pé. Está iniciada a sessão. Preside a meritíssima juíza Tessa Williams.

A juíza Williams falou:

– Podem se sentar. Este é o caso *Povo do Estado da Califórnia contra Ashley Patterson.* Vamos começar. – A juíza Williams olhou para Brennan. – O promotor gostaria de fazer uma declaração de abertura?

Mickey Brennan se levantou.

– Sim, meritíssima. – Ele se virou para o júri e se aproximou. – Bom dia! Como todos sabem, senhoras e senhores, a ré está sob julgamento, acusada de cometer três assassinatos hediondos. Os assassinos surgem sob vários disfarces. – Ele fez um gesto com a cabeça na direção de Ashley. – O dela é o de uma jovem moça inocente e vulnerável. Mas o Estado há de provar-lhes, sem sombra de dúvida, que a ré, por vontade própria e em plena consciência, assassinou e mutilou três homens inocentes.

"Ela usou um nome fictício para cometer um desses assassinatos, na esperança de não ser descoberta. Sabia exatamente o que estava fazendo. Estamos falando de assassinato calculado a sangue-frio. À medida que for se desenrolando o julgamento, eu vou lhes mostrar todas as evidências, uma a uma, que amarram este caso à ré que ali se encontra. Obrigado!

Ele voltou ao seu lugar.

A juíza Williams olhou para David.

– A defesa tem alguma declaração de abertura?

– Sim, meritíssima. – David se levantou de frente para o júri. Respirou profundamente. – Senhoras e senhores, no decurso deste julgamento, vou provar-lhes que Ashley Patterson não é responsável pelo que aconteceu. Ela não tinha motivo para praticar nenhum dos assassinatos, tampouco sabia deles. Minha cliente é uma vítima. É uma vítima de DPM... distúrbio de personalidade múltipla, que lhes será explicado no decorrer deste julgamento – disse David.

Ele olhou de relance para a juíza Williams e falou com firmeza:

– O DPM é fato comprovado em termos médicos. Significa que há outras personalidades, ou álteres, que assumem o controle dos indivíduos e controlam suas ações. O DPM tem um histórico longo. Benjamin Rush, médico e signatário da Declaração de Independência, discutiu casos de DPM em suas palestras. Muitos incidentes de DPM foram registrados durante todo o século XIX e também durante este século, sendo os indivíduos subjugados pelos álteres.

Brennan estava escutando David, com um sorriso cínico estampado no rosto.

– Nós vamos provar-lhes que foi um álter que assumiu o comando e cometeu os assassinatos e que Ashley Patterson não tinha razão alguma para cometê-los. Nenhum motivo. Ela não tinha o controle do que estava fazendo e, portanto, não é responsável pelo que aconteceu. Durante o curso deste julgamento, trarei eminentes médicos que irão explicar o DPM em maiores detalhes. Felizmente, trata-se de uma perturbação curável.

Ele olhou bem nos rostos dos jurados.

– Ashley Patterson não teve controle algum sobre o que fez, e em nome da justiça pedimos que Ashley Patterson não seja condenada por crimes sobre os quais não teve responsabilidade.

David voltou ao seu lugar.

A juíza Williams olhou para Brennan.

– O Estado está pronto para prosseguir?

Brennan se levantou.

– Sim, meritíssima. – Ele lançou um sorriso para suas assistentes e foi para a frente da bancada do júri. Brennan ficou ali parado um instante e, deliberadamente, soltou um sonoro arroto. Os jurados ficaram olhando para ele, surpresos.

Brennan os fitou por um breve instante, como que intrigado, e em seguida a conturbação se dissipou de seu rosto.

– Ah, entendi. Vocês estavam esperando que eu pedisse desculpas. Ora, eu não pedi porque não fiz nada. Foi meu *alter ego*, Pete, quem fez.

David se levantou, furioso.

– Objeção. Meritíssima, é a coisa mais ultrajante...

– Mantida.

Mas o prejuízo já havia sido feito.

Brennan lançou um sorriso condescendente para David e voltou-se para o júri.

– Ora, eu acho que não há defesa igual desde o julgamento das bruxas de Salem, há trezentos anos! – Ele se virou de frente para Ashley. – Eu não fiz nada. Não, senhor. O demônio me levou a fazer isso.

David se levantou novamente.

– Objeção, o...

– Indeferida.

David se sentou, com violência.

Brennan deu um passo mais para perto da bancada dos jurados.

– Eu lhes prometi que iria provar que a ré, por vontade própria e em plena consciência, assassinou e mutilou três homens inocentes: Dennis Tibble, Richard Melton e o delegado Samuel Blake. *Três homens!* Apesar do que diz a defesa – ele se virou e tornou a apontar para Ashley –, só há *uma* ré ali sentada, e foi ela quem cometeu os assassinatos. Como foi que o Sr. Singer chamou? Distúrbio de personalidade múltipla? Ora, eu vou trazer alguns renomados médicos que lhes dirão, sob juramento, que isso não existe! Mas, primeiramente, vamos escutar alguns especialistas que vão associar a ré aos crimes.

Brennan se virou para a juíza Williams.

– Eu gostaria de chamar a minha primeira testemunha, o agente especial Vincent Jordan.

Um homem baixo e calvo se levantou e foi até o banco das testemunhas.

O oficial de justiça disse:

– Queira dizer o seu nome completo e soletre-o para que seja registrado.

– Agente especial Vincent Jordan, *J-o-r-d-a-n*.

Brennan aguardou até que ele prestasse o juramento e se sentasse.

– O senhor trabalha para o FBI em Washington, D.C.?

– Sim, senhor.

– E o que faz para o FBI, agente especial Jordan?

– Sou o encarregado do setor de impressões digitais.

– Há quanto tempo trabalha nesse setor?

– Quinze anos.

– Quinze anos. Em todo esse tempo o senhor alguma vez se deparou com um conjunto de impressões digitais repetidas em pessoas diferentes?

– Não, senhor.

– Quantos conjuntos de impressões digitais constam atualmente nos arquivos do FBI?

– Na última contagem, pouco mais de duzentos e cinquenta milhões, mas nós recebemos mais de trinta e quatro mil novos cartões de impressões digitais por dia.

– E nenhum desses conjuntos é igual a qualquer dos demais?

– Não, senhor.

– Como é que se identifica uma impressão digital?

– Nós usamos sete padrões diferentes para fazer a identificação. As impressões digitais são exclusivas. São formadas antes do nascimento e acompanham a pessoa durante toda a sua vida. Salvo mutilações acidentais ou intencionais, não há dois padrões absolutamente iguais.

– Agente especial Jordan, o seu setor recebeu as impressões digitais encontradas junto às três vítimas que a ré está sendo acusada de ter matado?

– Sim, senhor. Foi isso mesmo.

– E também recebeu as impressões digitais da acusada Ashley Patterson?

– Correto.

– O senhor examinou pessoalmente essas impressões?

– Examinei, sim.

– E a que conclusão o senhor chegou?

– Que as impressões deixadas nas cenas dos crimes e aquelas tiradas de Ashley Patterson eram idênticas.

Um vozerio irrompeu dentro do tribunal.

– Ordem! Ordem!

Brennan aguardou até que o tribunal voltasse ao silêncio.

– Eram idênticas? Há alguma dúvida em sua mente, agente Jordan? Poderia ter havido algum engano?

– Não, senhor. Todas as impressões estavam claras e facilmente identificáveis.

– Só para esclarecer isto... estamos falando das impressões digitais deixadas nas cenas dos assassinatos de Dennis Tibble, Richard Melton e do delegado Samuel Blake?

– Sim, senhor.

– E as impressões digitais da ré, Ashley Patterson, foram encontradas em todas as cenas dos crimes?

– Correto.

– E qual seria, na sua opinião, a margem de erro?

– Nenhuma.

– Obrigado, agente Jordan! – Brennan se virou para David Singer. – A testemunha é sua.

David ficou sentado um instante, em seguida se levantou e caminhou até o banco das testemunhas.

– Agente Jordan, ao examinar impressões digitais, o senhor às vezes percebe que algumas foram deliberadamente borradas, ou desfiguradas por qualquer artifício, de modo que o assassino possa ocultar o crime?

– Percebo, sim. Mas normalmente nós conseguimos corrigi-las usando técnicas de *laser* de alta intensidade.

– O senhor teve de fazer isso no caso de Ashley Patterson?

– Não.

– Por quê?

– Ora, conforme eu disse... as impressões digitais estavam bastante claras.

David lançou um breve olhar para o júri.

– Então, o que o senhor está dizendo é que a ré não tentou disfarçar suas impressões digitais?

– Correto.

– Obrigado! Não tenho mais perguntas a fazer. – Ele se virou para o júri. – Ashley Patterson não tentou ocultar suas impressões porque era inocente e...

A juíza Williams interveio:

– Já basta, Sr. Singer. O senhor poderá fazer o seu arrazoado do caso mais tarde.

David retomou o seu lugar.

Brennan se virou para o agente especial Jordan.

– O senhor está dispensado.

O agente do FBI desceu do banco das testemunhas.

– Eu gostaria de chamar Stanley Clarke como minha próxima testemunha – disse Brennan.

Um rapaz de cabelos compridos foi conduzido ao tribunal. Ele se aproximou do banco das testemunhas. O salão ficou em silêncio, enquanto o jovem prestava juramento e tomava o seu assento.

– Sr. Clarke, qual é a sua atividade profissional? – perguntou Brennan.

– Eu trabalho no Laboratório Nacional de Biotecnologia, com o ácido desoxirribonucleico.

– Mais conhecido por nós, leigos, como DNA?

– Correto.

– Há quanto tempo trabalha no Laboratório Nacional de Biotecnologia?

– Sete anos.

– E que cargo ocupa?

– Sou supervisor.

– Então, nestes sete anos, eu presumo que o senhor tenha bastante experiência nos testes de DNA?

– Sem dúvida. É o que faço todos os dias.

Brennan olhou de relance para o júri.

– Acho que todos estamos familiarizados com a importância do DNA. – Ele apontou para os espectadores. – O senhor diria que pelo menos meia dúzia das pessoas aqui presentes têm DNA idêntico?

– De forma alguma! Se pegássemos um perfil das espirais do DNA e o designássemos a uma frequência baseada em bancos de dados coletados, somente um em cada quinhentos bilhões de caucasianos sem qualquer grau de parentesco teria o mesmo perfil de DNA.

Brennan mostrou-se impressionado.

– Um em 500 bilhões! Sr. Clarke, de que forma o DNA de uma cena de crime é obtido?

– Várias. Encontramos DNA na saliva, no sêmen, nas secreções vaginais, no sangue, nos fios de cabelo, nos dentes, na medula óssea...

– E de qualquer *um* desses itens o senhor pode relacionar o DNA a uma pessoa específica?

– Correto.

– O senhor comparou pessoalmente as amostras de DNA nos assassinatos de Dennis Tibble, Richard Melton e Samuel Blake?

– Comparei.

– E foi ao senhor que mais tarde deram os fios de cabelo da ré, Ashley Patterson?

– Sim.

– Ao comparar as amostras de DNA das várias cenas dos crimes com aquelas obtidas a partir dos fios de cabelo da ré, a que conclusão o senhor chegou?

– Eram idênticas.

Desta vez, a reação dos espectadores foi ainda mais barulhenta. A juíza Williams bateu com o martelo sobre a mesa.

– Ordem! Silêncio, senão mandarei esvaziar o recinto!

Brennan aguardou até que o ambiente ficasse em silêncio.

– Sr. Clarke, de acordo com sua declaração o DNA obtido em cada uma das três cenas dos crimes e o DNA da acusada eram *idênticos*, certo? – Brennan ressaltou a palavra.

– Sim, senhor.

Brennan olhou de relance para a mesa onde Ashley estava sentada e voltou-se para a testemunha.

– E quanto à contaminação? Todos conhecemos o famoso julgamento de um crime em que as amostras de DNA estavam supostamente contaminadas. As amostras neste caso poderiam ter sido inadequadamente manuseadas, de forma que não fossem mais válidas ou...

– Não, senhor. As amostras de DNA nestes casos de assassinato foram cuidadosamente manuseadas e lacradas.

– Então, não resta dúvida quanto a isto. A ré assassinou os três...?

David se levantou.

– Objeção, meritíssima. O promotor está conduzindo a testemunha e...

– Mantida.

David voltou a sentar-se.

– Obrigado, Sr. Clarke! – Brennan se virou para David – Nada mais.

– A testemunha é sua, Sr. Singer – disse a juíza Williams.

– Não tenho perguntas.

Os jurados estavam de olhos pregados em David.

Brennan mostrou-se surpreso.

– *Não tem perguntas?* – Ele se dirigiu à testemunha. – O senhor pode ir.

Brennan olhou para os jurados e falou:

– Fico impressionado de ver que a defesa não esteja questionando as evidências, pois elas provam, acima de qualquer suspeita, que a ré assassinou e castrou três homens inocentes e...

David se levantou.

– Meritíssima...

– Objeção acatada. O senhor está ultrapassando os limites, Sr. Brennan!

– Queira me desculpar, meritíssima! Não tenho mais perguntas a fazer.

Ashley estava olhando para David, assustada.

– Não se preocupe – sussurrou ele. – Logo vai chegar a nossa vez.

A TARDE CONSISTIU em mais testemunhas para a promotoria, e os depoimentos foram devastadores.

– O síndico do prédio o chamou ao apartamento de Dennis Tibble, policial Lightman?

– Chamou.

– O senhor poderia nos relatar o que encontrou lá?

– Uma coisa horrível! Havia sangue por todo lado.

– Em que condições estava a vítima?

– O homem tinha sido morto a facadas e castrado.

Brennan olhou para o júri de relance, uma expressão de horror estampada em seu rosto.

– Morto a facadas e castrado. O senhor encontrou alguma evidência na cena do crime?

– Ah, encontrei, sim. A vítima tinha praticado sexo antes de morrer. Encontramos secreções vaginais e impressões digitais.

– Por que o senhor não prendeu ninguém de imediato?

– As impressões digitais que encontramos não coincidiam com qualquer uma das outras que tínhamos em nossos arquivos. Ficamos aguardando amostras que combinassem com as que tínhamos.

– Mas quando finalmente obtiveram as impressões digitais e o DNA de Ashley Patterson, tudo se encaixou?

– Exato. Tudo se encaixou.

O DR. STEVEN Patterson foi ao julgamento todos os dias. Ficou sentado na seção reservada ao público espectador, logo atrás da mesa da ré. Sempre que entrava ou saía do recinto, era cercado por repórteres.

– Dr. Patterson, o que está achando do andamento do processo?

– Está indo muito bem.

– O que acha que vai acontecer?

– Minha filha será considerada inocente.

NUM CERTO FIM de tarde, quando voltaram para o hotel, David e Sandra encontraram um recado deixado para eles.

– Favor telefonar para o Sr. Kwong no seu banco.

David e Sandra se entreolharam.

– Será que já chegou a hora de pagarmos a próxima prestação? – perguntou Sandra.

– É isso mesmo. O tempo voa quando a gente está se divertindo – disse ele, secamente. E ficou pensativo por um momento. – O julgamento vai acabar em breve, querida. Ainda temos o suficiente em nossa conta corrente para o pagamento deste mês.

Sandra olhou para ele, preocupada.

– David, se não pudermos quitar todas as prestações... perderemos tudo que já pagamos?

– Perderemos, sim. Mas não se preocupe. Sempre acontecem coisas boas para as pessoas boas.

E ele pensou em Helen Woodman.

BRIAN HILL estava sentado no banco das testemunhas, logo depois de ter prestado o seu juramento. Mickey Brennan deu-lhe um sorriso simpático.

– Poderia nos dizer o que faz, Sr. Hill?

– Certamente. Sou o guarda do museu De Young, em São Francisco.

– Deve ser um emprego interessante!

– É, sim, quando se gosta de arte. Eu sou um pintor frustrado.

– Há quanto tempo trabalha lá?

– Quatro anos.

– Muitos dos visitantes do museu costumam ser as mesmas pessoas? Ou seja, tem gente que volta diversas vezes?

– Ah, sim. Tem gente que volta sempre.

– Então, eu suponho que, decorrido um certo período de tempo, essas pessoas passem a ser conhecidas suas, ou pelo menos tornem-se rostos conhecidos?

– É verdade.

– E eu fui informado de que muitos artistas têm permissão para ficar copiando alguns dos quadros do museu.

– Exato. Nós recebemos a visita de muitos artistas.

– Chegou a conhecer algum deles, Sr. Hill?

– Cheguei. Agente se torna meio amigo depois de um certo tempo.

– O senhor conheceu um homem chamado Richard Melton?

Brian Hill soltou um suspiro.

– Conheci. Ele era muito talentoso.

– Tão talentoso, na verdade, que o senhor chegou a pedir que ele lhe ensinasse pintar?

– Correto.

David se levantou.

– Meritíssima, isto é fascinante, mas eu não percebo em que tenha a ver com o julgamento. Se o Sr. Brennan...

– É relevante, meritíssima. Eu estou deixando claro que o Sr. Hill podia identificar a vítima pela fisionomia e pelo nome, bem como nos dizer na companhia de quem a vítima costumava andar.

– Objeção rejeitada. Pode prosseguir.

– E ele chegou a lhe dar aulas de pintura?

– Chegou, sim. Sempre que tinha tempo!

– Quando Richard Melton estava no museu, o senhor alguma vez o viu na companhia de mulheres jovens?

– No começo, não. Mas depois de um tempo, ele conheceu uma moça por quem se interessou, e eu cheguei a vê-los juntos algumas vezes.

– Qual era o nome dela?

– Alette Peters.

Brennan mostrou-se intrigado.

– Alette Peters? Tem certeza de que o nome está correto?

– Tenho. Foi assim que ele a apresentou.

– Por acaso, o senhor não a está vendo dentro deste recinto agora, Sr. Hill?

– Estou. – Ele apontou para Ashley. – É aquela moça sentada ali.

– Mas aquela não é Alette Peters. É a ré, Ashley Patterson – disse Brennan.

David se levantou.

– Meritíssima, já dissemos que Alette Peters é parte deste julgamento. Ela é um dos álteres que controla Ashley Patterson.

– Está se adiantando, Sr. Singer. Sr. Brennan, queira prosseguir.

– Agora, Sr. Hill, tem certeza de que a ré, que aqui está sob o nome de Ashley Patterson, era conhecida de Richard Melton como Alette Peters?

– Tenho.

– E não há dúvida de que esta aqui é a mesma mulher?

Brian Hill hesitou.

– Bem... é. É a mesma mulher.

– E o senhor a viu com Richard Melton no dia em que ele foi assassinado?

– Vi, sim.

– Obrigado! – Brennan se virou para David. – A testemunha é sua.

David se levantou e andou devagar até o banco das testemunhas.

– Sr. Hill, eu suponho que seja uma grande responsabilidade trabalhar como guarda de um lugar onde tantas centenas de milhões de dólares em obras de arte estão expostas.

– Sem dúvida, senhor. É, sim.

– E para ser um bom guarda, o senhor precisa estar alerta o tempo todo.

– Correto.

– Precisa estar ciente do que acontece o tempo todo.

– Pode apostar.

– O senhor se diria um observador treinado, Sr. Hill?

– Decerto.

– Faço esta pergunta porque percebi que quando o Sr. Brennan lhe perguntou se restava alguma dúvida se Ashley Patterson era a mulher que estava com Richard Melton, o senhor hesitou um pouco. Restava alguma dúvida?

Houve uma pausa momentânea.

– Bem, é que ela realmente parece ser a mesma mulher, mas, ao mesmo tempo, parece diferente.

– De que maneira, Sr. Hill?

– Alette Peters tinha um jeito mais italiano de ser, falava com sotaque italiano... e parecia mais jovem do que a ré.

– O senhor está perfeitamente correto, Sr. Hill. A pessoa que viu em São Francisco era um álter de Ashley Patterson. Ela nasceu em Roma, era oito anos mais jovem...

Brennan se levantou, furioso.

– Objeção.

David se virou para a juíza Williams.

– Meritíssima, eu estava...

– Queiram os advogados se aproximar da mesa deste juízo, por favor. – David e Brennan caminharam para perto da juíza Williams. – Eu não quero ter de lhe dizer isto outra vez, Sr. Singer. A defesa terá a sua chance, depois que a promotoria encerrar a sua parte. Até então, o senhor está impedido de fazer o arrazoado do seu caso.

BERNICE JENKINS estava no banco das testemunhas.

– Poderia nos informar a sua profissão, Srta. Jenkins?

– Eu sou garçonete.

– E onde trabalha?

– No café do museu De Young.

– Qual era o seu relacionamento com Richard Melton?

– Éramos bons amigos.

– A senhorita poderia dar mais detalhes disso?

– Nós chegamos a ter um breve romance, mas a coisa esfriou logo. Isso acontece.

– Certamente que sim. E depois?

– Depois, nós ficamos como irmãos. Quero dizer, eu... eu lhe falava dos meus problemas, e ele me falava dos dele.

– Ele alguma vez comentou sobre a ré com a senhorita?

– Bem, comentar, ele comentou. Mas ela se apresentava por um nome diferente.

– E que nome era esse?

– Alette Peters.

– Mas ele sabia que o nome dela era Ashley Patterson?

– Não. Ele achava que o nome dela era Alette Peters.

– A senhorita quer dizer que ela o enganava?

David se levantou de um pulo.

– Objeção.

– Mantida. Pare de conduzir a testemunha, Sr. Brennan.

– Desculpe-me, meritíssima! – Brennan voltou-se para o banco das testemunhas. – Ele lhe falou sobre essa Alette Peters, mas a senhorita chegou a ver os dois juntos?

– Cheguei, sim. Ele a levou ao restaurante um dia e nos apresentou.

– E a senhorita está falando da ré, Ashley Patterson?

– Estou. Só que ela se chamava Alette Peters.

GARY KING estava no banco das testemunhas.

– O senhor compartilhava o apartamento com Richard Melton? – perguntou Brennan.

– Correto.

– E eram amigos? O senhor saía socialmente na companhia dele?

– Claro. Costumávamos sair com nossas acompanhantes.

– O Sr. Melton estava interessado em alguma jovem em particular?

– Estava.

– O senhor sabe o nome dela?
– Ela se chamava Alette Peters.
– O senhor a está vendo dentro deste recinto?
– Estou. Ela está sentada ali.
– Para constar nos autos, o senhor está apontando para a ré, Ashley Patterson?
– Correto.
– Quando chegou em casa na noite do assassinato, o senhor encontrou o corpo de Richard Melton dentro do apartamento?
– Encontrei, sim.
– Em que condições estava o corpo?
–Ensanguentado.
– O corpo fora castrado?
Ele estremeceu.
– Fora. Que coisa horrível!
Brennan olhou para o júri a fim de ver a reação. Foi exatamente a que estava esperando.
– O que fez em seguida, Sr. King?
– Chamei a polícia.
– Obrigado! – Brennan se virou para David. – A testemunha é sua.
David se levantou e se aproximou de Gary King.
– Fale-nos de Richard Melton. Que tipo de homem ele era?
– Era uma pessoa ótima.
– Ele gostava de discutir? Gostava de se envolver em brigas?
– Richard? Não. Pelo contrário. Era muito tranquilo, na dele.
– Mas gostava de estar próximo a mulheres duronas, do tipo atlético?
Gary estava olhando para ele de uma forma estranha.
– De forma alguma. Richard gostava de mulheres do mesmo temperamento dele.
– Ele e Alette brigavam muito? Ela gritava muito com ele?
Gary ficou intrigado.
– O senhor está absolutamente errado. Eles jamais gritaram um com o outro. Era ótimo quando estavam juntos.

– O senhor chegou a ver algo que pudesse levá-lo a crer que Alette Peters faria alguma perversidade...?

– Objeção. Ele está conduzindo a testemunha.

– Mantida.

– Não tenho mais perguntas a fazer – falou David.

Quando se sentou, David disse para Ashley:

– Não se preocupe. Eles estão consubstanciando os nossos argumentos.

Ele soou mais confiante do que de fato se sentia.

DAVID E SANDRA estavam jantando no San Fresco, o restaurante do Wyndham Hotel, quando o *maître* veio falar com ele.

– Telefonema urgente para o senhor.

– Obrigado! – David disse para Sandra: – Volto já.

Ele acompanhou o *maître* até o aparelho.

– Aqui é David Singer.

– David! Jesse. Vá para o seu quarto e ligue de volta para mim. O telhado está desabando!

17

– Jesse...?

– David, sei que não posso interferir, mas acho que você deveria pedir a anulação do julgamento.

– O que aconteceu?

– Você acessou a internet nestes últimos dias?

– Não. Eu tenho andado ocupado.

– Pois saiba que o julgamento foi todo divulgado na internet. É só do que se fala nas salas de *chat*.

– Era de se supor – falou David. – Mas o que é...?

– As pessoas só falam coisas negativas, David. Andam dizendo que Ashley é culpada e que deveria ser executada. E estão dizendo isso claramente. Não dá para acreditar na maldade dessa gente!

David, dando-se conta de repente, falou:

– Meu Deus! Se algum dos jurados acessar a internet...

– As probabilidades são muito grandes de que algum deles esteja, e isso vai exercer uma grande influência sobre ele. Eu pediria uma anulação do julgamento ou, pelo menos, que os jurados fossem mantidos em reclusão.

– Obrigado, Jesse! É o que vou fazer. – David desligou.

Quando ele voltou para o restaurante, onde Sandra o esperava, ela perguntou:

– Má notícia?

– Péssima.

ANTES DA ABERTURA da sessão do tribunal na manhã seguinte, David pediu para ver a juíza Williams. Foi conduzido ao gabinete dela, juntamente com Mickey Brennan.

– O senhor pediu para falar comigo?

– Pedi, sim, meritíssima. Eu fiquei sabendo ontem à noite que este julgamento é o assunto preferido na internet. É só o que se discute nas salas de *chat*, e todo mundo já condenou a ré. Isso é bastante prejudicial. E como estou certo de que alguns dos jurados têm computadores com acesso à rede, ou conversam com amigos internautas, a defesa pode ficar seriamente comprometida. Portanto, vou entrar com uma moção de anulação do julgamento.

Ela ficou pensativa por um momento.

– Moção indeferida.

David ficou imóvel, tentando se controlar.

– Então, entro agora com uma moção para manter o júri em reclusão a partir deste momento, de forma que...

– Sr. Singer, todos os dias a imprensa está presente com todo seu aparato neste tribunal. Este julgamento é o assunto preferido na televisão, no rádio e nos jornais do mundo inteiro. Eu avisei que isso viraria um circo, mas o senhor não quis me escutar. – Ela se inclinou para a frente. – Pois bem, o circo é *seu*. Se quisesse o júri em reclusão, o senhor deveria ter entrado com a moção antes do início do julgamento. E eu provavelmente não teria concedido. Há mais algum assunto a tratar?

David ficou sentado, com o estômago revirando.

– Não, meritíssima.

– Então vamos entrar na sala de audiências.

MICKEY BRENNAN estava interrogando o comissário Dowling.

– O delegado Sam Blake telefonou para dizer ao senhor que ia passar a noite no apartamento da ré, a fim de protegê-la? Ela tinha dito a ele que alguém a estava ameaçando?

– Correto.

– Quando foi que o senhor tornou a falar com o delegado Blake?

– Eu... eu não tornei a falar com ele. Recebi um telefonema na manhã seguinte dizendo que... que o corpo dele fora encontrado no beco atrás do prédio onde reside a Srta. Patterson.

– E o senhor foi para lá imediatamente?

– Claro.

– E o que encontrou?

Ele engoliu em seco.

– O corpo de Sam estava enrolado num lençol todo ensanguentado. Ele fora esfaqueado e castrado, assim como as outras duas vítimas.

– Assim como as *outras* duas vítimas. Então, todos esses assassinatos foram executados de maneira semelhante?

– Foram, sim.

– Como se as vítimas tivessem sido assassinadas pela mesma pessoa?

David se levantou de imediato.

– Objeção.

– Mantida.

– Eu retiro o que disse. O que fez em seguida, comissário?

– Bem, até aquele instante, Ashley Patterson não era suspeita. Mas depois que isso aconteceu, nós a prendemos e tiramos suas impressões digitais.

– E então?

– Nós as enviamos para o FBI e obtivemos um quadro positivo para ela.

– O senhor poderia explicar para o júri o que quer dizer com um quadro positivo?

O comissário Dowling se virou para o júri.

– As impressões digitais dela eram iguais às outras do arquivo que eles estavam tentando identificar desde os assassinatos anteriores.

– Obrigado, comissário! – Brennan se virou para David. – A testemunha é sua.

David se levantou e se aproximou do banco das testemunhas.

– Comissário, ouvimos depoimentos dentro deste tribunal afirmando que uma faca ensanguentada foi encontrada na cozinha da Srta. Patterson.

– Correto.

– Como essa faca estava escondida? Embrulhada em alguma coisa? Enfiada num canto onde ninguém a pudesse encontrar?

– Não. Estava bem à vista.

– Bem à vista. Deixada lá por alguém que não tinha nada a esconder. Alguém que era inocente porque...

– Objeção.

– Mantida.

– Não tenho mais perguntas a fazer.

– A testemunha está dispensada.

Brennan falou:

– Se o tribunal não se opuser... – Ele fez um sinal para alguém no fundo do salão, e um homem vestido de macacão entrou, carregando o espelho do banheiro da Srta. Patterson. Nele, escrito com batom vermelho, estavam os dizeres VOCÊ VAI MORRER.

David se levantou.

– O que é isso?

A juíza Williams se virou para Mickey Brennan.

– Sr. Brennan?

– É a isca que a ré usou para atrair o delegado Blake até o seu apartamento, a fim de que pudesse assassiná-lo. Eu gostaria que isto ficasse marcado como prova circunstancial D. Foi tirado do armário do banheiro da ré.

– Objeção, meritíssima. Não tem relevância.

– Vou provar que tem relevância.

– Vamos ver. Entretanto, pode prosseguir.

Brennan colocou o espelho bem à vista do júri.

– Este espelho foi tirado do banheiro da ré. – Ele olhou para os jurados. – Conforme todos podem ver, está escrito em sua face "VOCÊ VAI MORRER". Este foi o pretexto da ré para pedir que o delegado Blake fosse ao seu apartamento naquela noite para protegê-la. – Ele se virou para a juíza Williams. – Eu gostaria de chamar a minha próxima testemunha, a Srta. Laura Niven.

Uma mulher de meia-idade, caminhando com uma bengala, se aproximou do banco das testemunhas e prestou juramento.

– Em que trabalha, Srta. Niven?

– Sou consultora para o município de San Jose.

– E presta consultoria em que área?

– Sou perita em caligrafia.

– Há quanto tempo trabalha para o município, Srta. Niven?

– Vinte e dois anos.

Brennan apontou para o espelho com um gesto de cabeça.

– Já viu esse espelho antes?

– Já.

– E o examinou?

– Examinei.

– E a senhorita já viu uma amostra da caligrafia da ré?

– Vi, sim.

– E teve a oportunidade de examiná-la?

– Tive.

– E comparou as duas?

– Comparei.

– E a que conclusão chegou?

– Foram escritas pela mesma pessoa.

Todos na sala ficaram perplexos.

– Então, a senhorita está dizendo que Ashley Patterson escreveu esta ameaça para si mesma?

– Correto.

Mickey Brennan olhou para David.

– A testemunha é sua.

David hesitou. Olhou de relance para Ashley. Ela estava de olhos pregados na mesa, balançando a cabeça.

– Não tenho perguntas a fazer.

A juíza Williams estava estudando David.

– Não tem perguntas a fazer, Sr. Singer?

David se levantou.

– Não. Todos esses depoimentos não têm importância. – Ele se virou para o júri. – A promotoria terá de provar que Ashley Patterson conhecia as vítimas e tinha um motivo para...

– Eu já o adverti antes – falou a juíza Williams, irritada. – Não lhe cabe instruir o júri sobre a lei. Se...

– Alguém tem de fazer isso – explodiu David. – Sua Excelência o está deixando...

– Já chega, Sr. Singer. Aproxime-se.

David caminhou até a mesa.

– Vou citá-lo por desacato ao juízo e sentenciá-lo a uma noite aqui em nossa agradável cadeia no dia em que este julgamento terminar.

– Espere, meritíssima. Sua Excelência não pode...

Ela falou, taciturna:

– Já o sentenciei a uma noite. O senhor gostaria de tentar conseguir duas?

David ficou parado, fitando-a com firmeza, respirando fundo.

– Pelo bem de minha cliente, eu... eu vou guardar os meus sentimentos para mim.

– Sábia decisão – falou a juíza Williams, sucintamente.

– A sessão está suspensa. – Ela se dirigiu a um oficial de justiça. – Quando este julgamento terminar, quero que o Sr. Singer seja detido sob custódia.

– Pois não, meritíssima.

– Meu Deus! O que está acontecendo? – perguntou Ashley a Sandra.

Sandra apertou-lhe o braço.

– Não se preocupe. Você precisa confiar em David.

SANDRA TELEFONOU para Jesse Quiller.

– Já soube – disse ele. – Está em todos os noticiários. Não culpo David por ter perdido o controle. Ela o está cutucando desde o início. O que ele fez para deixá-la tão possessa?

– Não sei, Jesse. Foi uma coisa horrível! Você deveria ver os rostos dos jurados. Eles odeiam Ashley. Mal podem esperar para condená-la. Bem, é a vez da defesa agora. David vai ter de mudar o pensamento deles.

– Vamos esperar para ver.

– A JUÍZA WILLIAMS me odeia, Sandra, e isso está sendo prejudicial para Ashley. Se eu não fizer alguma coisa para reverter este quadro, Ashley vai ser condenada à morte. Eu não posso deixar que isso aconteça.

– O que você pode fazer? – perguntou Sandra.

David respirou fundo.

– Abdicar do caso.

Os dois sabiam o que isso significava. A mídia iria se deleitar com o fracasso dele.

– Eu nunca deveria ter concordado em enfrentar o julgamento – disse David, amargurado. – O Dr. Patterson confiou a salvação da filha dele às minhas mãos, e eu... – Ele não conseguiu terminar.

Sandra o abraçou e o apertou com ternura.

– Não se preocupe, querido. Tudo vai terminar bem.

Eu decepcionei a todos, pensou David. *Ashley, Sandra... Vou ser mandado embora da firma, ficar sem emprego, e o bebê está perto de chegar! "Tudo vai terminar bem."*

Certo.

PELA MANHÃ, David pediu para falar com a juíza Williams em seu gabinete. Mickey Brennan estava presente.

– Pediu para falar comigo, Sr. Singer? – disse a juíza Williams.

– Pedi, sim, meritíssima. Quero abdicar do caso.

– Baseado em quê? – perguntou a juíza Williams.

David falou com cuidado:

– Não creio que eu seja o advogado ideal para este caso. Acho que estou prejudicando a minha cliente. Eu gostaria de ser substituído.

A juíza Williams falou tranquilamente:

– Sr. Singer, se acha que vou deixá-lo se afastar deste julgamento e depois ter de começar tudo de novo e desperdiçar ainda mais tempo e dinheiro, está muito enganado. A resposta é não. O senhor me entendeu direito?

David fechou os olhos por um instante, forçando-se a ficar calmo. Ele ergueu a cabeça e falou:

– Sim, meritíssima. Eu entendi.

Ele não tinha saída.

18

Mais de três meses haviam se passado desde o início do julgamento, e David não conseguia mais se lembrar de quando tivera sua última noite de sono tranquilo.

Certa tarde, quando voltavam do Fórum, Sandra falou:

– David, acho que eu deveria voltar para São Francisco.

David olhou para ela, surpreso.

– Por quê? Estamos bem no meio do... ah, meu Deus! – Ele a envolveu nos braços. – O bebê. Está chegando?

Sandra sorriu.

– A qualquer momento. Eu me sentiria mais segura se estivesse lá, perto do Dr. Bailey. Mamãe disse que ficaria comigo.

– Claro. Você tem de voltar – falou David. – Eu perdi a noção do tempo. O nascimento está previsto para as próximas três semanas, não é mesmo?

– É isso.

Ele fez um trejeito.

– E eu não vou poder estar lá com você.

Sandra pegou-lhe a mão.

– Não se preocupe com isso, meu amor. O julgamento vai terminar logo.

– Esta porcaria de julgamento está arruinando nossa vida.

– David, nós vamos ficar bem. O meu antigo emprego está esperando por mim. Depois que o bebê nascer, eu posso...

– Eu sinto muito, Sandra. Eu gostaria de...

– David, nunca se arrependa de fazer uma coisa que você acha certa.

– Eu te amo.

– Eu também te amo.

David acariciou a barriga dela.

– Eu amo vocês dois. – Ele soltou um suspiro. – Tudo bem. Vou ajudar a fazer as suas malas e levá-la de carro para São Francisco hoje à noite, e...

– Não – disse Sandra com firmeza. – Você não pode se ausentar daqui. Vou pedir a Emily que venha me pegar.

– Pergunte se ela não gostaria de jantar conosco hoje.

– Está bem.

EMILY FICOU felicíssima.

– Claro que eu vou aí para pegá-la. – Ela chegou a San Jose duas horas depois.

Os três jantaram juntos naquela noite no Chai Jane.

– Os acontecimentos não se encaixaram no tempo certo – falou Emily. – É uma pena que vocês dois não possam ficar juntos justamente agora!

– O julgamento está quase acabando – David falou, esperançoso. – Talvez termine antes do nascimento do bebê!

Emily sorriu.

– Vamos fazer uma comemoração dupla.

Era hora de partir. David abraçou Sandra carinhosamente.

– Vou telefonar para você todas as noites – disse ele.

– Por favor, não se preocupe comigo. Vai ficar tudo bem. Eu te amo muito, David. – Sandra olhou para ele e falou: – Trate de se cuidar bem direitinho, hein?! Você parece cansado.

Só depois da partida de Sandra foi que David se deu conta do quão solitário estava.

ESTAVA ABERTA a sessão no tribunal.

Mickey Brennan se levantou, dirigindo-se ao juízo:

– Eu gostaria de chamar o Dr. Lawrence Larkin como minha próxima testemunha.

Um distinto senhor grisalho prestou o juramento e foi se sentar no banco das testemunhas.

– Eu gostaria de agradecer a sua presença aqui, Dr. Larkin. Sei que seu tempo é muito precioso. O senhor pode nos contar um pouco do seu passado?

– Eu tenho um conceituado consultório em Chicago. Já fui presidente da Associação Psiquiátrica de Chicago.

– Há quantos anos pratica a sua especialidade, Dr. Larkin?

– Aproximadamente trinta anos.

– E como psiquiatra, eu imagino que o senhor tenha visto muitos casos de distúrbio de personalidade múltipla, certo?

– Não.

Brennan franziu o cenho.

– Ao falar não, o senhor está querendo dizer que não viu muitos? Talvez uma dúzia?

– Eu jamais vi um caso sequer de distúrbio de personalidade múltipla.

Brennan olhou para o júri, fingindo espanto, e voltou-se novamente para o doutor:

– Em trinta anos de trabalho com pacientes sofrendo de perturbações mentais, o senhor não viu *sequer um caso* de distúrbio de personalidade múltipla?

– Correto.

– Estou impressionado! Como o senhor explica isso?

– É muito simples. Eu acho que o distúrbio de personalidade múltipla não existe.

– Ora, isso me deixa intrigado, doutor. Nunca houve registro de nenhum caso de distúrbio de personalidade múltipla?

– O registro de um caso não quer dizer que ele seja verídico. Veja bem, o que alguns médicos acham ser DPM, às vezes confundem com esquizofrenia, depressões e vários outros transtornos de ansiedade – disse o Dr. Larkin num tom gutural.

– Isso é muito interessante. Então, na sua opinião, como psiquiatra especializado, o senhor não acredita que os distúrbios de personalidade múltipla sequer existam?

– Correto.

– Obrigado, doutor! – Mickey Brennan se dirigiu a David. – A testemunha é sua.

David se levantou e se aproximou do banco das testemunhas.

– O senhor já foi presidente da Associação Psiquiátrica de Chicago, Dr. Larkin?

– Fui, sim.

– Deve ter conhecido muitos colegas de profissão.

– Conheci. E tenho orgulho disso.

– O senhor conhece o Dr. Royce Salem?

– Conheço, sim. E muito bem.

– Ele é um bom psiquiatra?

– Excelente. Um dos melhores.

– O senhor esteve alguma vez com o Dr. Clyde Donovan?

– Estive. Muitas vezes.

– Diria que ele é um bom psiquiatra?

– Se eu precisasse de um – risadinha –, seria ele.

– E o que tem a dizer a respeito do Dr. Ingram? O senhor o conhece?

– Ray Ingram? Ora, se conheço! Grande homem.

– Psiquiatra competente?

– Ah, é.

– Diga-me, todos os psiquiatras concordam quanto a todas disfunções mentais?

– Não. Claro que temos os nossos desentendimentos. A psiquiatria não é uma ciência exata.

– Isso é interessante, doutor. Porque o Dr. Salem, o Dr. Donovan e o Dr. Ingram virão aqui para depor que já trataram de casos de distúrbio de personalidade múltipla. Talvez nenhum deles seja tão competente quanto o senhor! Só isso. Dispensado.

A juíza Williams se dirigiu a Brennan:

– Deseja reinquirir?

Brennan levantou-se prontamente e foi até o banco das testemunhas.

– Dr. Larkin, acredita que o fato desses outros médicos discordarem da sua opinião com relação ao DPM os coloca como certos e o senhor como errado?

– Não. Eu poderia apresentar dúzias de psiquiatras que não acreditam em DPM.

– Obrigado, doutor! Não tenho mais perguntas.

MICKEY Brennan falou:

– Dr. Upton, ouvimos depoimentos dizendo que aquilo que às vezes é considerado distúrbio de personalidade múltipla está, na verdade, sendo confundido com outros tipos de transtornos. Quais são os testes para provar que o DPM não é uma dessas outras perturbações?

– Não existe teste algum.

O queixo de Brennan caiu de surpresa quando ele se voltou na direção do júri.

– *Não* existe teste algum? O senhor está dizendo que *não* há maneira alguma de dizer se alguém alegando-se portador de DPM está mentindo, fingindo ou usando o argumento como desculpa para um crime pelo qual não queira se responsabilizar?

– Conforme eu disse, não existe teste algum.

– Então, é só uma questão de opinião? Alguns psiquiatras acreditam, outros não?

– Correto.

– Deixe-me fazer-lhe a seguinte pergunta, doutor: se hipnotizar alguém, o senhor pode dizer com certeza se essa pessoa tem DPM ou se está simplesmente fingindo?

O Dr. Upton balançou a cabeça.

– Sinto dizer que não. Mesmo sob hipnose ou com sódio amital, não há como garantir se alguém está mentindo ou não.

– Isso é muito interessante. Obrigado, doutor! Não tenho mais perguntas. – Brennan se dirigiu a David. – A testemunha é sua.

David se levantou e foi até o banco das testemunhas.

– Dr. Upton, o senhor já recebeu pacientes que foram procurá-lo depois de terem sido diagnosticados por outros médicos como portadores de DPM?

– Já. Várias vezes.

– E o senhor tratou desses pacientes?

– Não.

– Por que não?

– Eu não tenho como tratar doenças que não existem. Um dos pacientes era um estelionatário que queria que eu testemunhasse que ele não era responsável por seus atos, pois quem cometia as fraudes era um álter. Outro paciente era uma dona de casa que estava presa por surrar os filhos. Dizia que alguém dentro dela a forçava a ser violenta com os filhos. Houve mais alguns assim, com diferentes desculpas, mas todos estavam tentando se esconder de alguma coisa. Em outras palavras, estavam fingindo.

– O senhor parece ter uma opinião muito arraigada a esse respeito, doutor.

– E tenho, sim. Sei que estou certo.

– O senhor sabe que está certo? – perguntou David.

– Bem, eu quis dizer...

– ...que todos os demais devem estar errados? Todos os médicos que acreditam em DPM estão errados?

– Eu não quis dizer isso...

– E o senhor é o único que está certo. Obrigado, doutor! É só.

O Dr. Simon Raleigh estava no banco das testemunhas. Era um homem franzino, calvo, com pouco mais de sessenta anos.

– Obrigado por ter vindo aqui, doutor! – disse Brennan. – O senhor tem uma carreira ilustre, um currículo extenso. É médico, professor, frequentou a faculdade de...

David se levantou.

– A defesa conhece o distinto histórico profissional da testemunha.

– Obrigado! – Brennan tornou a se dirigir à testemunha: – Dr. Raleigh, o que quer dizer *iatrogenia*?

– É quando uma doença existente se agrava devido a um tratamento médico ou psicoterapêutico.

– Poderia ser mais específico, doutor?

– Bem, na psicoterapia, é muito comum o terapeuta influenciar o paciente com suas perguntas ou atitudes. Ele pode fazer o paciente achar que precisa atender às suas expectativas de terapeuta.

– E como isso poderia se aplicar ao DPM?

– Se o psiquiatra estiver questionando o paciente sobre as diferentes personalidades que o habitam, o paciente pode criar alguma, a fim de atender ao terapeuta. É uma área muito enganosa. O amital e a hipnose podem forjar um DPM em pacientes que, sem essas influências, sejam normais.

– Então, o que o senhor está dizendo é que, usando a hipnose, o próprio psiquiatra pode alterar as condições do paciente, de forma que este acredite em algo que não é verdade?

– Isso já aconteceu, sim.

– Obrigado, doutor! – Ele olhou para David. – A testemunha é sua.

– Obrigado! – disse David. Ele se levantou e foi até o banco das testemunhas. Então, disse com toda a simpatia: – As suas referências são impressionantes. O senhor não só é psiquiatra, mas também dá aulas numa universidade.

– Correto.

– Há quanto tempo vem lecionando, doutor?

– Há mais de quinze anos.

– Isso é ótimo. Como divide o seu tempo? Com isto eu quero dizer, o senhor passa metade do tempo lecionando e a outra metade trabalhando como médico?

– Não. Eu sou professor em tempo integral.

– Ah? Quanto tempo faz que o senhor não pratica a medicina de fato?

– Mais ou menos oito anos. Mas eu me mantenho atualizado com toda a literatura médica.

– Não posso deixar de dizer que acho isso admirável. Então o senhor se atualiza lendo de tudo. É assim que tem tanta familiaridade com a iatrogenia?

– É.

– E no passado, muitos pacientes o procuravam dizendo-se portadores de DPM?

– Bem, não...

– Não muitos? Nos anos que trabalhou como médico, o senhor diria que teve uma dúzia de casos de pacientes que alegavam ter DPM?

– Não.

– Meia dúzia?

O Dr. Raleigh balançou a cabeça.

– Quatro?

Não houve resposta.

– Doutor, o senhor teve um paciente *sequer* que o tenha procurado com DPM?

– Bem, é difícil...

– Sim ou não, doutor?

– Não.

– Então, tudo o que o senhor realmente conhece sobre DPM é por meio de leituras? Não tenho mais perguntas.

A PROMOTORIA chamou mais seis testemunhas, e o depoimento de todas elas mantinha a mesma coerência. Mickey Brennan tinha convocado nove dos melhores psiquiatras do país, todos unidos pela crença comum de que o DPM não existia.

A ARGUMENTAÇÃO da promotoria estava chegando ao fim.

Quando a última testemunha arrolada pela promotoria foi dispensada, a juíza Williams se dirigiu a Brennan.

– O senhor tem mais alguma testemunha para chamar, Sr. Brennan?

– Não, meritíssima. Mas eu gostaria de mostrar ao júri fotografias tiradas pela polícia das cenas dos assassinatos de...

– Absolutamente não – disse David, enfurecido.

A juíza Williams se virou para David.

– O que disse, Sr. Singer?

– Eu disse – David se controlou – objeção. A promotoria está tentando inflamar o júri por meio de...

– Objeção rejeitada. A fundamentação foi feita numa moção anterior ao julgamento. – A juíza Williams se dirigiu a Brennan: – Pode mostrar as fotografias.

David voltou para o seu lugar, furioso.

Brennan voltou para a sua mesa e pegou uma série de fotografias e entregou-as aos jurados.

– Não são agradáveis de ver, senhoras e senhores, mas é disso que trata este julgamento. Ele não trata de palavras, teorias ou desculpas. Não trata de *alter egos* misteriosos matando gente. Trata de três pessoas de verdade, que foram brutal e violentamente assassinadas. A lei diz que alguém tem de pagar por esses assassinatos. Cabe a cada um de vocês cuidar para que a justiça seja feita.

Brennan viu o horror no rosto de cada jurado, enquanto eles olhavam as fotografias.

Ele se dirigiu à juíza Williams:

– A promotoria dá a sua parte por encerrada.

A juíza Williams olhou para o relógio.

– São 16 horas. O tribunal entra em recesso por hoje e retoma às 10 horas de segunda-feira. A sessão está encerrada.

19

Ashley Patterson estava no cadafalso para ser enforcada, quando um policial correu e disse:

– Esperem. Ela deve ser eletrocutada.

A cena mudou, e ela estava na cadeira elétrica. Um guarda esticou o braço para acionar o interruptor, e a juíza Williams chegou correndo e gritando:

– Não. Nós vamos executá-la com uma injeção letal. David acordou e sentou-se na cama, o coração palpitando. Seu pijama estava molhado de suor. Ele começou a se levantar e ficou subitamente tonto. Sentiu a cabeça martelando de dor e percebeu que estava febril. Encostou a mão na testa. Estava quente.

Ao ficar de pé, a tontura aumentou.

– Ah, não! – resmungou. – Hoje, não!

Era o dia pelo qual ele tanto ansiara, o dia em que a defesa começaria a apresentar os seus argumentos. David cambaleou até o banheiro e lavou o rosto com água fria. Olhou-se no espelho.

– Você está com um aspecto horrível!

Quando David chegou ao tribunal, a juíza Williams já se encontrava à mesa. Todos estavam esperando por ele.

– Peço desculpas pelo atraso – falou David com a voz rouca. – Posso me dirigir ao juízo?

– Pode.

David foi até a mesa, tendo Mickey Brennan logo atrás de si.

– Meritíssima – disse David –, eu gostaria de pedir um dia de dispensa.

– Baseado em quê?

– Eu... eu não estou me sentindo muito bem, meritíssima. Tenho certeza de que um médico poderá me dar algum remédio, e amanhã estarei bem.

– Por que o senhor não coloca um assistente em seu lugar? – perguntou a juíza Williams.

David olhou para ela, surpreso.

– Eu não tenho assistentes.

– E por que não, Sr. Singer?

– Porque...

A juíza Williams se inclinou para a frente.

– Eu nunca vi um julgamento de assassinato conduzido desta maneira. O senhor é um *showman* em busca da glória, não é? Ora, não vai encontrá-la neste tribunal. E vou lhe dizer mais: o senhor provavelmente acha que eu deveria ser afastada do caso porque não acredito nessa sua defesa baseada no "foi o diabo quem me forçou a fazer o que fiz". Mas eu não vou permitir isso. Vamos deixar que os jurados decidam se consideram a sua cliente inocente ou culpada. Mais alguma coisa, Sr. Singer?

David ficou ali parado, olhando para ela, e o recinto parecia flutuar. Quis xingá-la. Quis jogar-se de joelhos e implorar-lhe que fosse razoável. Quis voltar para a cama, em casa. Ele falou, com a voz rouca:

– Não. Obrigado, meritíssima!

A juíza Williams fez um gesto rápido com a cabeça.

– Sr. Singer, é a sua vez. Não desperdice mais o tempo deste tribunal.

David caminhou até a bancada do júri, tentando se esquecer da dor de cabeça e da febre. Ele falou devagar:

– Senhoras e senhores, todos escutaram a promotoria ridicularizando os fatos do distúrbio de personalidade múltipla. Eu tenho certeza de que o Sr. Brennan não estava sendo deliberadamente malicioso. Suas declarações foram feitas por uma questão de ignorância. O fato é que ele não conhece nada acerca do distúrbio de personalidade múltipla, e o mesmo se dá com algumas das testemunhas que ele trouxe aqui. Mas eu vou trazer, para lhes falar, algumas pessoas que *conhecem* bem o assunto. Há médicos de ótima reputação que são especializados neste problema. Depois de ouvirem os depoimentos deles, estou certo de que uma nova luz será lançada sobre o que o Sr. Brennan esteve lhes dizendo.

"O senhor Brennan falou sobre a culpa da minha cliente ao cometer estes crimes terríveis. Eis um ponto muito importante. *Culpa*. Para que se prove um assassinato em primeiro grau, não é necessário que haja apenas um ato culpável, mas também o dolo. Eu vou lhes mostrar que não houve dolo, porque Ashley Patterson não estava no comando de sua personalidade quando os crimes ocorreram. Alguns eminentes médicos vão testemunhar que Ashley Patterson tem duas personalidades adicionais, ou álteres, uma das quais é a controladora.

David olhou bem nos rostos dos jurados. Eles pareciam estar oscilando igual a pêndulos à sua frente. Ele fechou os olhos bem apertados durante um instante.

– A Associação Psiquiátrica Norte-Americana reconhece o distúrbio de personalidade múltipla. Também o reconhecem proeminentes médicos pelo mundo afora, que já trataram de pacientes com este problema. Uma das personalidades de Ashley Patterson cometeu assassinato, mas foi uma *personalidade*... um *álter*... sobre o qual ela não tem controle algum. – Sua voz foi ficando mais forte. – Para que os senhores e as senhoras vejam o problema com mais clareza, precisam entender que a lei não pune uma pessoa inocente. Então, temos um paradoxo aqui. Imaginem um gêmeo siamês sendo julgado por assassinato. A lei diz que não se pode castigar o culpado, pois assim o inocente também estaria sendo castigado. – O júri escutava atentamente.

David fez um gesto com a cabeça na direção de Ashley.

– Neste caso, não temos duas, mas sim três personalidades com que lidar.

Ele se dirigiu à juíza Williams:

– Eu gostaria de chamar a minha primeira testemunha. Dr. Joel Ashanti.

– Dr. Ashanti, onde o senhor pratica a medicina?

– No Madison Hospital, em Nova York.

– E veio até aqui porque eu lhe pedi?

– Não. Eu li sobre o julgamento e quis dar o meu depoimento. Já trabalhei com pacientes que têm distúrbio de personalidade múltipla e quis prestar alguma ajuda... se estiver ao meu alcance. O DPM é muito mais comum do que o povo imagina, e eu gostaria de tentar esclarecer quaisquer mal-entendidos sobre esta perturbação.

– Aprecio o seu gesto, doutor. Nos casos deste distúrbio, é comum encontrar pacientes com duas personalidades ou álteres?

– A minha experiência mostra que pessoas portadoras do DPM costumam ter muito mais álteres, algumas vezes até mesmo uma centena.

Eleanor Tucker se virou a fim de sussurrar algo para Mickey Brennan, que sorriu.

– Há quanto tempo vem lidando com o distúrbio de personalidade múltipla, Dr. Ashanti?

– Há quinze anos.

– Num paciente com DPM, costuma haver um álter que domina?

– Sim.

Alguns dos jurados estavam tomando notas.

– E o indivíduo... a pessoa que tem essas personalidades dentro de si... tem consciência dos outros álteres?

– Isso varia. Às vezes, alguns dos álteres conhecem todos os demais. Às vezes, só conhecem alguns. Mas o indivíduo normalmente não tem consciência deles, não até que comece a se submeter a tratamento psiquiátrico.

– Isso é muito interessante. O DPM tem cura?

– Frequentemente, sim. É necessário um tratamento psiquiátrico prolongado. Às vezes, chega a durar seis ou sete anos.

– O senhor já conseguiu curar pacientes de DPM?

– Ah, sim.

– Obrigado, doutor!

David virou-se para estudar o júri durante alguns instantes. *Interessados, mas não convencidos*, pensou.

Ele olhou para Brennan.

– A testemunha é sua.

Brennan se levantou e foi até o banco das testemunhas.

– Dr. Ashanti, o senhor declarou que tomou um avião de Nova York para cá porque quis prestar uma ajuda?

– Correto.

– A sua vinda não teria algo a ver com o fato deste caso estar sendo amplamente divulgado e que a publicidade lhe seria benéfica para...

David se levantou.

– Objeção. Pergunta tendenciosa.

– Indeferida.

– Eu declarei por que vim – respondeu o Dr. Ashanti, tranquilamente.

– Certo. Desde que o senhor está na prática da medicina, doutor, quantos pacientes com perturbações mentais diria que já tratou?

– Oh, talvez duzentos.

– E destes casos, quantos diria que tinham o distúrbio de personalidade múltipla?

– Uma dúzia...

Brennan olhou para ele, fingindo espanto.

– De um total de duzentos pacientes?

– Isso mesmo. Sabe, é que...

– O que eu não sei, Dr. Ashanti, é como o senhor pode se considerar um especialista, tendo tratado um número tão pequeno de casos. Eu agradeceria se o senhor pudesse nos dar evidências que possam provar ou refutar a existência do distúrbio de personalidade múltipla.

– Quando o senhor fala em provar...

– Estamos num tribunal de justiça, doutor. O júri não vai tomar decisões baseado em teoria ou em "e se". E se, por exemplo, a ré detestasse os homens que assassinou e, depois de matá-los, decidiu usar a desculpa de um álter dentro de si para poder...

David estava de pé.

– Objeção! A argumentação é tendenciosa e está conduzindo a testemunha.

– Indeferida.

– Meritíssima...

– Sente-se, Sr. Singer.

David lançou um olhar furioso para a juíza Williams e retomou o seu assento.

– Então, o que está nos dizendo, doutor, é que não existe evidência capaz de provar ou refutar a existência do DPM?

– Existir, não existe. Mas...

Brennan assentiu.

– É só.

O DR. ROYCE SALEM estava no banco das testemunhas.

– Dr. Salem, o senhor examinou Ashley Patterson? – perguntou David.

– Examinei.

– E qual foi a sua conclusão?

– A Srta. Patterson está sofrendo de DPM. Ela tem dois álteres, que se chamam Toni Prescott e Alette Peters.

– Ela tem algum controle sobre eles?

– Nenhum. Quando esses álteres assumem o controle, ela fica num estado de amnésia dissociativa.

– O senhor poderia explicar o que é isso, Dr. Salem?

– Amnésia dissociativa é um estado em que a vítima perde a consciência de onde está, ou do que está fazendo. Pode durar minutos, dias ou semanas.

– E durante esse período, o senhor diria que a pessoa é responsável por suas ações?

– Não.

– Obrigado, doutor! – Ele se dirigiu a Brennan. – A testemunha é sua.

– Dr. Salem, o senhor presta consultoria para vários hospitais e dá palestras pelo mundo inteiro? – perguntou Brennan.

– Correto.

– Presumo que os seus colegas sejam médicos talentosos e habilidosos?

– Eu diria que sim.

– Então, todos concordam quanto ao distúrbio de personalidade múltipla?

– Não.

– O que o senhor quer dizer com "não"?

– Há os que discordam.

– O senhor quer dizer que eles não acreditam que exista?

– Exato.

– Mas eles estão errados e o senhor está certo?

– Eu já tratei pacientes, portanto *sei* que esta perturbação existe. Quando...

– Deixe-me fazer-lhe a seguinte pergunta. Caso existissem esses distúrbios de personalidade múltipla, um dos álteres sempre estaria na posição de dizer ao indivíduo o que fazer? O álter diz "Mate", e o indivíduo mata?

– Depende. Os álteres têm vários níveis de influência.

– Então, o indivíduo *poderia* estar no comando.

– Às vezes, é claro.

– Na maioria das vezes?

– Não.

– Doutor, onde está a prova de que o DPM existe?

– Eu já presenciei mudanças físicas completas em pacientes sob hipnose e sei que...

– E isso é uma base para a verdade?

– É.

– Dr. Salem, se eu o hipnotizasse dentro de um ambiente quente e lhe dissesse que o senhor estava no polo norte, despido e no meio de uma tempestade de neve, a temperatura do seu corpo iria cair?

– Ora, iria, mas...

– É só.

DAVID SE APROXIMOU do banco das testemunhas.

– Dr. Salem, o senhor tem alguma dúvida de que esses álteres existam no interior de Ashley Patterson?

– Nenhuma. E são absolutamente capazes de assumir o comando e dominá-la.

– E ela não estaria consciente disso?

– Ela não estaria consciente.

– Obrigado!

– EU GOSTARIA de chamar Shane Miller ao banco. – David esperou que ele prestasse o juramento. – O que faz profissionalmente, Sr. Miller?

– Eu sou supervisor na Corporação Global de Computação Gráfica.

– E há quanto tempo trabalha nessa empresa?

– Cerca de sete anos.

– E Ashley Patterson estava empregada lá?

– Estava.

– E trabalhava sob a sua supervisão?

– Trabalhava.

– Então o senhor chegou a conhecê-la bem?

– Correto.

– Sr. Miller, ouviu no depoimento dos médicos que alguns dos sintomas do distúrbio de personalidade múltipla são paranoia, nervosismo, tensão. O senhor chegou a observar alguns desses sintomas na Srta. Patterson?

– Bem, eu...

– A Srta. Patterson não lhe disse que achava estar sendo seguida por alguém?

– Disse, sim.

– E que ela não fazia ideia de quem poderia ser ou por que alguém estaria fazendo isso?

– Correto.

– Não disse uma vez que alguém usara o computador dela para ameaçá-la com uma faca?

– Disse.

– E as coisas acabaram ficando tão ruins, que o senhor sugeriu que ela fosse se consultar com o psicólogo que trabalha na empresa, o Dr. Speakman?

– Exatamente.

– Então, Ashley Patterson apresentava os sintomas de que estamos falando?

– Correto.

– Obrigado, Sr. Miller! – David se dirigiu a Mickey Brennan. – A testemunha é sua.

– QUANTOS EMPREGADOS tem diretamente sob a sua supervisão, Sr. Miller?

– Trinta.

– E entre trinta funcionários, Ashley Patterson foi a única que o senhor viu passar mal?

– Ora, não...

– Ah, não mesmo?

– Todo mundo passa mal às vezes.

– O senhor quer dizer que outros funcionários já precisaram ir se consultar com o psicólogo da empresa?

– Oh, claro. Eles o mantêm bastante ocupado.

Brennan mostrou-se impressionado.

– É mesmo?

– É. Tem muita gente com problemas. Ora, são seres humanos!

– Não tenho mais perguntas.

A juíza Williams falou:

– Deseja reinquirir?

David se aproximou do banco das testemunhas.

– Sr. Miller, disse que alguns dos funcionários sob a sua supervisão tinham problemas. Que tipo de problemas?

– Ora, podia ser uma briga com o namorado ou o marido...

– Muito bem.

– Ou podia ser um problema financeiro...

– Muito bem.

– Ou os filhos enchendo a paciência...

– Em outras palavras, os problemas típicos do dia a dia doméstico, que qualquer um de nós pode enfrentar?

– Exato.

– Mas ninguém foi se consultar com o Dr. Speakman porque estava se achando perseguido ou porque achava que alguém estivesse lhe fazendo ameaças de morte?

– Não.

– Obrigado!

A sessão entrou em recesso para o almoço.

DAVID ENTROU no carro e passeou pelo parque, deprimido. O julgamento ia mal. Os médicos não se decidiam quanto à existência do DPM. *Se eles não conseguem chegar a um acordo*, pensou, *como é que eu vou conseguir que o júri concorde? Não posso deixar que nada aconteça a Ashley..Não posso.* Ele estava chegando perto do Harold's Café, um restaurante perto do Fórum. Estacionou o carro e entrou. A recepcionista sorriu para ele.

– Boa tarde, Sr. Singer!

Ele estava afamado. *Difamado?*

– Por aqui, por favor. – Ele a acompanhou até um reservado e se sentou. A moça lhe entregou o cardápio, deu outro demorado sorriso e se foi, balançando os quadris de maneira provocante. *As mordomias da fama*, pensou David com secura.

Não estava com fome, mas pôde ouvir a voz de Sandra dizendo: "Você precisa comer para se manter forte."

Havia dois homens e duas mulheres sentados no compartimento ao lado do dele. Um dos homens dizia:

– Ela é muito pior do que Lizzie Borden. Borden só matou duas pessoas.

O outro acrescentou:

– E *ela* não castrou ninguém.

– O que será que vão fazer com ela?

– Está brincando? Vai pegar sentença de morte.

– Pena que a Meretriz Sanguinária não possa pegar três sentenças de morte!

É isso que o povo anda dizendo, pensou David. Teve a deprimente impressão de que, se desse uma volta pelo restaurante, ouviria comentários parecidos com esse. Brennan havia construído uma imagem monstruosa dela. David chegou a ouvir a voz de Quiller. *Se você não a levar ao banco das testemunhas, esta é a imagem que os jurados terão em mente quando se recolherem à sala do júri para chegar ao veredicto.*

Preciso correr o risco. Preciso deixar que os jurados vejam por si mesmos que Ashley está dizendo a verdade.

A garçonete estava ao seu lado.

– Já quer fazer o seu pedido, Sr. Singer?

– Mudei de ideia – respondeu ele. – Não estou com fome. – Quando se levantou e saiu do restaurante, percebeu olhos maléficos acompanhando-o. *Espero que ninguém esteja armado*, pensou.

20

Quando voltou ao Fórum, David visitou Ashley em sua cela. Ela estava sentada no pequeno catre, olhando para o chão.

– Ashley.

Ela ergueu o rosto, os olhos cheios de desespero.

David sentou-se ao seu lado.

– Precisamos conversar.

Ela ficou olhando para ele, calada.

– Essas coisas horríveis que andam dizendo sobre você... nada disso é verdade. Mas os jurados não sabem. Eles não a conhecem. Precisamos deixar que vejam como você é realmente.

Ashley olhou para ele e falou, desanimada:

– E como eu sou realmente?

– Você é um ser humano decente, que tem uma doença. Eles vão se identificar com isso.

– O que você quer que eu faça?

– Eu quero que você vá para o banco das testemunhas e preste o seu depoimento.

Ela ficou olhando fixamente para ele, horrorizada.

– Eu... eu não posso. Não sei de nada. Não posso lhes dizer nada.

– Deixe isso comigo. Tudo o que você precisa fazer é responder às minhas perguntas.

Um guarda veio até a cela.

– A sessão vai começar.

David se levantou e apertou a mão de Ashley.

– Vai dar certo. Você vai ver.

– TODOS DE PÉ. A sessão está começando agora. A meritíssima juíza Williams preside o caso *O povo do Estado da Califórnia contra Ashley Patterson*.

A juíza Williams sentou-se à sua mesa.

– Posso me dirigir ao juízo? – perguntou David.

– Pode.

Mickey Brennan foi até a mesa junto com David.

– O que deseja, Sr. Singer?

– Eu gostaria de chamar uma testemunha que não está na lista dos procedimentos probatórios.

– Já estamos bastante avançados com o julgamento para a introdução de novas testemunhas – disse Brennan.

– Eu gostaria de chamar Ashley Patterson como a minha próxima testemunha.

A juíza Williams falou:

– Eu não...

Mickey Brennan disse rapidamente:

– O Estado não se opõe, meritíssima.

A juíza Williams olhou para os dois advogados.

– Está bem. Pode chamar a sua testemunha, Sr. Singer.

– Obrigado, meritíssima! – Ele caminhou até onde Ashley estava e lhe estendeu a mão. – Ashley...

Ela ficou sentada, em pânico.

– É preciso.

Ela se levantou, o coração palpitando, e lentamente se encaminhou até o banco das testemunhas.

Mickey Brennan sussurrou para Eleanor:

– Eu estava torcendo para que ele a chamasse.

Eleanor assentiu.

– Acabou-se.

Ashley Patterson estava prestando juramento junto ao oficial de justiça.

– Jura solenemente dizer a verdade, toda a verdade, nada mais que a verdade, com a ajuda de Deus?

– Juro – disse ela, num sussurro de voz. E foi sentar-se no banco das testemunhas.

David se aproximou dela e falou calmamente:

– Eu sei que isto é muito difícil para você. Foi acusada de crimes hediondos que não cometeu. Tudo o que quero é que o júri saiba a verdade. Você se recorda de ter cometido algum daqueles crimes?

Ashley balançou a cabeça.

– Não.

David olhou de relance para o júri e prosseguiu.

– Você conhecia Dennis Tibble?

– Conhecia. Nós trabalhávamos na mesma empresa, a Corporação Global de Computação Gráfica.

– Tinha alguma razão para matar Dennis Tibble?

– Não. – Era difícil falar. – Eu fui ao apartamento dele para dar-lhe alguns conselhos que me havia pedido, e foi a última vez em que o vi.

– Você conhecia Richard Melton?

– Não...

– Ele era um artista. Foi assassinado em São Francisco. A polícia encontrou amostras do seu DNA e de suas impressões digitais no local.

Ashley estava balançando a cabeça de um lado para o outro.

– Eu... não sei o que dizer. Eu não o conhecia!

– E conhecia o delegado Sam Blake?

– Conhecia. Ele estava me ajudando. Eu não o matei!

– Você sabe que tem duas outras personalidades, ou álteres, dentro de si, Ashley?

– Sei.

– Quando ficou sabendo disso?

– Antes do julgamento. O Dr. Salem me contou. Eu não consegui acreditar. Eu... ainda não acredito. É... uma coisa horrível demais!

– Você não tinha conhecimento prévio desses álteres.

– Não.

– Nunca tinha ouvido falar de Toni Prescott ou de Alette Peters?

– Não!

– E agora acredita que elas existam dentro de você?

– Acredito... Eu tenho de acreditar. Elas devem ter feito todas... todas essas coisas horríveis...

– Então, você não se lembra de ter conhecido Richard Melton, e não tinha motivo algum para matar Dennis Tibble ou o delegado Sam Blake, que estava no seu apartamento para protegê-la?

– Correto. – Seus olhos percorreram todo o recinto lotado, e ela sentiu um certo pânico.

– Uma última pergunta – falou David. – Já teve algum problema com a justiça?

– Nunca.

David colocou a mão sobre a dela.

– É tudo, por ora. – Ele se dirigiu a Mickey Brennan. – A testemunha é sua.

Brennan se levantou, com um amplo sorriso estampado no rosto.

– Ora, Srta. Patterson, finalmente temos a chance de falar com todas vocês. A senhorita alguma vez teve relação sexual com Dennis Tibble?

– Não.

– Teve alguma relação sexual com Richard Melton?

– Não.

– Alguma vez, teve relação sexual com o delegado Sam Blake?

– Não.

– Isso é muito interessante. – Brennan olhou de relance para o júri. – Porque resquícios de secreção vaginal foram encontrados nos corpos desses três homens. E os testes de DNA coincidem com os do seu DNA.

– Eu... eu não sei de nada disso.

– Talvez tenha sido vítima de uma armação. Talvez algum demônio tenha posto as mãos nessas secreções...

– Objeção. São considerações tendenciosas – falou David.

– Indeferida.

– ...e as tenha colocado sobre aqueles três corpos mutilados. Por acaso tem inimigos que estariam dispostos a fazer isso com a senhorita?

– Eu... eu não sei.

– O laboratório de impressões digitais do FBI verificou as digitais que a polícia encontrou nas cenas dos crimes. E eu estou certo de que isto a surpreenderá...

– Objeção – disse David.

– Mantida. Tenha cuidado, Sr. Brennan.

– Pois não, meritíssima!

Dando-se por satisfeito, David tornou a sentar-se, devagar.

Ashley estava à beira de um ataque de nervos.

– Os álteres devem ter...

– As impressões digitais nas cenas dos três assassinatos eram suas, e somente suas.

Ashley ficou ali sentada, em silêncio.

Brennan andou até uma mesa, pegou uma faca de cortar carne embrulhada em papel celofane e a exibiu.

– Srta. Patterson, reconhece isto aqui?

– Poderia... poderia ser uma das... uma das minhas...

– Uma das suas facas? E é. Já foi recolhida como prova documental. As manchas nela coincidem com o sangue do delegado Blake. Suas impressões digitais estão nesta arma do crime.

Ashley estava balançando a cabeça de um lado para o outro, desnorteada.

– Eu jamais vi um caso mais claro de assassinato a sangue-frio ou uma defesa mais débil. Ocultar-se por trás de duas personagens inexistentes, imaginárias, é a mais...

David estava novamente de pé.

– Objeção.

– Mantida. Eu já o adverti, Sr. Brennan.

– Desculpe-me, meritíssima!

Brennan prosseguiu.

– Tenho certeza de que o júri gostaria de conhecer as personagens de que está nos falando. A senhorita é Ashley Patterson, correto?

– Correto.

– Pois bem. Eu gostaria de falar com Toni Prescott.

– Eu... eu não consigo trazê-la.

Brennan olhou para ela, surpreso.

– *Não* consegue? *É mesmo?* Ora, então, que tal Alette Peters?

Ashley balançou a cabeça, prestes a entrar em desespero.

– Eu... não tenho controle sobre elas.

– Srta. Patterson, eu estou tentando ajudá-la – disse Brennan. – Estou querendo mostrar ao júri os seus álteres que mataram e mutilaram aqueles três homens inocentes. Traga-as aqui.

– Eu... não consigo. – Ela começou a chorar.

– Não pode porque elas não existem! Está se escondendo atrás de fantasmas, Srta. Patterson. É a única sentada nesse banco, assim como é a única culpada. Elas não existem, mas *Ashley Patterson* existe, e eu vou lhe dizer o que mais existe... provas irrefutáveis, inegáveis, de que a senhorita assassinou três homens e os emasculou a sangue-frio. – Ele se dirigiu à juíza Williams. – Meritíssima, o Estado dá a inquirição da testemunha por encerrada.

David se virou para ver o júri. Todos os jurados estavam de olhos pregados em Ashley, e seus rostos estavam marcados pela repulsa.

A juíza Williams se dirigiu a David.

– Sr. Singer?

David se levantou.

– Meritíssima, eu peço permissão para que a ré seja hipnotizada, a fim de...

A juíza Williams falou com aspereza:

– Sr. Singer, eu avisei antes que não ia permitir que este julgamento fosse transformado num espetáculo à parte. O senhor não pode hipnotizá-la aqui no *meu* tribunal. A resposta é "não".

David falou incisivamente:

– Sua Excelência tem de me deixar hipnotizá-la. Não sabe a importância...

– Já chega, Sr. Singer – disse ela friamente. – Eu vou citá-lo uma segunda vez por desacato. Deseja reinquirir a testemunha ou não?

David ficou parado, frustrado.

– Desejo, sim, meritíssima. – Ele caminhou até o banco das testemunhas. – Ashley, você sabe que está sob juramento?

– Sei, sim. – Ela estava com a respiração ofegante, lutando para se controlar.

– E tudo o que disse é a verdade, em conformidade com o seu conhecimento?

– Correto.

– Sabe que há dois álteres em sua mente, em seu corpo e em sua alma, sobre os quais você não tem controle?

– Sei.

– Toni e Alette?

– Certo.

– Você não cometeu nenhum daqueles crimes hediondos?

– Não.

– Um dos seus álteres foi quem os cometeu, e você não é responsável.

Eleanor olhou para Brennan indagativamente, mas ele sorriu e balançou a cabeça.

– Ele que se enforque! – sussurrou.

– Helen... – David parou, empalidecido pelo deslize. – Quero dizer, Ashley... Você precisa trazer Toni aqui e agora.

Ashley olhou para David e balançou a cabeça, sem saber o que fazer.

– Eu... eu não consigo – disse ela, num sussurro de voz.

– Consegue, sim – disse David – Toni está nos escutando neste exato momento. Está se divertindo, e por que não estaria? Ela cometeu três assassinatos e saiu impune. – Ele elevou a voz. – Você é muito esperta, Toni. Saia daí e venha receber uma salva de palmas. Ninguém pode fazer nada contra você. Eles não podem castigar Ashley porque ela é inocente, e teriam de punir a *ela* para atingir você.

Todos no tribunal estavam de olhos cravados em David. Ashley continuava em seu lugar, petrificada.

David chegou mais para perto dela.

– Toni! Toni, você está me ouvindo? Eu quero que você saia daí. *Agora!*

Ele aguardou um instante. Nada aconteceu. Ele elevou a voz.

– Toni! Alette! Saiam daí. Apareçam. Todos aqui sabem que vocês estão aí.

A sala de audiências permaneceu em absoluto silêncio.

David perdeu o controle. Estava gritando:

– Saiam. Mostrem as suas caras... *Porra! Agora! Já!*

Ashley irrompeu em lágrimas.

– Venha à mesa, Sr. Singer – disse a juíza Williams, enfurecida.

Lentamente, David se encaminhou até ela.

– Já acabou de atormentar a sua cliente, Sr. Singer? Vou enviar um relatório do seu comportamento para a Ordem dos Advogados. O senhor é uma desonra para a sua profissão, e eu vou recomendar que lhe cassem a licença.

David não teve resposta.

– O senhor tem mais alguma testemunha para chamar?
David balançou a cabeça, derrotado.
– Não, meritíssima.
Acabara-se. Ele havia perdido. Ashley ia morrer.
– A defesa dá a sua parte por encerrada.

JOSEPH KINCAID estava sentado na última fileira de espectadores, assistindo, com uma expressão taciturna no rosto. Ele se dirigiu a Harvey Udell.
– Livre-se dele. – Kincaid se levantou e foi embora.
Udell parou David quando este estava deixando a sala.
– David...
– Olá, Harvey!
– Eu sinto muito pela maneira como isto terminou.
– Não é...
– O Sr. Kincaid está muito contrariado por ter de fazer isto, mas acha que seria melhor se você não voltasse para a firma. Boa sorte!

NO MOMENTO em que pisou do lado de fora da sala de audiências, David foi cercado por câmeras de televisão e repórteres aos berros.
– O que tem a declarar, Sr. Singer...?
– Ouvimos dizer que a juíza Williams vai mandar cassar seu registro...
– A juíza Williams diz que vai detê-lo por desacato. O senhor acha que...?
– Os especialistas acham que o senhor perdeu este caso. Está pensando em apelar...?
– Os especialistas em assuntos jurídicos de nossa rede acham que a sua cliente vai pegar a pena de morte...
– O que está planejando fazer no futuro...?
David entrou em seu carro sem dizer palavra alguma e se foi.

21

Ele reviu as cenas na cabeça diversas vezes, infinitas vezes.

Eu li as notícias hoje de manhã, Dr. Patterson. Não sei como lhe dizer o quanto fiquei sentido!
Decerto. Foi um impacto muito grande! Eu preciso de sua ajuda, David.
Claro. O que eu puder fazer.
Quero que você represente Ashley.
Eu não posso fazer isso. Não sou advogado criminalista. Mas posso lhe recomendar um excelente advogado, Jesse Quiller.
Então, está bem. Obrigado, David...

Você é um jovem ansioso, não é mesmo? A nossa reunião estava marcada somente para as 17 horas. Ora, eu tenho boas notícias. Nós vamos torná-lo sócio da empresa.

O senhor pediu para falar comigo?
Pedi, sim, meritíssima. Estão falando sobre este julgamento na internet, e já condenaram a ré. Isto pode prejudicar muito a defesa. Portanto, estou entrando com uma moção de anulação do julgamento.
Acho que é uma excelente razão para anulação, Sr. Singer. Vou deferi-la...

O amargo jogo do "e se"...

NA MANHÃ SEGUINTE, foi aberta a sessão no tribunal.

– A promotoria está pronta para concluir sua alegação? – Brennan se levantou. Caminhou até a bancada do júri e olhou para os jurados, um a um.

– Os senhores e as senhoras têm a condição de fazer história, aqui e agora. Se acreditarem que a ré é de fato muitas pessoas diferentes e não tem responsabilidade sobre o que fez, pelos crimes hediondos que cometeu, e a absolverem, então estarão dizendo que qualquer um consegue cometer um crime impunemente, bastando, para isso, alegar que não o cometeu, que foi algum *alter ego* misterioso quem o cometeu. Eles podem roubar, estuprar e matar, e serão culpados? Não. "Eu não fiz nada. Foi o meu *alter ego* quem fez." Ken, Joe, Suzy ou seja lá como eles queiram se autodenominar. Ora, eu acho que os senhores e as senhoras são inteligentes o suficiente para não se deixar levar por essa fantasia. A verdade está naquelas fotografias que viram. Aquelas pessoas não foram assassinadas por *alter egos.* Foram todas deliberada, calculada e cruelmente assassinadas pela ré sentada àquela mesa, Ashley Patterson. Senhoras e senhores do júri, o que a defesa tentou fazer aqui neste tribunal já foi tentado antes. Em *Mann contra Teller*, a decisão foi que uma constatação de DPM não implica, por si só, uma questão de absolvição. Em *Estados Unidos contra Whirley*, uma enfermeira, que assassinou um bebê, alegou ser portadora do DPM. O tribunal a considerou culpada.

"Saibam de uma coisa: eu quase sinto pena da ré. Todas aquelas personalidades vivendo dentro da pobre moça! Tenho certeza de que nenhum de nós haveria de querer um punhado de gente estranha e maluca habitando o nosso íntimo, não é mesmo? Sair assassinando e castrando homens por aí? Eu morreria de medo!

Ele se virou de frente para Ashley.

– A ré não parece amedrontada, parece? Não o suficiente para deixar de pentear os cabelos, usar um belo vestido e uma discreta maquiagem! Ela não me parece nem um pouco amedrontada. Está achando que os senhores e as senhoras vão acreditar na história que contou e deixá-la sair em liberdade. Ninguém é capaz de provar se esse distúrbio de personalidade múltipla realmente existe; portanto, vamos ter de julgar por nós mesmos.

"A defesa alega que essas personalidades afloram e assumem controle. Vejamos: Toni nasceu na Inglaterra. E Alette, esta nasceu na Itália. São todas a mesma pessoa. Apenas nasceram em países diferentes, em épocas diferentes. Isto não os deixa confusos? Sei que, a mim, me deixa confuso. Eu ofereci à ré uma chance de nos mostrar seus álteres, mas ela não aceitou. Eu me pergunto por quê? Seria porque não existem...? A lei da Califórnia reconhece o DPM como uma doença mental? Não. A do Colorado? Não. Do Mississippi? Não. A lei federal? Não. *Nenhum* estado tem uma lei que confirme o DPM como defesa jurídica. E por quê? Porque *não é* uma defesa. Senhoras e senhores, trata-se de um álibi fictício para escapar ao castigo...

"O que a defesa está pedindo aos senhores e às senhoras é que acreditem na existência de duas pessoas dentro da pessoa da ré, de forma que ninguém assuma a responsabilidade dos atos criminosos dela. Mas só há uma ré sentada dentro deste recinto: Ashley Patterson. Nós provamos, sem sombra de dúvida, que ela é uma assassina. Mas ela alega não ter cometido os crimes. Alega que eles foram cometidos por outra pessoa, alguém que lhe tomou emprestado o corpo para matar gente inocente... seus álteres. Não seria maravilhoso se todos tivéssemos álteres, alguém para fazer tudo aquilo que secretamente desejamos, mas que a sociedade não permite? Ou talvez não. Acaso gostariam de viver num mundo onde as pessoas pudessem sair por aí assassinando os outros e dizendo: 'Ninguém pode encostar em mim, foi o meu álter quem fez isso' e 'Vocês não podem castigar o meu álter porque o meu álter, na verdade, sou eu'?

"Mas este julgamento não trata de personalidades míticas, que não existem. A ré, Ashley Patterson, está sendo julgada por três assassinatos hediondos a sangue-frio, e o Estado está pedindo a pena de morte. Obrigado!

Mickey Brennan voltou ao seu lugar.

– A defesa está pronta para fazer o seu fechamento?

David se levantou. Caminhou até a bancada do júri, olhou bem dentro do rosto de cada jurado, e o que viu foi desanimador.

– Eu sei que este caso está sendo muito difícil para todos nós. Ouvimos especialistas testemunhando que já trataram o distúrbio de personalidade múltipla, assim como ouvimos outros especialistas depondo que isso não existe. Os distintos jurados não são médicos, de modo que ninguém espera que a sua decisão seja tomada com base em conhecimentos médicos. Eu gostaria de me desculpar diante de todos se o meu comportamento de ontem lhes pareceu grosseiro. Gritei com Ashley Patterson somente porque quis forçar os seus álteres a se manifestarem. Eu já conversei com esses álteres. Eu sei que existem. Existem, de fato, uma Alette e uma Toni, e elas são capazes de controlar Ashley a qualquer momento que desejem. Ela não tem conhecimento de haver cometido crime algum.

"Eu lhes disse no início deste julgamento: para que alguém seja condenado por assassinato em primeiro grau, é preciso que haja uma prova física e um motivo. Não há motivo aqui, senhoras e senhores. Nenhum. E a lei diz que a promotoria deve provar a culpa do réu além de qualquer dúvida razoável. Estou certo de que as senhoras e os senhores concordarão que, neste caso, *há* uma dúvida razoável.

"Quanto às provas, a defesa nada questiona. Há impressões digitais e vestígios do DNA de Ashley Patterson em todas as cenas dos crimes. Mas o simples fato de se encontrarem lá deveria nos fazer pensar. Ashley Patterson é uma mulher jovem e inteligente. Se cometesse um assassinato e não quisesse ser descoberta, teria deixado suas impressões digitais em todos esses lugares? A resposta é 'não'.

David continuou durante mais trinta minutos. Ao terminar, olhou para os rostos dos jurados e não sentiu acolhida. Ele se sentou.

A juíza Williams se dirigiu aos jurados.

– Eu agora vou instruí-los acerca da lei que se aplica a este caso. Prestem bastante atenção.

Ela falou durante os vinte minutos seguintes, detalhando o que era admissível e permissível segundo a lei.

– Caso tenham perguntas, ou desejem que alguma parte dos depoimentos lhes seja referida outra vez, o relator do tribunal os atenderá. O júri está dispensado para deliberar. A sessão está suspensa até que os jurados voltem com o veredicto.

David ficou olhando os jurados saírem em fila da bancada e entrarem na sala do júri. *Quanto mais eles demorarem, maiores serão as nossas chances*, pensou.

Os jurados retornaram quarenta e cinco minutos depois.

David e Ashley olharam os jurados entrarem em fila e tomarem seus assentos na bancada do júri. Ashley estava com o rosto impassível. David percebeu que estava transpirando muito devido à tensão em que se encontrava.

A juíza Williams se dirigiu ao porta-voz do júri.

Os jurados chegaram a um veredicto?

– Chegamos, sim, meritíssima.

– Queira entregá-lo, por favor, ao oficial de justiça.

O oficial de justiça levou a folha de papel para a juíza, que a desdobrou. Não havia um ruído sequer na sala de audiências.

O oficial de justiça devolveu a folha de papel ao porta-voz do júri.

– Queira ler o veredicto, por favor.

Em tom lento e comedido, ele leu:

– No caso *O povo do Estado da Califórnia contra Ashley Patterson*, nós, do júri, nesta referida ação, consideramos a ré, Ashley Patterson, culpada pelo assassinato de Dennis Tibble, em violação à Seção 187 do Código Penal.

Houve um grito sufocado na sala do tribunal. Ashley fechou os olhos com força.

– No caso *O povo do Estado da Califórnia contra Ashley Patterson*, nós, do júri, nesta referida ação, consideramos a ré, Ashley Patterson, culpada pelo assassinato do delegado Sam Blake, em violação à Seção 187 do Código Penal.

"No caso *O povo do Estado da Califórnia contra Ashley Patterson*, nós, do júri, nesta referida ação, consideramos a ré, Ashley Patterson, culpada pelo assassinato de Richard Melton, em violação à Seção 187 do Código Penal. Nós, do júri, em todos os veredictos, os classificamos como de primeiro grau.

David começou a sentir dificuldade para respirar. Ele se virou para Ashley, mas não teve palavras. Inclinou-se para perto dela e a envolveu com os braços.

A juíza Williams falou:

– Eu gostaria que cada jurado asseverasse o seu veredicto. – Um a um, eles se levantaram. – O veredicto lido foi o seu veredicto? – E depois de cada um ter afirmado que sim, a juíza Williams disse: – O veredicto será registrado e incluído nos autos. – Ela prosseguiu: – Devo agradecer ao júri o tempo dedicado e o serviço prestado neste caso. Estão dispensados. Amanhã, o tribunal acolherá a questão da sanidade.

David ficou sentado, entorpecido, vendo Ashley ser levada embora.

A juíza Williams se levantou e foi para o seu gabinete sem olhar para David. Sua atitude mostrou-lhe mais claramente do que palavras qual seria a sua decisão pela manhã. Ashley seria condenada à morte.

SANDRA TELEFONOU de São Francisco.

– Você está bem, David?

Ele tentou se mostrar animado.

– Estou. Estou ótimo. Como você está se sentindo?

– Estou bem. Estive vendo os noticiários da televisão. A juíza não foi justa com você. Ela não pode cassar a sua licença. Você só estava tentando ajudar a sua cliente.

Ele não teve resposta.

– Eu sinto muito, David. Gostaria de estar aí com você. Eu poderia pegar o carro e ir...

– Não – disse ele. – Não podemos correr nenhum risco. Você esteve no médico hoje?

– Estive.

– O que ele disse?

– Falta pouco. É para qualquer momento.

Que o dia do seu nascimento seja muito feliz, Jeffrey.

JESSE QUILLER telefonou.

– Eu estraguei tudo – falou David.

– Porra nenhuma! Você pegou foi o juiz errado. O que você fez para que ela ficasse tão intransigente?

– Ela quis que eu entrasse num acordo de alegações. Não queria que o caso fosse a julgamento. Talvez eu devesse tê-la escutado – disse David.

TODOS OS CANAIS de televisão estavam repletos de notícias referentes à desgraça dele. David assistiu a um grupo de especialistas jurídicos de uma das redes discutindo o caso.

– Eu nunca tinha ouvido falar de um advogado de defesa gritando com o cliente! Vou dizer uma coisa, todo mundo na sala de audiências ficou atônito. Foi uma coisa das mais estapafúrdias...

David mudou de canal. *Onde foi que tudo desandou? A vida deve ter sempre um final feliz. Foi porque eu estraguei tudo. Ashley vai morrer, eu vou perder a minha licença, o bebê vai nascer a qualquer momento, e eis que estou desempregado!*

Ele ficou no hotel, sentado em seu quarto no meio da noite, olhando para a escuridão. Foi o pior momento de sua vida. Em sua mente, repetia-se seguidamente a última cena na sala de audiências. *"O senhor não pode hipnotizá-la aqui no meu tribunal. A resposta é não."*

Se ao menos ela tivesse me deixado hipnotizar Ashley no banco, eu sei que isso teria convencido o júri. Tarde demais. Está tudo acabado agora.

E uma vozinha inconveniente em sua mente disse: *Quem disse que está tudo acabado? Ainda não ouvi soarem as trombetas.*

Não há mais o que eu possa fazer.

Sua cliente é inocente. Você vai permitir que ela morra?

Deixe-me em paz.

As palavras da juíza Williams continuavam ecoando em sua mente. *"O senhor não pode hipnotizá-la aqui no meu tribunal."*

E três palavras continuaram se repetindo – no meu tribunal.

ÀS 5 HORAS, David deu dois telefonemas agitados, urgentes. Ao terminar, o sol já começava a surgir no horizonte. *É um presságio*, pensou David. *Nós vamos ganhar.*

POUCO DEPOIS, David correu para uma loja de antiguidades.

O vendedor o atendeu.

– O senhor está procurando alguma coisa específica? – Ele o reconheceu. – Sr. Singer?

– Estou procurando um biombo de tela. Vocês teriam alguma coisa assim?

– Temos, sim. Não temos biombos muito antigos, mas...

– Mostre-me o que vocês têm.

– Pois não. – Ele conduziu David para uma seção onde havia vários biombos chineses. O vendedor apontou para o primeiro. – Este aqui...

– Está ótimo – disse David.

– Pois não, senhor. Onde é para entregar?

– Eu mesmo levo.

A PRÓXIMA PARADA de David foi numa loja de ferragens, onde ele comprou um canivete suíço. Quinze minutos depois, entrava no saguão do tribunal carregando o biombo.

– Eu tomei providências para entrevistar Ashley Patterson. Tenho permissão para usar o gabinete do juiz Goldberg. Ele não está aqui hoje – disse David para o guarda de segurança.

– Pois não, senhor. Está tudo pronto. Vou mandar trazer a ré. O Dr. Salem e outro homem já estão lá esperando – respondeu o guarda.

– Obrigado!

O guarda ficou vendo David entrar no elevador com o biombo chinês. *Maluco de pedra, esse aí*, pensou.

O GABINETE DO JUIZ Goldberg era uma sala agradável, confortável, com uma mesa de frente para a janela, uma cadeira giratória e um sofá, além de várias poltronas perto de uma das paredes. Quando David entrou, o Dr. Salem e outro homem estavam esperando em pé.

– Desculpem o atraso – falou David.

– Este é Hugh Iverson. É o especialista que você pediu – disse o Dr. Salem.

Os dois trocaram um aperto de mãos.

– Vamos nos aprontar logo – disse David. – Ashley já está chegando.

Ele se virou para Hugh Iverson e apontou para um canto da sala.

– Que tal ali?

– Está bem.

Ele viu Iverson começar a se preparar. Minutos depois, a porta se abriu, e Ashley entrou conduzida por um guarda.

– Eu vou ter de ficar aqui dentro – disse o guarda.

David assentiu. Ele se dirigiu a Ashley.

– Sente-se, por favor. – Esperou até que ela se sentasse e então acrescentou: – Antes de mais nada, quero lhe dizer o quanto sinto pela maneira como as coisas correram.

Ela assentiu, meio aturdida.

– Mas ainda não acabou. Resta-nos uma chance.

Ela olhou para ele com ar descrente.

– Ashley, eu gostaria que o Dr. Salem a hipnotizasse outra vez.

– Não. Qual é o sentido de...

– Por favor. Faça isso por mim.

Ela deu de ombros.

David fez um gesto afirmativo para o médico.

O Dr. Salem falou para Ashley:

– Já passamos por isso antes, portanto você já sabe que basta fechar os olhos e relaxar. É só relaxar. Sinta todos os músculos do seu corpo abandonando a tensão. Você só precisa dormir. Está ficando sonolenta...

Dez minutos depois, ele olhou para David e disse:

– Está totalmente entregue.

David se aproximou de Ashley com o coração palpitando.

– Eu quero falar com Toni.

Não houve reação alguma.

David elevou a voz.

– Toni. Eu quero que você apareça. Está me ouvindo? Alette... Eu quero falar com vocês duas.

Silêncio.

David estava gritando agora.

– O que há com vocês? Estão assustadas demais? Foi isso que aconteceu no tribunal, não foi? Ouviram o que o júri falou? Ashley é culpada. Tiveram medo de aparecer! Você é uma covarde, Toni!

Eles olhavam para Ashley. Não havia reação alguma. David olhou desesperado para o Dr. Salem. Não ia funcionar.

– ESTÁ ABERTA A SESSÃO. Preside a meritíssima juíza Williams.

Ashley estava sentada à mesa dos réus, ao lado de David. A mão dele estava envolta por uma enorme atadura.

David se levantou.

– Posso me dirigir ao juízo, meritíssima?

– Pode.

David se aproximou da mesa. Brennan o seguiu.

– Eu gostaria de apresentar uma nova prova para este caso – disse David.

– Absolutamente não – objetou Brennan.

A juíza Williams se virou para ele e falou:

– Esta decisão cabe a mim, Sr. Brennan. – Ela se dirigiu de volta a David. – O julgamento acabou. A sua cliente foi condenada e...

– Tem a ver com a alegação de insanidade – disse David. – Eu só estou pedindo dez minutos do seu tempo.

A juíza Williams falou, zangada:

– O tempo não significa muito para o senhor, não é mesmo, Sr. Singer? Já desperdiçou muito o tempo de todo mundo! – Ela tomou a decisão. – Tudo bem. Espero que seja o seu último pedido a um tribunal de justiça! A sessão entrará em recesso por dez minutos.

David e Brennan acompanharam a juíza até o seu gabinete.

Ela se dirigiu a David.

– Estou lhe concedendo os dez minutos que pediu. Do que se trata, Sr. Singer?

– Quero lhe mostrar parte de um filme, meritíssima.

Brennan falou:

– Não vejo onde isso possa...

A juíza Williams falou para Brennan:

– Nem eu. – Ela se dirigiu para David. – O senhor só tem mais nove minutos.

David correu para a porta que dava para o corredor e a abriu.

– Entre.

Hugh Iverson entrou, carregando um projetor de dezesseis milímetros e uma tela portátil.

– Onde coloco?

David apontou para um canto da sala.

– Ali.

Eles viram o homem ajeitar o equipamento e conectá-lo à tomada.

– Posso fechar as cortinas? – perguntou David.

Tudo o que a juíza Williams conseguiu dizer para conter a raiva foi:

– Pode prosseguir, Sr. Singer. – Ela olhou para o relógio. – O senhor tem sete minutos.

O projetor foi ligado. O gabinete do juiz Goldberg surgiu na tela. David e o Dr. Salem estavam observando Ashley, sentada numa poltrona.

Na tela, o Dr. Salem falou:

– Está completamente entregue.

David caminhou para perto dela.

– Eu quero falar com Toni... Toni! Eu quero que você apareça. Está me ouvindo? Alette... Eu quero falar com vocês duas.

Silêncio.

A juíza Williams estava parada, o rosto contraído, assistindo ao filme.

David estava gritando agora.

– O que há com vocês? Estão assustadas demais? Foi isso que aconteceu no tribunal, não foi? Ouviram o que o júri falou? Ashley é culpada. Tiveram medo de aparecer! Você é uma covarde, Toni!

A juíza Williams se levantou.

– Para mim, basta! Eu já vi esta encenação de mau gosto antes. O seu tempo acabou, Sr. Singer.

– Espere – falou David. – Sua Excelência ainda não viu...

– Acabou-se – falou a juíza Williams e partiu em direção à porta.

De repente, uma música preencheu o ambiente.

> *"Um centavo por um novelo de lã,*
> *Um centavo por uma agulha, a toda hora!*
> *É assim que o dinheiro se vai.*
> *Mas a lontra – pluft! – foi embora."*

Intrigada, a juíza Williams se virou e olhou para a imagem na tela.

O rosto de Ashley estava completamente transfigurado. Era Toni.

– Assustada demais para aparecer no tribunal? Você achou mesmo que eu ia aparecer simplesmente porque você me ordenou? O que acha que eu sou, um bichinho amestrado? – falou Toni, enraivecida.

A juíza Williams voltou lentamente para o interior da sala, os olhos cravados na tela.

– Eu ouvi aquele bando de idiotas se fazendo de bobos. – Ela imitou a voz de uma das pessoas na sala de audiências. – "Eu acho que o distúrbio de personalidade múltipla não existe." Mas que bando de idiotas! Eu nunca vi...

Enquanto eles viam, o rosto de Ashley se modificou outra vez. Ela pareceu relaxar na poltrona e a fisionomia assumiu um ar tímido. Com seu sotaque italiano, Alette falou:

– Sei que deu o melhor de si, Sr. Singer. Eu quis aparecer no tribunal e ajudá-lo, mas Toni não deixou.

A juíza Williams estava olhando, sua face inexpressiva.

O rosto e a voz tornaram a mudar.

– Mas é claro que eu não deixei – disse Toni.

– Toni, o que acha que vai acontecer com você se a juíza der a Ashley a pena de morte? – perguntou.

– Ela não vai dar a pena de morte. Ashley sequer conhecia um dos homens. Lembra-se?

– Mas Alette conhecia todos eles. Você cometeu aqueles assassinatos, Alette. Você teve relações sexuais com aqueles homens e depois os matou e os castrou... – disse David.

– Seu grande idiota! – falou Toni. – Você não sabe de nada, hein? Alette jamais teria coragem de fazer uma coisa dessas. Fui eu que fiz. Eles mereceram a morte. Só queriam saber de sexo. – Ela estava ofegante. – Mas eu fiz com que eles pagassem, não fiz? E ninguém vai conseguir provar que fui eu. A dona Maria Certinha que fique com a culpa! Nós vamos todas parar num manicômio tranquilo e aconchegante e...

Ao fundo, por trás da tela do biombo ao canto, ouviu-se um estalido alto.

Toni se virou.

– O que foi isso?

– Nada – apressou-se David em dizer. – Foi só...

Toni se levantou e correu em direção à câmera até que seu rosto preencheu toda a tela. Ela empurrou alguma coisa, e a cena se inclinou; uma parte do biombo caiu para dentro do enquadramento da filmagem. Um pequeno furo havia sido aberto no centro.

– Você colocou uma merda de uma câmera aqui atrás – gritou Toni. Ela se virou para David. – Seu filho da puta! O que está querendo fazer? Você me enganou!

Sobre a mesa, havia uma faca de cortar papel. Toni a agarrou e partiu para cima de David, gritando:

– Eu vou matá-lo. Eu vou matá-lo.

David tentou contê-la, mas não conseguiu. A faca atingiu-lhe a mão.

Toni ergueu o braço para atacar novamente, e o guarda correu até ela e tentou segurá-la. Toni derrubou-o no chão. A porta foi aberta e um oficial uniformizado entrou correndo. Quando viu o que estava acontecendo, ele se jogou em cima de Toni. Ela deu-lhe um chute na virilha, e ele caiu. Outros dois oficiais entraram correndo em seguida. Foram necessários três ao todo para agarrá-la e levá-la de volta à poltrona, e o tempo todo ela não parou de berrar e gritar com eles.

Jorrava sangue da mão de David, que falou para o Dr. Salem:

– Pelo amor de Deus! Acorde-a.

– Ashley... Ashley... me escute. Você vai voltar agora. Toni foi embora. Pode vir, Ashley. Eu vou contar até três – disse o médico.

E enquanto o grupo assistia a tudo, o corpo de Ashley foi se acalmando e relaxando.

– Está me ouvindo?

– Estou. – Foi a voz de Ashley, soando distante.

– Você vai acordar quando eu chegar ao três. Um... dois... três... Como está se sentindo?

Seus olhos se abriram.

– Estou muito cansada. Eu disse alguma coisa?

A tela no gabinete da juíza Williams ficou em branco. David foi até a parede e acendeu as luzes.

– Ora, mas que performance! – exclamou Brennan. – Se eles estivessem dando um Oscar para a melhor...

A juíza Williams se dirigiu a ele.

– Cale a boca.

Brennan olhou para ela, chocado.

Houve um silêncio momentâneo. A juíza Williams olhou para David.

– Sr. Singer.

– Pois não?

Houve uma pausa.

– Eu lhe devo desculpas.

SENTADA À SUA MESA, a juíza Tessa Williams falou:

– Ambos os advogados concordaram em acolher a opinião de um psiquiatra que já examinou a ré, o Dr. Salem. A decisão deste tribunal reza que a ré não é culpada, por razão de insanidade. Ela será mandada para um hospital psiquiátrico, onde poderá se sujeitar a um tratamento. A sessão está suspensa.

David se levantou, exausto. *Acabou*, pensou. *Finalmente acabou.* Ele e Sandra poderiam retomar suas vidas.

Ele olhou para a juíza Williams e disse, alegre:

– Nós estamos tendo um bebê.

– EU GOSTARIA de fazer uma sugestão. Não sei se é possível, mas se você conseguir dar um jeito, acho que seria de grande ajuda para Ashley – disse o Dr. Salem para David.

– O que é?

– O Hospital Psiquiátrico de Connecticut, na Costa Leste, já tratou de mais casos de DPM do que qualquer outro do país. Um amigo meu, o Dr. Otto Lewison, é o diretor. Se você conseguir que o tribunal envie Ashley para lá, acho que seria benéfico para ela.

– Obrigado! – disse David. – Vou ver o que posso fazer.

– Eu... eu não sei como lhe agradecer – disse o Dr. Steven Patterson para David.

– Não precisa. Foi uma troca, elas por elas. Lembra-se? – respondeu David, sorrindo.

– Você fez um trabalho brilhante. Durante um tempo, cheguei a ficar com medo...

– Eu também.

– Mas a justiça foi cumprida. Minha filha vai ficar curada.

– Tenho certeza disso – falou David. – O Dr. Salem sugeriu um hospital psiquiátrico em Connecticut. Os médicos são treinados em DPM.

O Dr. Patterson ficou calado um instante.

– Sabe, Ashley não merecia nada disso. Ela é uma pessoa tão bonita!

– Concordo. Vou falar com a juíza Williams para tentar conseguir a transferência.

A JUÍZA WILLIAMS estava no seu gabinete.

– Posso ajudá-lo em alguma coisa, Sr. Singer?

– Eu gostaria de lhe pedir um favor.

Ela sorriu.

– Espero que eu possa atender. O que é?

David explicou para a juíza o que o Dr. Salem lhe havia dito.

– Ora, é uma solicitação bastante incomum. Temos hospitais psiquiátricos muito bons aqui na Califórnia.

– Tudo bem. Obrigado, meritíssima – disse ele, virando-se para ir embora, decepcionado.

– Eu não disse que não ia atendê-lo, Sr. Singer. – David parou. – A solicitação é incomum, mas o caso foi inteiramente incomum.

David aguardou.

– Acho que posso providenciar a transferência.

– Obrigado, meritíssima! Eu lhe agradeço.

EM SUA CELA, Ashley pensou: *Eles me sentenciaram à morte. Uma morte longa, num hospício cheio de gente maluca. Teria sido melhor se me matassem agora.* Ela pensou na desesperança, nos anos infindáveis que teria pela frente, e começou a chorar.

A porta da cela se abriu, e seu pai entrou. Ele ficou parado um momento, olhando para ela com o rosto angustiado.

– Querida... – ele se sentou à sua frente. – Você vai viver – disse.

Ela balançou a cabeça.

– Não quero viver.

– Não diga isso. Você tem um problema psiquiátrico, mas que pode ser curado. E vai ser. Quando estiver melhor, você vai sair de lá e virá morar comigo, e eu vou cuidar de você. Não importa o que aconteça, sempre teremos um ao outro. Isso eles não podem nos tirar.

Ashley continuou sentada, sem dizer nada.

– Sei como você está se sentindo agora, mas acredite, isso vai mudar. Minha menina vai voltar para casa, curada. – Ele foi se levantando devagar. – Eu sinto muito, mas tenho de voltar para São Francisco. – Esperou que Ashley dissesse alguma coisa.

Ela permaneceu em silêncio.

– David me disse que acha que você vai ser mandada para um dos melhores centros psiquiátricos do mundo. Você gostaria que eu fosse visitá-la?

Ela assentiu, desanimada.

– Sim.

– Tudo bem, querida. – Ele a beijou no rosto e deu-lhe um abraço. – Vou providenciar para que você tenha o melhor atendimento do mundo. Eu quero a minha menininha de volta.

Ashley viu o pai ir embora, e pensou: *Por que não posso morrer agora? Por que eles não me deixam morrer?*

Uma hora mais tarde, David veio vê-la.

– Ora, ora! Conseguimos! – disse ele. Olhou para ela apreensivo. – Você está bem?

– Eu não quero ir para um manicômio. Prefiro morrer. Não consigo continuar vivendo assim. David, me ajude. Por favor, me ajude.

– Ashley, você vai receber ajuda. O passado acabou. Agora você tem um futuro. O pesadelo vai acabar. – Ele pegou-lhe a mão. – Olhe aqui, você confiou em mim até agora. Continue confiando em mim. Você vai voltar a levar uma vida normal.

Ela continuou sentada, calada.

– Diga: "Eu acredito em você, David."

Ela respirou fundo.

– Eu... eu acredito em você, David.

Ele sorriu.

– Isso! É um recomeço para você.

NO MOMENTO em que a decisão judicial foi levada a público, a mídia ficou em polvorosa. Da noite para o dia, David se tornou herói. Tinha apanhado um caso impossível e ganhara.

Ele telefonou para Sandra.

– Querida, eu...

– Eu sei, meu bem. Eu sei. Acabei de ver na televisão. Mas que maravilha! Estou tão orgulhosa de você!

– Eu não tenho como lhe dizer o prazer que estou sentindo por isso tudo ter acabado. Volto para casa hoje à noite. Mal posso esperar para ver...

– David...?

– Diga.

– David... aaaaaii...

– O quê? O que foi, querida?

– ...aaaaaii... O bebê está nascendo...

– Espere por mim – gritou David.

JEFFREY SINGER nasceu pesando três quilos e novecentos gramas, e era o bebê mais lindo que David tinha visto.

– Ele parece com você – falou Sandra.

– Parece mesmo, não é? – David estava exultante.

– Estou feliz por tudo ter terminado bem – disse Sandra.

David soltou um suspiro.

– Houve momentos em que cheguei a perder a confiança.

– Eu não duvidei de você um instante sequer.

David abraçou Sandra e falou:

– Eu volto logo, querida. Preciso tirar as minhas coisas lá da firma.

QUANDO CHEGOU aos escritórios da Kincaid, Turner, Rose & Ripley, David foi recebido calorosamente.

– Parabéns, David...

– Belo trabalho...

– Você provou sua competência...

David entrou em sua sala. Holly não estava. Ele começou a limpar sua mesa.

– David...

Ele se virou. Era Joseph Kincaid.

Kincaid caminhou até ele e falou:

– O que está fazendo?

– Estou limpando a minha sala. Eu fui despedido.

Kincaid sorriu.

– Despedido? Claro que não! Não, não, não. Houve algum mal-entendido. – Ele estava exultante. – Estamos lhe dando uma participação na sociedade, meu rapaz. Eu providenciei uma coletiva à imprensa para você aqui hoje à tarde, às 15 horas.

David olhou para ele.

– Verdade?

Kincaid assentiu.

– Absoluta.

– É melhor cancelar – disse David. – Eu decidi voltar para o Direito penal. Recebi uma oferta de participação na sociedade de Jesse Quiller. Pelo menos quando se está lidando com essa área legal, sabe-se quem são de fato os criminosos. Portanto, Joey, meu caro, pode pegar a sua sociedade e enfiá-la onde o sol não bate.

David saiu do escritório.

JESSE QUILLER visitou a cobertura e falou:

– É ótima! Tem mesmo o jeito de vocês dois!

– Obrigada! – disse Sandra. Ela ouviu um barulho vindo do quarto do bebê. – Vou ver o que há com Jeffrey. – Ela foi correndo para o quarto ao lado.

Jesse Quiller se aproximou mais para poder apreciar uma bela moldura em prata de lei com a primeira fotografia de Jeffrey já revelada.

– Que linda! Onde vocês arranjaram?

– A juíza Williams mandou.

– Estou feliz por tê-lo de volta, sócio – disse Jesse.

– Eu estou feliz por estar de volta, Jesse.

– Você provavelmente vai precisar de um tempinho para relaxar. Descanse um pouco...

– Certo. Estávamos pensando em pegar o carro e levar Jeffrey até o Oregon para visitar os pais de Sandra, e...

– A propósito, chegou um caso interessante ao escritório hoje de manhã, David. Uma mulher está sendo acusada de ter matado os dois filhos. Estou com o pressentimento de que ela é inocente. Infelizmente, estou indo para Washington para resolver outro caso, mas achei que você poderia conversar com ela e ver o que acha.

Livro III

22

O Hospital Psiquiátrico de Connecticut, 23 quilômetros ao norte de Westport, foi originalmente propriedade de Wim Boeker, um holandês rico, que construiu sua residência ali em 1910. O exuberante terreno de 4 mil metros quadrados continha a casa grande, uma oficina, um estábulo e uma piscina. O Estado comprou o imóvel em 1925 e reformou a casa para acolher cem pacientes. Uma cerca alta foi construída ao redor da propriedade, com uma guarita na entrada. Todas as janelas foram protegidas por barras de metal, e uma ala da casa foi reforçada para funcionar como área de segurança, onde ficariam os internos perigosos.

Na sala do Dr. Otto Lewison, chefe da clínica psiquiátrica, uma reunião estava em andamento. O Dr. Gilbert Keller e o Dr. Craig Foster estavam discutindo um novo paciente que estava para chegar.

Gilbert Keller era um homem de seus 40 e poucos anos, estatura mediana, cabelos louros e intensos olhos cinzentos. Tratava-se de um renomado especialista no campo do distúrbio de personalidade múltipla.

Otto Lewison, o superintendente do Hospital Psiquiátrico de Connecticut, estava com mais de 70 anos, era um homem cheio de vida, sempre bem-vestido, de barba cheia e óculos pincenê.

O Dr. Craig Foster trabalhara com o Dr. Keller durante vários anos e estava escrevendo um livro sobre o distúrbio de personalidade múltipla. Todos estavam estudando os laudos de Ashley Patterson.

Otto Lewison falou:

– Essa moça vai precisar de cuidados especiais. Vinte e nove anos apenas e já matou cinco homens! – Ele deu mais uma olhadela nos papéis. – E também tentou matar o próprio advogado. Vamos colocá-la na ala de segurança A até que possamos fazer uma avaliação completa.

– Quando ela vai chegar? – perguntou o Dr. Keller.

A voz da secretária do Dr. Lewison se fez ouvir no interfone.

– Dr. Lewison, estão trazendo Ashley Patterson agora. O senhor gostaria que a levassem direto para a sua sala?

– Por favor. – Lewison olhou de volta para Keller. – Isso responde à sua pergunta?

A VIAGEM FOI UM PESADELO. Ao final do julgamento, Ashley Patterson foi levada de volta à sua cela, onde aguardou três dias, enquanto eram tomadas as providências para o voo que a levaria para a Costa Leste.

Um ônibus da carceragem a conduziu até o aeroporto em Oakland, onde havia um avião à sua espera. Era um DC-6 convertido, integrante da frota do enorme Sistema Nacional de Transporte de Prisioneiros, administrado pelo Serviço do Comissariado de Polícia dos Estados Unidos. Havia 24 detentos a bordo, todos de mãos e pés presos.

Ashley estava usando algemas e, ao sentar-se, seus pés também foram aferrolhados ao assento.

Por que estão fazendo isso comigo? Eu não sou uma criminosa perigosa. Sou uma mulher normal. E uma voz dentro dela falou: *Que assassinou cinco pessoas inocentes.*

Os prisioneiros no avião eram criminosos insensíveis, condenados por assassinato, estupro, assalto a mão armada e uma dúzia de outras violações. Estavam sendo levados para presídios de segurança máxima em vários pontos do país. Ashley era a única mulher a bordo.

Um dos presos olhou para ela e sorriu.

– Oi, doçura. Você não gostaria de vir até aqui para esquentar o meu colinho?

– Pare com isso – advertiu um guarda.

– Ei! Você não tem nem um pouco de romantismo na alma? Essa dona aí vai ficar sem trepar durante... Qual é a sua sentença, doçura?

Outro preso falou:

– Você está no atraso, formosura? Que tal eu me mudar para esse lugar aí ao seu lado e entrar numa de...?

Um terceiro estava de olhos fixos em Ashley.

– Espere aí – disse ele. – Essa é a tal que matou e castrou cinco homens.

Estavam todos olhando para Ashley agora.

Foi o fim das provocações.

A CAMINHO DE NOVA YORK, o avião fez duas escalas para deixar e apanhar passageiros. Foi um voo demorado, houve turbulência, e na hora de pousar no Aeroporto de La Guardia, Ashley enjoou.

Quando o avião aterrissou, dois policiais uniformizados estavam esperando por ela na pista. As algemas foram liberadas do assento do avião e voltaram a ser aferrolhadas ao interior da viatura da polícia. Ashley nunca se sentiu tão humilhada. O fato de sentir-se tão normal tornava as circunstâncias ainda mais intoleráveis. Será que eles achavam que ela ia tentar fugir ou assassinar alguém? Tudo aquilo era passado, tinha chegado ao fim. Será que eles não sabiam disso? Ela estava certa de que não tornaria a acontecer. Queria estar longe dali. Em qualquer lugar possível.

Em algum ponto do longo e desagradável trajeto até Connecticut, ela pegou no sono. Foi despertada pela voz de um guarda.

– Chegamos.

Haviam chegado aos portões do Hospital Psiquiátrico de Connecticut.

QUANDO ASHLEY Patterson foi conduzida à sala do Dr. Lewison, este falou:

– Seja bem-vinda ao Hospital Psiquiátrico de Connecticut, Srta. Patterson.

Ashley ficou estática, empalidecida e calada.

O Dr. Lewison fez as apresentações e puxou uma cadeira.

– Sente-se, por favor. – Ele olhou para o guarda. – Tire as algemas dos pés e das mãos da jovem.

Os ferrolhos foram retirados, e Ashley se sentou.

– Eu sei que deve estar sendo muito difícil para você. Vamos fazer o que estiver ao nosso alcance para facilitar-lhe tudo ao máximo. Nosso objetivo é poder um dia deixá-la sair daqui, curada – disse o Dr. Foster.

Ashley encontrou força para perguntar:

– Quanto... quanto tempo isso pode levar?

– Ainda é cedo demais para responder a esta pergunta. Se você puder ser curada, pode levar cinco ou seis anos – falou o Dr. Lewison.

Cada uma daquelas palavras atingiu Ashley como um raio. *Se você* puder *ser curada, pode levar cinco ou seis anos...*

– A terapia não apresenta riscos. Consistirá num combinado de sessões com o Dr. Keller... hipnose, terapia de grupo e arteterapia. O mais importante é lembrar sempre que nós não somos seus inimigos.

Gilbert Keller estava estudando a expressão dela.

– Estamos aqui para ajudá-la e precisamos que você nos ajude a fazer isso.

Não havia mais nada a dizer.

Otto Lewison inclinou a cabeça para o enfermeiro, que foi para perto de Ashley e pegou-lhe o braço.

– Você agora vai ser levada para o seu quarto. Nós voltaremos a conversar depois – disse Craig Foster.

Depois que Ashley saiu da sala, Otto Lewison se dirigiu a Gilbert Keller.

– O que você acha?

– Bem, há uma vantagem. Só precisamos trabalhar com dois álteres.

Keller estava tentando se lembrar.

– Qual foi o máximo que tivemos?

– A Sra. Beltrand... noventa álteres.

ASHLEY NÃO SABIA o que esperar, mas de alguma forma previra um cárcere escuro e amedrontador. O Hospital Psiquiátrico de Connecticut era mais parecido com um clube agradável... atrás das grades.

Enquanto o enfermeiro a conduzia pelos compridos e vistosos corredores até o seu quarto, Ashley via os internos andando livremente de um lado para outro. Havia gente de todas as idades, e todos pareciam pessoas normais. *Por que estão aqui?* Alguns sorriram para ela e disseram "Bom dia", mas Ashley estava atônita demais para responder. Tudo parecia surreal. Ela estava num hospital de tratamento para doentes mentais.

Eu sou doente mental?

Eles chegaram a uma grande porta de aço que separava uma ala da edificação. Havia um enfermeiro do lado de lá. Ele apertou um botão vermelho, e a enorme porta se abriu.

– Esta é Ashley Patterson.

– Bom dia, Srta. Patterson! – falou o segundo enfermeiro.

Eles fazem tudo parecer tão normal! *Mas só que nada mais é normal*, pensou Ashley. *O mundo virou de cabeça para baixo.*

– Por aqui, Srta. Patterson. – Ele a conduziu até outra porta e a abriu.

Ashley entrou. Em vez de uma cela, encontrou um quarto agradável, de tamanho mediano, com as paredes pintadas de azul-claro, um sofá pequeno e uma cama que parecia confortável.

– É aqui que a senhorita vai ficar. Mais uns minutinhos e suas coisas serão trazidas para cá.

Ashley esperou o enfermeiro ir embora e fechou a porta. *É aqui que você vai ficar.*

Ela começou a sentir claustrofobia. *E se eu não quiser ficar? E se eu quiser sair daqui?*

Ela foi até a porta. Estava trancada. Ashley sentou-se no sofá, tentando organizar os pensamentos. Procurou concentrar-se nas palavras positivas. *Vamos tentar curá-la.*

Vamos tentar curá-la.

Vamos curá-la.

23

O Dr. Gilbert Keller era o encarregado da terapia de Ashley. Sua especialidade era o tratamento do distúrbio de personalidade múltipla e, embora não tivesse conseguido bons resultados em alguns tratamentos, sua taxa de êxito era alta. Em casos como este, não existiam respostas fáceis. Sua primeira tarefa era conquistar a confiança do paciente, fazê-lo sentir-se à vontade em sua presença, e então fazer surgirem os álteres, um a um, para que eles acabassem se comunicando entre si e pudessem compreender por que existiam e, afinal, por que não havia mais necessidade de existirem. Esse era o momento da harmonia, onde os estados de personalidade se juntavam numa única entidade.

Estamos muito longe disso, pensou o Dr. Keller.

NA MANHÃ SEGUINTE, o Dr. Keller levou Ashley para a sua sala.

– Bom dia, Ashley!

– Bom dia, Dr. Keller!

– Quero que você me chame de Gilbert. Vamos ser amigos. Como você está se sentindo?

Ela olhou para ele e disse:

– Dizem que matei cinco pessoas. Como posso estar me sentindo?

– Você se lembra de ter matado alguma delas?

– Não.

– Eu li as transcrições do seu julgamento, Ashley. Você não matou essas pessoas. Foi um dos seus álteres quem cometeu os crimes. Vamos nos familiarizar com os seus álteres e, com o passar do tempo e a sua ajuda, vamos fazê-los desaparecer.

– Eu... eu espero que consiga...

– Eu posso conseguir. Estou aqui para ajudá-la, e é o que vou fazer. Os álteres foram criados em sua mente para salvá-la de uma dor insuportável. Precisamos descobrir o que causou essa dor. Preciso descobrir quando esses álteres foram criados e por quê.

– Como... como se faz isso?

– Vamos conversar. As coisas virão para você. De tempos em tempos, vamos usar a hipnose e o sódio amital. Você já foi hipnotizada antes, não foi?

– Fui.

– Ninguém vai pressioná-la. Vamos com calma. – Ele acrescentou, de maneira reconfortante: – E quando tivermos terminado, você vai estar bem.

Eles conversaram durante quase uma hora. Ao final da conversa, Ashley estava se sentindo muito mais relaxada. De volta ao seu quarto, pensou: *Acho que ele é mesmo capaz de conseguir*. E fez uma pequena oração.

O Dr. Keller teve uma reunião com Otto Lewison.

– Conversamos hoje de manhã – disse o Dr. Keller. – A boa notícia é que Ashley admite ter um problema e está disposta a receber ajuda.

– Já é um começo. Eu quero estar sempre informado.

– Pode deixar, Otto.

O Dr. Keller estava ansioso para começar o desafio que tinha pela frente. Havia algo muito especial em Ashley Patterson. Ele estava determinado a ajudá-la.

ELES CONVERSARAM todos os dias, e uma semana após a chegada de Ashley, o Dr. Keller falou:

– Quero que você fique à vontade e relaxada. Eu vou hipnotizá-la. – Ele se aproximou.

– Não. Espere.

Ele olhou para ela, surpreso.

– O que foi?

Uma dúzia de pensamentos terríveis cruzaram a mente de Ashley. Ele ia fazer surgirem seus álteres. Ela estava aterrorizada diante da ideia.

– Por favor – disse. – Eu... eu não quero conhecê-las.

– Você não vai conhecê-las – assegurou-lhe o Dr. Keller. – Ainda não.

Ela engoliu em seco.

– Tudo bem, então.

– Está pronta?

Ela assentiu.

– Estou.

– Bom. Vamos lá.

Foram necessários 15 minutos para hipnotizá-la. Quando ela estava entregue, Gilbert Keller deu uma olhada numa folha de papel em cima de sua mesa. Toni Prescott e Alette Peters. Era a hora da mudança, o processo de passar de um estado de personalidade dominante para outro.

Ele olhou para Ashley, adormecida na cadeira, e se inclinou para perto.

– Bom dia, Toni! Você está me ouvindo?

Ele viu o rosto de Ashley se transfigurar, tomado por uma personalidade totalmente diferente. Surgiu em seu rosto uma vivacidade súbita, e ela começou a cantarolar.

"Duzentos gramas de arroz barato,
Duzentos gramas de melado.
Agora, misture bem para ficar gostoso,
Mas a lontra – pluft! – foi embora."

– Muito bonito, Toni! Eu sou Gilbert Keller.

– Eu sei quem você é – disse Toni.

– É um prazer conhecê-la. Alguém já lhe disse que a sua voz é bonita e melodiosa?

– Sem essa!

– Estou falando sério. Você estudou canto? Sou capaz de apostar que sim.

– Não. Nunca estudei. Eu quis estudar, mas minha... – *Pelo amor de Deus, pare com essa barulheira. Quem foi que lhe disse que você sabe cantar?* – ...esqueça.

– Toni, eu quero ajudá-la.

– Não quer, não, doutorzinho. Você quer é me comer.

– Por que você acha isso, Toni?

– É só no que pensam vocês, homens. Muito agradecida!

– Toni...? Toni...?

Silêncio.

Gilbert Keller olhou para o rosto de Ashley novamente. Estava sereno. O médico se inclinou para perto dela.

– Alette?

Não houve mudança de expressão no rosto de Ashley.

– Alette...?

Nada.

– Eu quero falar com você, Alette.

Ashley começou a se mexer, aparentando incômodo.

– Venha, Alette.

Ashley respirou fundo e houve uma explosão de palavras faladas com um sotaque italiano.

– *C'è qualcuno che parla italiano?*

– Alette...

– *Non so dove mi trovo.*

– Alette, me escute. Você está a salvo. Eu quero que você relaxe.

– *Mi sento stanca...* Estou cansada.

– Você atravessou um período muito difícil, mas tudo isso ficou para trás. – A voz dele era reconfortante. – O seu futuro será tranquilo. Você sabe onde está?

– *Sì.* É um desses lugares para as pessoas que estão *pazzo*. – *É por isso que você está aqui, doutor. Você é o maluco.*

– É um lugar onde você será curada. Alette, quando você fecha os olhos e visualiza este lugar, o que lhe vem à mente?

– Hogarth. Ele pintava hospícios e cenas aterrorizadoras. – *Você é ignorante demais para ter ouvido falar dele.*

– Eu não quero que você ache este lugar aterrorizador. Fale-me de você, Alette. O que gosta de fazer? O que deseja fazer enquanto permanecer aqui?

– Eu gosto de pintar.

– Vamos lhe arranjar algumas tintas.

– Não!

– Por quê?

– Eu não quero. – *Menina, o que você está dizendo que é isto aqui! Para mim, parece um borrão feio.*

Deixe-me em paz.

– Alette? – Gilbert Keller viu o rosto de Ashley se transformar de novo.

Alette se foi. Gilbert Keller despertou Ashley.

Ela abriu os olhos e piscou.

– Já começou?

– Já acabamos.

– E como eu me comportei?

– Toni e Alette falaram comigo. Tivemos um bom começo, Ashley.

A carta de David Singer dizia:

Querida Ashley,

Aqui vai só um bilhetinho para dizer-lhe que estou pensando em você e torcendo para que esteja progredindo. Para dizer a verdade, penso em você com frequência. Tenho a impressão de que atravessamos a guerra juntos. Foi uma luta dura, mas nós vencemos. E eu tenho boas notícias. Fui informado de que as acusações contra você em Bedford e Quebec serão retiradas. Se houver alguma coisa que eu possa fazer por você, me diga.

Com todo o carinho,
David

Na manhã seguinte, o Dr. Keller estava conversando com Toni, tendo Ashley sob efeito da hipnose.

– O que foi agora, doutorzinho?

– Eu só quero bater um papinho com você. Eu gostaria de ajudá-la.

– Eu não preciso da sua ajuda porcaria nenhuma! Eu estou muito bem.

– Bem, eu preciso da *sua* ajuda, Toni. Quero lhe fazer uma pergunta. Qual é a sua opinião sobre Ashley?

– A *dona Babacona*? Não me faça rir.

– Você não gosta dela?

– Até certo ponto.

– O que você não gosta nela?

Houve uma pausa.

– Ela tenta evitar que todo mundo se divirta. Se eu não assumisse o comando de vez em quando, nossas vidas seriam uma chatice. *Uma chatice*. Ela não gosta de ir a festas, nem de viajar, nem de fazer nada para se divertir.

– Mas você gosta?

– Pode apostar. É isso que é a vida, não acha, meu amor?

– Você nasceu em Londres, certo, Toni? Você gostaria de me falar disso?

– Vou lhe falar uma coisa só. Eu gostaria de estar lá agora.

Silêncio.

– Toni...? Toni...?

Ela se foi.

Gilbert Keller falou para Ashley:

– Eu gostaria de falar com Alette. – Ele viu a expressão no rosto de Ashley mudar. Inclinou-se para perto dela e falou baixinho: – Alette?

– *Sì*.

– Você ouviu a minha conversa com Toni?

– Ouvi.

– Você e Toni se conhecem?

– Nós nos conhecemos, sim. – *Claro que nos conhecemos seu idiota*.

– Mas Ashley não conhece nenhuma de vocês duas?

– Não.

– Você gosta de Ashley?

– Ela é legal. – *Por que você está me fazendo essas perguntas idiotas?*

– Por que você não fala com ela?

– Toni não quer que eu fale.

– Toni sempre lhe diz o que fazer?

– Toni é minha amiga. – *Isso não é da sua conta*.

– Eu quero ser seu amigo, Alette. Fale-me de você. Onde nasceu?

– Nasci em Roma.

– E gostava de Roma?

Gilbert Keller viu a expressão no rosto de Alette mudar, e ela começou a chorar.

Por quê? O Dr. Keller se inclinou para perto dela e falou de maneira acalentadora:

– Tudo bem. Você vai acordar agora, Ashley...

Ela abriu os olhos.

– Eu falei com Toni e Alette. Elas são amigas. Eu quero que vocês sejam todas amigas.

Enquanto Ashley estava almoçando, um enfermeiro entrou no quarto dela e encontrou uma pintura de paisagem sobre o chão. Ele a estudou um instante, em seguida levou-a para a sala do Dr. Keller.

HAVIA UMA REUNIÃO na sala do Dr. Lewison.

– Como vai indo o tratamento, Gilbert?

– Eu falei com os dois álteres. O dominante é Toni. Seu histórico vem da Inglaterra, mas ela não quer falar sobre isso. A outra, Alette, nasceu em Roma, e também não quer falar sobre o assunto. Então, é onde vou me concentrar. Foi onde os traumas ocorreram. Toni é a mais agressiva. Alette é sensível e recatada. Interessa-se por pintura, mas tem medo de seguir em frente. Preciso descobrir por quê – disse o Dr. Keller, ponderadamente.

– Então, você acha que Toni domina Ashley?

– Acho. Toni assume o comando. Ashley não tinha consciência da existência dela nem da de Alette. Mas Toni e Alette se conhecem. É interessante. Toni canta com uma voz bonita e melodiosa, e Alette tem talento para a pintura. – Ele mostrou o quadro que o enfermeiro havia lhe trazido. – Acho que os seus dons podem ser a chave para chegar até elas.

ASHLEY RECEBIA uma carta do pai toda semana. Depois de lê-las, ficava sentada quieta em seu quarto, sem querer falar com ninguém.

– Elas são o seu único elo com o lar – disse o Dr. Keller para Otto Lewison. – Acho que aumentam o seu desejo de sair daqui para começar a levar uma vida normal. Mesmo pequenas coisas podem ajudar...

ASHLEY ESTAVA começando a se habituar com o lugar. Os pacientes pareciam desfrutar de liberdade para se locomover, embora houvesse enfermeiros em todas as portas e em todos os corredores. Os portões para o jardim estavam sempre trancados. Havia uma sala de recreação onde eles podiam se reunir para ver televisão, um ginásio para fazer ginástica e uma sala de jantar coletiva. Havia pacientes de todos os lugares: japoneses, chineses, franceses, americanos... Fora feito um esforço muito grande para dar ao hospital um aspecto de familiaridade, mas quando Ashley ia para o seu quarto, as portas eram sempre trancadas atrás dela.

– Isto não é um hospital – Toni reclamou com Alette. – Que droga! É uma prisão.

– Mas o Dr. Keller acha que pode curar Ashley. Então nós vamos poder sair daqui.

– Não seja idiota, Alette. Será que você não vê? A única maneira que ele tem de curar Ashley é se livrando de nós, fazendo-nos desaparecer. Em outras palavras, para Ashley ficar curada, nós teremos de morrer. Quer saber de uma coisa? Eu não vou deixar que isso aconteça.

– O que vai fazer?

– Vou encontrar uma maneira de fugirmos.

24

Na manhã seguinte, um enfermeiro estava acompanhando Ashley de volta para o seu quarto.

– Você está diferente hoje – disse ele.

– Estou mesmo, Bill?

– Está. Quase como se fosse outra pessoa.

Toni falou baixinho:

– É por causa de você.

– O que quer dizer com isso?

– Você me faz sentir diferente. – Ela encostou no braço dele e olhou-o nos olhos. – Você me faz sentir maravilhosa.

– Ora, por favor.

– Estou falando sério. Você é muito sexy. Sabia disso?

– Não.

– Mas é. Você é casado, Bill?

– Já fui.

– Sua mulher só pode ser louca por ter deixado você escapar! Há quanto tempo você trabalha aqui, Bill?

– Cinco anos.

– Muito tempo! Você nunca sente vontade de sair daqui?

– Às vezes, sinto.

Toni baixou a voz.

– Sabe que realmente não há nada de errado comigo? Admito que tinha um probleminha quando cheguei, mas já estou curada. Eu também gostaria de me mandar daqui. Aposto que você pode me ajudar. Nós dois poderíamos sair juntos. Iríamos nos divertir muito.

Ele a estudou durante algum tempo.

– Eu não sei o que dizer.

– Ora, sabe, sim! Veja só como é simples. Tudo o que você tem de fazer é me deixar sair daqui uma noite dessas quando todo mundo estiver dormindo, e vamos embora! – Ela olhou para ele e falou baixinho: – Eu vou fazer com que valha a pena para você.

Ele assentiu.

– Vou pensar nisso.

– Pois pense – falou Toni, confiante.

Quando Toni voltou ao seu quarto, falou para Alette:

– Vamos sair deste lugar.

NA MANHÃ SEGUINTE, Ashley foi levada a sala do Dr. Keller.

– Bom dia, Ashley!

– Bom dia, Gilbert!

– Vamos experimentar um pouco de sódio amital hoje de manhã. Você já tomou antes? – Não.

– É bastante relaxante, você vai ver.

Ashley assentiu.

– Tudo bem. Estou pronta.

Cinco minutos depois, o Dr. Keller estava falando com Toni:

– Bom dia, Toni!

– Oi, doutorzinho!

– Você está feliz aqui, Toni?

– É engraçado você me perguntar isso! Para dizer a verdade, eu realmente já estou começando a gostar deste lugar; me sinto em casa aqui.

– Então, por que está querendo fugir?

A voz de Toni ficou áspera:

– O quê?

– Bill me contou que você lhe pediu ajuda para fugir daqui.

– Mas que filho da puta! – Sua voz saiu com um tom de fúria. Ela deu um pulo da cadeira, voou para a mesa, pegou um peso de papel e o arremessou contra a cabeça do Dr. Keller.

Ele se abaixou.

– Eu vou matar você e vou matar aquele safado também.

O Dr. Keller a agarrou.

– Toni...

Ele viu a expressão no rosto de Ashley se modificar. Toni se fora. Ele percebeu que seu coração estava palpitando com força.

– Ashley!

Quando despertou, Ashley abriu os olhos, olhou ao redor, intrigada, e falou:

– Está tudo bem?

– Toni me atacou. Ficou zangada porque eu descobri que ela estava tentando fugir.

– Eu... eu sinto muito. Tive a sensação de que algo ruim estava acontecendo.

– Tudo bem. Eu quero juntar você, Toni e Alette.

– Não.

– Por que não?

– Eu tenho medo. Eu... não quero conhecê-las. Você não entende? Elas não são *reais*. São a minha imaginação.

– Mais cedo ou mais tarde, você terá de conhecê-las, Ashley. Vocês precisam se conhecer. É a única maneira de se curar.

Ashley se levantou.

– Quero voltar para o meu quarto.

QUANDO FOI LEVADA de volta para o quarto, Ashley esperou o enfermeiro sair. Estava tomada por uma profunda sensação de desespero. Ela pensou: *Eu nunca vou sair daqui. Eles estão mentindo para mim. Não vão conseguir me curar.* Não conseguia enfrentar a realidade de que outras personalidades viviam dentro dela... Por causa dessas personalidades, algumas pessoas haviam sido assassinadas, famílias haviam sido destruídas. *Por que eu, meu Deus?* E começou a chorar. *O que foi que eu fiz contra você?* Ela se sentou sobre a cama e pensou: *Não posso continuar assim. Só há uma maneira de pôr um fim a isso. Tenho de fazer o que é preciso agora.*

Ela se levantou e passeou pelo quarto, procurando algo pontiagudo. Não encontrou nada. Os quartos tinham sido projetados de forma a não haver nada com que os pacientes pudessem se machucar.

Enquanto seus olhos vasculhavam o ambiente, ela viu as tintas, as telas e os pincéis e foi até onde eles estavam. As hastes dos pincéis eram de madeira. Ashley quebrou uma ao meio, obtendo com isso lascas de pontas afiadas. Lentamente, ela pegou a ponta mais afiada e a encostou ao pulso. Com um movimento rápido e forte, enfiou-a profundamente, atingindo as veias, e o sangue começou a jorrar. Ashley colocou a ponta afiada contra o outro pulso e repetiu o movimento. Ficou ali parada, vendo o sangue pingar sobre o carpete. Começou a sentir frio. Caiu no chão e se enroscou em posição fetal.

Em seguida, o quarto caiu na escuridão.

QUANDO RECEBEU A NOTÍCIA, o Dr. Gilbert Keller ficou chocado. Foi visitar Ashley na enfermaria. Seus punhos estavam enfaixados. Ao vê-la ali deitada, o Dr. Keller pensou: *Não posso deixar que isso volte a acontecer.*

– Nós quase a perdemos – disse ele. – Teria sido ruim para mim.

Ashley conseguiu esboçar um sorriso sem graça.

– Eu sinto muito. Mas é que nada... nada parece ter solução.

– É aí que você se engana – reconfortou-a o Dr. Keller. – Você quer ser ajudada, Ashley?

– Quero.

– Então, precisa acreditar em mim. Precisa trabalhar comigo. Eu não posso fazer nada sozinho. O que você me diz?

Houve um silêncio prolongado.

– O que o senhor quer que eu faça?

– Primeiro, que prometa que não vai mais atentar contra a sua vida.

– Tudo bem, prometo.

– Eu vou pedir que Toni e Alette me façam a mesma promessa. Vou colocá-la para dormir agora.

Alguns minutos depois, o Dr. Keller estava falando com Toni.

– Aquela cadela egoísta tentou nos matar. Só pensa nela mesma! Você está entendendo o que eu digo?

– Toni...

– Ora! Eu não vou aceitar uma coisa dessas. Vou...

– Quer calar a boca e me escutar.

– Estou escutando.

– Eu quero que você prometa que não vai fazer mal a Ashley.

– E por que eu deveria prometer?

– Eu vou lhe dizer por quê. Porque você é parte dela. Nasceu da dor dela. Eu ainda não sei o que você teve de suportar, Toni, mas sei que deve ter sido terrível. Mas você precisa entender que ela teve de passar pelas mesmas coisas, e Alette nasceu pela mesma razão que você. Vocês três têm muita coisa em comum. Deveriam ajudar umas às outras, e não nutrir um ódio mútuo. Posso contar com a sua palavra?

Nada.

– Toni?

– Acho que sim – disse ela, resmungando.

– Obrigado! Você quer conversar sobre a Inglaterra agora?

– Não.

– ALETTE, você está aí?

– Estou. – *Onde você acha que eu estou, seu idiota?*

– Quero que você me faça a mesma promessa que Toni fez. Que jamais vai fazer mal a Ashley.

É só nela que você pensa, não é? Ashley, Ashley, Ashley. E nós?

– Alette?

– Eu prometo.

OS MESES FORAM se passando, e não havia sinal de progresso. O Dr. Keller estava sentado à sua mesa, repassando apontamentos, recordando sessões, tentando encontrar alguma indicação do que poderia estar dando errado. Ele tinha outros pacientes sob os seus cuidados, mas percebeu que se preocupava mais com Ashley. Havia um abismo incrível entre sua vulnerabilidade inocente e as forças sinistras capazes de assumir o comando de sua vida. Toda vez que falava com Ashley, ele tinha um impulso incontrolável de tentar protegê-la. *Ela é como uma filha para mim, pensou. A quem estou tentando enganar? Eu estou me apaixonando por ela.*

O DR. KELLER foi falar com Otto Lewison.

– Estou com um problema, Otto.

– Eu achava que isso era exclusivo dos nossos pacientes.

– Envolve um dos nossos pacientes. Ashley Patterson.

– Oh?

– Percebi que me sinto muito... muito atraído por ela.

– Contratransferência?

– É.

– Isso pode ser muito perigoso para vocês dois, Gilbert.

– Eu sei.

– Bem, pelo menos, enquanto você tiver consciência disso... Tome cuidado.

– É o que pretendo fazer.

NOVEMBRO

Dei uma agenda para Ashley hoje de manhã.

– Eu quero que você, Toni e Alette usem esta agenda, Ashley. Pode guardá-la no seu quarto. Quando tiver algum pensamento ou ideia que você prefira escrever em vez de falar comigo, basta usar a agenda.

– Tudo bem, Gilbert.

Um mês depois, o Dr. Keller escreveu em sua agenda:

DEZEMBRO

O tratamento está estático. Toni e Alette se recusam a discutir o passado. Está ficando mais difícil convencer Ashley a se submeter à hipnose.

MARÇO

A agenda ainda está em branco. Não tenho certeza se a maior resistência vem de Ashley ou de Toni. Quando hipnotizo Ashley, Toni e Alette surgem durante um intervalo de tempo muito curto. Estão irredutíveis quanto a discutir o passado.

JUNHO

Tenho sessões com Ashley regularmente, mas não percebo progresso algum. A agenda permanece intocada. Dei a Alette um cavalete e um estojo de tintas. Se ela começar a pintar, espero que haja uma brecha.

JULHO

Algo aconteceu, mas não estou certo de que seja um sinal de progresso. Alette pintou um lindo quadro dos jardins do hospital. Quando a elogiei por isso, ela se mostrou satisfeita. Naquela noite, o quadro apareceu rasgado em pedaços.

O Dr. Keller e Otto Lewison estavam tomando café.

– Acho que vou experimentar terapia de grupo – falou o Dr. Keller. – Nada mais tem funcionado.

– Está pensando em quantos pacientes?

– Não mais do que seis. Quero que ela comece a interagir com outras pessoas. Neste exato momento, está vivendo num mundo próprio. Eu quero que ela saia disso.

– Boa ideia! Vale a pena tentar.

O DR. KELLER LEVOU Ashley para uma pequena sala de reuniões. Havia seis pessoas lá dentro.

– Quero que você conheça algumas pessoas – falou o Dr. Keller.

Ele apresentou Ashley a cada um, mas ela estava apreensiva demais para escutar seus nomes. Registrou a Mulher Gorda, o Homem Ossudo, a Mulher Calva, o Homem Manco, a Chinesa e o Homem Afável. Todos pareceram ser gente muito agradável.

– Sente-se – disse a Mulher Calva. – Você gostaria de tomar um pouco de café?

Ashley se sentou.

– Obrigada!

– Nós já tínhamos ouvido falar de você – disse o Homem Afável. – Passou por muita coisa!

Ashley assentiu.

O Homem Ossudo falou:

– Acho que todos nós passamos por muita coisa, mas estamos recebendo ajuda. Este lugar é maravilhoso.

– Eles têm os melhores médicos do mundo – disse a Chinesa.

Eles parecem tão normais, pensou Ashley.

O Dr. Keller se sentou a um canto, monitorando as conversas. Quarenta e cinco minutos depois, ele levantou-se.

– Acho que é hora de você ir, Ashley.

Ela se levantou.

– Foi bom conhecer todos vocês.

O Homem Manco se aproximou dela e sussurrou:

– Não beba a água daqui. Está envenenada. Eles querem nos matar e continuar recebendo o dinheiro do Estado.

Ashley engoliu em seco.

– Obrigada! Não... não vou me esquecer do seu conselho.

Enquanto Ashley e o Dr. Keller caminhavam pelo corredor, ela falou:

– Quais são os problemas deles?

– Paranoia, esquizofrenia, DPM, perturbações compulsivas. Mas, Ashley, a melhora desde que vieram para cá tem sido notável. Você gostaria de conversar com eles regularmente?

– Não.

O DR. KELLER ENTROU no escritório de Otto Lewison.

– Não estou conseguindo chegar a lugar algum – confessou. – A terapia de grupo não funcionou, e as sessões de hipnose não estão surtindo qualquer efeito. Quero tentar algo diferente.

– O quê?

– Quero pedir sua permissão para levar Ashley para jantar fora da clínica.

– Não acho uma boa ideia, Gilbert. Poderia ser perigoso. Ela já...

– Eu sei. Mas neste exato momento, eu sou o inimigo. Quero me tornar um amigo.

– O álter dela, Toni, tentou matá-lo uma vez. E se ela tentar novamente?

– Vou saber resolver.

O Dr. Lewison pensou um instante.

– Tudo bem. Você gostaria que alguém fosse junto?

– Não. Não vai ser preciso, Otto.

– Quando quer começar?

– Hoje à noite.

– Você quer me levar para jantar fora?

– Quero. Acho que seria bom para você, Ashley, sair deste lugar por algum tempo. E então?

– Está bem.

ASHLEY FICOU SURPRESA com o seu nível de entusiasmo diante da perspectiva de sair para jantar com Gilbert Keller. *Vai ser divertido sair daqui por uma noite*, pensou. Mas ela sabia que seria mais do que isso. A ideia de uma saída com Gilbert Keller era muito estimulante.

ELES ESTAVAM JANTANDO num restaurante japonês chamado Otani Gardens, a 8 quilômetros do hospital. O Dr. Keller sabia que estava correndo um risco. A qualquer instante, Toni ou Alette poderiam sobrevir. Ele fora advertido. *É mais importante que Ashley aprenda a confiar em mim, para que eu possa ajudá-la.*

– Engraçado, Gilbert! – disse Ashley, olhando para o restaurante lotado à sua volta.

– O quê?

– Estas pessoas não parecem nada diferentes das pessoas do hospital.

– Elas não são realmente diferentes, Ashley. Tenho certeza de que todas têm problemas. A única diferença é que as do hospital não conseguem lidar com os seus tão bem assim, então nós as ajudamos.

– Eu não sabia que tinha problemas até... Bem, você sabe.

– Sabe por quê, Ashley? Porque você enterrou os seus problemas. Não conseguiu enfrentar o que lhe aconteceu, então construiu muralhas em sua mente e trancou as coisas ruins do lado de fora. Até um certo ponto, muita gente faz isso. – Ele mudou de assunto deliberadamente. – Que tal o seu filé?

– Delicioso. Obrigada!

DAÍ POR DIANTE, Ashley e o Dr. Keller, uma vez por semana, passaram a fazer uma refeição fora do hospital. Almoçaram num excelente restaurante italiano chamado Banducci's e jantaram algumas vezes no The Palm, no Eveleene's e no The Gumbo Pot. Nem Toni nem Alette apareceram uma vez sequer.

Certa noite, o Dr. Keller levou Ashley para dançar. Foram a uma boate pequena, com uns músicos maravilhosos.

– Você está se divertindo? – perguntou ele.

– Bastante. Obrigada! – Ela olhou para ele e falou: – Você não é igual aos outros médicos.

– Eles não dançam?

– Você sabe o que eu quero dizer.

Ele a estava segurando bem junto de si, e ambos sentiram o impulso do momento.

"Isso poderia ser muito perigoso para vocês dois, Gilbert..."

25

– Eu sei que maldita porcaria está tentando fazer, doutorzinho. Está tentando fazer Ashley pensar que você é amigo dela.

– Eu sou amigo dela, Toni, e seu também.

– Não, não é. Você acha que ela é maravilhosa, e que eu não valho nada.

– Pois está errada. Eu respeito você e Alette tanto quanto respeito Ashley. Todas vocês têm a mesma importância para mim.

– É verdade?

– É. Toni, quando lhe falei que você canta com uma voz linda, eu fui sincero. Você toca algum instrumento?

– Piano.

– Se eu puder providenciar para que você use o piano na sala de recreação para tocar e cantar, isso lhe interessaria?

– Talvez. – Ela pareceu ficar bastante entusiasmada.

O Dr. Keller sorriu.

– Então, será um prazer para mim. Vou lhe arranjar um piano.

– Obrigada!

O Dr. Keller tomou as providências para que Toni tivesse acesso privado à sala de recreação durante uma hora todas as tardes. No início, as portas ficaram fechadas, mas à medida que os outros internos foram ouvindo a música do piano e a cantoria que saía da sala, eles passaram a abrir a porta para escutar. E logo Toni estava entretendo dúzias de internos.

O Dr. Keller estava estudando os seus apontamentos com o Dr. Lewison.

– E a outra... Alette? – perguntou o Dr. Lewison.

– Já tomei as providências para que ela pinte no jardim todas as tardes. Será vigiada, é claro. Acho que será uma boa terapia.

Mas Alette se recusou. Numa sessão com ela, o Dr. Keller falou:

– Você não está usando as tintas que eu lhe dei, Alette. É uma pena desperdiçá-las assim. Você tem tanto talento!

E como é que você sabe?

– Você não gosta de pintar?

– Gosto.

– E por que não pinta?

– Porque não sou boa. – *Pare de me encher a paciência.*

– Quem lhe disse isso?

– Minha... minha mãe.

– Nunca falamos de sua mãe. Você gostaria de me falar um pouco sobre ela?

– Não há o que falar.

– Ela morreu num acidente, não foi isso?

No dia seguinte, Alette começou a pintar. Ela achou bom ficar no jardim com suas telas e pincéis. Quando pintava, conseguia se esquecer de tudo mais. Alguns dos pacientes se agrupavam em torno dela observando-a. Eles falavam em vozes multicoloridas.

– Os seus quadros deveriam ir para uma galeria. – Preto.

– Você é muito boa! – Amarelo.

– Onde você aprendeu a pintar desse jeito? – Laranja.

– Eu gostaria de saber pintar assim! – Preto.

Ela sempre ficava ressentida quando o seu tempo acabava e era hora de voltar para dentro.

– QUERO QUE VOCÊ conheça alguém, Ashley. Esta é Lisa Garrett. – Era uma mulher de seus 50 e poucos anos, baixinha e esquelética. – Lisa está indo para casa hoje.

A mulher estava exultante.

– Não é uma maravilha? E eu devo tudo ao Dr. Keller.

Gilbert Keller olhou para Ashley e falou:

– Lisa sofria de DPM e tinha trinta álteres.

– Isso mesmo, querida. E todos se foram.

– Ela é nossa terceira paciente que vai embora este ano – ressaltou o Dr. Keller.

Ashley sentiu uma pontinha de esperança.

– O DR. KELLER é bondoso. Ele realmente parece gostar de nós – disse Alette.

– E você é mesmo uma idiota – debochou Toni. – Não vê o que está acontecendo? Eu já lhe disse uma vez. Ele está fingindo que gosta da gente para que façamos o que ele quer. E você sabe o que isso significa? Ele quer juntar as três e, depois, convencer Ashley de que ela não precisa da gente, minha cara. E sabe o que vai acontecer depois? Você e eu vamos morrer. É isso que você quer? Eu, não.

– Ora, não – falou Alette, indecisa.

– Então, me escute. Vamos entrar no jogo do médico. Vamos fazê-lo acreditar que estamos querendo ajudá-lo. Vamos enganá-lo direitinho. Não temos pressa. E eu lhe prometo que um dia tiro a gente daqui.

– Você é quem sabe, Toni.

– Ótimo! Então vamos deixar que o doutorzinho ache que está indo muito bem.

CHEGOU UMA carta de David. Havia uma fotografia de um menininho dentro do envelope. A carta dizia:

> Querida Ashley,
>
> Espero que você esteja bem e que a terapia esteja progredindo. Tudo está bem por aqui. Ando bastante ocupado e estou gostando muito do meu trabalho. Junto com esta carta vai uma fotografia do nosso Jeffrey, que já está com 2 aninhos. A julgar pela velocidade com que ele está crescendo, em poucos minutos estará se casando. Não há novidade alguma para lhe contar. Só quis que você soubesse que eu estava pensando em você.
>
> Sandra me pede para dizer que ela também lhe envia os seus melhores votos.
>
> David.

Ashley estudou a fotografia. *Que menininho bonito!*, pensou. *Espero que tenha uma vida feliz.*

Ashley foi almoçar, e quando voltou, a fotografia estava no chão de seu quarto, rasgada em pedaços.

15 DE JUNHO, 13H30

Paciente: Ashley Patterson. Sessão de terapia usando sódio amital. Álter, Alette Peters.

– Alette, me fale um pouco de Roma.

– É a cidade mais bela do mundo. Cheia de grandes museus. Eu sempre ia a todos eles. – *E você entende de museu?*

– Você queria ser pintora?

– Queria. – *O que você acha que eu queria fazer da vida, trabalhar no corpo de bombeiros?*

– E estudou pintura?

– Não, não estudei. – *Não dá para ir encher a paciência de outro, hein?*

– Por que não? Por causa do que a sua mãe lhe disse?

– Ah, não. Eu simplesmente concluí que não era boa o suficiente. – *Toni, veja se consegue tirar esse sujeito daqui!*

– Você sofreu algum trauma durante aquele período? Aconteceu alguma coisa terrível de que você se lembre?

– Não. Eu fui muito feliz naquela época. – *Toni!*

15 DE AGOSTO, 9 HORAS

Paciente: Ashley Patterson. Sessão de hipnoterapia com o álter Toni Prescott.

– Você quer falar sobre Londres, Toni?

– Quero. Eu me diverti muito quando estava lá. Londres é tão civilizada! Há muita coisa para se fazer naquela cidade.

– Você teve algum problema?

– Problema? Não, eu fui muito feliz em Londres.

– Você não se lembra de nada de ruim que lhe tenha acontecido durante a sua estada lá?

– Claro que não. – *Que conclusão você vai tirar disso, seu bobalhão?*

TODAS AS SESSÕES traziam as lembranças de volta para Ashley. Quando ia para a cama à noite, ela sonhava que estava de volta à Global. Shane Miller estava lá, e ele a estava elogiando por algum trabalho bem-feito. "*Não poderíamos viver sem você, Ashley. Vamos mantê-la na empresa para sempre.*" Então, a cena mudava para uma cela de prisão, e Shane Miller estava dizendo: "*Ora, eu detesto ter de fazer isso agora, mas diante das circunstâncias, a empresa a está despedindo. Sabe, natural-*

mente, não podemos arcar com um envolvimento com algo deste teor. Você está entendendo, não está? Não há nada pessoal nisso."

Pela manhã, quando Ashley acordava, seu travesseiro estava molhado de lágrimas.

Alette se entristecia com as sessões de terapia. Elas lhe traziam à lembrança a falta que Roma lhe fazia e a felicidade que experimentara com Richard Melton. *Nós poderíamos ter tido uma vida feliz juntos, mas agora é tarde demais. Tarde demais!*

TONI DETESTAVA AS SESSÕES de terapia, pois lhe traziam muitas recordações ruins também. Tudo o que tinha feito fora pelo bem e proteção de Ashley e Alette. Mas alguém a valorizou? Não. Estava trancafiada como se fosse uma criminosa ou algo do gênero. *Mas eu vou sair daqui*, prometeu a si mesma. *Eu vou sair daqui.*

AS PÁGINAS DO CALENDÁRIO passavam com o tempo, e mais um ano veio e se foi. O Dr. Keller sentia-se cada vez mais frustrado.

– EU LI O SEU ÚLTIMO RELATÓRIO – disse o Dr. Lewison para Gilbert Keller. – Você acha que há uma lacuna genuína, ou elas estariam realizando algum jogo?

– Estão jogando, Otto. É como se soubessem o que estou tentando fazer e não quisessem permitir. A meu ver, Ashley está realmente disposta a ser ajudada, mas elas não deixam. Normalmente, sob hipnose, é fácil conseguir acesso a elas, mas Toni é muito forte. Ela assume o controle total e é perigosa.

– Perigosa?

– É. Imagine o ódio que não tem dentro de si para assassinar e castrar cinco homens!

O RESTANTE DO ANO passou-se sem nenhuma mudança.

O Dr. Keller estava obtendo sucesso com os demais pacientes, mas Ashley, aquela com a qual ele mais se preocupava, não apresentava nenhum progresso. O Dr. Keller tinha a sensação de que Toni gostava de jogar com ele. Estava determinada a não permitir que ele vencesse. E então, inesperadamente, houve um avanço.

COMEÇOU COM OUTRA carta do Dr. Patterson.

5 de junho
Querida Ashley,
Estou de partida para Nova York, a fim de cuidar de alguns assuntos por lá, e gostaria muito de dar um pulo aí para vê-la. Vou telefonar para o Dr. Lewison e, se não houver objeção, espere a minha chegada por volta do dia 25.

Todo o meu amor,
Papai

Três semanas depois, o Dr. Patterson chegou acompanhado de uma mulher morena muito atraente, com seus 40 e poucos anos de idade, e a filha dela, de 3 anos, Katrina.

Eles foram conduzidos à sala do Dr. Lewison. Ele se levantou quando as visitas entraram.

– Dr. Patterson, é um grande prazer revê-lo.

– Obrigado! Esta é a Srta. Victoria Aniston, e esta é sua filha, Katrina.

– Muito prazer, Srta. Aniston. Katrina.

– Eu as trouxe para que conhecessem Ashley.

– Que maravilha! Ela está com o Dr. Keller neste exato momento, mas eles devem acabar logo.

– Algum progresso com Ashley? – perguntou o Dr. Patterson.

Otto Lewison hesitou.

– Eu poderia falar a sós com o senhor um instante?

– Claro.

O Dr. Patterson se dirigiu a Victoria e Katrina.

– Parece que eles têm um belo jardim aqui. Por que vocês não me esperam lá fora, e eu levarei Ashley comigo quando for encontrá-las?

Victoria Aniston sorriu.

– Boa ideia! – Ela olhou para Otto Lewison. – Foi um prazer conhecê-lo, doutor.

– Obrigado, Srta. Aniston!

O Dr. Patterson esperou que as duas saíssem e se dirigiu a Otto Lewison.

– Há algum problema?

– Vou ser franco com o senhor, Dr. Patterson. Não estamos obtendo tanto progresso quanto esperávamos. Ashley diz estar disposta a receber ajuda, mas não está cooperando conosco. Na verdade, está combatendo o tratamento.

O Dr. Patterson ficou olhando para ele, intrigado.

– Por quê?

– Não é tão raro assim! Em algum estágio, os pacientes com DPM ficam com medo de conhecer seus álteres. Ficam aterrorizados. A simples ideia de que outras personagens possam estar vivendo dentro de sua mente e corpo e que sejam capazes de assumir o comando quando bem entenderem... Ora, o senhor pode imaginar o grau de devastação que isso é capaz de gerar na pessoa.

O Dr. Patterson assentiu.

– Claro.

– Há algo que nos intriga acerca do problema de Ashley. Quase sempre, estes problemas começam com algum histórico de abuso quando o paciente é muito jovem. Não temos registro de nada desse tipo no caso de Ashley; portanto, não temos a menor ideia de como ou por que o trauma começou.

O Dr. Patterson ficou sentado em silêncio por um instante. Quando resolveu falar, disse em tom pesaroso:

– Eu posso ajudá-los. – Ele respirou profundamente. – A culpa é minha.

Otto Lewison estava olhando para ele com toda a atenção.

– Aconteceu quando Ashley estava com 6 anos. Eu precisei ir para a Inglaterra. Minha mulher não pôde ir. Eu levei Ashley comigo. Minha mulher tinha um primo mais velho que morava lá, chamado John. Eu não sabia na época, mas ele tinha... problemas emocionais. Eu precisei sair para dar uma palestra um dia, e John se ofereceu para cuidar de Ashley. Quando voltei à noite, ele havia desaparecido. Ashley estava em um estado de absoluta histeria. Eu levei muito tempo, mas muito tempo mesmo, para acalmá-la. Depois disso, ela passou a não deixar ninguém chegar perto dela, ficou tímida e retraída, e uma semana depois John foi preso por uma sequência de casos de abuso sexual de crianças. – O rosto do Dr. Patterson estava tomado de angústia. – Eu jamais me perdoei. Nunca mais deixei Ashley sozinha com ninguém depois disso.

Houve um silêncio prolongado.

– Eu sinto muitíssimo por isso. Mas acho que o senhor nos deu a resposta que estávamos necessitando, Dr. Patterson. Agora o Dr. Keller terá algo específico com que trabalhar – disse Otto Lewison.

– Foi doloroso demais para mim; eu nunca consegui discutir isso antes.

– Eu compreendo. – Otto Lewison olhou para o relógio. – Ashley vai demorar um pouco ainda. Por que o senhor não se junta à Srta. Aniston no jardim? Pedirei a Ashley que os encontre lá quando estiver liberada.

O Dr. Patterson se levantou.

– Obrigado! Eu vou, sim.

Otto Lewison esperou que ele saísse. Mal podia esperar para contar ao Dr. Keller o que acabara de saber.

VICTORIA ANISTON e Katrina estavam esperando por ele.

– Você viu Ashley? – perguntou Victoria.

– Ela virá dentro de poucos minutos – disse o Dr. Patterson. Ele olhou para o enorme jardim ao redor. – Isto aqui é muito agradável, não é mesmo?

Katrina correu para perto dele.

– Eu quero ir para o céu de novo.

Ele sorriu.

– Tudo bem. – Ele a pegou nos braços, jogou-a para o alto e pegou-a quando ela caiu.

– Mais alto!

– Está pronta? Vamos lá. – Ele a jogou para o alto novamente e a pegou, e ela gritou, feliz da vida.

– De novo!

O Dr. Patterson estava de costas para a edificação principal, de forma que não viu Ashley e o Dr. Keller saindo.

– Mais alto! – gritou Katrina.

Ashley parou à porta, petrificada. Viu o pai brincando com a garotinha, e o tempo pareceu se fragmentar. Tudo depois disso aconteceu em câmera lenta.

Houve lampejos de uma garotinha sendo jogada para cima... "Mais alto, papai!"

"Está pronta? Vamos lá."

E depois a menina sendo jogada sobre uma cama...

E uma voz dizendo: "Você vai gostar..."

A imagem de um homem se deitando ao seu lado na cama. A garotinha estava gritando: "Pare. Não, por favor, não."

O homem estava na sombra. Ele a estava segurando com firmeza e acariciando-lhe o corpo. "Não é gostoso?"

E, de repente, a sombra se esvaiu, e Ashley conseguiu ver o rosto do homem. Era o seu pai.

Ao vê-lo ali no jardim agora, brincando com a garotinha, Ashley abriu a boca, começou a gritar e não conseguiu parar.

O Dr. Patterson, Victoria Aniston e Katrina se viraram, assustados.

O Dr. Keller falou rapidamente:

– Eu sinto muitíssimo! O dia não está sendo nada bom. Vocês poderiam voltar outra hora? – Conduziu Ashley de volta para dentro.

Eles a levaram para uma das salas de emergência.

– A pulsação dela está alta – disse o Dr. Keller. – Ela está muito ansiosa. – Ele se aproximou dela e falou: – Ashley, não tenha medo. Está segura aqui. Ninguém vai machucá-la. Escute a minha voz e relaxe... relaxe... relaxe...

Foi preciso meia hora.

– Ashley, me conte o que aconteceu. O que foi que a perturbou?

– Meu pai e aquela garotinha...

– O que têm eles?

Foi Toni quem respondeu.

– Ela não consegue encarar isso. Está com medo de que ele faça com a garotinha o que fez com ela.

O Dr. Keller ficou olhando fixamente para ela durante um instante.

– O que... o que ele fez com ela?

Foi em Londres. Ela estava na cama. Ele se sentou ao lado dela e falou: "Eu vou deixar você muito feliz, menina" e começou a fazer-lhe cócegas, e ela estava rindo. E então... ele tirou-lhe o pijama e começou a boliná-la. "Não é bom o carinho das minhas mãos?" Ashley começou a gritar: "Pare. Não faça isso." Mas ele não parou, segurou-a contra a cama e continuou...

– Essa foi a primeira vez em que aconteceu, Toni? – perguntou o Dr. Keller.

– Foi.

– Quantos anos Ashley tinha?

– Seis.

– E foi aí que você nasceu?

– Foi. Ashley ficou aterrorizada demais para enfrentar a situação.

– O que aconteceu depois disso?

– Papai ia para a cama todas as noites e se deitava junto dela. – As palavras fluíam agora. – Ela não conseguia impedi-lo. Quando eles voltaram para casa, Ashley contou a mamãe o que havia acontecido, e mamãe disse que ela era uma cadela mentirosa.

"Ashley ficou com medo de adormecer à noite, pois sabia que papai iria para o seu quarto. Ele costumava fazer com que ela o tocasse e depois ele próprio se masturbava. E dizia para ela: 'Não conte isso para ninguém, senão eu vou deixar de amar você.' Ela não podia contar a ninguém. Mamãe e papai viviam brigando, e Ashley achava que era culpa sua. Sabia que tinha feito algo de errado, mas não sabia o quê. Mamãe a odiava.

– Quanto tempo isso durou? – perguntou o Dr. Keller.

– Quando eu tinha 8 anos... – Toni parou.

– Continue, Toni.

O rosto de Ashley se modificou, e era Alette quem estava sentada na cadeira agora. Ela falou:

– Nós nos mudamos para Roma, onde ele fez pesquisas para a Policlínica Umberto Primo.

– E foi aí que você nasceu?

– Foi. Ashley não conseguiu suportar o que aconteceu certa noite, então eu vim para protegê-la.

– O que aconteceu, Alette?

– Papai entrou no quarto enquanto ela estava dormindo; estava nu. Ele foi para a cama de Ashley e desta vez penetrou-a à força. Ela tentou impedi-lo, mas não conseguiu. Ashley implorava para que ele não fizesse mais aquilo, mas papai voltava toda noite. Ele sempre dizia: "É assim que um homem mostra para uma mulher que a ama, e você é minha mulher, e eu a amo. Você nunca deve contar isso a ninguém." E ela nunca pôde contar isso a ninguém.

Ashley estava soluçando, as lágrimas escorrendo-lhe pelo rosto.

Gilbert Keller fez o que pôde para não acolhê-la em seus braços e dizer-lhe que a amava e que tudo ia ficar bem. Mas, obviamente, isso era impossível. *Eu sou seu médico.*

QUANDO O DR. KELLER voltou para a sala do Dr. Lewison, o Dr. Patterson, Victoria e Katrina haviam ido embora.

– Bem, era isso o que estávamos esperando – disse o Dr. Keller para Otto Lewison. – Finalmente conseguimos uma brecha. Já sei quando Toni e Alette nasceram e por quê. Vamos observar uma grande mudança de agora em diante.

O Dr. Keller estava certo. As coisas começaram a progredir.

26

A sessão de hipnoterapia havia começado. Quando Ashley estava entregue, o Dr. Keller falou:

– Ashley, fale-me sobre Jim Cleary.

– Eu amava Jim. Nós íamos fugir juntos e nos casar.

– E então...

– Na festa de formatura, Jim perguntou se eu não gostaria de ir até a sua casa com ele, e eu... eu disse que não. Quando ele me deixou em casa, meu pai estava esperando acordado. Estava furioso. Mandou que Jim fosse embora e não voltasse mais.

– O que aconteceu depois?

– Eu resolvi ir até a casa dele. Fiz a mala e saí para ir até lá. – Ela hesitou. – A meio caminho, mudei de ideia e voltei para casa. Eu...

A expressão de Ashley começou a mudar. Ela começou a relaxar na poltrona, e era Toni quem estava ali sentada.

– Voltou porra nenhuma! Ela foi até a casa dele, doutorzinho.

Quando ela chegou à casa de Jim Cleary, estava escuro. Ashley tocou a campainha. Minutos depois, Jim Cleary abriu a porta. Estava de pijama.

– Ashley! – Seu rosto se iluminou com um sorriso. – Você resolveu vir. – Ele a puxou para dentro.

– Vim porque eu...

– Eu não quero saber por que você veio. Você está aqui. – Ele a abraçou e a beijou. – Que tal uma bebidinha?

– Não. Talvez um pouco de água. – Ela ficou subitamente apreensiva.

– Claro! Venha. – Ele a pegou pela mão e a levou até a cozinha. Serviu-lhe um copo de água e esperou que ela terminasse de beber. – Você parece nervosa.

– Eu... eu estou.

– Não há razão para ficar nervosa. Não há possibilidade de os meus pais voltarem. Vamos subir.

– Jim, acho que não devemos.

Ele foi para trás dela e a abraçou, acariciando-lhe os seios. Ela se virou:

– Jim...

Os lábios dele foram de encontro aos dela, e ele a estava forçando contra a bancada da cozinha.

– Eu vou deixar você muito feliz, querida. – Era o pai dela falando: "Eu vou deixar você muito feliz, querida."

Ela ficou petrificada. Sentiu que ele estava tirando suas roupas e penetrando-a, enquanto ela ficava ali, parada e nua, gritando em silêncio.

E a ira animal tomou conta dela.

Ela viu uma faca de carne, enorme, fincada numa tábua de cozinha. Então pegou-a e começou a esfaqueá-lo no peito, gritando:

– Pare, papai... Pare com isso... Pare... Pare... Pare...

Ela olhou para baixo, e Jim estava caído no chão, o sangue jorrando do seu corpo para todo lado.

– Seu animal – gritou ela. – Você não vai mais fazer isso com ninguém. – Ela se abaixou e enfiou a faca nos testículos dele.

ÀS 6 HORAS, Ashley foi até a estação ferroviária para esperar por Jim. Não havia sinal dele.

Ela estava começando a entrar em pânico. O que poderia ter acontecido? Ashley ouviu o apito do trem a distância. Olhou para o relógio: 7 horas. O trem estava entrando na estação. Ashley se levantou e olhou ao redor freneticamente. *Alguma coisa terrível aconteceu a ele.* Alguns minutos depois, estava plantada na plataforma, vendo o trem partir para Chicago, levando com ele seus sonhos.

Ela esperou mais meia hora e depois voltou para casa vagarosamente. Ao meio-dia, Ashley e seu pai pegaram um avião para Londres...

A SESSÃO estava terminando.

O Dr. Keller falou:

– ...quatro ...cinco. Você está acordada.

Ashley abriu os olhos.

– O que aconteceu?

– Toni me contou como ela matou Jim Cleary. Ele estava atacando você.

O rosto de Ashley ficou branco.

– Quero ir para o meu quarto.

– ESTAMOS COMEÇANDO a fazer progresso, Otto. Até agora, estávamos entravados. Cada uma delas tinha medo de dar o primeiro passo. Agora, estão começando a ficar mais relaxadas. Estamos indo na direção certa, mas Ashley ainda tem medo de enfrentar a realidade – disse o Dr. Keller para Otto Lewison.

– Ela não faz ideia de como os assassinatos ocorreram? – perguntou o Dr. Lewison.

– Absolutamente nenhuma. Ela os apagou da mente, apagou tudo. Foi Toni quem assumiu o comando.

DOIS DIAS depois.

– Você está se sentindo relaxada, Ashley?

– Estou. – Sua voz soou distante.

– Vamos conversar sobre Dennis Tibble. Ele era seu amigo?

– Dennis e eu trabalhávamos na mesma empresa. Não éramos amigos.

– Segundo a polícia as suas impressões digitais foram encontradas no apartamento dele.

– Foram, sim. Eu fui até lá porque ele tinha me pedido uns conselhos.

– E o que aconteceu?

– Nós conversamos durante alguns minutos, e ele me deu um copo de vinho com uma droga dentro.

– Qual é a última coisa de que você se lembra?

– Eu... eu acordei em Chicago.

A expressão de Ashley começou a se alterar.

Num instante, era Toni falando com ele.

–Você quer mesmo saber o que aconteceu...?

– Conte-me, Toni.

Dennis Tibble pegou a garrafa de vinho e falou:

– Vamos ficar descontraídos.

Ele começou a levá-la para o quarto.

– Dennis... eu não quero...

E eles estavam dentro do quarto, e ele estava tirando as roupas dela.

– Eu sei o que você quer, menina. Quer que eu trepe com você. Foi por isso que veio até aqui.

Ela estava fazendo força para se soltar:

– Pare com isso, Dennis.

– Só vou parar depois que lhe der o que você veio buscar. Vai ser uma delícia, menina!

Ele a empurrou para a cama, segurando-a com força, descendo a mão para a virilha dela. Era a voz do pai dela. "Você vai adorar, menina." Ele a penetrou com força, várias vezes, e ela estava gritando em silêncio: "Não, papai. Pare." E então a fúria indizível assumiu o comando. Ela viu a garrafa de vinho. Esticou-se para pegá-la, bateu-a contra a borda da mesa e enfiou a ponta quebrada nas costas dele. Ele gritou e tentou se levantar, mas ela o segurou com força, enquanto continuava enfiando a garrafa quebrada no corpo dele. Ela esperou até que ele caísse no chão.

– Pare... – implorou ele.

– Você promete não fazer mais isso? Sabe de uma coisa, eu vou tomar uma providência, só para garantir. – Ela pegou um caco de vidro e foi em direção à virilha dele.

O DR. KELLER deixou que um momento de silêncio se passasse.

– O que você fez depois disso, Toni?

– Eu resolvi sair dali antes que a polícia chegasse. Tenho de admitir que estava bastante excitada. Queria deixar de lado a vida monótona de Ashley durante algum tempo e, como eu tinha um amigo em Chicago, decidi ir até lá. Acontece que ele não estava em casa, de modo que fiz umas comprinhas, fui a alguns bares e me diverti um pouco.

– E o que aconteceu depois?

– Arranjei um quarto num hotel e dormi. – Ela deu de ombros. – Daí em diante, a festa foi de Ashley.

Ela acordou devagar, sabendo que havia alguma coisa muito errada. Teve a sensação de ter sido drogada. Ashley olhou ao redor do quarto e começou a entrar em pânico. Estava deitada numa cama, nua, num quarto de hotel barato. Não fazia ideia de onde estava nem de como tinha chegado ali. Conseguiu se sentar e começou a sentir a cabeça latejar.

Ela saiu da cama, entrou no minúsculo banheiro e tomou um banho. Deixou que a água quente batesse contra o seu corpo, tentando lavar as coisas horríveis, sujas, que lhe pudessem ter acontecido. E se ele a tivesse engravidado? A simples ideia de ter um filho dele a deixou enojada. Ashley saiu do chuveiro, secou-se e foi até o armário. Suas roupas haviam sumido. Encontrou ali somente uma minissaia de couro preto, um top barato e um par de sapatos de saltos bem altos, pontiagudos. Sentiu repugnância ao se ver forçada a vestir aquelas roupas, mas não teve escolha. Vestiu-se rapidamente e olhou-se no espelho. Parecia uma prostituta.

– Papai, eu...

– O que houve?

– Estou em Chicago e...

– O que você está fazendo em Chicago?

– Não dá para falar agora. Preciso de uma passagem de avião para San Jose. Não tenho nenhum dinheiro aqui comigo. Você pode me ajudar?

– Claro. Espere... Há um voo da American Airlines saindo do O'Hare às 10h40; o número do voo é 407. Vou mandar deixar uma passagem para você no balcão de embarque.

– *ALETTE*, VOCÊ ESTÁ me ouvindo? Alette.

– Estou aqui, Dr. Keller.

– Vamos conversar sobre Richard Melton. Ele era seu amigo, não era?

– Era. Ele era muito *simpático*... Eu estava apaixonada por ele.

– Ele estava apaixonado por você?

– Acho que sim. Ele era um artista. Nós íamos juntos aos museus e víamos quadros maravilhosos. Quando estava com Richard, eu me sentia... viva. Acho que se alguém não o tivesse matado, talvez algum dia viéssemos a nos casar.

– Conte-me a última vez em que vocês estiveram juntos.

– Quando estávamos saindo de um museu, Richard falou: "O rapaz que divide o apartamento comigo foi a uma festa hoje à noite. Por que não damos um pulinho no meu apartamento? Eu gostaria de lhe mostrar alguns dos meus quadros."

"Ainda não, Richard."

"Como você quiser. Vamos nos ver no fim de semana que vem?"

"Vamos."

– Eu peguei meu carro e fui embora – disse Alette. – E essa foi a última vez em que eu...

O Dr. Keller viu seu rosto tomar a assumir a fisionomia de Toni.

– É assim que ela quer pensar – disse Toni. – Mas não foi isso que aconteceu.

– E o que foi que aconteceu? – perguntou o Dr. Keller.

Ela foi até o apartamento dele, na Fell Street. Era pequeno, mas os quadros de Richard davam-lhe um aspecto aconchegante.

– Dá muita vida ao ambiente, Richard.

– Obrigado, Alette! – Ele a abraçou. – Eu quero fazer amor com você. Você é linda!

– Você é linda – falou o pai dela. E ela congelou. Porque sabia a coisa terrível que ia acontecer. Estava deitada na cama, nua, sentindo a conhecida dor da penetração rasgando-a por dentro.

E ela estava gritando:

– Não. Pare com isso, papai. Pare com isso.

E então o frenesi maníaco-depressivo assumiu o controle. Ela não se lembra de onde conseguiu a faca, mas a estava enfiando por todo o corpo dele, gritando com ele:

– Eu mandei parar. Pare com isso.

ASHLEY SE CONTORCIA em sua cadeira, aos berros.

– Tudo bem, Ashley – disse o Dr. Keller. – Você está em segurança. Vai acordar agora, após eu contar até cinco.

Ashley acordou, trêmula.

– Está tudo bem?

– Toni me falou sobre Richard Melton. Vocês fizeram amor. Você pensou que fosse o seu pai, e então...

Ela tapou os ouvidos com as mãos.

– Eu não quero ouvir mais nada.

O DR. KELLER foi falar com Otto Lewison.

– Acho que finalmente estamos obtendo algum progresso. Está sendo muito traumático para Ashley, mas estamos chegando ao fim. Ainda temos dois assassinatos para repassar.

– E depois?

– Vou juntar Ashley, Toni e Alette.

27

— Toni? Toni, você está me ouvindo? – O Dr. Keller viu a expressão de Ashley se modificar.

– Eu estou ouvindo tudo, doutorzinho.

– Vamos conversar sobre Jean Claude Parent.

– Eu deveria saber que ele era bom demais para ser verdade.

– O que você quer dizer com isso?

– No começo, parecia um verdadeiro cavalheiro. Ele me levou para sair todas as noites, e nos divertimos muito. Eu o achei diferente, mas era igual a todos os outros. Só queria saber de sexo.

– Entendo.

– Ele me deu um belíssimo anel, e suponho que pensou que fosse meu dono. Fui até a casa dele.

Era uma belíssima casa de tijolo aparente, com dois andares e cheia de antiguidades.

– Que linda!

– Há algo especial que eu quero lhe mostrar lá em cima, no quarto. – E ele a estava levando para o quarto, e ela foi incapaz de impedi-lo. Os dois estavam no quarto, e ele a abraçou e sussurrou: – Tire a roupa.

– Eu não quero...

– Quer, sim. Nós dois queremos. – Ele a despiu rapidamente, em seguida deitou-a sobre a cama e a montou. Ela estava gemendo:

– Não, por favor. Papai, não.

Mas ele não ligou. Continuou penetrando-a até que, de repente, falou.

– Ah! – e parou. – Você é linda! – disse ele.

E a explosão maléfica a sacudiu. Ela pegou a espátula de cortar papel de cima da mesa e a enfiou no peito dele, em cima e embaixo, em cima e embaixo.

– Você não vai mais fazer isso com ninguém. – Ela enfiou-a na virilha dele.

Depois, ela tomou um banho tranquilo, vestiu a roupa e voltou para o hotel.

– ASHLEY... – O rosto de Ashley começou a mudar. – Acorde agora.

Ashley despertou lentamente. Ela olhou para o Dr. Keller e falou:

– Toni outra vez?

– Foi. Ela conheceu Jean Claude pela internet. Ashley, quando você estava em Quebec, não houve períodos em que pareceu perder a noção do tempo? Quando de repente haviam-se passado horas, ou mesmo um dia inteiro, e você não sabia onde tinha ido parar o tempo?

Ela assentiu lentamente.

– Houve, sim. Isso aconteceu com muita frequência.

– Era quando Toni assumia o controle.

– E foi aí que ela... que ela...?

– Foi.

Nos meses seguintes, não aconteceu nada. Durante as tardes, o Dr. Keller escutava Toni tocando piano e cantando, e observava Alette pintando no jardim. Havia mais um assassinato a ser analisado, mas ele queria Ashley bem relaxada para começar a conversar sobre este último.

Já se haviam passado cinco anos desde que ela chegara ao hospital. *Está quase curada*, pensou o Dr. Keller.

Numa manhã de segunda-feira, ele mandou buscar Ashley em seu quarto e esperou que ela entrasse em sua sala. Ela estava pálida como se soubesse o que ia enfrentar.

– Bom dia, Ashley!

– Bom dia, Gilbert!

– Como está se sentindo?

– Nervosa. É o último, não é?

– É. Vamos falar sobre o delegado Sam Blake. O que ele estava fazendo no seu apartamento?

– Eu pedi que ele fosse até lá. Alguém tinha escrito no espelho do meu banheiro: "Você vai morrer." Eu não sabia o que fazer. Achei que alguém estava tentando me matar. Chamei a polícia, e o delegado Blake atendeu. Ele foi muito amável.

– Você pediu que ele ficasse com você?

– Pedi. Eu estava com medo de ficar sozinha. Ele disse que ia passar a noite comigo e, pela manhã, providenciaria proteção 24 horas para mim. Eu me ofereci para dormir no sofá, para que ele pudesse dormir no quarto, mas ele disse que dormiria no sofá. Eu me lembro que ele verificou se as janelas estavam bem fechadas e deu duas voltas na tranca. A arma dele estava em cima da mesinha ao lado do sofá. Eu disse boa-noite, fui para o meu quarto e fechei a porta.

– E depois, o que aconteceu?

– Eu... a última coisa de que me lembro foi de ter sido acordada por alguém gritando no beco. Então o comissário veio me dizer que o delegado Blake tinha sido encontrado morto. – Ela parou, o rosto pálido.

– Tudo bem. Vou hipnotizá-la agora. Relaxe... Feche os olhos e relaxe...

Levou dez minutos. O Dr. Keller falou:

– Toni...

– Estou aqui. Você quer saber o que aconteceu de verdade, não é? Ashley foi uma boba ao pedir ao Sam que dormisse no apartamento. Eu poderia ter dito a ela o que ele iria fazer.

Ele ouviu um grito no quarto, levantou-se ligeiro do sofá e pegou a arma. Correu até a porta do quarto e prestou atenção um instante. Silêncio. Havia sido imaginação. Quando começou a dar meia-volta, ouviu o grito outra vez. Abriu a porta, de arma na mão. Ashley estava na cama, nua, dormindo. Não havia ninguém mais no quarto. Ela estava soltando uns gemidinhos. Ele se aproximou da cama. Ela estava linda, ali deitada, toda enrolada, na posição fetal. Gemeu mais uma vez, às voltas com algum pesadelo horrível. Ele só queria reconfortá-la, abraçá-la e dar-lhe um pouco de carinho. Deitou-se ao seu lado, puxou-a delicadamente mais para perto, sentiu o calor do corpo dela e começou a ficar excitado.

Ela foi despertada pela voz dele dizendo:

– Tudo bem. Você está em segurança.

E os lábios dele foram de encontro aos dela, e ele afastou as pernas dela e a penetrou.

E ela estava gritando:

– Não, papai.

E ele se mexia cada vez mais rápido, na urgência primordial, e então a vingança selvagem aconteceu. Ela tirou a faca de dentro da gaveta da cômoda ao lado da cama e começou a enfiá-la no corpo dele.

– O QUE ACONTECEU depois que você o matou?

– Ela enrolou o corpo dele nos lençóis, arrastou-o até o elevador e passou pela garagem para chegar ao beco nos fundos.

– ...E ENTÃO – o Dr. Keller contou para Ashley –, Toni enrolou o corpo dele nos lençóis, arrastou-os até o elevador e passou pela garagem para chegar ao beco nos fundos.

Ashley ficou ali sentada, com o rosto lívido.

– Ela é um mon... *eu sou* um monstro.

– Não. Ashley, você precisa se lembrar de que Toni nasceu da sua dor, para protegê-la. O mesmo acontece com Alette. É hora de dar um fim a isso tudo. Eu quero que você as conheça. É o próximo passo para você ficar boa – disse Gilbert Keller.

Os olhos de Ashley estavam bem fechados.

– Tudo bem. E quando... quando vamos fazer isso?

– Amanhã de manhã.

ASHLEY ESTAVA em hipnose profunda. O Dr. Keller começou com Toni.

– Toni, eu quero que você e Alette conversem com Ashley.

– O que o faz pensar que ela vai dar conta de nós duas?

– Eu acho que vai.

– Pois bem, doutorzinho. Você é quem manda.

– Alette, você está pronta para se encontrar com Ashley?

– Se Toni achar que está tudo bem.

– Está, sim, Alette. Já não é hora?

O Dr. Keller respirou fundo e disse:

– Ashley, eu quero que você diga olá para Toni.

Houve um silêncio prolongado. Em seguida, um tímido:

– Oi, Toni...

– Oi!

– Ashley, diga olá para Alette.

– Oi, Alette!

– Oi, Ashley!

O Dr. Keller soltou um suspiro profundo de alívio.

– Eu quero que vocês se conheçam. Vocês sofreram os mesmos traumas terríveis. Eles as separaram. Mas não há mais razão para essa separação. Vocês vão se tornar uma pessoa íntegra e saudável. A estrada é longa, mas vocês já começaram a jornada. Eu lhes asseguro uma coisa... a parte mais difícil já passou.

Desse ponto em diante, o tratamento de Ashley progrediu rápido. Ashley e seus dois álteres conversavam entre si todos os dias.

– Eu tinha de protegê-la – explicou Toni. – Suponho que cada vez que matava um daqueles homens, eu estava matando o papai pelo que ele fez a você.

– Eu também tentei proteger você – disse Alette.

– Eu... eu fico agradecida. Só tenho o que agradecer a vocês duas.

Ashley se dirigiu ao Dr. Keller e disse, secamente.

– Sou eu mesma? Eu estou falando comigo mesma, não é?

– Você está falando com duas outras partes de você – corrigiu-a o médico com delicadeza. – É hora de todas vocês se unificarem e se tornarem uma só novamente.

Ashley olhou para ele e sorriu.

– Estou pronta.

Naquela tarde, o Dr. Keller foi falar com Otto Lewison.

– Estou ciente dos relatórios positivos, Gilbert – falou o Dr. Lewison.

O Dr. Keller assentiu.

– Ashley fez um progresso notável. Mais uns poucos meses, e eu acho que poderá receber alta para continuar com um tratamento ambulatorial.

– Que notícia maravilhosa! Parabéns!

Vou sentir falta dela, pensou o Dr. Keller. *Vou sentir muita falta dela.*

– O Dr. Salem está na linha dois para falar com o senhor, Sr. Singer.

– Está bem. – David pegou o telefone, intrigado. Por que o Dr. Salem estaria ligando? Já fazia alguns anos que os dois haviam se falado pela última vez. – Royce?

– Bom dia, David! Tenho uma informação interessante para você. É sobre Ashley Patterson.

David teve uma súbita sensação de alarme.

– O que aconteceu com ela?

– Você se lembra do quanto tentamos encontrar o trauma que havia causado o distúrbio dela e não conseguimos?

David se lembrava muito bem. Tinha sido a principal fraqueza na defesa do caso.

– Eu me lembro.

– Pois eu acabei de ficar sabendo a resposta. O meu amigo, Dr. Lewison, chefe do Hospital Psiquiátrico de Connecticut, acabou de telefonar. A peça que estava faltando no quebra-cabeça é o Dr. Steven Patterson. Foi ele quem abusou de Ashley quando ela era criança.

– *O quê?* – falou David, incrédulo.

David ficou sentado, ouvindo o que o Dr. Salem estava dizendo, mas sua mente estava em outro lugar. Ele estava se lembrando das palavras do Dr. Patterson. "*Você é o único em quem eu confio, David. Minha filha significa tudo para mim neste mundo. Você vai salvar a vida dela... Eu quero que você defenda Ashley e não vou aceitar o envolvimento de mais ninguém neste caso...*"

E subitamente David percebeu por que o Dr. Patterson insistira tanto para que ele representasse Ashley sozinho. O médico estava certo de que David o protegeria se descobrisse o que ele havia feito. Precisara escolher entre a filha e a reputação e preferira a reputação. *Mas que filho da puta!*

– Obrigado, Royce!

NAQUELA TARDE, enquanto passava pela sala de recreação, Ashley viu um exemplar do *Westport News* que alguém tinha deixado por lá. Na primeira página do jornal, havia uma fotografia de seu pai com Victoria Aniston e Katrina. O início do artigo dizia: "O Dr. Steven Patterson vai se casar com a *socialite* Victoria Aniston, que tem uma filha de 3 anos do casamento anterior. O Dr. Patterson integrará a equipe do St. John's Hospital, de Manhattan, e acaba de comprar, junto com a futura esposa, uma casa em Long Island..."

Ashley parou e seu rosto se contorceu, ficando igual a uma máscara de ira.

– Eu vou matar esse filho da puta – gritou Toni. – Eu vou matá-lo.

Ela ficou totalmente fora de controle. Tiveram de colocá-la numa sala com paredes acolchoadas onde não poderia se machucar, presa por algemas nas mãos e nos pés. Quando os enfermeiros vieram dar-lhe a comida, ela tentou agarrá-los, e eles precisaram cuidar para não chegar perto demais. Toni assumira o comando absoluto sobre Ashley.

Quando viu o Dr. Keller; ela gritou:

– Deixe-me sair daqui, seu calhorda. Agora.

– Nós vamos soltá-la – falou o Dr. Keller em tom reconfortante –, mas primeiro você precisa se acalmar.

– Eu estou calma – gritou Toni. – Vamos, me solte.

O Dr. Keller sentou-se no chão ao seu lado e falou:

– Toni, quando viu aquela fotografia de seu pai, você disse que ia machucá-lo e...

– Mentira! Eu disse que ia *matá-lo*.

– Já chega de matanças. Você não vai esfaquear mais ninguém.

– Eu não vou esfaqueá-lo. Você já ouviu falar em ácido hidroclórico? Corrói qualquer coisa, inclusive a pele. Espere até eu...

– Eu não quero que você pense desse jeito.

– Você está certo. Fogo! O fogo é melhor. Ele não precisa esperar pelo inferno para morrer queimado. Posso atear fogo nele, e aí ninguém vai me pegar se...

– Toni, esqueça isso.

– Tudo bem. Eu vou pensar em outras maneiras que sejam ainda melhores.

Ele a estudou um instante, frustrado.

– Por que você está tão zangada?

– Você não sabe? E eu que o achava um grande médico! Ele está se casando com uma mulher que tem uma filha de 3 anos. O que vai acontecer com essa menininha, Sr. Médico Famoso? Pois eu vou lhe dizer. O mesmo que aconteceu conosco. Quer saber de uma coisa, eu vou impedir que isso aconteça.

– Eu tinha a esperança de que nós houvéssemos dado um fim a todo esse ódio.

– Ódio? Quer saber o que é ódio?

Uma chuva forte e constante batia sobre o teto do carro em alta velocidade. Ela olhou para a mãe sentada ao volante, forçando a vista para enxergar a estrada adiante, e sorriu bem-humorada. Ela começou a cantar:

"O macaco perseguiu a lontra
Em volta do pé de amora..."

A mãe se virou e gritou:

– Cale a boca. Eu já lhe disse que detesto essa música. Você me dá nojo, sua miserável, sua...

Depois disso, tudo pareceu acontecer em câmera lenta. A curva à frente, o carro derrapando para fora da estrada, a árvore. A colisão atirou-a para fora do carro. Ela ficou abalada, mas não se machucou. Levantou-se. Ouviu a mãe presa dentro do carro, gritando:

– Socorro, me tirem daqui! Socorro!

E ela ficou só olhando, ate que o carro finalmente explodiu.

– Ódio? Você quer saber mais?

Walter Manning falou:

– Precisa ser uma decisão unânime. Minha filha é uma artista profissional, não uma diletante. Ela fez isso como um favor. Não podemos recusar o seu quadro... É preciso que haja unanimidade. Vamos dar ao pastor o quadro da minha filha; caso contrário, não vamos dar-lhe quadro algum.

Ela estava com o carro estacionado ao lado do meio-fio, o motor ligado. Esperou Walter Manning cruzar a rua em direção à garagem, para pegar o seu carro. Ela engatou a marcha e afundou o pé no acelerador. No último momento, ele ouviu o barulho do carro vindo em sua direção e se virou. Ela viu a expressão no rosto dele quando o carro o pegou em cheio e jogou o corpo mutilado para o lado. Ela seguiu em frente. Não houve testemunhas. Deus estava do lado dela.

– *Isso* é ódio, doutorzinho! Isso é ódio de verdade!

Gilbert Keller ouviu a narrativa atônito, abalado pela perversidade e frieza. Ele cancelou os demais compromissos do dia. Precisava ficar só.

NA MANHÃ SEGUINTE, quando o Dr. Keller entrou na cela acolchoada, Alette assumira o controle.

– Por que está fazendo isso comigo, Dr. Keller? – perguntou Alette. – Deixe-me sair daqui.

– Eu vou deixar – assegurou-lhe o Dr. Keller. – Fale-me de Toni. O que ela lhe disse?

– Que nós temos de sair daqui e matar o papai.

Toni assumiu.

– Bom dia, doutorzinho! Nós estamos bem agora. Por que você não nos solta?

O Dr. Keller fitou-a bem nos olhos. Ele viu um assassino a sangue-frio dentro deles.

O DR. OTTO LEWISON soltou um suspiro.

– Estou profundamente sentido com o que aconteceu, Gilbert. Tudo estava indo tão bem.

– Agora, não consigo nem falar com Ashley.

– Suponho que isto signifique ter de recomeçar todo o tratamento.

O Dr. Keller ficou pensativo.

– De fato, não, Otto. Já chegamos a um ponto em que os três álteres chegaram a se conhecer. Isso é um grande avanço. O próximo passo é conseguir que se integrem. Eu preciso encontrar uma forma de chegar a esse ponto.

– Que artigo maldito...

– Foi sorte nossa Toni ter visto o artigo.

Otto Lewison olhou para ele, surpreso.

– Sorte?

– Foi. Porque existe um ódio residual em Toni. Agora que sabemos de sua existência, podemos trabalhá-lo. Eu quero tentar uma experiência. Se funcionar, vai ser bom. Se não funcionar... – ele fez uma pausa e acrescentou tranquilamente: – então eu acho que Ashley terá de ficar confinada neste hospital até o fim de sua vida.

– O que você pretende fazer?

– Acho que não é uma boa ideia o pai de Ashley tornar a vê-la, mas estou pensando em contratar um serviço de pesquisas em jornais para que eles me mandem recortes de todos os artigos que saírem sobre o Dr. Patterson.

Otto Lewison pestanejou.

– Qual é o propósito?

– Vou mostrá-los todos a Toni. Sua raiva há de acabar se consumindo toda. Assim, poderei monitorá-la e tentar controlá-la.

– Isso pode levar muito tempo, Gilbert.

– Pelo menos um ano, talvez mais. Mas é a única chance que Ashley tem.

CINCO DIAS DEPOIS, Ashley voltou ao comando.

Quando o Dr. Keller entrou na cela acolchoada, ela falou:

– Bom dia, Gilbert! Sinto muito que isso tudo tenha acontecido.

– Eu estou feliz que tenha acontecido, Ashley. Vamos colocar todos os nossos sentimentos a descoberto. – Ele fez um gesto com a cabeça para que o guarda retirasse as algemas das mãos e dos pés dela.

Ashley se levantou e esfregou os pulsos.

– Isso não foi nada confortável – disse ela. Os dois tomaram o corredor. – Toni está furiosa.

– Está, mas vai superar. O meu plano é o seguinte...

TODO MÊS SAÍAM sempre três ou quatro artigos sobre o Dr. Steven Patterson. Um deles dizia: "O Dr. Steven Patterson vai se casar com Victoria Aniston numa sofisticada cerimônia em Long Island nesta sexta-feira. A celebração contará com a presença de colegas do meio médico..."

Toni ficou histérica quando o Dr. Keller mostrou-lhe o artigo.

– Esse casamento não vai durar muito.

– Por que está dizendo isso, Toni?

– Porque ele vai ser morto!

"O DR. STEVEN PATTERSON deixa a equipe do St. John's Hospital e assume a chefia do centro de tratamento cardíaco do Manhattan Methodist Hospital..."

– Para poder estuprar todas as menininhas de lá – gritou Toni.

"O Dr. Steven Patterson recebeu o prêmio Lasker pelo seu trabalho na medicina e está sendo homenageado na Casa Branca..."

– Eles deveriam enforcar esse calhorda! – berrou Toni.

Gilbert Keller cuidou para que Toni recebesse todos os artigos escritos sobre o pai. E à medida que o tempo passava, a cada artigo que chegava, a raiva de Toni parecia diminuir. Foi como se as suas emoções estivessem se desgastando. Ela passou do ódio à raiva e, finalmente, a uma aceitação resignada.

Houve uma referência na seção de imóveis. "O Dr. Steven Patterson e sua noiva se mudaram para uma casa em Manhattan, mas estão planejando comprar uma segunda propriedade na área de Hamptons para passar as férias de verão com a filha, Katrina."

Toni começou a chorar.

– Como ele foi capaz de fazer uma coisa dessas conosco?

– Você acha que aquela menininha está tomando o seu lugar, Toni?

– Eu não sei. Eu... eu estou confusa.

Mais um ano se passou. Ashley tinha sessões de terapia três vezes por semana. Alette pintava quase todos os dias, mas Toni se recusava a cantar ou tocar piano.

No Natal, o Dr. Keller mostrou a Toni mais um artigo recortado dos jornais. Havia uma fotografia de seu pai com Victoria e Katrina. A legenda dizia: OS PATTERSON COMEMORAM O NATAL EM HAMPTONS.

– Nós passávamos o Natal juntos – falou Toni, chorosa. – Ele sempre me dava presentes maravilhosos. – Olhou para o Dr. Keller. – Ele não era de todo mau. Afora o... você sabe, era um bom pai. Acho que ele me amava de verdade.

Foi o primeiro sinal de um novo avanço.

Um dia, quando passou pela sala de recreação, o Dr. Keller ouviu Toni cantando e tocando piano. Surpreso, entrou na sala e parou para observá-la. Ela estava totalmente absorta na música.

No dia seguinte, ele teve uma sessão com Toni.

– Seu pai está envelhecendo, Toni. Como você acha que vai se sentir quando ele morrer?

– Eu... não quero que ele morra. Eu sei que falei um monte de besteiras, mas disse aquilo tudo porque estava com raiva dele.

– Você não está mais com raiva?

Ela pensou um instante.

– Não estou com raiva, estou magoada. Acho que você tinha razão. Senti que a menininha estava tomando o meu lugar. – Ela olhou para o Dr. Keller e falou: – Eu estava confusa. Mas o meu pai tem o direito de continuar com a vida dele, e Ashley tem o direito de continuar com a dela.

O Dr. Keller sorriu. *Retomamos o curso.*

AS TRÊS CONVERSAVAM entre si com toda a liberdade agora.

– Ashley, você precisava de Toni e Alette porque não conseguia aguentar a dor. O que sente com relação ao seu pai agora? – perguntou o Dr. Keller.

Houve um breve silêncio.

– Nunca vou me esquecer do que ele fez comigo, mas sou capaz de perdoá-lo. Quero deixar o passado para trás e começar o meu futuro – disse ela, lentamente.

– Para fazer isso, é preciso torná-la uma só outra vez. O que você acha disso, Alette?

– Se eu for Ashley, poderei continuar pintando? – perguntou Alette.

– Claro que poderá.

– Ora, então, tudo bem.

– Toni?

– Vou poder continuar cantando e tocando piano?

– Vai, sim – disse ele.

– Então, por que não?

– Ashley?

– Estou pronta para que nós três nos tornemos uma só. Eu... gostaria de agradecer a elas a ajuda que me prestaram quando eu precisei.

– Foi um prazer, doçura.

– *Minièra anche* – disse Alette.

Era hora do passo final: integração.

– Tudo bem. Eu vou hipnotizá-la agora, Ashley. Quero que você se despeça de Toni e Alette.

Ashley respirou fundo.

– Adeus, Toni! Adeus, Alette!

– Adeus, Ashley!

– Cuide-se direitinho, Ashley.

Dez minutos depois, Ashley estava sob hipnose profunda.

– Ashley, não há mais o que temer. Todos os seus problemas ficaram para trás. Você não precisa de mais ninguém para protegê-la. É capaz de tomar as rédeas da sua própria vida sem ajuda, sem bloquear as experiências ruins. É capaz de enfrentar o que vier pela sua frente. Você concorda comigo?

– Concordo, sim. Estou pronta para enfrentar o futuro.

– Que bom! Toni?

Não houve resposta.

– Toni?

Não houve resposta.

– Alette?

Silêncio.

– Alette?

Silêncio.

– Elas se foram, Ashley. Você está curada.

Ele esperou até que o rosto de Ashley se iluminasse.

– Você vai acordar quando eu contar até três. Um... dois... três...

Ashley abriu os olhos, e um sorriso beatífico iluminou o seu rosto.

– Aconteceu... não aconteceu?

Ele assentiu.

– Aconteceu, sim.

Ela ficou em êxtase.

– Estou livre. Oh, obrigada, Gilbert! Estou... sentindo... como se uma horrível cortina escura tivesse sido tirada de cima de mim.

O Dr. Keller pegou-lhe a mão.

– Eu não tenho palavras para lhe contar a satisfação que estou sentindo. Vamos fazer mais alguns testes durante estes próximos meses, mas se os resultados forem o que estou esperando, bem, nós a mandaremos para casa. Vou tomar as providências para que você receba um tratamento ambulatorial onde quer que esteja.

Ashley assentiu, dominada pelas emoções, sem conseguir dizer nada.

28

Durante os poucos meses que se seguiram, Otto Lewison pediu que três psiquiatras diferentes examinassem Ashley. Eles usaram a hipnose e o sódio amital.

– Alô, Ashley. Eu sou o Dr. Montfort e preciso lhe fazer algumas perguntas. Como você está se sentindo consigo mesma?

– Maravilhosa, doutor. É como se eu tivesse acabado de me recuperar de uma longa doença.

– Você se acha uma pessoa ruim?

– Não. Eu sei que aconteceram algumas coisas terríveis, mas não me acho responsável por elas.

– Você sente ódio de alguém?

– Não.

– E o seu pai? Sente ódio dele?

– Senti. Não sinto mais. Acho que ele não teve como evitar o que fez. Só espero que esteja bem agora!

– Você gostaria de tornar a vê-lo?

– Acho que seria melhor se eu não o visse. Ele tem a vida dele. E eu quero começar uma vida nova, só minha.

– Ashley?

– Pois não?

– Sou o Dr. Vaughn. Gostaria de ter uma breve conversa com você.

– Tudo bem.

– Você se lembra de Toni e Alette?

– Claro. Mas elas não existem mais.

– O que sente com relação a elas?

– No início, fiquei assustadíssima, mas agora sei que precisei delas. E tenho um sentimento de gratidão por elas.

– Você costuma dormir bem à noite?

– Agora, sim.

– Conte-me seus sonhos.

– Eu tinha sonhos horríveis, algo me perseguindo. Eu achava que seria assassinada.

– Você ainda tem esses sonhos?

– Não. Meus sonhos são tranquilos. Vejo cores vivas, gente sorrindo. Ontem à noite, sonhei que estava numa estação de esqui, voando pelas encostas abaixo. Foi maravilhoso! O frio não me incomoda mais.

– O que sente com relação ao seu pai?

– Quero que ele seja feliz, e eu quero ser feliz.

– ASHLEY?

– Pois não?

– Eu sou o Dr. Hoelterhoff.

– Muito prazer, doutor?

– Ninguém me disse que você era tão bonita assim. Você se acha bonita?

– Acho que sou atraente...

– Eu soube que você tem uma voz linda. Concorda?

– Não é uma voz treinada, mas, concordo. – Ela riu. – Pelo menos, consigo cantar com voz afinada.

– E me disseram também que você pinta. É boa nisso também?

– Para uma amadora, acho que sou bastante boa.

Ele a estudava, atenciosamente.

– Você tem algum problema que gostaria de discutir comigo?

– Não consigo pensar em nada. Recebo um ótimo tratamento aqui.

– O que você acha de sair daqui e ganhar o mundo?

– Já pensei muito nisso. Dá medo, mas ao mesmo tempo é estimulante.

– Acha que poderia sentir medo lá fora?

– Não. Quero construir uma nova vida. Minha área é a informática. Não dá para voltar para a empresa onde eu trabalhava, mas decerto vou conseguir emprego em outra firma qualquer.

O Dr. Hoelterhoff assentiu.

– Obrigado, Ashley! Foi um prazer conversar com você.

O Dr. Montfort, o Dr. Vaughn, o Dr. Hoelterhoff e o Dr. Keller se reuniram na sala de Otto Lewison. Ele estava estudando os relatórios de todos. Ao terminar, olhou para o Dr. Keller e sorriu.

– Parabéns – disse ele. – Estes laudos são todos positivos. Fez um trabalho excelente.

– Ela é uma mulher maravilhosa. Muito especial, Otto. Estou satisfeito de ver que ela vai poder seguir com a própria vida novamente.

– Ela concordou com um tratamento ambulatorial depois que sair daqui?

– Concordou.

Otto Lewison assentiu.

– Muito bem. Vou mandar preparar a papelada para ela receber alta. – Ele se dirigiu aos outros médicos. – Obrigado, senhores! Fico-lhes grato pela ajuda.

29

Dois dias depois, Ashley foi chamada à sala do Dr. Lewison. O Dr. Keller estava presente. Ela receberia alta e poderia voltar para a sua casa em Cupertino, onde sessões de terapia regular e de avaliação haviam sido providenciadas junto a um psiquiatra aprovado pelo tribunal.

– Ora, hoje é o dia! Está feliz? – perguntou o Dr. Lewison.

– Feliz, assustada, eu... eu nem sei – disse Ashley. – Estou me sentindo como um passarinho que acaba de ser libertado da gaiola. Como se eu pudesse voar! – Seu rosto estava resplandecente.

– Estou feliz de vê-la ir embora, mas eu... vou sentir sua falta – disse o Dr. Keller.

Ashley pegou a mão dele e falou carinhosamente:

– Eu também vou sentir sua falta. Eu não sei como... não sei como vou poder lhe agradecer. – Seus olhos encheram-se de lágrimas. – Você devolveu a minha vida.

Ela se dirigiu ao Dr. Lewison.

– Quando eu estiver na Califórnia, vou conseguir um emprego numa daquelas firmas de informática de lá. Vou mandar notícias sobre o andamento de tudo, inclusive da terapia ambulatorial. Quero me assegurar de que o que me aconteceu jamais volte a acontecer.

– Acho que você não tem com que se preocupar – assegurou-lhe o Dr. Lewison.

Quando ela se foi, ele se dirigiu a Gilbert Keller.

– Este caso é uma compensação pelos diversos outros pacientes que não conseguiram, não é mesmo, Gilbert?

ERA UM DIA ensolarado de junho, e à medida que ela caminhava pela Madison Avenue, em Nova York, seu sorriso radiante fazia as pessoas se voltarem para olhá-la. Ela nunca tinha se sentido tão feliz. Pensou na vida maravilhosa que tinha pela frente e em tudo que ia fazer. Poderia ter sido um final terrível para ela, pensou, mas este era o final feliz pelo qual tanto tinha pedido.

Ela entrou na estação da Pensilvânia. Era a estação ferroviária mais movimentada dos Estados Unidos, um labirinto apático de saguões e corredores sem cor. A estação estava abarrotada de gente. *E cada uma dessas pessoas tem uma história interessante para contar*, pensou ela. *Estão todas indo para lugares diferentes, vivendo suas próprias vidas, e agora, eu vou viver a minha própria vida.*

Ela comprou uma passagem num dos guichês automáticos. Seu trem estava entrando na plataforma. *Acaso fortuito*, pensou.

Ela entrou no trem e sentou-se. Reluzia de excitação por conta do que estava prestes a acontecer. O trem deu um leve solavanco e começou a ganhar velocidade. *Estou no meu próprio caminho, afinal.* E enquanto o trem seguia em direção a Hamptons, ela cantava baixinho.

> *"O macaco perseguiu a lontra*
> *Em volta do pé de amora.*
> *O macaco achou divertido.*
> *Mas a lontra – pluft! – foi embora."*

Gerda Koch
Pediatra
CRM 8132

Nota do autor

Durante as últimas décadas, houve dezenas de julgamentos criminais envolvendo réus que alegavam ter múltiplas personalidades. As acusações cobriam uma enorme gama de atividades, incluindo assassinatos, sequestros, estupros e incêndios.

O distúrbio de personalidade múltipla (DPM), também conhecido como distúrbio de identidade dissociativa (DID), é um tópico polêmico entre os psiquiatras. Alguns deles acreditam que ele não existe. Por outro lado, há anos que muitos médicos, hospitais e organizações de serviços sociais vêm tratando de pacientes que sofrem de DPM. Alguns estudos avaliam que entre 5 e 15 por cento dos pacientes psiquiátricos sejam vítimas dessa perturbação.

As estatísticas atuais do Departamento de Justiça indicam que aproximadamente um terço dos jovens vítimas de abusos sexuais sejam crianças com menos de 6 anos de idade, e que uma entre cada três meninas sofra abuso antes de chegar aos 18 anos.

A maioria dos casos de incesto relatados envolvem pai e filha.

Um projeto de pesquisa em três países sugere que o DPM afete um por cento da população em geral.

Os distúrbios dissociativos costumam ser mal diagnosticados, e estudos já demonstraram que, em média, as pessoas com DPM levam sete anos para receber um diagnóstico preciso. Dois terços dos casos de distúrbio de personalidade múltipla são tratáveis.

fim